U0473564

公羊的节日

|哈萨作品：精装珍藏版|

〔秘鲁〕马里奥·巴尔加斯·略萨——著

赵德明——译

Mario Vargas Llosa
LA FIESTA DEL CHIVO

人民文学出版社

著作权合同登记号　图字 01-2025-2132

Mario Vargas Llosa
La fiesta del chivo

Copyright © MARIO VARGAS LLOSA, 2000
This edition arranged with Agencia Literaria Carmen Balcells S.A.
Simplified Chinese edition Copyright ©
Shanghai 99 Readers' Culture Co., Ltd. 2021
All rights reserved.

图书在版编目(CIP)数据

公羊的节日/(秘)马里奥·巴尔加斯·略萨著;赵德明译.
—北京:人民文学出版社,2021(2025.6 重印)
(略萨作品:精装珍藏版)
ISBN 978-7-02-015919-2

Ⅰ.①公… Ⅱ.①马… ②赵… Ⅲ.①长篇小说—秘鲁—现代
Ⅳ.①I778.45

中国版本图书馆 CIP 数据核字(2019)第 298306 号

责任编辑:	李　娜　　欧雪勤
装帧设计:	汪佳诗

出版发行	人民文学出版社
社　　址	北京市朝内大街 166 号
邮政编码	100705
印　　制	凸版艺彩(东莞)印刷有限公司
经　　销	全国新华书店等
字　　数	313 千字
开　　本	889 毫米×1194 毫米　1/32
印　　张	15.75
版　　次	2017 年 11 月北京第 1 版
印　　次	2025 年 6 月第 6 次印刷
书　　号	978-7-02-015919-2
定　　价	108.00 元

如有印装质量问题,请与本社图书销售中心调换。电话:010-65233595

献给 卢尔德和何塞·依斯拉艾里·奎约,

以及许许多多多米尼加朋友

人民
以极大的热情
庆祝
公羊的节日
五月三十日

  多米尼加默朗格舞曲《他们杀了公羊》

一

　　乌拉尼娅。父母给她起的这个名字可没带来任何好处，它让人联想到天王星和铀矿，联想到其他什么东西，但是绝对不会想到一个苗条、清秀、面孔皮肤光洁、大眼睛又黑又亮、镜子里总是照出一丝愁容的美丽姑娘。起名乌拉尼娅，真是荒唐！幸运的是现在已经没有人这样称呼她了。如今人们叫她乌丽、卡布拉尔小姐、卡布拉尔女士或者卡布拉尔博士。据她回忆，自从离开圣多明各①（那时还叫特鲁希略城呢，因为她走的时候还没有恢复现在的首都这个称谓），无论她在阿德里安②、波士顿、华盛顿，还是纽约，就再也没有人称呼她乌拉尼娅了。可是此前在家中和圣多明各学校里，父母、嬷嬷③老师和同学都非常正确地说出这个她一出生就被迫接受的荒唐名字。是谁给她起的名字？爸爸？妈妈？姑娘，如今再想查

---

① Santo Domingo，多米尼加共和国首都。
② Adrian，美国密歇根州东南部城市。
③ sister，对天主教修女的称呼。

明这件事情已经太晚了:母亲已经到了天国;父亲虽然活着,但是由于中风,已经跟死了差不多。你永远也别想弄明白了。乌拉尼娅!这个名字真荒唐,如同当年非要把圣多明各改成特鲁希略城一样令人感到耻辱。这会不会又是她父亲的主意呢?

她等待着从房间的窗户看海景,这是哈拉瓜大饭店的第九层。终于,她看到了壮观的场面。夜幕在短短的几秒钟里迅速退去,地平线上蓝色的光辉飞快地上升,这是她四点钟醒来以后就期待的景致。她尽管吃了安眠药,却仍然睡得不沉。深蓝色的海面上不时卷起一波波浪花,目力穷尽之处是水天交界的灰色地平线。海滩边,带着泡沫轰鸣的波涛撞击着防波堤,从堤岸可以眺望到一段段隐藏在棕榈和扁桃之间的道路。从前的哈拉瓜大饭店与防波堤正面相对,如今换到侧面来了。记忆把她带回父亲拉着她的小手走进这家饭店餐厅的情景——是在那一天吗?父亲要和她单独共进午餐。侍者为父女俩安排了靠窗户的位子。透过薄纱窗帘,小乌拉尼娅看到了宽敞的花园、有跳板的游泳池和嬉水的人。在摆设着矢车菊和康乃馨的西班牙式的座池里,乐队演奏着默朗格舞曲①。是在那一天吗?她高声说道:"不是!"从前那座老饭店早已经推倒重建了,现在这里是一座玫瑰红加黄玛瑙色的高大建筑物,三天前她到达圣多明各时着实让她吃了一惊。

乌拉尼娅,你回国对吗?你要后悔的。你可是浪费了整整一周的假期啊!你放着那么多长期以来渴望看一看的国家、城市和地区——例如,阿拉斯加的大山和湖泊——不去,偏偏要回到这个你曾经发誓永不回来的岛上。这是不是颓废的征兆?是不是人到中年

---

① merengue,男女对舞曲,起源于多米尼加共和国或海地,流行于拉美全境。

多愁善感的表现？其实只是好奇而已。只是证明你可以漫步在这个已经不属于你的国家的城市的街道上，而丝毫引不起你的伤感、乡愁、怨恨、痛苦和愤怒。你是不是来面对父亲风烛残年的样子？你来这里是要弄明白：多年之后你看到他时会产生什么感觉。一阵寒噤从头传到脚底。乌拉尼娅啊，乌拉尼娅！你看看，这么多年之后你居然发现自己固执的、有条不紊的、从不气馁的脑袋里，除去令人钦佩和羡慕的坚强品格，还有一颗柔弱、胆怯、破碎、善感的心。想到这里，她笑了起来。好啦，姑娘，别胡思乱想了！

她穿上便鞋、长裤、运动衫，用一个小网套束住长发。她喝下一杯凉水，刚要打开电视看新闻，马上就后悔了。她伫立在窗户一旁，注视着大海和防波堤，随后，扭头望另外一侧：一片片屋顶、一座座塔楼、一处处圆形屋檐、一座座钟楼、一簇簇生长在城里的葱茏树木。这座城市的规模可大了！一九六一年你离开这里的时候，只有三十万人。现在呢？有一百多万了。大街小巷、旅馆和公园，到处都是人！昨天晚上，她租了一辆汽车，绕着贝亚韦斯塔漂亮的环岛和观景台大花园兜圈子的时候，看到那里有许多散步的人，如同纽约的中央公园一样，使她感到自己像个外乡人。她小时候，走到大使饭店那里就已经是城市的尽头了；从那座饭店再往前就是庄稼地和庄园了。每到星期天父亲就带她去游泳的国家俱乐部，那时周围是一片空地，不像现在有柏油路、房子和路灯。

但是，这座殖民时期的城市并没有焕然一新，她居住过的街道卡斯圭也没有变化。因此，她可以非常肯定地说：她们的家也几乎没有变化。一切都是老样子，还是那个小花园，还是那棵老芒果树，那棵开红花的凤凰木依然长在花坛里，每到周末全家就在花园里吃午饭；双坡屋顶依旧，连接卧室的小阳台依旧，她经常跑到阳台上翘首盼望卢辛达和玛诺拉表姐妹的到来；一九六一年，她在多米尼加的最后一年，她常常在阳台上窥视那个小伙子，他总是骑着自行车过来过去，偷偷地看她一眼，但是不敢说话。房子里面是不是老样子呢？报时的老座钟是奥地利制造的，上面的数字都是哥特式的，钟面背景画着一幅打猎的场面。你父亲还是老样子？不是了。你已经从照片上看到了他的衰老；每几个月或者每几年，阿德利娜姑姑和其他远亲就给你寄照片，就给你写信，可你从来都不给她们回信。

她在长沙发上躺下来。黎明的曙光直射市中心；蓝天下，国家宫的圆顶和它周围灰褐色的大墙闪烁着柔和的光芒。快点走吧！过一会儿就让你热得受不住啦！她闭上眼睛，一种少见的无力感占据了全身。她的习惯是活动、是不浪费时间，可是自从她踏上多米尼加的土地，日夜占据她心头的就是：回忆。"我这个女儿总是做功课，连做梦都在背书。"这样说你的人就是参议员阿古斯丁·卡布拉尔、部长卡布拉尔、"元首的智囊"卡布拉尔。他在朋友面前吹嘘说他女儿夺走了全部奖励，说她是嬷嬷老师树立的模范学生。他会在元首面前吹嘘自己女儿的优秀成绩吗？"元首，陛下，我非常希望您见见她；自从她进圣多明各学校以来，每年都获得'元首大奖'。对她来说，认识元首，同元首握手，是她最大的幸福。小乌拉尼娅每天晚上都为陛下祈祷，愿上帝保佑您永远如钢铁般健康。她还为堂娜·胡里娅和堂娜·玛丽亚祈祷。请您赐给我们这份荣幸。我求您了，恳求您接见我们父女俩。我永远做您最忠实的仆人。您千万别拒绝我的请求：您一定要接见她。陛下！我的元首！"

你今天还厌恶爸爸吗？你今天还恨爸爸吗？她心里高声道："已经不了。"可是怒火还在燃烧，可是伤口还在流血，可是沮丧还占据着心头、还在毒害着你的心灵，如同你年轻时那样——那时你拼命读书、工作，让学习和劳动变成遗忘一切的良药。那个时候你是真的非常恨他。你身上的每个细胞、你心里的种种想法和情感都在怨恨父亲。你曾经盼望灾难、疾病、意外事故降临到父亲头上。乌拉尼娅，上帝满足了你的要求。确切地说，是魔鬼实现了你的愿望。让脑溢血活活地折磨他，难道这还不够吗？让他十年来待在轮椅上，不能走路，不能说话，无论吃饭、睡觉、穿衣、脱衣、剪指甲、刮脸、大小便都依靠护士，难道这样慢性的报复还不够吗？"你还不满足吗？""不！"

她喝下第二杯水，走出房门。此时，是早晨七点钟。到了哈拉瓜大饭店的一层，种种喧闹声迎面而来，这是她熟悉的气氛：叫喊声、马达声、高音喇叭的广播声、默朗格舞曲、萨尔萨舞曲、丹松舞曲、博莱罗舞曲、摇滚舞曲、说唱乐，一切都混杂在一起，尖叫着互相攻击，吵闹地向她袭来。乌拉尼娅，这是故意在制造混乱，这是一种内心需要：自我麻痹，免得思考，免得有所感觉。这就是你的人民。还有让野蛮的生命力爆发出来，从而抵挡那现代化浪潮的冲击。在多米尼加人身上，有某种东西固执地附着在这个前理性、魔幻的形式上：渴望喧闹。（"是喧闹，不是音乐。"）

她不记得了，小时候，圣多明各那时叫作特鲁希略城，大街上也有类似的喧嚣。那时也许没有喧嚣；也许三十五年以前这座城市只是现在的三四分之一，一副乡下模样，与世隔绝，由于恐惧和奴性而显得昏昏欲睡；人人提心吊胆，对元首、大元帅、大恩人、新国家之父拉斐尔·莱昂尼达斯·特鲁希略·莫里纳[①]充满了敬畏之

[①] Rafael Leonidas Trujillo Molina（1891—1961），多米尼加共和国独裁者。

心,那时人们不大说话,不大疯狂。今天,一切有生命的声音、汽车的马达声、收音机声、录音机声、喇叭声、狗叫、猫叫、人喊,仿佛都用的是最大音量,都要表现各自狂喊、狂叫、狂响的最大能力(狗狂吠得格外厉害,鸟喳喳得格外起劲)。纽约算是天下有名的喧闹城市了!可是她在曼哈顿生活了十年,从来没有听到过如此狂暴和刺耳的交响乐,而在这里她已经被喧嚣包围了三天。

太阳火一般地照射在棕榈树挺拔的树冠上,街道上坑坑洼洼,仿佛被轰炸过,到处都是水坑和垃圾堆,几个蒙着头巾的妇女在把垃圾装入袋中。她想:"一定是海地人。"如今,她们不说话了,她们昨天可是哇啦哇啦说克里奥语。再往前走几步,她看到两个海地男人。他们光着脚,半裸露着上身,坐在木箱上。他俩的一侧,顺墙脚排列着十几幅色彩极为鲜艳的绘画作品。真的,这座城市、可能这个国家都充满了海地人。参议员阿古斯丁·卡布拉尔不是说过这话吗?"关于元首,人们爱说什么就说好啦!历史将来至少会承认是元首把多米尼加变成了现代化的国家,是元首让海地人回到他们应该去的地方。乱世当用重典嘛!"起初,元首接手的是一个由于内战而野蛮化的国家,没有法律,没有秩序,贫困至极,正在失去它的本色,四处被邻国饥饿和凶狠的人群占据着。他们越过界河,偷窃我们的财产、牲畜和房屋,抢走我们农民的工作,用他们那些魔鬼妖术败坏我们的天主教信仰,强奸我们的妇女,破坏我们来源于西班牙的文化、语言和风俗习惯,把他们那套非洲野蛮的东西强加在我们头上。元首当机立断,快刀斩乱麻:"再也不能这样下去了!"乱世当用重典!他不仅为一九三七年那次屠杀海地人辩解,而且把大屠杀当成丰功伟绩。这不是把多米尼加共和国第二次在历史上从这个野蛮的邻国践踏下拯救出来了吗?既然涉及拯救民族,那杀死个五千、一万、两万海地人又算得了什么呢?

她快步向前走去,一面辨认着路旁的标记:圭比亚赌场,现在是一家俱乐部了;浴场如今成了污水池。她马上要到达防波堤和马克西莫·戈麦斯大道的拐角处了,这是元首当年黄昏时分散步的路线。自从医生们告诉元首散步对他的心脏有好处,他就从拉德哈麦斯别墅开始向马克西莫·戈麦斯走去,在"伟大母亲"胡里娅夫人的家里稍停片刻(乌拉尼娅有一次到那里去演讲,险些张不开口),然后来到这个命名为"乔治·华盛顿"的防波堤上,转过街角之后,向着仿造自华盛顿市的那个方尖纪念碑走去,一路大步流星,周围簇拥着政府各部部长、高级顾问、各位将军、高级助理、宫廷侍从,人人敬畏地与元首保持一定的距离,个个全神贯注,提心吊胆,期待着元首允许自己靠近的眼神和手势,以便聆听教诲或者交谈片刻,哪怕得到一句指责。一切都可以发生,就是不能被丢进远处被遗忘者的地狱里。"爸爸,你在这群人里散过多少次步?有多少次你荣幸地与元首说过话?你有多少次伤心地回家,因为元首没有和你打招呼,你担心已经被排除在宠臣的圈子之外,担心落入失宠的地狱?你终日忧心忡忡,害怕安塞尔莫·巴乌利诺的故事会在你身上重演。可是,果然重演了啊,爸爸。"

乌拉尼娅微微一笑。一对身穿短裤迎面而来的男女以为她的微笑是送给他俩的,连忙说道:"早上好!"可惜她不是对他俩微笑,而是想起了参议员阿古斯丁·卡布拉尔每天黄昏快步走在这个防波堤上的模样:在这群衣着华丽的仆役中间,他全神贯注的不是温暖的和风,不是大海的涛声,不是海鸥的飞舞,也不是加勒比海上空闪闪发光的星星,而是元首的手势、眼神和动作,因为他很有可能给优先叫上前去说话。她这时已经来到了农业银行前面。如果再往前走,就是兰菲斯别墅了,那里现在依然是外交部的地盘,伊斯帕尼奥拉饭店也还在。她转过身来。

她想:"塞萨尔·尼戈拉斯·本松大街,卡尔万拐角。"去不去?还是回纽约?不看老家一眼!你会进去的;你会向护士打听那个残废人的情况;你会上楼去卧室和花坛看看,把他从午睡中吵醒。那个花坛曾经因为凤凰木开花而变得一片嫣红。"爸爸,你好!爸爸,你感觉怎么样?你认不出我了?我是乌拉尼娅。你肯定会认出我的。离开你的时候,我十四岁,如今我已经四十九岁了。爸爸,我也有一把年纪了。我去美国那一天,你不是也有这个岁数吗?对,四十八或者四十九岁。那是个完全成熟的中年人了。如今,你很快就满八十四岁了。爸爸,你已经老了!"如果你肯反思的话,这么多年来会有许多时间给自己漫长的一生做个总结的。你本可以想想你那不幸的女儿,她在三十五年的时间里居然没有给你写过一封信,没有给你寄过一张照片、一张生日贺卡、圣诞或者新年贺卡;甚至在你突发脑溢血以后,姑姑、姑父、表兄、表妹都以为你活不成的时候,她也没有来看你,不打听你的健康状况。爸爸,这是个多么可恶的女儿啊!

塞萨尔·尼戈拉斯·本松大街,卡尔万拐角的这座小住宅不会在门厅处接待客人了,从前那里放着圣母像,挂着一块铜牌,上面炫耀地写着:"在这个家,特鲁希略是元首。"你是不是还保存着这块铜牌,证明你对元首的忠诚?说不定你把铜牌扔进了大海,如同那成千上万的多米尼加人一样。他们购买并悬挂这种铜牌,放在最醒目的地方,为的是不让别人怀疑自己对元首的无限忠诚;但是,神话粉碎以后,人人都想抹掉这些痕迹,因为他们已经不好意思地意识到这块铜牌象征着自己的怯懦。爸爸,你大概也把它扔掉了?

她已经走到伊斯帕尼奥拉饭店门前。她在冒汗，心跳也加快了许多。乔治·华盛顿大道上，汽车、卡车和货车组成的双向车流不停流动；她觉得每辆车都打开了收音机，嘈杂声几乎震破了她的耳膜。时不时地有男人探出头来，刹那间，她会看到贪婪的目光在吞食着她的乳房、大腿和臀部。她在等待着空当，准备过马路，心里又一次如同昨天和前天一样在想："这就是多米尼加的土地。"在纽约，已经没有人这样厚着脸皮看女人了。没有人这样仔细打量一个女人，估计一下每个乳房有多少肉，大腿的肌肉是否结实，阴毛是不是浓密，臀沟的准确位置在哪里。她闭上眼睛，感到一阵轻微的眩晕。在纽约，就是拉丁美洲人，无论哥伦比亚人、危地马拉人还是多米尼加人，都不会这样看人的。在美国，人们已经学会克制自己，已经懂得不应该像公狗看着母狗、公马盯着母马、公猪瞅着母猪那样望着女人。

趁着红灯拦住车辆的间歇，她小跑着穿过了马路。她没有调头回哈拉瓜大饭店，而是两脚不由自主地绕过伊斯帕尼奥拉饭店，从独立大道往回走；如果记忆没背叛她的话，从这里向前是两侧种满了繁茂的大树的林荫大道，树冠在大道上空拥抱，给大道留下阴凉，路尽头分出许多小路，散布在整座殖民城市。多少回你拉着爸爸的手走在这条散发着桂花香的林荫大道上啊！父女俩经常从塞萨尔·尼戈拉斯·本松大街走来，到这条大道以后，向独立公园前进。右手旁，伯爵大街开始的地方，有家冷饮店，父女俩吃上一个可可、芒果或者番石榴味道的冰淇淋。拉着这位先生——阿古斯丁·卡布拉尔参议员、卡布拉尔部长——的手，你是多么的自豪啊！人人都认识卡布拉尔先生。个个都走上前来，脱帽，握手，致意；警察和军人看到卡布拉尔走过会立刻停步，立正，敬礼。爸爸，后来你变成穷鬼的时候，会多么怀念当达官贵人的年代啊！他们在"公众论坛"上拼命地咒骂你，可是并没有像对待安塞尔莫·巴乌利诺那样把你送进监狱去。你最害怕的就是入狱，对吗？你最担心元首忽然哪一天下令说：把卡布拉尔扔进监狱！爸爸，算你走运。

她已经走了四十分钟，要回到饭店，还得走上好长一段路。如果她肯掏钱，那可以进入任何一家咖啡馆吃早餐，休息片刻。不停地出汗让她不停地擦汗。乌拉尼娅，年纪不饶人啊！四十九岁不算年轻啦！不管你保养得比别人好多少！按照周围盯在你脸上和身上那暗示、贪婪、无耻、傲慢的男性目光来说，你已经是个弃置不用的旧家具了，他们习惯用眼睛和脑袋脱光大街上所有女人的衣裳。"乌丽，四十九岁你能保养得这么好，真是奇迹！"生日那天，她纽约律师事务所的同事和朋友迪克·里特内这么说。办公室里还没有哪位男士能有这份勇气，除非像迪克那天晚上肚里多灌了两三杯威士忌。可怜的迪克。乌拉尼娅用恶狠狠、冷冰冰的目光慢慢地盯着迪克的时候，后者满脸通红，手足无措。这是三十五年以来她对付男人，有时是对付女人讨好、黄色笑话、幽默、暗示或者蠢话的办法之一。

她停下来喘口气，觉得心脏有些失控，胸脯剧烈地上下起伏。她位于独立大道和马克西莫·戈麦斯大道的拐角处，站在一大群男男女女中间等待着横穿马路。她的鼻子闻到了各种各样的气味，如同那没完没了敲打着耳鼓的嘈杂声一样：公共汽车马达燃烧的汽油味、排气管排出的烟味飘散在人堆里；脂肪和油炸食品的气味——这是附近一个摊点上传来的，两个煎锅吱吱作响，摊点上卖炸糕和饮料；还有那强烈的说不清楚的热带气味；还有树脂和烂草的气味；还有汗臭味；空气中充满了在太阳保护之下抵挡腐烂的动物、植物和人体的香味。这是一种热乎乎的气味，它拨动了乌拉尼娅的某根心弦，把她带回到童年时代，带回那屋顶和阳台上都爬满三色堇的年代，带回到这条马克西莫·戈麦斯大道上来。那天是母亲节啊！当然啦！那是骄阳似火、大雨如注的炎热五月。那一天，从圣多明各学校挑选出来的女孩们来给胡里娅妈妈献花，因为她是元首的母亲，是每位母亲的楷模和象征。姑娘们是乘校车来的，身穿洁白的校服，由校长玛丽嬷嬷陪同。你由于好奇、自豪、敬爱和尊敬而万分激动。你代表学校去胡里娅妈妈家里献花。你还要朗诵《母亲、导师和伟大的女性》。这首诗歌是你写的，你还学会了朗诵；你站在镜子面前、在同学面前、在卢辛达和玛诺拉表姐妹面前、在爸爸面前、在嬷嬷们面前朗诵了几十遍；你还反复默记，以确保一个词也不漏掉。终于到了那光荣的时刻，在胡里娅妈妈布满玫瑰的宽大住宅里，乌拉尼娅面对周围的军人、贵妇和副官，望着站满花园和走廊的各界代表，突然慌乱起来。激动和热情紧紧地攫住了她的心头，她在向前迈出一步的时候，看到那慈祥地微笑着的老夫人手里拿着校长刚刚献给她的鲜花就坐在一米之外的摇椅上，这时她感到喉咙一紧，心里一片空白。于是，你放声哭了起来。你听到一阵阵笑声，听到胡里娅妈妈身边的女士们先生们在鼓励你。第一母亲满面笑容地让你走近一些。于是，乌拉尼娅平静下来，擦干眼泪，抬头挺胸，坚定但是飞快地朗诵起《母亲、导师和伟大的女性》，虽然缺乏抑扬顿挫，但是非常流畅。人们为她热烈鼓掌。胡里娅妈妈亲切地摸摸她的头发，用那布满纵横交错的千条皱纹的干瘪嘴唇亲吻乌拉尼娅的面颊。

终于换成绿灯了。乌拉尼娅继续前行，为她挡住阳光的是马克西莫·戈麦斯大道两侧的绿荫。她走了一个小时了。在月桂树下走走是十分惬意的，因为可以看看这些红花金蕊的大树。想着这是上帝的圣油或者鲜血，她有些走神，尽管乱糟糟的喊叫声和音乐让她昏昏欲睡，她还是非常注意人行道坑坑洼洼、高高低低的地面，因为她总是磕磕绊绊或者踩到垃圾堆里。野狗正在那里寻觅着什么。那时你感到幸福吗？母亲节那天，你和同学们去给第一母亲献花，去给她朗诵诗歌，你是幸福的。尽管自从童年最美最美的保护神妈妈离开了塞萨尔·尼戈拉斯·本松那座小住宅，幸福的感觉或许就从乌拉尼娅的生活里消失不见了。但是，你父亲、你叔叔、舅舅，特别是你姑姑阿德利娜、表姐妹卢辛达和玛诺拉，以及许多老朋友都尽可能用关心和爱护来填补母亲留下的真空，不让你感到孤单和缺少了什么。那几年，父亲既当爸又当妈。因此，你才那么爱他。乌拉尼娅，因此你才为他感到撕心裂肺般的痛苦。

当她走到哈拉瓜大饭店的后门时，并没有停下脚步。这道宽宽的大栅栏门是给汽车、保安、服务员、清洁工出入的。你要到哪里去啊？脑袋里没有任何决定。由于一心想着童年生活，想着学校，想着每到星期天姑姑带着她和表姐妹去看埃利德电影院的儿童专场，以致她丝毫也没有想起去饭店冲凉和吃早餐。双脚拖着她继续前进。方向已定，她毫不犹豫地走在行人和车辆中间，人人都为等待红灯变化而焦躁不安。乌拉尼娅，你真的要去你想去的地方吗？现在，你明白了：肯定要去的，哪怕将来你是要感到后悔的。

从塞万提斯大街向左拐，直奔玻利瓦尔①大道，她仿佛在梦里一样，一一认出那一层或者两层的别墅，有栅栏、花园、露天的花坛和车库，这些唤醒了她心中一种熟悉的情感；原来保存的一些塑

---

① Simón Bolívar（1783—1830），拉丁美洲著名军事家、政治家。

像有些破损脱色之处，修补之后显得非常难看；建在花园中央的平房隔出一个个小房间，那是给结了婚、无力单独生活的后代准备的，他们增加了家庭成员的数量，同时也要求更大的空间。她从洗衣店、药房、花店、咖啡馆、诊疗所、会计师事务所、律师事务所门前一一走过。来到玻利瓦尔大道后，她加快了步伐，仿佛要追赶什么人似的，好像拔腿就跑似的。心脏跳动得厉害，浑身颤抖。说不定什么时候，你会晕倒的。来到罗莎·杜阿尔特大街的街口，她向左一拐，开始跑起来。但是，跑步还是太费力，她又走了起来，速度慢了许多，并且紧贴一座住宅的灰白墙，为的是如果再度发生眩晕，她可以倚靠在墙上喘息片刻。除去一座四层的狭窄怪楼，一切都没有变化，埃斯塔尼斯拉医生的诊所就在怪楼里面，乌拉尼娅的扁桃体就是这位大夫给做手术切除的。她甚至敢发誓，那些打扫花园和街道的女仆肯定会问候她："你好！乌拉尼娅。你怎么样，姑娘？你可长大了，孩子。圣母啊，你这么急急忙忙地上哪儿去呀？"

家里也没有太大的变化，虽然灰色的墙壁曾经勾起她强烈的回忆，可是如今已经不鲜亮了，到处是油污，到处是剥落的痕迹。花园里四处堆积着烂草、枯枝和败叶。多少年没有人浇水和除草了。那棵芒果树还在。还是那棵凤凰木吗？大概是吧，从前有叶有花，如今是光秃秃的树干，一副患佝偻病的样子。

她倚靠在花园的雕花铁门上。夹缝处长着青草的瓷砖小路已经发霉，花坛和门廊中间，有一把破椅子，已经坏了一条腿。蒙着黄色印花布的家具已经不见了。屋角那盏磨砂玻璃灯，本来是照花坛用的；白天蝴蝶在花坛集合，夜间螟虫来嗡嗡叫，如今都消失不见了。乌拉尼娅卧室外面的阳台已经没有紫色的三色堇覆盖了，现在是个水泥阳台，上面锈迹斑斑。

走到花坛的尽头,她拉开门时,什么地方吱吱扭扭地响个不停。一个身穿白大褂的女人好奇地注视着乌拉尼娅。

"您找人吗?"

乌拉尼娅张不开口,她激动万分,还有一些害怕。她默默地注视着这个陌生的女人。

"您需要帮忙吗?"那女人问道。

"我是乌拉尼娅,"她终于开口道,"是阿古斯丁·卡布拉尔的女儿。"

二

元首醒了,他是被一种大祸临头的感觉惊醒的。黑暗中,他一动不动,眨眨眼睛,觉得自己落入蜘蛛网里,就要被一只多毛、长满眼睛的昆虫吃掉。终于,他把手伸向了床头柜,那里放着手枪和上了子弹的冲锋枪。他没有拿枪,而是抓住了闹钟:差十分四点。他松了一口气,这时才完全清醒过来。又是噩梦吗?还有几分钟呢。他有准时的习惯,四点钟以前不下床。一分钟也不提前,一分钟也不推后。

他忽然想到:"我之所以有今天的一切就是因为有章法。"有章法,这是生活的指南,多亏了海军陆战队的生活。他闭上眼睛。在圣佩德罗·德·马克里斯举行的加入多米尼加全国警察部队的考试严格得不得了。这是美国占领多米尼加第三年后做出的决定:成立警察部队。他毫不费力地通过了考试。入队后,有一半应征者在训练中被淘汰。每一次做灵活性、勇敢和耐力训练时,他都感到是份享受,甚至在那些考验毅力和对上级服从的残酷训练中,他都可以带着野战装备钻进烂泥里,或者在山上做生存训练时喝尿,嚼草根,吃蚂蚱。吉特尔曼中士给了他最高分:"特鲁希略,你前途无量!"是的,多亏了这严格的章法,这是海军陆战队教导的结果,他已经超过了许多英雄豪杰。他怀着感激的心情想起了西蒙·吉特尔曼。在那个到处都是吝啬鬼、吸血鬼和混蛋的国家里,西蒙·吉特尔曼中士是个正直无私的美国人。三十一年来,美国能有比他更真诚的朋友吗?在联合国,哪个政府最支持美国?是哪个国家首先对德国和日本宣战的?是谁用大量的美元装满了美国参议员、众议员、州长、市长、大律师和大记者的口袋?回报的却是美洲国家组织制裁多米尼加,为的是取悦那个黑鬼罗慕洛·贝坦科尔特①,好继续掠夺委内瑞拉的石油。假如军事情报局局长乔尼·阿贝斯把事情干得漂亮些,让炸弹搬掉那个混蛋罗慕洛的脑袋,那也就没有什么制裁了,美国混蛋也就不会玩什么主权、民主和人权的把戏了。但是,那样一来,他也就发现不了在那个有两亿人口、到处是混蛋的国家里,还有西蒙·吉特尔曼这样一位朋友。为保卫多米尼加共和国,吉特尔曼可以一个人发动一场战争,可以从伏埃尼斯和亚利桑那动手,自从从海军陆战队退伍以来,他就在上述两地做生意维持生计。他不要工资也不要赞助!真应该用吉特尔曼做榜样给美国参、众两院的吸血鬼们好好上一课!特鲁希略这么多年来已经把他们给填得脑满肠肥了,这些家伙总是要支票,要租界地,要特批许可证,要免税证,可是等到你需要他们的时候,他们一个个装聋作哑。龟孙子们!

元首看看闹钟:还有四分钟。西蒙·吉特尔曼,你是最棒的外

---

① Rómulo Betancourt(1908—1981),委内瑞拉政治家,曾任总统。

国人！你是陆战队里真正的一条好汉！他丢下了亚利桑那的生意，为白宫、委内瑞拉和美洲国家组织对特鲁希略的攻击而愤怒，他拼命写信给美国各大报刊，提醒美国人：在整个特鲁希略时代，多米尼加共和国是反对共产主义的桥头堡，是美国在西方最好的盟友。这样还不够，他自己掏腰包——真他妈了不起——成立了声援多米尼加协会，印制宣传品，举办报告会。为了以身作则，他还带着家属来到特鲁希略城，在防波堤上租了一间房子住下来。今天中午，元首要同西蒙·吉特尔曼及夫人多萝西在国家宫共进午餐；这位前海军陆战队员将接受多米尼加最高荣誉勋章：胡安·巴勃罗·杜阿尔特①勋章。是的，先生，您是真正的陆战队员！

　　四点整。好，起床。他拧亮了床头柜的台灯，下地，穿鞋，但是已经没有昔日的灵活劲了。骨骼一阵阵疼痛，大腿和脊背的肌肉也不舒服，如同几天前发生在卡奥瓦之家的情况一样，都是那个该死的烈性丫头弄得一夜不痛快。疼痛使他咬得牙齿咯咯作响。他向椅子走去，勤务员辛弗罗索早已经把运动衫和练功鞋准备好了。这时一个疑团拦住了他穿衣的动作。他不安地发现床单上那奇形怪状的灰色尿迹糟蹋了雪白的麻布。他又一次小便失禁了！狂怒抹掉了卡奥瓦之家的不快回忆。真他妈的！真他妈的！你可以打败成千上万的敌人，多年来，你用收买、恐吓和暗杀的方法战胜了他们。可是生殖器不是敌人，生殖器长在你身上，是你的肉中肉、血中血。正当你比从前更需要力量和健康的时候，恰恰是生殖器摧毁了你，那个苗条的小姑娘给你带来了坏运气。

　　他看到吊带、短裤、衬衫、练功鞋都洗得干干净净，熨得平平

---

① Juan Pablo Duarte（1813—1876），多米尼加独立之父。

整整。他费了好大力气才穿好衣服。他一向睡得很少，年轻时，无论住在圣克里斯托瓦尔还是在博卡·奇卡蔗糖厂当巡逻队长的时候，睡上四五个小时就够了；即使喝了酒并且做爱做到天亮也没有关系。只要休息一分钟，他恢复体力的本领就可以让他戴上超人的光环。那都是以前的事了。现在醒来时非常疲倦，连四个小时也睡不好；最多睡上两三个小时，随后就被噩梦惊醒。

昨天晚上一夜失眠。从窗户望出去，他看到几棵树的树冠和一片星空。晴朗的夜空下不时地传来那几个乘凉的老太太闲聊的声音，她们在背诵胡安·德·迪奥斯·贝萨①、阿玛多·内尔沃②、鲁文·达里奥③的诗歌（这让元首怀疑她们中间有那个绰号叫"活垃圾"的家伙，因为他能背诵鲁文·达里奥的作品），还一起背诵聂鲁达④的《二十首情诗和一首绝望的歌》以及胡安·安东尼奥·阿里科斯⑤的讽刺诗。当然，肯定还要背诵堂娜·玛丽亚的诗作，因为她是多米尼加的女作家和伦理学家。元首登上脚踏车健身器并且开始用力蹬车，同时笑出声来。元首夫人居然认真起来，时不时地在拉德哈麦斯别墅的滑冰馆里组织文学晚会，把朗诵演员邀请来朗诵那些愚蠢的诗歌。参议员亨利·奇里诺斯也装成诗人的样子，经常参加那些聚会，通过那些活动他不断地让国库出血。为了博得元首夫人的欢心，那些愚蠢的老太太也模仿参议员奇里诺斯的办法，学几段剧作《虚伪的友谊》里的台词或者《伦理思考》的语录，然后就朗诵起来，那些长舌妇便卖力地喝彩。元首夫人——那个愚蠢的

---

① Juan de Dios Peza（1852—1910），墨西哥诗人。
② Amado Nervo（1870—1919），墨西哥诗人。
③ Rubén Darío（1867—1916），尼加拉瓜诗人。
④ Pablo Neruda（1904—1973），智利诗人。
⑤ Juan Antonio Alix（1833—1918），多米尼加大众诗人。

胖老太婆、那个所谓的"杰出女性",无论如何也是他老婆——对当个女作家和伦理学家还当真起来。这又有什么不好呢!报刊、广播和电视不是都在说这件事吗?她那本《伦理思考》不是已经成为学校里的必读教材了吗?墨西哥作家何塞·巴斯孔塞洛斯①还为这本书作了序。它每两个月就要重新印刷一次。难道《虚伪的友谊》不是特鲁希略时代三十一年以来最伟大的戏剧成就吗?评论家、记者、教授、神甫、知识分子不是把这个戏捧上了天吗?特鲁希略研究院不是为这个戏还举办了讲习班吗?那些修道士、主教大人不是还赞扬戏中的思想吗?可是后来这些叛徒、这些犹大的子孙,花了你的钱,现在却跟美国佬一样,也大谈起人权来了。元首夫人成了女作家和伦理学家。这可不是通过她的努力,而是元首的威望所致,三十年来,这个国家发生的一切多亏了元首的领导。特鲁希略可以让水变成酒,让面包成倍增加,只要他老人家高兴。不久前他同老婆玛丽亚吵架时提醒她说:"你忘了那些混账玩意儿并不是你写的。你连自己的名字都要写错。那是我花钱雇那个西班牙叛徒何塞·阿尔莫依纳②写的!难道你不知道人们说什么吗?大家都说《虚伪的友谊》的字母词首暗含着'这是阿尔莫依纳所作'的意思。"又是一阵哈哈大笑,笑得痛快。他一肚子烦恼消失了。玛丽亚放声哭起来。"你总是羞辱我。"她威胁说要去堂娜·胡里娅妈妈那里告状。好像他那九十六岁高龄的可怜老妈还要卷入到家务事里来。他老婆跟她那几个兄弟一样总要跑到老妈那里诉苦,好像老太太是擦眼泪的手

---

① José Vasconcelos(1882—1959),墨西哥教育家、政治家、作家、哲学家。
② José Almoina(1939—1960),出生在西班牙的多米尼加学者,特鲁希略的亲信。

帕一样。为了和好,还得再一次贿赂她。实际上,老百姓私下里说得对:这个什么女作家和伦理学家是个吝啬鬼,是个一肚子坏水的家伙。他和她是情人的时候,她就是这个德行。那时候她还年轻,就想得出来由她的洗衣店承包多米尼加国家警察制服的生意,那是她赚的第一笔大钱。骑脚踏车健身器让他浑身发热。他感到状态良好。骑了十五分钟。足够了。再来十五分钟的划船。然后开始一天的战斗。

"划船"在隔壁的小房间里进行,那里堆满了健身器械。他开始"划船",这时,突然一声马嘶打破了黎明的寂静,那叫声悠长,像音乐,仿佛是一首欢乐的生命颂歌。有多少时间没有"骑马"了?几个月吧。他从来不厌倦那档事,五十岁以后仍然幻想着做爱,幻想那感觉仿佛第一次品尝西班牙名酒卡洛斯一世牌白兰地,或者第一次看到裸体美人:雪白、丰满、秀色可餐。但是,一想起那个混蛋给他弄到床上的瘦小姑娘就败了刚才的念头。那混蛋是明明知道会有那番羞辱还要这样干吗?那小子没有这份胆量。小姑娘有可能把事情说给她父亲听,那混蛋也可能会哈哈大笑。丑闻有可能在伯爵咖啡厅传播开来。元首因为愤怒和耻辱而发抖,但是仍然按照规矩在"划船"。他已经出汗了。这要是让人看到了可了不得!因为人们一再说的又一个神话就是:"特鲁希略从来不出汗。在炎热的夏天里,他仍然身穿呢子制服,头戴天鹅绒三角帽,手上是白手套,可是你看不到他脸上有汗珠。"如果他不想出汗,那就不会出汗。但是,他在健身时内心允许身体出汗。近来,形势困难,问题成堆,骑马练习被取消了。看看这个星期能不能去一趟圣克里斯托瓦尔吧。在树林里,沿着那条河,独自一人,像往年那样骑马漫游,肯定会觉得青春再现。"就是姑娘的双臂也没有枣红马的脊背热情。"

突然,他觉得左臂一阵痉挛,于是停止"划船"。擦去脸上的汗水,他看看裤门襟。没有问题。天空依然还黑着。拉德哈麦斯别墅花园里的树木仍然是一团漆黑,晴朗的天空上闪烁着无数星星。让女伦理学家的饶舌女友欣喜若狂的聂鲁达那首诗是怎么说的来着?"远方群星颤抖得浑身发蓝。"那些老太婆梦想着哪个诗人摩擦着她们的乳头呢,因此激动得浑身颤抖。她们身边只有奇里诺斯、那个弗兰肯斯坦①。他又一次大笑起来,这是近来少有的事。

他脱了衣裳,换上便鞋和浴衣,去洗手间刮脸。他打开了收音机。"多米尼加之声"和加勒比广播电台正在播送新闻联播。几年前,是五点钟开始播新闻。可是他弟弟、"多米尼加之声"的老板贝坦得知哥哥四点钟起床就把新闻联播提前了一个小时。其他的广播电台赶紧与中央保持一致。他们知道元首在刮脸、洗澡和穿衣时是听新闻联播的,于是赶忙调整时间。真是用心良苦啊!

"多米尼加之声"的播音员播送了一个伯爵饭店的笑话以后,报道了由卡彤教授指挥的"旋律巨人"乐队伴奏、歌手乔尼·本图拉演唱的舞会,并重点强调了颁发给"英雄母亲"的"胡里娅·莫里纳·特鲁希略夫人大奖"。获奖者名叫阿莱罕德里娅·弗朗西斯卡,她生育了二十一个男孩,在接受第一母亲勋章时她声称:"如果元首需要我的儿子们把生命献给祖国,孩子们可以为大救星牺牲一切。"元首心里想说:"老太婆,我才不信你的鬼话呢。"

牙齿已经刷过了,现在元首在刮脸,非常认真仔细,从他在圣克里斯托瓦尔还是个贫穷的毛头小伙子时就养成了这个习惯。那个时候,他甚至连可怜的母亲晚上是否有菜豆和米饭给八张嘴填饱肚

---

① Frankenstein,好莱坞电影的怪物角色。

皮都不知道，如今每逢母亲节全国都来向第一母亲致意。（播音员说："您是仁慈情感的源泉，您是治理我们祖国的最卓越的领袖的母亲。"）清洁、卫生和讲究着装是元首唯一自觉信守的宗教。

播送过母亲节一个长长的拜访胡里娅妈妈的客人名单之后，可怜的老太婆神情麻木地一一接待成群结队的学校师生、社会团体人士、工会、妇联的代表，一面声音微弱地感谢人们的鲜花和祝贺。播音员开始攻击赖利和巴纳尔两位主教："他们既不出生在我们祖国的大地上，也不曾经历过我们的风雨苦难，（元首想：'说得好！'）他们竟然干涉我们的公民和政治生活，把脚踏进我们的司法领域。"乔尼·阿贝斯很想冲进圣多明各教会学校，把那个美国主教从庇护所里拉出来。"元首，能出什么事呢？当然，美国人会抗议的。他们长期以来不是一直在抗议吗？他们为卡林德斯、为飞行员穆尔比、为米拉瓦尔一家、为暗杀贝坦科尔特、为成千上万的事情抗议。让加拉加斯、波多黎各、华盛顿、纽约、哈瓦那狂叫去吧！有什么了不起的！重要的是这里发生的事情。只要教会的人害怕了，他们就不敢玩阴谋了。"不行。时候还不到，现在还不能跟赖利算账，也不能抓那个婊子养的西班牙杂种巴纳尔。只要时候一到，一切全报！他的直觉从来没有错过。眼下，一根汗毛也不要动！让他们继续捣鬼吧！从一九六〇年一月二十五日星期天开始他们不是一直在捣乱吗？已经过去一年半啦！那一天，他们在全国各地教区的弥撒上宣读了《主教书》，拉开了天主教反多米尼加政权运动的序幕。这些坏蛋！王八蛋！不长鸡巴的东西！竟然干出这么一手，他可是在梵蒂冈由庇奥十二世授过勋的人啊！那可是圣乔治教皇大十字勋章啊！巴伊诺·比查德以内政部宗教事务秘书的身份，在"多米尼加之声"发表广播演说，他提醒人们：政府为天主教花费了六千万比索，可是"主教和神甫们却在伤害多米尼加的教民"。元首换到另外一个调频上。加勒比电台正在播送由几百名工人签名的抗议信，因为《伟大民族宣言》上没有他们的签名，他们抗议"托马斯·赖利主教策划的动乱阴谋，这位主教背叛了上帝，背叛了特鲁希略，背叛了他自己的人格，他竟然不敢待在自己的教区里，而是惶惶然如丧家之犬，一头扎到特鲁希略城圣多明各教会学校里美国修女的裙子下躲藏起来。众所周知，这所学校是策划恐怖活动和搞阴谋诡计的巢穴"。当元首听到教育部已经取消圣多明各教会学校的合法地位，因为"该校的外国修女与两位主教勾结起来从事颠覆政府的恐怖阴谋活动"的时候，他又去听"多米尼加之声"的广播，刚好听到多米尼加马球队在巴黎获得又一次胜利的消息，"在美丽的巴葛蒂尔体育场，多米尼加队以五比四战胜了莱昂帕尔德队之后赢得了开创杯，使得内行的观众大惑不解"。元首的两个儿子兰菲斯和拉德哈麦斯是两位最受欢迎的队员。这是为了让多米尼加人感到自豪的又一个谎言。当然也是为了讨好元首。一想起这两个宝贝儿子，想起他俩的惨败，想起一次次的失望，他就感到胃里冒酸水。父亲正在经历一生中最艰苦的战斗，儿子们却在巴黎玩马球和法国妞！

　　元首在洗脸。一想起儿子们，他就怒火中烧。上帝啊，他并没有出错啊！他的家族是健康的，他种下的都是高头大马。远的不说，他在丽娜·罗瓦东肚子里播下的种子就长得强壮有力！他们个个都可以证明绝对赛过兰菲斯和拉德哈麦斯。这两个花花公子，两个废物，竟然用了歌剧里人物的名字。他为什么会同意让老婆用歌剧《阿伊达》① 里的人物给儿子取名呢？她在纽约看那出歌剧真不是时

---

① *Aida*，意大利歌剧作曲家威尔第作品。

候！名字给两个孩子带来了厄运，把他俩变成了歌剧里的小丑，而不是堂堂男子汉。他俩整天就知道吃喝玩乐，没有毅力，胸无大志，胡闹是一把好手。哥儿俩像是叔叔们生的，而不是父亲生的。元首的几个弟弟，"黑人"、贝坦、比比、阿尼巴尔，也都是废物，跟元首的两个儿子一模一样，都是流氓、寄生虫、拈花惹草的坏蛋。他们连百万分之一的力量、毅力和远见都没有。假如他死了的话，这个国家会出什么事呢？可以肯定兰菲斯的床上功夫也不像那些马屁精说的那么好。说他干过金·诺瓦克！干过莎莎·嘉宝！半个好莱坞让他干了一遍！真了不起啊！他馈赠的礼物有大奔驰、凯迪拉克、貂皮大衣，疯狂的兰菲斯甚至跟世界小姐和伊丽莎白·泰勒睡过觉！元首怀疑儿子未必真那么喜欢女人。他只是喜欢外表罢了。据说，他是多米尼加最棒的"枪"手，比波尔菲里奥[1]还厉害，后者是全球闻名遐迩的生殖器冠军，以性交能力强大而享有国际声誉。这个性交冠军是不是也跟元首的儿子一道在法国玩马球？自从波尔菲里奥加入到元首军事助理的行列以来，虽然他同元首的长女"金花"的婚姻是失败了，但是他对波尔菲里奥一直怀有好感，想到这里元首的情绪好得多了。波尔菲里奥有雄心大志，他干过许多了不起的女人，从法国女人达妮埃尔·达里厄直到亿万富婆芭芭拉·赫顿，他一朵鲜花不送，相反，还要从她们身上榨油，用她们的钱让自己发财致富。

元首在浴缸里撒了一点盐和肥皂水，然后怀着每个早晨强烈的满足感浸泡到水中。波尔菲里奥很会安排生活。他跟芭芭拉·赫顿的婚姻仅仅维持了一个月，这是从妻子的银行账号上和固定财产里

---

[1] Porfirio Rubirose（1909—1965），多米尼加共和国驻德国大使，著名的花花公子，特鲁希略的女婿。

各捞出一百万美元所需要的时间。假如兰菲斯和拉德哈麦斯能像波尔菲里奥这样捞钱,那也算不错了。这个活宝真是雄心勃勃。如同一切胜利者一样,他也有不少敌人。总是有人在散布关于波尔菲里奥的流言蜚语,建议元首撤掉波尔菲里奥的外交职务,因为他那些丑闻玷污了国家的形象。红眼病!对于多米尼加共和国来说,有什么宣传能与生殖器冠军媲美!自从他与"金花"结婚以后,许多人要求元首揪下这个诱奸了他女儿的混血通奸犯,但是诱奸博得了元首的欣赏。元首不会揪下他的脑袋。他了解叛徒的脾气,当人们还不知道叛徒要叛变的时候,元首就能嗅出叛徒的动静。因此,这个犹大还活着,但是总有一天他会烂死在维多利亚监狱,烂死在四十一号监狱,烂死在贝阿塔岛上,死在鲨鱼肚子里,或者让多米尼加土地上的昆虫吃掉。可怜的兰菲斯!可怜的拉德哈麦斯!幸亏安赫丽塔还有点性格并且留在元首身边。

元首出了浴缸,再来一个淋浴。从热水到冷水的反差使他感到振奋。好啦,现在真的有了活力。他一面撒除臭剂和滑石粉,一面注意加勒比电台的广播:播音员正在表达乔尼·阿贝斯的意图和口号。元首高兴的时候,称乔尼为"聪明的坏蛋"。

播音员好像骂人似的咒骂着"米拉芙洛莱斯的母老鼠""委内瑞拉的渣滓",他断言:委内瑞拉总统罗慕洛·贝坦科尔特给人民带来了饥饿,此外还给委内瑞拉带来了灾难,因为最近委内瑞拉航空公司一架飞机发生空难,造成七十二人死亡,这难道不是证明吗?这个混蛋总统不会如愿以偿的。他让美洲国家组织制裁多米尼加,可最后笑的人才是赢家。不管米拉芙洛莱斯宫殿里的老鼠,不管波多黎各的毒枭穆尼奥斯·马林,不管哥斯达黎加菲盖莱斯的枪手,都不会让元首感到不安。但是,教会却让元首忧心忡忡啊!阿根廷前总统庇隆离开特鲁希略前往西班牙时谆谆告诫元首说："大元帅啊，您可千万小心那帮神甫！打倒我的人既不是政客圈子，也不是军人团体，而是那群神甫！要么妥协，要么干脆消灭他们！因为他们手里有群众啊！"元首想：教会并不想打倒他。可是他们会不停地捣乱。自从一九六〇年一月二十五日那倒霉的一天开始，整整一年四个月以来，教会没有一天是不捣乱的。《主教书》《备忘录》、做弥撒、九日祈祷、讲经、布道，没有一天是闲着的。这群教会流氓反对元首的任何言行在国外都有反应；报刊、电台、电视都在叫喊"特鲁希略很快就会下台"，因为"连教会都不理睬他了"。

元首穿上短裤、衬衫和袜子，这是勤务员辛弗罗索前一天晚上叠好放在衣柜上的，旁边是衣架，上面挂着崭新的灰色上装、高领白衬衣、白点蓝色领带，这是今天上午要穿的衣裳。赖利主教躲在圣多明各学校里日日夜夜究竟干些什么呢？难道操修女吗？有些脸上长着汗毛的修女实在可怕。元首还记得安赫丽塔是在这所学校读书的，这是上层家庭女子的学校啊。元首的几个孙女也在这所学校念书。在公布《主教书》之前，修女们对元首奉承到了何等地步啊！可能乔尼·阿贝斯说得有道理，到了应该行动的时候了！既然电台、电视台、社会团体、国会的宣言、批判文章和抗议信不能教训神甫，那就严厉镇压！可以让老百姓去干嘛！让群众冲击保护外国主教的警卫线，闯入圣多明各学校和维加教区办公室，把美国佬赖利和西班牙佬巴纳尔揪出来，拉到大街上绞死！为祖国报仇雪恨！然后给梵蒂冈教皇约翰寄上吊唁函和道歉信——傀儡总统巴拉格尔[1]是写这些玩意儿的大师，同时，警告性地惩罚一下一小撮肇事者，从普

---

[1] Joaquín Balague（1906—2002），多米尼加共和国总统。

通刑事犯里挑几个即可。其他的混蛋看到两个主教的尸体被愤怒的群众撕成了碎片会不会接受教训呢？不，现在还不是时候。不能提供任何借口让肯尼迪总统去满足贝坦科尔特、穆尼奥斯·马林、菲盖莱斯的要求，派兵登陆多米尼加共和国。头脑要冷静，办事要谨慎，要像个海军陆战队员的样子。

但是，理智的声音不能熄灭元首心中的怒火。由于气愤，他不得不停止穿衣。怒火不停地冲向他的五脏六腑，熔岩般地流向大脑，仿佛要爆裂开来。元首闭上眼睛，一直数到"十"为止。愤怒不利于执政，会损害心脏健康，会导致心肌梗塞。前天夜里，在卡奥瓦之家，怒火几乎让他昏厥过去。他渐渐平静下来。每当必要时，他总能控制住火气：掩饰自己，装出和蔼可亲的样子，如果需要，哪怕是对待最肮脏的人渣，那些叛徒的遗孀、儿子或者兄弟。因此，他才能肩负着一个国家的重担，即将走完三十二年的历程。

元首在努力完成系好袜带的复杂任务，袜子穿上去一定要平平展展。如果对国家没有威胁，如果可以给老鼠、癞蛤蟆、野狗和毒蛇以应得的惩罚，把怒火宣泄出去该有多愉快啊！鲨鱼的大肚子可以证明：元首还没有放弃这份乐趣呢。那个不忠实的西班牙人何塞·阿尔莫依纳的尸体不是还在墨西哥吗？另一个敢咬主人手的毒蛇，那个巴斯克人赫苏斯·德·卡林德斯的尸体不是也在那里吗？还有那个拉蒙·马莱罗·阿里斯迪①，现在不是也倒下了吗？他以为自己是个名作家就可以给《纽约时报》提供反对多米尼加政府的消息，可恰恰是这个政府曾经为他支付吃喝玩乐的花销。还有那个米拉瓦尔三姐妹，她们玩什么共产党加女英雄的游戏，作证说"元

---

① Ramón Marrero Aristy（1913—1959），多米尼加文学家、政治家。

首一发怒，大山挡不住"。现在不是也完蛋了吗？甚至伯爵大街那两个疯子、瓦莱里阿诺和巴拉基塔这对夫妻，也是同样的下场。

手里提着鞋子，元首想起这对闻名遐迩的夫妻。他和她也是城里的一景呢！两人住在哥伦布公园的月桂树下，住在大教堂的拱廊里，街上人多一点的时候，夫妻俩就出现在伯爵大街华丽的鞋店和首饰店门前，装疯卖傻，为的是挣上几文钱或者一点食物。元首多次看到瓦莱里阿诺和巴拉基塔穿着褴褛衣裳，戴着古怪的饰物。瓦莱里阿诺时而装扮成基督背负着十字架，时而装扮成拿破仑挥舞着扫把棍，咆哮着发号施令向敌人发起攻击。乔尼·阿贝斯手下一个特务报告说：疯子瓦莱里阿诺丑化元首，管元首叫"蜗牛"。元首感到好奇。他乘了一辆有深色玻璃的汽车去偷看。那老江湖胸前挂满了小镜子和啤酒瓶盖，做出种种丑态炫耀身上的"勋章"，一群人担心地看着他俩的表演，不知笑好还是走开为好。巴拉基塔指着疯子那闪闪发光的胸膛不停地喊道："各位，给'蜗牛'鼓掌啊！"元首立刻觉得怒火中烧，不可遏止，马上下令严惩这个胆大妄为的家伙。命令执行了。可是，第二天，元首想到疯子大概不知道自己的所作所为，他想与其惩罚瓦莱里阿诺，还不如逮捕那些教会这对夫妻表演的滑稽演员呢。于是，他命令乔尼·阿贝斯趁着黎明前的黑暗把夫妻俩放掉："疯子终归是疯子。放了他俩吧！"军情局局长面露难色地说："陛下，昨天，我们就把他俩扔给鲨鱼了。遵照您的命令，是活着扔下去的。"

元首穿好鞋子，站起身来。政治家对自己的决定是不后悔的。元首对任何事情都没有后悔过。他真想把两个主教也活活地扔给鲨鱼吃。他开始做每天早晨的个人卫生，这是他真正喜欢做的事情，同时回想起年轻时阅读过的一部长篇小说，也是他唯一记得的作品

《你往何处去》。这是一个古罗马天主教和基督教的故事，他永远忘不了佩德罗尼奥·阿尔比特洛这个人物形象：高雅、极为富有，是奢华生活的主宰者，每天早晨通过按摩、淋浴、涂抹香膏、喷洒香水和女奴们的爱抚来恢复体力。假如元首有时间的话，他也要做阿尔比特洛所做的一切：每天早晨做完健身之后也请来按摩师、修手匠、修脚匠、理发师和美容师。午餐后，也做一次快速按摩。星期天如果有两三个小时可以摆脱公务的话，那就可以做得更从容一些。可是哪里有像了不起的阿尔比特洛那样逍遥放荡的时间呢！有现在这十分钟，他就不得不感到知足了：喷上一些曼努埃尔·阿方索——可怜的曼努埃尔，你手术以后怎么样？——从纽约寄来的除臭剂和法国制造的香膏，再洒上一些香水，最后用一点玉米香精擦擦胸脯。元首在梳头和整理小胡须时（这个刷子胡已经留了二十年），还非常仔细地在脸上抹一层滑石粉，直到完全盖住从母系遗传来的那层黑色。母亲的祖先是海地黑人，元首一向瞧不起别人和他自己的黑皮肤。

元首已经着装完毕：穿好西装，打上了领带。差六分钟五点。他满意地看看表，从来没有超过规定的时间。他很迷信：如果五点整不走进办公室，这一天就会有坏事发生。

元首走到窗户旁边看看。外面依然漆黑，仿佛还是午夜。但是，他看到天上的星星比一个小时以前少了。星星胆怯地闪烁着微光。天快亮了，星星要跑掉了。他拿起一根手杖，向门口走去。他刚一开门就听到两名侍卫副官立正的声音。

"早上好，陛下！"

"早上好！陛下！"

元首微微点头。只要一瞥，他就知道两人的着装完全合乎标准。

他不能容忍懒散、无秩序，无论将官还是士兵都不行。而在负责中央安全的警卫人员中，如果副官丢了一颗纽扣，军装上有污点或者皱褶，军帽没有戴正，那就是犯了严重错误，就要关禁闭数日，有时会开除出警卫部队，遣送回野战军中。

一阵清风摇动着拉德哈麦斯别墅的树木。元首一面从树林走过，一面倾听着叶子摩擦的簌簌声。从马厩里再次传来马的嘶叫。乔尼·阿贝斯要报告野营行军的情况，要去视察圣伊希德罗空军基地，要听奇里诺斯的汇报，要与吉特尔曼共进午餐，还有三四次会见，要与内务和宗教事务秘书办公，要与傀儡总统巴拉格尔办公，要与多米尼加党主席丘丘·阿尔瓦莱斯·比纳办公，问候胡里娅妈妈之后去防波堤上散步。去不去圣克里斯托瓦尔睡觉，驱散掉那天夜里的苦涩味道？

元首走进办公室，地点在国家宫内，时针刚好指在五点上。写字台上已经摆好了早餐——果汁、奶油面包片和刚刚煮好的咖啡，还有两个杯子。伫候在办公室的还有军情局局长顺从的身影，那就是乔尼·阿贝斯·加西亚上校：

"早上好，陛下！"

三

萨尔瓦多突然大喊一声:"他不会来了!瞧着吧,又浪费了一个晚上。"

阿玛迪多立刻反驳说:"他会来的!"又不耐烦似的接着说,"他已经穿上了橄榄绿军装。侍卫副官已经接到命令,让他们准备好那辆蓝色的雪佛兰。为什么你们不相信我呢?他一定会来的!"

汽车停放在防波堤对面,萨尔瓦多和阿玛迪多坐在后排座位上,他们在那里已经等了半个小时,偶尔交换几句话。掌握驾驶盘的是安东尼奥·英贝特;他的身边是安东尼奥·德·拉·玛萨,他的胳膊肘撑在车窗上;他俩这一次什么也没说。四个人焦急地注视着从特鲁希略城方向开来的很少几辆汽车驶过眼前,黄白色的灯光穿过层层黑暗指向圣克里斯托瓦尔,最后消失在远方。其中没有一辆是一九五七式、带小窗帘的蓝色雪佛兰:他们等待的汽车。

距离这四个人几百米的地方有个畜牧市场,那里有几家餐厅——最有名气的一家是波尼,大概又挤满了吃烤肉的顾客,还有一家放音乐的酒吧。这时刮的是西风，嘈杂声传不到他们四人耳中，但是可以远远地看到那里的灯火隐隐约约地闪烁在棕榈树林中。与此相反，波浪撞击礁石的轰鸣声和惊涛回落的唰唰声震耳欲聋，不高声喊叫别人很难听清楚你说的话。这辆车没有开灯，车门紧闭，准备随时开动。

"你们还记得他要赶时髦，不带特工就来防波堤乘凉的事吗？"安东尼奥·英贝特探出窗外深深地吸了一口夜间的清风。"从那以后咱们就开始认真商量这件事了。"

那三位朋友没有立刻回答他的话，好像在记忆里搜索着什么，要不然就是没有注意他的话。

"对，是在这里，防波堤上，大约半年以前。"片刻后，埃斯特莱亚·萨德哈拉说道。

坐在前排的安东尼奥·德·拉·玛萨没有回头，他低声说道："还要更早，在他们杀害了米拉瓦尔三姐妹的时候，是在十一月，咱们在这里议论这件暴行。我可以肯定。因为很早以前咱们就在晚上来防波堤了。"

"就像是一场梦，"英贝特含糊地说道，"很难记得。太久了。就像人们小时候幻想当英雄、当探险家、当电影演员一样。到现在我都不相信今天晚上要动手，他妈的！"

"可他也得来呀！"萨尔瓦多嘟囔了一句。

"'突厥'，我敢跟你打赌：他一定会来的。"阿玛迪多语气肯定地说。

"我担心的是星期二他不来，今天正是星期二啊，"安东尼奥·德·拉·玛萨也嘟囔起来，"他总是星期三去圣克里斯托瓦尔。阿玛迪多，你还是侍卫副官队里的人呢，应该比谁都清楚。他为什么要换日子?"

"不知道为什么,"但是,阿玛迪多中尉坚持道,"可他一定会来的。他已经穿上了橄榄绿军装,也下令准备了蓝色雪佛兰。肯定会来的。"

"卡奥瓦之家大概又有一个漂亮妞在等他,"安东尼奥·英贝特说道,"一定是个还没有开苞的雏鸡。"

萨尔瓦多打断了他的话:"如果你不介意的话,咱们换个话题吧!"

掌握着方向盘的英贝特表示歉意说:"对不起,我总是忘记在你这个虔诚的信徒面前是不能谈'雏鸡'的。换个说法吧,圣克里斯托瓦尔那边是按照计划办事的。这么说可以吧,'突厥'?还会亵渎你那使徒般的耳朵吗?"

可是谁也没有心思开玩笑,包括英贝特本人,他说那几句话无非是因为等得不耐烦了。

"注意看!"德·拉·玛萨伸着脑袋朝前看。

"是辆卡车,"萨尔瓦多只看了一眼那渐渐临近的黄色灯光就回答说,"安东尼奥,我既不狂热,也不虔诚。我按照自己的良心办事,如此而已。去年一月三十一日发布了《主教书》以后,我为自己是个天主教徒感到自豪。"

那的确是辆卡车。它咆哮而过,一车用绳索捆绑的高高木箱摇晃个不停。隆隆声越来越小,最后消失了。

"天主教徒不能说'鸡巴',但是可以杀人,对吗,'突厥'?"英贝特挑衅道。他经常向萨尔瓦多·埃斯特莱亚·萨德哈拉挑衅,因为他俩是这群人里最亲密的朋友。两人总是互相开玩笑,有时玩笑太过分,在场的人以为两人会动起拳头来。可他俩从来没有吵过架,

"哥儿俩"的友谊是牢不可破的。但是今天晚上萨尔瓦多一点开玩笑的心思也没有。

"随便杀人，不行。干掉一个暴君，可以。有个说法叫'诛暴君'，你听说过吗？在特殊的情况下，教会是批准的。圣托马斯·阿奎那写过这样的话。你猜我怎么知道这个说法的？那是我开始帮助'六·一四'的人后才明白：必要时我得扣动扳机。我还找了我的忏悔神甫福廷导师。他是圣地亚哥市里的加拿大传教士。在他的帮助下，教皇的使者里诺·撒尼尼主教接见了我。'阁下，一个信徒如果杀掉了特鲁希略，算是罪孽吗？'主教闭上眼睛，思索了一会儿。我差不多可以把他的话用意大利口音复述出来。他拿给我看圣托马斯的《神学全书》中的一段话。当年我要是没有看到那句话，今天我是不会跟你们在一起的。"

安东尼奥·德·拉·玛萨早已经回过头望着他了：

"咱们这件事，你还请教过忏悔神甫？"

他问话的声音里有股火气。阿玛多·加西亚·盖莱罗中尉担心德·拉·玛萨会发脾气，自从特鲁希略几年前杀死玛萨的弟弟奥克塔维奥以后，这位哥哥就很容易冲动。这样的冲动会破坏他和萨尔瓦多·埃斯特莱亚·萨德哈拉的友谊。萨尔瓦多安慰他说：

"安东尼奥，那是很早以前的事情了。那时我刚开始帮助'六·一四'的人。你以为我会那么混账，把咱们的事告诉一个可怜的神甫？"

"你给我说，为什么你可以说'混账'，而不能说'鸡巴'和'雏鸡'呢？"英贝特嘲笑道，再次缓和了紧张气氛。"这些坏话不是都会亵渎上帝吗？"

"亵渎上帝的不是话语，是淫秽的思想，"萨尔瓦多正好顺着他的口气说道,"问混账事情的混蛋可能不会亵渎上帝,可是肯定会让上帝厌烦。"

"为了怀着圣洁的心灵参加这么重大的事情,今天早晨你去教堂领圣餐了吗?"英贝特继续挑衅道。

萨尔瓦多承认说:"十年来,我每天都去领圣餐。我不知道自己是不是有一颗基督徒应该有的灵魂。这事只有上帝清楚。"

阿玛迪多心里说:"你已经有了一颗基督徒的心。"在他活在世上三十一年的时间里,在所有的熟人里,他最钦佩的就是萨尔瓦多。阿玛迪多有个名叫乌拉尼娅·米耶赛斯的姨妈嫁给了萨尔瓦多,阿玛迪多非常喜欢这位姨妈。自从他当上了卡雷拉斯军事战役学院(院长是特鲁希略的女儿安赫丽塔的丈夫)的士官生以后,就习惯在放假的日子里到萨尔瓦多家里去玩。姨父在阿玛迪多的生活里变得重要至极;他有事就与姨父商量,也把心中的烦恼、梦想和疑惑告诉姨父,每有重大决定之前都请姨父出主意。埃斯特莱亚·萨德哈拉一家人为庆祝阿玛迪多晋升军官——在一届三十五名军官中名列第一——举办了舞会,参加舞会的有十一位姨妈;几年后,他们又为他举办了一次舞会。年轻的中尉以为得到一生中最好的消息:已经批准他到军队中声誉最高的单位——侍从副官队——服役,负责警卫大元帅、国家最高元首的安全。

阿玛迪多闭上了眼睛,呼吸着从四扇打开的小车窗吹进来的海风。英贝特、萨尔瓦多和安东尼奥·德·拉·玛萨保持着沉默。他认识英贝特和德·拉·玛萨是在马哈马·甘迪大街上的萨尔瓦多家。一个偶然的机会让他成为"突厥"和玛萨争吵的目击者,当时他以为这两人会掏出枪来。几个月后两人和好了,为着一个共同的目标:干掉"公羊"。一九五九年那一天,在乌拉尼娅和萨尔瓦多为阿玛迪多准备的那个晚会上大家都喝了许多甜酒,谁能告诉阿玛迪多两年以后,一九六一年五月三十日星期二,在温暖、布满星星的夜空下,他要等待特鲁希略本人的到来,然后把这个大元帅干掉呢?有一天,萨尔瓦多和他走到距离马哈马·甘迪大街二十一号不远的地方,这位姨父把他拉到花园一个偏僻的角落里,神情严肃地对他说了一番话。从那时起到现在又发生了多少事情啊!姨父说:"阿玛迪多,我得跟你说点事。因为我喜欢你,我们这个家都喜欢你。"

姨父说话的声音太小,小伙子只好把耳朵凑过去。

"萨尔瓦多,怎么回事?"

"我们不想影响你的前途。如果你来我们家,可能会给你带来麻烦。"

"什么样的麻烦?"

"突厥"的表情几乎一向是平静的,但这时肌肉在抽搐,眼睛里闪出一丝不安的神色。

"我同'六·一四'的年轻人有联系。如果被发现了,那对你很危险。想想看,你是特鲁希略侍卫副官队里的人啊!"

中尉怎么也没有想到萨尔瓦多会秘密参加推翻政府的活动,会帮助反对特鲁希略的组织。卡斯特罗分子六月十四日在康斯坦萨、麦蒙和埃斯德罗·翁托登陆以后,人们就组织起来反抗了。当时不是牺牲了很多人吗?他知道姨父讨厌这个政权,尽管萨尔瓦多和妻子在他面前说话很小心,可总有时候会流露出一些反政府的话。夫妻俩随后立刻打住,因为他和她知道:虽然阿玛迪多对政治不感兴趣,可是也像任何一个军官一样,对这位三十年来掌握着国家命运、决定着多米尼加人生死的最高元首、大恩人、祖国之父表现出根深蒂固、狗一般的忠诚。

"萨尔瓦多,你别说了!你早就对我说过了。我也早就听见了。我已经忘记那些话了。我还要像从前一样去你那里,那也是我的家。"

萨尔瓦多用他清澈的目光注视着阿玛迪多,传给他一种生命的愉悦。

"那咱们去喝杯啤酒。你用不着摆出一副伤心的模样。"

因此,理所当然地,当中尉恋爱后开始考虑结婚的时候,他就首先把未婚妻介绍给萨尔瓦多和乌拉尼娅认识,当然还有梅卡姨妈——母亲的十一个姐妹中他最喜欢的一个。哦,亲爱的路易莎·希尔!中尉一想起这个可爱的姑娘,内疚就撕裂他的心肺,怒火就阵阵涌上心头。他拿出一支香烟放在嘴上。萨尔瓦多用打火机给他点烟。哦,美丽、娇艳的路易莎·希尔!在一次演习之后,他和两个战友在罗马纳乘着一艘帆船在海上兜风。船靠码头时,有两个姑娘在买鲜鱼。三个军官上前搭讪,然后就陪着两位姑娘去听音乐。接着,姑娘们邀请三位军官去看一对夫妻。只有阿玛迪多能去,因为那天他轮休,两位战友则必须回兵营。他发疯似的爱上了那个身材苗条、性格活泼的大眼睛姑娘,她跳起默朗格舞来可以与多米尼加之声的女明星相媲美。姑娘也爱上了这个潇洒的军官。两人第二次出去玩的时候,看了电影又去跳了舞,他吻了她、抱了她。你是我一生最爱的人儿,我再也不会找别的姑娘了。自从当上士官生,这样肉麻的话阿玛迪多就跟许多女人说过,但这一次他说的可是真话。路易莎带他去看住在罗马纳的父母,他请她去住在特鲁希略城的梅卡姨妈家吃午饭。一个星期天,他带她去看萨尔瓦多和乌拉尼娅,大家都特别喜欢路易莎。他说很想向她求婚,埃斯特莱亚·萨德哈拉全家给他打气,说路易莎非常迷人。于是,阿玛迪多正式向她父母提出了结婚的请求。根据军规,他向侍卫副官指挥部递交了结婚申请报告。

那是他活到二十九岁以来,现实第一次给他的当头棒喝,尽管他学习成绩优秀、士官和军官的业绩骄人,可他完全不晓得现实会是这个样子。(他想:"自己与大多数多米尼加人一样。")他的申请迟迟没有下文。有人给他解释说,侍卫副官队已经把申请转给了军情局,因为要进行政审。一周到十天之内批文就会下来。可是,十天过去了,十五天过去了,二十天过去了,批文一直没有下来。到了第二十一天,元首把他叫到了办公室。这是他唯一一次有幸同祖国的大恩人谈话,虽然此前在公共场合他多次守在元首身边。这是他每天在拉德哈麦斯别墅看到的伟人第一次把目光落到了他身上。

加西亚·盖莱罗中尉小时候就听家里大人——尤其是祖父埃尔莫赫内斯·加西亚将军说到元首的目光。后来在学校里,再后来在士官和军官中,也反复听到。人们说:特鲁希略的目光无人可以承受,人人都会低下头来,因为吓呆了,因为被他眼神中锥子般的力量刺倒了;他的目光好像可以看出你最隐秘的思想、深藏的欲望和打算,会让你感到被脱光了衣裳。阿玛迪多对这些传言颇不以为然。可以说,元首是个伟大的政治家,他的眼力、意志和工作能力已经把多米尼加共和国变成了一个了不起的国家。可他不是上帝,他的目光只能与平常人一样。

他一踏进办公室,一立正,一从喉咙里尽可能爆发出显示军人威武的响亮声音——"陛下,加西亚·盖莱罗中尉奉命来到",就足以让他感到如同触电般的激动。"进来!"一个尖嗓门吼道,声音是从一个坐在房间另一端红皮写字台后面的男人那里发出来的,那人头也不抬,继续在写着什么。中尉向前走了几步,停下立正,纹丝不动,也不想什么,望着眼前那头梳理整齐的华发和一身无可挑剔的衣着——蓝色西装、雪白的高领衬衫、带珍珠别针的银色领带——的人,只见他一手扶纸,一手在用蓝墨水笔写字。他看到元首的左手上戴着一枚闪光的宝石戒指,根据迷信的说法,这是一个护身符,是元首年轻时在国民警卫队当差时,在一次追捕反对美国军事占领的起义军"强盗"的过程中,一个海地巫师送给他的,老人担保说:只要他不摘掉这枚戒指,就可以刀枪不入。

"中尉,你的服役表现不错啊!"他听到元首这样说道。

"谢谢,陛下!"

长着银发的脑袋微微颔首,那双大眼睛目不转睛地寻找着中尉的目光,既不闪光也不幽默。事情过后,中尉对萨尔瓦多坦白道:"他的视线落到我脸上之前,我从来没有害怕过。说真的,他看得我心里发慌。"元首很长时间没有说话,用目光在检查中尉的军装、皮带、纽扣、领带、军帽。阿玛迪多开始出汗了。他早就知道,着装稍有疏漏就会惹得元首不快,甚至会爆发出严厉的责骂。

"这么出色的服役表现可不能因为跟一个共党分子的妹妹结婚而被玷污了啊!在我的政府里不允许敌友共处。"

元首温和地说着,那锥子般的目光并没有离开中尉的眼睛。小伙子心想,这尖嗓门会随时像公鸡一样地叫起来。

"路易莎·希尔的哥哥是'六·一四'动乱分子,你知道吗?"

"不知道,陛下。"

"现在你知道了,"元首清清喉咙,语气不变地继续说下去,"咱们国家有很多女人,你再找一个吧!"

"是,陛下。"

他看到元首点点头,意思是接见结束了。

"陛下,我走了。"

立正,敬礼。他迈着正步走了出去,极力掩饰心中的苦涩。军人得服从命令,特别是来自大恩人、祖国之父的命令。老人家在百忙之中还拨冗找他谈话。既然元首给他这个荣誉军官下令,那也是为了他好。他应该服从。他咬着牙吞下了苦果。他给路易莎·希尔写了一封信,里面全是真话:"我怀着极大的痛苦给你写这封信,我的感情在经受折磨,因为我不得不放弃对你的爱情,不得不痛苦地告诉你:咱俩不能结婚。上级禁止我同你结婚,理由是你哥哥参加了反对特鲁希略的活动,此事你一直没有对我说。我明白你为什么这样做。可正因为如此,我希望你也能理解我违背自己的意愿被迫采取的困难决定。尽管我会永远心怀爱慕想念你,可是咱们再也不能见面了。希望你万事如意。请不要记恨我!"

罗马纳那个美丽、快乐和苗条的姑娘是不是已经原谅他了?虽然他再也没有看到这个姑娘,可是他心里总是还在想念她。路易莎已经结婚了,丈夫是银港地区的富有农场主。但即使路易莎原谅了他中止婚约的事,假如她知道另外那件事的话,也肯定不会原谅中尉的。他自己也永远不会原谅自己的。即使再过几分钟元首就会被乱枪打得像蜂窝——面对脚下的尸体,中尉想把手枪里的全部子弹打进那双蜥蜴般冰冷的眼睛里去——他仍然不能原谅自己。"路易莎永远也不会知道那件事。"除去策划这次伏击"公羊"① 的几个人知道以外,无论路易莎还是什么人都不清楚那件事。

当然,萨尔瓦多·埃斯特莱亚·萨德哈拉是知道的。那天黎明时分,加西亚·盖莱罗中尉来到了马哈马·甘迪大街二十一号。他

---

① 特鲁希略的绰号。

被仇恨、酒精和绝望摧毁了。干完那件事以后，乔尼·阿贝斯上校和罗伯托·菲盖罗阿·加里翁少校把他直接送到了普莎·威迪尼开的妓院里，为的是通过老酒加妓女让中尉忘记那个倒霉的时刻。"倒霉的时刻""为祖国牺牲""忠诚考验""献身给元首"：这就是他们说的话。随后，两人祝贺中尉晋升。阿玛迪多吸了一口烟，接着把烟吐到了公路上，一个小小的火团撞击在柏油路上。"要是你不想些别的事情，就会哭起来。"一想到英贝特、安东尼奥和萨尔瓦多看到自己竟突然啜泣起来，中尉就觉得很不好意思。他们三人会以为他胆怯后退了呢。小伙子咬得牙齿咯咯作响。他还从来没有如此坚定过。只要"公羊"活着，他就不能活，从一九六一年一月的那个晚上起，世界就已经崩溃，他终日感到绝望。为着不饮弹而去，他跑到马哈马·甘迪大街二十一号，寻求萨尔瓦多的友谊庇护。他把发生的一切都告诉了"突厥"。但不是立刻。因为当萨尔瓦多、他妻子和孩子们黎明时分被猛烈的敲门声惊醒，男主人赶忙跳下床去开门的时候，他看到中尉浑身上下一塌糊涂，还散发着浓烈的酒臭。阿玛迪多一句话也说不出来，一下子扑进萨尔瓦多怀中。"出什么事了，阿玛迪多？谁死啦？"大家把他拉进卧室，强迫他躺在床上，由着他去讲一些不连贯的句子，倾诉心中的烦恼。乌拉尼娅·米耶赛斯给他准备了一杯热茶，像哄孩子一样让他慢慢喝下去。

"凡是你将来会后悔的事情，就不要讲给我们听。""突厥"拦住了他的话头。

他坐在床角上，身穿绣有汉字的和服，亲切地望着阿玛迪多。

乌拉尼娅姨妈吻了吻中尉的前额，站起来说："你俩单独谈吧。你可以更放心地说话。有些话说给我听你也许更痛苦，那就说给他听吧！"

阿玛迪多说了一声"谢谢"。"突厥"熄掉了头上的中央顶灯。床头柜上台灯的纱罩上有些红光照射出来的图画。是云彩？是动物？中尉心里想：就算突然发生火灾，我也不会挪动地方。

"阿玛迪多，你睡一会儿吧。太阳一出来，你就会觉得事情并没有那么悲惨。"

"太阳出来也一样，'突厥'。今后无论白天还是黑夜，我都会讨厌自己。如果不让我喝酒，那就更糟。"

事情是从中午开始的，地点在侍卫副官总部，旁边就是元首居住的拉德哈麦斯别墅。阿玛迪多中尉刚刚从博卡·奇卡回来，是总参谋部与大元帅保持联系的联络官罗伯托·菲盖罗阿·加里翁少校派他给在多米尼加空军基地的兰菲斯·特鲁希略将军送去一封盖有火漆印的信。中尉进办公室向少校报告了任务完成的情况。少校露出顽皮的样子迎接他，接着，他指指写字台上的红皮卷宗说：

"你猜不出这里的内容？"

"给我一周的假期？让我去逛海滩？对吗，少校？"

"小伙子，是晋升你为上尉的命令。"顶头上司把卷宗递给他。

萨尔瓦多不动声色地听他这样说道："我当时愣住了，因为还没有轮到我晋升的时间。还差八个月我才能提出晋升的申请呢。我那时心里想：由于否定了我的结婚申请，因此得给我一个安慰奖。"

萨尔瓦多在床角不安地一动，脸上露出不舒服的表情。

"阿玛迪多，你一直不知道吗？你的同事和上级从来没有跟你说过忠诚考验的事吗？"

"我那时以为是胡说八道，"阿玛迪多坚决而愤怒地否认道，"我发誓。到那里去当兵不是为了炫耀的。我一直不清楚忠诚考验的事。那对我是个突然袭击。"

那是真的吗，阿玛迪多？又一个谎言而已，又一个令人同情的谎言而已，自从进入军事学院以来，生活就成为一连串的谎言。自从他一出生，生活就成了谎言，因为他是与特鲁希略时代同时诞生的。你当然应该知道忠诚考验的事，应该怀疑到这件事；显而易见，在圣佩德罗·德·马克里斯军营里，后来在侍卫副官队中，通过人们的玩笑、吵架、咋呼、吹牛，你当然听到过、感觉到过、发现过委派特殊任务和担任更重要职务的军官和特派员，在晋升和委派之前都是要经过考验的：看你是否忠诚于特鲁希略！你一直很清楚：有忠诚考验这回事。但是，现在加西亚·盖莱罗也明白自己一直不想详细打听这次忠诚考验的内容。菲盖罗阿·加里翁少校握握他的手，又重复了一遍中尉听过多次最后终于相信的话：

"小伙子，你前程远大啊！"

少校命令他晚上八点钟去家里接他：大家去喝一杯，庆祝他的晋升并办个手续。

"你开吉普车吧！"少校送别他时说道。

八点钟，阿玛迪多来到少校家门口。这位上级没有请他进门。少校可能一直守在窗户后面监视着外面的动静，还没等阿玛迪多把吉普车停稳，他就已经出现在门外了。他跳上吉普车，没有回答中尉的敬礼，就假装口气自然地命令阿玛迪多：

"去四十一号！"

"少校，是去监狱啊？"

"对，去四十一号！"中尉重复道，"有人在那里等着呢。你大概猜出是谁了，'突厥'。"

"是乔尼·阿贝斯。"萨尔瓦多嘟囔了一声。

"是阿贝斯·加西亚上校，"阿玛迪多用讽刺的口吻纠正道，"是军情局局长!"

"阿玛迪多,你能肯定你真的愿意把这件事讲给我听吗?"小伙子感到萨尔瓦多拍了拍他的膝盖。"让我也知道这件事,将来你不会恨我吗?"

阿玛迪多以前就看到过军情局局长。早就看到过他像个影子似的在国家宫的走廊里飘来飘去,看到他在拉德哈麦斯别墅的花园上下那辆黑色的防弹凯迪拉克,看到他进进出出元首的办公室,看到只有这位局长可以而全国其他任何人也做不到的事情——随时随地、无论白天黑夜都能在国家宫或者元首的私人住宅里得到接见。阿玛迪多如同海陆空军中的许多战友一样,一看到这个套着一身上校军装的肥头大耳的家伙,心底就悄然生出一种警惕的战栗感。军人应该显示的身材、灵活、威武、雄壮、阳刚和帅气,都被这位局长具体地否定了,虽然元首每当国庆节和建军日总是要对将士们强调上述军人应有的气质。局长哭丧着的肥脸上留着墨西哥最走红的演员阿尔杜罗·德·科尔多瓦式的小胡须,短脖子上支撑着阉公鸡式的下巴。尽管军官们是在最亲密的小圈子里多喝了一些甜酒之后才会说上几句,可实际上人人讨厌这位军情局局长,因为他不是真正的军人。乔尼·阿贝斯·加西亚的上校军衔不是读军校、过军营生活、流汗甚至流血一级一级升上来的。他是用肮脏的勾当换来的这个权力极大的军情局局长职务。军官们不信任这位局长,因为有许多见不得人的"业绩"据说是他指挥干的:杀人越货、迫害追踪、监视陷害、造成高层人士突然失宠——例如参议员阿古斯丁·卡布拉尔刚刚发生的事情;对"有问题"的人们进行告密、揭发、造谣、诬蔑(《加勒比日报》上有个"公众论坛"专栏专门从事这个勾当,许多人的命运就取决于专栏里的话);军情局局长还策划和组织迫害非政界的和平和正直的人士，这些人由于这样或者那样的原因落入了乔尼·阿贝斯·加西亚和特工大军布下的天罗地网。因此可以说，无论多米尼加社会哪个偏僻的角落，都躲不开军情局的眼睛。许多军官——包括加西亚·盖莱罗中尉——感到自己有权在内心深处蔑视这个局长，尽管大元帅是信任他的，因为如同政府内好多人的想法一样（似乎包括兰菲斯·特鲁希略在内），这些军官认为：阿贝斯·加西亚上校暴露出来的残暴嘴脸会让政府威信扫地，会证明批评政府的人是有道理的。但是，阿玛迪多想起有一次他的顶头上司菲盖罗阿·加里翁少校吃完晚饭后趁着酒兴当着一群侍卫副官的面替军情局局长辩护说："上校可能是个魔鬼，但是他为元首效力。这样，所有的坏事就可以全部推到他头上，一切好事都归功于元首了。这是对国家最好的服务！为了让政府连续执政三十年，就需要这样一个双手沾满屎尿的乔尼·阿贝斯。如果需要，他得连脑袋加身体也沾满屎尿。让他越热越好！让他把敌人、甚至朋友的仇恨全都吸引住才好！元首明白这个道理，所以每天都离不开他。如果上校不替元首注意背后的动静，谁知道会不会出现发生在委内瑞拉的佩雷斯·希门内斯①、古巴的巴蒂斯塔②、阿根廷的庇隆③身上的事情呢！"

"晚上好，中尉！"

"晚上好，上校！"

阿玛迪多举手行军礼。可是，阿贝斯·加西亚只跟他握握手——一只软绵绵的手，好像海绵一样，手心都是汗水——随后，又拍拍

---

① Pérez Jiménez（1914—2001），委内瑞拉军人、独裁者。
② Fulgencio Batista（1901—1973），古巴军人、独裁者。
③ Juan Perón（1895—1974），阿根廷总统。

中尉的肩膀。

"请过来!"

岗楼旁边站着六七个警卫,走过铁栅栏门,里面有个小房间,大概是个办公室,有张桌子和几把椅子。糟糕的是只有一盏电灯,忽忽悠悠地吊在一根爬满苍蝇的绳子上;灯光周围飞舞、碰撞着一群蛾子。上校把门关好,指指椅子让两人坐下。一个卫兵拿进来一瓶红牌尊尼获加酒(上校开玩笑说:"我喜欢这个牌子,因为跟我同名。")①、几个杯子、一个冰桶和几瓶矿泉水。上校一面斟酒,一面对中尉说话,仿佛菲盖罗阿·加里翁少校不在场似的。

"祝贺你晋升和服役成绩优秀。你的工作情况,我非常了解。是军情局推荐你升级的。因为你无论作为军人还是公民都表现出色。我告诉你一个秘密。你是少数不被批准结婚,但是能够服从命令,而又不要求上级重新考虑的军官之一。因此,元首给你嘉奖,提前一年让你晋升。来,用尊尼获加干杯!"

阿玛迪多喝了一大口。乔尼·阿贝斯上校原来给他斟的几乎是一满杯威士忌,仅仅兑上了一点水,因此小伙子喝下去之后脑袋轰地一下炸开来。

"事情发展到这个程度,又是那样一个地方,乔尼·阿贝斯给你倒酒,你就没猜出来马上要发生的事情吗?"萨尔瓦多低声道。小伙子察觉出姨父话里隐藏着痛苦。

"猜到了,'突厥',肯定是冷酷又丑恶。"小伙子答道,浑身在颤抖。"不过,再也不会发生了。"

上校又斟了一遍酒。三人早已经抽起烟来。军情局局长谈起不

---

① 酒名 Johnny Walker,上校名 Johnny Abbes。

让内部敌人抬头的重要性，他说："每当他们蠢蠢欲动的时候，就要坚决镇压！"

"因为只要内部敌人软弱无力、团结不起来，外部敌人的事就无关紧要。让美国叫喊吧，让美洲国家组织跺脚去吧，让委内瑞拉和哥斯达黎加狂吠吧，这无损咱们一根毫毛！恰恰相反，可以让多米尼加人更紧密地团结在元首周围，像只铁拳一样！"

他说话的声调拉得很长，躲避着听话人的注视。小眼睛里的黑眼珠快速地转动，总是躲躲闪闪，寻寻觅觅，仿佛要看出别人心中的秘密。他时不时地掏出一块红色大手帕，擦擦脸上的汗水。

"特别是军人。"他停顿一下，弹弹烟灰。"尤其是军人中的精英，加西亚·盖莱罗中尉。您就是这精英中的一员。元首希望您能听懂这番话。"

局长又停顿一下，倒了一大杯，喝下一口威士忌。到这时，他好像才发现菲盖罗阿少校也在场。

"中尉知道元首对他的希望吗？"

"用不着什么人告诉他。因为他是那一届里最有头脑的军官。"少校长着一张蛤蟆脸，由于酗酒过度，面庞更显浮肿和紫红。上校和少校的一唱一和给阿玛迪多的印象是两人在表演喜剧。"我想他是知道的，否则也就不会有这次晋升了。"

又一次暂停。上校第三次斟酒。他用手放冰块。"干杯！"三人又喝了下去。阿玛迪多那时心里想："宁可喝甜酒加可口可乐，也不喝威士忌，太苦了！"到了这时候，他才明白为什么喝尊尼获加。他心里说："我真蠢！怎么就没有想到这一层呢！"上校的红手帕真奇怪。他看到过白的、蓝的、灰的。可是没有见过红的！真是别出心裁！

"您将来的责任越来越大,"上校神情严肃地说道,"元首想肯定地知道您是不是能适应要求。"

"上校,我应该怎么办?"如此地转弯抹角真让阿玛迪多恼火。"我一向都完成上级的命令。我绝对不会让元首失望。是不是指的忠诚考验啊?"

上校低头望着桌面。他抬起头的时候,中尉看到他那闪烁的眼神里流露出一丝满意的闪光。

"的确,对有种的军官,对特鲁希略主义者,用不着掩盖坏消息。中尉,你说得有道理。先干完这件蠢事吧!然后去普莎家里庆祝你的晋升。"上校说着站起来。

萨尔瓦多声音嘶哑、表情沮丧,费力地开口道:"让你干什么?"

"让我亲手杀死一个叛徒。上校是这么说的:'中尉,手别抖!'"

他们离开四十一号时,阿玛迪多觉得脑袋嗡嗡在响。在那棵高大的竹子旁边,在已经变成了军情局的监狱和审讯中心的楼房旁边,在距离中尉开来的那辆吉普车不远的地方,还有另外一辆一模一样的吉普车,车灯是熄灭的。后排座上,两个卫兵用枪押解着一个家伙,他双手被捆,嘴巴被毛巾堵着。

"中尉,请跟我来!"乔尼·阿贝斯说着坐到了方向盘后面,后排就是卫兵和囚犯。"罗伯托,你跟在我们后面!"

两辆吉普车开出了监狱大门。一上海岸公路,暴风雨就来了,夜空里充满了雷鸣和闪电。暴雨把他们浇了个透湿。

"下吧,下吧!浇湿了也不怕,"上校说道,"大雨可以驱散热气。农民正盼着来点雨呢。"

他不记得路上跑了多少时间,但是路程肯定不长,因为他刚好记得吉普车停在胡安娜大街上以后,他们走进普莎·威迪尼的妓院时妓院客厅的挂钟显示正是夜里十点。整个事件,从中尉去接菲盖罗阿·加里翁少校,到把事情办完,一共用了不到两个小时。阿贝斯·加西亚离开了公路,吉普车跳了一下,摇摇晃晃的好像要摔倒在布满蒿草与乱石的荒地里。后面紧跟的少校的吉普车用大灯照着穿行的上校和汽车。外面很黑,但中尉知道他们是在沿着海岸线前进,因为海浪的轰鸣声早已在敲击着他的耳鼓了。中尉觉得他们是在绕着卡莱塔的小码头转圈子。吉普车刚一停下,雨就停了。上校跳下车,阿玛迪多也跟着跳下来。两个卫兵训练有素,不等长官下达命令就把囚犯推下了车。借助一道闪电,中尉看到那个被堵住嘴的家伙没有穿鞋。整个行车过程中,这个囚犯一直很温顺,可是刚一下车,仿佛终于意识到了马上要发生的事情,他开始挣扎、咆哮,拼命要挣脱捆绑并吐掉嘴上堵的东西。阿玛迪多在此之前不想看这个犯人,但现在他注意到他头部摇晃的动作,知道他想让嘴巴自由,想说点什么,可能是要他们手下留情,也许是要破口大骂。中尉想:"如果我掏枪向上校、少校和两个卫兵开火,把犯人放跑,那会怎样呢?"

萨尔瓦多说:"那礁石上的死尸就不是一具了,而是两具。"

"雨停了,还不错,"少校菲盖罗阿·加里翁边下车边抱怨道,"他妈的,我浑身都湿透了。"

"中尉,您带枪了吗?"阿贝斯·加西亚上校问道,"别让这个可怜虫多受罪了!"

阿玛迪多点点头,没有说话。他向前走了几步,站到囚犯身边。两个卫兵放开犯人,走到一边去了。那家伙没有撒腿就跑,这出乎中尉的意料。大概是两条腿不听话,恐惧把他钉牢在海风呼啸的草地上了。但是，尽管他不想逃跑，却仍然绝望地摇晃着脑袋，上下左右晃个不停，挣扎着要甩掉嘴上的东西。他发出一阵阵咆哮声。加西亚·盖莱罗中尉把手枪放在囚犯的太阳穴上，扣动了扳机。枪声震聋了中尉的耳朵，一瞬间让他闭上了眼睛。

"再开一枪！他就永远也醒不过来了。"阿贝斯·加西亚说道。

阿玛迪多弯下腰摸摸犯人的脑袋，脑袋纹丝不动，于是他又很近地开了一枪。

"行啦！"上校抓住中尉的胳膊，把小伙子推到菲盖罗阿·加里翁少校的吉普车那里。"卫兵知道该怎么办。咱们到普莎家里去暖暖身子。"

在罗伯托开的吉普车里，加西亚·盖莱罗中尉没有说话，只是昏昏然听着上校和少校之间的对话。他记得两人说道：

"原地埋葬吗？"

"扔到海里去！"军情局局长解释说，"这是这块礁石的好处，又高又陡，下面是海水，很深，好像一口井，那里有很多鲨鱼，转眼之间，就吞进肚里去了，不留半点痕迹。安全、快速，还干净。"

萨尔瓦多问阿玛迪多："你还能认出那个地方吗？"

不行了。他只记得到达那里之前是从卡莱塔的小码头绕过去的。但是，很难从四十一号重新再跑一遍。

萨尔瓦多又拍拍他的膝盖说："我给你一片安眠药，让你先睡上七八个小时。"

"'突厥'，我还没有说完。你再稍稍忍耐一会儿。然后你就会把我大骂一顿，赶出家门去的。"

他们来到了妓院，女主人名叫普莎·威迪尼。那是一座老住宅，有阳台和花园。与军情局和政府有关系的线人经常出入那里。据说，这个叫普莎的老太婆爱讲粗话，却能给人好感，也是为军情局工作的。她年轻时在二号大街就是个名噪一时的头牌妓女，现在已经升为这个行业的"老大"了，负责管理所有的妓女。普莎连忙出来迎接他们，问候上校和少校的样子就像对待老朋友一样。她摸摸阿玛迪多的下巴说："好酷的帅哥！"她领着他们上了二楼，让他们坐在靠近吧台的地方。乔尼·阿贝斯要人送上尊尼获加。

"上校，过了好长时间我才明白您要的是威士忌，"阿玛迪多坦白道，"尊尼获加，这很容易理解，可我没有弄明白。"

"威士忌比心理医生效果好！"上校说道，"没有威士忌，我就不能保持心理平衡，而这在我的工作里是最重要的。为了做好工作，就应该冷静、冷血、冷酷。绝对不能把激情和理智混合在一起。"

妓院里还没有客人，只有一个戴眼镜的秃顶老汉坐在吧台那里喝啤酒。自动点唱机里播放着博莱罗舞曲，阿玛迪多听出那是多娜·拉·内戈拉浑厚的声音。菲盖罗阿·加里翁少校起身去请扎堆在角落里闲聊的女人中的一个跳舞，那群娘儿们的上方是一张巨大的墨西哥电影海报，上面站着里贝尔达·拉玛尔科和迪托·基萨尔。

"您的神经非常稳定，"阿贝斯·加西亚上校夸奖道，"不是所有的军官都能这样。我看到过好多不错的军官在关键时刻'草鸡'了。有的还拉了一裤子屎。因为，杀人比自己去死更需要勇气，这道理听起来叫人难以置信，是吧？"

上校倒上两杯酒，说道："干杯！"阿玛迪多迫不及待地喝了下去。喝了几杯了？三杯？五杯？他很快就失去了时间和地点的概念。除去喝酒，他还跳舞，跟一个印第安姑娘跳舞的同时爱抚她，接着把这姑娘拉到一个小房间，那里有一盏红色玻璃纸罩着的电灯，他和她在一张铺着花花绿绿的床单的床上滚来滚去。他干不成。"宝贝，我喝醉了。"他道歉说。真正的原因是他心里堵得慌，是他还记得刚才他做的那件事。终于，他鼓起勇气对上校和少校说他要回家，因为喝得太多心里难受。

三人走出大门。等待着乔尼·阿贝斯的是那辆黑色防弹凯迪拉克，司机站在车旁；还有一辆吉普车，上面坐着几个武装警卫。上校握握中尉的手说：

"您不想知道那家伙是谁吗？"

"上校，还是不知道为好！"

阿贝斯·加西亚的胖脸松弛下来，变成了嘲笑的模样，一面用他那块红色手帕擦汗一面说：

"如果干了这种事又不想知道涉及的是谁，那不是太容易了吗！得了，中尉，别逗了。既然下水，就得湿鞋！那家伙是'六·一四'的人，我想是你前未婚妻的哥哥。你未婚妻是叫路易莎·希尔吧？以后，咱们随时都会一起做事的。如果需要我，你知道可以在哪里找到我。"

中尉再次感到"突厥"安慰性地拍拍他的膝盖。

"阿玛迪多，他是在撒谎。"萨尔瓦多想让小伙子振作起来。"可能是个随便什么人。他在骗你，为了彻底打垮你，为了让你感到完全卷到他们的圈子里去了，为了让你当个俯首帖耳的奴才。忘掉他对你说的话吧！也忘掉你做过的那件事！"

阿玛迪多点点头。他慢慢地指着子弹带上的手枪说：

"'突厥'，下一次再开枪，那就是杀掉特鲁希略。你和托尼·英贝特无论做什么都要算上我一份。你们谈话用不着躲着我。"

"注意！注意！那辆车来了！"安东尼奥·德·拉·玛萨说着，一面端起截短枪管的步枪架到车窗上准备射击。

阿玛迪多和埃斯特莱亚·萨德哈拉也拿出了各自的武器。安东尼奥·英贝特把车子发动起来。可是从防波堤上下来的汽车不是他们要找的雪佛兰,而是一辆小型大众汽车,只见它从公路上下来,一面刹车,一面在找他们这四个人,最后发现了他们,便把车子调转方向开了过来,在他们旁边停下,熄了车灯。

四

护士终于开口道:"您不上去看看他老人家吗?"

乌拉尼娅知道,她踏进家门后没有立即请护士领她上楼去看父亲而是一头扎进厨房去煮咖啡,所以护士必然会问这个问题。十分钟前,她已经在小口品尝着咖啡了。

"第一,我要先吃完早点。"她回答道,没有一丝微笑。护士慌乱地低下了头。"要爬上这个楼梯,我得准备些力气。"

"我知道您和老人家有些不和。我也是听说的,"护士抱歉地说道,两手不知放在哪里好,"我刚才只是问问。我已经给先生喂了早餐,也刮了脸。先生总是醒得很早。"

乌拉尼娅点点头。她这时已经镇定下来,也有自信了。她又一次审视着周围破败的景象。除去壁画已经脱落和破损之外,桌面、盥洗盆、橱柜……一切似乎都缩小变形了。这还是那些老家具吗?她一点也认不出来了。

"有人来看他吗?我的意思是说亲戚们。"

"阿德利娜的两个女儿卢辛达和玛诺拉，中午前后经常来。"护士是个高个子女人，已经上了岁数，白大褂里面穿着长裤，这时站在厨房门口，掩饰不住心中的不快。"从前您姑姑每天都来。后来，她胯骨摔伤就不出门了。"

阿德利娜姑姑比乌拉尼娅的爸爸小了许多，今年最多不超过七十五岁。原来她摔伤了胯骨。她还那么虔诚吗？这么说，是因为天天去领圣餐才摔伤的吧。

"他是在卧室里吗？"乌拉尼娅喝完了最后一口咖啡。"是啊，他还能在哪里呢。不，不，用不着陪我上去。"

她顺着扶手颜色脱落的楼梯上去，她记得原来这里总是摆着几盆鲜花的，现在也没有了；心里总是有一种家缩小了的感觉。来到二楼，她发现瓷砖有了裂缝，有的已经松动。这里曾经是座豪华、富有、现代风格的小住宅，布置得也很有品位；现在一落千丈了，与她在观景台周围看到的高级住宅区相比，这里是破房子了。她在第一扇房门前停步——这是她从前的房间，用手指敲了两下，就推门进去了。

一道强烈的阳光迎面而来，是从半开的窗户射进来的。阳光刺得她睁不开眼睛。一两分钟后，蒙着灰色床罩的大床露出了轮廓，还有那个带椭圆镜子的衣柜，还有墙上那些照片也一一显露出来，这里怎么会有她从哈佛大学毕业时的照片呢？终于，在那张靠背和扶手宽大的老皮椅上，她看到了身穿蓝色睡衣和拖鞋的老父亲。他好像被淹没在皮椅里了。如同这个家一样，他变得又干又瘦又小。父亲脚下一个白色的东西吸引了她的注意：便盆，里面有半盆尿。

从前，父亲的头发是黑的，只有两鬓有些银白；如今，谢顶的头上仅剩的几缕稀疏的毛发是黄色的，十分肮脏。他的眼睛原来很大，非常自信，可以纵览天下大事（那是不在元首身边的时候）；但是如今注视着她的这两个深深的眼窝仿佛鼠眼一样，满是惊慌的神色。从前满口的牙齿如今一颗也没有了。大概是拿掉了假牙（做假牙的费用是她支付的），因此嘴唇下陷，面颊紧缩，几乎贴在了一起。他深陷在皮椅里，双脚几乎擦不着地面。从前，她看父亲时必须抬头，伸长脖子；如今，父亲如果可以站起来，大概也就与她肩膀一样高。

"我是乌拉尼娅，"她坐到床上，距离父亲一米远，弯下腰低声说，"您还记得有个女儿吗？"

老人心里非常激动，双腿上干枯、苍白的手指微微在动。那对小眼睛虽然不离开乌拉尼娅的面庞，但是脸上依然没有表情。

"我也认不出您了，"乌拉尼娅嘟囔道，"不知道我干吗要回来，在这里做什么！"

老人开始上上下下点头。从他喉咙里发出断断续续、悠长刺耳的呻吟声，仿佛一首挽歌。过了一小会儿，他安静下来，但是眼睛一直紧盯着她。

"从前家里到处都是书。"乌拉尼娅扫视着光秃的四壁。"书弄到哪里去了？当然，现在您是不能读书了。从前，您有时间读书吗？我不记得什么时候看到您在读书。那时，您可是个大忙人啊！我现在也是个大忙人了，可能比您过去还忙。每天在律师事务所工作十一二个小时，还要访问客户。但是，每天我都要挤出一点时间读书。起得早一点，一面在曼哈顿的摩天大楼里看日出，一面读书；或者夜里一面眺望着万家灯火，一面读书。我很喜欢这样的读书方式。每到星期天，看完电视上的《新书博览》节目之后，我都要看上三四个小时的书。爸爸，这就是我独身的好处。您从前不知道吗？您的女儿那时就打算当修女了！您经常这么说：'真是惨败啊！还没有捞到个丈夫！'爸爸，现在我也没有丈夫。确切地说，我是不愿意结婚。我是有打算的。在大学里，我不想找。在世界银行，也不想。在律师事务所里，也不想找。您想想看，现在还会常常冒出来追求者呢。可我已经四十九岁啦！当个老处女并没有人们说的那么可怕。比如，我可以用不着照看丈夫和孩子，可以有时间读书看报。"

他似乎理解女儿的话；似乎由于专注，他不敢牵动一丝肌肉，为的是不打断女儿的话。他一动也不动，小小的胸脯有节奏地起伏着，那双小眼睛紧紧盯住女儿的嘴唇。大街上，不时有汽车通过，还可以听到脚步声、叫喊声、断断续续的谈话声临近、远去和消失的过程。

"我在曼哈顿的家堆满了书，"乌拉尼娅又开口道，"我的书很多，就像我小时候的这个家一样。法律的、经济的、历史的，都有。但是，我卧室里的书都是多米尼加人写的。见证录、散文、回忆录，还有许多历史书。您猜是什么历史时期的？特鲁希略时代的。还能是哪个时期呢？是多米尼加五百年来最重要的时期啊！我小的时候您总是这么信心十足地告诉我。爸爸，的确如此。在特鲁希略统治的三十一年里，我们从西班牙征服美洲以来，所忍受的一切不幸都落到实处了。在有些历史书里还出现了您的名字，您也是个人物哩！国务委员、参议员、多米尼加党主席。爸爸，有什么角色是您没有当过的吗？我现在成了特鲁希略问题专家了。我不玩桥牌，不打高尔夫，不骑马，不听歌剧，我的业余爱好是了解特鲁希略时代发生的事情。爸爸，遗憾的是您和我不能谈话。有多少事情本来您是可以给我说清楚的，您是元首的左膀右臂啊！您那亲爱的元首可没有好好奖励过您对他的忠诚。比如，从前我很想请您给我说明元首陛下是不是跟我妈妈睡过觉!"

她发现老人家脸上有惊恐的神色。瘦弱的身体，好像又吸收了什么，突然向上一动。乌拉尼娅探过头去仔细观察。是不是错觉呢？他好像在听她说话，仿佛在努力理解她说的内容。

"您允许元首跟我妈妈上床？您忍气吞声了？您利用这件事爬到领导层里去了？"

乌拉尼娅深深地叹了一口气。她仔细看看房间。床头柜上，有两张镶银框的照片。一张是她第一次领圣餐时拍的，那一年母亲去世了。母亲离开这个世界的时候大概带着这样的印象：女儿身穿精美的薄纱白裙，脸上一副天使般宁静的表情。另外一张照片是母亲的：年轻美丽，黑发从中间一分为二，眉毛弯弯如月，眼神似梦似愁。那是一张老照片，有些皱褶。她走到床头柜前，拿起妈妈的照片亲吻了一下。

妈妈那时听到有辆汽车在家门口停下来，心里扑通跳了一下。她没有动作，透过窗帘感觉到一辆豪华汽车的颜色、光洁的车身和耀眼的反光。她听到了脚步声、两三下门铃声——她吓得一动不动，仿佛被催眠了一样，接着是女佣开门的声音。她听到楼梯下有人简短地说了几句什么。她发了疯似的心脏好像要爆炸了一样。有人在轻轻敲卧室的门。女佣，年轻的印第安姑娘，头戴发套，惊慌失措地出现在半开着的门口：

"夫人，元首来看您啦！夫人，是大元帅来啦！"

"你告诉元首：很抱歉，我不能接待他。你就说：阿古斯丁不在家，卡布拉尔夫人不接待来访。去吧，就这么说！"

女佣的脚步声胆怯而犹豫不决地顺着摆满天竺葵花盆的楼梯远去了。乌拉尼娅把母亲的照片放回了床头柜上，重新坐到床角。父亲仍然缩在皮椅里警惕地望着女儿。

"这就是元首在执政初期对教育部长干的好事！爸爸，这事您很清楚。那个年轻的学者堂佩德罗·恩里克斯·乌莱尼亚、天才的作家身上，也遇到了这样的事。他去上班，元首就去看他的妻子。可是她有勇气说：丈夫不在家，不接待来访。在特鲁希略时代初期，一个妇女还有可能拒绝元首的来访。妻子把这件事告诉堂佩德罗以后，这位作家愤然辞职，出国了，再也不回这个岛国了。出走以后，在墨西哥、阿根廷和西班牙成为著名的教授、历史学家、文学评论家和语言学家。元首要跟他妻子上床这件事反而逼得他出国成了大学者！在特鲁希略统治初期，部长可以辞职，辞职后不会受到暗算，不会被推落悬崖，不会遭疯子行刺，不会被扔到海里喂鲨鱼。他做得对，您说呢？爸爸，他的行为使他避免了后来在您身上发生的事。您是像他那样做的呢，还是您装作看不见，就像咱们的邻居，您那可恨又亲密的朋友、您那讨厌又可敬的同事堂伏瓦伊兰？爸爸，您还记得吗？"

老人开始颤抖，还不停地呻吟，仿佛唱挽歌一样。乌拉尼娅等着他平静下来。那个堂伏瓦伊兰啊！那个时候，他经常在客厅里或者花园里跟父亲说悄悄话，那个时候他每天都要来看父亲好几次，因为那个时候他和父亲在特鲁希略集团的内部斗争中是盟友。特鲁希略那时喜欢挑起种种斗争，为的是让部下人人自危，整天防备着来自背后的匕首，而给你一刀的人恰恰是公开场合里的你的朋友、哥们和同志。堂伏瓦伊兰的家就在对面，此时此刻，那里的屋顶上警惕地站着一排六七只鸽子。乌拉尼娅走近窗户。那位大官的住宅也没有什么大变化，堂伏瓦伊兰也做过内阁成员、参议员、总检察长、外交部长、驻外大使，以及那个年代一切可能的职务。一九六一年五月多米尼加大乱的时候,他恰好担任国务部长。

对面的住宅依然是那副灰白色的样子,可是也缩小了许多。由于画蛇添足地加了一间四五米的耳房,因此与这个哥特式宫殿三角形的外突门廊很不协调。乌拉尼娅早晨上学或者下午放学的时候,都经常看到堂伏瓦伊兰妻子那苗条的身影。这位美丽的夫人只要一看到她,就会立刻喊道:"乌拉尼娅,乌拉尼娅!亲爱的,过来!让我瞧瞧你!小姑娘,你这双大眼睛真漂亮!太美了!跟你妈妈一样。"一双保养得很好的手——长长的指甲涂得猩红——抚摸着乌拉尼娅黑亮的头发。如此漂亮的手指滑动在乌拉尼娅的头发上、轻轻揉搓着她的头皮时,她有一种蒙眬欲睡的感觉。她叫什么名字?埃乌海娅?拉乌拉?会不会是花的名字?玉兰?记忆模糊了。但是,她对她的面庞、她雪白的肌肤、她柔和明亮的眼睛、女王般高雅的身材记忆犹新。她好像总是穿着节日的盛装。乌拉尼娅非常喜欢她,因为她和蔼可亲,因为她总是给自己礼物,因为她经常带自己去国家俱乐部游泳,特别是她和妈妈非常要好!乌拉尼娅经常想:如果妈妈没有去世,肯定会像堂伏瓦伊兰太太一样美丽、大方。可是她丈夫恰恰相反,一点也不"帅气":矮小、秃顶、肥胖。没有哪个女人会看上他一眼。她是急于出嫁,还是受了利益的驱动才跟他结婚的?

令她疑惑不解的事正是发生在打开锡纸包装的巧克力盒的那一瞬间。那是乌拉尼娅从校车上下来回家的时候,堂伏瓦伊兰太太从家中跑出来拦住乌拉尼娅,一面亲吻小姑娘的面颊,一面说:"乌拉尼娅,来!宝贝,我给你一个意外的惊喜。"乌拉尼娅迈进太太的家门,吻了吻太太——她穿了一件蓝色的绸纱裙,脚上穿着高跟鞋,戴着珍珠项链和首饰,打扮得好像要去参加舞会,接着,小姑娘打开了系着一条玫瑰色绸带的锡纸包装的巧克力盒。她注视着那一块块包装漂亮的糖果，急不可耐地想吃上一块，可是她不敢动手："是不是太没教养了？"正在这时，有辆汽车停在了门外。太太吓得跳了起来，仿佛马儿突然听到一声神秘的命令那样惊跳起来。太太的脸变得惨白，她用刻不容缓的口气说道："你走吧！"她放在小姑娘肩膀上的手在痉挛，抓得很紧，推着姑娘往外走。乌拉尼娅很听话，背起书包刚要动身，却见大门慢慢地开了，一位身穿黑色西装和雪白衬衣、袖口上闪烁着两颗金纽扣的健壮绅士挡住了她的去路。戴着墨镜的这位先生是无处不在的，包括乌拉尼娅的记忆里。她呆呆地站在那里，目瞪口呆，望着他，望着他。元首陛下冲她安慰性地一笑。

"这个小姑娘是谁？"

"乌拉尼娅，是阿古斯丁·卡布拉尔的女儿，"女主人回答说，"她要走了。"

是的，乌拉尼娅就这样走了，甚至没有说声"再见"，因为这个刺激太强烈了。她穿过街道，走进家门，登上楼梯，急忙从卧室的窗帘后窥视着对面住宅的动静，等待着国家元首从里面出来。

"您女儿那时可真够天真的，她都不想一想堂伏瓦伊兰不在家里的时候，祖国之父跑去做什么。"这时，乌拉尼娅的父亲已经平静下来，他在听她说话，或者可能在听她说话，眼睛一刻也不离开女儿的面庞。"我那时可真够天真的：您从国会回来的时候，我跑上前告诉您发生的事情。我说：'爸爸，我看到元首了！爸爸，他来看望堂伏瓦伊兰太太。'您的脸色可难看了！"

您那表情如同听了世界上最亲爱的人逝世的噩耗。仿佛医生告诉您诊断结果是癌症一样。您面孔充血发紫，紫得厉害。卡布拉尔的目光来回扫视着女儿的面庞。怎么跟这孩子说明呢？怎么提醒她家里面临的危险呢？

这个残废人想要睁大眼睛、睁圆眼睛。

"女儿呀，有些事情你不能知道，你还不懂呢。我来替你弄明白，为的是保护你。你是我在世界上最爱的人。这件事，你就别再问为什么了。可你一定要忘记它。你没有去过堂伏瓦伊兰家里。你没有看到过他太太。你没有看到，绝对没有看到梦中看到的那个人。女儿啊，这是为了你好！也是为了我好！别再说这件事了！别跟任何人讲！你要保证永远不跟任何人讲！你起誓！"

"我当时对您起誓了，"乌拉尼娅说道，"就是这样，我那时也没有产生任何怀疑。就是在你威胁用人们说'如果谁敢重复这个小姑娘瞎编的故事，那就别在这里干活了'的时候，我也没有怀疑什么。那时我真的是天真无邪。后来等到我发现了元首访问部长太太的原因时，这些部长已经不能像恩里克斯·乌莱尼亚那样辞职了。他们一个个像堂伏瓦伊兰那样，不得不忍气吞声地当'乌龟'。他们除去捞些好处之外没有别的选择。您也干过这事，对吧？元首来看过妈妈吗？那是不是在我出生之前？是不是我还很小，记不住这种事？只要部长的太太长得漂亮，元首就干这种事，对吗？我妈妈很美，是不是？我不记得元首来过咱们家，但是以前可能来过。我妈妈是怎么办的？甘心忍受吗？为这份宠幸自豪？高兴？这是规矩，对吗？咱们国家许多女人会感谢元首能跟她们性交。您觉得这很粗俗吗？可您那亲爱的元首经常使用'性交'这个词。"

对，这就是他：特鲁希略。乌拉尼娅知道他的许多事情。她阅读过大量关于特鲁希略时代的书籍。特鲁希略在讲话时——如果需要装扮成伟大领袖——可以非常小心、仔细、庄重、高雅；但是到了夜间，喝上几杯西班牙卡洛斯一世牌白兰地之后，他可以说出最下流、粗野的话，他可以像糖厂、甘蔗地、码头、体育场或者妓院里的人们那样讲话，可以像有些男人觉得自己应该更"有种"而需要骂娘一样。有些场合，元首会变得极其粗野，会把他年轻时当庄园工头或者巡逻队员讲的粗话重复出来。他手下的侍从们，无论是对这些粗话还是卡布拉尔参议员和宪法专家贝奥多为元首写的讲演，都同样高声喝彩。元首有一次甚至吹嘘他"操过的娘儿们"，侍从们也同样喝彩，哪怕这样做会得罪元首的母亲和元首夫人，哪怕"那些娘儿们"就是他们的老婆、姐妹、母亲或者女儿。这并非夸张，多米尼加人头脑一发烧，什么也挡不住，可以把事情美化和丑化到极点，可以把一说成一万。凭着这份可怕的才能，多米尼加人编造和篡改了许多历史。但是，巴拉奥纳的故事应该是真的。乌拉尼娅没有读过这个故事，但是听人说过（听的时候感到恶心），那人一直是元首身边的亲信。

"爸爸，就是那个'宪法专家兼酒鬼'，对，就是那个亨利·奇里诺斯参议员，那个出卖了您的犹大。是他亲口对我说的。我会跟他在一起，你感到奇怪吗？那时我也没有别的办法，因为我是世界银行的官员。行长要我代表他出席多米尼加大使的招待会。确切地说，是巴拉格尔总统任命的大使，是巴拉格尔总统领导下的人民民主政府派遣的大使。爸爸，奇里诺斯干得比您漂亮。他把您挤到一边去，在特鲁希略面前没有失宠，最后摇身一变，又投靠了民主政府，尽管他跟您一样都是铁杆特鲁希略分子。他那时在华盛顿当大使，丑得厉害，肥得像猪，一面招待客人，一面喝个不停，他极力用特鲁希略时代的奇闻逸事让客人们开心。您瞧瞧这个人！"

瘫痪的病人闭上了眼睛。是睡着了吗？他头靠在椅背上，干瘪、空洞的嘴巴张开着。今天，他显得更加瘦弱了。从睡衣掀开的一角看去，可以隐约看到汗毛稀少的胸膛、苍白的皮肤和突出的肋骨。他节奏缓慢地呼吸着。直到现在她才发现爸爸没有穿袜子，踝骨和脚面仿佛儿童的一样。

奇里诺斯没有认出乌拉尼娅。他怎能想象得到，这个世界银行的官员、用英语转达行长的问候的女人竟然会是他从前的同事和同志卡布拉尔的女儿呢？礼节性的问候一结束，乌拉尼娅就设法与这位大使拉开距离，同那些像她一样由于职务所迫而不得不在场的人们说些废话。过了一会儿，她准备告辞。她走到那圈聆听民主大使讲故事的人群边上，大使讲的内容把她吸引住了。这个头发灰白、皮肤粗糙、牙齿歪斜、三层下巴、肚皮快要撑破蓝色西装及银色马甲、打着红色领带的人物，就是奇里诺斯大使，他正在讲述特鲁希略时代晚期发生在巴拉奥纳的那件事——特鲁希略非常喜欢吹牛，在一次胡吹的时候宣布，为了给全国做榜样和推动多米尼加民主化进程，他要隐退（其实他已经安排他的弟弟、绰号"黑人"的埃克托尔·比恩韦尼多充当傀儡总统），不再参加总统竞选，而是到一个偏远省份谋求一个省长职位，将来的身份是反对派领袖！

民主政府的大使用力喘了一口气，眯缝着小眼偷偷看了一下他这番话的效果。接着，他又用讽刺的口吻说道："先生们，请注意，特鲁希略居然自己反对自己的政权。"他微微一笑，又继续说下去："在那次选举运动中，元首的左膀右臂之一、堂伏瓦伊兰发表演说，呼吁元首出来参加竞选，不是当省长，而是做多米尼加人民心脏的主宰者：共和国总统。大家都以为这是堂伏瓦伊兰遵照元首的指示行事呢。但并非如此。或者至少那一夜并非如此。"奇里诺斯大使目光调皮地一闪，一口喝光了杯中的威士忌。因为有这样的可能：堂伏瓦伊兰的确是按照元首的命令演说的,但是元首突然改变了主意,决定把那出假戏再表演几天。元首经常这样反复无常,哪怕把最有才干的合作伙伴弄得狼狈不堪。堂伏瓦伊兰虽然后来被戴上巴洛克式的绿帽子,但是也显露了他杰出的才华。元首因为他那篇使徒传式的演说处罚了他,这是元首一贯的做法:在你感到最痛苦的地方,羞辱你男子汉的尊严。

巴拉奥纳地区上流社会的人士都出席了多米尼加党领导委员会为欢迎元首视察而举行的招待会。大家又跳舞又喝酒。元首突然很高兴,虽然天色已晚,他还是当着完全由男性组成的庞大听众——地方上的将官、陪同他视察的部长、参议员和众议员、省长和社会名流的面,讲述了三十年前第一次政治视察期间发生的笑话,他的眼神充满了伤感和怀念,一下子使得舞会面临结束。因为一时冲动,他喊道:

"我就是最可爱的人。我可以把多米尼加最美丽的女人拥抱在怀里。她们给了我力量,为的是让大家团结一致。没有她们,我就一事无成。(他对着灯光举起酒杯,看看酒色的透明程度。)诸位知道在我操过的娘儿们中哪个最好吗?(大使道歉说:'朋友们,对不起,我用了这个粗野的动词。我得把特鲁希略的原话照搬过来。')(元首又停顿下来,闻闻白兰地杯子的酒香。头发银白的脑袋在寻找听众里的什么人,终于他看到了部长那张发紫、肥胖的脸,最后结束了讲话。)就是堂伏瓦伊兰的老婆!"

乌拉尼娅脸上露出难看的表情,她感到恶心,如同那天晚上听到奇里诺斯大使又补充说:"堂伏瓦伊兰勇敢地微笑和大笑起来,与其他同志一道为元首的幽默喝彩。"大使准确地形容道:"堂伏瓦伊兰脸色白得像纸一样,但是他没有昏倒,没有被昏厥击中。"

"爸爸，这怎么可能呢？一个像堂伏瓦伊兰那样有文化、有教养、有聪明才智的人，竟然能忍受这一套？元首为什么能如此横行霸道？他为什么要把你们这几位他的左膀右臂变成一块块肮脏的抹布？"

乌拉尼娅，这件事你不会明白的。特鲁希略时代有许多事情你是可以理解的。一开始你会觉得有些事情是理不清的，但是通过阅读、谈话、比较和思考，你就明白了：这几百万多米尼加人被专制宣传所蒙蔽，又缺乏信息来源，又被思想教育和封闭隔绝弄得头脑愚蠢简单，人们完全被剥夺了自由思想、自主意识甚至好奇心理，人们一感到恐惧就逆来顺受，最后导致对特鲁希略的个人崇拜。实际上，人们一方面怕他，另外一方面又敬爱他，如同儿子既怕专制的老子又爱他一样，因为儿子心里信服：无论父亲如何拳打脚踢，他都是为了你好啊！你永远不会弄明白的是：多米尼加的知识分子，那些受过高等教育的人、那些智囊、那些大律师、著名医生、高级工程师、那些毕业于美国和欧洲最好大学的高级人才，他们敏锐，有文化，有经验，会读书，会思考，自以为有高级的幽默感，有鉴赏力，办事认真，居然能够忍受如此野蛮的侮辱（几乎所有的人都有过类似那天晚上的经历），如同堂伏瓦伊兰在巴拉奥纳的经历一样。

"遗憾的是您不能说话了，"乌拉尼娅重复道，她又回到现实中来了，"否则您和我一起就可以弄清楚许多事情了。是什么让堂伏瓦伊兰一直保持对特鲁希略狗一样的忠诚？他真是忠贞不渝！您也一样。就在元首吹嘘说同他女人上过床后，堂伏瓦伊兰还依然恭敬地舔元首的脚后跟。就在他以多米尼加外交部长的身份访问南美洲的时候，就在他从布宜诺斯艾利斯跑到加拉加斯，又跑到里约热内卢，又跑到巴西利亚，又跑到蒙得维的亚，再从那里跑回加拉加斯的时候，我们的元首从容地在跟我们的女邻居睡觉。"

特鲁希略时代的这位共和国外交部长的形象，总是在乌拉尼娅的脑海里萦回不去，总是让她感到既可笑又恼火。他不停地上下飞机，跑遍南美洲的首都，服从一道道在每个机场下达给他的刻不容缓的命令，让他继续那歇斯底里的奔波，用那些空洞无物的说辞折磨南美洲各国政府的首脑。其实目的只有一个：不让这位外交部长回特鲁希略城，以便元首可以从容不迫地在部长夫人身上"打炮"。这个情况是最熟悉特鲁希略生平的专家克雷斯韦尔亲口告诉她的。因此，人人都知道，堂伏瓦伊兰也不例外。

"爸爸，这样做值得吗？难道就是为了实现那享受权力的梦想？有时我想：并非如此，出名发迹是第二位的。我想：无论您、堂伏瓦伊兰还是奇里诺斯，你们都喜欢同流合污。我想：特鲁希略把你们心中的受虐情结给发掘出来了，你们属于那种喜欢受人们唾弃和虐待的人，只有感到卑鄙下流，你们才能实现自我。"

瘫痪的病人望着女儿，不眨眼睛，不动嘴唇，也不动膝盖上干瘦的小手。有人会说：真像木乃伊，一个涂上了防腐香膏的小人，一具蜡制的玩具娃娃。他的睡衣已经褪色，有的地方已经开线。这件睡衣实在太旧了，大概是十年或者十五年以前的东西。有人敲门。乌拉尼娅说道："请进！"护士站在门楣处探头看着她。她端着一个盘子，上面放着切成月牙形的芒果片和一杯苹果或者香蕉做成的水果羹。

"上午总要喂他一次水果，"她解释说，没有进来，"医生说不能让胃里长时间空着。因为他不能自己进食，所以必须每天喂他三次或者四次能吃的东西。晚上，只是喝汤。可以进来吗？"

"可以，请进。"

乌拉尼娅望着父亲，他的眼睛还在注视着她，既不去看护士，也不理睬护士坐在他对面以后递过来的一勺勺水果羹。

"他的假牙在哪里？"

"我们不得不给他拿掉了。因为他太瘦了，牙床都磨出了血。为了能让他吃下东西，准备的都是汤、粥、果汁、水果羹和切碎的东西，所以就用不着假牙了。"

好久，大家都没有说话。瘫痪的病人每咽下一口食物，护士就把勺子送到病人嘴边，耐心地等待着老人张口，再小心翼翼地送进下一勺食物。她一向如此吗？还是这小心翼翼是做给病人女儿看的？大概是装出来的。如果单独和老人在一起，有可能她会责骂他、掐他的大腿，如同保姆对待不会说话的儿童一样，只要妈妈看不见，她们就会打骂孩子。

护士对乌拉尼娅说："您喂他几口。他盼着您喂他呢。堂阿古斯丁，要不要您女儿喂？对，对，他喜欢您喂他。您喂他几勺，我下去拿水杯，刚才忘了。"

护士把喂了一半的盘子放到乌拉尼娅手中，任由房门敞开着就下去了。乌拉尼娅机械地接过盘子，犹豫了片刻，把一小片芒果送到父亲唇边。这个瘫痪的病人仍然目不转睛地望着女儿，但是紧闭着嘴巴，如同一个难对付的顽童。

五

"早上好!"元首回答说。

乔尼·阿贝斯上校事先把每天清晨的报告放在元首的写字台上了,报告内容包括前一天发生的大事、今天的防备措施和建议。元首喜欢阅读这类报告;上校不说废话,不像前军情局局长阿尔杜罗将军,这位毕业于美国西点军校的将官,整天拿些胡说八道的战略报告让元首生厌。阿尔杜罗会为美国中央情报局工作吗?早就有人做出肯定回答。但是,乔尼无法证实。如果说有人不为中央情报局工作的话,那就是乔尼上校,因为乔尼恨美国人。

"要咖啡吗,陛下?"

乔尼·阿贝斯穿的是军装。尽管他努力按照元首的要求穿戴得衣冠整洁,但是他那驼背和短粗的身材不可能潇洒起来,他身材偏矮,大腹便便与双下巴协调一致,下巴特别突出,由一道深沟一分为二。他的面颊也是松软的。只有那对灵活转动、冷酷无情的小眼睛暴露出他那外表废物、内心聪明机智的本色。他大约有三十五或者三十六岁，可却显得像个老汉。他没有去西点军校读过书，也没有上过任何军事学校；学校不会接受他，因为他身体条件不合格，他对军事也没有兴趣。那是多亏了吉特尔曼教练说的：这个家伙虽然肌肉不发达，脂肪太多，可他喜欢搞阴谋，"是个地地道道的癞蛤蟆"，那时元首还是海军陆战队的队员呢。特鲁希略一夜之间就把乔尼变成了上校，与此同时，在对元首的政治生涯具有标志性意义的一次冲动中，决定任命乔尼为军情局局长，代替了阿尔杜罗将军的位置。为什么要这样做？不是因为这个人性格冷酷，确切地说，是因为这个人冷静：乔尼是这个国家最冷若冰霜的人，而这里的人从表到里都是热乎乎的。那是正确的决定吗？近来乔尼也常常失误。暗杀委内瑞拉总统贝坦科尔特不是唯一的失败；所谓反对卡斯特罗的起义也搞错了，埃洛伊·古铁雷斯少校和威廉·摩根少校的所谓起义实际上是卡斯特罗为吸引古巴流亡分子入伙而组织的一次伏击。元首一面小口喝着咖啡，一面翻阅着报告。

"你坚持把赖利主教从圣多明各教会学校里揪出来吗？"元首低声问道，"请坐！喝杯咖啡吧？"

"谢谢，陛下，能允许我说一句吗？"

上校悦耳动听的声音是青年时期养成的，那时他在电台担任足球、篮球和赛马的现场评论员。从那时到现在他只保留了一种爱好：阅读秘教——他承认是红玫瑰十字教——的书籍；他说那些手帕之所以染成红色，是因为红色对于白羊座的人来说是好运气的标志；红色使人有能力看出先兆。元首听了这些胡说八道之后哈哈大笑。上校在元首的写字台对面坐下，手里端着一杯咖啡。外面的天空依然是黑的。办公室处于半明半暗之间，只有一盏小台灯把特鲁希略的双手笼罩在黄色的光线里。

"陛下，这个脓包必须挤破！最大的问题不在肯尼迪，他得忙于应付入侵古巴的失败。问题在教会。假如我们不把内部的敌人消灭掉，那麻烦就多了。对于那些要求美国入侵我国的人来说，赖利主教可是一枚好棋子。那些人每天都在给赖利打气，同时又给美国白宫施加压力，让总统派遣海军陆战队登陆来营救赖利主教。您别忘记：肯尼迪是天主教徒。"

"大家都是天主教徒，"特鲁希略叹了一口气，粉碎了上校的理由，"这正是不能动他的原因。一动，就让美国佬找到借口。"

虽然有时候特鲁希略对于上校的坦率感到不快，但却总能容忍下去。这位军情局局长多次接到命令：说话要绝对诚实，哪怕元首听得不愉快。前任局长可不敢像乔尼·阿贝斯这样执行命令。

"陛下，我认为同教会的关系不可能再后退了，三十年来的恋爱关系已经结束了，"上校说得很慢，眼窝里的玻璃球体转个不停，仿佛为寻找埋伏而在侦察环境，"一九六〇年一月二十五日大教区一发布《主教书》，就是对咱们的宣战。他们的目标就是推翻政府。神甫们不会满足于一些让步。陛下，他们是不会再支持您了。教会跟美国佬一样是要对咱们开战的。战争一起，那就只有两条路可走：要么消灭敌人，要么投降！巴纳尔和赖利两位主教已经公开叛乱了。"

阿贝斯上校有两个计划。一个是用"棒子队"（从前的刑事犯巴拉手下那一批用棒子武装起来的打手）作掩护，让密探们混在抗议主教恐怖主义的群众游行中，中途冲进维加主教区办公室和圣多明各教会学校，分别把巴纳尔和赖利揪出来，然后不等政府军赶来营救，"群众"就已经把两位主教打死。这个计划风险很大，有可能招致美军入侵。但这个计划的好处是在一个相当长的时间里，两位主教之死可以吓住其他神职人员，叫他们不敢乱说乱动。另外一个方案就是派遣国民警卫队在"群众"绞死两位主教之前把他们营救出来,由政府把他俩驱逐到西班牙和美国,理由是唯一保障两位主教安全的方式就是离开多米尼加。国会可以通过一项法令,规定凡是在国内传教的神甫必须是出生在多米尼加的神职人员;外国传教士或者后来加入多米尼加国籍的传教士都将遣送回国。如此一来——上校看看小笔记本——天主教的神职人员会减少到三分之一。剩下的少数土生白人教士是很容易控制的。

元首一直低头听着,这时抬起头来。上校于是打住了。

"也就是菲德尔·卡斯特罗在古巴的做法。"

乔尼·阿贝斯点点头道:

"那里教会一开始也是抗议,最后策划让美国佬登陆。卡斯特罗驱逐了外国传教士,对留下来的人采取了严厉措施。结果怎么样?没有发生任何事。"

"不是没有事情!"元首纠正上校的话,"肯尼迪随时准备派兵登陆古巴。这一次不会像上个月那样在猪湾让他们侥幸取胜了。"

"如果是这样,那卡斯特罗一定会打到底。"乔尼·阿贝斯表示同意。"美国海军陆战队不可能在我们这里登陆。再说,您已经决定了:我们也会战斗到底!"

特鲁希略嘲讽地哈哈一笑。如果在抵抗陆战队时要战死,那有多少多米尼加人愿意同他一起牺牲?全体士兵一定肯牺牲。这在一九五九年六月十四日卡斯特罗派兵入侵时士兵们已经证明了这一点。他们打得很好,几天内就消灭了入侵者,在康斯坦萨山区、在麦蒙和埃斯特罗·翁托都打了胜仗。可是要对付美国海军陆战队……

"我担心,身边不会有很多人敢同陆战队交手。一场溃败会引起大乱。当然了,你只能和我一起倒下,因为无论你去哪里,监狱都在等着你,要不然就会被敌人干掉,你的敌人遍天下。"

"是敌人逼得我保卫这个政权,陛下。"

"在我身边的人里,唯一不可能背叛我的人就是你,即使你想背叛我,也不可能!"特鲁希略开心地强调说,"我是你唯一的靠山,唯一不恨你也不想杀你的人。咱们的缘分只有死神能分开。"

元首又开心地笑起来,一面审视着上校,仿佛一个昆虫学家在研究一只难以归类的小虫子。对上校的议论很多,尤其是说他冷酷无情。这适合担任这个职务的人。据乔尼的父亲、一个美籍德国人的后代说,他发现小乔尼还在穿开裆裤的时候就恶狠狠地用大头针扎小鸡的眼睛。据说,乔尼年轻时从公墓里挖掘尸体卖给医科大学生。据说,乔尼虽然跟鲁贝——一个随身携带手枪、可怕的好斗的墨西哥女人——结了婚,可至今还是个同性恋,他甚至跟元首的堂弟内内·特鲁希略睡觉。

"你知道这里流言蜚语到处传播。"元首哈哈一笑,一面注视着乔尼的眼睛。"有些流言是真的。你小时候扎过鸡眼睛吗?年轻时挖过坟墓、卖过尸体吗?"

上校勉强一笑。

"扎鸡眼睛的事大概不是真的,我记不得了。挖坟的事半真半假。陛下,挖出来的不是尸体,而是骷髅,因为雨水已经把那些骨头冲出地面了。卖掉它,是为了换几个钱花。现在人们说,我作为军情局局长正在把那些骨头还回去。"

"那同性恋的事呢?"

上校听了脸上依然没有变色。他的声音仍然保持冷漠的调子。

"我从来都不热衷于同性恋,陛下。我没有和任何男人睡过觉。"

"好啦，不说这些蠢事了。"元首打断了他的话，变得严肃起来。"暂时你别碰两位主教。再看一看，根据事情发展的情况决定。如果可以惩罚，就动手。目前，好好监视他们。你继续打精神战！不能让他们安安静静地睡觉和吃饭！看看他们会不会自己决定跑路。"

那两个主教会夹起皮包走路吗？会不会像贝坦科尔特那个黑耗子一样地自鸣得意？一想起这个委内瑞拉总统，元首就不由得又一次怒火中烧。那个加拉加斯的坏蛋竟然成功地让美洲国家组织制裁多米尼加！让所有的国家与多米尼加断交！让所有的国家给多米尼加施加经济制裁！企图让这个国家窒息投降！他们每时每刻都在伤害这个一度经济繁荣的国家！贝坦科尔特还活着，高举着自由的大旗，在电视里让观众看他那双烧伤的手，为从那次暗杀里逃生而自豪。一开始就不该让那些愚蠢的委内瑞拉军人去干这种事。下一次让军情局单独完成这个任务。乔尼·阿贝斯用纯技术和冷静的口气向元首说明新的行动方案：用远距离控制爆炸装置的办法干掉贝坦科尔特，这个装置是以黄金的价格从捷克买进的，现在已经运到了多米尼加驻海地领事馆。在适当的时候，从那里运到加拉加斯就比较容易了。

自从一九五八年元首决定提升上校的职务以来，祖国的大恩人就总是在这个钟点跟上校一道处理公文，无论在这个办公室，还是在卡奥瓦之家，或者特鲁希略随便落脚的地方。乔尼学习元首的榜样，从来不休假。特鲁希略第一次听到乔尼这个名字，还是从阿尔杜罗将军口中。这位前军情局局长是在一份关于多米尼加流亡者在墨西哥的活动的详细而准确的报告中发现乔尼这个人才的：乔尼报告了这些流亡者在干些什么，在策划什么，在哪里居住，在哪里开会，什么人在帮助他们，哪些外交官同他们见面。

"将军，您在墨西哥安排了多少人，才弄到那些流亡无赖如此详细的情报？"

"陛下，整个情报出自一人之手。""剃刀"露出职业性的得意表情。"他很年轻。名字叫乔尼·阿贝斯·加西亚。您可能认识他的父亲，是个有一半德国血统的美国佬，来我们的电力公司工作后，跟一个多米尼加女人结了婚。乔尼当过体育记者，还是半个诗人。开始我利用他做广播和报纸方面的情报员，后来让他混入戈麦斯大药房的聚会里了解情况，因为有许多知识分子到那里聊天。他干得非常漂亮，我就派他去墨西哥，用了一个假奖学金的名义。您看，如今他赢得了所有流亡分子的信任。三教九流他都能打交道。陛下，不知道他是怎么办的，后来他居然钻进了左派工会领袖隆巴多·托雷塔诺身边。您想想看吧，跟乔尼结婚的那个丑女人就是隆巴多这个老共产党人的女秘书啊！"

可怜的"剃刀"！他那样热情洋溢的夸奖，让他丢掉了军情局局长的职位，搞军事情报可是西点军校培养的他的专业啊！

"把他调回来！给他安排一个我可以观察到的岗位。"特鲁希略下令道。

于是，这个动作笨拙、愁眉苦脸、眼球转个不停的家伙就出现在国家宫的走廊里了。他在情报办公室担任了一个最低级的职务。特鲁希略远远地琢磨着这个家伙。早在年轻时，那还是在圣克里斯托瓦尔，他就相信直觉，只要看上一眼，只要谈上一两分钟，只要听听介绍，直觉会准确地告诉他这个人是否有用。他用这个方法挑选了许多部下，还从来没有看走眼呢。乔尼·阿贝斯·加西亚在一个不起眼的办公室干了几个星期，主任是诗人拉蒙·埃米里奥，同事有迪蒲·贝拉尔德、盖罗尔和戈里玛尔迪，任务就是给《加勒比日报》的"公众论坛"写所谓的"读者来信"。元首在对乔尼进行考验之前,不知道为什么,总是在等待着意外的暗示。暗示的信号突然而至。有一天,元首发现乔尼·阿贝斯在国家宫的走廊里正在跟一位国务秘书谈话。这个举止高雅、虔诚、谨慎的华金·巴拉格尔跟阿尔杜罗手下的一个情报人员有什么可谈的呢?

在内阁办公会上,巴拉格尔解释说:"陛下,没有什么特别的内容。我不认识这个年轻人。我看到他全神贯注地边走边阅读,就产生了好奇心。您知道,我最大的爱好就是读书。我很奇怪。他肯定不是神经有毛病。您知道是什么书让他那样着迷吗?是一本关于中国酷刑的书,里面还有砍头和剥皮的图片呢!"

当天晚上,元首派人把阿贝斯召来。阿贝斯似乎有些喘不过气来——是高兴,是害怕,还是兼而有之?因为这份殊荣,他给祖国的大恩人敬礼时几乎说不出话来。

"你在墨西哥干得不错啊!"元首响亮而尖厉的声音响起来,这声音如同他那锥子般的目光,会让对方产生要瘫痪的感觉。"阿尔杜罗汇报了你的情况。我想你可以承担更重大的任务了。你有准备吗?"

"陛下,您盼咐的任何事情,我都会去做。"他已经镇定下来,两脚立正站着,仿佛小学生站在老师面前一样。

"你在墨西哥认识何塞·阿尔莫依纳吗,一个跟西班牙共和派流亡分子来到这里的加利西亚人?"

"陛下,认识。确切地说是见过。但是,其中许多跟他在商务咖啡馆里开会的人,我都认识。他们自称'西班牙-多米尼加人'。"

"那家伙出版过一本骂我的书,名字叫《加勒比的总督》,是危地马拉政府掏钱让他写的。他用了一个叫乔治·布斯塔曼特的笔名。

后来，为了掩人耳目，他又厚着脸皮在阿根廷出版了另外一本书，这一次用了真名，书名是《我给特鲁希略当秘书》，又把我捧上了天。因为过去好几年了，他觉得会平安无事。他以为我已经忘记了他曾经诬蔑过我的家庭和给他饭吃的政府。他干的那些坏事还没有算账呢。你愿意接受任务吗？"

"陛下，这是我最大的光荣。"阿贝斯·加西亚立刻回答道，信心十足，这是他从来没有表现过的。

过了一段时间，何塞·阿尔莫依纳，这位元首的前秘书、元首长子兰菲斯的家庭教师和元首夫人的笔杆子被乱枪打死在墨西哥首都街头。流亡分子和报刊都大声疾呼：抓后台。可是正如他们自己说的那样：无法证明这次谋杀是由特鲁希略那只长手操纵的。这是一次快速、干净、利落的行动，只花了一千五百美元，乔尼·阿贝斯·加西亚从墨西哥回来之后拿出的收据可以为证。元首、祖国的大恩人让他加入军队系统，授予他上校军衔。

何塞·阿尔莫依纳之死仅仅是上校实施的一系列快速、干净行动中的一次而已，他组织手下在古巴、墨西哥、危地马拉、纽约、哥斯达黎加和委内瑞拉的流亡分子中暗杀和重伤了十几个叫嚣最甚者。这些活做得快速、干净，给元首留下深刻印象。每次行动就其灵活性和隐蔽性来看都称得上是杰作，犹如钟表技师干出来的活计。阿贝斯·加西亚在大多数情况下不仅消灭了敌人，而且还糟蹋敌人的名声。躲藏在哈瓦那的工会领导人罗伯托·拉马达死在唐人街一家妓院的乱棍之下，一群流氓到警察局指控罗伯托企图刺杀一名拒绝他性虐待要求的妓女；这个染成红头发的混血女人出现在夜总会里，哭哭啼啼地把那个变态的家伙打的伤痕展示给众人看。大律师巴亚尔多·斯波里达在加拉加斯死于一场同性恋的争吵中：有人发现他被人刺死在一家下等旅店里，身穿女人的乳罩和短裤，嘴唇上涂着口红。法医确定他的肛门里有精液。阿贝斯上校是怎么想出来的呢？他怎么那么快就在刚刚认识的城市里与下层的人渣、枪手、刺客、投机商、流氓、妓女、窃贼建立了联系呢？这些人总是介入到犯罪活动中来。这些活动让那些喜欢危言耸听的报刊高兴不已，而多米尼加的政敌常常被卷入其中。乔尼·阿贝斯·加西亚是如何在拉丁美洲和美国建立起这样一个非常有效的情报和行动网络的呢？可他并没有花很多钱啊！特鲁希略时代实在太宝贵了，不能不查明细节就轻易放过去。但是，拉开距离看，犹如优秀的鉴赏家欣赏贵重首饰一样，乔尼为保卫政权所施展的独特才华和精细作风也是值得称道的。无论流亡团体还是敌对政府都不能把这些偶然事故、可怕的事件同特鲁希略大元帅联系起来。最漂亮的活计之一就有拉蒙·马莱罗·阿里斯迪事件。拉蒙是长篇小说《超越》的作者，该书讲述了罗马纳地区甘蔗园的故事，在整个拉丁美洲广为人知。他担任过《民族日报》的社长，当时一度狂热地为特鲁希略主义辩护。他一九五六年担任过劳工部长，一九五九年第二次担任这个职务时，他开始给美国记者塔德·肖尔茨送情报，让他在《纽约时报》上写文章败坏特鲁希略政权的名声。事情暴露后，拉蒙写信给《纽约时报》要求更正。后来，他夹着尾巴来到特鲁希略办公室，趴在地上哭泣，恳求饶恕，发誓过去不曾将来也绝不背叛元首。大恩人不动声色地听他讲完，然后狠狠地给了他一记耳光。拉蒙浑身冒汗，想掏出手帕擦一擦。这时，侍卫副官队长瓜里奥内斯·埃斯特莱亚·萨德哈拉一枪就把他打死在元首办公室里。阿贝斯·加西亚负责善后，他用了不到一个小时就让一辆汽车摔进了中央山脉的峡谷里。有目击者作证，拉蒙和他的司机在开往康斯坦萨的路上摔得面目全非。让乔尼·阿贝斯·加西亚取代"剃刀"军情局局长的职务难道还有疑问吗？假如当年是乔尼领导军情局，那在纽约绑架卡林德斯的事件就不会失败了。事实上，在阿尔杜罗将军指挥之下结果惨败，造成轩然大波，严重地损害了特鲁希略政权的光辉形象。

特鲁希略用不屑一顾的神情指指写字台上的报告：

"是又一起策划杀害我的阴谋吗？又是胡安·托马斯·迪亚斯领头？又是中央情报局那个坏蛋亨利·迪尔伯恩领事组织的吗？"

阿贝斯·加西亚上校动动身子，坐得更舒服些。

"看来是这样，陛下。"乔尼点点头，他对这件事不大在意。

"这个家伙有意思。"特鲁希略打断了他的话。"美国佬跟我们断绝了外交关系，那是为了履行美洲国家组织的决定。外交官们都撤走了，可是留下了这个亨利·迪尔伯恩和他手下的间谍继续在这里策划阴谋诡计。能肯定是胡安·托马斯在密谋策划吗？"

"不能，陛下。只是有些模模糊糊的迹象。但是，自从您罢了他的官以后，迪亚斯将军那里就成了发牢骚的井，所以我密切监视着他的一举一动。在他住的卡斯圭大街的房子里，经常有人聚会。对于一个心怀怨恨的人，我们要做好最坏的打算。"

"他不是因为这次被罢官才发牢骚，"特鲁希略高声议论道，又好像在跟自己说话，"而是因为我骂他是胆小鬼。我提醒他玷污了军队的荣誉。"

"陛下，那次午餐会我也在场。我那时以为迪亚斯将军肯定起身走掉。但是，他忍住了，满脸通红，浑身冒汗。最后，他摇摇晃晃地走出去，好像喝醉了一样。"

"胡安·托马斯这个人一向很骄傲，需要教训他一次，"特鲁希略说道，"他在康斯坦萨的表现实在像个懦夫。我不能允许多米尼加的军队里有意志薄弱的将军。"

事情发生在粉碎入侵者在康斯坦萨、麦蒙和埃斯特罗等地的登陆之后的几个月里,那时入侵的全部成员——除去多米尼加人,还有古巴人、美国人和委内瑞拉人——或者被打死,或者被俘。就在那几天里,在一九六〇年一月,政府发现有个秘密地下反对派的网络存在,他们为纪念那个登陆日,自称"六·一四"。参加这个秘密组织的有大学生、中、高层职业青年,许多人的家庭属于政府里的人。在彻底扫除这个叛乱组织的行动中,重点目标有米拉瓦尔三姐妹和她们的丈夫——想起这几个人,元首就肝火旺盛。元首邀请政府和军队中的五十几位知名人士在国家宫共进午餐,为的是要教训一下托马斯·迪亚斯将军,这个特鲁希略儿时的伙伴、当兵时的战友,并曾多次担任特鲁希略武装部队中的高级职务。元首已经罢免了他维加军区司令的头衔,这个军区包括康斯坦萨,那时还没有最后消灭分散在山区里的入侵者的据点。从那以后,托马斯·迪亚斯将军多次请求元首召见,但都没有回音。就在将军的妹妹戈拉斯达在巴西大使馆避难的时候,他突然收到了元首的邀请,因此吃了一惊。整个午餐期间,元首没有跟将军说一句话,也没有朝坐在角落里的将军瞥上一眼。将军的座位距离元首的主位很远,这意味着将军已经失宠。

到了上咖啡的时候,突然,一个响亮而尖锐的声音压倒了盘旋在餐桌上、回荡在大理石墙壁和枝形吊灯之间的嗡嗡声——在场的唯一女性是西北地区的特鲁希略主义运动领导人伊莎贝尔·玛耶尔,多米尼加人都熟悉的这个声音一下子提高了许多,这钢铁般的声音预示着一场风暴:

"先生们,今天,在政府和军队的杰出人物中间,竟然会有一位在战场上指挥不力而被罢官的人,你们不觉得奇怪吗?"

全场一片肃静。位于铺有绣花台布的巨大长方桌两侧的五十颗脑袋都纹丝不动。祖国的大恩人并不看着坐在角落里的迪亚斯将军。元首的面孔一一检阅着其他客人,摆出一副吃惊的模样:眼睛睁得很大,嘴巴张得很开,他在请大家帮助他揭开这个谜底。

"你们知道我在说谁吗?"元首戏剧性地停顿一下,又继续说道,"我是在说胡安·托马斯·迪亚斯将军,原任维加军区司令,在古巴和委内瑞拉联合入侵我国的时候,在炮火连天中,这位将军被解除了职务,因为大敌当前他表现怯懦。无论在哪个朝代,这样的表现都会立刻被审判并枪决的。但是,在特鲁希略的独裁统治下,这位胆怯的将军还被请进了国家宫,同全国的精英代表共进午餐。"

"共进午餐"四个字,元首说得很慢,一字一顿,以加强其中的讥诮意味。

胡安·托马斯·迪亚斯将军用超人的努力嗫嚅道:"陛下,请允许我提醒您:我被免职的时候入侵者已经被打败了。我履行了自己的职责。"

这是个强壮的男子汉,但是在座位上显得矮小了许多。他脸色惨白,唾液不时地流出嘴巴。他目不转睛地望着祖国的大恩人。可是,元首仿佛没有听见他的话,也没有看到这个人,而是用目光第二次扫视客人,接着,他继续讲道:

"他不仅被邀请来国家宫吃饭,而且还获得百分之百的退休金和三星上将的种种待遇,让他意识到自己已经尽职尽责,可以心安理得地休养了。请他在自己的牧场上,由他第五任妻子,即他的直系侄女、恰娜·迪亚斯,陪伴他颐养天年吧!这个血腥的独裁统治难道还不够宽宏大量吗?这个证据难道还不说明问题吗?"

大恩人一说完话，脑袋也停止环顾四周。这时，他的目光停留在胡安·托马斯·迪亚斯将军的那个角落。元首的神色已经不是刚才讥讽和戏剧性的模样了。整个面孔是死一般的严肃。那眼神是阴沉的，如同锥子一样，毫无同情的表示。这是在提醒人们：谁在领导一切！胡安·托马斯·迪亚斯低下了头。

"迪亚斯将军拒绝执行我的命令，还居然责骂一个正在执行我命令的军官，"元首缓慢地说着，充满了轻蔑的口气，"就发生在反击入侵的关键时刻！由菲德尔·卡斯特罗、由穆尼奥斯·马林、贝坦科尔特和菲盖莱斯武装起来的敌人，那群害了红眼病的家伙，他们已经连杀带烧地登陆了，已经杀害我们的士兵了，已经决心要我们在座各位的脑袋搬家了，就在这个时候，将军竟然拒绝执行我的命令！就在这个时候，这位司令发现自己是个富有同情心的人，是个敏感的人，是个反对冲动的人，他不能看着流血事件发生。于是，他拒绝执行枪毙被俘的入侵者，他们可是手持武器踏上我国领土的啊！他甚至责骂一个服从我命令的军官，因为这个军官给来这里建立共产主义专制的人以应得的惩罚。而这位将军却在祖国的危险时刻制造混乱，还削弱我们的士气。因此，他不能留在军队里，尽管他现在还穿着军装。"

元首停下来，喝了一口水。但是，他喝完水后并没有继续讲下去，而是突然站起来，说了一声："先生们，午安！"表示午餐结束了，随后扬长而去。

"胡安·托马斯不敢退场，因为他知道不可能活着走出宴会厅，"特鲁希略说道，"好啦，他在策划什么玩意儿？"

实际上，胡安什么也没干。不久前，迪亚斯将军和他的妻子恰娜在卡斯圭大街的住宅里接待很多来访的客人。借口是在住宅的院子里看露天电影,由将军的女婿负责放映。出席晚会的有各色人等。既有政府要员,比如胡安的哥哥兼岳父莫代斯托·迪亚斯·盖萨达,也有离开了政府的老官员,例如阿米阿玛·迪约和安东尼奥·德·拉·玛萨。阿贝斯·加西亚上校早在两个月前就已经把胡安家里的一个用人变成了"密探"。但是,唯一查明的情况是,这些先生总是一面看电影一面不停地聊天,好像电影的作用就是可以掩护他们谈话。总之,不是那种一面喝着甜酒或者威士忌一面大骂政府的聚会,没有什么可值得注意的内容。可是,昨天,迪亚斯将军同美国领事亨利·迪尔伯恩的联络员见了面,这个所谓的美国外交官,正如元首知道的那样,是中央情报局在特鲁希略的站长。

"他悬赏一百万美元要我这颗脑袋,"特鲁希略说道,"有这么多吃屎的废物跟这个美国佬要资助来消灭我,他一定头昏脑涨了。他们在哪里见的面?"

"陛下,在大使饭店。"

祖国的大恩人沉思了片刻。胡安·托马斯有能力组织点认真的事吗?或许二十年前有这个能力。那时候,他是个真正的干将。后来,就沉湎于酒色了。吃喝嫖赌样样喜欢,一再离婚又结婚,逢场作戏,这种人还想推翻政府!美国佬找错了依靠对象。呸,用不着为他操心。

"陛下,您说得对。眼下,迪亚斯将军这边没有危险。我会继续注意他的行踪。无论谁去拜访他还是他去看谁,我们都清楚。他的电话已经被监听了。"

还有别的事情吗?祖国的大恩人看看窗外,窗外依然黑暗,虽然马上就六点钟了。但是,宁静已经被打破。远处,国家宫的外围是几条大街,中间有大面积的草坪和树丛隔离,有粗大的尖铁栅栏包围着这个禁区,街道上偶尔有汽车鸣笛驶过;近处,国家宫里,可以听到清洁工人洒水、扫地、打蜡、摩擦的声音。无论元首走到哪里,无论是办公室还是走廊,到处清洁、闪亮。想到这里,元首感到舒服。

"陛下,原谅我坚持自己的意见:我还是想加强马克西莫·戈麦斯大道和防波堤的安全力量,因为您在那里散步嘛。还有高速公路也得加强巡逻,特别是您去卡奥瓦之家的时候。"

两个月前,元首不妥当地下令停止搞安全措施。为什么呢?原因可能是一天黄昏元首散步时,从马克西莫·戈麦斯大道下来向大海方向走去,发现所有的路口都有警察设置的路障在阻拦行人和车辆进入大街和防波堤,一直要到他散步结束时才能撤除。元首想到会有许多乔尼派出的大众牌轿车拉着特工分散在他散步的路线周围。他感到喘不过气来,好像患了幽闭恐惧症似的。那天晚上,在去丰达雄庄园的路上,他还想到似乎隐约看到高速公路两侧有国民警卫队和军人在警戒着他的安全。或者这是危险处境作用于身上产生的一种强烈吸引力?——是海军陆战队的不屈精神,让他敢于在威胁政权的困难时刻向命运挑战。无论如何,这是一种绝对不动摇的决心。

"命令仍然有效!"元首重复道,口气是不容讨论的。

"是,陛下!"

他注视着上校的眼睛——对方立刻低下头来——用带一点幽默的口气教训道:

"你以为你钦佩的菲德尔·卡斯特罗会像我一样在大街上散步是没有警卫的吗?"

上校摇摇头。

"陛下，我想菲德尔·卡斯特罗不会像您这样浪漫的。"

他浪漫吗？可能跟他爱过的某些女人吧。或许跟丽娜·罗瓦东浪漫过。但是，除去感情方面，在政治上他觉得自己一向是个古典派：讲理性、平和、讲实用，头脑冷静，目光长远。

"陛下，我在墨西哥认识卡斯特罗的时候，他正在准备利用'格拉玛'号打回古巴去。人们都以为他是个疯狂的古巴人，是个不正经的冒险家。从第一刻看到他那副毫不激动的神情起，他就给我留下了深刻的印象。虽然他一演讲就像个热带人一样热情澎湃，充满激情。这是给老百姓看的。实际上，恰恰相反。他像冰一样的冷静，像哲人一样的聪明。我很早就知道他一定会夺取政权的。但是，陛下，请允许我说明白：我钦佩卡斯特罗的人格，欣赏他善于嘲弄美国佬的方式，喜欢他同俄国与共产党国家联盟来保护自己和对付华盛顿的手段。可是我不赞成他的思想，我不是共产主义者。"

"你是彻头彻尾的资本主义信徒。"特鲁希略讥讽地一笑。"你手下的海外部很会做生意，从德国、奥地利以及社会主义国家进口产品。你们独家代理不会有任何损失啊！"

"这是又一件应该感谢您的事情，陛下。"上校承认这一事实。"说真的，我没有想到这一点。对做买卖，我一向不感兴趣。开设海外部，我是按照您的命令做的。"

"我宁肯让部下去做生意也不能允许他们贪污盗窃，"祖国的大恩人解释道，"正当的买卖对国家有利，可以提供就业机会，创造财富，振奋民族精神。反之，贪污盗窃败坏社会风气，会亡党亡国！我猜想自从国际社会制裁我们以来，海外部的事情大概也不好做了。"

"实际上，瘫痪了。陛下，这没关系。现在，我每天二十四小时全部用来防止敌人颠覆我们的政权，尽全力保护您的安全。"

上校丝毫不激动地说着，口气不引人注意，保持中性的调子，即他正常表达思想的语调。

"那我应该得出这样的结论啦：你钦佩卡斯特罗那个混蛋跟钦佩我一样！"特鲁希略边说边盯着那对小眼睛。

"陛下，我对您不是钦佩的问题，"阿贝斯低声道，不敢抬起头来，"我是因为有了您才活着，我为着您才活下去。如果您让我说真话，那我就是您的警犬。"

祖国的大恩人觉得阿贝斯在说最后这句话的时候声音在颤抖。上校知道元首对侍从们经常说出的这类感恩戴德的话是不会感到激动也不爱听的。元首正用他那匕首般锋利的目光在探究上校的意思。

"如果有人要杀害我的话，那就是身边的人，比如家里的叛徒。"元首说话的口气好像是在谈别人。"那对你来说可就是大灾难了。"

"对国家也是大灾难，陛下。"

"所以，我要继续在台上，"特鲁希略点点头说，"否则，我早就退下去了，正如艾森豪威尔总统、威廉·波利、克拉克将军和参议员斯马瑟斯这些美国朋友曾经劝告我的那样。他们说：'您应该像个宽宏大量的政治家那样载入史册！把船舵交给年轻人吧！'罗斯福总统的老朋友斯马瑟斯参议员就是这么对我说的。这话是白宫的意思。他们是捎口信的。他们要我下台，让我在美国避难。'您在美国，财产可以得到保障。'这些混蛋把我跟巴蒂斯塔、罗哈斯·皮尼亚、佩雷斯·希门内斯看成一类人了。我不死，他们别想把我拉下台！"

元首又走神了，因为他又想起了瓜达鲁贝（朋友们简称她"鲁贝"）那个肥胖且男性化的女人，乔尼·阿贝斯在墨西哥生活期间跟这个女人结了婚。那段时期充满了神秘和冒险的色彩。那时候，乔尼一方面给阿尔杜罗将军提供关于多米尼加流亡分子活动的详细情报，另外一方面也经常出入革命团体内外，结交诸如菲德尔·卡斯特罗、切·格瓦拉、"七·二六"组织的古巴人等，那时他们正在准备乘"格拉玛"号远征古巴；也结识诸如维森特·隆巴多·托雷塔诺这种与墨西哥政府有着密切关系的人物，因此此人可谓是乔尼的保护人。元首一直没有时间仔细问乔尼这个时期的生活。正是这个时期，上校显露出从事间谍和秘密行动的聪明才干。那是一段丰富多彩的生活，一定充满了许多奇闻逸事。为什么他要和这样一个丑陋的女人结婚呢？

"有件事，我总是忘了问你，"元首用平时对部下的那种生硬口气说道，"你为什么非要跟一个这么丑的女人结婚呢？"

从阿贝斯·加西亚脸上看不出丝毫惊讶的表情。

"陛下，不是因为爱情。"

"这我早知道了，"元首微微一笑。"她不是富婆，就是说，不是一桩图财的婚姻。"

"是因为感谢。鲁贝救过我的命。有一次，她为我杀了人。那时她给隆巴多·托雷塔诺当秘书，我刚刚到墨西哥。多亏了维森特的帮助，我才开始明白什么是政治。陛下，没有鲁贝，我的事不可能完成。她不知道什么叫害怕。另外，她有一种本能总是很起作用。"

"我知道她意志坚强，善于攻击，总是随身带枪，还像男人一样光顾酒店，"元首兴致很高地说道，"我甚至听说妓院女老板普奇塔·布拉索班还给她准备了小姑娘。但是，我好奇的是，跟这个怪人能生出儿子吗？"

"陛下，我尽量做个好丈夫吧。"

元首声音洪亮地哈哈大笑起来。

"只要你乐意就会觉得有趣，"元首表示赞赏道，"所以你因为感激才娶了她。对你来说，是否愿意也就成了废话。"

"陛下，愿意不愿意是一种说法。说真的，我并不爱鲁贝，她也不爱我。至少不是人们所理解的那种爱情。我俩的结合是因为有更为坚实的东西把我们联系在一起。我俩生死与共，一道迎接死亡。我俩手上一起染上了很多鲜血。"

元首点点头。他理解上校的意思。他也很想有这么一个可以吓跑鸟兽的家伙当老婆，那他妈的就厉害了！有那么一个厉害老婆，有时下决心的时候，也不会觉得太孤独。的确，没有什么能比血缘关系更密切了。可能正是因为血缘关系，他才觉得自己紧紧地被捆绑在这块国土上，尽管到处都是忘恩负义的家伙、懦夫和叛徒。他理解上校，是因为自己手上也沾满了鲜血，尽管是为了把国家从落后、封闭、动乱、愚昧和野蛮状态中拯救出来。

沮丧的情绪又一次袭来。元首装作看手表的样子，偷偷瞥了一眼裤子。无论大腿根还是裤门襟都没有尿渍。虽然裤子是干净的，可是元首依然打不起精神。心头又一次闪过卡奥瓦之家那个姑娘的身影。那件事真令人扫兴！就在她用那种眼神望着他的时候，是不是应该给她一枪才对？愚蠢！他从来不乱开枪，更不会为床上的事情开枪。只有别无选择，只有绝对必要时，为了国家的进步，或者为了洗刷耻辱，他才开枪。

"陛下，可以说句话吗？"

"什么事？"

"巴拉格尔总统昨天晚上通过电台宣布：政府将释放一批政治犯。"

"这是我下的命令。有什么问题吗？"

"我需要被释放者的名单。要给他们理发、刮脸、穿得干干净净的。我想让他们在记者招待会上亮相。"

"我一审阅完名单就立刻给你送过去一份,巴拉格尔认为这样的表示会对我们的外交方面有好处。走着瞧吧!不论怎么说,他提供了一个好办法。"

写字台上放着巴拉格尔的演说稿。元首高声念出标有重点符号的段落:"拉斐尔·莱昂尼达斯·特鲁希略·莫里纳博士、大元帅陛下的江山是如此牢固,在他坚强的领导下,经过三十年和平有序的发展,使得我们可以为美洲做出这样的榜样:拉丁美洲国家有能力实行真正的代议制民主。"

"写得好,是不是?"元首评论道,"这就是让诗人和学者当共和国总统的好处。我弟弟做总统的时候,他念的那些演说听起来让人厌烦。我知道你对巴拉格尔没有好感。"

"陛下,我从来不把个人的好恶掺杂到工作中来。"

"我一直不明白你为什么不相信他。巴拉格尔是我手下最不会伤害人的人了。所以我才让他当总统。"

"我认为他的为人这样小心谨慎是出自战略上的考虑。从根本上说,巴拉格尔不是这个体制内的人,他只是为他自己工作。可能我的判断是错误的。再说,我也没有发现他的行为有什么值得怀疑的地方。但是,我不会为他是不是忠诚去玩火。"

特鲁希略看看手表。差两分钟六点。他同乔尼处理公事从来不超过一个小时,特殊情况除外。他站起来。军情局局长也立刻站了起来。

"关于两位主教的事情,如果我改变了主意,会立刻通知你的,"元首说道,并用送客的口气补充说,"不管怎样,你把安全设施准备好吧!"

"只要您一声令下,设施就可以立刻启动。我告辞了,陛下。"

阿贝斯·加西亚刚一离开办公室,祖国的大恩人就去窗户那里窥视天空。天空依然不见一丝光明。

六

"啊,我知道他是谁了!"安东尼奥·德·拉·玛萨说道。

安东尼奥推开车门,手上端着那支截短了枪管的步枪,来到公路上。车里的其他三个伙伴——托尼、埃斯特莱亚·萨德哈拉和阿玛迪多——都没有跟着他下去,他们三个从车里注视着玛萨强壮的身影在微弱的月光下向那辆小型大众汽车走去。这时,大众已经熄火,停在离他们不远的地方。

"你可别说什么元首改变了主意!"安东尼奥一面把脑袋伸进大众车窗一面喊着,代替了打招呼。他把面孔极力凑到司机跟前,车里没有别人,司机是个大胖子,身穿西装,打着领带,气喘吁吁,胖得似乎不可能坐进汽车,好像是被装在木箱里一样。

"安东尼奥,恰恰相反,"米盖尔·安赫尔·巴埃斯·迪亚斯双手扶着方向盘安慰道,"不管怎样,元首肯定要去圣克里斯托瓦尔。他迟到了,因为散步之后,他把布博·罗曼拽到圣伊希德罗基地去了。我来就是让你放心的。我想象得出你会多么着急。元首随时都会出现的。你们做好准备吧！"

"我们不会失手的，米盖尔·安赫尔。希望你们也不会。"

他俩又聊了一会儿，两张面孔距离很近，胖子双手不离方向盘；德·拉·玛萨目光注视着来自特鲁希略城方向的动静，他担心元首的车子会突然来到眼前，而他来不及回到汽车里去。

"再见，一切顺利！"米盖尔·安赫尔·巴埃斯·迪亚斯向他道别。

大众开回特鲁希略城去了，始终没有打开车灯。安东尼奥站在原地，感受着清凉的空气，倾听着不远处的涛声，感觉到浪花的飞沫溅到了脸上和头发开始稀疏的脑顶上。他望着渐渐远去的大众，不久汽车就被夜幕吞食了。再远处是城里闪烁的万家灯火和一处处大小餐厅，此时肯定是顾客盈门了。米盖尔·安赫尔·巴埃斯·迪亚斯看来很肯定。没有疑问，因为那家伙一定会来的，那么这个星期二，一九六一年五月三十日，终于要为四年零四个月前，即一九五七年一月七日，父亲、兄弟、嫂子和姐夫埋葬弟弟达威托那一天发出的誓言采取兑现的行动了。

他想到了近在咫尺的波尼酒吧。如果能坐在酒吧的高脚凳上来一杯多加冰块的甜酒，肯定十分惬意。近来这一段时间，他经常喝酒，酒精上到大脑里的感觉可以让他心不在焉，可以让他摆脱达威托的影子，可以让他摆脱痛苦、绝望和焦躁。这是小弟弟——他最喜爱的小弟弟、他最亲近的小弟弟——被杀害以后他每天的情绪。他想："尤其是他死后他们还变本加厉对他造谣诬陷。"他慢慢回到雪佛兰旁边。这是一辆崭新的汽车，是安东尼奥从美国进口的，他又请修车厂的人做了加工和调试。安东尼奥解释说：因为他在与海地为邻的莱斯塔乌拉西奥地区的锯木厂当经理又兼庄园的总管，一年里的大部分时间要跑来跑去,所以需要一辆又快速又结实的汽车。这辆最新型号的雪佛兰终于通过了检验:由于调整和加强了汽缸和发动机的功能,它可以在短短几分钟内达到每小时二百公里的速度,这是大元帅那辆雪佛兰还做不到的事情。他回到安东尼奥·英贝特的身边坐下。

"那个客人是谁?"阿玛迪多从后排座位上问道。

"这种事情不要问!"托尼·英贝特低声说,没有回头看加西亚·盖莱罗中尉。

"现在不是什么秘密了,"安东尼奥·德·拉·玛萨说,"是米盖尔·安赫尔·巴埃斯。阿玛迪多,你说得有道理。今天晚上元首无论如何都要去圣克里斯托瓦尔。时间是推迟了,但是不会让咱们空等的。"

"是米盖尔·安赫尔·巴埃斯·迪亚斯?"萨尔瓦多·埃斯特莱亚·萨德哈拉吹了一声口哨。"他也加入到这里来了?太不可思议了!他可是个正统的特鲁希略主义者啊!是不是还当过多米尼加党副主席啊?他可是每天都跟在'公羊'后面在防波堤上散步的人之一啊,那是个溜须拍马的家伙,每个星期天都陪同'公羊'去跑马场。"

"今天他也跟'公羊'一起散步,"德·拉·玛萨点头道,"所以他知道'公羊'会过来。"

车内的人沉默良久。

"我知道应该讲求实际,我们需要这种人。""突厥"叹了口气。"可是,说心里话,像米盖尔·安赫尔这号人都成了咱们的盟友,我感到恶心。"

"虔诚的信徒、真正的清教徒、双手干净的小天使显现了!"英贝特极力拿他寻开心。"阿玛迪多，你看到了吧？为什么最好别发问，最好别知道都有什么人加入到这里来了！"

"萨尔瓦多，你说话的口气好像过去咱们都不是特鲁希略主义的信徒似的。"安东尼奥·德·拉·玛萨嘟囔了一句。"难道托尼没有当过银港的行政长官吗？阿玛迪多不是侍卫副官吗？二十年来，我不是一直在为'公羊'管理着锯木厂吗？你所在的建筑公司不也是特鲁希略的财产吗？"

"我收回刚才说的话，"萨尔瓦多拍拍德·拉·玛萨的肩膀道，"我这是信口开河，胡说八道。你说得对，随便哪个人都可以像刚才我说米盖尔·安赫尔那样贬损我们一通。就当我什么也没说，你们什么也没听见好啦。"

但是，这话他还是说出来了，这平静和讲道理的气氛大家都觉得很好，萨尔瓦多·埃斯特莱亚·萨德哈拉本可以说出更加冷酷的话来，因为有一股突然产生的正义感非要让他说出来不可。他在一次演说里就说了这样的话，他那位终生的挚友、安东尼奥·德·拉·玛萨本可以给他一枪。"我不会为几个小钱出卖自己的弟弟"这句话让他远离了朋友，他们有六个多月的时间没有见面、没有说话；这句话总是像噩梦一样在他脑海里萦回。那时候，他就需要喝酒，经常喝很多甜酒。尽管喝醉时，他就盲目地发火，胡说八道，对周围的一切拳打脚踢。

几天前，他就满四十七岁了，他是这七人小组中年龄较大的一个，他们的计划就是埋伏在这条通往圣克里斯托瓦尔的公路上等待特鲁希略的到来。除去这四人乘雪佛兰等在这里之外，在前面两公里处还有一辆埃斯特莱亚·萨德哈拉借出来的汽车，里面坐着佩德罗·里韦奥·塞德尼奥和瓦斯卡尔·特哈达·比门代尔；在更前面一公里处，罗伯托·巴斯托里撒·内莱特一人坐在自己的车里。这样的布置可以拦住"公羊"的去路，可以用前后夹击的密集火力把"公羊"打个稀巴烂，而不会让他逃走。佩德罗·里韦奥·塞德尼奥和瓦斯卡尔·特哈达·比门代尔可能会像他们四个人一样地焦躁不安。罗伯托·巴斯托里撒·内莱特戈更糟糕，因为他独自一人，没人给他打气。"公羊"会来吗？一定会来的。自从小弟弟达威托死后，安东尼奥的生活就成了漫长的苦难，宰了"公羊"，这苦难也就可以结束了。

月亮犹如一只银盘，在灿烂的群星簇拥下闪闪发光，给附近的椰子树冠镀上一层银白，安东尼奥望着这些椰子树随着微风摇晃。不管怎么说，这是个美丽的国家，他妈的。这个可恶的"公羊"如果被打死，国家会变得更美丽。这个暴君三十一年来糟蹋和毒害这个国家的程度远远超过共和国成立一百年来海地的占领、西班牙和美国的侵略、内战和党派纷争，远远超过从天空、海洋和大地产生的大灾大难——地震和台风。安东尼奥·德·拉·玛萨不能饶恕"公羊"的是，这个坏蛋不仅把国家变成娼妓、沦为流氓，还让他安东尼奥·德·拉·玛萨一道同流合污。

他点燃一支香烟，在伙伴面前掩饰自己的不安。他一面把香烟叼在嘴上，不停地从鼻孔和嘴巴里喷出缕缕浓烟，一面抚摸着那杆截短了枪管的步枪，同时心里想着他那位西班牙朋友比歇专门为今晚伏击特制的开花钢弹。比歇是由另外一个策划此事的伙伴曼努埃尔·奥文介绍认识的，曼努埃尔本人也是武器专家和优秀的射手。奥文的枪法像安东尼奥·德·拉·玛萨一样出色。安东尼奥从小就喜欢射击，在老家莫卡时，他准确的枪法就常常让父母、兄弟、亲戚和朋友感到惊讶。因此，他才有今天这份殊荣：坐在英贝特右边，由他第一个开枪射击。小组专门讨论了此事，大家一致同意：安东尼奥·德·拉·玛萨和阿玛多·加西亚·盖莱罗中尉作为最佳射手，应该使用美国中央情报局为他们专门制造的步枪，坐在右边的位置上，以便准确地射出第一枪。

莫卡的乡亲和族人感到自豪的事情之一就是，从最早起——一九三〇年——德·拉·玛萨家族的人都是反对特鲁希略独裁统治的。这是理所当然的。在老家莫卡地区，从最上层到最底层的贫困雇工都是奥拉希奥派，因为奥拉希奥·巴斯克斯总统就是莫卡地区出生的人，是安东尼奥的舅舅。从一开始，德·拉·玛萨家族的人就怀疑并反感地注视着特鲁希略——那时是国家武警司令——玩弄的阴谋诡计。那支武警部队是美国占领军成立的，美军撤离后，就变成了多米尼加国防军。特鲁希略的目标是推翻奥拉希奥总统领导的政府。一九三〇年，在特鲁希略漫长的欺骗选举的历史上，发生了第一次欺骗选举，特鲁希略当上了总统。此事发生以后，德·拉·玛萨家族的人按照祖辈传统的做法，立刻由地方首领集团出钱出枪组织人马上山打游击。

在近三年的时间里，中间有间歇，在安东尼奥·德·拉·玛萨十七岁到二十岁时，这个身强力壮、不知疲倦的骑手、狂热的猎手无忧无虑、快乐地享受着生活，他同父亲、叔叔和兄弟们一起与特鲁希略的部队周旋，但是并没有给敌人造成重创。渐渐地，特鲁希略的部队或瓦解或打败了这些武装集团，尤其是收买了这些集团中的某些领导和支持者。德·拉·玛萨家族的人筋疲力尽，几乎要溃散了，于是便接受了政府和解的条件，纷纷回到老家莫卡，去耕种那已经半荒废了的土地。但是，这个桀骜不驯的顽固的安东尼奥例外。安东尼奥笑了，他回想起一九三二年末至一九三三年初自己那固执的态度，那时他带着不到二十人，其中就有他的两个弟弟——

埃尔乃斯托和达威托(还是个孩子),攻打警察哨所和伏击政府巡逻队。那个时期真是非常特别,尽管他带着队伍东奔西跑,但是一个月里总有几天兄弟三人可以落脚在老家莫卡,睡上一个好觉。直到发生了那次伏击:那是在唐波里尔附近,政府军打死了他手下两个人,打伤了埃尔乃斯托和安东尼奥本人。

他在圣地亚哥军区医院里给父亲堂维森特写信,说他丝毫不后悔,请求家里千万不要低声下气地去求特鲁希略宽大处理。他给护士长一笔数目可观的小费,请护士长无论如何把信送到莫卡老家。两天后,军队的一辆轻型卡车把安东尼奥押解到了圣多明各(三年后,共和国国会才把这座古城改名为特鲁希略城)。让年轻的安东尼奥·德·拉·玛萨感到惊讶的是,军车没有驶向监狱,而是政府办公大楼,那时在古老的大教堂旁边。有人给他摘掉了手铐,把他送进一个铺有地毯的房间,那里坐着衣冠楚楚、一身戎装的特鲁希略将军。

这是他第一次见到特鲁希略。

"能写出这样的信,必须得有些男子汉的气概。"国家元首手里舞动着那封信。"这说明你有这份气概,你跟我打了三年仗就是证明。所以,我想亲眼看看你长的什么模样。听说你枪法很好,是真的吗?找个时间咱们赛一赛,看看谁更好!"

二十八年以后,安东尼奥依然记得那个刺耳的声音和那出人意料的和蔼态度,这一态度由于讽刺的口吻,而显得有些虚假。还有他无法抵挡的元首那傲慢的锥子般的目光。

"战争结束了。我把地方势力派的力量都消灭了,也包括你们德·拉·玛萨家族。不要再动枪动炮了!应该重建家园了!这个国家已经破碎不堪了。我身边需要最杰出的人才。你浑身是胆,又善于打架，是不是？那好吧，就到我身边来工作！你会有很多机会可以打枪。我给你一个重要岗位，在我的侍卫副官中负责我的安全警卫工作。这样的话，如果有一天我让你失望了，你可以给我一枪！"

"可我不是军人。"年轻的德·拉·玛萨低声说道。

特鲁希略说："从现在起，你就是安东尼奥·德·拉·玛萨中尉了！"

这是他的第一次让步，这是他第一次败在这个善于操纵单纯的人、傻瓜和笨蛋的大师手中。这个家伙非常狡猾，很会利用人们的虚荣心、野心和愚昧无知。他有几年的时间是经常待在距离特鲁希略不到一米的地方，如同两年前阿玛迪多所处的位置上？如果你当时完成了现在才要去做的事情，你可以让国和家摆脱多少悲剧啊！说不定达威托就可以活下来了。

他听到他身后阿玛迪多和"突厥"聊得很起劲，英贝特也不时地加入到谈话中来。安东尼奥的保持沉默是不会让他三人感到惊讶的。他一向说话就少，自从达威托死后，就越发不爱说话，几乎成了哑巴。这一灾难对他的打击实在太大，他知道事情是不可逆转了，因此心中只有一个固定的念头：杀死"公羊"。

"胡安·托马斯大概神经比我们还要紧张，"他听到"突厥"这样说道，"没有什么比等待更可怕的了。可他到底来不来呢？"

加西亚·盖莱罗中尉用恳求的口气说道："相信我好了！他随时都会出现的，真他妈的！"

是的，此时此刻，胡安·托马斯·迪亚斯将军大概正在他那卡斯圭大街的住宅里发火呢，他着急地在想：四年零四个月前，他和安东尼奥策划、梦想和保密的事情到底发生了没有呢？确切地说，这件事是从他同特鲁希略那次倒霉的见面之后，从安东尼奥亲眼看着小弟弟达威托的尸体下葬后跳上汽车，以每小时一百二十公里的速度来到维加庄园里找胡安·托马斯开始的。

"看在我俩二十年的交情上，求你帮帮我！我得宰了那头'公羊'！胡安·托马斯，我要为达威托报仇！"

将军用手捂住他的嘴巴。他看看周围，做了一个用人可能会听到他俩谈话的手势。然后，他把玛萨拉到马厩后面，那里是他们过去打靶的地方。

"安东尼奥，我们一起来干！一定为达威托、为千千万万多米尼加人报仇雪恨！洗刷我们心中的耻辱！"

自从安东尼奥做了元首的侍卫副官以后，胡安·托马斯就同他结为知己了。这是德·拉·玛萨当侍卫副官那两年唯一的美好记忆。那两年，他先是中尉，后来是上尉，同大元帅朝夕相处，陪伴这位元首到内地视察，进出政府大楼，到国会去，到跑马场去，到各种招待会去，看演出去，出席群众性的政治集会，赴幽会，去见各种客人，同合伙人、盟友和同志秘密开会，公开的、私下的或者极其秘密的会议都有他在场。安东尼奥不像胡安·托马斯·迪亚斯，并没有成为铁杆特鲁希略分子。那几年，他虽然像许多奥拉希奥派的人那样对这个结束了奥拉希奥·巴斯克斯总统政治生涯的家伙心怀不满，但是他躲不开元首的吸引力：这是个不知疲倦的人，可以连续工作二十个小时，睡上两三个小时以后又开始了新的一天；黎明即起，像个小伙子一样满面春风。这个人，按照民间的神话，是不出汗、不睡觉的，无论军装、夹克还是外出的衣裳，永远笔挺，没有半点皱褶。在安东尼奥给元首当贴身警卫的那几年里，祖国的大恩人的确使得国家发生了巨变。的确，公路、桥梁和各类工业企业建设起来了，但是，与此同时，元首也在各个领域——政治、经济、军事、文化、教育、社会生活——逐渐集中起毫无牵制的庞大权力，在多米尼加共和史上，所有独裁统治者加起来，甚至包括看似冷酷无情的乌利塞斯·厄鲁①，都不可望其项背。

在安东尼奥身上，对元首的敬畏从来没有变成钦佩，更没有变成许多特鲁希略分子对自己领袖奴性十足的热爱和卑躬屈膝的服从。甚至包括胡安·托马斯，这个从一九五七年起同他一道探讨种种可能让多米尼加共和国摆脱这个压迫和剥削人民的"公羊"统治的人，在四十年代却是大恩人狂热的追随者，可以为元首去犯罪，因为那时他认为元首是"祖国的大救星"，是伟大的政治家，是元首收回了原来由美国佬管理的海关，是元首解决了与美国的外债问题（为此国会授予元首"恢复金融独立勋章"），是元首创立了一支现代化的专业军队，并使其成为整个加勒比地区装备最精良的武装部队。那几年，安东尼奥可不敢跟胡安·托马斯说特鲁希略的坏话。将军那几年青云直上，甚至成为三星上将，并拥有维加军区的领导权。就在这时，发生了一九五九年六月十四日的入侵事件，此即将军失宠的开始。发生入侵时，将军已经对这个专制体制不抱幻想了。私下里，当他在莫卡或者维加山区打猎，确信没有旁人听到他讲话时，或者星期天在家里吃午饭时，他对安东尼奥推心置腹地说：一切都让他感到羞愧，暗杀、迫害、刑讯拷打、老百姓生活贫困、达官贵人贪污腐化，几百万多米尼加人的身体、灵魂和意识都要献给一个人！哪有一个国家服从一个人意志的道理呢！

安东尼奥·德·拉·玛萨从来都不是一个虔诚的特鲁希略主义者，无论在他做侍卫副官时还是后来他申请离开军队到地方上去为

---

① Ulises Heureaux（1845—1899），多米尼加共和国总统。

特鲁希略家族管理锯木厂的时候。他狠狠地咬紧牙关,因为他感到恶心:他从来不能不为元首工作。无论当军人还是做老百姓,二十多年来他总是为祖国的大恩人和国家之父的财富和权力做贡献。这是他一生最大的失败。他从来不会摆脱特鲁希略给他设下的种种陷阱。尽管他对元首怀着刻骨铭心的仇恨,可是却一直为元首效力,甚至在达威托死后,他还在为他工作。因此,"突厥"才会骂他:"我绝对不会为几个小钱出卖自己的弟弟!"他并没有出卖达威托。他吞下这苦水极力掩饰自己。他又能怎样呢?难道让乔尼·阿贝斯手下的特工杀掉就可以心安理得地死去吗?安东尼奥要的不是心安理得,而是为自己报仇,为达威托报仇!为达此目的,这四年来,他忍气吞声,咽下人间一切苦水。他甚至听到一位最要好的朋友说出了这样的话:"我绝对不会为几个小钱出卖自己的弟弟!"他确信会有很多人在背后重复这句话。

他并没有出卖达威托。这个小弟弟也是他的亲密朋友。达威托是个少年,天真无邪,与安东尼奥不同,他是个坚定的特鲁希略分子,属于那种把元首看成伟人的一类。兄弟俩经常争吵,因为安东尼奥一听到达威托整天挂在嘴上说"特鲁希略是多米尼加共和国的天降奇才",就非常生气。说实话,大元帅的确给了达威托许多好处。由于元首的一道命令,达威托进了空军,学会了驾驶飞机——这是达威托从小的梦想。后来,多米尼加航空公司聘请他当飞行员,这样一来,他可以经常飞迈阿密。弟弟很喜欢这个差事,因为可以在那里跟金发女郎睡觉。在这之前,达威托在伦敦担任武官一职。一次酒后打架,他一枪打死了多米尼加领事路易斯·贝尔纳尔迪诺。特鲁希略运用外交豁免权把达威托从监狱里营救出来,又下令审理达威托案件的特鲁希略城法院判他无罪。是的,达威托有足够的理由感激特鲁希略。他把这话说给安东尼奥听："我随时准备为元首献出生命，随时执行他的任何命令。"他妈的，这话不幸言中！

他吸着烟心想："他的确是为元首献出了生命。"一九五六年达威托被迫卷入的那件事，他从一开始就觉得气氛不对。这是弟弟跑来告诉他的，因为达威托无论什么事情都讲给哥哥听，其中包括这件事。自从特鲁希略上台以来，多米尼加的历史上就充满了种种可疑的交易，就有不对头的气味。但是，这个愚蠢的达威托非但没有感到不安，非但没有提高警惕，非但没有害怕这项任务——乘一架无标志轻型飞机去基督山迎接一个吸过兴奋剂的蒙面人，这个人乘美国飞机上岛，然后坐达威托的飞机去圣克里斯托瓦尔的丰达雄庄园——反而很高兴地接受了任务，认为是大元帅对他的信任。甚至在美国报界哗然，白宫开始施加压力，要求多米尼加政府调查这桩发生在纽约的绑架西班牙巴斯克族教授赫苏斯·德·卡林德斯事件的真相时，达威托也没有丝毫的担心。

安东尼奥警告弟弟说："卡林德斯这件事看来很严重。他就是你从基督山带到特鲁希略庄园里的人，否则还能是谁呢！有人在纽约绑架了他，然后弄到这里来了。你千万要保密！把这件事忘掉吧！弟弟，你这可是在玩命啊。"

现在，安东尼奥·德·拉·玛萨对赫苏斯·德·卡林德斯为什么会出事已经比较清楚了。这位教授属于西班牙共和派人士，西班牙内战结束时，特鲁希略在一次错综复杂的政治交易（这是他的专长）中，同意这些西班牙人来多米尼加避难。他并不认识这位教授，但是从许多朋友那里得知教授曾经在劳动部办公厅和外交部附属外交学院工作，一九四六年离开特鲁希略城，在纽约定居，从此开始帮助多米尼加的流亡人士，撰文批评特鲁希略独裁政权，因为他从体制内认识到这个政权的反动本质。

一九五六年三月，已经加入美国籍的赫苏斯·德·卡林德斯突然失踪了，有人最后看到他是在曼哈顿中心百老汇大街的地铁出口处。几周前，有消息说他要出版一部关于特鲁希略的专著，这是他在哥伦比亚大学做的博士论文。他后来就留在那里教书了。因为卡林德斯已经加入美国籍，特别是据说在事件轰动之后发现教授又是中央情报局的合作伙伴，绑架才引起了注意，否则一个普通的西班牙流亡者的失踪，在这样一个每天都有许多人失踪的城市乃至国家里，是不会被察觉的，也不会有人去关注由于这次绑架而引发的多米尼加流亡者组织的骚乱。特鲁希略在美国拥有的强大机器（由记者、国会议员、市议员、大律师和企业家组成），已经无法阻挡由《纽约时报》发动的新闻界的一片吵闹声，很多议员面临这样的可能性：一个加勒比岛国上的大独裁者可以在美国的领土上绑架和杀害一个美国公民。

卡林德斯失踪后的几个月里，尸体一直没有找到，新闻界和联邦调查局的调查结果表明：特鲁希略政府要对这一事件承担全部责任。事件发生前不久，军情局局长阿尔杜罗将军已被任命为多米尼加驻纽约领事。美国联邦调查局围绕卡林德斯事件查明有牵连的人有米内尔瓦·贝尔纳尔迪诺——多米尼加驻联合国女代表，得到特鲁希略充分信任的女人。更为严重的是：美国联邦调查局查明有一架伪造注册证的小飞机，由一个身份不明的飞行员驾驶，非法从长岛起飞，前往佛罗里达，时间是绑架当天的晚上。那个飞行员的名字叫墨菲，从那天以后，他就留在了多米尼加共和国，在航空公司工作。墨菲和达威托经常一起飞行，两人成了好友。

所有这一切，安东尼奥是一点一点弄明白的，因为新闻检察机关不允许多米尼加的报纸和电台说到这个话题；他是通过短波接收到来自波多黎各、委内瑞拉和美国之音的消息，另外还通过《迈阿密先驱报》和《纽约时报》获得消息，这是空中小姐和飞行员用制服和手提包夹带入境的。

卡林德斯失踪七个月以后，国际新闻揭出了墨菲的名字，说他就是运载卡林德斯的那架飞机的飞行员；有人事先给教授注射了麻醉剂，然后由墨菲把教授从美国运到了多米尼加共和国。安东尼奥早先已经通过达威托认识了墨菲，三人一起在比伊尼神甫大街的西班牙之家吃了一顿羊肉烩饭，喝的是名牌葡萄酒。他一听到这个消息，立刻从位于海地边境附近的里奥里镇跳上汽车，加大油门直奔特鲁希略城，一路上感到脑袋由于悲观的估计就快要爆裂。一进家门，他看到达威托安安静静地在跟妻子阿尔塔戈拉西娅玩一种桥牌。为了不让弟媳担心，安东尼奥把弟弟拉到咖啡馆里边听音乐边说话，也为的是不让别人听到谈话的内容。坐下以后，他要了一盘烧羊肉和两瓶总统牌啤酒，接着开门见山地劝告达威托：马上到哪个国家的大使馆要求政治避难。弟弟听了大笑起来：哥哥你可真傻！达威托甚至不知道墨菲的名字已经上了美国的所有报纸。他一点也不惊慌。弟弟实在太相信特鲁希略了！他的天真如同他对元首的迷信一样罕见！

安东尼奥听到弟弟竟然这样说道："我得去提醒墨菲。他在变卖东西，准备回国结婚。他有个未婚妻在奥莱贡。现在回国就等于把脑袋送进狼嘴里去。待在这里不会有事的。这里是元首的天下，哥哥。"

安东尼奥不让他再说笑话了。为了不引起邻桌的注意，他没有提高嗓门，尽管他为弟弟的天真幼稚感到恼火。他尽量努力让弟弟明白他的话：

"傻瓜，难道你还不明白吗？事情非常严重！绑架卡林德斯这件事弄得特鲁希略跟美国佬的关系非常麻烦。所有参与绑架事件的人都有生命危险。你和墨菲是最危险的证人。也许你比墨菲的分量更重。因为是你把卡林德斯运到丰达雄庄园的，运到了特鲁希略本人的家里。你怎么这么糊涂啊？"

"我没有运卡林德斯，"弟弟固执地说，一面碰碰哥哥的酒杯，"我运的那个家伙，我一直不知道是什么人，就是一个喝多了的醉鬼吧。我什么都不知道。我有什么理由不相信元首呢？把这样一个重要的任务交给我，不就说明元首对我的信任吗？"

那天晚上，兄弟俩在达威托家门口分手的时候，面对哥哥的一再坚持，达威托说："好吧，我好好考虑一下你的建议。"他让哥哥放心：他一定守口如瓶！

这就是安东尼奥看到弟弟的最后一面！三天后，墨菲失踪了。等到安东尼奥再回特鲁希略城时，弟弟已被捕。达威托被囚禁在维多利亚城。安东尼奥直接要求元首接见。但是元首不见。他想跟那时的军情局局长戈比安·巴拉谈一谈，可是此人早已不见踪影。不久，根据特鲁希略的命令，一个士兵闯入办公室开枪打死了局长。在随后的四十八小时里，安东尼奥给政府所有领导人和高级官员打电话，或者前往拜访，从他认识的参议院议长阿古斯丁·卡布拉尔，到多米尼加党主席阿尔瓦莱斯·比纳。他看到每个人都表示不安，每个人都告诉他：为了他和亲人的安全，最好别找那些不但不能帮忙反而会带来危险的人。后来，安东尼奥对胡安·托马斯·迪亚斯将军说："那真是鸡蛋碰石头啊！"如果那时特鲁希略接见了他，他一定会恳求元首，会给元首下跪，为了拯救达威托，让他干什么事情都行。

不久，一天黎明时分，军情局的一辆汽车拉着几个携带冲锋枪的便衣特工，停在达威托·德·拉·玛萨家门外。他们抬出达威托的尸体，毫无顾忌地扔进了长满三色堇的花园。他们冲着身穿睡衣、惊慌失措地望着尸体的阿尔塔戈拉西娅大声喊道："你丈夫在监狱里上吊死了。我们给你送来了，你按照上帝的盼咐埋葬他吧！"说完扬长而去。

安东尼奥想："甚至连这个都不是最糟糕的。"看到达威托的尸体，看到他脖子上所谓自杀留下的绳子，看到尸体被那群流氓——军情局的特工——像扔一条狗那样扔进了前院，这都还不是最糟糕的。这四年半以来，安东尼奥重复这句话有几十遍、上百遍了。与此同时，他日日夜夜，只要头脑清醒、聪明的时候，就在计划今天晚上要具体实施的这个复仇行动——愿上帝保佑我们成功！最坏的是在达威托死后不久对死者名声的诋毁：政府开动全部宣传机器，《加勒比日报》《民族日报》、多米尼加之声广播台、电视台、"热带之声"、加勒比广播电台，加上十几份大报小报和地方广播台，全部开动起来，政府在这一片嚷嚷声中广泛散布一封达威托的遗书，说明他自杀的原因。说他因为亲手杀死了自己的朋友和同事墨菲而感到内疚！这头"公羊"派人杀死了达威托还觉得不够，为了抹掉卡林德斯这段历史的线索，还阴险残暴地把达威托变成杀人凶手！这样，他就摆脱了这两个讨厌的证人。为了把这一切弄得非常下流，达威托的亲笔信还解释了他杀死墨菲的原因：同性恋。墨菲没完没了地纠缠达威托，说是早就爱上了达威托，后者极力表示反感，为维护男子汉的名誉，就杀了这个败类，然后用事故掩盖了罪行真相。

安东尼奥在雪佛兰里不得不弯下腰来，用截短枪管的步枪顶在腹部，极力掩饰刚刚发作的胃痉挛。他妻子多次坚持要他去看医生，因为这种疼痛可能是溃疡或者更严重的什么东西，但是他总是拒绝。他不用看医生就知道这几年来内部器官出了毛病，这是精神痛苦的必然反应。自从达威托出事以来，他就失去了一切幻想、一切热情、对这种或者那种生活的任何眷恋。只有复仇的想法还能让他保持活力，他活着仅仅是为了履行他曾经高声发出的誓言。在为达威托守灵的那个夜晚，他洪亮的声音吓坏了前来吊唁的亲戚和邻居，而他们是来慰问德·拉·玛萨家族的人的，包括他父母、兄弟、姐妹、叔叔、舅舅……

"我以神圣上帝的名义起誓：我要亲手杀死这个干了坏事的婊子养的！"

大家都知道这个"婊子养的"是指大恩人、祖国之父、大元帅拉斐尔·莱昂尼达斯·特鲁希略·莫里纳博士。元首送的花圈在灵堂里显得最鲜亮、最芳香、最醒目！德·拉·玛萨的家人不敢拒绝这个花圈，也不敢撤掉它，因为那个位置实在太显眼了，凡是来灵柩前祝福和祈祷的人都知道元首沉痛哀悼这位飞行员的惨死，他在吊唁信上说："他是我最忠诚和最勇敢的战士之一。"

葬礼次日，国家宫的两名侍卫副官乘着官方的凯迪拉克来到莫卡地区德·拉·玛萨家族的住宅。他们是来找安东尼奥的。

"是来逮捕我的吗？"

"绝对不是，"罗伯托·菲盖罗阿·加里翁少校赶忙说明，"陛下要见您。"

安东尼奥没有设法带枪。他早已料到：进入国家宫之前就会解除他的武装，不是把他送进四十一号监狱，就是半途把他扔下悬崖。不带枪也没关系。他知道自己有足够的力气，还知道仇恨给他增加的力量足以一拳打死暴君。正如前一夜他在誓言中说的那样，他反复思量了这个决心，决定坚决行动，尽管他知道在逃跑之前就会有人杀死他。只要能干掉这个毁灭了他和他的家庭生活的暴君，付出这个代价也值得。

从凯迪拉克下来以后，两位副官护送他走到元首办公室前，没有经过任何检查。副官们大概早就得到了必要的命令，门里刚一传出那不可能混淆的尖锐的一声"进来"，罗伯托·菲盖罗阿·加里翁和他的同伴就走开了，让他单独进去。由于面向花园的百叶窗是半关闭的，办公室里有些黑暗。大元帅坐在写字台后面，身穿一套安东尼奥回忆不起来的军装：白色半长军服上衣，有下摆，缀有金纽扣，胸口上方有金穗花饰，上面呈扇形挂着五颜六色的奖章和勋章；下身穿了一条浅蓝色的军裤，法兰绒的料子，有一道白色的裤线。看样子是要去参加什么军事仪式。台灯照在那张圆脸上，只见面颊刮得干干净净，银发梳理得整整齐齐，小胡须是模仿希特勒式的（安东尼奥有一次听元首谈起过希特勒，元首不仅赞成希特勒的思想，还欣赏希特勒穿军装和检阅军队的方式）。安东尼奥刚一迈进房门就被元首那锐利的目光钉在原地不动了。特鲁希略仔细观察了一阵安东尼奥，然后开口道：

"我知道你以为是我下令杀死了达威托，你认为他的自杀是军情局上演的假戏。我派人叫你来就是要亲口告诉你：你错了！达威托是政府的人。他一向忠诚，是个特鲁希略主义者。我刚刚任命了一个调查委员会，由共和国最高检察总长弗朗西斯科·埃尔比迪奥·贝拉斯领导。他们的权力很大，可以询问任何人，无论军人还是老百姓。如果自杀是个骗局，那制造者要受到惩罚。"

他不动声色、不假思索地说了这番话，目不转睛地盯着对方，口气是不容置疑的,这是他对部下、朋友和敌人一贯的说话方式。安东尼奥纹丝不动地站着,决定无论如何也要扑过去掐住这个伪君子的脖子,不给他求救的时间。特鲁希略好像要助他一臂之力似的站起来并且朝他走来,步伐缓慢而庄严。元首的黑皮鞋比打蜡的地板还要锃亮。

"我还同意美国联邦调查局来这里调查那个什么墨菲之死,"元首口气依然尖锐地补充说,"这当然是对我国主权的侵犯。美国佬能允许我们的警察去纽约、华盛顿或者迈阿密调查一个多米尼加人之死吗?让美国佬来吧!让大家都知道我们什么也没有隐瞒!"

元首就站在一米左右的前方。安东尼奥无法抵抗特鲁希略那平静的目光,他不停地眨眼睛。

过了片刻,元首又补充道:"我要杀人的时候,手不发抖。治理一个国家有时就得染上鲜血。为了这个国家,我已经多次染上鲜血。但是,我是个讲道德的人。对忠诚的人,我会为他主持正义,不会派人杀害他。达威托是个忠诚的战士,是政府的人,是经过考验的特鲁希略主义者。所以,他在伦敦失手杀死路易斯·贝尔纳尔迪诺的时候,我冒着风险把他从监狱里救了出来。达威托之死一定要调查明白。你和你的家族都可以参加委员会的工作。"

元首转身,依然步伐稳重地走回写字台。为什么近在咫尺却不朝他扑过去呢?四年半过去了,他总是这样问自己。他并没有相信元首的鬼话。那番话是假戏的一部分,特鲁希略喜欢玩这套把戏。独裁政权常常给自己的罪行蒙上一层悲惨的假象,仿佛讽刺性的补充部分。那么,为什么不扑上去呢?不是因为怕死,在他承认的所有缺点中,从来没有怕死这一条。自从他上山起义,带着一支奥拉希奥派的小队伍与特鲁希略这个独裁者打游击以来,他就已经是在提着脑袋玩命了。那是一种比恐惧更为特别和难以确定的感觉：一种瘫痪，意志麻木、理智麻木、自由思想麻木，这是那个衣冠楚楚、整洁得甚至有些荒唐、说话尖声尖气、目光具有威慑力的人，他那针对多米尼加无论穷富、无论有无文化、无论敌我的人们施加的麻醉力，让你站在那里不动，默默地、被动地听他胡说八道，孤零零地看着他做戏，而不能把扑上去干掉他的心愿变成行动，不能结束多米尼加已经变成群魔乱舞的这个历史时期。

"另外，为了证明政府认为德·拉·玛萨家族是个忠于祖国的家族，今天上午特别批准你修建圣地亚哥到银港的公路。"

元首又停顿下来，用舌头舔舔嘴唇，说了一句表示接见已经结束的话：

"这样，你可以帮助达威托的遗孀。可怜的阿尔塔戈拉西娅正处在困难时期。替我拥抱她！也拥抱你的父母！"

安东尼奥走出国家宫时的感觉仿佛比喝了一夜酒还要糊涂。那是他吗？是他亲耳听到了那个婊子养的说了那一番话吗？他真的接受了特鲁希略的那些说辞吗？甚至他真的接受了一笔交易吗？他真的接受了这盘施舍，用换来的几千比索去吞下苦水，变成了杀害达威托的同谋吗？对，你就变成了杀害弟弟的同谋！为什么你不敢骂他一句？为什么不敢对元首说：我很清楚，扔在我弟媳门前的尸体就是执行你命令的结果，如同此前你杀害墨菲一样?！你用你那善于演戏的手段策划了墨菲搞同性恋的把戏！还有达威托出于内疚而杀害墨菲的鬼话！

安东尼奥没有回莫卡老家，那天上午，不知为什么，他在维森特·诺布雷大街和巴塞罗那大街拐角处一家名叫红灯的舞厅停下了脚步。老板叫"疯狂的伏里亚斯"，正在组织跳舞比赛。他喝了无数的甜酒，晕晕乎乎中听到远处传来西沃内①特色的默朗格舞曲的歌词："圣安东尼奥，心里装着胡安妮塔·摩莱尔、夜壶……"忽然，他毫无道理地要打舞厅乐队中摇沙球的队员。醉意蒙眬让他看不清目标，一拳打中了空气，结果轰然倒地，爬不起来。

一天后，他回到了老家莫卡，面色憔悴，衣裳肮脏不堪。家里等着他的人有父亲堂维森特、弟弟埃尔乃斯托、母亲和他的妻子埃伊达，人人都是一副吓坏了的样子。还是他妻子首先颤抖着说道：

"到处都在传说特鲁希略让你修建圣地亚哥到银港的公路，这样就堵住了你的嘴巴。有好多人打电话来问这件事。"

安东尼奥听到埃伊达当着父母和弟弟的面就这样责备他，感到非常吃惊。埃伊达是多米尼加典型的贤妻良母，不多言，乐于助人，吃苦耐劳，默默忍受丈夫的酗酒、乱搞女人、乱打架、夜不归宿……她总是好脸相待，给他以鼓励，急忙表示接受他肯于出口的道歉，在星期天的弥撒、忏悔和祈祷中为丈夫寻求安慰，以克服生活给丈夫带来的种种困难。

"我不能因为一个简单的表示就让他把我杀掉，"他说道，一面坐在堂维森特午睡的躺椅上，"我假装相信了他的解释，装成被他收买的样子。"

他感到疲惫不堪，因为妻子、弟弟和父母的目光在灼痛他的良心。

"那种情况下，我又能怎么办呢？爸爸，您别往坏处想。为给达威托报仇，我已经发过誓了。妈妈，我一定要为弟弟报仇！埃伊达，将来你一定不会为我感到羞愧的。我发誓。我再次发誓！"

---

① Ciboney，加勒比海地区的一支印第安人，他们留下的饮食习惯和音乐至今还有影响。

誓言马上就要兑现了！十分钟内，也许一分钟内，载老狐狸每周去圣克里斯托瓦尔的那个卡奥瓦之家的雪佛兰就要出现了！根据事先周密安排的计划，这个杀害卡林德斯、墨菲、达威托、米拉瓦尔三姐妹以及成千上万多米尼加人的凶手就要落入弹雨之中了，射杀"公羊"的第一批子弹将是发自一个"公羊"的受害者，那就是安东尼奥·德·拉·玛萨！特鲁希略也杀害了他，但是其手段比之被枪毙、殴打和扔下悬崖喂鲨鱼更加凶残，时间更加漫长。"公羊"杀害他的办法是"钝刀子割肉"：一会儿割掉他的正直，一会儿割掉他的名誉，一会儿割掉他的自尊，一会儿割掉他对生活的乐观态度，一会儿割掉他的理想和希望，结果让他变成酒囊饭袋和行尸走肉，终日备受内疚的折磨，最终把他毁灭掉。

"我去活动一下腿脚，"他听到萨尔瓦多·埃斯特莱亚·萨德哈拉说道，"时间坐长了，双腿抽筋了。"

他看到"突厥"下了汽车，沿着公路边缘走了几步。他也像他一样感到着急不安吗？肯定是的。托尼·英贝特和阿玛迪多也一样。前面的人也一样。罗伯托·巴斯托里撒·内莱特、瓦斯卡尔·特哈达和佩德罗·里韦奥·塞德尼奥也同样着急不安。他们都惴惴不安地猜测着：一定有什么人或者什么事情妨碍了"公羊"去幽会。特鲁希略跟安东尼奥还有旧账未了。"公羊"对这七个人都有伤害，对许多人都有伤害，但是对安东尼奥的伤害最重，比如，参与策划的胡安·托马斯·迪亚斯就无法与他相比。他向车外看去，看见"突厥"在做有力的踢腿动作。他隐约看到萨尔瓦多拿着一把手枪；又看到他回到汽车里来，在阿玛迪多身边坐下。

"好啦，如果'公羊'不出来，那咱们就上波尼酒吧喝冰镇啤酒去！"听到萨尔瓦多这样说，他心里很痛苦。

自从那次打架以后,他和萨尔瓦多有几个月没有见面。两人曾经偶然在社交场合相遇,但是互相不招呼。那次决裂加剧了他内心的痛苦。当策划伏击事件很有进展的时候,安东尼奥鼓起勇气前往马哈马·甘迪大街二十一号,一直迈进萨尔瓦多家的客厅。他开门见山地说:

"我们这样分散力量是没有好处的。"他这样说道,就算代替了问候。"你宰'公羊'的计划是儿童游戏。你和英贝特应该加入到我们这个小组来。我们的计划进展顺利,肯定不会失败的。"

萨尔瓦多盯着他的眼睛,一言不发。他没有任何敌意,也没有要把他赶走的意思。

安东尼奥进一步解释道,一面压低了声音:"我有美国佬的支持。我跟大使馆商量细节已经有两个月的时间了。胡安·托马斯·迪亚斯也跟美国领事迪尔伯恩手下的人谈过了。美国给我们提供枪支弹药。我们的几个司令长官也表示了承诺。你和托尼应该加入到我们小组来。"

"突厥"终于开口道:"我们是三个人。几天前,阿玛迪多·加西亚·盖莱罗也加入进来了。"

两人言归于好,尽管非常勉强。这几个月来,他俩没有发生过争吵,与此同时,暗杀特鲁希略的计划由于美国佬的犹豫不决而一改再改,每天、每周、每月都在改动方式和日期。美国大使馆最初答应的一架飞机和大量武器到最后减少到三支步枪,不久前,由安东尼奥的朋友、温比超市的老板罗伦佐·贝利转交过来。知道他是美国中央情报局在特鲁希略城的特工,安东尼奥着实吃了一惊。和"突厥"虽然还是友好地见面(唯一的话题就是不断地改变计划),但是再也没有几年前那种兄弟般的交往、开玩笑、谈心,没有那种推心置腹的交流了。安东尼奥知道，反之，在"突厥"、英贝特和阿玛迪多之间依然保持着这样的交流。自从打架以后，他就被排除到这种亲密关系之外了。这笔账也应该算到"公羊"头上：他永远地失去了一个好朋友。

这辆车里的三个伙伴，还有前面另外三个伙伴，都不如他了解这个暗杀计划。他们有可能会怀疑还有其他同谋，但是如果有什么地方出了毛病，导致他们落入乔尼·阿贝斯·加西亚手中，就算特工把他们送进四十一号监狱，对他们酷刑拷打，无论萨尔瓦多、英贝特、阿玛迪多，还是瓦斯卡尔、巴斯托里撒、佩德罗·里韦奥都不可能把其他人牵连进来。不会牵连胡安·托马斯·迪亚斯将军，也不会牵连路易斯·阿米阿玛·迪奥和其他两三个人物。这六个伙伴几乎一点也不知道其他人的情况。在这些人物中，有政府的高层领导，比如，布博·罗曼这个政权的二号人物、武装部队司令。这六个伙伴也不知道还有无数的部长、参议员、高级行政和军事官员了解这项暗杀计划，也曾经参加准备工作，或者间接了解并表示一旦宰掉"公羊"，他们愿意共同重建政治制度，消灭特鲁希略主义的一切残余势力，实行开放政策，成立军民联合执政委员会，在美国的支持下，稳定内外秩序，防止共产党人介入，号召全民大选。这类人里就有共和国理论上的总统巴拉格尔。那么到最后多米尼加共和国就会成为一个拥有民选政府、新闻自由、公民合法权利的正常国家了吗？安东尼奥叹了一口气。为了那一天的到来，他已经做了大量工作，可是至今不敢相信有那一天。实际上，他是唯一全面掌握这个网络上的人物和细节的人。有很多次，当那毫无希望的秘密谈话在进行时，当已经做完的计划又被推翻而必须另起炉灶时，他总会有这样一种感觉：他是一只蜘蛛，正处于他自己吐丝结成的迷宫中央，这些网丝把一群互不相识的人物束缚在一起。他是唯一了解大家的人。只有他才知道每个人承诺到了什么程度。人可真不少啊！如今，他都记不起总数有多少人了。这个国家和人民处于那样一种状态，居然没有人去告密来破坏这个暗杀计划，这真是奇迹！或许是上帝与他们同在的缘故，萨尔瓦多就是这样认为的。预防措施也起了作用，除去唯一的目的，大家都不知道实现这一目的的时间、地点和方式。知道今天晚上有七个人在这里等待"公羊"的不会超过三四个人，但他们并不知道这七个人用什么手段处决"公羊"。

他是唯一掌握全部情况的人，这给他带来很大压力，因为万一他落入乔尼·阿贝斯之手，那么军情局就有可能猜出其他人来。他决心不让敌人活捉，一定要留下最后一颗子弹给自己。他还事先采取措施，把氰化钾装进了鞋后跟，这是莫卡老家一家药房给他配制的，以为他要毒死一条野狗，因为这头畜生总是来庄园的鸡场捣蛋。不能让敌人活捉，不能让乔尼·阿贝斯高兴地看到他坐到电椅上去。只要特鲁希略一死，那消灭军情局局长就是一件真正令人快活的事情了。自告奋勇去抓军情局局长的人会多得很。有可能他一听说元首毙命马上就会逃走。应该采取种种防范措施，他知道人们是多么恨乔尼，知道有多少人想要报仇。不仅反对派的人这样说，就连部长、参议员和军人都公开说要报仇。

安东尼奥又点燃了一支烟，咬紧烟头猛吸了一口，借以宣泄心中的焦虑。公路上的交通已经完全中断，有好大一阵工夫，无论哪个方向都没有卡车或者汽车通过。

实际上，他想——一面从鼻孔和口中吐出香烟——以后的事情是无所谓的。关键的问题是眼前。只要一看到"公羊"死，他就可以知道这一辈子没有白活，就可以知道他来到这个世界上不是一个被人瞧不起的人。

"这个坏蛋老是不来，真他妈的!"坐在他旁边的托尼·英贝特愤怒地骂道。

七

乌拉尼娅第三次坚持要喂父亲食物，瘫痪的老人终于张开了嘴巴。护士端着一杯水回来的时候，卡布拉尔先生已经放松下来，仿佛有些心不在焉，顺从地吞下女儿喂给他的一口口水果羹，并且一口口地喝下了半杯水。一些水从嘴角流到了下巴上，护士小心翼翼地擦掉了。

"好极了，好极了！像个乖孩子一样吃下了水果，"护士夸奖他道，"卡布拉尔先生，您很高兴女儿给您带来的意外惊喜，是不是？"

瘫痪的老人不肯理睬她。

乌拉尼娅出其不意地问护士："您还记得特鲁希略吗？"

护士慌乱地望着乌拉尼娅。这是个胯骨很宽的女人，长着一双外突的青蛙眼，喜怒哀乐都在脸上。头发表面上是金黄的，可惜根部的黑色暴露了染料的颜色。终于，她做出了反应：

"杀死特鲁希略的时候，我刚刚四五岁，我能记得什么呢。我什么都不记得，只知道家里人说的那点事。您父亲在那个时代很重要，这我知道。"

乌拉妮娅点点头。

"当过部长、参议员，等等，"她低声道，"可最后还是倒了霉。"老人望着女儿，露出惊慌的神色。

"好啦，好啦，"护士极力装作同情的模样，"就算他是个独裁者吧，无论怎么说，可是好像那个时候比现在生活得好，人人都有工作，社会上也没有这么多犯法的事情，是不是，小姐？"

"要是我父亲能明白，他肯定很高兴听见你这番话。"

"您父亲当然能明白我的话。"护士这时已经走到了门口。"卡布拉尔先生，对不对？我和您父亲有过长时间的谈话。好啦，需要我的时候，请叫我！"

她出去了，顺手关了门。

或许她说的是真话：由于后来的政府搞得乌七八糟，今天有很多多米尼加人怀念特鲁希略时代。人们已经忘记了那个时代种种滥用职权、暗杀迫害、贪污腐败、特工横行、封闭隔绝、恐惧焦虑的现象，而把恐怖变成了神话，说："那时候人人都有工作，社会上也没有这么多犯法的事情。"

"爸爸，那个时候也有许多犯罪现象。"乌拉妮娅望着父亲的眼睛，老人开始眨眼睛。"那时候大概没有这么多盗贼入室作案，也没有这么多光天化日之下就抢劫行人钱包、手表和首饰的家伙。但是，那个时候有杀人、拷打、刑讯和迫害失踪等好多事情。甚至政府圈子里也有人遭到迫害。比如，那个漂亮的兰菲斯，干了多少坏事啊！我去看了一眼，当时可把您吓坏了。"

她父亲不知道这件事，因为她从来没有说过：她和圣多明各教会学校的同学像她那个时代所有的少女一样，经常在梦里与兰菲斯·特鲁希略相会。他留着墨西哥电影里美男子的短胡子，戴着太阳镜，身穿合体的西装和几种多米尼加空军司令的军装。他那眼睛又黑又亮，他身材修长，腕上戴金表，手上戴金戒，轮流使用好几辆大奔驰。他似乎是众神的宠儿：有金钱，有权力，有潇洒的风度，有健康的身体，有幸福的生活。你对他记忆犹新。每当嬷嬷们看不见你们的时候，你和你的同学就纷纷拿出相册来，那里面收集了兰菲斯·特鲁希略的各种照片：穿便服的、穿军装的、穿泳衣的、打领带的、穿体育装的、穿礼服的，骑在马上指挥多米尼加马球队的，或者是坐在那里指挥空军飞行的。你们还争先恐后地编造说，在俱乐部里、在集会上、在晚会上、在游行时、在义卖会上看到过他，还跟他说了话；你们大胆（那时候是窃窃私语）地说出了这种事情，吓得脸红心跳，因为你们知道说这种话、有这种念头是罪过，是应该向神甫忏悔的。你们说，如果让兰菲斯·特鲁希略爱上、亲吻、抚摸和拥抱，那该是多么美好和幸福啊！

"爸爸，您想象不到我有多少次在梦里看到过他！"

她父亲没有笑。一听到特鲁希略长子的名字，他又轻轻地动了一下，又一次睁大了眼睛。兰菲斯是特鲁希略特别宠爱的儿子，因此也特别让他感到失望。祖国之父本希望长子——"爸爸，他是特鲁希略的亲生儿子吗？"——也像他一样有掌权的欲望，也像他一样精明强干。可是，兰菲斯没有继承他任何优点和缺点，只有一条除外：或许可以叫作"性交狂"，把女人按倒在床上以证明自己的雄性能力。兰菲斯没有政治野心，毫无雄心壮志，为人冷漠，容易消沉，性格内向，经常为焦虑、复杂和扭曲的心态所困扰，行为变化无常，容易歇斯底里发作，长期丧失意志，沉湎于毒品和酒色之中。

"爸爸，您知道给元首写传记的人是怎么说的吗？他们说：当兰菲斯听说他出生时母亲还没有跟特鲁希略结婚的时候就立刻变成了这个样子。他们说：当兰菲斯得知自己真正的生父是多米尼西博士的时候立刻就消沉了。这位博士是古巴人，特鲁希略派人把他给干掉了。这位古巴博士是堂娜·玛丽亚·马丁内斯的第一个情人，而那时的玛丽亚还没梦想做第一夫人呢，她只是个生活来源可疑、不怎么样的女人，绰号是'西班牙小娘们'。爸爸，您在笑吗？简直不敢相信！"

她父亲有可能在笑，也可能是面部肌肉的简单放松。不管怎么说，不是那种开心人的笑脸。确切地说，是那种刚刚打了呵欠或者大吼一声，结果下巴脱臼、眼珠翻转、鼻孔放大、嘴巴露出了没牙齿的黑洞的面孔。

"要不要我喊护士？"

瘫痪的老人闭上了嘴巴，面部松弛下来，又恢复了专注和不安的表情。他静静地缩成一团，等待着女儿说下去。突然，一声鹦鹉的尖叫吸引了乌拉尼娅的注意，也冲破了室内的寂静。鸟叫来得快，去得也快。一道灿烂的阳光照进来，射在屋顶和玻璃窗上，屋子里开始暖和起来。

"您知道吗？尽管我非常恨特鲁希略，可是我一直拥护您的元首和他的家庭，拥护一切散发着特鲁希略气味的东西。说真的，一想起兰菲斯，或者一读到关于他的文章和作品，我就不能不感到痛苦和同情。"

如同一切魔鬼家族一样，兰菲斯也是个魔鬼。父亲是那样的人，在他培养和教育下的儿子又能成为什么样的人呢？暴君的儿子，比如尼禄①，又能成为别的什么东西呢？一个七岁的儿童就由法令

---

① Nero（37—68），罗马皇帝，即位时不满十七岁。

——"爸爸，是您还是奇里诺斯参议员把这项法令提交给国会的？"——任命为多米尼加军队的上校；十岁时，又提升为将军，还举行了公开的授衔仪式，外交界还必须出席，所有的军事首脑在仪式上还要表示祝贺。这样的孩子能变成什么样子呢？乌拉尼娅一直牢记着父亲收藏在客厅橱柜里的那本相册中的一张照片——相册是不是还在那个地方？照片上衣冠楚楚的阿古斯丁·卡布拉尔参议员（"或者您还是部长吧，爸爸？"）穿着豪华的燕尾服，在炎热的阳光下，恭恭敬敬地弯腰向身穿将军服的孩子表示祝贺；小将军刚刚检阅过三军仪仗队，此时正站在一个小平台的凉棚下依次接受部长们、议员们和大使们的祝贺。主席台上是大恩人和第一夫人喜笑颜开的面孔。

"他除去当懒汉、酒鬼、色狼、流氓、强盗和变态狂之外，还会成为什么东西呢？在我和我的同学们爱恋着兰菲斯的时候，这些情况我们一点也不知道。爸爸，可是您都清楚。因此，当他突然要看我，要看您的小女儿的时候，可把您给吓坏了；因此，每当他向我表示亲热，向我说恭维话的时候，您就变了脸色。可是我什么也不明白啊！"

瘫痪的老人眨了两三下眼睛。

因为，乌拉尼娅与她的同学们不一样，这些女孩子撒谎说她们看到了兰菲斯，兰菲斯跟她们说了话，对她们微笑着说了一些恭维话，而她是真的看到了他，说了话，还开了玩笑。事情发生在庆祝特鲁希略执政二十四周年的庆祝大会期间，即自由世界和平与友谊节。庆祝活动从一九五五年十二月二十日开始，一直持续到一九五六年年底，耗资两千五百万到七千万美元之多，占国民预算的四分之一到一半。（"爸爸，准确的数目从来没有公布过。"）乌拉尼娅对大会期间全国沉浸在欢乐、兴奋和激动中的一幕幕场景至今记忆犹新：特鲁希略为了高兴，把哈维尔·古卡特乐队、巴黎利多合唱队、美国女子滑冰队邀请到了圣多明各（"啊，对不起，爸爸，应该是特鲁希略城。"）；在八十万平方米的庆祝活动区里，兴建了七十一座建筑物，有些是大理石、雪花石膏和缟玛瑙的，为的是接待来自自由世界四十二个国家的代表团，接待的重要人物中有巴西总统朱赛里诺·库比契克和纽约大教区红衣主教弗朗西斯·斯佩尔曼。让庆祝活动达到高潮的重大事件就是兰菲斯以其为国效力的出色成绩晋升为中将，还有就是节日的女王、安赫丽塔一世①陛下的登基典礼。她乘船而来，由海上全部船只鸣笛和首都所有教堂敲响大钟宣告女王的到来；她头戴缀满宝石的王冠，身穿由两位罗马著名的服装设计师方塔娜姐妹制作的薄纱花边精美衣裳——两姐妹在这套衣服上使用了四十五米苏联白鼬丝，拖在地上的部分有三米，长裙部分是按照英国女王伊丽莎白一世登基时的样式做成的。在陪伴女王的贵妇和侍女的行列里，乌拉尼娅身穿蝉翼纱长裙，戴着丝绸手套，手持一束玫瑰，周围是从多米尼加上层社会选拔出来的姑娘。她是侍女中最年轻美貌的一个。这群少女在骄阳下护卫着特鲁希略的女儿，一面与群众一道给国务秘书兼诗人华金·巴拉格尔鼓掌，因为他在赞美安赫丽塔一世，请她为多米尼加人民祈福。随后，乌拉尼娅一面感觉自己像个大人了，一面倾听身穿燕尾服的父亲朗读一篇歌颂二十四年来伟大成就的演说稿：这一切应该归功于伟大领袖特鲁希略的英明领导、远见卓识和深刻的思想。她实在是被巨大的幸福感给淹没了。（"爸爸，那样快乐的日子，我再也没有见过。"）她以为

---

① 即特鲁希略之女。

自己是众人注意的中心。这时，在会场中央，特鲁希略的全身铜像揭幕了：头戴博士帽，身穿博士服，手持毕业证书。突然，那个上午如梦如幻的美好时刻来到了，乌拉尼娅发现身穿豪华军装的兰菲斯·特鲁希略在身旁用温柔的目光注视着她。

"这位美丽至极的小姑娘是谁啊？"新任中将冲她微笑。乌拉尼娅感觉到几根温暖、修长的手指抬起了她的下颏。"你叫什么名字？"

"乌拉尼娅·卡布拉尔。"她低声道，心脏在狂跳。

"你是个美人。长大了，你会更漂亮！"兰菲斯弯腰亲吻着小姑娘的手。她耳旁传来贵妇、侍女队伍拿她起哄的喧闹声。大元帅的长子走了。她实在抑制不住满心的快乐。她的同学们如果知道了兰菲斯，恰恰是兰菲斯本人说她是美人、抚摸她的脸蛋、把她当作贵妇一样地吻手，她们会说什么呢？

"爸爸，那时我把这件事告诉您的时候，您是多么不高兴啊！您大发雷霆！这真是怪事，对吗？"

父亲听说兰菲斯抚摸了他女儿之后勃然大怒，这让乌拉尼娅第一次怀疑多米尼加共和国的一切并非像人们说的样样都好，特别是卡布拉尔议员绝非完人。

"爸爸，他说我漂亮，对我亲热，这有什么不好？"

"不好！非常不好！"父亲提高了嗓门。这吓了她一跳，因为父亲从来没有用手指戳着她脑门，以这种不容争议的口吻说过话。"以后，再也不许这样了！听见没有？乌拉尼娅，如果他走近你，要赶快跑开！别跟他打招呼！别跟他说话！躲开他！这是为了你好！"

"可是，可是……"小姑娘完全糊涂了。

父女俩刚刚从自由世界和平与友谊节上回到家里。她还穿着那身陪伴女王陛下的华美衣裳；父亲还穿着燕尾服，他不是刚才还当着特鲁希略元首、外交使团、部长们、贵宾们以及成千上万站在大街小巷和插满彩旗的建筑物上的群众的面发表演说吗？怎么突然就变成这副模样了？

"因为兰菲斯，这个家伙，这个男人……是个坏蛋！"父亲极力克制自己，没有把想说的话完全说出来。"他对姑娘，对女孩，很坏！这话别告诉你的同学们！别对任何人说这话！我告诉你，因为你是我的女儿。这是我的责任。我得好好照顾你。这是为了你好。乌拉尼娅，明白吗？对，你很聪明，会明白的。记住：别让他接近你！不要跟他说话！你只要看到他，就赶快跑到我这里来。到了我身边，他就不敢伤害你了。"

乌拉尼娅，你没有明白爸爸的话。你太单纯了，好像一朵百合花，还没有一点坏心眼。你想：这是爸爸在嫉妒。除了他以外，他不愿意别人对你表示亲热，说你漂亮。参议员卡布拉尔的那种反应说明那个时候风流的兰菲斯、浪漫的兰菲斯已经开始跟少女、姑娘和成年女人玩那些恶作剧了，这些女性后来极大地渲染了他的名气，无论出身好坏的多米尼加男人都渴望赢得的名气。这个名气给他带来的绰号有："大橹""公羊""凶狠的奸夫"。在圣多明各这所富家女孩念书的教会学校里，在教室里和操场上，你慢慢地就熟悉了那些美国和加拿大籍的嬷嬷，熟悉了那时髦的校服，你们都不像是刚刚入学的女孩，因为都穿着红、蓝、白三色制服，都穿着肥大的袜子和黑白两色的鞋子，所以女孩们都有体育运动员的样子和时代风采。但是，当兰菲斯和他那些狐朋狗友出来骚扰女孩的时候，这些女生也不能幸免。兰菲斯有时一人，有时和他那些朋友到大街小巷、公园、俱乐部、舞厅和他领地上的私人住宅里寻找小姑娘。这个漂亮的兰菲斯诱奸、绑架和强奸了多少多米尼加的女性？对本地土生白人妇女，无论奸污前后他都不会馈赠凯迪拉克和貂皮大衣，对好莱坞的女演员则不同。帅哥兰菲斯与他那富有的父亲不一样，他更像他母亲堂娜·玛丽亚：非常吝啬。奸污多米尼加妇女，他一分钱不花，因为对她们来说那是一种荣誉：跟王储、国家马球队队长、中将和空军司令睡过觉。

乌拉尼娅，所有那一切，你是通过真真假假的流言蜚语、猜想和夸张得知的，你和同学们背着嬷嬷们在课下交换"情报"，有的你相信，有的你不信，有的接受，有的反驳，直到在学校内、在特鲁希略城里发生了那次"地震"。这一次，元首之子的牺牲品是多米尼加上层社会最漂亮的少女之一、陆军上校的女儿。她名叫罗莎丽娅·贝尔多摩，长得靓丽动人：长长的金发，天蓝色的眼睛，乳白色的娇嫩皮肤。她在基督受难节里扮演圣母玛利亚，她为圣子咽气流下了痛苦的泪水。关于那件事流传着很多说法。一种是：兰菲斯在一次晚会上认识了这个小姑娘；另一种是：两人在国家俱乐部的一次舞会上相识；还有一种是：兰菲斯在跑马场上看上了她，以后就追逐她，打电话、写信，约她在星期五体育比赛之后见面，罗莎丽娅是学校排球队成员，所以比赛结束后留在了校内。后来，许多同学看到她出了校门——乌拉尼娅不记得是不是看到她了，这不是不可能的。罗莎丽娅没有上校车，而是上了兰菲斯的轿车，他就在校门外几米远的地方等着她。兰菲斯不是一个人。元首之子从来不一个人出门，总是有两三个人陪同，这些朋友溜须拍马，为他服务，靠他发迹。比如，他的妹夫，安赫丽塔的丈夫、漂亮小伙子路易斯·何塞·莱昂·埃斯特威斯。那个兰菲斯的弟弟是不是跟他们在一起？那个拉德哈麦斯，那个丑陋、粗野的家伙，那个乏味的东西，肯定也在。他们是之前就已经喝醉了？还是在奸污金发女郎、雪白的罗莎丽娅的时候，才变得醉醺醺的？毫无疑问，他们没有料到小姑娘会大出血。尽管那时他们表现得像绅士，但之前他们的确是强奸了她。给这朵鲜花"开苞"的当然是兰菲斯。随后是其他人。按照年龄大小？还是按照与兰菲斯关系的远近？还是抓阄排队？爸爸，会是哪种可能呢？在一个个轮奸的过程中，小姑娘突然大出血了。

假如罗莎丽娅不是贝尔多摩上校的女儿，不是一个尊贵的特鲁希略主义家族的女孩、美丽而富有的姑娘，而是一个默默无闻的穷孩子，那就会被扔进荒郊野外的水沟里。不，他们没有这样做，而是小心翼翼地把她送到了马里翁医院的门口。这对罗莎丽娅是祸还是福？医生们救了这姑娘，可也把消息传遍了全城。他们说：贝尔多摩上校一听说兰菲斯和他的朋友们从午饭到晚饭时间一直在蹂躏他的宝贝女儿，仿佛看电影消磨时光一样，就没有能从这一刺激中苏醒过来。她母亲羞恨难当，从此不出家门，甚至不做弥撒。

"爸爸，您一直担心的就是这个，对吗？"乌拉尼娅追踪着父亲的目光。"您担心兰菲斯和他的朋友们会对我下手，如同对待罗莎丽娅·贝尔多摩那样？"

她想："父亲明白了我的话。"便沉默下来。这时她父亲目不转睛地盯着她，那瞳人后面有一种无声的恳求：别说了！别再揭开这些伤疤了！不要再回忆那些往事了。她丝毫没有这个意思。你不是为这个才回国的，对吗？因为你发过誓：永远不回国！

"不，爸爸，为这个我应该早回国，"她说，声音低得几乎听不见，"应该让您体验一下那倒霉的时光。虽然您得了脑溢血，可您事先还是采取了预防措施。您把那些不愉快的事情都抛到脑后了。那还有我的事情，咱们的事情，难道您也一笔勾销了？我可忘不了！一天也忘不了。爸爸，这三十五年来，我一天也忘不了！我永远没有忘记,也没有原谅您。因此,您往美国大学给我打电话的时候,我一听到您的声音就把电话挂断,不愿意让您把话说下去。""好女儿,是你吗?"喀嚓,电话挂了!"乌拉尼娅,你听我说!"喀嚓,断了。"因此,我从来不给您回信。您给我写了有一百封信?两百封信?所有的信,我都撕了或者烧了。您的那些信太虚伪了。您拐弯抹角、支支吾吾、含沙射影,总怕落到别人手中,总怕别人知道那件事。您知道为什么我一直不能原谅您吗?因为您从来不肯真心道歉。因为您为元首服务这么多年,早已经麻木不仁了,早已经失去了正直的品格。您那些同事也都一个样。恐怕整个国家都在说假话,自欺欺人!难道这就是为了稳定政权的压倒一切的条件吗?难道这样活着不会恶心而死吗?人人都变成狼心狗肺,如同元首那样的恶魔了。个个都寡廉鲜耻,如同花花公子兰菲斯强奸了罗莎丽娅,把她弄得大出血扔进医院之后,还在自鸣得意呢!"

贝尔多摩上校的女儿当然再也没有回学校,但是她那张圣母玛利亚般秀美的面孔依然留在圣多明各教会学校的教室里、走廊上和操场上;她的不幸遭遇所引起的窃窃私语和猜想,依然流传了好几个月之久,尽管嬷嬷们禁止说出罗莎丽娅·贝尔多摩的名字。但是,在多米尼加的上层社会,甚至最坚定的特鲁希略主义者的家庭里,罗莎丽娅的名字总是一再出现。这是个不祥的预兆、可怕的通告,尤其是对那些有值得注意的少女和姑娘的家庭。罗莎丽娅事件加剧了这样的恐惧:帅哥兰菲斯(再说他已经是有妇之夫了,他跟离了婚的里诺·撒尼尼·奥克塔维娅结了婚!)很快可以发现少女和姑娘,然后只要这个任性的王储高兴就得欢聚一场,因为谁敢跟元首的长子和他圈子里的宠臣算账呢?

"爸爸,出了罗莎丽娅·贝尔多摩那件事以后,您的元首就把兰菲斯派到美国进了军事学院,是不是这样?"

一九五八年,兰菲斯进了美国堪萨斯福特军事学院。这是为了让他离开特鲁希略城一两年的时间,据说,罗莎丽娅·贝尔多摩事件甚至让元首陛下都发怒了。不是道德上的原因,而是因为给他造成了实际麻烦。这个混蛋小子不但不逐渐摆脱这类事情、作为元首的长子好好接受教育,反而终日放荡不羁,跟一群游手好闲的寄生虫沉湎于声色犬马之中,以奸污最忠实于特鲁希略的家庭的姑娘来取乐。狂妄自大、没有教养的东西!把他送到美国堪萨斯福特军事学院去!

一阵歇斯底里的大笑让乌拉尼娅浑身发抖。瘫痪的老人又一次缩进躺椅里,仿佛要消失在自己身体里一样,因为他被这阵突发的大笑弄得不知所措。乌拉尼娅笑得眼泪都快要出来了。她用手帕擦擦眼睛。

"元首这服药不但没有治好长子的病,反而雪上加霜了。福特军事学院之行变成对兰菲斯的奖励了。"

那肯定是非常滑稽的,对不对,爸爸?一个多米尼加年轻军官来上高级学员班,周围是一群精选出来的美国军官;他佩戴着中将军衔、十几枚勋章,已经走过了漫长的军旅生涯(七岁入伍),由一大群侍从武官、乐师和用人陪同,一艘豪华游艇停泊在旧金山海湾,一队豪华轿车随时待命。那些美国校官、尉官、军士、教官和老师肯定会大吃一惊。他到福特军事学院是来上课的,而这只热带来的小鸟炫耀的军衔和级别比美国艾森豪威尔将军的还要高出许多。学院是如何对待他的呢?学院怎么能允许他享受类似的特权而又不损害该院和美国军队的荣誉呢?当这位王储一周在校内,一周在校外,时时逃离这座纪律严格的学院,跑到喧闹的好莱坞的时候,学院能够装作没发现吗？兰菲斯和他的朋友波尔菲里奥·鲁比罗萨终日纵酒狂欢，与著名女演员同乐，这引起喜欢空谈和散布流言的新闻界着迷地议论个没完。洛杉矶最著名的专栏女作家萝埃亚·帕松揭露说：特鲁希略的长子送给金·诺瓦克一辆最新款的凯迪拉克，送给莎莎·嘉宝一件貂皮大衣。在众议院会上，一位民主党议员说，他估计这些馈赠相当于华盛顿每年大方地提供给多米尼加共和国的军事援助。他质问道：这是不是援助穷国对付共产主义的最佳方式？美国人民的金钱是不是应该这样浪费？

丑闻外扬是不可避免了。这是在美国，而不是多米尼加！在元首的天下，对兰菲斯的放荡生活从来不报道，一言不发。美国可不行，不管你怎么说，那里有公众舆论监督和新闻自由。如果政客们暴露出懦弱的侧面，那肯定要身败名裂。于是，根据国会的要求，政府中断了对多米尼加的军事援助。爸爸，这些您还记得吗？军事学院谨慎地上报美国国务院，后者更加谨慎地照会多米尼加大元帅：您儿子根本不可能通过考试，由于学业成绩如此之糟，还是退学为好，否则就要受开除之辱——被福特军事学院开除！

"他们如此恶待可怜的兰菲斯，这让他老爹很不高兴。是不是，爸爸？兰菲斯只不过偶尔消遣一下而已，你看这些美国清教徒居然做出如此反应。您的那位元首企图报复，打算让美国军事使团撤走，他约见美国大使，提出了抗议。元首最亲密的顾问巴伊诺·比查德、您自己、巴拉格尔、亨利·奇里诺斯、阿拉拉、曼努埃尔·阿方索，不得不创造奇迹说服元首：如果断绝外交关系，那就损失太大了。您还记得吗？历史学家们说：您是出面制止由于兰菲斯的'英雄行为'而导致多美关系恶化的人物之一。爸爸，您只是成功了一半。从那以后，从多米尼加的过火行为来看，美国明白了这个盟友是个麻烦，需要谨慎地寻找某个更像样的人物。可是，爸爸，怎么咱们最后谈起了元首的儿子呢？"

老人的肩膀上下起伏不停，仿佛在回答："这我怎么知道！你会知道是怎么回事的。"这么说，他能明白别人说的话？不能。至少，常常不能。脑溢血可能并没有完全剥夺他的理解能力，可能把他的理解力减少到了正常人的百分之五，或者百分之十。这个被压缩了的贫乏的脑子慢镜头似的运转，但是，毫无疑问，它可以在糊涂之前收集和处理感觉器官在一两分钟或者仅仅一两秒钟内捕捉到的信息。因此，他的眼神、表情，包括肩膀的起伏，都意味着他在倾听，意味着他理解你说的话。仅仅是零零碎碎的，仅仅是通过惊讶的表情，仅仅是些启示性的信号，没有丝毫的条理性。乌拉尼娅，你别抱幻想了。他就明白那么一两秒钟，然后就忘记了。你是无法和他交流的。你只能一人独白，如同三十多年来你每天所做的那样。

她不难过，也不压抑。大概是太阳不让她伤心，灿烂至极的阳光从一扇扇窗户射进房间，照亮了家具，勾画出它们的轮廓，揭示出它们的细节，暴露出它们的破损、褪色和陈旧。从前显赫的参议院议长阿古斯丁·卡布拉尔的卧室——也包括住宅——如今怎么就如此寒酸、破烂和陈旧呢！乌拉尼娅，你最后怎么又想起兰菲斯·特鲁希略呢？记忆力的这种奇怪走向总是让她感到着迷，在神秘刺激的作用下，记忆力用意外的联想装点起脑海里的山山水水。啊，对了，这与你离开美国前一天从《纽约时报》上看到的那条消息有关。文章写的是关于兰菲斯的弟弟——那个丑陋、粗野的拉德哈麦斯的事情。嘿，这条消息！那是怎样的结尾啊！文章作者事先做过仔细的调查。从几年前开始，拉德哈麦斯在巴拿马生活，靠借债度日，也干过一些可疑的营生，但是没有人知道是哪种事情，后来就突然消失了。失踪的事发生在去年，亲戚们和巴拿马警方都做了努力，对拉德哈麦斯居住的小房间进行了搜查，结果发现他那些肮脏的东西——都在，就是没有找到丝毫的线索。直到最后，哥伦比亚毒品集团的一张海报通过波哥大①《美洲雅典娜》杂志用夸张的语言风格公布说："经过认真核实，居住在兄弟邻邦巴拿马共和国巴尔堡市的多米尼加公民拉德哈麦斯·特鲁希略·马丁内斯先生，在履行自己的义务时有不诚实的行为，他已经在哥伦比亚原始森林某地被处死。"《纽约时报》解释说：看来这个倒霉的拉德哈麦斯几年前为生计所迫就为哥伦比亚黑手党效力了。在某些令人遗憾的活动中，毫无疑问，从他生活拮据的情况判断，他是个给"大哥们"充当传信人的角色，有时给"大哥们"租房屋，有时从饭店、机场和妓院接送这些"首领"，或者也许在洗钱时扮演中间人的角色。他会不会为了改善自己的生活条件而企图诈骗"首领"的钱财？但由于此人非常缺心眼，立刻就被黑手党抓住了把柄。他们把他绑架到达里安森林，那里是黑手党的天下。他们可能对他施行了酷刑拷打，如同当年他和兰菲斯拷打并屠杀一九五九年入侵康斯坦萨、麦蒙和埃斯特罗·翁托俘获的俘虏，还有一九六一年"五·三〇"事件的嫌疑人一样。

"爸爸，他这是罪有应得！"她父亲这时进入瞌睡状态，但是眼睛睁着。"玩火者自焚！如果拉德哈麦斯真是这样死的，那这句话正好用在他身上。可是，什么也没有证实。这篇文章还说：有人肯定地说，拉德哈麦斯是国防情报局的特工，该局给他做了整容手术，为他在哥伦比亚黑手党的服务提供保护。这些都是传言和推测。不

---

① Bogotá，哥伦比亚共和国首都，即今圣菲波哥大。

管怎么说,这就是您那元首和第一夫人的两位公子的下场!帅哥兰菲斯在马德里的一起车祸中被撞得粉身碎骨。有些人说,这次事故是美国中央情报局和多米尼加总统巴拉格尔联合行动的结果,目的是粉碎元首长子企图花费几亿美元复辟家族统治的阴谋。拉德哈麦斯已经做了刀下鬼,被哥伦比亚黑手党杀害,因为盗窃经他手洗白的黑钱,或者是因为充当了国防情报局的特工。安赫丽塔,安赫丽塔一世陛下,我还给她当过侍女呢,您知道她是怎么活着吗?她如今在迈阿密与神圣的教会白鸽来往,现在已经成为新生基督教教徒了。这是成千上万个教派中的一个,它们把信徒带入疯狂、愚昧、痛苦和恐惧之中。这就是多米尼加女王和主人的结局。如今,她住在一所干净的小房子里,外表粗俗,混杂着美国和加勒比两种做作的风格,从事传教活动。据说,人们经常看到她在大街小巷、拉丁美洲人住宅区高唱赞美诗并呼吁人们把心交给基督。假如人民的大救星看到此情此景,他会说什么呢?"

瘫痪的老人又一次耸耸肩膀,眨眨眼睛,昏睡过去。他半闭着眼睛,缩成一团,准备再睡上一小觉。

乌拉尼娅,说实话,你从来不恨兰菲斯、拉德哈麦斯和安赫丽塔,但是没有什么仇恨能同你对元首和第一夫人的相比。因为元首的这三个子女总算是为他们家庭的罪恶以衰败和暴死的方式还了债。而你对兰菲斯总是表露出某种宽容。乌拉尼娅,你为什么这样?可能是因为他得过精神病,得过神经衰弱,得过疯病;还因为他家里总是隐瞒他有心理失衡症;一九五九年他下令大屠杀之后,迫使特鲁希略派人把他送进比利时的一家精神病院。无论在什么行动中,哪怕是最残酷的行动,兰菲斯身上总有一种漫画式、虚假和令人伤感的东西。比如,他馈赠给好莱坞女演员的那些令人瞠目的礼物,而波尔菲里奥却是可以免费跟她们睡觉的啊（那是在她们不要钱的时候）！或许，他是在用这种方式破坏元首为他编织的种种计划。比如，兰菲斯破坏欢迎仪式的方式不是很荒唐吗？那可是大元帅为了抵消他在福特军事学院的失败而准备的仪式啊！元首让国会——"那项法案是您提交的吧，爸爸？"——任命兰菲斯为军队总参谋长。元首还下令在兰菲斯回国时让他以新身份参加在纪念碑下举行的军事检阅活动。万事俱备，部队排列整齐，那天上午，大元帅派到迈阿密去迎接兰菲斯的豪华游艇"安赫丽塔"号驶入奥萨玛河上的港口。特鲁希略本人，在华金·巴拉格尔的陪同下，去停靠的码头上迎接长子，然后准备同他一道去检阅部队。元首一登上游艇，发现可怜的兰菲斯由于一路纵酒狂欢所导致的狼狈不堪的样子，是多么吃惊！多么泄气！多么困惑！兰菲斯勉强站在地上，一句清楚的话也说不出来。他那松弛和不听话的舌头只会嘟嘟囔囔，眼珠外突，眼神蒙眬，衣服上布满了呕吐的秽物。陪同他回国的那些狗男女，情况更加糟糕。巴拉格尔在他的回忆录里写道："特鲁希略气得脸色发白，浑身发抖。他下令取消检阅仪式和兰菲斯就任总参谋长的宣誓仪式。"元首离去之前，对着流氓儿子（酒精使得他弄不明白正在发生的事情）端起一杯酒，用祝酒的方式代替了象征性的耳光："为劳动干杯！只有劳动才能使国家繁荣富强！"

又一次歇斯底里的大笑让乌拉尼娅喘不过气来。瘫痪的老人睁大了眼睛，一副惊骇的样子。

"您别害怕！"乌拉尼娅严肃起来。"我一想起当年的情景就不能不笑。那个时候您在什么地方？元首发现他儿子醉醺醺，发现他那群狐朋狗友和妓女烂醉如泥的时候，您在哪里？您是在纪念碑大街的主席台上吧？您是不是身穿燕尾服在等待总参谋长的到来？当时是怎么向大家解释的？因为兰菲斯中将突发可怕的精神错乱而取消了检阅？"

在瘫痪老人深邃目光的注视下，她又笑了起来。

乌拉尼娅低声道："这是个让人哭笑不得的家庭，你不能认真对待。有时你可能会为他们全家感到难堪。有时如果你有些勇气的话，虽然这勇气可能非常隐秘，你可能会为他们感到害怕和内疚。我很想知道您对特鲁希略子女的戏剧性结局有什么看法。或者说说您对那个第一夫人堂娜·玛丽亚晚年肮脏的故事有什么看法。这个可怕的女人、好报复的女人，狂吼着要挖出杀害特鲁希略的凶手的眼珠，并且要剥掉这些人的皮！您知道吗，最后她死于动脉硬化。您知道吗，她手里掌握着瑞士存款账号的全部密码。自从她拿到这些密码以后，就一直瞒着她的子女。当然，她这样做是有道理的。她担心子女们骗走她手中的几亿美元；担心子女们把她扔在养老院里，让她寂寞地度过晚年。最后她还是在动脉硬化的帮助下捉弄了子女。真想无论花多大代价也去马德里看看这位第一夫人在诸多不幸的困扰下是怎样失去记忆的。但是，从吝啬的本性出发，她一直保持足够的清醒，坚决不把密码告诉子女。真想看一看这些可怜的孩子是如何费力地让这位第一夫人在马德里，在丑陋又粗野的拉德哈麦斯家里，或者在迈阿密，在加入教会之前的安赫丽塔的家里，回忆出掩藏密码的地方。爸爸，您能想象出这几个子女的做法吗？他们很可能为了找到掩藏密码的地方而东翻西找，打开所有的抽屉，撕破一切，挖地三尺。他们把老太太拉到了迈阿密，又送回了马德里。可是无论怎样，就是没有找到藏密码的地方。她带着秘密进入了坟墓。爸爸，您觉得如何？兰菲斯捞到了几百万美元大加挥霍，这是元首死后那几个月里他从国库弄走的，因为元首活着的时候极力不让一分钱流出境外（'爸爸，这是真的吗？'），他强迫家属和部下敢于面对现实，死也要死在国内。可是，最后拉德哈麦斯和安赫丽塔都流落街头。动脉硬化使得第一夫人因贫困而死在巴拿马，卡里尔·阿切用出租汽车把她拉到公墓里埋葬了。她把家里几亿美元留给了瑞士银行家。无论哭也罢，笑也罢，但是绝对不能认真。对不对，爸爸？"

她又一次笑起来，甚至流出了眼泪。她一面擦掉泪水，一面抵抗内心里生出的沮丧感。老人看了看女儿，他已经习惯了她的存在，已经不想再注意她的独白了。

乌拉尼娅叹了口气说："您别以为我变得歇斯底里了。爸爸，才不会呢。我现在这样信口胡说，回想往事，以后再也不会了。我这是好多年以来的第一次休假。我不喜欢放假。可小时候在家里我喜欢假日。自从在嬷嬷们的帮助下去阿德里安上学以后，我就再也不喜欢假日了。我这一辈子就是在工作中度过的。我在世界银行工作期间从来没有休过假。在纽约的律师事务所里，我也没有休假。以后，不会再有时间自己念叨这段多米尼加的历史了。"

是的，你在曼哈顿的生活是很耗费精力的。从上午九点你走进麦迪逊大街和七十四大街拐角的办公室开始，每个小时就都预定出去了。如果天气好，乌拉尼娅要在中央公园跑上四十五分钟，或者到街角处的健身中心去做健美操。她的工作日排满了一系列会晤、听报告、讨论、咨询、查档案、在单间工作室或者附近的餐厅吃工作午餐。下午同样忙碌，工作经常延长到晚上八点钟。如果时间允许，她就步行回家。在看电视新闻之前，她准备一个凉拌菜，打开一瓶酸奶，然后看书。上床以后，无论读书还是看录像，用不了十分钟，字母或者屏幕上的形象就变得模糊起来。她每个月总有一两次机会在美国或者拉丁美洲或者亚洲出差旅行。近年来，还要去非洲，因为终于有些投资者也敢在非洲花钱了，为此他们需要律师事务所派人做法律顾问。为世界各地的企业金融运作解决法律问题是她的专长。这是她在世界银行法规处工作多年的结果。出差旅行比在曼哈顿工作还要令人难以忍受。五个、十个或者十二个小时，飞往墨西哥城、曼谷、东京、拉瓦尔品第或者哈拉雷①，下机后立即汇报或者听取汇报，讨论预算，评估项目；不断地变换景色、气候，从热到冷、从潮湿到干燥、从英语到日语到西班牙语到乌尔都语到阿拉伯语到印地语，通过种种翻译，如果翻译出错，就会导致错误的决定。因此，警觉状态和全神贯注使她疲惫不堪，因此在少不了的招待会上，她总是不得不极力克制着呵欠的出现。

"如果我能有星期六和星期天归自己支配，那我就快活地留在家中读多米尼加历史，"她说，同时觉得父亲在点头，"说真的，这个历史太有特色了。读史可以让我得到休息。这也是我和祖国保持联系的办法。虽然我在那边生活的时间比这里多一倍，但是我也没有变成美国人。爸爸，我说话还跟多米尼加人一样，对吗？"

老人的眼睛里是不是闪出一丝嘲讽的目光？

"好啦，在那边，相对而言是个多米尼加人吧。一个人在那边生活了三十多年，整天在美国人的包围之中，几个星期都不讲西班牙语，您还能要求她什么？您知道吗，我一直决心这一辈子再也不来看您了。我知道您很了解我为什么打破了这个决心，还有我为什么还是回来了。说实话，我自己也不知道。是一时冲动吧。我没有想很多。我请了一周的假，然后就来了。大概是要寻找什么吧。可能

---

① Harare，津巴布韦南马绍纳兰省城镇。

就是要找您,打听您活得怎么样。我早就知道您病了,也知道自从您脑溢血以后已经不可能跟您说话了。您想知道我现在的感觉吗?一进这个我小时候的家门,我是怎么想的吗?一看见您这副垮下来的样子我是怎么想的吗?"

她父亲又一次在注意她说话。他好奇地等待女儿说下去。乌拉尼娅,你感觉怎么样?痛苦吗?有些悲伤?还是忧郁?旧恨复发?她想:"最糟糕的是我认为现在毫无感觉。"

门铃响了。有人连续不断地在按门铃。铃声强烈地颤动在上午炎热的空气里。

八

"宪法专家兼酒鬼"的秃顶上缺少的毛发都长到耳旁去了,乌黑的头发好像要给"酒鬼"的歇顶做一种可笑的补偿,便从两耳咄咄逼人地向头顶闯去。是不是在给他起外号之前,元首早已在心里给他想好了另一个绰号"活垃圾"?元首不记得了。可能是吧。元首从年轻的时候起就喜欢给别人起外号。贴在许多人头上的可怕绰号慢慢变成了受害者的一部分,有的甚至代替了原来的名字。参议员亨利·奇里诺斯的情况就是如此。除去报界,多米尼加共和国内没有人知道他的真名实姓,只知道他那毁灭性的代称:"宪法专家兼酒鬼"。他有个习惯:喜欢抚摸耳旁那些油腻的黑毛。虽然元首出于洁癖早就禁止他当面摸毛,但现在他还是在摸,更糟糕的是,他还变换花样:恶心地梳理鼻毛。他很紧张,非常紧张。他明白为什么紧张:他收到一份否定贸易状况的报告。但是造成贸易额下降的责任人并不是奇里诺斯,那是因为美洲国家组织实施的制裁在窒息着多米尼加的生命。

元首生气地说道："如果你还继续挖鼻孔摸耳毛，我要叫副官给你戴上手铐了。我禁止你在这里干这些肮脏勾当。你喝醉啦？"

"宪法专家兼酒鬼"从面对元首的座位上跳了起来，双手离开了面孔。

"我一滴酒也没喝，"他慌乱地道歉说，"元首，您知道我白天是不喝酒的。只有夜里才喝。"

他穿了一件元首觉得非常俗气的衣裳，好像灰绿色的陵墓在微微闪光；由于什么都套在身上，整个肥胖的身体好像是用鞋拔子装进去的一样。他白色的衬衫上摇晃着一条黄点蓝色领带，元首锐利的目光发现那上面有一大块油渍。他不快地猜想：这些油污一定是吃饭时弄上去的，因为奇里诺斯参议员一定是狼吞虎咽的，他飞快地大口吃着，唯恐旁边的人抢他盘子。由于张大了嘴巴嚼东西，残渣就难免从口中飞出。

他又重复说了一遍："我发誓：肚里一滴酒也没有，只有早餐时的咖啡。"

他说的可能是实话。几分钟前，看到他摇晃着大象般的身躯缓慢地向前走着，就座之前还小心翼翼地试探一番，元首就想：他又喝醉了。他没有喝酒，大概是肉体已经"醉化"了，因此就是不喝酒，走起路来也像醉鬼一样摇摇晃晃，缺乏稳定感。

"你浑身都浸透了酒精，就是不喝酒也好像醉鬼一样。"元首说着一面上下打量他。

奇里诺斯赶忙承认说："是的。是的。"他做了一个戏剧性的手势说。"元首，我是个'该死的诗人'，跟波德莱尔和鲁文·达里奥一样。"

他，皮肤呈灰色，双下巴，头发稀疏、油腻，小眼睛深陷在肿胀的眼皮后面。出车祸以后,他鼻子塌陷,属于拳击手那一型,几乎无唇的嘴巴给这张骄横而丑陋的面孔增添了凶狠的特色。他一向丑陋得令人讨厌,因此十年前发生那起车祸后奇迹般地死里逃生时,朋友们都认为外科美容可以改善他的丑陋。但是,结果却是丑上加丑。

他一直是元首的心腹,是元首爱将中的一员,这个小圈子的人还有诸如威尔希里奥·阿尔瓦莱斯·比纳、巴伊诺·比查德、智囊卡布拉尔(如今已失宠)以及华金·巴拉格尔,这个事实证明元首在挑选干将时是不以个人好恶为准绳的。虽然特鲁希略讨厌亨利·奇里诺斯的外表、邋遢和举止,但从一上台开始就把那些棘手的任务特别交给亨利这种既可靠又有能力的人去完成。在进入这个高级而唯一的小圈子的人中,亨利是最有能力的人之一。他律师出身,担任着立宪方面的工作。他从非常年轻时起就和阿古斯丁·卡布拉尔一道成为特鲁希略时代初期宪法的主要起草人,从那以后,对宪法的任何修改都由他俩提出。他还起草了主要的组织法和一般法令。为了让独裁政权的需要合法化,他负责起草并提出了几乎全部的法律规定,交由国会通过。他在议会发表的充满拉丁文和种种引言——往往用法语——的演说中,为了给政府最专横的决定穿上法理的外衣,或者为了给特鲁希略反对的任何建议提供强有力的逻辑理由,他展现出了无与伦比的才华。他的大脑仿佛是按照法典组织起来的,可以立刻为特鲁希略任何决定的合法化提供理论依据,哪怕是预算委员会、最高法院已经做出的决定,或者国会已经通过的法令。特鲁希略时代的相当一部分法网是由这个"空话连篇的大律师"鬼灵精的脑袋编织出来的。有一次,参议员阿古斯丁·卡布拉尔当着特鲁希略的面就这样称呼亨利。在元首的宠臣中,这两人既是朋友又是死敌。

由于所有这些特点,终身国会代表亨利·奇里诺斯在特鲁希略统治的三十一年里担任了一切可以担任的职务:众议员、参议员、司法部长、宪法法庭委员、特命全权大使、商务参赞、驻中央银行代表、特鲁希略研究会会长、多米尼加党中央委员会委员;两年前,他又担任了一项更加受到重用的职务:祖国大救星所属企业运营总监。这样一来,农业部、商业部和财政部也都在他的管辖范围之内了。为什么要把这样的重任交给一个嗜酒成性的家伙呢?因为他除了是个著名的法律专家之外,还精通经济之道。他在担任中央银行和财政部的领导时都干得十分出色。因为近几年来,由于各种各样的理由,这个岗位需要一个绝对可靠的人,这个人要能够掌握高层家族的矛盾和纠葛。在这个意义上,这只"肥猪"酒鬼是不可替代的角色。

这个毫无节制的酒鬼怎么就没有失去策划法律阴谋的机敏和工作能力呢?他的工作能力之强,在元首的心目中唯一可以与之比较的就是那个已经失宠的安塞尔莫·巴乌利诺。这个"活垃圾"可以一口气工作十个或者十二个小时,然后一醉方休,如同一个酒桶,但是第二天,他仍然头脑清醒、满面红光地出现在国会、司法部或者国家宫的办公室里,向打字员口授法律报告,或口若悬河地在会议上讲政治、讲法律、讲经济、讲宪法。此外,他还经常作诗——歌功颂德的诗歌,撰写历史方面的文章和著作。他还是特鲁希略手中一支锋利的笔杆子,通过他,元首经常在《加勒比日报》"公众论坛"上大放厥词,毒化和愚弄老百姓。

"情况怎么样?"

"元首,很不好!"参议员奇里诺斯喘了一口气。"事情到了这一步，马上会进入垂死挣扎的状态。很抱歉，我不能不说实话。您给我发工资，不是让我撒谎的。如果不立刻解除对我们的制裁，灾难就要来了。"

他打开厚厚的公文包，取出一叠叠文件和笔记本，开始分析主要企业的状况。他首先从多米尼加糖业公司下属的庄园入手，接着涉及多米尼加航空公司，随后是水泥业、木材业、进出口业和商业。单位名称和数字如同催眠曲般地送进元首耳中：大西洋贸易公司、加勒比马达公司、烟草股份有限公司、多米尼加棉花集团、巧克力工业公司、多米尼加鞋业公司、盐业批发公司、植物油生产集团、多米尼加水泥厂、多米尼加唱片生产公司、多米尼加电池厂、绳袋厂、里德铸造厂、玛里诺铸造厂、多米尼加-瑞士联合制造厂、乳制品厂、阿尔塔戈拉西娅酒厂、全国玻璃制造业、全国纸张制造业、多米尼加面粉加工业、多米尼加油漆生产业、再生橡胶生产业、奇斯格亚马达公司精盐加工业、圣拉斐尔保险公司、房地产公司、《加勒比日报》等等。"活垃圾"最后提到特鲁希略家族入股较少的生意，他仅仅说了一句："这方面也没有积极的动向。"他说的情况元首都知道：没有停工的企业，由于缺少原料和配件，只有三分之一，甚至十分之一的生产能力在运转。灾难已经来临，而且规模可真不小！不过，元首松了一口气，美国佬以为那狠命的一击——切断石油供应和汽车、飞机零配件的供给，并没有达到他们预期的效果。乔尼·阿贝斯·加西亚设法从海地边境走私输入燃料。额外加价很高，但是消费者用不着额外支付，因为政府给了补贴。可是国家不可能长期这样出血。由于外汇紧缩和进出口的瘫痪，经济生活早已经处于停滞状态。

"元首，实际上每个企业都是亏损的，没有收入，只有支出。如果是在过去繁荣时期，它们会起死回生的，但是，很难说靠什么方式。"

他戏剧性地叹了一口气，如同在致悼词时唱挽歌一样，这是他的又一大专长。

"元首，请允许我提醒您：尽管这场经济战争已经持续了一年多，可是没有一个工人和职员失业。这些企业给全国提供了百分之六十的就业机会。请您考虑一下事情的严重性。只要国际制裁弄得我们全部企业处于半瘫痪状态，特鲁希略家族就不可能继续维持多米尼加三分之二家庭的生活。因此……"

"因此怎么样？"

"为了减少开支，请您允许我裁员，等待时机好转……"

"你想搞一场几万失业工人的大暴动？"特鲁希略斩钉截铁地打断了他的话，"给我现在的麻烦雪上加霜？"

"有条出路，在特殊情况下是常用的，"参议员奇里诺斯阴险地一笑，回答说，"就是国家为了保障人人有工作和经济的运行，将担负起战略性企业的领导工作。换句话说，就是把三分之一的工业和一半的农牧业实行国有化。中央银行还有资金可以用在国有化上。这难道不是一条出路吗？"

"这能捞到他妈的什么好处！"特鲁希略愤怒地打断了他的话，"美元从中央银行的国库里转到我的名下又有什么好处呢？"

"好处就是：从现在开始，这三百家亏损经营企业所造成的巨大损失，不让您和您的家族掏腰包。元首，我再说一遍：如果目前的情况再继续下去的话，所有的企业会纷纷倒闭。我这个建议是技术性的。为了不让您的家产由于经济封锁的缘故而流失，唯一的方法就是把损失转移到国家身上。元首，如果您要是破产了，那对谁也没有好处。"

特鲁希略感到浑身疲倦。阳光越来越热，如同来到元首办公室的所有的客人一样，参议员奇里诺斯也出汗了。他不时地用一块浅蓝色的手帕擦汗。他早就希望元首这里有空调。可是特鲁希略讨厌呼吸这种人工制造的空气、欺骗性的空气。在特别炎热的日子里，元首最多让打开风扇。此外，元首很自豪地告诉人们自己是个"从来不出汗的人"。

元首沉默起来，他在思考，脸色变得越来越难看。

"在你那个猪脑壳里，也认为我独占庄园和贸易就是为了捞钱，"他独白道，声音里流露出疲惫，"别打断我的话。你在我身边工作这么多年了，连你都不能了解我，我还能指望什么人！人人都以为我对权力有兴趣就是为了发财！"

"元首，我很清楚事情并非如此。"

"难道还要我给你解释一万遍吗？假如那些企业不是我们特鲁希略家族的财产，就不可能有那么多的就业机会。多米尼加共和国还仍然是我上台时那副非洲落后国家的样子！难道你一直就不明白吗？"

"元首，我非常明白。"

"莫非你打算从我这里捞钱？"

奇里诺斯又吓了一跳，灰色的面孔变得发黑。他害怕得直眨眼睛。

"元首，您说什么？上帝可以作证……"

"我知道你不会捞钱的，"特鲁希略安慰他说，"尽管你有这份为所欲为的本事。为什么你不捞钱呢？是因为忠诚？可能吧。但首先是害怕。你知道，如果你捞钱被我发现了，我会把你交到乔尼·阿贝斯手中,他会把你带到四十一号去,让你坐上电椅,把你电成焦炭,然后扔到海里喂鲨鱼。这些玩意儿会让军情局局长和他的部下那狂热的想象力感到高兴。因为这个你才不从我这里捞钱。所以在你监视下的那些公司经理、管事、会计、工程师、兽医、工头等人物也不敢偷我的钱。因为这个,你们才不迟到,不早退,卖力地干活。因为这些,企业才兴旺起来,发展起来,把多米尼加共和国变成一个繁荣、富强的现代国家。你明白了吗?"

"当然,元首。""宪法专家兼酒鬼"又吓了一跳。"您说得非常有道理。"

特鲁希略仿佛没有听到他的话,继续说下去:"相反,假如你不是给特鲁希略家族做事,而是给威希尼家族、瓦尔德斯或者阿尔门德罗斯家族做事,你就会能偷多少就偷多少。如果这些企业属于国家,你会偷得更凶。你在国有企业里腰包会塞得满满的。现在,你那个猪脑壳明白为什么会有那些企业、土地和牧场了吗?"

"陛下,我完全明白:那是为国家出力的。"参议员奇里诺斯说道,一副信誓旦旦的模样。他显得惊慌不安,特鲁希略可能已经觉察到他用文件包顶住肚子的费力样子以及他说话时越来越油腔滑调的口气。"元首,我并没有打算建议什么违背您思想的东西。求上帝救救我!"

"当然,说实话,并不是每个特鲁希略家族的成员都像我一样。"大恩人缓和一下紧张气氛,脸上露出泄气的表情。"无论我的兄弟、妻子还是我的儿子都没有我这份对国家的强烈感情。他们太贪婪了。更糟糕的是此时此刻他们总是让我浪费时间,对我的命令斤斤计较。"

他露出那经常吓唬人的锐利且好战的目光,"活垃圾"吓得紧紧缩在椅子里不动。

"啊，我明白了。有人不听话……"他低声道。

参议员亨利·奇里诺斯点点头，但是不敢说话。

"是不是我家里人又要往外套汇？"他问道，口气冷却了许多，"谁？是不是老太婆？"

汗流满面的"猪头"又点了两下，好像又很内疚似的。

"昨天的诗歌晚会上，她把我拉到一边，"他口气犹犹豫豫地说道，声音细得几乎听不出来，"她说这样做是为您着想，不是为她自己，也不是为子女。万一发生什么事情的话，可以保证您有个安宁的晚年。元首，我保证这都是真话。她热爱您。"

"她打算怎么样？"

"再一次把钱转移到瑞士去，"参议员吞吞吐吐地说道，"这一次，只有一百万。"

"为了你好，我希望你别满足她的要求。"特鲁希略冷冰冰地说道。

"我没有照她的意思办，"奇里诺斯嗫嚅道，由于心中惴惴不安，声音有些走调，而且身体微微发抖，"元首盼咐，我照办就是了。因为虽然我也非常尊敬和热爱堂娜·玛丽亚，但是我首先忠于您。元首，我的处境很为难。由于我拒绝了堂娜·玛丽亚的要求，我正在失去她的友谊。一周内，这已经是第二次拒绝她的要求了。"

难道连第一夫人也担心政权会垮台吗？五个月前，她要求奇里诺斯把五百万美元转移到瑞士去；今天，又是一百万。她想，全家随时都会逃走，因此应该保护好国外的存款，以便流亡国外时过上幸福生活。就像佩雷斯·希门内斯、巴蒂斯塔、罗哈斯·皮尼亚或者庇隆那些垃圾一样。这个咨崮的老太婆，好像只有准备后事才有保障。她总是没有满足的时候。年轻的时候,她就是个吝啬鬼,如今年岁越大,越是抠门。难道要把这些存款带到另外一个世界里去吗?这是她唯一总是向丈夫的权威挑战的领域。一周之内,两次要转移财产。这是不折不扣地在他背后搞阴谋。同样,那是在一九五四年他俩正式拜会佛朗哥①之后,她背着特鲁希略买下了西班牙那所住宅。同样,她不断地在瑞士和纽约的银行开户和存款,而他则时不时地听到一些这方面的情况。起初,他没有过分理睬,只是骂上一两句而已。后来,面对这个绝经期老太婆的任性,他仅仅耸耸肩膀而已,因为是结发夫妻,总得对她有点尊重。如今情况不同了。他早已经下了死命令:任何一个多米尼加人,包括特鲁希略家族在内,在国际制裁期间,绝对不许把外汇带出境外。他绝对不允许那种狼狈逃窜的现象发生,如果从船长和大副开始就弃船逃跑,那船只非沉海不可。他妈的,这绝对不行!这里还有亲戚、朋友和敌人,凭着现有的一切,要么面对困难,要么光荣地战死在沙场!他妈的,要像个海军陆战队队员的样子。这个老混蛋!吝啬鬼!假如能够抛弃这个老太婆跟另外某个出色的女人结婚,那该有多好啊!比如,温柔的丽娜·罗瓦东。就为了这个忘恩负义的国家,他牺牲了这个美丽的姑娘。今天下午,一定要好好教训一下这个第一夫人,要提醒她:特鲁希略不是巴蒂斯塔,不是蠢猪佩雷斯·希门内斯,不是那个伪君子罗哈斯·皮尼亚,更不是那个爱抹发蜡的庇隆将军。他可不打算作为退休的国务活动家在国外度过晚年。他将要在这个国家等待那最后一刻的到来,这个国家多亏了他的治理才没有成为落后的游牧部落,没有成为别人丑化的对象,而是变成了共和国。

---

① Francisco Franco (1892—1975),西班牙军事领袖、国家元首。

元首发觉"宪法专家兼酒鬼"还在发抖,他的嘴唇旁边已经出现了一些泡沫;臃肿的眼皮后面,两只小眼睛激动地一睁一闭。

"还有什么别的?说吧!"

"上星期,我向您报告过,我们已经成功地避免了国际社会冻结伦敦劳埃德公司①支付给我们出售给英国和荷兰的蔗糖款。钱数不多,有七百万美元,其中的四百万属于您的企业,其余的归威希尼糖厂和罗马纳中央糖厂。遵照您的指示,我已经要求劳埃德公司把这笔外汇转到中央银行的账上了。今天上午,他们告诉我说收到了撤消转账的指令。"

"谁下的命令?"

"元首,是兰菲斯将军。他发了一份电报,命令把全部款项寄往巴黎。"

"难道伦敦劳埃德公司里塞满了服从兰菲斯命令的混蛋吗?"

元首一字一顿地慢慢说着,极力克制自己发作。这件愚蠢至极的事情占去了他太多的时间。另外,让他痛心的是,当着外人的面,不管这个外人是多么可靠,不得不家丑外扬。

"兰菲斯将军的要求,他们还没有照办。他们感到迷惑不解,所以才打电话告诉我。我已经再三强调:那笔钱必须寄到中央银行。可是,由于兰菲斯拥有您给予的权力,以前他就取过资金,因此最好通知劳埃德公司这里面有个误会。元首,这有关国家的形象。"

"你给他打电话,告诉他:向劳埃德公司道歉。今天就办!"

奇里诺斯在座位上动了一下,感到非常不安。

"如果您下令,我一定照办,"他低声说道,"但是,元首,请允

---

① Lloyd's of London,伦敦国际保险市场的重要组织。

许我提个要求，一个您的老朋友的要求，一个您最忠实奴仆的要求。我今天已经落得遭堂娜·玛丽亚白眼了，求求您别把我变成您长子的敌人！"

奇里诺斯的烦恼是如此的明显，这让特鲁希略不由得一笑。

"给他打电话吧！用不着害怕。我还不会死呢。我还得再活十年，为的是完成我的事业。这十年是我需要的时间。你会一直跟着我走到最后一天的。因为你虽然长得丑陋，酗酒又邋遢，却是我最杰出的部下之一。"元首停顿片刻，一面望着"活垃圾"，眼睛里充满了柔情，仿佛乞丐看着自己那条长满疥疮的狗。接着，他又加了一句难得从他口中说出的话："亨利，要是我的某个兄弟或者儿子能有你这本领就好了！"

参议员惊愕得一时不知如何应对才好。

"元首，您说的这些话是对我日夜操劳的最大奖励。"他低着头，嘟嘟囔囔地说道。

"你没有结婚，也没有家室，这是运气，"特鲁希略继续说下去，"可能你会经常想，没有留下后代是个不幸。愚蠢至极！我这一生的错误就在家庭上。就在我的兄弟、我的老婆和子女身上。你见过类似的这一场又一场灾难吗？他们除去吃喝玩乐看不到别的。他们中有谁能继承我的事业吗？兰菲斯和拉德哈麦斯不在我身边工作，却在巴黎玩马球，这不是耻辱吗？"

奇里诺斯低头听着，一动不动，脸色庄重，充满同情，一言不发，他肯定是担心如果说了什么对元首兄弟和子女不利的意见，就会葬送自己的前途。元首陷入如此痛苦的思考是很少见的。他从来不谈自己的家庭，即使在亲密的小圈子里也不说，更不用如此粗暴的口气。

"我的命令依然有效！"他一面改变话题，一面换了口气，"任何人，特鲁希略家族的人也不例外，只要国际社会还在制裁我们，就不许携带一分钱到国外去。"

"明白，元首。说实在的，即使他们想带出去，也不可能办到。除非他们用手提箱把美元带到境外，因为我们没有同国外进行外汇兑换。金融活动处于停滞状态。旅游业也停顿了。国库每天都在减少储存。您完全不考虑把某些企业收归国有的想法吗？那些最糟糕的企业也不交给国家？"

"等等看吧！"特鲁希略做了些许让步。"把你的建议留下吧！我仔细研究一下。还有什么急办的事情吗？"

参议员掏出笔记本，拿到眼前看了看。随后，他露出悲喜参半的表情。

"美国方面，情况有些反常。我们应该怎么对付那些所谓的朋友呢？就是那些收取报酬来为我国辩护的国会议员、政治家和说客。曼努埃尔·阿方索病倒之前一直在给他们送钱。他病倒以后，送钱的事情就中断了。有些人已经悄悄地来要钱了。"

"谁说送钱的事情中断了？"

"元首，谁也没说。这是个问题。在纽约用在这方面的钱慢慢要花完了。由于眼下这个形势，这个项目的钱不能得到补充了。一个月需要好几百万比索呢。您对这群不能帮助我们解决制裁的美国佬还要继续慷慨下去吗？"

"他们是一群吸血鬼。这我早就知道，"元首轻蔑地说道，"可他们也是我们唯一的希望。如果美国政治形势发生变化，他们就可以发挥影响了，让制裁解除或者得到缓解。眼下，他们可以促使华盛顿至少支付购买我们蔗糖的钱。"

奇里诺斯似乎没有信心。他阴沉地摇摇头。

"元首，即使美国同意交出羁留的款项，也起不了多大作用。两千两百万美元能干什么呢？只够几星期原料和生活必需品的外汇花销。但是，既然您的决心已下，我就指示麦尔卡多和摩拉莱斯两位领事继续给这些吸血鬼送钱。对了，元首，顺便说一句，纽约的基金有可能被冻结。因为有民主党三位成员联名提出议案，要求冻结不居住在美国的多米尼加人的存款。我知道他们是以股份有限公司的名义存在大通曼哈顿银行和纽约化学银行。可是，如果这些银行不遵守保密协定呢？请允许我建议您把基金转移到一个比较可靠的国家去，比如加拿大，或者瑞士。"

元首觉得胃里有股空荡荡的感觉。不是因为愤怒造成的胃酸反应，而是由于沮丧。在他漫长的一生中，他从来没有在舔自己伤口的时候浪费时间；但是，在同美国之间发生的一系列事件，却让他大为光火，因为他在联合国投票表决时一向是支持美国的。只要美国佬一来到这个岛国，他就像接待亲王一样接待他们，而且还授予他们勋章，可是这又有什么用呢？

"美国佬真让人捉摸不透，"他嘟囔了一句，"我可没想到他们对我是这种态度。"

"我一直就不相信美国佬，""活垃圾"应声说道，"都是一路货色。甚至不能说这场封锁仅仅是艾森豪威尔的事。肯尼迪同样敌视我们。"

特鲁希略极力克制自己的情绪："他妈的，还是工作吧！"他又一次换了话题。

"阿贝斯·加西亚已经准备好了，要把那个混蛋主教赖利从修女裙子底下揪出来，"他说，"他有两个方案。一个是驱逐出境；一个是让老百姓处死他，这样可以教训那些参与阴谋的教士。你赞成哪个方案？"

"哪个也不赞成，元首。"参议员奇里诺斯已经镇定下来。"您早就了解我的看法。应该缓和与教会的冲突。教会历经两千年的历史，还没有谁能打败它呢。您看看庇隆对付教会的结果吧！"

"庇隆本人也是这么对我说的，他就坐在你那个位置上，"特鲁希略承认这个说法，"那这也是你的忠告了？让我当着那些混蛋的面脱裤子？"

"元首，用俸禄收买他们！"这位"宪法专家兼酒鬼"说道，"或者在最坏的情况下，吓唬他们一下，但是不搞不可收拾的行动，让和解的大门敞开着。乔尼·阿贝斯那一套是一种自杀行为，因为肯尼迪会立刻派遣海军陆战队上岛。这是我的看法。您做决定吧，肯定是正确的。我写文章、发表演说来捍卫您的决定。一如既往！"

"活垃圾"喜欢说大话，刚才这一番充满诗情的话语让大救星感到高兴。最后那句话帮助他摆脱了开始时占据心头的沮丧情绪。

"我早就知道，"元首微笑道，"你一向是忠诚的，所以我特别看重你。给我说说私房话。万一你要一夜之间从这里逃跑的话，国外有多少存款可以帮你渡过难关？"

这位参议员第三次吓了一跳，仿佛座位变成了野驴。

"元首，很少。当然，这也是相对而言。"

"有多少？"元首固执地问道，口气是友好的，"存在什么地方？"

"四十万美元，"他立刻坦白道，一面降低了声音，"分别存在两个账户上。都在巴拿马。当然是在国际制裁前存入的。"

"'垃圾！'"特鲁希略责备他说，"凭着你现在担任的各种职务，你本来可以存更多的钱嘛！"

"元首,我不太节俭。再说,您也知道,我对钱从来都不感兴趣。我一向有足够的钱财生活。"

"你的意思是足够喝酒的了?"

"足以穿好、吃好、买我喜欢的图书。"参议员点点头,接着抬头望着天花板和办公室里的那盏玻璃吊灯。"感谢上帝,我一直在您身边从事有趣的工作。那笔钱,我要把它取出来交给国家吗?如果您下令,我今天就去办手续。"

"放在国外吧。如果我流亡国外需要帮助的话,你还可以助我一臂之力呢。"

他开心地笑起来。但是,笑着笑着,他突然想起卡奥瓦之家那个吓破了胆的姑娘,她是个让人不舒服的证人,是个原告,这破坏了他的好情绪。本应该给她一枪,或者把她送给警卫去玩,让大兵们去争去抢,或者轮流享受她。那张愚蠢的小脸蛋看着他受罪的场面在他的灵魂里扎了根了。

"谁是最小心谨慎的?"他一面掩饰心头的慌乱一面问道,"谁弄到国外的钱最多?是不是巴伊诺·比查德?是不是阿尔瓦莱斯·比纳?是不是智囊卡布拉尔?是不是莫代斯托·迪亚斯?是不是巴拉格尔?因为你们中间谁也不相信我会从这里直接去公墓。"

"元首,我不知道。但是,恕我冒昧,我对他们当中会有人弄走很多钱这一点持怀疑态度。道理很简单。谁也没有想过这个政权会结束,谁也没有想过我们会离开祖国。谁会去想有一天地球不再围绕太阳旋转了呢?"

"你想到了,"特鲁希略用嘲讽的口吻回答说,"所以你把钱弄到巴拿马去了,因为你已经猜到我不是永恒的,你估计有什么阴谋可能取胜。混蛋,你露出了真面目。"

"今天下午我就把钱取回来存到国内的银行里。"奇里诺斯用抗辩的口气说道，一面打着手势。"我会把外汇存入中央银行的收据拿给您看。这些钱在巴拿马已经存了一段时间了。是外交使团同意我存在那里的。为的是在我出公差时使用，元首。在使馆的花销里，我从来没有超过标准。"

"你害怕了。你怕会发生智囊那种事，"特鲁希略一直微笑着说道，"这是开玩笑呢。我已经忘了你给我说的秘密。好啦，过来！走之前给我讲个笑话。不听政治的，听床上的。"

"活垃圾"笑了笑，松了一口气。可是他刚一开始讲述这几天特鲁希略城议论的话题是德国领事打老婆的故事（丈夫以为自己被欺骗了），大救星就心不在焉了。他最贴身的这些顾问从国内究竟弄走了多少钱？既然连"宪法专家兼酒鬼"都在国外储蓄，那么肯定所有的人在国外都有存款。他的账户上仅仅有四十万吗？可能更多。所有的人，在灵魂最肮脏的角落里，都是提心吊胆地生活着，害怕政权会垮台。呸，这些臭垃圾！多米尼加人的美德中没有忠诚这一条。他心里明白。三十年来，这些人在他面前阿谀奉承，拼命喝彩，把他捧上神坛，可是只要一有风吹草动，他们就会掏出匕首来。

"是谁用我姓名的第一个字母发明了多米尼加党的口号？"元首冷不防地问道，"那口号是：讲正直，讲自由，讲劳动，讲道德！是你还是智囊？"

"是一个公仆，元首，"参议员奇里诺斯高声道，口气颇为自豪，"那是在第十届党代会上提出来的。二十年后，这些口号仍然张贴在大街小巷以及千家万户的墙壁上。"

"应该让多米尼加人牢牢记在心上，融化到血液中，落实到行动上，"特鲁希略说道，"这四句话概括了我给人民的一切。"

就在这时，仿佛有人当头给了元首一棒，他突然觉得不对劲。不错，又来了。他顾不上去听奇里诺斯所热衷的那些溢美之词了。他掩饰着，低下头装作聚精会神的样子，睁大眼睛焦虑地窥视着下面。他的骨头一下子就散了架。就在那里：黑色的污渍沿着裤门襟蔓延，淹没了右腿一大片。大概是刚刚流出来的，因为还是热乎乎的呢。此时此刻，麻木的膀胱还在继续排出尿液。他刚才没有感觉，现在依然没有感觉。突然，强烈的愤怒震撼了他的全身。他可以统治人民，让三百万多米尼加人跪倒在地，可是却控制不了自己的膀胱括约肌。

"我不能再听你的笑话了，时间不够了，"他遗憾地说道，没有抬起头来，"去吧！处理一下劳埃德公司的问题，别让他们把钱转到兰菲斯的账上！明天，同一个时间，再见！"

"再见，元首。如果您允许的话，今天黄昏您散步时再见。"

他刚一听到"宪法专家兼酒鬼"关上房门，就立刻喊来勤务员辛弗罗索。他吩咐勤务员去拿一套新衣服，还要灰色的，再换一下内裤。他起身，由于动作太快，撞到了沙发。然后他一头钻进洗手间里。他感到一阵阵的恶心，迅速脱掉了被失禁的小便污染的长裤、内裤和汗衫。衬衫没有弄脏，但是他也脱了下来，然后一屁股坐到了浴盆里。他仔细地擦着肥皂。冲洗之后，他在擦干身体的同时，又一次咒骂膀胱的恶作剧。他在与形形色色的敌人斗争，不能让这个捣蛋的括约肌随时分散注意力。他在阴部和大腿根洒了一些滑石粉，然后坐在马桶上，等着辛弗罗索的到来。

接见"活垃圾"的结果是让他感到一阵烦恼。他对"活垃圾"说的是真话：他与他兄弟、老婆和子女那些吸血鬼、寄生虫不同，他并不很在乎金钱。他用钱来巩固政权。假如没有钱，他创业期间就不可能开路，因为他出生在圣克里斯托瓦尔一个生活非常俭朴的家庭，所以少年时，他就努力用各种方式找钱，为的是穿得体面一些。后来，钱对他更有用了：铲除障碍，收买和贿赂关键人物，或者惩罚妨碍他工作的人。他与老婆玛丽亚不同，他和她还是情人时，她就设想办个洗衣店，为警卫队服务，一心想发财；而他也爱财，可却是为了分给大家花。

如果他不是这种人的话，他会每年十月二十四日为了多米尼加人民庆祝他的生日而大量给老百姓送礼吗？每年为了送给来国家宫给元首祝寿的群众糖果、衣裳、玩具和图书要花掉多少钱啊？三十年来，为了给一百多名新生儿做教父，在国家宫的教堂里每周都要举行一两次洗礼仪式，他要花多少钱买礼物送给教子、教女和他们的父母亲啊？那是几千万、上亿的比索啊！当然，那是一种生产性的投资。这是他上台执政第一年想出的主意，因为他太了解多米尼加人的心理特征了。与一个工人、农民、手工艺者、商人家庭建立教父母的关系，可以确保这些可怜的男女对元首的忠诚，而元首只要在命名洗礼之后送给孩子的父母两千比索，再来个拥抱祝贺就可以完事大吉。那是经济繁荣时期的两千比索。随着教子、教女名单每周二十、五十、一百、两百地增加，礼物也随之减少到一千五百比索、一千比索、五百比索、两百比索和一百比索。这里面的部分原因是玛丽亚大呼小叫的抗议，也还因为自从一九五五年自由世界和平与友谊节开始，多米尼加的经济情况每况愈下。今天，"活垃圾"坚持说：要停止举行集体命名洗礼，或者只发象征性的礼品，给每个教子一包饼干或者十个比索，直到国际制裁结束为止。这些该死的美国佬！

他兴办大量的企业，也做了许多生意，为的是提供就业机会，让国家发达起来，可以有钱买礼品，让多米尼加人高兴。

他不是像《你往何处去》里的那个佩德罗尼奥一样慷慨大方地对待朋友、部下和仆役吗？每逢他们的生日、结婚、孩子出生、任务完成得出色或者仅仅为了表明他善于奖励忠诚的表现，就要大量地送钱和成堆的礼物。他送给他们金钱、住宅、土地、股票，让他们成为他农场和企业的股东，让他们可以赚到大钱而不需要盗窃国家的财产。

他听到有人小心翼翼地在敲门。那是辛弗罗索送制服和内衣来了。他低垂着眼帘，把衣裳送到元首面前。他跟随元首已经二十多年了，从当勤务兵开始，后来元首入住国家宫就提升他为管家了。对辛弗罗索可以不必有任何担心。关于特鲁希略的一切，他都会守口如瓶。他有足够的嗅觉可以猜到，任何一点点泄密，比如元首小便失禁，都会让他失去一切——住宅、牧场、汽车、人口众多的家族。也许，甚至包括生命。制服和内衣是用布套包好的，为的是不引人注意，大救星已经习惯每天在办公室换几次衣裳。

元首在换衣裳的同时，辛弗罗索——身材魁梧，头发剪得短平，身穿白色带袖罩衫、带金黄色纽扣的白色马甲、黑色长裤，整套制服一尘不染——在收拾散乱在地上的衣裳。

"辛弗罗索，我该怎么对付那两个搞恐怖活动的主教？"元首一面系上裤子纽扣一面问勤务员，"是驱逐出境呢？还是送进监狱？"

"元首，宰了他俩！"辛弗罗索毫不犹豫地说道，"大家恨这两个家伙，元首您不动手，老百姓也会杀了他们。谁也不会原谅那个美国佬和那个西班牙人，他们来到咱们国家居然咬咱们给他俩喂食的手。"

元首已经不再听他说话了。他得训斥那个布博·罗曼。那天上午，接见了乔尼·阿贝斯、外交和内政部长之后，他得去圣伊希德罗空军基地与空军首脑开会。结果遇见一个让人恶心的场面：就在基地的入口，距离岗哨只有几米之遥的地方，在国徽和国旗下面，下水道倒灌出一股股黑水，并且已经在公路边缘形成一片泥塘。他命令停车。他下车，走近下水道检查。这是一条臭水沟，臭气熏天。元首只好用手帕捂住鼻子，当然也招来成群结队的苍蝇和蚊子。黑水还在不断地溢出，向周围蔓延，毒化着多米尼加第一号军营的空气和土地。他愤怒至极，怒火从下而上蹿进脑海。他克制着最初的冲动，即走进基地，大骂前来迎接的军官，质问他们：难道这就是他们企图给人留下的军队形象：一个臭水四溢、蚊蝇飞舞的单位！他决定直接骂最高长官。还要强迫布博·罗曼亲口尝一尝这从下水道溢出来的臭水！他决定立刻命他前来。但是，一回到办公室，他就把这件事给忘了。难道他的记忆力也像括约肌一样失效了吗？他妈的！他这一辈子两件最得心应手的家伙，到了现在七十岁的时候，竟然成了老毛病了。真他妈的奇怪！

元首穿好衣裳，又打扮了一下，回到书房拿起直通军队司令部的电话。很快，他就听到了罗曼将军的声音：

"喂，是陛下吗？"

"黄昏的时候，来散步吧！"他口气冷冰冰地说道，代替了打招呼。

"好吧，元首，"罗曼将军的声音有些惊慌，"要不要我马上到国家宫去？发生什么事了吗？"

"你很快就知道发生什么事情了！"他慢慢地说着，一面想象着外甥女米莱雅的丈夫的紧张神情，因为他肯定已经觉察出元首说话的冷淡口气了，"有什么新闻吗？"

"陛下，一切正常，"罗曼将军急忙说道，"一直在接收各大军区的常规报告。如果您愿意……"

"散步时再说吧！"元首打断了他的话，挂上了话筒。

一想到那个混蛋国防部长的脑海翻腾着成堆的问题，猜测、担心、怀疑，元首就觉得非常开心。那个混蛋会想：难道有人到元首面前说了我什么坏话？我的敌人又在元首面前造了什么谣言？他们怎么诬蔑我的？莫非我要失宠？难道元首有什么命令我没有执行？到散步前，这位将军都得在地狱里受煎熬。

不过这个想法只在元首脑海里占据了几秒钟的时间，因为有关那个姑娘凌辱性的回忆再次涌上了心头。愤怒、伤心和怀念混杂在心头，让他感到烦恼至极。这时，他冒出一个念头："一样的病，要用一样的药！"另外一张美丽的脸蛋儿感激地望着他，幸福地融化在他的怀抱里，因为他让她得到了极大的满足。这难道还抹不掉那个白痴女孩惊慌的表情吗？对，今天晚上去圣克里斯托瓦尔，去卡奥瓦之家，在那同一张床上，用同一样武器洗刷耻辱。这个决定——他摸摸裤裆里那个要参加密谋活动的部分——让元首振奋起精神，鼓舞着他继续完成日程表上规定的工作。

九

"你有塞贡多的消息吗?"安东尼奥·德·拉·玛萨问道。

安东尼奥·英贝特扶着方向盘,没有回头,答道:

"昨天我看到他了。现在允许我每周可以探视一次。每次只有半小时。维多利亚典狱长那个婊子养的有时心血来潮,把探视时间减少到十五分钟,故意捣蛋。"

"怎么样?"

还能怎么样呢?他相信了大赦的诺言,离开了波多黎各。本来他在那里的处境不错,在彭塞①市给菲雷家族干活,回国后却发现等待他的是审判,罪名是很久前他在银港加入工会时犯下的所谓罪行。他还能有什么感觉呢?即使是杀人,他也是为了政府才干的,而作为奖励,特鲁希略已经关了他五年监狱,想让他烂死在地牢里。

英贝特并没有这样回答,因为他知道安东尼奥·德·拉·玛萨

---

① Ponce,波多黎各岛南部大城市。

之所以问他弟弟塞贡多的问题，原因仅仅是为了打破这令人难耐、没完没了的等待。他耸耸肩膀，说道：

"塞贡多是个有种的汉子。就是情况不好，他也不露声色。有时，还给我打气呢！"

"咱们的事情，你没有跟他说吧？"

"当然没有。为了小心起见，也为了不让他抱幻想。万一失败了呢？"

"不会失败的！"后排座上的加西亚·盖莱罗中尉插话道，"'公羊'一定会来的。"

一定会来吗？托尼·英贝特看看手表。还有可能会来，用不着焦急。多年以来，他就是这样不慌不忙的。不幸得很，年轻时他非常急躁，这脾气让他干事之后总要后悔不已。比如，一九四九年那封电报就是如此，那时他是银港省的省长，一听说奥拉希奥·胡里奥·奥尔内斯率领反特鲁希略派的人马在鲁贝隆海滩登陆了，他一怒之下就发出了那封电报。"元首，请下命令吧！我要烧毁银港！"这句话让他后悔了一辈子。他看到各大报刊纷纷加以转载，因为大救星要让全体多米尼加人知道：一个特鲁希略主义者、年轻的省长可以坚定和热情到何等程度！

在那个遥远的一九四九年六月十九日，为什么奥拉希奥·胡里奥·奥尔内斯等人一定要选中银港登陆呢？结果是彻底失败了。两架入侵的飞机中，有一架甚至都没有飞到目标上空就回戈苏梅岛上去了。"卡塔里纳"号带着奥拉希奥·胡里奥·奥尔内斯和他的同志们在鲁贝隆海滩停泊，但是登陆部队还没有完全下船，一艘海岸巡逻艇用几发炮弹就把"卡塔里纳"号打了个粉碎。在短短的几个小时内，巡逻部队就把登陆的入侵者全部抓获。这一胜利让好大喜功的特鲁希略高兴了好几天。他宣布大赦，释放了俘虏，甚至包括奥拉希奥·胡里奥·奥尔内斯，并且为了表现他力量强大和宽宏大度，允许俘虏们再度流亡国外。但是，就在他对外表现得宽宏大度的同时，在内部却对银港省长安东尼奥·英贝特和他的弟弟、城防司令塞贡多·英贝特少校采取了以下措施：撤消职务，逮捕入狱，刑讯拷打。与此同时，他对所谓的同谋犯进行了毫不留情的镇压：逮捕，拷打，有许多人被秘密枪杀。安东尼奥·英贝特想："他们是一些不是同谋的同谋。入侵者以为只要他们一登陆人民就会揭竿而起。实际上，没有人起来支持他们。"有多少无辜的人为这一假想付出了生命啊！

今天晚上的事情如果落败，又会有多少无辜者牺牲生命啊！安东尼奥·英贝特可不像阿玛迪多和萨尔瓦多·埃斯特莱亚·萨德哈拉那样感到乐观。这两个人自从安东尼奥·德·拉·玛萨告诉他俩何塞·雷内·罗曼将军——武装部队的总司令也参加了这一计划之后，就坚信只要特鲁希略一死，一切都会走上轨道，因为军人都服从罗曼将军的命令，肯定会逮捕"公羊"的兄弟和子女，杀掉乔尼·阿贝斯和铁杆特鲁希略分子，然后建立军民联合执政委员会。人民会上街抓捕特务和密探，会因为获得了自由而感到幸福无比。事情会这样发展吗？自从塞贡多落入那次愚蠢的埋伏以后，沮丧早已代替了敏感的安东尼奥·英贝特来之匆匆的热情。他就想亲眼看到特鲁希略的尸体横陈在自己脚下。其余的事情就无所谓了。让祖国从这个家伙的统治下解放出来，这是最主要的事情。只要推翻了这座大山，哪怕一开始事情并不那么顺利，通向自由的大门也已被打开了。这就证明了今晚行动的正确性，哪怕他们几个不能活下来。

没有，托尼从来没有在每周的探视中对他弟弟塞贡多讲过一句关于伏击特鲁希略的计划。两人谈家庭，谈足球，谈拳击。塞贡多常常兴致勃勃地给哥哥讲维多利亚监狱日常生活中的奇闻逸事，但是唯一重要的话题，他们却避而不谈。在最近一次探视结束时，安东尼奥在弟弟耳旁说："塞贡多，事情要起变化了。"对明白人，不说废话。弟弟能猜出这句话的意思吗？同哥哥一样，塞贡多也是经过反复思考之后才从热情的特鲁希略分子转变为反对派的，随后参加了推翻独裁政权的策划活动，因为他终于得出这样的结论：结束暴政的唯一办法就是结果暴君的性命。其他的办法都是无用的。必须消灭暴君的肉体，因为这张盘根错节的黑暗网络的总根子就汇集在暴君一人身上。

"假如那颗炸弹正好在'公羊'散步时在马克西莫·戈麦斯大道爆炸的话，事情又会怎么样呢？"阿玛迪多一边想象一边说道。

"那就成了把特鲁希略分子送上天的烟火。"英贝特回答说。

"假如正赶上我值班，我也就成了上天的人。"中尉笑着说。

"一定给你坟上送一个玫瑰大花圈。"托尼说道。

"嘿，这算什么计划！"埃斯特莱亚·萨德哈拉发表议论说，"把'公羊'和陪他散步的人一起送上天，这太残忍了！"

"好啦，阿玛迪多，我那时就猜到你不会参加元首接见仪式的，"英贝特说道，"再说，那时候我也不怎么认识你。要是现在放炸弹，我可得三思而行了。"

"这让我松了一口气！"中尉感激地说道。

在通往圣克里斯托瓦尔公路上等待的一个小时里，他们几次打算像刚才这样聊天或者开玩笑，但是刚有这样的迹象就消失了，每一个人又都回到了自己那痛苦、希望或者回忆的封闭天地里。一度，安东尼奥·德·拉·玛萨打开了收音机，但是"热带之声"播音员那甜蜜的声音刚一播出招魂术的节目，他就给关掉了。

是的，两年半前，那次暗杀特鲁希略的计划是失败了，安东尼奥·英贝特准备把特鲁希略和陪同他散步的马屁精们炸个粉身碎骨，这群人每天黄昏都要陪同元首从第一夫人的住宅沿着马克西莫·戈麦斯大道走到方尖纪念碑。陪同"公羊"散步的人难道不是双手沾满鲜血的龌龊的家伙吗？在干掉暴君的同时又结果了一小撮助纣为虐的帮凶，那是对祖国最好的报效。

爆炸计划是英贝特独自一人准备的，他连最要好的朋友萨尔瓦多也没有告诉，因为萨尔瓦多·埃斯特莱亚·萨德哈拉虽然也反对特鲁希略的暴政，但是托尼担心他出于天主教的信仰而不赞成这样的计划。托尼周密地计划和考虑了一切细节，把力所能及的种种手段都用在这项计划上，同时坚信：参加的人越少，成功的可能性越大。只是到了最后阶段，他才吸收了两个小伙子参加暗杀计划。后来这两个青年都参加了"六·一四运动组织"。可是那时他们还只是一个由职员和青年学生组成的秘密小组，他们试图组织起来反对暴政统治，尽管那时还不知道究竟怎么行动才好。

暗杀计划简单可行。就是利用特鲁希略的散步习惯：那是元首每日都要完成的作业，黄昏时沿着马克西莫·戈麦斯大道和中央大道散步。英贝特仔细研究了那里的每一处地方，来来去去走了几遍，认真查看了大街两侧过去和现在的名人的住宅。那里有两度担任傀儡总统、元首的弟弟"黑人"埃克托尔·特鲁希略的豪华住宅。那里有第一夫人的玫瑰庄园，元首在散步前都要到那里去看看。那里有路易斯·拉斐尔·特鲁希略·莫里纳、绰号"老顽童"的住宅，这个老家伙还是"斗鸡迷"。那里有阿尔杜罗·埃斯白亚特将军、绰号"剃刀"的住宅，有现任傀儡总统华金·巴拉格尔的住宅，他的邻居就是教皇驻多米尼加的代表。有安塞尔莫·巴乌利诺的古老别墅,如今是兰菲斯·特鲁希略的一处官邸。那里还有"公羊"美丽的女儿安赫丽塔和她丈夫路易斯·何塞·莱昂·埃斯特威斯上校的大房子。那里有卡萨莱斯·特隆戈索家族的府第和权贵家族的住宅:威希尼家族大院。马克西莫·戈麦斯大道上特鲁希略为子女修建的球场对面,就是拉德哈麦斯别墅和前将军卢多维诺·费尔南德斯住宅的花园,"公羊"早已命人杀掉了这位有功之臣。在住宅之间,有野草和荒地,由沿着大街竖起的涂上了绿色油漆的铁丝网保护它们。右边的人行道是"公羊"和随从们的必经之路,那里也有荒草地,安东尼奥·英贝特对那里用来隔离的铁丝网仔细研究了好几个小时。

他选择了一段从"老顽童"家里拉出来的铁丝网。他借口更换里斯达综合服务公司的部分铁丝(他是该公司经理,公司属于第一夫人的弟弟巴戈·马丁内斯),购买了十几米铁丝和配套的管桩(为稳定铁丝网的张力,每五米埋一根管桩)。他亲自查验了管桩的确是空心的,里面可以填塞炸药筒。由于里斯达公司在城外有两处采石场,所以他很容易从那里窃取炸药筒,然后藏在自己的办公室里,而他是最早进办公室、又是最后一个离开的人。

一切就绪之后,他把计划告诉了路易斯·戈麦斯·佩雷斯和伊万·塔瓦雷斯·卡斯特亚诺斯。两人都是大学生,路易斯是学法律的,伊万是学工程的。他们在反特鲁希略的秘密团体里属于同一支部。他对两人观察了好几个星期,结论是两个年轻人办事认真,可以信赖,并且都渴望参加行动。两人听完计划都热情地表示赞成。他们一致决定对团体内的同志只字不提这个计划。最近以来,团体在不同的地点召开八九个人的会议,讨论动员人民起来反对暴政的最佳方式。

同路易斯和伊万一道合作后，他感觉两人的能力比预期的还好。三人经过遥控试验之后，开始在管桩里填塞炸药筒和导火索。为了确保定时爆炸，他们在职工下班以后，在工厂的荒地上试验拆除旧铁丝换上带炸药的新管桩需要多少时间。需要不到五个小时。六月十二日一切安装完毕。计划等到十五日动手，那时特鲁希略将从锡瓦奥视察归来。准备在黎明时分推翻铁丝网的铲车也找到了，还要穿上市政工程公司工人的蓝色工作服，借口是更换旧铁丝网。他们确定了两个地点，每点距离爆炸处有五十步之遥，英贝特在右边，路易斯和伊万在左边，他们分两次启动遥控器，中间有个短暂的间歇：第一次启动是在特鲁希略经过管桩时，第二次是为了给特鲁希略再补上一炮。

在计划预定实施的前一天，即一九五九年六月十四日，在康斯坦萨山区发生了那起惊人的古巴飞机着陆事件，机翼上涂着多米尼加空军的标志和颜色，下来的都是反特鲁希略政权的游击队员。一个星期后又发生了在麦蒙和埃斯特罗·翁托的登陆事件。那支小小突击队的到来（领队的是古巴大胡子少校德里奥·戈麦斯·奥乔阿）让独裁政权的人们直冒冷汗。这是一次不理智又缺乏协调的冒险。关于古巴方面准备干的事情，秘密团体丝毫没有得到消息。菲德尔·卡斯特罗支持反对特鲁希略的斗争，这一点是自从六个月前古巴巴蒂斯塔政权倒台以来每次会议上都会讨论的。对于那些在收集猎枪、左轮和老枪的人来说，他们指望卡斯特罗种种计划中的援助，可这些计划却是订了又改，改了又订。而英贝特又不知道有谁在跟古巴保持接触，谁也没有想到六月十四日那十几个革命者会来到多米尼加。他们在解除了康斯坦萨飞机场的小股警备武装之后，就分散到附近的山区里去了。结果是几天后一个个被俘虏、被枪杀或者被带到特鲁希略城。兰菲斯下令杀掉几乎所有俘虏,却没有杀古巴人戈麦斯·奥乔阿和他的养子佩德罗·米拉瓦尔。过了一段时间,特鲁希略政权在说戏剧性大话时把父子俩还给了菲德尔·卡斯特罗。

此次登陆事件引发的镇压,其规模之大是许多人没有料到的。几周过去了,几个月过去了,独裁政府的镇压非但没有收敛,反而更加扩大了。特工四处抓人,把嫌疑分子弄到军情局里严刑拷打——挖掉睾丸,震聋耳鼓,打瞎眼睛,电击身体,逼嫌疑人供出别的名字来。维多利亚监狱、四十一号监狱和九号监狱都塞满了青年男女:大学生、职员和工人,其中许多人是政府工作人员的子女和亲戚。特鲁希略很可能大吃一惊:难道这些比任何人受益都多的家伙的子孙会阴谋反对他这个大恩人吗?尽管他们有着高贵的姓氏、雪白的皮肤和中产阶级的衣着,但绝对不给特殊照顾。

路易斯·戈麦斯·佩雷斯和伊万·塔瓦雷斯·卡斯特亚诺斯在预定爆炸的当天上午落入了军情局的特工手中。安东尼奥·英贝特本着实事求是的态度,知道自己没有丝毫可能去大使馆要求政治避难,因为所有的大使馆都被武警、士兵和特工围得水泄不通。他估计,在刑讯逼供中,路易斯和伊万,或者秘密团体里的什么人,都有可能说出他的名字,敌人会来抓他。那时如同今晚一样,他非常清楚该怎么办:镇定自若地迎接特工的到来。他准备在敌人把他打得遍体鳞伤之前与至少一个家伙同归于尽。他不能让敌人用老虎钳拔掉他的指甲、割掉他的舌头或者送上电椅。可以去死,但是绝对不受折磨。

他找了一个借口,打发妻子瓜里娜和女儿莱斯丽去罗马纳市亲戚的庄园,然后独自一人端着一杯甜酒,坐等特工的到来。他口袋里装了一把子弹上膛、打开了保险的左轮手枪。但是,无论当天、次日还是又一天，特工都没有光顾他家和里斯达公司办公室。而他就仍然尽可能沉着地照常准时上班。路易斯和伊万没有揭发他，在秘密团体里经常见面的人中也没有人告密。英贝特奇迹般地躲开了一场大规模的镇压运动。这场运动打击了许多有嫌疑的人，也伤害了大批无辜者，使得监狱里人满为患。这是特鲁希略上台二十九年来第一次污辱中产阶级家庭，而这个阶级是特鲁希略的传统支柱。大部分囚犯就属于这个阶级。后来为纪念那次失败的登陆，他们就组成了"六·一四运动组织"。托尼的堂弟拉蒙·英贝特·拉伊涅利（蒙乔）就是该组织的领导人之一。

为什么他能够躲过这场灾难？毫无疑问，这多亏了路易斯和伊万英勇不屈的精神——两年后，两人还蹲在维多利亚监狱中；毫无疑问，也多亏了"六·一四"中的青年男女，他们没有说出他的名字。也许这些青年认为他只是好奇，而不是来参加活动的人。因为托尼·英贝特为人腼腆，很少在会议上开口说话。第一次领他参加会议的人就是蒙乔。他只是听别人发言，要他说话时也只是三言两语。此外，他不可能进入军情局的档案，除非作为塞贡多·英贝特少校的哥哥。他的服役档案是干干净净的。他一辈子都在为这个政权工作——当过铁路总监、银港省长、全国彩票总监、签发身份证办公室主任，如今担任里斯达公司经理，而后台老板就是特鲁希略的小舅子。特工有什么理由要怀疑他呢？

在六月十四日以后的日子里，他小心谨慎地夜间留在工厂的办公室里拆卸炸药筒，再把炸药送回采石场。与此同时，他反复思考下一个干掉特鲁希略的计划究竟怎样实施和同谁一道去完成。他把已往发生和没有来得及发生的一切都推心置腹地告诉最亲密的朋友、"突厥"萨尔瓦多·埃斯特莱亚·萨德哈拉。后者责备他为什么没有请他入伙实施这个在马克西莫·戈麦斯大道爆炸的计划。萨尔瓦多最后也得出了同样的结论：只要特鲁希略多活一天，情况就不会有丝毫改变。两人于是谈及种种可以暗杀的办法。但是，只要有阿玛迪多在场，两人便不提此事，因为尽管他是"三剑客"之一，但似乎很难让侍卫副官心甘情愿地去杀大恩人。

过了不久就发生了那件影响阿玛迪多仕途晋升的悲惨事件。他为了晋升不得不杀掉一个囚犯（据说是他前未婚妻的哥哥），结果此事把阿玛迪多变成了参与暗杀"公羊"的伙伴。康斯坦萨、麦蒙和埃斯特罗·翁托登陆事件到现在快满两年了。确切地说，是已经过去了一年十一个月十四天。安东尼奥·英贝特看看手表："公羊"可能不会来了。

这期间，无论在多米尼加共和国、在世界上还是英贝特个人的生活里发生了多少事情啊！很多，很多。一九六〇年一月发生了大搜捕，"六·一四运动"的许多青年男女都被捕，其中就有米拉瓦尔三姐妹和她们的丈夫。一九六〇年一月，自从两位主教在《主教书》中谴责独裁统治以来，特鲁希略就同天主教这个老合作伙伴断绝了来往。一九六〇年六月发生了暗杀委内瑞拉总统贝坦科尔特的事件，此后这位总统就动员了如此之多的国家，甚至包括特鲁希略的长期盟国。美国于一九六〇年八月六日在哥斯达黎加国际会议上投票通过了对多米尼加的制裁。一九六〇年十一月二十五日——英贝特感到心里针扎一样的疼痛，每当他回忆起那悲惨的一天，就不可避免地感到心痛——发生了杀害三姐妹的事件。米内尔瓦、巴特里亚和玛丽亚·特莱莎·米拉瓦尔，还有给她们开车的司机都被杀了。地点在北部山区的最高峰，时间是三姐妹去银港要塞监狱探视米内尔瓦和巴特里亚的丈夫回来的路上。

整个多米尼加共和国都以快速且神秘的方式获悉了对三姐妹的杀害事件。这个消息不胫而走,短短几小时就传到了最遥远的边陲,尽管报纸上连一行字都没有刊登。虽然这类由老百姓口传的消息在传播过程中往往被添枝加叶,往往被夸大或者缩小,甚至变成神话、传奇、虚构的故事,几乎与发生的事件毫不相干了。英贝特回想起那天夜里在防波堤上的情景,地点也距离这里不远。如今在事件发生六个月后,他们在等待"公羊"的到来,为的是给包括三姐妹在内的许多人报仇雪恨。那天夜里,他、萨尔瓦多和阿玛迪多三人坐在石头栏杆上,如同每天晚上都来这里那样——那天,还增加了安东尼奥·德·拉·玛萨——乘凉并避开闲人交谈。三姐妹被杀事件把这四个男子汉气得咬牙切齿、满腔怒火,他们议论着这三姐妹竟然会死在北部山区的高峰上,死于所谓的车祸。

他听到谁在说:"他们杀害我们的父亲和兄弟。现在又杀害我们的妻女。可是我们呢,却无可奈何地傻等着人家来干掉我们!"

"不是无可奈何,托尼!"安东尼奥·德·拉·玛萨跳了起来。他早已从老家回到首都,是他带来了三姐妹被杀的消息,他是在返程的路上听到的。"特鲁希略要为她们的死付出代价!事情已经开始了。问题是要把事情做好。"

那个时候,暗杀计划是准备在莫卡进行的,时间选在特鲁希略视察德·拉·玛萨家族领地的时候。自从美洲国家组织对多米尼加进行谴责和实行经济制裁以来,"公羊"就不停地在全国走来走去。准备在耶稣圣心会的大教堂安放一枚炸弹,当特鲁希略在主席台上讲话时,射手们就从阳台、花坛和钟楼上向他密集射击。主席台设在教堂的大院里,听众将站在圣胡安·博斯科的塑像周围,塑像下半部爬满了三色堇。英贝特察看了教堂的地形,自告奋勇要埋伏在钟楼里,那里会是最危险的地方。

"托尼认识三姐妹,""突厥"给安东尼奥解释道,"因此他要在那个岗位上。"

英贝特认识三姐妹,但是还不能说是她们的好友。他认识三姐妹和她们的丈夫玛诺罗·塔瓦雷斯·胡斯托以及莱安德罗·古斯曼,是偶然在秘密团体的会议上,他们以历史上杜阿尔特①的圣三会为榜样,发起了"六·一四运动"。三姐妹是这个松散但是充满热情的组织的领导人,这个组织由于内部混乱和缺乏实力,在独裁政府的镇压下解散了。三姐妹的坚定和勇敢给托尼·英贝特留下了深刻印象。她们义无反顾地投入到了一场力量对比悬殊、没有把握取胜的斗争中,其中尤为出色的是大姐米内尔瓦·米拉瓦尔。凡是见过她的人都会想到这是一位杰出的女性,都会倾听她的意见、讲话、建议和决定。尽管他从前没有想过这些事情,但是三姐妹被杀之后,他开始思考。没有认识米内尔瓦·米拉瓦尔之前,他从来没有想到一个妇女也能献身如此具有男子气概的事业,诸如准备暴动、收集和掩藏武器、炸药、燃烧瓶、匕首、刺刀,谈论暗杀计划、战略和战术,冷静地讨论团体成员在落入军情局手中时是不是应该服毒自杀,免得酷刑拷打之下出卖同志,等等。

米内尔瓦经常谈到革命的准备工作,谈到秘密宣传的最佳方式,谈到在大学发展秘密团体的成员。大家都注意她的谈话,因为她聪明,表达透彻。她的革命信念非常坚定,她雄辩的口才使得她的话具有很强的感染力。此外,她也很漂亮:乌黑的头发,明亮的大眼睛、白净、细嫩的面庞,线条优美的鼻梁,红润的嘴唇,整齐、雪

---

① 多米尼加独立之父胡安·巴勃罗·杜阿尔特曾秘密组织圣三会。

白的牙齿在微红肤色的衬托下格外明亮。是的，她很美。尽管她在会议上穿着庄重，但是她身上有着极强的女人味，无论动作还是微笑都流露出自然的娇媚和优雅。托尼想了想：好像她从来也不化妆打扮。他想：是的，她很美，可是与会者从来没有人敢跟她说一句恭维话，开个玩笑，而这在多米尼加男人中是最正常、最自然的事，也是不可避免的，尤其在年轻人中间，如果是由患难与共的事业和理想凝聚在一起的亲密同志就更不用说了。米内尔瓦·米拉瓦尔身上有着某种气质，不允许男人随便跟她过分亲热，她不是一般的女性。

那个时候，在反对特鲁希略斗争的小天地里，米内尔瓦已经是个传奇人物了。关于她的事情，人们说得很多，哪些是真？哪些是假？哪些是夸张呢？没有人敢问。谁也不想接受那轻蔑的白眼，不想听到那尖锐的反驳，因为她的回答常常弄得对方哑口无言。据说，她年轻时就曾让特鲁希略下不来台：拒绝跟元首跳舞。结果她父亲的镇长职务被罢免，人也被送进了监狱。也有人说，不是拒绝跳舞，而是跳舞时元首摸了她的屁股，还说了一些粗话，她就扇了元首一记耳光。很多人不接受这种说法。"那她就活不成了。元首不亲自杀了她，也会派人干掉她。"安东尼奥·英贝特却认为有这种可能。自从他第一次见到她，听她说话，就立刻相信：即使耳光不是真的，骂元首也可能确有其事。只要看看米内尔瓦·米拉瓦尔，听她讲上几分钟话，比如，她冷若冰霜地谈到有必要让团体成员做好心理准备对付敌人的酷刑拷打，就足以知道：如果元首不尊重她，她扇元首耳光是完全可能的。她曾经两次被捕，人们传说她先是在四十一号，后来在维多利亚监狱里进行大无畏的斗争，她在那里绝食、抗议禁闭；据说敌人对她进行了野蛮的酷刑拷打。她从来不谈自己在监狱里的经历，不谈受过的折磨，不谈自从敌人知道她是反特鲁希略分子以后她家经历的苦难：迫害、抄家、软禁。独裁政权对米内尔瓦本人进行有计划的报复：先允许她攻读法律，但是在她毕业后不发给她执业证，也就是说，让她无法工作，不能谋生，迫使她年纪轻轻就感到自己是个失败者，让五年的学业前功尽弃。但是，敌人的这一套丝毫不能让她感到痛苦，她仍然不知疲倦地给大家打气，她是一台运行中的发动机——英贝特多次想——她是这个年轻国家美丽、热情、充满理想的序曲，总有一天多米尼加共和国会唱出民主和自由的主旋律来。

想想自己，他感到羞愧，眼睛里充满了热泪。他点燃一支香烟，猛吸了几口，向着大海的方向喷云吐雾。月光在那里跳动着，与海水嬉戏。此时，海上没有一丝清风。时不时地总有汽车的灯光出现在远方，它们来自特鲁希略城的方向。四个人总是立刻挺直上身，伸长脖子，紧张地向黑暗处望去。但是，每当车子距离他们二三十米、发现那不是雪佛兰时，他们便又放松了身体，感到非常失望。

最善于控制激动心情的是英贝特。他从前就沉默寡言，近年来，自从干掉特鲁希略的想法占据心头以来，尤其是这想法如同绦虫一样从他的全部精力中逐渐获得了营养以后，他变得更加不爱说话了。他一向朋友不多，近几个月来，他的生活就只有每天往返于三点之间：里斯达公司的办公室、家、和埃斯特莱亚·萨德哈拉及加西亚·盖莱罗中尉会面的场所。三姐妹被害以后，秘密团体的会议实际上停止了。血腥的镇压摧毁了"六·一四运动组织"。逃脱的人都回到了家庭生活之中，极力不让敌人发现。每过一段时间，有一个问题就来困扰英贝特："为什么我没有被捕？"这个问题让他感觉不好，好像自己犯了什么错误，好像自己应该对落入乔尼·阿贝斯手中的人的许多苦难负责,因为自己还在外面享受着"自由"。

当然,这是相对的"自由"。自从他觉悟到自己是生活在什么样的制度下,从年轻时起就为什么样的政权效力而且还在继续为之服务——如果不是给家族集团当公司经理,那又能干什么呢?——就觉得自己是个囚徒。消灭特鲁希略的想法在他的意识里是如此强烈地燃烧着,他要摆脱这样一种感觉:每走一步都受到控制,每条路和每个动作都要由别人来规定。他对这个独裁政权的不满有个缓慢、渐进和秘密的认识过程,要比因为他弟弟塞贡多而发生的政治冲突早得多,从前塞贡多是个比他坚定的特鲁希略主义者。二十或者二十五年前,他周围的亲戚朋友有谁不是特鲁希略主义者呢?大家都认为"公羊"是祖国的大救星。是伟大领袖结束了军阀混战,是伟大领袖一次又一次地消除了海地入侵的危险,是伟大领袖让国家摆脱了对美国的屈辱服从——美国佬一直控制着我们的海关,不让我们有自己的货币,决定着我们的国家预算——总之,无论好坏,是伟大领袖在领导我们国家的政府啊!既然他老人家日理万机,那找几个姑娘玩玩又有什么不可呢?老人家捞了一些工厂、庄园和牧场又有什么关系呢?那不是增加了国家的财富吗?伟大领袖不是装备了一支加勒比最强大的军队吗?二十年来,托尼·英贝特一直在为这些伟大成绩做宣传和辩护。可现在恰恰是这些"成绩"让他感到胃痉挛。

他已经不记得事情是怎么开始的了,怎么会产生怀疑、猜测和分歧的呢?而正是这一切让他思考:事情真的那么好吗?换句话说,在一个非同寻常的政治家严厉但是富有灵感的英明领导下,在国家飞速发展的背后,真的没有那些悲惨的情景吗?有人被杀、被虐待、被欺骗,可却通过宣传和暴力让弥天大谎粉墨登场。水滴石穿。这些怀疑和猜测就是点滴的水珠，它们一滴滴地落下，渐渐穿透了他脑海里特鲁希略主义的顽石。在他被解除了银港省长职务的时候，就内心而言，他已经不赞成特鲁希略主义了，他确信这是个独裁的腐败政权。这些想法，他没有对任何人说，包括妻子瓜里娜。对外，他依然是个特鲁希略主义者，因为尽管弟弟塞贡多自动流亡到波多黎各去了，但是政府为了表现宽大为怀，仍然给安东尼奥职务，甚至是特鲁希略家族企业的经理。如此信任的证明还能到哪里去找？

多年来让他感到烦恼的是：每天想的是一回事，而做的事刚好相反；他内心的秘密是如何处死特鲁希略，因为他确信只要"公羊"活着，他和大多数多米尼加人就注定要忍受那可怕的不安和烦恼，就注定每时每刻要撒谎、欺骗大家，就注定要当两面派，当众说假话，背后去想那禁止表达的真话。

他这个决定做得对，因为让他振作起了精神。当他终于能够同别人一道真诚相处的时候，他的生活就不再是烦恼了，他也不做两面派了。他同萨尔瓦多·埃斯特莱亚·萨德哈拉的友谊仿佛苍天送来的厚礼。在"突厥"面前，他可以畅所欲言，大骂周围的一切。萨尔瓦多为人正直，真诚地用非常虔诚的宗教信仰来规范自己的行为。托尼还从来没有看到过有谁是这样全身心地献给自己的信仰的，因此萨尔瓦多是他心目中的榜样，也是他最要好的朋友。

英贝特通过堂弟蒙乔的帮助成为秘密团体的自己人之后，经常参加聚会。虽然每次散会之后他总是有这样的感觉：这些青年男女尽管冒着生命危险，也可能牺牲自己的前途和人身自由，却仍然还没有找到反特鲁希略斗争的有效方式；但是同他们一起待上两三个小时，使他感到生活里充满了活力，灵魂得到了净化，确定了生活的方向。开会的地点经常变换，他要跟着联络员兜上几千几百个圈子之后，经过确定多个不同的接头暗号，才能走进一处陌生的人家，但是一旦看到同志们，他就浑身轻松愉快起来了。

为了让家里遇事不慌，托尼渐渐告诉瓜里娜：虽然他表面上装成特鲁希略主义者的样子，但实际上早已经不相信独裁者那一套了。他甚至说，他在秘密地为推翻独裁政权而工作，妻子吓得目瞪口呆。但是，她没有劝阻他。她也没有问万一他被捕，像塞贡多那样被判刑三十年，或者万一被杀害，她和女儿莱斯丽该怎么办。

妻子和女儿都不知道今天晚上要发生的事情，她们以为他在"突厥"家里打牌呢。假如暗杀失败，母女俩会怎么样呢？

"你相信罗曼将军吗？"他突然问道，他这是为了强迫自己想点别的事情，"他肯定是咱们的人吗？可他老婆是特鲁希略的亲外甥女啊！元首的宝贝外甥女婿，何塞和威尔希里奥·加西亚·特鲁希略两位将军都是他的大舅子！"

"他要不是咱们一伙的，咱们早就进四十一号监狱了，"安东尼奥·德·拉·玛萨说道，"只要一个条件兑现：看到'公羊'的尸体，他就站在咱们一边。"

"很难相信他的话，"托尼低声道，"杀了'公羊'对这位国防部长有什么好处呢？他有可能失去对部队的控制权。"

"他比你我更恨特鲁希略，"德·拉·玛萨回答说，"很多高层核心人物也都恨'公羊'。特鲁希略主义是一套骗人的把戏，早晚不攻自破，你看着吧！布博还让许多军人做了保证，他们都在等着他的命令呢。只要命令一下，明天这个国家就是另外一个样子了。"

"关键是'公羊'得来呀！"埃斯特莱亚·萨德哈拉在后排座上嘟嘟囔囔地说。

"'突厥'，'公羊'会来的，一定会来的！"中尉再次重复道。

安东尼奥·英贝特又陷入了沉思。明天早晨这片土地能够得到解放吗？他早就全心全意地盼望着这一天的到来了，但是，即使是现在，在就要动手前的几分钟里，他还是很难相信会变成现实。除去罗曼将军之外，还有多少人参加了这个计划？他从来没想打听明白。他知道还有四五个人。但实际上，还有更多的人参加。最好不要打听还有什么人。他一向认为参加者只需要知道起码的事情就够了，为的是不给行动计划造成危险。他早就兴致勃勃地听安东尼奥·德·拉·玛萨给大家讲过一旦干掉暴君，武装部队总司令将夺取政权的保证。这样不等特鲁希略的亲戚朋友和死党发动反扑，军队就要把他们逮捕或者杀掉。幸运的是，特鲁希略的两个儿子兰菲斯和拉德哈麦斯还在巴黎。安东尼奥·德·拉·玛萨同多少人谈过话？在近几个月不停的会议上，安东尼奥有时漏出三言两语，使人想到有很多人参加这个计划。托尼早有戒备，有一次萨尔瓦多气极之下甚至开始要讲：一天，他和安东尼奥·德·拉·玛萨在胡安·托马斯·迪亚斯将军家里开会，险些同一群反对英贝特参加暗杀计划的人吵起来，那时英贝特急忙堵住了萨尔瓦多的嘴巴。那些人认为英贝特不可靠，因为他曾是特鲁希略主义者；有人提起英贝特发给特鲁希略的那封著名的电报，即烧毁银港的建议。（英贝特想："这封电报要跟着我一辈子了，就是死后也饶不了我。"）"突厥"和安东尼奥立刻提出抗议并表示可以为托尼担保，但是他不让萨尔瓦多说下去——

"'突厥'，我不想听。总之，不了解我的人为什么要相信我呢？不错，我这一辈子直接和间接地都在为特鲁希略工作。"

"那我现在做的又是什么呢？""突厥"反驳说，"多米尼加百分之三十或者四十的人在干什么呢？难道不是给政府或者国有企业干活吗？只有大富豪可以自由自在的，不用为特鲁希略工作。"

英贝特想："就是富豪也得为特鲁希略出力。"如果富豪打算继续发财，就得同元首联合，就得把部分企业卖给元首或者买下来一部分，必须为国家的繁荣富强做出贡献。英贝特半睁半闭着眼睛，低沉的涛声在为他催眠，他心里想着特鲁希略建立起来的这个体制的魔鬼特征：在这个体制内，每个多米尼加人迟早都会作为同谋加入进来，只有流亡国外或者死去才能摆脱这个独裁体制。只要在国内，人人就得以这样或者那样的方式在过去、现在和将来成为体制的一部分。"一个多米尼加人如果聪明能干，那就要倒霉了。"英贝特有一次听到阿尔瓦罗·卡布拉尔这样说道。（他想："卡布拉尔本人就是一个聪明能干的人。"）卡布拉尔的这番话深深地印在了他的脑海里："你要是聪明能干，特鲁希略迟早会把你叫到身边，让你为政府出力，或者干脆为他本人服务；只要他叫你去，你就不能回绝。"这是真话，他自己就是个证据。他从来没有想过要拒绝政府的任命。正如埃斯特莱亚·萨德哈拉说的，"公羊"已经剥夺了上帝赋予人类的神圣权利：自由的意志。

与"突厥"不同的是，在安东尼奥·英贝特的生活里，宗教信仰从来没有占据过中心位置。他是个多米尼加式的天主教徒，人们生活中规定的宗教仪式——洗礼、按手礼、第一次领圣餐、天主教小学、教堂结婚仪式，他都一一经历过；当然，最后是临终弥撒和教士在下葬前的祝福祈祷。但是，他从来都不是一个非常自觉的信徒，从来不关心信仰与每天生活的关系，从来不去检查自己的行为是不是与《圣经》戒律吻合。萨尔瓦多的那种方式，英贝特就认为是一种病态。

但是，关于自由意志的思想却深深地打动了他。或许就因为这个,他才决定必须干掉特鲁希略。为的是让自己和多米尼加人起码恢复这样的权利:可以自由选择谋生的工作。托尼一直不晓得自由意志为何物。可能小时候知道,后来忘记了。那一定是美妙无比的。当拥有了自由意志的时候——这恰恰是特鲁希略剥夺了多米尼加人三十一年的宝贵权利,你会感到咖啡和甜酒的醇香,会感觉到香烟、海水浴、周末电影或者广播中的默朗格舞曲给身心留下的十分愉快的感觉。

十

门铃一响,乌拉尼娅和她的父亲一动不动,吃惊地对望一下,好像犯规被抓住了一样。楼下传来说话声和一声惊叫。接着是急匆匆的脚步声:有人上楼了。然后是焦急的敲门声,几乎与此同时,门就被推开了。一副慌张的面孔出现在门口。乌拉尼娅立刻认出那是表妹卢辛达。

"是乌拉尼娅吗?是乌拉尼娅吗?"表妹突出的大眼睛上上下下地打量着她,她张开双臂向她走来,仿佛要验证一下这是不是幻觉。

"是我呀!卢辛达。"乌拉尼娅拥抱着同岁的表妹,也是她的同学,是阿德利娜姑姑最小的女儿。

"可是,姑娘!我真不敢相信!你回来啦?快来,快来!说说情况怎么样?你怎么不给我打电话啊?你怎么不来我家啊?你忘了我们多喜欢你啊?你连你姑姑阿德利娜都不记得啦?还有玛诺拉呢?还有我呢?你这个忘恩负义的家伙!"

乌拉尼娅吓了一跳,耳朵里塞满了问题和好奇的询问——"我的天啊！表姐，这三十五年你可是怎么度过的啊？三十五年啊，对不对？从来没有回国，没有回家看看！""姑娘，你得有多少事情要讲啊！"——让她没法回答问题。在这一点上，表妹的脾气丝毫没有变化。卢辛达从小说话就像只鹦鹉，热情，喜欢编谎话，特别淘气。她和这个表妹一直相处得很好。乌拉尼娅还记得表妹穿节日服装的模样：白裙子，海军蓝的上衣。她还记得她每天穿的粉红和蓝色的衣裳。这是一个灵活的胖姑娘，梳着刘海，戴着矫正牙齿的金属环，嘴角总是露出微笑。如今，她已经是个发福的中年妇女了，面部皮肤非常光洁，没有长皱纹的迹象，身穿一件朴素的带花衣裳，唯一显出打扮痕迹的地方就是戴了两个金光闪闪的长耳环。突然，她中断了对乌拉尼娅的亲热举动和提问，走到瘫痪老人的身边，吻吻他的前额。

"舅舅，你女儿给了你一个惊喜呀！你绝对没有想到女儿又复活了，又来看你了。真让人高兴啊！是不是，阿古斯丁舅舅？"

她再次吻吻老人的前额，然后同样迅速地又把老人给忘到脑后了。她来到乌拉尼娅身旁，在床边坐下。她拉起乌拉尼娅的胳膊，翻来覆去地看个不停，然后又是用惊叹和问题让乌拉尼娅感到应接不暇。

"你怎么保养得这么好哇？姑娘，咱俩是同岁啊，对不对？你好像要年轻十岁。这不对呀！大概是你没有结婚生子的缘故。没有什么能比丈夫和子女更毁人的了。瞧瞧你，多苗条！多漂亮！乌拉尼娅，你还是个年轻姑娘呢！"

她从表妹的声音里逐渐辨认出以前那个小姑娘的语音和语调了。她跟那个小姑娘经常在圣多明各学校的操场上做游戏，也多次给那个小姑娘讲解几何和三角函数。

"卢辛达,这是一种互相不见面的日子,你不知道我的情况,我也不知道你的情况。"乌拉尼娅终于开口道。

"这都怪你!讨厌鬼。"表妹在教训她,口气是亲热的,但是卢辛达眼睛里闪烁着那个问题、那个在她一九六一年五月底突然出国以后,姑姑、舅舅、表姐妹、表兄弟们肯定要提出的问题。那时她突然跑到美国密歇根州遥远的阿德里安市去了,进了协拿学院,这是多米尼加修女会委托代办的高等学校,中学就是在特鲁希略城办的圣多明各教会学校。"乌拉尼娅,我一直不明白这是怎么回事。你和我这么要好,这么亲密,何况又是亲戚。到底发生什么事情了?你就突然不理我们了。不理你爸爸、你叔叔、舅舅、你表姐妹、表兄弟。甚至连我都不理了。我给你写了二三十封信,可你连一行字也不肯写。我可是一年又一年地给你寄明信片和生日贺卡啊!玛诺拉和妈妈也是这样做的呀!我们怎么得罪你了?你为什么生这么大的气啊?甚至从来不写信,三十五年都不回国看看。"

"卢辛达,那是年轻时的疯病。"乌拉尼娅笑了起来,一面拉起表妹的手。"可是你瞧,事情过去了。这不是又回来了嘛!"

"能肯定你不是幽灵吗?"表妹拉开距离看着她,怀疑地摇摇头。"你怎么也不事先通知一声就回来了?我们可以去机场接你啊。"

"我就是要给你们一个惊喜啊,"乌拉尼娅撒谎道,"我一转眼就做了决定。是一时冲动。我往手提箱里放了两三件东西就上了飞机。"

"家里人都以为你永远也不会回来了。"卢辛达的脸色严肃起来。"阿古斯丁舅舅也是这么想的。我得告诉你:他吃了很多苦。就因为你不愿意跟他说话,你不回他的电话。他绝望极了,经常到我妈妈那里去哭。你这么对待他,让他痛苦得不得了。对不起,表姐,我不想干涉你的生活,这是出于长期以来我对你的信任。给我说说你的事情吧!你是生活在纽约,对吧?我知道你现在的情况很好。你在一家很重要的律师事务所工作,是吗?"

"还有比我们更大的律师事务所。"

"你在美国取得成功,我一点都不感到奇怪。"卢辛达高声说道。乌拉尼娅发觉表妹的声音里有股酸味。"从小就看得出来你比别人聪明用功。校长海伦·克莱尔嬷嬷、弗朗西斯嬷嬷、苏珊娜嬷嬷,特别是宠爱你的玛丽嬷嬷都说你是个穿裙子的爱因斯坦。"

乌拉尼娅放声大笑,不仅因为表妹说的内容,还因为她说话的方式:有滋有味,说起话来嘴巴、眼睛、双手和全身一起跟着动,具有多米尼加人说话时兴味无穷的特点。这与三十五年前她到达密歇根州阿德里安市多米尼加修女会办的协拿学院的情形刚好形成对照:她发现一夜之间周围的人都在讲英语了。

"你走的时候也不跟我告别,我难过死了,"表妹说道,怀念着以往逝去的时光,"家里人一点也不明白。可这是怎么回事啊!乌拉尼娅连声'再见'都不说就去美国了!我们大家没完没了地追问舅舅,可他好像也是一头雾水。他说:'修女们给了她一个奖学金名额。她不能失去这个机会。'但是没有人信他的话。"

"卢辛达,的确是这样的。"乌拉尼娅看看父亲。老人又一次一动不动地注意倾听她们的谈话。"既然去密歇根学习的机会来了,我又不是傻瓜,当然要抓住这个机会。"

"这我能理解。"表妹又发作起来。"你应该得到这份奖学金的。可是为什么好像仓皇出逃一样?为什么跟你父亲、家里人和祖国断绝了来往?"

"卢辛达,我这个人办事一向爱疯狂。不错,我虽然没给你们写信，可是一直非常想念你们。特别是想念你。"

撒谎！你谁也不想，连卢辛达也不想，虽然她是你的表妹、同学、好朋友和一起淘气的伙伴。你连她也打算忘记，如同忘记玛诺拉、阿德利娜姑姑、你父亲、这座城市和这个国家。刚到那遥远的阿德里安的最初几个月，你徜徉在那精心设计的大学城里，望着那整洁的花园，那里种着秋海棠、郁金香、玉兰、玫瑰花和高大的松树，一阵阵浓郁的芳香飘进了你们的房间。你在一年级时与四个同学共住一个房间，其中有个来自格鲁吉亚的黑姑娘，名叫阿里娜，她是你在这个新世界里的第一个女友。这个世界可与你从前生活了十四年的天地大不一样啊。阿德里安市的多米尼加修女们知道你为什么在圣多明各教会学校的教务主任玛丽嬷嬷帮助下"仓皇出逃"吗？她们应该知道。假如玛丽嬷嬷不事先让她们了解事情的背景，她们肯定不会急急忙忙地给你那份奖学金。那些嬷嬷都是守口如瓶的楷模，因为乌拉尼娅在协拿学院读书的四年里，她们中没有任何人提及那段折磨她记忆的历史。此外，你也没有让嬷嬷们的慷慨失望：你是那所学校里第一个被哈佛大学录取的毕业生，并且获得了这所具有世界最高声誉学府的博士称号。密歇根州的阿德里安啊！有多少年没有回去看看了！可能已经不是那座属于农场主们的土模样了：那里的人只要太阳一下山就躲进家里，使得大街小巷空无一人；那里一家一户的活动范围够得上一个村庄那么大——那些村庄几乎一模一样，就好像克林顿和切尔茜；那里最大的娱乐活动就是去曼彻斯特参加著名的烤鸡节。阿德里安是一座清洁的城市，也是一座美丽的城市，尤其是在冬天，当大雪覆盖了一条条笔直的街道时，可以在大街上溜冰和滑雪，天上飘着棉花团一样的雪花，孩子们用雪堆成各种各样奇奇怪怪的人物和动物，那时你望着纷纷扬扬从天而降的大雪,被眼前的景象迷住了。在那里,如果你不是玩命地读书,就有可能因为痛苦或者烦闷而死去。

表妹还在不停地说着。

"你刚走不久,有人暗杀了特鲁希略。于是,灾难就来了。你知道吗?特工冲进了咱们的学校。他们遇到嬷嬷就打,把海伦·克莱尔嬷嬷打得鼻青脸肿,还杀害了那个德国神甫巴杜拉盖。差一点他们就连人带房子一起把我们给烧了,因为我们跟你爸爸是亲戚。他们说阿古斯丁舅舅把你送到美国去,是因为他猜到了要发生的事情。"

"是的,他也愿意我离开这里。"乌拉尼娅打断了表妹的话。"他虽然早已被罢官,但心里明白反特鲁希略的人们一定会跟这个暴君算账的。"

"这我也能理解,"卢辛达低声道,"但是,我不明白的是,你为什么再也不愿意打听我们的情况了。"

"因为你一向心地善良,我敢打赌你并没有记恨我,"乌拉尼娅笑道,"是不是,小姐?"

"当然不会记恨你。"表妹点点头。"你要知道我求了爸爸多少次啊!我求他送我去美国,跟你在一起,也在协拿学院读书。我想我已经说服了爸爸,可就在这个时候大难临头了。人人都开始攻击我们,给家里罗织了许多可怕的莫须有罪名,就因为我妈妈是一个特鲁希略分子的妹妹。没有人提起特鲁希略到了晚年对你爸爸就像对待一条狗一样。乌拉尼娅,幸亏那几个月你不在这里。我们吓得要死。我不知道阿古斯丁舅舅是用什么办法让这个家免遭一场大火的。不过,有人用石头砸他。"

轻轻的敲门声打断了她的话。

"本来不想打断您说话,"护士指指瘫痪的老人,"到点了。"

乌拉尼娅不解地望着她。

"他该解手了,"卢辛达解释说,看了一眼便盆,"他像钟表一样的准时。他真走运!我有胃病,整天吃李子干。大夫说是神经问题。好啦,咱们去客厅吧。"

两人下楼的时候,乌拉尼娅又回想起她在阿德里安的那段岁月,回想起那座小教堂旁边与饭厅为邻、带彩色玻璃窗的庄严肃穆的图书馆,只要不上课、不听讲座,她就在图书馆里度过大部分时光。阅读,研究,做笔记,做练习,写读书报告,她做事有条不紊,全神贯注,从而赢得了老师们的欣赏和一些同学的钦佩,当然也让另外一些同学生气。不是她愿意学习,也不是她争强好胜,才把自己关在图书馆里读书的,而是她要绞尽脑汁让自己着迷,一头钻进那些书本里去——无论科学还是文学,反正一样,为的是不去回想那些往事,为的是躲避对多米尼加的回忆。

"可你还穿着运动衣呢!"两人到了客厅,站在面向花园的窗户旁边,卢辛达发现了乌拉尼娅的着装。"这么说,早晨你还练健美操啊!"

"我去防波堤上跑了一圈。在回旅馆的路上,双脚不由自主地把我拉到家里来了,于是,我就进来了。两天前,我一回到这里,就犹豫要不要来看父亲,会不会对他刺激太大。可是他都认不出我了。"

"他很明白,已经认出你了。"表妹双腿交叉,从手提包里掏出香烟和打火机来。"他不会说话,可心里明白是谁来了,他都清楚。我和玛诺拉差不多每天都来看他。我妈妈自从胯骨摔坏以来,就不能来看他了。假如我俩有一天没来,第二天他就给我们脸色看。"

她目不转睛地望着乌拉尼娅。这让表姐猜到又要来一串责备的话。你爸爸到了晚年，就扔给一个护士照看，只有两个外甥女来探视，你不觉得难过吗？留在他身边，给他一点安慰，难道不是你的责任吗？你以为每月给他寄些钱来就算尽职尽责了？这一连串的问题都表现在卢辛达突出的大眼睛里。但是，她不敢说出来。她递给乌拉尼娅一支香烟。表姐谢绝了，她喊了一声：

"当然，你是不抽烟的。这能想到，生活在美国嘛。那里有人精神极度不安，他们反对抽烟。"

"对，那是真正的精神病，"乌拉尼娅承认道，"办公室里也禁止抽烟。这对我没关系，我从来就不抽烟。"

"你完美无缺。"卢辛达笑了起来。"喂，你说心里话！你有没有什么嗜好？有没有偶尔也像大家一样来点小小的疯狂？"

"有那么几次，"乌拉尼娅笑道，"可是不能讲出来。"

她一面同表妹聊天，一面观察着客厅。家具还是原来的，这说明了家道的没落；沙发坏了一条腿，由一块木头支撑着，外皮已经磨破，有许多破洞，也褪了颜色，乌拉尼娅记得原来是暗红色，像喝剩的葡萄酒。墙壁比家具看上去更糟糕：四处都是潮湿造成的霉斑，好多地方都露出了墙里砖头。窗帘已经不见了，可是那根木杆和挂窗帘的铁环还在。

"家里这么穷，你看着很难过吧？"表妹吐出一个烟圈。"乌拉尼娅，我家也一样。特鲁希略一死，我家的生活就一落千丈。这是真话。我爸爸被赶出了烟草公司，后来再也找不到工作。就因为他是你父亲的妹夫，没有别的理由。当然，舅舅的情况更糟。调查他，指控他，还审判他。可他在特鲁希略活着的时候就被罢官了！他们找不到任何可以给他定罪的证据。可是他的生活却完蛋了。幸亏你还不错，能帮助他。亲戚里谁也帮不了他的忙。我们大家都是困难重重，举步维艰。可怜的阿古斯丁舅舅！他不是那种会拍马奉迎的人。他是因为正派才倒霉的。"

乌拉尼娅听着她说话，表情严肃，眼神在鼓励卢辛达讲下去；可是她的心却在密歇根，在协拿学院，在回忆那四年执着的拼命的学习生活。那时唯一阅读后回复的信件是玛丽嬷嬷写来的。那些信亲切、谨慎，从不提那件事；虽然即使玛丽嬷嬷提了那件事，她也不会生气。她是乌拉尼娅过去唯一可以信赖的人；正是玛丽嬷嬷出色地解决了她的出国问题，把她送到了阿德里安；正是玛丽嬷嬷强迫她爸爸接受了这个解决方案。时不时地在给玛丽嬷嬷的信中道出那个总是纠缠不休的幻影，莫非也是一种减轻痛苦的办法？

玛丽嬷嬷在信中告诉她学校的情况、特鲁希略被暗杀后的重大事变和混乱状况、兰菲斯及其家族的出走、政权的更迭、大街上的暴力事件、治安的无序状态。她也很关心她的学习情况，祝贺她在学业上取得的成绩。

"你怎么就一直没有结婚啊？"卢辛达紧盯着她问道，"你是不缺少机会的。就是今天看上去也很不错嘛。对不起，可你是知道的，多米尼加女人都很好奇。"

"说真的，我也不知道为什么。"乌拉尼娅耸耸肩膀。"表妹，也许是没有时间吧。我一直很忙，先是读书，后来是工作。我已经习惯一个人生活了，不可能跟一个男人分享我的生活。"

她听到自己在说话，但是不相信说的内容。卢辛达则相反，一点也不怀疑表姐的话。

"姑娘，你做得对，"她伤心地说道，"你瞧瞧，结婚对我有什么用？那个不要脸的佩德罗扔下我们母女三人走了。突然就走了，从此一分钱也没有寄来。我得干那些最枯燥乏味的工作来养活两个女儿，出租房屋，卖花，给司机们上课，那些家伙脸皮厚极了，你简直想象不出。我因为没有上大学，就只能干这个。表姐，谁能跟你比呀！你有职业，又是在世界的大都会谋生，工作也很有趣。你不结婚更好。不过，总会有些风流冒险的故事吧？"

乌拉尼娅感到面颊在发烧。她害羞的模样让卢辛达看了直笑：

"哈，哈，哈，瞧你这个样子。原来是有情人了！给我讲讲！他有钱吗？帅不帅？美国佬？还是拉丁美洲人？"

"是个两鬓斑白的绅士，非常高雅，"乌拉尼娅在编造，"已婚，有子女。要是我不出差的话，我们就周末见面。关系愉快，没有任何承诺。"

"姑娘，真让人羡慕，"卢辛达鼓掌道，"这是我的梦想啊！找个有钱又高雅的老头。我得去纽约找一个。这里的老家伙简直是灾难：个个胖得像猪，还没有钱。"

在阿德里安，乌拉尼娅有时也不得不参加一两次晚会，不得不跟着姑娘和小伙子们出去远足，不得不假装跟某个长着雀斑的农场主之子调情，这种小伙子不是谈养马就是说冬天冒险去登山；但是一回到宿舍，她就感到筋疲力尽，因为在整个娱乐的过程中她都得伪装，所以她常常找借口不参加。后来，她积累了一大堆推辞的理由：考试、工作、有客人、头疼、赶作业。在哈佛读书时，她不记得参加过什么晚会、酒吧聚会，也没有跳过舞，一次也没有。

"玛诺拉的婚事也很糟糕。她丈夫倒是不爱拈花惹草，不像我那一位。埃斯特万，对了，就是她丈夫的名字，连苍蝇都不打。可他是个废物，总是被炒鱿鱼。现在总算在一家旅游饭店找了份不起眼的差事，地点在卡纳斯角。工资少得可怜，我妹妹一个月也看不到他一两次，这也算是夫妻？"

"你还记得那个罗莎丽娅·贝尔多摩吗？"乌拉尼娅打断了她的话。

"罗莎丽娅·贝尔多摩？"卢辛达眯缝着眼睛，在脑海里搜索着这个人物。"说实话，我不记得了……啊，对了！罗莎丽娅，就是那个跟兰菲斯闹出纠纷的姑娘，对吧？这里一直没有见到她。大概送到国外去了。"

乌拉尼娅进入哈佛在协拿学院是当作大事来庆祝的。进入哈佛之前，她一直没有意识到哈佛在美国的声誉和人们在谈到那些曾经就读于这所大学或者现在在那里学习和教书的人时的恭敬态度。事情发生得很自然，如果她原本真有心去争取的话，结果反而不会那么容易。她在协拿快要毕业那一年，人才推荐部主任祝贺她学习成绩优良之后，问她对职业选择有什么打算。乌拉尼娅回答说："我想当律师。"那位名叫多萝西·萨利松的女主任说："这可是个赚大钱的职业。"可这是乌拉尼娅脱口而出的第一个职业，她本来还想接着说：医学、经济或者生物。乌拉尼娅，你从来没有考虑过未来，过去的生活让你瘫痪了，因此你不想今后的日子。萨利松帮助乌拉尼娅一一查看种种可能性，挑出了四所名牌大学：耶鲁大学、圣母大学、芝加哥大学和斯坦福大学。申请表填好之后过了一两天，萨利松主任把她叫去说："为什么不把哈佛也选上呢，又不会损失什么？"乌拉尼娅还记得为了面试所作的旅行，还记得修女嬷嬷们为她预定好的夜间住宿的地方。她还记得各个大学——包括哈佛——的录取通知书纷纷寄来的时候，萨利松主任、嬷嬷们和同学们是多么高兴啊！大家为她举办了一个舞会，这一次她不得不跳舞了。

在阿德里安的四年，她得以体验到她以为永远也不会体验到的东西。因此，她对修女会的嬷嬷们怀着深深的感激之情。但是，阿德里安在她的记忆中却是一个梦游般的不确定时期，唯一具体的东西是在图书馆度过的无限时光，她在那里拼命地看书，为了不想往事。

马萨诸塞州的坎布里奇是另外一回事。在那里，她重新开始生活，发现生活还是有意义的。读书不仅是一种治疗方法，而且是一种享受，是最令人激动的娱乐。上课，听讲座，出席报告会，她从中得到了多少享受啊！种种学习的可能性让她感到非常充实，除去法律专业课，她还旁听拉丁美洲史，进修加勒比史和多米尼加社会史课，每天都觉得时间不够，每月都觉得缺少几周的时间才能做完想要做的全部事情。

那是大量劳动的几年，不仅是脑力劳动。在哈佛读二年级的时候，父亲在家信——她从来也不回信——里告诉她：由于家里每况愈下，不得不从每月寄给她的五百美元中减少两百。多亏她有读书贷款，学习才有了保障。为了对付俭朴的生活需要，课余时间她去超市当售货员，到波士顿一家馅饼店当跑堂月工，当药房的登门送货员，并做一份不太令人厌烦的工作：陪伴麦尔文·马可夫斯基，一位下肢瘫痪的波兰百万富翁。每天下午，从五点到八点，她在马萨诸塞大街一处石榴红色维多利亚时代风格的宅院内，给老人高声朗读大量十九世纪的小说（《战争与和平》《白鲸》《荒凉山庄》《巴马修道院》）。三个月之后，突然有一天，老人提出了结婚的建议。

"一个瘫痪病人要结婚？"卢辛达睁大了眼睛。

"而且七十岁了，"乌拉尼娅肯定地说，"他非常有钱。真的向我求婚了。为的是让我终生陪伴他，给他朗读小说，仅此而已。"

"真够蠢的，表姐！"卢辛达惊愕地叫道，"他死了，你就可以继承遗产啦。那你就是百万富婆了。"

"你说得有道理。那可是一笔圆满的交易。"

"可是你年轻，有理想，以为应该有了爱情再结婚。"她表妹帮助她理清思路。"好像年轻美貌和爱情都是永恒的东西。我也错过一次机会，那是一个腰缠万贯的医生。他为了追求我，一度要死要活的。可是他长得有点黑，据说他母亲是海地人。这不是偏见，但是，万一我儿子出现返祖现象，成了黑煤炭，那可怎么好呀？"

乌拉尼娅实在太喜欢读书了，非常高兴在哈佛学习，因此想从事教育工作，并因此打算攻读博士学位。可是她没有财力这样做。她父亲的处境越来越困难了，在读大学三年级的时候，父亲连已经减少的每月汇款也中断了，因此她在读学位的同时需要尽早挣钱支付大学贷款和生活费用。哈佛法律系名扬四海，等到她递交求职申请表时，许多单位请她去面试。最后，她决定选择世界银行。离开哈佛让她感到难过，在坎布里奇的岁月里，她养成了"极坏的业余爱好"：阅读和收集关于特鲁希略时代的书籍。

在这个破败的客厅里，还有她的另外一张毕业照——那个阳光照在大学庭院的上午，老师和毕业生都穿着礼袍，披着斗篷，戴着博士帽，与卡布拉尔参议员卧室里那一张相同。父亲怎么会有这张照片呢？当然，不是她寄的。啊，对了，是玛丽嬷嬷。乌拉尼娅把照片寄到了圣多明各教会学校。直到玛丽嬷嬷去世前，她始终和这位修女保持着通信联系。如果她不死，这个慈悲为怀的人会一直把乌拉尼娅的生活情况继续报告给卡布拉尔参议员。她回想起玛丽嬷嬷倚靠在教学楼顶层的栏杆上，面向东南眺望大海的模样。对于女学生来说，顶层是禁区，最高一层是修女们居住的地方。玛丽嬷嬷消瘦的身影在庭院的远处显得很小,背景处,两个德国神甫,即巴杜拉盖和布鲁杜斯围着网球场、排球场和游泳池跑来跑去。

天气炎热,乌拉尼娅在出汗。她从来没有感到过空气如此热气蒸腾。在纽约炎热的夏季里,那种火山爆发后似的炎热,被空调的冷气抵消了许多。而这里的炎热则不同,是她从童年就感受到的炎热。在纽约,她的耳朵也从来没有听到过这样的交响乐:汽车喇叭、人声、音乐、狗吠、急刹车……这些声响争先恐后地从窗户钻进来,迫使她和表妹不得不大大地提高了嗓门说话。

"有人暗杀了特鲁希略以后,乔尼·阿贝斯真的把我父亲抓了起来吗?"

"那会儿他没有告诉你吗?"表妹吃惊地问道。

"那时候我已经到了密歇根。"乌拉尼娅回忆说。

卢辛达微微一笑表示道歉。

"当然把他抓了起来。那帮特鲁希略主义者,兰菲斯、拉德哈麦斯,一个个都发了疯。他们开始肆无忌惮地抓人和杀人。不过,很多事情我都不记得了。我那时还是个小姑娘,政治对我来说无关紧要。由于阿古斯丁舅舅早就远离了特鲁希略,他们就以为舅舅参加了暗杀计划。他们把舅舅关进了那座可怕的监狱,就是四十一号监狱,后来让巴拉格尔给捣毁了,如今盖起了一座教堂。我妈妈曾经去找过巴拉格尔,求他放了舅舅。他们查明舅舅并没有参与策划阴谋,关了他几天就释放了。后来,总统给了他一个可怜的职务,简直是开玩笑:第三区婚姻状况登记员。"

"我父亲跟你们讲了他在四十一号监狱里的遭遇吗?"

卢辛达吐出一个烟圈,刹那间,烟雾遮住了她的面孔。

"大概给我父母说过,没有给我和玛诺拉讲过,因为我俩太小。

阿古斯丁舅舅很伤心,因为人家居然认为他背叛了特鲁希略。那几年我听到过他大声恳求苍天主持公道。"

"因为他是元首最忠实的奴仆,"乌拉尼娅嘲笑道,"他这个人为了特鲁希略简直可以干出魔鬼的勾当来,结果却被人怀疑是暗杀的同谋,真是太不公道了!对吗?"

表妹沉默了,圆脸上露出谴责的神情。

"我不知道你为什么说他会干出魔鬼的勾当来,"表妹吃惊地嘟囔说,"也许舅舅不该当特鲁希略分子。今天人人都说特鲁希略是个独裁者等等。你父亲是诚心诚意为他服务的。他虽然身兼好几个高级职务,可从来不滥用职权。难道他也捞过钱?晚年,他可是一贫如洗啊,要是没有你的接济,他就得进养老院了。"

卢辛达极力压制着心头的不快。最后她狠狠吸了一口烟,由于没有地方熄灭烟头——乱糟糟的客厅里没有烟灰缸,她把烟头扔到窗外荒凉的花园里去了。

"我很清楚我爸爸不是为了利益才为特鲁希略效力的,"乌拉尼娅无法避免不用这种讽刺的口吻,"这并不能减轻他的过错,恰恰相反,是要加重。"

表妹不解地望着她。

"他是出于钦佩特鲁希略、热爱特鲁希略才为他服务的,"乌拉尼娅解释道,"兰菲斯、阿贝斯·加西亚等人不信任他,他当然感到是一种伤害。特鲁希略不理睬他以后,他急得快要发疯了。"

"好啦,也许是他错了,"表妹重复道,同时用眼神要求她改变话题,"你至少得承认他为人还是正派的。他也不像很多人那样总是做顺民,不管换了什么政府,总能过舒服日子,尤其是巴拉格尔领导下的三届政府,他们仍然春风得意。"

"如果他愿意,他也可以为了争权夺利而给特鲁希略当差。"乌拉尼娅说道。她又一次看到卢辛达眼睛里流露出困惑和不快的神色。"可是因为特鲁希略不肯召见他,我看到他还哭哭啼啼的,自然还因为'公众论坛'上发表了谩骂他的文章。"

这是个挥之不去的回忆,在阿德里安和坎布里奇时稍稍有些淡漠;在华盛顿世界银行工作的那几年里依然还陪伴着她;后来在曼哈顿律师事务所时也还不时跳进脑海——得不到任何人保护的阿古斯丁·卡布拉尔参议员绝望地在这个客厅里徘徊,不停地思考:那个"宪法专家兼酒鬼"、那个老奸巨猾的华金·巴拉格尔、那个威尔希里奥·阿尔瓦莱斯·比纳或者巴伊诺·比查德策划了什么阴谋,使得元首一夜之间就枪毙了他的政治生命?一个参议员和前部长又能有什么政治生命可言呢?因为大恩人既不肯给他回信也不让他参加国会的会议。难道在他身上也要重现安塞尔莫·巴乌利诺的故事?会不会哪天黎明时特工们把他弄走埋到泥浆里去?会不会在《国家报》和《加勒比日报》上写满关于他贪污盗窃、侵吞公款、杀人叛国的消息?

"对他来说,在元首面前失宠比杀了自己最亲爱的人还要糟糕。"表妹听着这番话,感到越来越不舒服。

"乌拉尼娅,难道就因为这个你生那么大的气?"表妹终于开口道,"就为了政治?可是我记得非常清楚:你对政治是不感兴趣的啊!比如,那两个谁也不认识的女孩来这里半年以后,大家都说她俩是特工,谁也不谈别的话题了;可是你本来就很讨厌那些政治议论,总是让我们不要胡说八道。"

"我从来对政治都不感兴趣,"乌拉尼娅口气肯定地说,"你说得有道理。说那些三十年前的事情有什么用处!"

护士出现在楼梯上了。她一面下楼,一面用一块蓝布擦手。

"弄干净了,还擦了滑石粉,跟对待娃娃一样,"她说,"你们两位随时可以上楼去。我去给阿古斯丁先生准备午餐。夫人,您也在这里吃午饭吧?"

"不,谢谢,"乌拉尼娅说道,"我去旅馆。那里可以洗澡,换换衣裳。"

"今天晚上你无论如何要来家里吃晚饭。妈妈会非常高兴。我还要通知玛诺拉。她肯定会快活得不得了。"卢辛达做了一个略带悲伤的表情。"表姐,你肯定会大吃一惊的。你还记得我家是多大、多漂亮吗?现在只剩下一半了。父亲去世的时候,不得不卖掉花园、车库和用人的房间。好啦,不说这些废话了。一看到你,童年的岁月又都回到记忆里来了。童年还是挺幸福的,对吗?那时脑袋里可没有想过一切都会变的,没有想到还会有艰难的时光。好,我走了,妈妈还没有午饭吃呢。一定来吃晚饭,好吗?你不会又消失了,再来一个三十五年不见面吧?你还记得家里的地点吧?圣地亚哥大街,距离这里有五个街区。"

"我记得很清楚。"乌拉尼娅起身拥抱表妹。"这片居民区没有任何变化。"

她陪同卢辛达走到街口,告别时再次拥抱和亲吻了表妹。当她望着身穿花衣裳的表妹沿着一条阳光直晒的大街渐渐远去、听着狗与鸡一唱一和的音乐时,一种焦虑不安的情绪涌上了心头:你在这里做什么?你来圣多明各、来家里寻找什么?你去姑姑家里吃晚饭吗?可怜的阿德利娜姑姑大概跟爸爸一样也快要成化石了。

她登上楼梯,脚步缓慢,故意推迟再见面的时间。看到父亲已经睡着了,她松了一口气。老人缩在躺椅里,紧皱着眉头,张着嘴巴；消瘦的胸膛一起一伏，很有节奏。"只剩下一把骨头了。"她坐在床上，仔细观察着父亲。她在琢磨父亲，猜测着他有过的往事。特鲁希略一死，父亲也被关进了监狱。人家以为他和安东尼奥·德·拉·玛萨、胡安·托马斯·迪亚斯将军和他的哥哥莫代斯托，还有安东尼奥·英贝特等人一起策划了暗杀元首的阴谋呢。爸爸，让您吓了一大跳，多讨厌哪！她早就得知父亲多年前曾经被捕，她是在顺便阅览报纸时看到的，那篇文章说的是一九六一年的多米尼加事变。但是，她一直不了解细节。到她可以回忆起来的时间为止，在父亲那些信里（她一直不肯复信），卡布拉尔参议员从来没有提到过那段经历。"如果突然有人怀疑您打算暗杀特鲁希略，那肯定会让您比不知缘故就失宠还要难过。"乔尼·阿贝斯会不会亲自审问您？兰菲斯是不是也参加了？有没有贝奇多·莱昂·埃斯特威斯？是不是让您坐电椅了？父亲是不是以某种方式与暗杀元首的人保持联系？不错，他曾经做出超乎寻常的努力企图恢复元首对他的宠信，但是，这又能证明什么呢？许多参与暗杀计划的人直到动手杀掉"公羊"之前几分钟还在元首面前拍马屁呢！极有可能的是阿古斯丁·卡布拉尔作为莫代斯托的好朋友早就获悉了暗杀计划。据说，连巴拉格尔也都了解情况呢！既然共和国总统和武装部队总司令都了解情况，为什么父亲不可以知道呢？策划暗杀的人知道元首在几星期以前就下令罢免了卡布拉尔参议员的官职。如果有人认为父亲是支持暗杀的同盟者，那实在是没有什么可奇怪的。

父亲时不时地发出一丝轻微的鼾声。有苍蝇落到他脸上时，他摇摇头轰走它，可是没有醒来。您是怎么知道元首被害的？一九六一年五月三十日，她已经在阿德里安了。负责管理宿舍的嬷嬷走进乌拉尼娅和四个同学共用的房间，摊开手上的报纸给她看大标题：

"特鲁希略被杀!"那时瞌睡困扰着她的全身,疲倦让她抓不住世界和她自己,她正处于梦游状态。嬷嬷说:"这份报纸借给你。"你那时是什么感觉?你会发誓说:没有任何感觉。那消息在她身上滑过,没有触及她的灵魂,同她身边看到和听到的一切没有什么两样。很有可能你连那条消息都没看,仅仅扫了一眼标题而已。反之,她却记得事件发生几天或者几周后,玛丽嬷嬷在信中讲的细节:暗杀,特工冲进学校抓走了赖利主教,人们经历的混乱和动荡不安的局面。但是,甚至连玛丽嬷嬷那封信都没有能够把她从那种长期以来的极度冷漠中拉出来:不关心多米尼加的事情,不关心多米尼加人的命运。唯有哈佛那门加勒比地区史在又过了几年后才把她从冷漠中解救出来。

突然决定回国,回来看看父亲,是不是意味着你已经治愈了心灵的伤痛?没有。你重新见到了卢辛达本应该感到高兴才对呀!她可是你亲密无间的表妹、同学、四处玩耍的伙伴,你本应该同情她那平庸的生活和改善生活的空想。可是你既不高兴,也不激动,更不难过。你感到厌倦,因为你讨厌那种多愁善感和自哀自怜的情绪。

"你是一块冰。你已经完全不像多米尼加人了。倒是我更像多米尼加人。"嘿,你看,突然想起史蒂夫·邓肯说的话来。邓肯是她在世界银行的同事。那是在一九八五年还是一九八六年?差不多就是那一年吧。那一夜是在中国台北度过的,两人在好莱坞式的宝塔大饭店里共进晚餐。他和她就下榻在那里。从窗户望出去,城市仿佛蒙上了一层萤火虫织成的纱巾。这已经是邓肯第几次求婚了,第三?第四?还是第十?乌拉尼娅比以往更加坚定不移地说:"不!"于是,她吃惊地看到邓肯那张红润的脸色变得煞白。她忍不住笑了起来。

"你总不会哭鼻子吧,史蒂夫。就因为爱我?还是威士忌比平时喝多了？"

史蒂夫没有笑。他目不转睛地看了她好久，没有回答问题，但是说出了那句话："你是一块冰。你已经完全不像多米尼加人了。倒是我更像多米尼加人。"好呀，好呀，乌拉尼娅，这个红头发的男子汉爱上了你。他人品怎么样？棒极了！毕业于芝加哥大学经济系，他对第三世界的兴趣包括发展问题、语言和女性。最后他跟一位巴基斯坦女子结了婚，她在世界银行的通讯部门任职。

乌拉尼娅，你是冰块吗？这仅仅对男人而言，并非对所有的人。对那些眼神、动作、表情、声音都预示着危险的男人，你可以猜出他们的大脑里或者本能中追求你、找个机会跟你上床睡觉的企图。对于这种人，是的，你要让他们感到冷若冰霜，如同狐狸吓走敌人那样要放射骚臭气味。这是一种你已经熟练掌握的技巧。你在你计划要做的一切领域里都有这种娴熟的功夫：学习、工作、独立生活。"一切方面，但是不包括幸福。"如果她把毅力和勤奋用到争取幸福上来，克服那不可战胜的障碍、那种因男人产生欲望而引起她恶心的感觉，她会不会幸福呢？有可能吧。你本来可以求助于心理医生，一个心理分析医生，找到一种治疗的方法。他们有办法解决这些问题，也能解决讨厌男人的毛病。可是你却一直不想把病治好。恰恰相反，你不认为这是一种病态，而是性格问题，就像你聪明、喜欢孤独和狂热地把工作干得出色一样。

父亲这时已经睁开了眼睛，有些害怕地在望着女儿。

"我回想起了史蒂夫，一个在世界银行工作的加拿大人，"她声音很低地说道，眼神在探究父亲的表情，"因为我不想跟他结婚，他说我是一块冰。这样的指责会让任何一个多米尼加女人生气的。我们多米尼加女人在爱情方面以热情和不可战胜而闻名遐迩。我的闻名恰恰相反：矫揉造作、麻木不仁、性冷淡。爸爸，您觉得如何？刚才为了不让卢辛达往坏处想，我不得不编造了一个情人的故事。"

她不说了，因为发现老人已经蜷缩在躺椅里，好像是吓坏了。他不再驱赶苍蝇了，它们放心大胆地在他脸上散步。

"爸爸，这个话题，我早就想跟您谈一谈。谈谈女人，谈谈性。我母亲去世后，您有过风流韵事吗？我从来没有发现您有过这种事情。看来您是不好色的。是不是心神都装满了权力就再也不需要性了？尽管我们有热情的土地，但就是产生了这样的现象。我们那位终身总统华金·巴拉格尔不就是一例吗？活了九十岁，还是孤身一人呢！他写过不少爱情诗，传说他有个私生女。他给我的印象是：他对性一直就不感兴趣，权力给他的东西相当于别人在床上得到的一切。爸爸，您也是这样吗？或者您暗地里有风流韵事？特鲁希略请您去卡奥瓦之家纵欲狂欢过吗？那里发生过什么事？元首也像兰菲斯一样以耍弄朋友和部下来开心吗？是不是也强迫这些人刮去大腿上的汗毛，剃光头发，化妆成老人妖的样子？"

卡布拉尔参议员脸色苍白，这让乌拉尼娅想到："他会昏迷过去的。"为了让老人安静下来，她离开了床边。她来到窗前，向外望去，感到阳光立刻照到了脑门上，面颊有热辣辣的感觉。她出汗了。你应该回旅馆去，灌满一澡盆泡沫香皂水，好好洗个热水澡。或者下楼去瓷砖游泳池玩水，然后上来品尝哈拉瓜大饭店餐厅做的地方风味牛排，那里还有菜豆炒饭和红烧猪肉。可是你没有兴趣。你更想去机场，登上第一班飞向纽约的飞机，恢复那繁忙的律师办公室的生活和位于七十三大街麦迪逊公寓的生活。

她又回到床边坐下。父亲闭上了眼睛。他睡着了，还是因为怕她而在装睡？你在让这位可怜的瘫痪老人度过不愉快的时光。这就是你长期以来想要干的事情？你要吓唬他，让他在几个小时里都处于恐惧之中？这样你就会感觉好些？疲倦占据了她整个身心，她合上了眼睛，快速站了起来。

她机械地向那个整整占据了一面墙壁的黑色大衣柜走去。那里面已经空了一半。铁丝衣钩上挂着一件灰色的衣裳，它像洋葱皮一样地泛着黄色；还有一些洗过但没有熨过的衬衫，其中有两件缺纽扣。难道这就是议长阿古斯丁·卡布拉尔的大衣柜吗？他过去也是个穿着考究的人啊。他很注意维护自己扮演的角色形象，为了让元首高兴，他也很讲究穿戴。那些长礼服、燕尾服、英国呢料西装、细纱白衬衫都哪儿去了？大概被用人、护士和穷亲戚们偷走了。

疲倦比她保持清醒的毅力更强大。她终于躺倒在床上，闭上了眼睛。在进入梦乡之前，她还想到：这床有股老人的气味、老床单的气味、古老的好梦和坏梦的气味。

十一

"陛下，我提个问题，"西蒙·吉特尔曼说道，由于香槟加葡萄酒多喝了几杯，他脸色发红，但或者也许是因为激动，"为了让这个国家强大起来，在您采取的措施中，哪一项最困难？"

他说一口漂亮的西班牙语，没有外国口音，丝毫不像那些来到国家宫办公室和客厅里的美国佬说的那种语调错误、句子不完整的怪话。从一九二一年起到现在，西蒙的西班牙语好了许多。那时特鲁希略还是个国民警卫队的年轻中尉，他考取了海纳军官学校，教官就是西蒙这个海军陆战队的军官。那时西蒙讲一口不伦不类的野人话，里面夹杂着乱七八糟的词汇。吉特尔曼提出问题的声音很高，使得客厅内的谈话声停顿下来，二十几颗脑袋——好奇的、微笑的、严肃的——一起转向了祖国的大恩人，等待着元首的回答。

"西蒙，我可以回答你这个问题。"特鲁希略用了场合庄重时缓慢而抑扬顿挫的语调。他盯着天花板上花瓣形的吊灯，又加了一句："那是一九三七年十月二日在达哈翁。"

参加特鲁希略招待西蒙·吉特尔曼和夫人多萝西·吉特尔曼的午宴的人们，迅速地交换着眼色。午宴是在授予西蒙大十字勋章之后举行的。这位前海军陆战队军官在表示感谢时说话的声音都有些哽咽了。这时，他努力想猜出元首说这话的意思是什么。

"啊，是海地人！"他一巴掌拍在餐桌上，震得杯子、盘子、碗和瓶子叮当乱响。"那一天，陛下决定端掉海地人入侵后长出来的毒瘤。"

大家都喝酒，只有元首喝水。大救星表情严肃，沉浸在对往事的回忆中。安静气氛显得格外凝重。大元帅如同僧侣般地举起双手，向与会者挥动了一下：

"为了这个国家，我的双手沾满了鲜血，"他一字一顿地断言道，"为的是不让黑人再次奴役我们的国家。那时他们有几十万人散布在我们国土的四面八方。如果不把他们赶走，就不会有今天的多米尼加共和国了。会像一八四〇年那样，整个岛屿都是海地人占领的。一小撮幸存的白人就得给黑人当奴隶。西蒙，这是我执政三十年来最难下的决心。"

"您交办的任务完成了，我们走遍了整个国境线，"年轻的参议员亨利·奇里诺斯俯身在一张大地图上，下面是总统的写字台，他指着说，"陛下，如果这种情况继续下去，基斯克亚就不会有任何前途了。"

"陛下，形势比报告的情况要严重得多。"年轻的参议员阿古斯丁·卡布拉尔用纤细的食指点着那条标出的红线：从达哈翁到佩德纳莱斯形成一条S形的边界线。"成千上万的海地人定居在庄园、旷野和村落里。他们代替了多米尼加的劳动力。"

"他们干活不要工资，管饭就行。由于海地没有食物，只要给他们一盘米饭加菜豆就绰绰有余了。用他们比用驴、用狗都便宜。"

奇里诺斯打个手势,让他的朋友和同事讲话。

"陛下,没法跟庄园主和农场主讲道理,"卡布拉尔特别强调说,"他们拍着钱包回答说:如果是砍甘蔗的好手,要钱又少,他们是海地人又有什么关系?我不能因为爱国就得损失自己的利益。"

他不说了,看看奇里诺斯参议员。后者接过他的话说起来:

"从达哈翁、埃利亚斯·皮尼亚、因特彭德西亚到佩德纳莱斯,耳朵里听不到西班牙语,只有一片夹杂着非洲土话的法语。"

他看看阿古斯丁·卡布拉尔。后者接着说了下去:

"伏都教、神圣教,非洲人的种种迷信都在驱逐天主教,而如同语言和种族一样,天主教是我们民族性的标志。"

"我们亲眼看到神甫们绝望地哭泣,陛下,"年轻的参议员奇里诺斯挥舞着拳头说道,"基督降生前的原始状态笼罩着迭戈·哥伦布、胡安·巴勃罗·杜阿尔特和特鲁希略开创并建设的祖国。现在海地巫师比天主教的神甫有影响。江湖郎中比药剂师和医生更有势力。"

"军队就没有任何动作吗?"西蒙·吉特尔曼喝了一口葡萄酒。一个身穿白制服的侍者赶忙再次把酒杯斟满。

"军队执行元首的命令。西蒙,这你是知道的。"只有大恩人和前海军陆战队教官在谈话,其他的人在洗耳恭听,脑袋从一方转向另外一方,"移民潮已经深入到内地来了。蒙特克里斯蒂、圣地亚哥、圣胡安、阿苏阿,到处都是海地人。这场移民'瘟疫'已经蔓延很长时间了,可是没有人采取任何措施。人们都在期待一位有远见的政治家出现,他必须是个铁腕人物。"

"陛下,您想想吧:这是一条多头毒蛇。"年轻的参议员奇里诺斯用表情变化加强言辞的诗意。"海地劳工抢走了多米尼加人的饭碗。老百姓为了生存只好卖掉小果园和茅屋。是谁买走了这些土地呢？当然就是有钱的海地人了。"

"这是第二个毒蛇头，陛下，"年轻的参议员卡布拉尔强调说，"他们抢走了国民的工作，一块又一块地占领了我们的国土。"

"还占有我们的妇女，"年轻的亨利·奇里诺斯加重语气说道，同时吐出一口淫荡的恶气：粉红的舌尖仿佛蛇信子一样出现在厚厚的两唇间，"没有什么能比白皮肤更吸引黑肉的了。海地人强奸多米尼加妇女的事情已经是每天的家常便饭了。"

"更不要说盗窃和抢劫了，"年轻的阿古斯丁·卡布拉尔补充道，"成群结队的匪帮渡过玛撒科莱河，就好像没有海关，没有检查站，没有边防巡逻队一样。国境线成了大漏斗。匪帮们如同蝗虫般地横扫村庄和农场。然后，他们把牲畜和一切可以找到的食物、衣裳和首饰都带回海地去。陛下，那个地区已经不属于我们了。我们丧失了国土、民族、语言和宗教。如今那里成了野蛮的海地的一部分。"

多萝西·吉特尔曼勉强能说西班牙语，她大概对这个发生在二十四年前的事件感到厌倦，但是又不能不装成非常严肃的样子不时地点点头，时而看看大元帅，时而看看自己的丈夫，仿佛一字不漏地听进耳朵里去了。给她安排的位子在傀儡总统华金·巴拉格尔和武装部队总司令何塞·雷内·罗曼将军之间。这是个消瘦的老太太，由于身穿玫瑰色的夏装而显得有些年轻。在授勋仪式上，当大元帅说到当许多政府用匕首对准我们的胸膛时，多米尼加人民永远不会忘记吉特尔曼夫妇在这困难时期所表示的声援和支持，她还禁不住流下了热泪。

"那时候我知道发生的事情，"特鲁希略断言道，"但是，我要核实一下，不留任何疑问。甚至在收到'宪法专家兼酒鬼'和'智囊'的报告以后——他俩是我派到那个地区调查的，我也没有下决心。我决定亲自到边境上去看一看。在青年警卫队志愿者的陪同下，我走遍了整个国境线。我亲眼看到：就像一八二二年那样，他们又一次侵入了我们的国土。这一回是以和平的方式。难道能允许海地人再次留在我国二十二年吗？"

"任何一个爱国者都不会答应的，"参议员亨利·奇里诺斯举起酒杯说道，"更不要说是您大元帅特鲁希略了。为陛下干杯！"

特鲁希略继续说下去，仿佛没有听到这位参议员的建议。

"难道能够允许黑人像在那二十二年的占领期间那样烧杀奸淫，甚至在教堂里绞死多米尼加人吗？"

见干杯的建议失败，奇里诺斯叹了一口气，自己喝了一口葡萄酒，然后竖起耳朵听。

"沿着国境线视察的过程中——是精锐的青年警卫队陪伴着我，一路上我不停地回顾往事，"大元帅继续说道，逐渐加强了口气，"我想起了莫卡教堂绞死人的事件。圣地亚哥城的被烧毁。德萨里内斯和克里斯托瓦尔率领莫卡地区九百名壮士向海地进军，结果大部分人牺牲在路上，其余的人沦为海地军人的奴隶。"

"报告送上去两个多星期了，元首那里没有一点动静，"年轻的参议员奇里诺斯不安地问卡布拉尔，"总得下决心吧？"

"这不是我该提的问题，"年轻的参议员卡布拉尔回答道，"元首会采取行动的。他知道形势很严峻。"

他俩也陪伴特鲁希略骑马走遍了整个国境线，随行的还有一百多名青年警卫队的志愿者。他们走进达哈翁市的时候，人比马喘得还厉害。他俩那时虽然年轻，可也想让由于骑马颠簸而散了架的骨骸休息一下。但是，元首要为达哈翁的上层人士举行招待会，他俩可不敢拆元首的台。所以，两人还是穿上长礼服和硬领衬衫，来到布置一新的市府大楼，尽管热得要死。在那里，特鲁希略精神焕发，好像从黎明起就没有骑过马一样。他身穿一套一尘不染的蓝白相间的制服，上面挂满了勋章和金银丝带，在贵宾中间来回走动，右手端着一杯查理一世牌威士忌，频频接受人们的敬礼和问候。就在这时，他看到一个穿着沾满泥巴的马靴的年轻军官闯进了挂满彩旗的大厅。

"那一次你满身臭汗，穿着战斗服就迈进了盛大的招待会现场，"大恩人突然把视线转向了国防部长，"我觉得恶心极了。"

"陛下，我那时有紧急报告要交给团长。"寂静片刻后，罗曼将军有些慌乱，他的记忆力可能在极力寻找那段遥远的往事。"一群海地土匪昨天晚上秘密潜入我国境内。今天早晨袭击了卡波迪约和巴罗里地区的三座农庄，牵走了全部牲口，还留下了三具尸体。"

"你身穿那套衣裳出现在我眼前，是拿自己的前程开玩笑，"大元帅责备他说，那愤怒的口气具有法律的追溯效力，"好吧。这是最后的极限了。国防部长、国务部长和所有在场的军人，请到这边来！其余的人，请退到后边去！"

他像从前在军营里喊口令那样提高了嗓门，甚至有歇斯底里尖叫的成分。在一片马蜂般的嗡嗡声中，人人都立刻服从了这一命令。军人们迅速在元首周围形成一个圆圈；女士们和先生们纷纷退向墙边，给大厅中央留出一片空间，整个大厅由彩花和国旗装点得十分热闹。特鲁希略总统流畅地下达了如下命令：

"从午夜开始，军队和警察对一切非法居留在多米尼加领土上的海地人格杀勿论！在糖厂的人除外。"清了清喉咙之后，他那灰色的目光横扫了全体军官："清楚了吗？"

人人都点头，有人露出惊讶的神色，有人则流露出野性快乐的目光。离开前，个个立正敬礼。

"达哈翁军区的团长，把那个穿着恶心的军官关起来！只让他喝凉水吃面包！招待会继续进行！请大家尽兴！"

在西蒙·吉特尔曼的脸上，钦佩和怀念的表情混合在一起。

"陛下在行动的时刻从来没有犹豫过，"这位前海军陆战队教官面对全体就餐者说道，"在海纳军官学校，我很荣幸训练过陛下。从一开始，我就知道：您一定前程远大。果然如此，但是我没有想到成就会如此辉煌！"

元首笑了。一阵轻轻的笑声回音般地传过来。

"这双手从来没有颤抖过。"特鲁希略再次让人们看他的手。"因为只有从国家的利益出发，认为绝对有必要时，我才下令杀人。"

"陛下，我在什么地方看到这样一篇文章，说您命令士兵用刀，而不要开枪，"西蒙·吉特尔曼问道，"这是为了节省弹药吗？"

"这是为了冲淡事件的分量，因为我预见到国际上会有反应。"特鲁希略用讽刺的口吻纠正西蒙的说法。"如果只用砍刀，那这次行动看上去会像是一场农民自发运动，政府未加干涉。我们多米尼加人是慷慨大方的，无论在哪方面都不吝啬，更不要说弹药了。"

所有就餐者纷纷发出附和的笑声。西蒙·吉特尔曼也笑了，但是他又一次发起了冲锋。

"陛下，芹菜的事情是真的吗？说是为了区别多米尼加人和海地人，那时强迫黑人说'芹菜'二字，凡是不会说'芹菜'的人就砍掉脑袋，有这事吗？"

"这个故事，我也听说过。"特鲁希略耸耸肩膀。"那是流传的胡说八道。"

元首低下头来，仿佛突发的一种深刻思考要求他高度集中精力。没有出现"情况"。他目光锐利地发现无论裤门襟还是大腿根都没有露丑的湿痕。他对那位前海军陆战队教官友好地一笑。

他用嘲笑的口气说道："这就跟死亡的数字一样，你问问在座的各位。可以听到各种各样的数字。比如，参议员，你说吧！死了多少人？"

亨利·奇里诺斯那黑黝黝的面孔扬了起来，因为元首第一个点了他的名字而得意扬扬。

"很难说清楚。"他好像演说一样地打着手势。"有人说得太夸张了。最多五千到八千吧。"

"阿雷东多将军，你那几天是在因特彭德西亚，你砍了多少脑壳？"

"陛下，大约两万。"肥胖的阿雷东多将军回答道。他好像被装在用军服制成的笼子里一样。"仅仅在因特彭德西亚一个地区就杀了几千人。参议员说的数字不够。我当时在现场。不会少于两万。"

"你亲手杀了几个？"大元帅开玩笑地问道。又一波笑声传遍了餐桌上下，弄得座椅咯吱乱叫，玻璃器皿叮当乱响。

"陛下，您刚才说的'胡说八道'全都是真的。"肥胖将军抱怨道。他的微笑这时变成了怪相。"如今把全部责任都推到我们头上了。假的，全都是假的！军队执行了您的命令。一开始我们把非法居留的人分离出来。可是老百姓不让我们动手。人人都跑去抓海地人了。农民、商人、职员纷纷检举海地人隐藏的地方。海地人有的被绞死，有的被乱棍打死，有的还被烧死。有许多地方，部队不得不出面制止过火行为。对海地人的怨恨情绪早就有了，因为他们又偷又抢，什么坏事都干。"

"巴拉格尔总统，事件发生后，您是跟海地方面谈判的代表之一，"特鲁希略继续调查，"您说死了多少人？"

共和国总统那小小的模糊身影被座椅吞进去了一半。他听到招呼，连忙抬起那颗硕大的脑袋。透过近视眼镜，他看看听众，然后发出那温和而有声有色的语调来，他在花卉节上朗诵诗歌（他总是充当王国诗人的角色）、在庆祝多米尼加共和国小姐加冕时发表演说、在特鲁希略政治活动中做鼓动宣传或者在全体国民代表大会上阐释政府的政策，都用这样的语音语调。

"陛下，一直无法了解到准确的数字，"他慢慢地说着，摆出一副教师的派头，"谨慎的估计大概是一万到一万五千。在那次跟海地政府的谈判中，我们达成协议的数字是象征性的：二千七百五十人。这样，按照理论，每个受损失的家庭可以领到一百比索；为了表示亲善和加强多米尼加与海地的友谊，陛下的政府立即支付了二十七万五千比索。但是，您会记得，事情并没有这样办理。"

他停了下来，圆脸上露出一丝微笑，厚厚的眼镜片后面，亮晶晶的小眼睛眯缝了起来。

"为什么这点赔偿费到不了受害者家属手中？"西蒙·吉特尔曼问道。

"因为海地总统斯泰尼奥·樊尚是个骗子，他把钱装进了自己的腰包。"特鲁希略大笑起来。"只交了二十七万五千比索吗？我记得协议的结果是七十五万美元，这样他们就不抗议了。"

"的确如此，陛下，"巴拉格尔博士立刻回答道，口气依然平静，发音完美无误，"协议上写的是七十五万比索，但是只现付二十七万五千比索。其余的五十万，分五年支付，每年付给十万比索。但是，我记得很清楚，那时我是代理外交部长，堂安塞尔莫·巴乌利诺是我的谈判顾问，我们附加了一条，根据这个条款，付款要在国际法庭上进行，要以提供出来的死亡证书为凭据，死者必须是一九三七年十月那被确认的两千七百五十人中的一个才行。海地一直没有履行这个手续。因此，多米尼加共和国就不必支付其余的赔款了。赔偿仅仅集中在开头那笔钱上。陛下从自己的家产里拿钱支付了，因此没有花国库一分钱。"

"能解决这样一个可能会让我们亡国的问题，这还算是一笔小钱，"特鲁希略用做结论的口气说道，表情严肃，"不错，是死了一些无辜的人。但是，我们多米尼加人恢复了自己的领土主权。从那时起，感谢上帝，我们同海地的关系好极了。"

元首擦擦嘴唇，喝了一口水。咖啡和白酒早已经送上了。他不喝咖啡，从来不在午餐时喝白酒，除非在圣克里斯托瓦尔他的庄园里或者卡奥瓦之家，周围都是心腹时才喝。当他记忆里重复出现一九三七年十月全国各地捕杀海地人的消息纷纷传到他办公室、从而令他想象出来的种种血腥情景时，那个可恨、愚蠢和不知所措的小小身影又偷偷地掺杂进脑海里，那小姑娘在望着他时那副受屈辱的模样使他感到自己受了凌辱。

"参议员阿古斯丁·卡布拉尔、那个著名的'智囊'在什么地方？"西蒙·吉特尔曼指着奇里诺斯说，"我看到了奇里诺斯参议员，但是没有看到他那形影不离的伙伴。他怎么了？"

冷场持续了好几秒钟。就餐者纷纷端起咖啡凑在嘴边喝着，眼睛望着餐巾、台布花边、玻璃器皿或头上的吊灯。

"他已经不是参议员了。再也不能进国家宫了，"大元帅用慢吞吞、冷冰冰、怒气冲冲的口气宣判道，"他还活着，但是与这个政权有关系的事情,他不能再管了。"

那位前海军陆战队教官感到不是滋味,连忙喝光了杯中的白兰地。大元帅估计西蒙大概有八十岁了。他保养得非常好:稀疏的头发剪成了平头,身板显得笔挺,颈部没有脂肪块和囊袋,动作和手势都很有力量。但眼睛周围的皱纹已经延伸到整个晒黑的面庞上,这暴露出他的高龄。他做了个鬼脸,努力改变话题。

"陛下,您下令消灭那几千非法居留的海地人时有什么感觉吗?"

"请你问问你们的前总统杜鲁门,他下令往广岛和长崎扔原子弹的时候有什么感觉?然后你就知道那一夜我在达哈翁的感觉了。"

众人交口称赞大元帅回答得机敏。那位前海军陆战队军官的提问冲淡了提及阿古斯丁·卡布拉尔引起的紧张气氛。这时,改变话题的是特鲁希略了:

"一个月前,美国在古巴的猪湾吃了败仗。共产党领袖菲德尔·卡斯特罗抓到了好几百个入侵者。西蒙,这对加勒比地区会有什么影响?"

"古巴爱国者的那次远征是被肯尼迪总统出卖了,"他悲痛地低声道,"那些古巴人被送进了屠宰场。白宫禁止给他们提供原来许诺的空中掩护和炮火支援。共党分子拿他们当活靶子射击。但是,陛下,请允许我说一句不好听的话:发生这样的事情,我感到高兴。因为它可以给肯尼迪上一课,他的政府里已经有 fellow travellers① 渗透进去了。西班牙语怎么说?对了,叫作'同路人'。这有可能让他下决心摆脱'同路人'。白宫不想再发生猪湾那样的失败了。这样一来,派遣海军陆战队来多米尼加共和国的危险就减少了。"

---

① 英文,指旅伴、同路人。

说完这些话以后,这位前海军陆战队教官非常激动,然后努力克制情绪,保持谨慎的态度。特鲁希略感到惊讶:这位海纳军校的老教官一想到美国战友为了推翻多米尼加政权有可能登陆,难道就要哭起来?

"陛下,请原谅我的软弱,"西蒙·吉特尔曼渐渐平静下来,低声道歉,"您知道,我热爱这个国家,就如同热爱我的国家。"

"西蒙,这也是你的国家。"特鲁希略说道。

"由于左翼分子的影响,华盛顿有可能派遣海军陆战队来攻打跟美国最友好的政府。这简直糟透了!所以我花钱,花时间,努力要我的同胞们睁开眼睛。所以我和多萝西来到特鲁希略城。如果海军陆战队敢登陆,我们就与多米尼加人民并肩作战。"

一阵暴风雨般的掌声震得杯盘叮当作响,仿佛在为西蒙的长篇大论喝彩。多萝西在微笑、点头,支持丈夫的演说。

"西蒙·吉特尔曼先生,您的声音才是美国真正的声音。"绰号"宪法专家兼酒鬼"的奇里诺斯参议员激动不已,唾沫飞溅。"先生们,为这位朋友,为光荣的男子汉,为西蒙·吉特尔曼干杯!"

"等一下!"特鲁希略笛子般的尖叫声把这一沸腾气氛划作了千百块碎片。与会的人们一起望着他,感到困惑不解。奇里诺斯的酒杯还高举着没有放下来。"为我们的朋友和兄弟多萝西和西蒙·吉特尔曼干杯!"

这对老夫妻激动得喘不过气来,连连用微笑和鞠躬答谢在场的人们。

"西蒙,肯尼迪不会派兵来打我们的,"干杯声落下之后,大元帅说道,"我想他不会那么傻。不过,假如他要派兵来打,美国会遇到第二个猪湾的打击。我们的武装力量要比古巴的大胡子现代得多。

这里,从我开始,要一直战斗到最后一个多米尼加人。"

元首闭上眼睛,心想:记忆力能不能准确地回忆起那段语录?是的,想起来了,那段完整的语录,说给他听的语录,在他上台后的第二十九次庆祝大会上听来的语录。在那令人崇敬的宁静中,人们听到了朗诵的声音:

"无论未来给我们预定的是哪些叫人吃惊的大事,我们现在都可以确信:人们将会看到特鲁希略之死,但是他不会像巴蒂斯塔那样逃走,也不会像佩雷斯·希门内斯那样流亡,更不会像罗哈斯·皮尼亚那样坐上法庭的被告席。这位多米尼加的国务活动家是另外一种道德和血统的人。"

他睁开眼睛,满意地扫视了一遍在座的客人。大家聚精会神地听完了这段语录,然后个个赞不绝口。

"我刚才朗诵的这段话是谁写的?"大恩人问道。

人们面面相觑,好奇、怀疑、不安地寻找着。最后,人们的目光汇聚在那张由于谦虚而为难、但是和蔼可亲的圆脸上,汇聚在那位矮小的杂家脸上。自从特鲁希略一厢情愿地盼望避免美洲国家组织的制裁而强迫他弟弟"黑人"辞去总统职务以后,这个宝座就让杂家来坐了。

"陛下的记忆力让我感到惊奇,"华金·巴拉格尔低声道,一面显示过分谦卑的样子,仿佛被人们的赞美压垮了,"让我感到自豪的是您还记得我八月三日演说的拙文。"

大元帅深邃的目光观察到,有些人出于嫉妒而表情大变,他们是威尔希里奥·阿尔瓦莱斯·比纳、"活垃圾"、巴伊诺·比查德和那些将军。他们很难受。他们心里想,这个猥琐的家伙、谨慎的诗人、凤包教授和法律专家在长期的竞赛中刚才又多得了几分。这些人长期以来为赢得元首的宠信、夸奖、选拔和提升而要拼命压倒别人。元首为有这些勤奋的子民感到欣慰。他让这些人在三十年的时间里处于长期不自信的感觉之中。

"西蒙,这不单单是一句话而已,"元首语气肯定地说,"特鲁希略不是那种枪声一响扔下国家就跑的执政者。我在你身边,在海军陆战队里就学会了什么是荣誉。从那时起,我就知道,任何时候都要做个讲荣誉的人。讲荣誉的人是不会逃跑的,而是战斗,如果需要牺牲,那也要战死。无论肯尼迪、美洲国家组织、贝坦科尔特这个娘娘腔的讨厌黑鬼,还是共产党的菲德尔·卡斯特罗,都别想把特鲁希略从他领导的国家赶走。"

"宪法专家兼酒鬼"开始鼓掌,很多人也举起手来效仿,特鲁希略冷冰冰的目光一下子就制止了他们的掌声。

"西蒙,你知道我和那些胆小鬼之间的区别吗?"他一面望着老教官,一面说下去,"我是美利坚合众国海军陆战队培养出来的。我永远不会忘记这一点。是你在海纳,在圣佩德罗·德·马克里斯教给我的。你还记得吗,多米尼加国家警察第一届学员是钢铁炼成的。心怀嫉恨的人说:多米尼加国家警察的字母缩写就是'可怜的多米尼加黑鬼'。实际上,是这一届学员改变了我们国家的面貌,创造了一个崭新的多米尼加。你为这片土地正在做的一切,我并不感到吃惊。因为你跟我一样,都是真正的海军陆战队员。我们是忠诚的男子汉。即使要死,也绝不低头,要像阿拉伯的大马一样,永远望着天空。西蒙,美国表现不好,但是我并不恨你的国家。因为感谢海军陆战队,我才有今天。

"总有一天,美国会因为没有善待她在加勒比地区的伙伴和朋友而后悔的。"

特鲁希略喝了一口水。大厅里又重新响起嗡嗡的谈话声。侍者又送上来咖啡、白兰地、白酒和雪茄烟。大元帅又一次听到西蒙·吉特尔曼在问：

"陛下，您怎么解决与赖利主教的麻烦？"

元首露出傲慢的神情：

"西蒙，没有什么麻烦可言。这位主教站在我们的敌人一边。由于老百姓愤怒了，他就害怕了，跑到圣多明各学校的修女那里藏了起来。他在女人堆里干什么事，我们不管。我们安排了警卫，免得老百姓绞死他。"

"这件事还是早日解决为好，"老教官固执地说道，"在美国，很多不了解情况的天主教徒就相信赖利主教的声明。他说，他受到了威胁；还说，由于受到了恐吓，只好躲藏起来，等等。"

"西蒙，没有什么了不起的。一切都会得到解决。与教会的关系会重新变得美妙无比。你别忘记：我政府里的成员个个都是无可指摘的天主教徒；教皇庇奥十二世曾经授予我圣乔治大十字勋章啊！"突然，他又改变了话题，"贝坦带你们去参观多米尼加之声电台了吗？"

"当然。"西蒙·吉特尔曼回答道。多萝西点点头，满脸微笑。

特鲁希略的弟弟何塞·阿里斯门迪·特鲁希略，小名贝坦，早在二十年前就办起了那个企业的核心部分，当时是个小小的广播电台。这个名叫"玉纳之声"的电台逐渐发展成一个庞大的联合体：有多米尼加之声广播电台、第一家电视台、国内最大的广播中心、国内最好的夜总会和联合演出剧场。贝坦固执地要做加勒比第一，可是大元帅知道他还赶不上哈瓦那的"热带之声"。吉特尔曼夫妇对那些漂亮的设备印象很深。贝坦亲自陪同两位老人走了一遍，还请他们观看墨西哥芭蕾舞团的彩排，因为当晚要在夜总会演出。贝坦钻研起业务来是个不错的家伙，元首需要他的时候，可以指望他出力，还有他那支五彩缤纷的特种部队"山上的萤火虫"也能做些事情。但是，与其他几个弟弟一样，贝坦给哥哥带来了更多的损害而不是好处。由于贝坦的过错，元首不得不干涉那次愚蠢的斗殴，为了维护权威，他不得不干掉那个优秀的巨人——瓦盖斯·里韦拉将军，他还是元首在海纳军校的同学。那是最优秀的军官之一，他妈的，他也是个海军陆战队员，是一个永远忠诚的公仆。但是，家族，虽然里面个个是寄生虫、废物、无赖和可怜虫，可在元首的荣誉目录上，它是一条神圣的戒律，超过友谊和政治利益。元首一面继续自己的思路，一面听西蒙·吉特尔曼讲述看到有那么多电影、戏剧和广播方面的著名人士从全美洲各地来到"多米尼加之声"的照片时的惊讶程度。贝坦把那些照片一一陈列在办公室的墙壁上，照片上有：潘丘兄弟、里贝尔达·拉玛尔科、佩德罗·巴尔加斯、伊玛·苏玛科、佩德罗·因方特、塞丽阿·克鲁斯、多娜·拉·内戈拉、奥尔卡·基约特、玛丽亚·路易莎·兰丁、包比·卡博、丁旦和性感的马尔赛罗。特鲁希略笑了笑：西蒙不知道的是，贝坦除了用请来的女演员给多米尼加之夜创造欢乐气氛，还喜欢跟女演员上床，如同在他那个独立王国里随时跟大姑娘小媳妇性交一样。大元帅允许他在那片领地里寻欢作乐，但是不得在特鲁希略城胡作非为。可是贝坦那只疯狂的小鸟有时也在首都捣蛋，因为他确信："多米尼加之声"聘请来的女演员，只要他愿意，就有义务和他性交。有时他能得手，有时不能，那就会闹出乱子来。于是元首出面——总是元首出面——来灭火：给受伤害的女演员送上大堆的礼物，替那个举止不文明的流氓混蛋赔礼道歉。比如，对伊玛·苏玛科就是如此。

这是一位印加公主，持有美国护照。贝坦的胆大妄为让美国大使都出来干涉了。大恩人为此事费尽心机。为了让公主满意，他强迫弟弟公开道歉。公主满意了，大恩人松了一口气。如果把他用于填补亲戚们一路上挖出来的坑洼的时间用在建设上，那可以建成第二个多米尼加共和国了。

是的，在贝坦干下的荒唐野蛮的勾当里，元首永远不能原谅这个弟弟的就是他与军队参谋长的那次愚蠢的斗殴。高大的瓦盖斯·里韦拉与特鲁希略从在海纳军校一起受训起就是好朋友；他力大无比，参加各种体育训练。他是让特鲁希略把理想变成现实的军人之一。他帮他把那支小小的警察队伍改造成一支专业化、有纪律、战斗力强的正规军，基础恰恰就是美国人给压缩成的那个版本。就在这时，发生了那次愚蠢的斗殴。贝坦的军衔是少校，正在总参谋部服役。有一次，他喝醉了酒，不服从命令，瓦盖斯·里韦拉将军训斥了他，贝坦狂妄地大骂起来。巨人于是摘掉了军阶标志，用手指着院子说：咱们忘掉军阶，用拳头解决问题。贝坦一辈子也没有挨过这样的暴打，以前他打过许多可怜的人，这次算是他付出的代价吧。特鲁希略很难过，但是他坚信家族的荣誉高于一切，便被迫采取了行动：解除了朋友的职务，用一个象征性的差事把他打发到欧洲去了。一年后，军情局向他报告有人搞颠覆计划：那位心怀不满的将军在走访军营，与老部下聚会，在他锡瓦奥的小庄园里私藏武器。元首下令逮捕了将军，把他禁闭在尼瓜河河口的军事监牢里；过了一段时间，将军被军事法庭秘密判处死刑。为了把将军拖到绞刑架前，要塞长官动用了十二个正在服刑的土匪。为了不留下目击瓦盖斯·里韦拉将军悲惨结局的证人，特鲁希略下令枪杀了那十二个土匪。时间虽然流水般地逝去，但对那位艰苦岁月中的同志的怀念，就像此时此刻一样，有时总要涌上心头；为了这个混蛋贝坦，他不得不牺牲一员大将。

西蒙·吉特尔曼在给元首解释：他在美国成立的一批委员会早就为一次巨大的行动展开了募捐，准备在同一天里，用一整版的篇幅，以付费广告的形式，在《纽约时报》《华盛顿邮报》《时代周刊》《洛杉矶时报》以及一切攻击特鲁希略并支持美洲国家组织制裁的刊物上，登载一篇反驳文章和一篇呼吁与多米尼加政权重新建立外交关系的声明。

西蒙·吉特尔曼刚才为什么要打听阿古斯丁·卡布拉尔？一想起这个绰号叫"智囊"的家伙，元首就不得不极力克制心头的怒火。西蒙是不会有恶意的。如果说有谁是真的钦佩和尊敬特鲁希略，那就是这位前海军陆战队的教官，他是全心全意维护特鲁希略政权的。他大概是由于联想才脱口说出了卡布拉尔的名字，因为他看到了奇里诺斯便联想到这个"宪法专家兼酒鬼"和卡布拉尔是形影不离的伙伴——西蒙并不了解这个政权的内部秘密。不错，那两人曾经是形影不离的伙伴。特鲁希略多次派遣他俩共同完成一项任务。比如，一九三七年，他分别任命两人为国家统计局局长和移民局局长，让他们去了解国境线上海地人的情况，看看对方渗透到何种程度。但是，这对伙伴的友谊一向是相对的：只要元首夸奖或者器重了某一个，那么友谊关系就中断了。看着"活垃圾"和"智囊"像个商人似的搞小动作，明枪暗箭、钩心斗角的样子，特鲁希略感到非常开心——这是他默许的有趣游戏。同样，威尔希里奥·阿尔瓦莱斯·比纳和巴伊诺·比查德之间、华金·巴拉格尔和费约·波乃里之间、莫代斯托·迪亚斯和维森特·托伦蒂诺·罗哈斯之间，高层小圈子的人和人之间都是如此——争先恐后地要引起元首的注意，希望元首跟自己讲话或开玩笑。他想："他们就像妻妾成群的大家庭里那些争宠的女人一样。"元首为了让这些人永远依赖他，为了防止腐败、因循守旧和无法无天，就交替地在官阶上挪动棋子，让这个或者那个失宠。对待卡布拉尔，他就是这样做的：疏远卡布拉尔，让卡布拉尔意识到自己的存在、价值和拥有的一切都取决于特鲁希略；让卡布拉尔明白，没有大恩人，他就分文不值。这是一种考验，元首对任何一个部下都使用过，无论亲疏。"智囊"错误地理解了这一考验，绝望得像个被男人抛弃的热恋中的女子。他没有正确对待考验，正在干蠢事呢。在回到正常生活之前，他还得吃很多苦头。

难道是卡布拉尔知道特鲁希略要给西蒙这个前海军陆战队教官授勋，便请西蒙代为说情？莫非这就是西蒙不合时宜地脱口说出了这样一个人的名字的原因？凡是关注媒体的多米尼加人都知道这个人已经在政治舞台上失宠了。对了，西蒙·吉特尔曼大概不看《加勒比日报》。

突然，元首浑身一冷：尿液在流。他感到了尿液的流动，仿佛看到了那黄色的液体未经许可就从膀胱流向那个已经不起作用的阀门、那失效的前列腺、那不能控制尿液排泄的机关，快乐地通过尿道，到外面的世界去寻找空气和阳光，结果尿液淹没了内裤，浸透了制服裤门襟和两腿间的部分。他感到头晕目眩。愤怒和无奈震撼着全身，他闭上眼睛几秒钟。不幸的是，他身边没有威尔希里奥·阿尔瓦莱斯·比纳。此刻他的左边是西蒙，右边是多萝西·吉特尔曼。这两人都帮不了他。如果是威尔希里奥就好了。他是多米尼加党主席，但实际上，他真正重要的职务是：一旦元首小便失禁，他就赶忙往大恩人身上泼上一杯水或者酒，同时不停地为自己的笨拙反复道歉；如果事情发生在检阅台上或者行走的时候，他就赶忙站到元首前面去，如同屏风一样挡住元首的裤子。这是自从秘密地把布伊戈威特医生从巴塞罗那请来诊断出是前列腺炎在捣乱之后采取的措施。但是，今天礼宾司那些白痴把威尔希里奥·阿尔瓦莱斯安排到距离元首四个座位以外的地方去了。没人可以帮忙！只要一站起来，吉特尔曼夫妇就会发现元首不知不觉中像个老人一样尿了裤子，那样一来可就是奇耻大辱了。愤怒使得他无法采取行动，不能伪装成要喝水打翻水杯或者水罐的样子。

元首动作非常缓慢地挪动右手，目标是那个装满水的杯子，与此同时，他装成漫不经心的样子看看周围。他一点点地把杯子拉到桌子的边沿，这样只要稍有晃动，水杯就可以打翻。忽然，他想起第一个女儿来：那是他与第一个妻子"金花"在阿明达生的孩子，这孩子长大以后疯得很，身材是女的，性格是男的，换了好几个丈夫，如同换鞋子一样；可是她小时候习惯尿床，直到上小学以后才正常。他鼓起勇气又偷偷看了一眼裤子。那里没有什么难堪的情景，没有预料中的尿痕，他证实裆部是干的。他的目光依然吓人，如同他的记忆力一样。干燥至极。原来是个错觉。担心"尿湿湿"，产妇们爱这样说。是恐惧造成的错觉。幸福感立刻充满了全身，让元首乐观起来。这一天起床时情绪不好，有种种不祥之兆，到了下午却变得美好起来，仿佛雨过天晴、阳光灿烂的海岸风光。

元首站了起来；所有的人好像士兵听到命令一样也立刻模仿大恩人的动作。他帮助多萝西·吉特尔曼站起来，心中同时下了最大的决心："今天晚上在卡奥瓦之家，我要像二十年前那样把这个小姑娘玩得'哇哇'叫。"他觉得睾丸开始进入激昂状态，阴茎开始勃起。

十二

萨尔瓦多·埃斯特莱亚·萨德哈拉心想：永远不能看到黎巴嫩了。这个想法让他感到沮丧。从小他就经常梦想有一天去黎巴嫩高地看看，去看看那个名叫巴斯金塔的城市或者村庄。那里是萨德哈拉家族的发源地；十九世纪末，萨尔瓦多母亲的祖先由于信仰天主教而被驱逐出境。萨尔瓦多在成长的过程中不断地听保利娜妈妈讲述在黎巴嫩经商的萨德哈拉男人们的冒险故事和不幸遭遇；讲述他们如何损失了一切，亚伯拉罕·萨德哈拉和家人如何历经千辛万苦躲避多数派伊斯兰教徒对少数派基督教徒的迫害。他们走遍半个地球，始终信仰基督和十字架。他们先到了海地，后来进入多米尼加共和国。他们在圣地亚哥扎下根来，凭着这个家族众所周知的勤劳和诚实又一次发了财，赢得了这块收养他们的土地上的人们的尊重。萨尔瓦多虽然很少看到母系方面的亲戚，可是他被保利娜妈妈的故事迷住了，觉得自己永远是萨德哈拉家族中的一员。因此，他经常梦想去访问那个神秘的巴斯金塔，因为在中东的地图上，他一直没有找到这个地名。为什么刚才他会有那样的预感，认为永远也不会踏上祖先生活过的遥远国度了呢？

"我想我大概睡着了。"他听到前排座位上的安东尼奥·德·拉·玛萨在说话。他看到他在揉眼睛。

"你们都睡着了，"萨尔瓦多回答说，"别担心。我盯着从特鲁希略城方向开来的汽车呢。"

"我也盯着呢，"旁边的阿玛多·加西亚·盖莱罗中尉说道，"我好像是在睡，因为一动不动；但是注意力在目标上。这是在军队学会的放松方法。"

"阿玛迪多，'公羊'肯定会来吗？"安东尼奥·英贝特坐在方向盘的位子上故意刺激中尉。"突厥"察觉出他口气中有责备的意思。这不公平！好像特鲁希略取消了圣克里斯托瓦尔之行是阿玛迪多的过错！

"对，托尼，他肯定会来。"中尉跳了起来，口气肯定而狂热地说道。

"突厥"已经不那么肯定了，他们已经等了一小时十五分钟。又浪费了一天的时间，又是充满热情、焦虑和希望的一天。萨尔瓦多今年四十二岁，是在通往圣克里斯托瓦尔的公路上等待特鲁希略到来的七个人中年纪最大的一个。他没有给人衰老的感觉，还远远谈不上衰老。他浑身的力气依然如同三十岁时那样异乎寻常。那是在阿尔玛西戈斯家族的庄园里，大家都说，"突厥"能够一拳打死一头驴（要打在耳朵后面）。他的力气尽人皆知。凡是在圣地亚哥教养院里跟他玩过拳击的人都知道他的力气。在那里，由于他努力对青少年进行体育训练，最后在这些犯罪青年和流浪少年中产生了意想不到的良好效果。金拳奖的获得者基德·迪那米达就是从那里脱颖而出,最后成为加勒比地区著名拳击手的。

萨尔瓦多热爱萨德哈拉家族的人们,为自己有黎巴嫩的阿拉伯血统感到自豪。可是,萨德哈拉家族的人们曾经不愿意让他出生。当保利娜告诉家里比罗·埃斯特莱亚在追求她时,大家都拼命反对,因为比罗是混血种、军人,还搞政治,这三样都是让萨德哈拉家族不寒而栗的东西——想到这里,"突厥"笑了。家族的反对迫使比罗·埃斯特莱亚拐跑了保利娜,两人跑到莫卡,比罗用手枪逼着神甫在教堂为他俩举行了结婚仪式。随着时间的推移,埃斯特莱亚家族和萨德哈拉家族终于和好。一九三六年保利娜妈妈去世的时候,埃斯特莱亚·萨德哈拉已经有九个弟弟了。比罗·埃斯特莱亚将军第二次结婚又生了七个儿子,这样一来,"突厥"就有了十六个合法弟弟。假如今天晚上失败的话,这些弟弟会出什么事呢?特别是他的弟弟瓜里奥内斯·埃斯特莱亚·萨德哈拉将军,他一点也不知道今天晚上的事情,他会出什么事呢?这位将军曾经担任过特鲁希略警卫队长的职务,现任维加军区第二旅旅长。如果计划失败,敌人的报复会是无情的。计划为什么会失败?计划是精心准备好的。一旦旅长的上级何塞·雷内·罗曼将军通知他特鲁希略已死,军民联合执政委员会已经掌握了政权,瓜里奥内斯肯定会让北方全部的武装力量为新政权效力的。会是这样吗?由于等待的时间太久,沮丧的情绪又一次占据了萨尔瓦多的心头。

他半闭眼睛,嘴唇不动,祷告起来。他一天要祷告好几次:起床和睡觉前要高声祷告;其余的时间要默默地祷告,比如现在就是。除去念叨圣父和圣母之外,他还根据具体环境,临时编些祷辞。他从小就习惯把大事小事汇报给上帝听,把秘密交给上帝,请上帝拿主意。他恳求上帝把特鲁希略送来;恳求上帝无限的恩惠,允许他们一下子处决掉这个杀害多米尼加人民的刽子手，处决掉这个现在对教会和神甫大施淫威的畜生。一直到不久前，只要一谈到处决特鲁希略，"突厥"还总是犹豫不决；但是自从得到上帝的指示以后，他就心安理得地跟基督谈这件弑杀暴君的事情了。"指示"就是教皇圣谕里的那句话。

这得感谢福廷神甫。福廷是加拿大人，定居在圣地亚哥；萨尔瓦多同里诺·撒尼尼主教的那次谈话，就多亏了福廷神甫的帮助。多年来，福廷神甫就是他的精神导师，每月总有一两次，两人要长谈一下。"突厥"在谈话中敞开心扉，无所顾忌；神甫静静地听着，回答他的问题，解开他的疑惑。不知不觉中，政治话题逐渐在谈话中超过了个人私事。为什么天主教会支持一个沾满鲜血的政权？教会怎么能用自己的精神权威去保护一个恶贯满盈的统治者呢？

"突厥"还记得福廷神甫在回答这些问题时的难堪神情。他那些壮着胆子的回答连他自己都说服不了：上帝的事情上帝管，恺撒的事情恺撒管。福廷神甫，难道对特鲁希略也要这样分开来说吗？他不去做弥撒，不接受祝福和圣餐吗？对各种政府行为，教会不搞弥撒、感恩祈祷和祝福？主教和神甫不是经常为暴政活动做神圣化的解释吗？如果让信徒与特鲁希略如此保持一致的话，那教会置信徒于什么样的处境之中呢？

萨尔瓦多从年轻时就发现，每天的行为如果处处按照宗教戒律办事，有时是根本不可能或者十分困难的。尽管他坚守信仰原则，但那从来都不妨碍他吃喝玩乐、搞女人。他永远也不会后悔在和现任妻子乌拉尼娅·米耶赛斯结婚前就生下两个儿子。这是过错，常常让他感到不好意思，他也曾经努力赎罪，尽管良心依然不能平静。是的，在每日的生活里，很难不得罪上帝。他，一个可怜虫，先天就打着原罪的烙印,这烙印可以证明人类都有着相同的弱点。可是上帝安排的教会怎么也会犯错误呢?怎么会去支持一个狼心狗肺的东西呢?

直到十六个月前——那一天让他终生难忘,一九六〇年一月二十五日,星期天,发生了奇迹。多米尼加的天空中出现了一道彩虹。此前的二十一日那天是保护神节,即大恩典圣母日,但也是抓捕"六·一四运动"成员的坏日子。星期天,在圣地亚哥阳光明媚的早晨,教堂里座无虚席。突然,福廷神甫在讲坛上声音洪亮地宣读起那封震撼整个多米尼加的主教致教民书——基督的神甫们在同一时刻在所有教堂宣读这封信。这是一场飓风,比一九三〇年特鲁希略刚上台时那场名叫"圣谢侬"的飓风还要厉害,那一场飓风摧毁了首都。

萨尔瓦多·埃斯特莱亚·萨德哈拉在汽车的暗处沉浸在对那喜庆日子的回忆中,他笑了。他一面听着福廷神甫用略带法语口音的西班牙语宣读《主教书》——那里的每个句子都气得"公羊"发疯——一面觉得每个句子都在回答他的疑问和不安。他太熟悉这封信了——他听完之后又阅读过几遍,还秘密印刷后到处散发这封信,因此他可以全文背诵出来。一道"悲伤的阴影"给多米尼加的保护神节、圣母日那一天烙下了痛苦的印记。主教们说:"面对这折磨许多家庭的痛苦浪潮,我们不能无动于衷,"正如使徒彼得所言,"要与哭泣的人们一起哭泣。"主教们提醒大家:"不可践踏的个人尊严是一切权利的根据和基础。"他们引用教皇庇奥十二世的一句话:"地球上还有几亿人口生活在压迫和暴政之下。这些处于水深火热之中的人没有任何安全可言:没有家,没有财产,没有自由,没有荣誉。"

《主教书》中的每句话都让萨尔瓦多激动不已。里面说："生存权除去只能属于上帝——因为是上帝给了我们生命，还能属于别人吗？"主教们强调说："从这一基本权利中又派生出其他权利：组织家庭的权利、劳动权、经商权、移民权（这是对出境还要向警察局办理许可手续的谴责！）、名誉权、不受无端借口或者匿名指控诬陷的权利。"《主教书》重申："每个人都有自由思想的权利、言论自由的权利、结社自由的权利、示威游行的权利……"主教们在"这个痛苦、不安的时刻，为了和平与和谐，为了在国内建立人类共存的神圣权利"而祈祷。

萨尔瓦多实在太激动了，走出教堂之后甚至没有与妻子或者朋友们谈论几句《主教书》的内容。大家都聚在外面，脸上充满了对于刚才听到的一切表示惊讶、拥护或者担心的表情。没有丝毫的混乱，因为带头签署《主教书》的是里卡多·比迪尼大主教，随后是来自国内不同地方的五位主教。

他低声说了一句道歉的话，离开家人，好像梦游患者一样，转身又回教堂去了。他进到圣器室中。福廷神甫正在脱去法袍。他冲他微微一笑："萨尔瓦多，你现在为自己的教会感到自豪吗？"他激动得一句话也说不出来，便把神甫长时间地拥抱在怀里。是的，基督的教会终于站到了受害者一边。

"福廷神甫，报复行动会是非常可怕的。"他低声说道。

果然如此。对于玩阴谋诡计，这个政权是有一套鬼点子的，报复行动集中到了两个外籍主教身上，没有理睬出生在多米尼加的那几位主教。一位是美籍主教托马斯·赖利，在圣胡安教区工作；另一位是西班牙籍主教弗朗西斯科·巴纳尔，在维加教区工作。这两人成为污蔑的目标。

一九六〇年一月二十五日快乐的那一天之后的几周里，萨尔瓦多第一次想到有必要杀掉特鲁希略。起初，这个想法吓了他一跳，天主教徒应该遵守第五条戒律：不杀人。尽管如此，这个念头变得越来越强烈，尤其是每当他看到《加勒比日报》《国家报》或者听到"多米尼加之声"播送攻击巴纳尔主教和赖利主教的文章时。他们居然称两位主教是外国列强的代理人、共产主义的奸商、殖民主义者、叛徒、毒蛇等等。可怜的巴纳尔主教！他们居然说巴纳尔是外国人！他在维加地区当神甫可已经三十年了！他那使徒般的善举赢得了该地区无论冤家还是对头的尊重和热爱。乔尼·阿贝斯策划的卑鄙行动打消了萨尔瓦多的种种顾虑。只有他这种人才整天琢磨类似的鬼点子呢！他是从福廷神甫那里以及传闻中听到乔尼的行动的。卑鄙无耻的事情发生在维加教堂里，主教经常在那里做十二点钟的弥撒。诬蔑主教的滑稽戏就发生在那里。当主教正在宣讲福音书时，突然闯入一群浓妆艳抹、衣着半裸的妓女。面对满堂吃惊的信徒，她们冲到讲坛前破口大骂老主教，指责他和她们生出私生子来，骂他是个变态狂。其中一个泼妇抢过话筒吼起来："你得承认那些你种的、强迫我们生出来的儿子！你不许把他们饿死！"有几个女信徒明白了她们的阴谋之后开始反击，当她们正准备把这些妓女赶出教堂并保护主教的时候，简直不相信自己的眼睛了：一群特工冲了进来，他们有二十几人，个个手持木棒和铁链，他们毫不留情地抽打着教徒。可怜的主教们！歹徒在主教们居住的房子外墙上乱写了许多骂人的话。在圣胡安，他们炸毁了赖利主教到各个教区乘坐的小卡车；每天夜里往他的住宅里扔死猫死狗、泼脏水、放活老鼠，直到迫使主教逃到特鲁希略城的圣多明各教会学校里去为止。坚不可摧的巴纳尔主教继续在维加地区抵抗威胁、诬蔑和谩骂。这是一位用烈士黏土塑造的老人。

终于有一天,"突厥"来到了福廷神甫的住处,前者肥胖的面庞变了模样。

"萨尔瓦多,怎么了?"

"神甫,我要杀了特鲁希略!我想知道我会不会下地狱。"他的声音变了调。"再也不能这样下去了。不能让他们这样对待主教,对待教会!不能让他们在电视、广播和报纸上搞这种肮脏的宣传了。应该斩断蛇头!结束这一切!我会下地狱吗?"

福廷神甫劝他镇静下来,请他喝了一杯刚刚过滤好的咖啡,然后拉他沿着圣地亚哥种满月桂树的大街长时间地散步。一周后,神甫告诉他:教皇特派使节里诺·撒尼尼主教将在特鲁希略城单独接见他。"突厥"提心吊胆地来到了教皇使节下榻的豪华住宅,地点在马克西莫·戈麦斯大道上。那位枢机主教从一开始就设法让这个胆小的巨人放松下来。萨尔瓦多裹在高领衬衫里,打上了领带,为的是见这位教皇的代表。

撒尼尼主教十分文雅,口才极好,不愧是真正的代表!萨尔瓦多早就听说过这位使节的故事,对使节很有好感,因为很多人都说:特鲁希略痛恨这位枢机主教。据说,庇隆原来在多米尼加流亡了七个月,一听说教皇的新使节要来这里,便赶忙离去了。这是真的吗?人人都是这么说的。人们说他跑到国家宫,对特鲁希略说:"陛下,你要小心啊!别跟教会过不去。你想想发生在我身上的事情就明白了。把我推翻的不是军人,而是教士。梵蒂冈派给你的这个使节跟派到我那里去的一模一样,我就是因为他,而发生了与教会的纠纷。一定要小心这个家伙!"说完这番话,这位前阿根廷独裁者就收拾行李跑到西班牙去了。

那次会见以后,"突厥"准备相信大家说的有关撒尼尼枢机主教的一切好话。使节邀请他到办公室谈话。落座后,主教又请他喝饮料、吃点心,随后鼓励他说出心里话。使节亲切地说着一口意大利音乐味道的西班牙语,这让萨尔瓦多有一种听到天使乐曲般的感觉。他听到自己在说:再也无法忍受这一切了,无法忍受政府对待教会、对待主教们的做法,这一切简直要让他发疯了。停顿良久,他拉住使节戴戒指的手说:

"主教大人,我要杀掉特鲁希略。我的灵魂能得救吗?"

他的声音哽咽了。他垂下眼帘,不安地呼吸着。这时,他感到枢机主教父亲般的大手放在了他的肩膀上。最后,他抬起头来,看到使节手中拿着一本使徒圣托马斯·阿奎那的著作。使节红润的脸上露出一丝调皮的微笑。他用食指点着打开的书页,让萨尔瓦多看其中一个段落。萨尔瓦多低头看去:"消灭畜生的肉体,如果可以解放一个民族,上帝是恩准的。"

他在精神恍惚的状态下离开了使节驻地。他在乔治·华盛顿大道走了好长时间,又从那里走向海岸,感到心中有一种长期以来不曾体验到的精神平静。他要宰掉畜生,上帝和教会都会原谅他的,以血还血:用血洗刷掉畜生让祖国流出的鲜血。

但是,"公羊"会来吗?他时时感受到等待给同志们造成的紧张状态。谁也不开口说话,谁也不肯动一动。他能够听到伙伴们的呼吸声:安东尼奥·英贝特手扶方向盘,呼吸是平静的,吸气的时间很长;安东尼奥·德·拉·玛萨呼吸很快,有些气喘,目光不离公路;阿玛迪多的呼吸有很强的节奏感而且深长,他也在注视着特鲁希略来的方向。三个朋友肯定都是把手放在武器上的。他也是如此。萨尔瓦多感觉着史密斯-威森点三八口径手枪柄的硬度,这是他从圣地亚哥一个开五金店的朋友那里买来的。阿玛迪多除了携带一支点四五口径的手枪之外,还带来一支 M-1 步枪,这是美国人对暗杀计划的可笑贡献。同安东尼奥一样,安东尼奥·德·拉·玛萨也是一支勃朗宁自动步枪,点一二口径,枪管已经被他的朋友西班牙人米盖尔·安赫尔·比歇在自己的车间里截短了。枪膛里装着特制的子弹,这是他的另外一位朋友、也是西班牙人的前炮兵军官曼努埃尔·德·奥文·菲尔普早就特别制造好的,交出子弹时他肯定地说:每颗子弹里装着足以致命的炸药,打烂一头大象也没有问题。但愿如此!是萨尔瓦多提议中央情报局提供的卡宾枪由加西亚·盖莱罗中尉和安东尼奥·德·拉·玛萨掌握,两人坐在右面的座位上,挨着车窗。他俩是最优秀的射手,理应在近距离首先开枪。大家一致同意。"公羊"会来吗?"公羊"会来吗?

萨尔瓦多·埃斯特莱亚·萨德哈拉与教皇使节撒尼尼主教谈话后又过了几周,听说施恩会的修女们决定把他当修女的妹妹西塞拉——保利娜嬷嬷——从圣地亚哥转移到波多黎各去,这样他就越发感激和钦佩撒尼尼枢机主教了。西塞拉是萨尔瓦多特别疼爱的小妹妹。自从她当修女以来,他就更喜爱西塞拉了。西塞拉选择母亲保利娜的名字为教名,使萨尔瓦多热泪盈眶。每当他能在保利娜嬷嬷身边逗留片刻的时候,他便感到自己得救了,有了安慰,净化了灵魂,他被发自可爱的妹妹身上的宁静与欢乐所感染,被妹妹献身基督的平静自信的态度所感染。是不是福廷神甫告诉了撒尼尼枢机主教:如果政府发现了他们的暗杀计划,他将为这个当修女的妹妹担心?他绝对没有想到,把保利娜嬷嬷转移到波多黎各一事纯属偶然。这是天主教会一项明智的举措:不让畜生糟蹋一个纯洁而无辜的姑娘,因为乔尼·阿贝斯指挥的刽子手们是会这么干的。株连九族的恶习是让萨尔瓦多对这个政权感到愤慨的又一原因：为了惩罚异己分子，政府还迫害这些人的亲戚、父母、兄弟，没收他们的财产，逮捕下狱，开除公职。假如暗杀失败，镇压行动会是冷酷无情的。就是萨尔瓦多的父亲比罗·埃斯特莱亚将军也不能幸免，尽管他在自己的拉瓦斯庄园里经常设宴款待友好的大恩人。所有这一切，萨尔瓦多早已反复权衡过。他决心已定。知道罪恶的手不能伸到波多黎各的修道院去伤害保利娜嬷嬷，他大大地松了一口气。妹妹不时给他寄来一封短信，那上面用工整的字体写满了热情洋溢、令人心情舒畅的话语。

尽管萨尔瓦多对待信仰非常虔诚，可是从来没有想过去学西塞拉当修士。因为虽然他钦慕神的召唤，但是基督早已经把他排除在外了。他绝对无法履行那些誓愿，尤其是这一条：操守贞洁。上帝把他造得太喜欢尘世的一切了，太喜欢追求那本能的东西了，而一个基督的牧师是应该消灭情欲的，然后他才能完成传播福音的使命。他一向喜欢女色，至今如此，尽管过着忠贞不渝的夫妻生活，可是仍然会偶尔堕落一下，然后良心长时间地受到折磨。如果出现一位妙龄女郎，细腰、宽胯、小嘴、大眼睛亮晶晶，是典型的多米尼加美人，且一颦一笑、一举手一投足、一开口都流露出无限的风情，萨尔瓦多就会站立不安，心里燃烧起欲望和种种遐想。

这些都是他经常要抵挡的诱惑。朋友们，特别是安东尼奥·德·拉·玛萨，嘲笑他有多少次了？达威托被杀害以后，他就独自一人游玩，不肯陪朋友们去逛妓院，也不肯去皮条客介绍的、据说还没有破身的姑娘家里。的确，有时他也抵挡不住诱惑，但事后心里要痛苦好几天。很久以来，他就习惯了把这种堕落的责任推到特鲁希略头上去。都是这个畜生的过错，他造成许许多多人吃喝嫖赌、道德沦丧，因为他们要借此设法减轻生活所造成的焦躁不安，因为生活里没有一丝自由和尊严的空间，因为在这个国家，人的生命一钱不值！特鲁希略早已是帮助魔鬼毁灭人类的最得力帮凶了。

"是那辆车！"安东尼奥·德·拉·玛萨大吼起来。

阿玛迪多和托尼·英贝特也同时喊道：

"是他！是那辆车！"

"他妈的！开车！"

安东尼奥·英贝特的车已经启动；那辆面向特鲁希略城停着的雪佛兰正在调头，车轮发出吱吱的尖叫——萨尔瓦多想起一部警探影片来——朝着圣克里斯托瓦尔的方向开去。在那个方向的公路上，漆黑而空无一人，特鲁希略的轿车正在向远方驶去。是他吗？萨尔瓦多没有看到，但是伙伴既然说得那样肯定，那就应该是他，肯定是他。萨尔瓦多的心脏剧烈地跳动着。安东尼奥和阿玛迪多打开了车窗。英贝特仿佛骑士快马加鞭一样，扶着方向盘不断地加速。风越来越大，萨尔瓦多几乎睁不开眼睛了。他一只手保护眼睛，另外一只手攥着手枪，渐渐地与前面车尾的小红灯缩短了距离。

"阿玛迪多，肯定是'公羊'那辆雪佛兰吗？"他高喊道。

"肯定！肯定！"中尉尖叫着，"我认识司机，就是萨卡里亚斯·德·拉·克鲁斯。我不是跟你们说过吗，他肯定会来的。"

"加快！他妈的！"这已经是安东尼奥·德·拉·玛萨第三还是第四次说这句话了。他已经把头探出车外，截短的卡宾枪枪管也在车外。

"阿玛迪多，你说得对，"大家听到萨尔瓦多在喊，"像你说的，一辆车，没有警卫。"

中尉双手持枪，侧身，脊背对着萨尔瓦多，食指扣着扳机，M-1

的枪托顶在肩上。萨尔瓦多祷告说:"感谢上帝,我以多米尼加你的子民的名义感谢上帝。"

安东尼奥·德·拉·玛萨的这辆雪佛兰-比斯坎湾在公路上飞驶,逐渐缩短了与那辆蓝色雪佛兰-贝尔艾尔之间的距离。阿玛迪多·加西亚·盖莱罗以前多次给大家描绘过这辆车的特征。"突厥"已经辨认出黑白官方车牌的号码:0-1823,还有那丝绸小窗帘。对,这就是元首用来回圣克里斯托瓦尔那座卡奥瓦之家的轿车。现在托尼·英贝特驾驶的这辆雪佛兰-比斯坎湾,曾经让萨尔瓦多反复做过噩梦。那梦里情景和现在一样:在一个有月亮和漫天星斗的夜晚,这辆准备用来跟踪的新车开始减速了,越来越慢,在大家的一片咒骂声中,最终抛锚不动了;萨尔瓦多眼睁睁看着大恩人的汽车消失在黑暗中。

元首那辆蓝色雪佛兰-贝尔艾尔继续加速——大概超过每小时一百公里,英贝特早已打开了大灯,在强光照射下,前面这辆车的轮廓已经清晰可见。自从接受加西亚·盖莱罗中尉的建议,大家同意在通往圣克里斯托瓦尔的公路上伏击特鲁希略以来,萨尔瓦多就去详细了解了这辆车的历史。显而易见,伏击能否成功取决于车速是否够快。安东尼奥·德·拉·玛萨是个汽车迷。圣多明各汽车公司并不会感到奇怪:有人因工作需要在与海地接壤的边境地区每周跑几百公里,所以需要一辆特别的好车。公司建议他购买美国雪佛兰-比斯坎湾,随后便向美国方面订了货。三个月前,车子终于来到了特鲁希略城。萨尔瓦多还记得大家坐上新车试验那一天的情景,阅读说明书时,大家笑得多开心啊!那上面写道:这种车跟纽约警察追捕犯罪嫌疑人的警车一模一样。有空调、自动传动装置、液压刹车,有八缸三百五十毫升的发动机。价值七千美元。安东尼奥说:

"从来没有过这么好的投资项目。"此前,他和家人已经在莫卡地区试过一次了。说明书并没有夸大其辞:车速可以达到每小时一百六十公里。

"小心!托尼!"有人喊了一声,因为车子猛然颠了一下之后可能撞瘪挡泥板。无论安东尼奥还是阿玛迪多都不知道这一情况。两人仍然手持武器,探头在车外,等着英贝特超过特鲁希略那辆车。两车的距离已经不到二十米了,强风让人喘不过气来;萨尔瓦多目不转睛地盯着车后的窗帘。他们应该对准车窗射击,把所有座位打个稀巴烂。他恳求上帝:千万别让里面有陪同"公羊"前往卡奥瓦之家的不幸姑娘。

那辆雪佛兰-贝尔艾尔好像察觉有人在跟踪,或者是出于体育比赛的本能,它不肯让后面的车超车,猛然又向前蹿出几米。

"加速!他妈的!"安东尼奥·德·拉·玛萨命令道,"再快点!"

几秒钟后,雪佛兰-比斯坎湾又缩小了距离,而且越追越近。其他那些人呢?为什么佩德罗·里韦奥、瓦斯卡尔·特哈达没有露面?他俩就埋伏在奥兹莫比尔——也是安东尼奥·德·拉·玛萨的车子里,只有两公里,他们应该拦住特鲁希略的汽车呀!英贝特是不是忘记了应该连续三次开灯和关灯?驾驶萨尔瓦多那辆老水星牌的菲菲·巴斯托里萨也没有露面,他应该埋伏在距离奥兹莫比尔那辆车两公里的地方。他们应该分别停在相距两公里、三公里、四公里或者更多公里的地方。他们在什么地方呢?

"托尼,你忘了给信号了!""突厥"喊道,"咱们把佩德罗·里韦奥和菲菲丢在后面了。"

这时他们距离特鲁希略的车子有八九米远。托尼又变灯光又鸣笛,表示要超车。

"贴上去!"安东尼奥·德·拉·玛萨吼道。

他们又往前追了几分钟,可是雪佛兰-贝尔艾尔不肯离开中线,全然不理睬托尼的信号。佩德罗·里韦奥和瓦斯卡尔驾驶的那辆奥兹莫比尔在他妈的什么鬼地方呢?菲菲·巴斯托里萨那辆水星又在哪里呢?终于,特鲁希略那辆车子向右边让路了。这给他们留下了足够的空间。

"贴上去!再贴近些!"安东尼奥·德·拉·玛萨近乎歇斯底里地恳求道。

托尼·英贝特一踩油门,几秒钟后,他们已经和雪佛兰-贝尔艾尔并头前进了。旁边的车窗也拉着窗帘,因此萨尔瓦多没有看到特鲁希略;但是从前面的车窗望进去,没错,那里清清楚楚的就是著名的萨卡里亚斯·德·拉·克鲁斯那张粗俗、健康的面孔。就在这时,安东尼奥和中尉同时开火的枪声几乎要震破萨尔瓦多的耳鼓。两辆汽车贴得如此之近,以至于蓝色雪佛兰车窗爆炸的玻璃碎片一直飞溅到了他们身上;萨尔瓦多感到脸上有针扎般的刺痛。他好像恍惚看到萨卡里亚斯的脑袋奇怪地一动,一秒钟后,他也连忙从阿玛迪多肩膀上方向外射击起来。

射击持续了几秒钟,这时——车轮的尖叫声让他直起鸡皮疙瘩——突然的刹车使得特鲁希略的汽车落到了后面。萨尔瓦多回头从后车窗望去,只见那辆雪佛兰-贝尔艾尔在走Z字形,好像在安静下来之前要翻车似的。它没有调头,不打算逃跑。

"停车!停车!"安东尼奥·德·拉·玛萨在咆哮,"他妈的,调头!"

托尼知道自己在做什么。几乎在特鲁希略那辆中弹的车子刹车的同时,他也来了个急刹车。但是,他在车身猛烈晃动可能造成翻车之前抬起了踩刹车的脚；接着他再次刹车，直到让雪佛兰-比斯坎湾停住为止。随后，他一秒钟也没有耽搁，扭动方向盘，做了一个大转弯的动作——后面没有任何车辆过来——调头向特鲁希略的车子驶去。蓝色雪佛兰荒唐地停在那里，在不到一百米的地方，好像在等候他们似的，车灯还是亮的。他们的车子走了五十米的时候，车灯熄灭了。可是"突厥"看到蓝色雪佛兰仍然还在那里没动，托尼·英贝特用大灯光照着它呢。

"低头！弯腰！"阿玛迪多说道，"有人冲咱们开枪。"

左边车窗的玻璃已经成了碎片。萨尔瓦多感到脸上和颈部针刺般的疼痛；突然的刹车让他向前猛撞了一下。这辆雪佛兰-比斯坎湾的车轮吱吱作响，走了一个Z字形之后，完全偏离了大道，最后停了下来。英贝特熄灭了车灯。周围一片漆黑。萨尔瓦多感觉周围都是枪声。他、托尼、安东尼奥和阿玛迪多是在什么时候跳下汽车的？四人都在车外，以挡泥板和敞开的车门为掩体，对准特鲁希略汽车的方向射击。是什么人在向他们四个开枪呢？除去司机之外，难道还有别人跟"公羊"在一起吗？毫无疑问，的确有人在向他们射击，因为子弹就在他们周围飞舞，钻进雪佛兰车皮的子弹发出叮当的声音，他们当中终于有人受伤了。

"'突厥'、阿玛迪多，掩护我们！"安东尼奥·德·拉·玛萨命令道，"托尼，咱俩上去宰了他！"

几乎同时——他的眼睛开始可以识别微弱星光下的景物轮廓了，萨尔瓦多看到有两个弯腰的身影向特鲁希略的车子跑去。

"'突厥'，别开枪！"阿玛迪多说道。他单腿跪在地上，拿枪瞄准前方。"咱们会打中他俩的。注意！千万别让'公羊'从这里跑掉！"

大约有五秒、八秒、十秒钟的时间,周围是绝对的安静。萨尔瓦多恍惚发觉有两辆汽车沿着右边的道路全速向特鲁希略城驶去。片刻之后,又是一阵步枪和手枪射击的轰响。但是仅仅持续了几秒钟就停止了。这时,安东尼奥·德·拉·玛萨洪亮的声音充满了夜空:

"'公羊'死了!这个混蛋!"

萨尔瓦多和阿玛迪多拔腿向前方跑去。几秒钟后,萨尔瓦多停住脚步,从托尼·英贝特和安东尼奥肩膀上伸头向里面望去。在一只打火机和几根火柴的照耀下,四人开始查看血泊中的尸体。那人身穿橄榄绿色的制服,脑袋已经被打碎,整个身体躺在公路的一摊血水中。畜生,你终于死了!萨尔瓦多还没有来得及感谢上帝,便听到有人跑动的声音,他确信那人是听到了枪声,从特鲁希略那辆车的方向跑过来的。他不假思索,举枪就打,认为肯定是特工跑来救助元首的。可是从很近的地方,他听到了佩德罗·里韦奥的呻吟声,原来,佩德罗被他的子弹射中了。于是,仿佛大地裂开,仿佛从地下深渊里传上来恶魔的狂笑,这是嘲笑他萨尔瓦多的。

十三

"真的不再来点玉米蛋饼?"阿德利娜姑姑亲切地问她,"来点吧!你小时候一来我家就问我要玉米蛋饼吃。现在已经不喜欢了?"

"姑姑,我当然喜欢的,"乌拉尼娅争辩道,"可我从来也没吃过这么多啊。晚上我该睡不着觉了。"

"好吧,先放在这里。过一会儿你要想吃就再吃。"

姑姑的声音有底气,而且她思维敏捷,这与她的干瘪、几乎已经秃顶——从一缕缕白发间可以看到一块块头皮——形成反差。她脸上布满了皱纹,只要说话或者吃东西,假牙就晃动。她只剩下一把骨头,几乎要消失在躺椅里。是卢辛达、玛诺拉、玛丽亚内拉和那个海地女佣把她从楼上抬下来放进躺椅的。姑姑固执地要与阿古斯丁哥哥的女儿在餐厅里吃饭,因为乌拉尼娅多年不见又突然出现在眼前了啊!姑姑比父亲大还是小?乌拉尼娅记不得了。姑姑说话有劲,深陷的眼窝里闪烁着聪明的火花。乌拉尼娅心想:"如果在别处,绝对认不出她来。"也不会认出卢辛达,更不会认出玛诺拉。最后看到玛诺拉那一次,玛诺拉可能只有十一二岁,如今却已经像是老年人了,面部和颈部都有了皱纹,头发染得不好,是一种很俗气的蓝黑色。玛丽亚内拉是玛诺拉的女儿,大概有二十岁:消瘦,十分苍白,头发剪得很短,几乎像是平头,眼睛显得忧郁。她着迷一样地望着乌拉尼娅。这个表外甥女听说过有关她的什么事情吗?

"你会在这里,我简直不敢相信这是真的,这是你吗?"阿德利娜姑姑深邃的目光紧盯着她看。"我绝对想不到你会回来。"

"姑姑,您看,我这不是来了吗!太高兴了!"

"孩子,我也很高兴。你回来了,这让阿古斯丁更高兴。我这个哥哥一直以为:你永远也不会回来了。"

"姑姑,我自己也不知道是怎么回事。"乌拉尼娅举起盾牌,准备迎接责备、迎接冒失的提问。"我跟父亲待了一整天,他好像一直没有认出我来。"

两个表妹异口同声地反对。

"乌拉尼娅,他当然认出你了。"卢辛达肯定地说道。

"因为他不能说话,所以看不出来。"玛诺拉支持姐姐。"但是,他都明白,他头脑非常健康。"

"他永远是个'智囊'。"阿德利娜哈哈笑道。

"我们知道他的情况,因为每天都去看他。"卢辛达加上一句。"他认出你了。你这一回来,让他特别高兴。"

"但愿如此吧,表妹。"

一阵长长的冷场,大家的目光在这个狭窄的餐桌上扫来扫去,旁边有只乌拉尼娅模模糊糊认出的玻璃餐具柜,淡绿色的墙上还有一些宗教题材的图画。她在这里也没有感觉到什么熟悉的东西。在她的记忆里,经常来这里与表妹们玩耍的姑姑姑父的家很大,很亮,很典雅，通风又好；可如今却是个堆满破家具的山洞。

"胯骨摔坏以后，我就再也看不到阿古斯丁了。"老太太挥舞着小拳头，骨质硬化使得她的手指已经变形。"从前，我和他一待就是几个小时。我俩聊起来没完没了。不用他说话，我就能明白他的意思。可怜的哥哥！真想把他接到我这里来。但是，这个老鼠窝里哪有他的地方呢？"

她愤愤地说着。

"特鲁希略之死却是我家末日的开始。"卢辛达叹了一口气。忽然，她警觉起来："对不起，表姐，你也恨特鲁希略吧？"

"她从一开始就恨他。"阿德利娜纠正女儿的说法。乌拉尼娅注意到这个说法。

"外婆，什么时候？"卢辛达的大女儿声音如丝般地问道。

"在暗杀特鲁希略之前的几个月，从'公众论坛'刊登那封信开始。"阿德利娜姑姑给出了时间，她的目光盯着前方。"一九六一年一月或者二月。是我们给你爸爸送的消息，那是上午。第一个看到那封信的人是你姑父阿尼巴尔。"

"'公众论坛'上的一封信？"乌拉尼娅在记忆里搜索了一遍又一遍，"啊，对了。"

"我想没有什么了不得的，我猜测就是需要澄清一下的蠢话罢了。"妹夫在电话里说道。他显得那样急切不安，那样冲动，说话的声音假得让参议员阿古斯丁·卡布拉尔吃惊：这个阿尼巴尔是怎么了？"你没看今天的《加勒比日报》吗？"

"刚给我送来，还没有打开呢。"

参议员听到电话里一阵紧张的咳嗽声。

"好啦，'智囊'，那上面有封信罢了。"妹夫故意装出轻松、开玩笑的样子。"都是胡说八道。你快点澄清一下吧!"

"谢谢你给我打电话。"卡布拉尔参议员准备挂电话了。"问候阿德利娜和孩子们。我会去看你们的。"

在政权上层的三十年里,在许多无法估量的因素,如陷阱、埋伏、诡计、背叛中,阿古斯丁·卡布拉尔被造就成了一个老练的人,因此知道有一篇攻击他的信后,他并没有失去勇气,尽管他还知道"公众论坛"是《加勒比日报》上读者最多、最可怕的专栏,因为这个专栏是由国家宫提供的文章,是国内的政治晴雨表。这是他第一次出现在那个卑鄙的专栏里。其他的部长、参议员、省长或者什么高级官员早就被专栏的火焰烧烤过了,而他在这之前还没有被点过名呢。他回到了餐厅。女儿身穿校服在吃早餐:黄油抹香蕉、油煎奶酪。他吻吻女儿的头发。女儿说:"爸爸,早上好!"他在她对面坐下。女佣给他上咖啡的时候,他慢慢打开放在桌角的报纸,没有感到慌张。翻过几页之后,他找到了"公众论坛"。

总编先生:

我是在爱国主义动力支持下写这封信的,我要抗议有人破坏多米尼加的公民权和无限制的言论自由权,而这些权利是受到特鲁希略大元帅领导的政府保护的。我要说的是:贵报至今没有正式公布一个众所周知的事实,即绰号"智囊"(根据什么起的?)的参议员阿古斯丁·卡布拉尔由于被查出不久前在担任工程建筑部部长时犯有不正当管理行为,已经被罢免了参议院议长的职务。同样人所共知的是,政府在官员的忠诚和使用国家资金问题上是非常认真的,一个审查卡布拉尔工作的委员会已经成立,准备调查他明显滥用公款和不忠诚的问题——参议员在担任部长期间可能犯有非法收取回扣、高价回收废旧物资、在预算中虚报通货膨胀指数等错误。

特鲁希略领导下的人民难道没有权利了解如此严重的事实吗?

顺致

敬意

伊达尔戈工程师

特鲁希略城杜阿尔特大街一七一号

"爸爸,我得走了。"卡布拉尔参议员听到女儿在说话。他丝毫没有露出慌张的样子,放下报纸吻吻女儿。"我不能坐校车回家了,得留在校内打排球。我和同学们步行回来。"

"乌拉尼娅,过路口要小心。"

他喝了橘子汁,又来了一杯刚刚过滤的咖啡,一点也不着忙;但是,他没有吃香蕉,也没有尝一尝煎奶酪和烤面包片加蜂蜜。他一字一字、一句一句地又读了一遍"公众论坛"上的信。毫无疑问,这是"宪法专家兼酒鬼"、那个喜欢含沙射影的法学家炮制出来的,但却是元首下令写的。没有元首的批准,谁也不敢写这种信,更不要说发表了。最后一次看到元首是什么时候?前天下午散步的时候。卡布拉尔没有被召唤到元首身边。元首一直在与罗曼将军和埃斯白亚特将军聊天,不过也还像往常一样礼节性地和他打过招呼。还是没有打过招呼?他在努力回忆。他没有察觉那锐利、可怕的目光中有一种冷酷无情的东西要撕破你的外表、要看到你的灵魂吗?你没有发现元首在回答你问候时是冷冰冰的吗?元首是皱着眉头的吗?没有,他不记得有任何不正常的现象。

厨娘问他是不是回家吃午饭。不,只是回来吃晚饭。厨娘提出晚饭的菜单时,他点点头。当他听到参议院议长的专车来到时,看了看手表:八点整。感谢特鲁希略的教导,他发现了时间就是黄金。他像许多人一样,从年轻时起,元首着魔什么,他就迷恋什么:讲秩序,讲准时,讲纪律,讲完美。阿古斯丁·卡布拉尔参议员在一次演说中讲道:"多亏了元首,多亏了祖国的大恩人,我们多米尼加人发现了准时的美妙之处。"他一面穿上西装,一面向外走去:"要是我被罢官的话,那议长专车也就不会来接我了。"他的警卫副官、空军中尉温贝托·阿雷纳尔为他打开了车门。中尉与军情局的关系从来不瞒着议长。这辆专车由司机特奥多西奥驾驶。还有副官。用不着担心。

乌拉尼娅吃惊地问道:"他始终不知道自己为什么失宠了吗?"

阿德利娜澄清说:"知道得不准确。仅仅有许多猜测而已。阿古斯丁年复一年地问自己:究竟干了什么事情会让特鲁希略如此生气,一夜之间就变了脸?为什么让一个终生为元首效力的人变成了讨厌鬼?"

乌拉尼娅注意到玛丽亚内拉听她们谈话时的怀疑神情。

"姑娘,你是不是觉得这好像是另外一个星球的事情?"

姑娘脸红了。

"表姨,这让人难以相信。就像发生在奥森·韦尔斯①导演的《审判》里一样。电影俱乐部放过这部片子。他们把安东尼·珀金斯审判了,处决了,而被审判者没有发现这是为什么。"

玛诺拉一直在挥动双手当扇子,这时也停下来插话:

---

① Orson Welles(1915—1985),美国电影演员、导演、剧作家。

"据说失宠的原因是有人告诉特鲁希略：由于阿古斯丁舅舅的过错，主教们拒绝宣布元首是天主教会的大恩人。"

阿德利娜姑姑喊道："他们说了一大堆事。比酷刑拷打还要糟糕。是一大堆怀疑。家里的日子一落千丈。谁也不知道为什么要指控阿古斯丁，他到底干了什么，或者没干什么。"

如同平日那样，上午八点十五分，阿古斯丁·卡布拉尔走进参议院，可是那里没有参议员。警卫依然按照规矩向他敬礼；在通向办公室的走廊上，凡是遇到他的职员和看门人也都一如既往地向他热情打招呼。但是，他的两个秘书，伊莎贝拉和年轻的律师巴里斯·高伊科，脸上露出了不安的神情。

"谁死了？"他开玩笑说，"你们是不是担心'公众论坛'上的那封信？我们马上来弄明白为什么要诬蔑我。伊莎贝拉，你给《加勒比日报》总编打个电话。往他家里打！潘丘那家伙中午以前都在家里。"

他在办公桌前坐下，看了一眼一大堆文件、信件和办事讲效率的巴里斯准备好的日程表。"信是由元首亲自口授写成的。"一条毒蛇沿着他的脊梁骨在滑动。难道是一出让元首开心的戏剧？就在与教会处于紧张状态，和美国以及美洲国家组织展开对抗的时刻，元首还有兴致如同从前那样自我感觉万能？就像没有任何威胁时那样习以为常地装腔作势？难道现在是看马戏的时候？

"阿古斯丁先生，电话！"

他拿起话筒，说话前等了几秒钟。

"潘丘，你小子睡醒啦？"

"怎么了，'智囊'？"这个办报的家伙声音正常。"我像公鸡一样爱起早。我是睁着一只眼睛睡觉的，以防万一。有什么事吗？"

"好啦，你可能猜出来了，我打电话给你是为了今天上午'公众论坛'那封信。"参议员卡布拉尔干咳了一声。"你大概可以告诉我点什么？"

卡布拉尔回答的口气依然轻松和带玩笑意味，好像那只是一件无足挂齿的小事。

"'智囊'，这是有人推荐发表的东西。这种未经核实的文章，本来是不发表的。相信我，就冲咱俩的友谊，我也不愿意发表这封信。"

"对，对，当然了。"他嘟哝了一句。任何时候都不应该慌张。

"我打算纠正这封诽谤信，"他温和地说道，"我任何职务也没有被解除。我是从参议院议长办公室给你打电话的。那个调查我在工程建筑部长任期内非法行为的委员会，根本就是谎言。"

"你那封辟谣信尽快寄给我，"潘丘回答说，"我尽量发表出去。你别客气。你知道我很敬重你。四点钟以后，我到报社去。吻乌拉尼娅！拥抱你，阿古斯丁。"

挂上电话以后，他有些怀疑了。应该给《加勒比日报》总编打电话吗？这会不会是个错误举措？会不会暴露了自己的惊慌失措？信是直接从国家宫寄给"公众论坛"的，潘丘不能问也不问就发表啊。除了这样的回答，卡布拉尔还能说什么呢？他看看手表：差一刻九点。还有时间，参议院办公会是九点半。他口授了一封简单明了的辟谣信，这也是他文章的风格。一封干净利落的短信：我仍然是参议院议长，没有任何人怀疑我在工程建筑部任职期间的行为。这一职务是祖国之父、大恩人、大元帅拉斐尔·莱昂尼达斯·特鲁希略领导下的多米尼加政府任命的。

伊莎贝拉正要把口授的这封信用打字机打下来的时候，巴里斯·高伊科走进了办公室。

"议长先生，参议院办公会取消了。"

巴里斯还年轻，不会伪装，他半张着嘴巴，满脸通红。

"不和我商量就取消了？谁决定的？"

"阿古斯丁先生，是副议长。他亲自通知我的。"

他掂量着刚才听到的消息。会是另外一件与"公众论坛"上的信有关的事吗？痛苦的巴里斯站在写字台一边，还在等待他的吩咐。

"金塔纳博士在办公室吗？"秘书点头称是，他站了起来。"告诉他，我去找他。"

阿德利娜姑姑责备她说："乌拉尼娅，你不可能不记得。那时你已经十四岁了。那是家里发生的最严重事件，比你妈妈遭遇车祸丧生还要严重。你就一点也没有察觉？"

她们已经喝过了咖啡和茶。乌拉尼娅尝了一块蛋饼。大家围着餐桌聊天，小小的地灯光线非常微弱。海地女佣像猫一样走路无声无息，她已经收走了餐具。

"姑姑，我当然记得爸爸不安的情绪，"乌拉尼娅解释说，"虽说每天的琐事和细节，我不记得了。起初，爸爸瞒着我不说。他只是说：'乌拉尼娅，有些麻烦，可是会解决的。'我没有想到，从那以后，我的生活会变得那么糟糕。"

她感觉到了姑姑、表妹和表外甥女热辣辣的目光。卢辛达说出了她们的心里话：

"可是结果对你来说变成了好事。乌拉尼娅，你是不在现场，否则的话……可我们呢，遇上了大难。"

"对我那可怜的哥哥来说，他吃的苦比谁都多，"姑姑用责备她的口气说道，"人家扎了他一刀，让他一直流血不止，三十多年啊！"

乌拉尼娅头部上方有只鹦鹉猛然尖叫了一声,吓了她一跳。此前,她一直没有注意到这只鹦鹉。它发怒了,在漆成蓝色的鸟笼里的木棍上挪动着。姑姑、表妹和表外甥女听了哈哈笑起来。

玛诺拉给表姐介绍说:"它叫参孙。咱们把它吵醒了,它生气了。它是个瞌睡虫。"

多亏了这只鹦鹉,气氛缓和了。

乌拉尼娅一面指着参孙,一面开玩笑说:"可以肯定,如果我能听懂它的话,我就能知道许多秘密。"

阿古斯丁·卡布拉尔参议员可没有心思微笑。他严肃地点点头,算回答了赫雷米亚斯·金塔纳亲热的问候。此人就是参议院副议长。阿古斯丁一闯进办公室,就开门见山地质问他:"你为什么取消办公会议?不是只有议长才有权取消会议吗?请你做出解释!"

金塔纳参议员那粗壮的可可色脑袋连连点个不停,与此同时,他的嘴巴吐出一连串有节奏、几乎是音乐般的西班牙语来,他极力安慰议长:

"'智囊',当然,当然。你别发火!除去死亡,一切都是有道理的。"

这是个六十岁左右的粗壮男人,眼皮肿胀,嘴唇有黏液。他身穿蓝色西装,打着闪亮的银白色条纹领带。他微笑着。阿古斯丁·卡布拉尔看到他摘下眼镜。金塔纳给他递了一个眼色,眼珠飞快地转动了几下,朝四下里望望,同时走到他身边,抓住他一只胳膊,把他拉到一旁,一面高声说道:

"坐下吧!这里舒服些。"

可是,他并没有请阿古斯丁·卡布拉尔在办公室里那雕有虎腿形状的粗重大扶手椅上坐下,而是把他拉到了几扇门半开着的阳台上。他硬拉他走到阳台上，为的是两人可以在户外说话，因为前面就是涛声澎湃的大海，可以躲开偷听的人。阳光强烈，防波堤上来往汽车的喇叭声和马达轰隆声、流动商贩的叫卖声，使得阳光明媚的上午显得格外炎热。

"'羽冠'，怎么回事？"卡布拉尔嘟囔道。

金塔纳一直拉着他的胳膊，这时他的表情十分严肃，从他眼睛里流露出支持或者同情的复杂感情。

"'智囊'，你很清楚发生了什么事。别装糊涂了！你没发现三四天前报纸上就不再称呼你'杰出的绅士'，而是降格为'先生'了吗？"'羽冠'金塔纳在他耳边悄声道，"你没看今天早晨的《加勒比日报》吗？事情就是这样。"

这是阿古斯丁·卡布拉尔看了"公众论坛"上那封信以后第一次感到害怕。千真万确：昨天或者前天，有人在国家俱乐部开玩笑说，《国家报》的社会版上已经剥夺了他"杰出的绅士"的称号。这常常是一种不祥之兆：大元帅喜欢玩这类警告。事情变得严肃起来。这是一场暴风雨。他得使出全部经验和浑身解数，不让风暴吞噬。

"取消办公会的命令是来自国家宫吗？"卡布拉尔轻声问道，嘴巴贴在副议长的耳朵上。

"还能从哪里来呢？更糟的是：你是成员的所有委员会都停止活动。领导说：'议长的情况正常以后再说吧！'"

他不吭声了。事情终于发生了。那个噩梦来了：它逐渐使他在政治上的胜利、成就和晋升落空。这一切造成了他与元首之间的不和。

"'羽冠'，这个决定是谁传达给你的？"

金塔纳肥胖的面庞露出不安的神色。卡布拉尔终于明白了金塔纳的话从何而来。副议长会说：不能干这种泄密的事啊！"羽冠"突然下了决心，他说：

"是亨利·奇里诺斯。"他又一次拉起卡布拉尔的胳膊。"'智囊'，很抱歉，我想我也做不了很多事情。不过，只要我能做的，你尽管说好了。"

"奇里诺斯对你说了指控我的罪名吗？"

"他只管传达命令。他说：'我一无所知。我是传达上级决定的普通信使。'"

阿德利娜姑姑回忆说："你爸爸一直怀疑策划阴谋的就是那个奇里诺斯，外号叫'宪法专家兼酒鬼'的家伙。"

卢辛达打断妈妈的话说："那个恶心的肥猪黑鬼是最会迎合特鲁希略吃喝玩乐的家伙之一。他最后当上了部长；巴拉格尔掌权以后，他到美国当大使去了。乌拉尼娅，你怎么看这个国家？"

乌拉尼娅说："我记得很多他的事情。几年前，我在华盛顿看到过他。他在那里当大使。我小时候，他经常到我家去。好像是爸爸的好朋友。"

阿德利娜补充说："他也是我和阿尼巴尔的朋友。他常来这里说些甜言蜜语，给我们朗诵他那些歪诗。他总是喜欢引经据典，装出博学的样子。他邀请我俩去过一次国家俱乐部。我一直不愿意相信他会出卖自己终生的伙伴。行啦，政治就是这么个东西：踏着别人的尸体开路。"

"阿古斯丁舅舅太耿直，太善良，因此才会被人拿来出气。"

卢辛达希望乌拉尼娅来证实这个看法，同时抗议特鲁希略的这一卑鄙行为。但是，乌拉尼娅没有力量说假话。她只是听她们讲话，脸上露出一副难过的神情。

"可是我丈夫，愿他在天上安息吧！他表现得像个骑士，全力支持你爸爸。"阿德利娜姑姑讽刺地一笑。"真是堂吉诃德啊！他丢了烟草公司的差事，后来再也没有找到工作。"

鹦鹉参孙又爆发出吵闹声，听起来好像在骂人。卢辛达训斥它："闭嘴！懒虫。"

玛诺拉高声道："姑娘们，咱们还不错，没有失去幽默感。"

卡布拉尔参议员一回到自己的办公室就下令说："伊莎贝拉，你给我找到亨利·奇里诺斯参议员，你告诉他：我马上要见他！"然后，转身对巴里斯·高伊科博士说，"显而易见，这桩破事的始作俑者就是此人。"

他在写字台前坐下，准备重新看工作日程表，但是立刻意识到了目前的处境。作为共和国参议院议长，他现在签署信件、决议、备忘录、照会还有意义吗？他是不是议长已经成了问题。更糟糕的是不能在下级面前流露泄气征兆。天气恶劣，情绪要好。他翻开卷宗，开始看第一篇文字，这时他发现巴里斯还站在那里，小伙子的双手直发抖。

由于激动，巴里斯时断时续地嘟囔说："议长先生，我想告诉您，无论发生什么事情，我都和您在一起对付任何情况。卡布拉尔博士，我知道，我欠您的恩情很多。"

"谢谢你，高伊科。你在这个世界上还是个新手，将来会看到许多更加丑恶的东西。别担心。咱们一定会躲过这场暴风雨的。好了，现在干活吧！"

"议长先生，奇里诺斯参议员在他家等着您呢，"伊莎贝拉走进办公室说道，"他亲自回的电话。您猜他对我说什么？'我家的大门日夜对我的好朋友卡布拉尔参议员开放。'"

卡布拉尔走出国会大门时，警卫仍然像往常一样给他敬礼。那辆黑车好像殡葬车一样，仍然等在那里。可是他的侍卫副官温贝托·阿雷纳尔中尉已经无影无踪了。司机特奥多西奥为他拉开了车门。

"去亨利·奇里诺斯参议员家。"

司机点点头，没有开口。随后，当他们驶上梅亚大街，进入老城地界的时候，司机看着后视镜，报告说：

"博士，从咱们一出国会大楼就有一辆拉着特工的'刨子'跟在后面。"

卡布拉尔回头一看，只见距离十五或者二十米的后方，有一辆军情局使用的大众牌汽车，这辆车特征明显，不可能混淆。在上午刺眼的阳光下，他看不清那里面有几个特工。他想："现在就换掉了我的侍卫副官，由军情局的人来看押我了。"随着车子走进老城狭窄的街道，他看到周围都是人群，两侧是一层或者两层的住宅，窗户上安装着栅栏，窗下是石墩。他心想，事情比他猜想的要严重。乔尼·阿贝斯既然派人跟踪他，那么大概也做了逮捕他的决定。安塞尔莫·巴乌利诺的故事要重演了。这正是他长期以来担心的事情。他的脑海成了火红的煅炉。他到底做了些什么呀？他到底又说了些什么呀？他错在哪里呢？近来他见过什么人吗？简直把他当成政府的敌人了！他会是敌人！敌人！

汽车在萨罗梅·乌莱尼亚大街和杜阿尔特大街交叉的路口停了下来。司机特奥多西奥先一步为他拉开了车门。大众停在几米外的地方，可是没有一个特工下车。他很想走过去问问他们为什么跟踪参议院议长，但他还是克制住了自己：跟这些服从命令的可怜虫说废话有什么用？

参议员亨利·奇里诺斯这座两层的住宅有殖民时期的小阳台，

有百叶窗，与主人十分般配。岁月、苍老、邋遢把这座住宅变了样子，变得不对称了：中层部分过于宽大，仿佛长出一个大肚子，且马上要撑破的样子。在那遥远的岁月里，这里大概是个高贵的大宅院，可是如今变得肮脏、破败，一副快要坍塌的架势。一块块污痕把墙壁弄得非常难看，屋檐下挂着许多蜘蛛网。他刚一按铃，门就开了。他登上一座黑暗的楼梯，脚下发出吱吱的木板声，扶手上有油腻的感觉。在第一个平台处，看门人为他打开了一扇发出尖叫的玻璃门。他辨认出这是个书房，四周挂着丝绒帷幕，安放着高高的书架，上面塞满了图书，地上是已经磨损和褪了色的地毯，墙上有几幅椭圆形的画，以及泄露了从天窗射进来的光柱的蜘蛛网。室内有股陈腐的气味，热得如同在地狱里一样。他站在那里等着奇里诺斯的出现。多年来，他经常来这里聚会，为元首商议和策划种种阴谋诡计。

"'智囊'，欢迎，欢迎！来杯雪利白葡萄酒吧？要甜酒还是干白？我向你推荐仿蒙蒂亚酒。爽口极了。"

里面是睡衣裤，外面套着一件华丽的金丝滚边绿呢晨装，这身装束使人显得身体更圆；衣袋里装了一条大毛巾，脚上是一双缎子便鞋，由于趾骨太大，鞋子已经变形。此人就是奇里诺斯参议员。他对着卡布拉尔微笑。稀疏但是乱蓬蓬的头发、浮肿的青紫眼皮以及嘴唇、嘴角上残存的唾液痕迹，都说明这位先生还没有洗漱。卡布拉尔参议员任凭他拍打肩膀，随他坐到靠背上盖着挑花布的座椅上，没有回应主人的热情招呼。

"亨利，我们认识多年了，一起做了许多事情。好事和坏事都干过。在这个政权里，还没有谁像你和我这样团结的。可是，发生什么事情了？为什么从今天早晨起天就塌下来压在我身上？"

他不得不停顿，因为管家进了房间。这是个混血老人，独眼，丑陋邋遢得和主人一样。他手里端着一个玻璃罐，里面是雪利酒；另外那只手拿着两个杯子。他把东西放在一张小桌上，然后一瘸一拐地走了出去。

"宪法专家兼酒鬼"拍着胸脯说："我真的不知道。你肯定不会相信。你一定以为，这些事都是我操纵、策划和鼓动的。我对着我母亲起誓，也就是对着我们家最神圣的精神起誓，我真的不知道。昨天下午，我一听说这件事就吓呆了。等一等，先干杯！'智囊'，为了早日揭开这个谜底，干杯！"

他说得坚决而又激动，开诚布公而又充满温情，好像伊兹公司从革命胜利前的古巴斯麦科公司进口的广播剧中的英雄一样。可是，阿古斯丁·卡布拉尔了解这一套：这是个高水平的演员，他说的话可真可假，你没有办法调查。卡布拉尔喝了一口雪利酒，有些恶心，因为他上午从来不喝酒。这时，奇里诺斯正在梳理鼻毛。

"昨天，我和元首处理公务时，他突然命令我通知金塔纳副议长停止召开任何会议，等到补上议长的空缺以后再说，"他打着手势继续说道，"我以为议长出了车祸或者脑溢血。我问道：'元首，"智囊"出什么事了？'他用他那冷彻骨髓的口气回答说：'我也正想知道这个呢。他已经不是我们的人了。他投到敌人那边去了。'我再也不能问下去了，他的口气是不容讨论的。他吩咐我去完成这个任务。今天早晨，我像大家一样也看到了'公众论坛'上的那封信。我再次向我神圣的母亲起誓：我知道的就这么多。"

"'公众论坛'上的那封信是你写的吗？"

"我能正确地书写西班牙语！""宪法专家兼酒鬼"愤怒地说，"那个无知的白痴有三个语法错误。我都一一划出来了。"

"那么会是谁写的呢?"

从奇里诺斯参议员臃肿的眼窝里流露出一丝同情的目光。

"'智囊',这他妈有什么关系?你是这个国家最聪明的男人之一,用不着跟我装糊涂!我从小就了解你。唯一要紧的是你让元首生气了,大概为了什么事情。你和他谈谈,道个歉,解释一下,表示愿意改正错误。要重新争取他的信任。"

他拿起酒罐,斟满自己的杯子,一口喝了下去。大街上的喧嚣声不像国会大厦那边那么响亮。可能是殖民时期建筑的大墙厚实,也可能是因为汽车有意不走老城中心的狭窄小巷。

"道歉?亨利,我做错什么事情了?我日日夜夜不都是在为元首出力吗?"

"这你别对我说。你得说服他。我很清楚。你别泄气。你是了解元首的。实际上,他是个宽宏大量的人,心地是公正的。如果他不信任别人,那也维持不了三十一年的时间。一定是什么地方搞错了,有了误会。应该澄清一下。你去请求接见。他会听你解释的。"

他一面讲,一面打着手势,灰色的嘴唇兴奋地吐出每句话。他一坐下来显得更加肥胖,巨大的肚皮撑开了晨装,有节奏地一起一落。卡布拉尔想象着那里面的肠胃每天得有多少时间投入到吸收和消化大嘴巴吞进的食物的繁忙劳动上。他后悔不该来这里。难道这个酒鬼能帮助他吗?即使他没有参与策划,心里也肯定在庆祝这个伟大胜利,因为他骨子里毕竟把卡布拉尔看作他的对手。

奇里诺斯装出推心置腹的样子说:"我反复地想,挖空了心思才想出来,原因就是主教们拒绝宣布元首是天主教会的大恩人,很可能这让元首感到非常失望。谈判失败和你有关系啊!"

"亨利,代表团是三个人组成的!还有巴拉格尔和巴伊诺·比查德呢，一个是内政部长，一个是文化部长。那是几个月前的活动了，是《主教书》发表后不久的事情。为什么这一切又都重新落到我一个人头上？"

"'智囊'，我不知道。的确，这好像文不对题。我看不出还会有什么别的理由让你倒霉。我说的是心里话，凭着咱俩多年的交情。"

"咱俩的关系超过了朋友。在元首直接领导下，咱俩一起参与了改造这个国家的全部决策。咱俩就是活历史。咱俩互相下过圈套，设过陷阱，使过绊子，为的是你超过我，我超过你。但是，看来毁灭的只有一个人。这是另外一回事了。我可以倒霉、丢官、下监狱。可我不知道为什么呀！如果这一切都是你策划的，那恭喜你啊！亨利，你这是杰作啊！"

卡布拉尔早已站了起来。他口气平静、客观，几乎是教学的语调。奇里诺斯也站了起来，但是得扶着座椅支撑着肥胖的身躯。两人距离很近，几乎挨在一起。卡布拉尔看到书柜与书柜之间的墙壁上有一个画框，上面写着泰戈尔的语录："一本打开的书就是一个正在说话的大脑。合上它，就是一位等待你的朋友；忘记它，就是一颗原谅你的灵魂；毁灭它，就是一颗哭泣的心。"卡布拉尔心里想："无论言行举止还是感觉，他都喜欢附庸风雅。"

"那就坦率对坦率。"奇里诺斯凑近前来。他说话时带出的口气让阿古斯丁·卡布拉尔感到头晕。"阿古斯丁，如果是在十年前或者五年前，我会毫不犹豫地设个圈套把你给搬掉。同样，你也会把我给搬掉，甚至消灭掉。可是今天还要这样吗？为了什么呀？难道咱俩还有未了结的账吗？没有。'智囊'，咱俩已经不竞争了，这你和我一样清楚。这个垂死挣扎的政权还剩下几口氧气？我最后跟你说一遍：我和你发生的事毫无关系。我衷心希望你把事情解决好。艰难的日子已经来了，为了抵挡大潮的冲击，这个政权还需要你这样的人支撑。"

卡布拉尔参议员点点头。奇里诺斯拍拍他的肩膀。

"要是我跑到下面跟踪我的特工跟前，把刚才你对我说的话，什么垂死挣扎啊，什么剩下几口氧气啊，给他们讲一遍，那你可就得陪着我一起倒霉了。"卡布拉尔嘟囔道，一面打了个告别的手势。

主人张开黑乎乎的大嘴哈哈笑着说："你不会那样做的。你和我不一样。你是个正人君子。"

乌拉尼娅问道："奇里诺斯后来怎么样了？他还活着吗？"

阿德利娜姑姑嘿嘿一笑。似乎已经入睡的鹦鹉参孙又用一连串的尖叫来回应女主人的笑声。姑姑住口的时候，乌拉尼娅发觉玛诺拉坐的躺椅发出了有节奏的咯吱声。

姑姑解释说："恶人命大呀！他一直住在老城的住宅里。卢辛达不久前看到过他拄着拐杖、穿着便鞋在公园里散步。"

卢辛达笑着说："一群孩子跟在他身后边跑边喊：'老妖怪！老妖怪！'他比以前更难看，更让人恶心了。他得有九十多岁了吧？"

谨慎的饭后时间已经过去了，是不是应该告辞了？整个晚上，乌拉尼娅都没有感觉不快。确切地说，她有些紧张，她在等待着攻击。这是她唯一的亲戚了，可是她觉得她们比星星还遥远。玛丽亚内拉紧紧盯着她看的那双大眼睛开始让她生气了。

阿德利娜姑姑再次发动了攻击："对我家来说，那真是可怕的日子。"

卢辛达说："我还记得爸爸和舅舅在这个客厅里密谈的情景。你爸爸说：'可是我的上帝啊！我究竟干了什么事得罪了元首，让他老人家这样折磨我？'"

附近一只狂吠的狗压倒了她的声音，随后又有四五只在响应。乌拉尼娅通过屋顶的小天窗看到了月亮：圆圆的，闪烁着金黄的光芒。纽约可没有这样的月亮。

阿德利娜姑姑用充满责备的目光看着她说："你爸爸如果出点什么事情，最让他感到痛苦的就是你的前途。他的银行账号一被冻结，他就知道没有办法了。"

"银行账号！"乌拉尼娅点头承认，"那是我爸爸最先和我谈到的。"

父亲没有敲门就进来了，那时她已经上床躺下了。他在床尾坐下。他穿着短袖衬衫，脸色苍白，显得更消瘦、更脆弱、更苍老了。他每说一个音节都犹豫一下。

"孩子，情况不好。你得随时做好准备。我一直没有告诉你情况很严重。不过，今天，你大概也听到了一些事情。"

女儿点点头，表情严肃。她并不慌张，因为她对爸爸完全信任。一个如此重要的人物怎么能有坏事发生呢？

"是的，有人说'公众论坛'上有反对您的信，指控您犯了罪。没有人会相信的。都是胡说八道。大家都知道您是不会做坏事的。"

父亲隔着被褥拥抱了她。

孩子，事情比报纸上的诬蔑还要严重。你父亲的议长职务已经被罢免。国会的一个调查委员会正在调查你父亲担任部长期间是不是有挪用或盗用公款的行为。军情局的"刨子"已经跟踪他好几天了；现在，你家门口就有一辆，上面坐着三个特工。上个星期，你父亲收到被特鲁希略研究会、国家俱乐部和多米尼加党开除的通知；今天下午，他去银行取钱的时候，被拒之门外。银行经理、你父亲的朋友何赛夫·埃莱迪亚，告诉你父亲：只要国会还在调查你父亲，你们的两个账号就都不会解冻。

"孩子，任何事情都可能发生。抄家，扫地出门，甚至蹲监狱，都有可能。我不想吓唬你。也可能平安无事。不过，你还是应该做好准备。要有勇气。"

乌拉尼娅惊讶地听着父亲讲话。她不是因讲话的内容而吃惊，而是惊诧于父亲气馁的神情、无奈的口气、目光中的恐惧表现。

"我去向圣母祷告，"她忽然说了这样一句话，"圣母会帮助咱们的。您干吗不跟元首谈谈？他一向是器重您的。只要他一道命令，什么都能解决。"

"乌拉尼娅，我要求见他。可是他根本不理睬我。我去国家宫，那里的秘书和副官几乎不跟我打招呼。巴拉格尔总统也不愿意见我，内政部长也不见我。倒是巴伊诺·比查德见了我一面。女儿，我是个行尸走肉啊！也许你是有道理的。咱们只有求圣母保佑了。"

他的声音哽咽了。但是，当女儿坐起来拥抱他时，他又恢复了常态。他微笑着说：

"乌拉尼娅，你应该知道这一切。如果我出事了，你就去姑姑姑父家里。他们会照顾你的。也许这是一次考验。有时元首就干这样的事情，为了考验考验部下。"

阿德利娜姑姑叹了一口气："竟然指控你爸爸挪用公款！除了卡斯圭大街上的那座小房子，他一向是两袖清风啊。他没有农场，没有公司，没有投资。他只有一点点积蓄，那两万五千美元，你在那边念书的时候，他慢慢地都给你寄了过去。乌拉尼娅，他是最诚实的政治家和世界上最善良的父亲。如果你允许我这个糊涂姑姑干涉你的私生活的话，我要说你不应该那么对待他。我知道你在维持他的生活，还给他请了护士。可是你知道你连一封信都不回复、一个电话都不肯接，他是多么痛苦吗？我和阿尼巴尔经常看到他因为想你而哭泣。就在这个地方。如今，时间已经过去好久了，姑娘，我可以知道这是为什么吗？"

乌拉尼娅沉思着，一面抵抗着老人劝告性的目光。姑姑缩成一团，在躺椅里期待着。

"阿德利娜姑姑，因为我父亲不是像您想象的那么善良。"她终于说了出来。

卡布拉尔参议员让出租车把他送到距离军情局四个街区的国际医院，这两个单位同在墨西哥大道。他在说国际医院这个地址的时候，脸上一热，感到有些难为情，因为他没有告诉司机是去军情局，而是说去医院。他不慌不忙地走完四个街区。迄今为止，这个政权的各个部门，他唯一没有到过的就是乔尼·阿贝斯统治的地盘。特工们的"刨子"毫不掩饰地跟在他后面，仿佛慢镜头似的紧贴着人行道前进。他可以察觉到行人看到这辆象征军情局的大众牌汽车时的惊慌神色。他还记得在国会预算委员会上，自己支持过这个预算项目：进口一百辆"刨子"。今天，乔尼·阿贝斯手下的特工们开着这些汽车跑来跑去搜捕政府的敌人。

在那座样子乏味的灰色建筑物面前，手持冲锋枪的警卫们站在铁丝网和沙包后面，没有盘问就让他进了门。里面有个阿贝斯上校的助手、塞萨尔·巴埃斯正在等他。塞萨尔身材魁梧，一脸大麻子，红色鬈发披肩，他伸给他一只汗津津的手，带他走上弯曲狭窄的走廊。一侧的小房间里，有胡乱钉在墙上的记事板。里面烟雾腾腾，有人挎着手枪，挂着子弹带，在抽烟、聊天、开玩笑。到处可以闻到汗味、臊味和脚臭味。一扇门开了。军情局局长就在里面。让卡布拉尔吃惊的是：办公室如同修道院般地俭朴，四壁没有图画，只有局长身后的那面墙壁上有一幅大救星身穿戎装、头戴插羽毛的三角帽、胸前挂满勋章的肖像。阿贝斯·加西亚穿着便装——一件夏天穿的短袖衬衫，嘴上叼着一支冒烟的香烟。他手上拿着一块红手帕，卡布拉尔此前看到过多次。

"参议员，早上好！"乔尼·阿贝斯伸出一只雪白的、女性化的手来。"请坐！我们这里没有什么舒服的地方。请您原谅。"

"上校，感谢您能接见我。您是第一个接见我的人。无论元首还是巴拉格尔总统，甚至哪个部长，都不理睬我要求接见的申请。"

局长身材矮小，大腹便便，有些驼背。他点点头。卡布拉尔看到上校那肥胖的双下巴上方长着薄薄的嘴唇、线条柔和的面颊和灵活转动的小眼睛。他会像人们说的那样残暴吗？

"卡布拉尔参议员，谁也不愿意被传染上。"乔尼·阿贝斯冷冰冰地说道。参议员忽然想到：如果毒蛇会说话，大概也是这种嗞嗞作响的声音。"倒霉是一种传染病。我能帮点什么忙？"

"上校，请告诉我：控告我的罪名是什么？"他停顿片刻，喘口气，以求更镇定些。"我问心无愧。二十年来，我把一切都献给了特鲁希略和国家。我起誓，这里面有误会。"

上校挥挥肥胖的手，舞动着红手帕打断了参议员的话。他在罐头盒做成的烟灰缸里熄灭了烟头。

"卡布拉尔博士，您给我解释半天也是浪费时间。政治不是我管的范围，我负责安全工作。元首不愿意接见您，是因为他为您感到痛心。您给他写封信吧。"

"上校，我已经写过了。我甚至都不知道那些信是不是已经交到元首手中了。我亲自送到国家宫的。"

乔尼·阿贝斯肥胖的面孔松弛下来，他说："参议员，没有人敢扣留给元首的信。他肯定看了那些信。如果您是诚心诚意的，他一定会给您回信的。"他停顿了好久，一直用那不安静的小眼睛盯着卡布拉尔。接着，他又加了一句挑衅的话："我看您挺注意我用的这块红手帕。您知道我为什么要用它吗？这是红玫瑰十字教的教导：我这个人适合用红色。您是不会信红玫瑰十字教的。您会觉得那是迷信，是某种原始的东西。"

"上校，我不了解红玫瑰十字教。我说不出什么看法。"

"现在，我是没有时间了。年轻的时候，我读过许多红玫瑰十字教的书籍。我学到不少东西。比如，学会了看人的气场。您在此时此刻的气场就是吓得要死的人的气场。"

"我是吓得要死，"卡布拉尔立刻回答说，"几天以来，您的人一直在跟踪我。请您至少告诉我：是不是要把我抓起来？"

"这不取决于我，"乔尼·阿贝斯轻描淡写地说，仿佛此事无关紧要，"如果下令抓您，那我就抓。跟踪您是为了不让您寻求避难。如果您企图进大使馆，那我的人就要把您给关起来。"

"避难？上校，我像政府的敌人那样避难？三十一年来，我自己就是政府里的人啊！"

"如果您打算躲进美国佬留下的代表处那里，就是您的朋友亨利·迪尔伯恩那里，我们就要抓您了。"阿贝斯上校用讽刺的口吻继续说道。

阿古斯丁·卡布拉尔震惊得目瞪口呆。这个人想说什么？

"那个美国领事是我的朋友？"他低声嗫嚅道，"我一辈子只见过两三次迪尔伯恩先生。"

"您知道，他是我们的敌人，"阿贝斯·加西亚说，"美洲国家组织通过对我们的制裁以后，美国佬让他留下来继续策划反对元首的阴谋。一年多来，种种阴谋计划都经迪尔伯恩的办公室研究过。明知如此，不久前，您，议长先生，还去他家参加过酒会。您还记得吗？"

阿古斯丁·卡布拉尔越发感到吃惊了。难道就为了这事？就因为他出席了一次美国大使馆关闭以后在迪尔伯恩家里举行的酒会？

"是元首命令我和巴伊诺·比查德部长参加那次酒会的，为的是试探美国政府的意图，"卡布拉尔解释说，"难道为了执行那个命令，我就该倒霉？为那次酒会，我还写过一个报告。"

阿贝斯·加西亚上校耸耸他那窄肩膀，好像木偶的动作。

"既然是元首的命令，那就算我没说。"他厚颜无耻地坦白道。

这个态度说明他有些不耐烦了，但是卡布拉尔并没有起身告辞。他还抱有一丝不切实际的幻想：希望这次谈话能有结果。

"上校，我和您一直不是朋友。"他极力说得自然些。

"我不能有朋友，"阿贝斯·加西亚回答说，"那会影响我的工作。这个政权的朋友或者敌人就是我的朋友或者敌人。"

"对不起，请让我把话说完，"阿古斯丁·卡布拉尔继续说道，"但是，我一向敬佩您为国家所做的出色服务。如果说我们之间有什么分歧的话……"

上校举起手，看似要打断他的话，其实是又点燃了一支烟。他猛然吸了一口，然后慢悠悠地从鼻孔和嘴巴里吐出烟来。

"我们当然有分歧，"他承认道，"您是最反对我观点的人之一。我坚持：因为美国背叛了我们，我们就应该向俄国人和东方国家靠拢。您、巴拉格尔和曼努埃尔·阿方索极力说服元首，认为和美国佬和解是可能的。您至今还相信这套蠢话吗？"

难道就因为这个？是阿贝斯·加西亚给了他一刀？元首接受了

他的胡说八道？把他推开是为了向共产党国家靠拢？在这样一个以杀人、折磨人为专长的家伙面前继续低声下气是没有用的。由于危机的到来，今天他敢自称是政治战略家了。

"上校，我坚持认为：我们没有别的选择，"卡布拉尔语气坚定地说道，"您的那套建议，请原谅我的坦率，是一场美梦。无论苏联还是它那些卫星国都永远不会接受多米尼加共和国的靠拢，因为我们是美洲大陆的反共堡垒。美国也不允许我们靠拢过去。难道您还要美国再占领我们八年吗？我们必须与华盛顿达成某种谅解，否则我们的政权就要垮台。"

上校把烟灰弹到了地上。他大口大口地吸烟，好像害怕有人抢走似的；他还不时地用那块火焰般的手帕擦前额。

"可惜，您的朋友亨利·迪尔伯恩不是这样考虑的。"他再次耸耸肩膀，好像一个廉价的小丑。"他继续给反对元首的组织提供资金。总而言之，这样的争论没有用处。我希望您把自己的处境说明白，我好撤回您身边的护卫人员。参议员，谢谢您的来访。"

上校没有要握手的意思，他仅仅点点头，肥胖的面颊隐蔽在香烟缭绕之中，身后是那幅元首身穿戎装的肖像。这时，参议员想起西班牙著名学者奥尔特加-加塞特①的名言，那是他写在口袋里随身携带的笔记本上的。

鹦鹉参孙好像也被乌拉尼娅的话吓呆了，它一动不动地沉默着，像阿德利娜姑姑一样——她早已停止摇扇，目瞪口呆地听着。卢辛达和玛诺拉望着乌拉尼娅，也是一脸的困惑。玛丽亚内拉不停地眨眼睛。乌拉尼娅忽然冒出一个荒唐念头：从天窗窥见的月亮可以为

---

① Ortega y Gasset（1883—1955），西班牙哲学家。

她的话作证。

阿德利娜姑姑做出了反应:"我不知道你怎么会说出你父亲的坏话来?我这一辈子还没有看到有谁能像我哥哥一样为女儿做出这么大的牺牲。你说你爸爸'不好'是当真的吗?你可是他的心肝宝贝啊!可你又是他的磨难。你母亲去世以后,为了你不吃苦,他再也没有结婚,尽管他那时还年富力强。你能幸运地在美国读书多亏了谁呀?他把全部积蓄都花在你身上了,不是吗?你说这也是'坏爸爸'吗?"

乌拉尼娅,你用不着反驳她。这样一个不能动弹、正在痛苦地度过风烛残年的老人,如果忘记了遥远的过去,何错之有呢?别回答她的质问。点点头,装出认可的样子来!说声"对不起",告辞吧!永远忘掉她吧!可是乌拉尼娅平静地、丝毫没有挑战意味地说道:

"姑姑,他的那些牺牲不是因为爱我。他是要收买我。他是要洗刷那坏了的良心。因为他知道无论做什么都没有用了,他都得在感觉自己是个卑鄙无耻的坏蛋中度过余生。"

他离开位于墨西哥大道和三月三十日大街街口的军情局办公室的时候,觉得值班的警察们都在用怜悯的目光看他,其中一个甚至在紧盯着他看的同时,还故意抚摸斜背在身后的冲锋枪。他感到窒息,微微有些眩晕。笔记本上有那句奥尔特加-加塞特的名言吗?那句名言太适合现在,太有预见性了!他松开领带,脱下了西装。出租车过去了好几辆。他一辆也不拦。回家去吗?关在房子里去绞尽脑汁、没完没了地思考究竟发生了什么事情?没完没了地从卧室到书房上来下去地走个不停?为什么他会成为一只被无形猎手追赶的兔子呢?国会的办公室、公家的汽车、国家俱乐部的证明都被收走了，否则他还可以躲进俱乐部喝杯冷饮，从酒吧眺望那有专人精心照料的花园和远处的高尔夫球手。或者上哪个朋友家去，可是他还有朋友吗？他在给每个人打电话时都发现：人人害怕，人人言不及义，人人怀有敌意：如果你来看我，就会给我带来麻烦。他漫无方向地走着，胳膊上搭着西装。亨利·迪尔伯恩家里的那次酒会能是他倒霉的原因吗？不可能。在部长会议上，元首决定派他和巴伊诺出席酒会，"为的是探探路"。为什么服从命令还要受惩罚？会不会是巴伊诺·比查德向特鲁希略暗示：在酒会上，卡布拉尔和那个美国佬过于亲热？不是，不是，不是。为这样一件无关紧要的小事，元首不可能糟蹋一个比任何人都忠心耿耿、无私地献身给国家的人。

每走几个街区，他就改变一次方向，像一个迷路的人。炎热的空气让他不停地出汗。这是好多好多年以来，他第一次在特鲁希略城的街道上闲逛。这座城市是他亲眼看着她经历发展和变化的。从前，一九三〇年时，"圣谢侬"飓风把这个村庄变成了一片废墟，而如今它已经是一座美丽和繁华的现代城市了，有柏油路，有电灯，有宽敞的大街，街上跑着新式汽车。

他看看手表，下午五点一刻。他走了整整两个小时，感到口渴至极。他现在位于卡西米罗·德·莫亚大街，介于巴斯特大街和塞万提斯大街之间，距离图莱酒吧只有几米远。他进了酒吧，看到第一张桌子就坐了下来。他要了一瓶总统牌冰镇啤酒。没有空调，但是有风扇，躲在阴凉处要好多了。走了这一大段路让他平静了许多。他将来会怎样？乌拉尼娅会怎样？他若被捕或者元首一时冲动下令杀了他，女儿怎么办？阿德利娜有条件教育女儿吗？她能变成乌拉尼娅的母亲吗？是的，没有问题，因为他妹妹是个善良、大方的女人。乌拉尼娅会像卢辛达和玛诺拉那样成为她的又一个女儿。

他惬意地品着啤酒,一面在笔记本上寻找奥尔特加-加塞特那句名言。冰凉的液体顺食道而下,让他产生一种蒙恩的幸福感觉。用不着失去希望。噩梦会烟消云散的。以前不是发生过类似的事情吗?他已经给元首送去三封信了。内容坦率,不顾羞耻向元首敞开了心扉。如果他不小心或者无意识地犯了什么错误,他请求元首原谅,并且发誓:为了改过自新和让元首高兴,他可以赴汤蹈火。他提醒元首想一想他多年的奉献、绝对的忠诚。眼前的事实可以为证:如今他在储备银行的存款——他一生仅有的二十万比索的积蓄被冻结了,现在两手空空,只剩下卡斯圭大街上的那所住房了。(他仅仅隐瞒了存在纽约通用银行那应付急用的两万五千美元。)的确,特鲁希略是宽宏大量的。但如果国家需要,他可以冷酷无情。但是,他也很慷慨,如同《你往何处去》中的佩德罗尼奥一样出色。元首经常引用这本书里的话。元首随时有可能召他进国家宫或者拉德哈麦斯别墅。他们会有一个元首喜欢的那种戏剧性的说法。一切都会澄清的。他会对元首说:特鲁希略不仅是元首、伟大的政治家、共和国的创始人、人民的大救星,而且对他卡布拉尔本人来说,特鲁希略还是为人的楷模,是父亲。噩梦肯定会结束的。往昔的生活会像变魔术般地重新恢复。奥尔特加-加塞特的那句名言出现了,它在一页纸的下方,字很小:"人的过去、现在和将来,不会永远是过去、现在和将来,而是某一天可能是,某一天不再是。"他就是这个生存不稳定哲理的活典型。

图莱酒吧墙上的一张海报说:晚上七点开始,钢琴大师恩里克·桑切斯来表演。已经有人占了两张餐桌,两对男女在窃窃私语,含情脉脉地四目交流。"指控我是叛徒?!我会是叛徒?!"为了特鲁希略,他放弃了吃喝玩乐,放弃了金钱美女。有人在他的邻座丢下一份《国家报》。他拿起报纸,一页页地翻过去。在第三版上,一篇专栏文章说:尊敬的、杰出的曼努埃尔·阿方索大使刚从国外归来,他是由于健康原因出国的。曼努埃尔·阿方索!没有谁能比他更接近元首了。元首非常器重他,经常把最隐秘的事务委托他办理,从购买衣裳、香水到寻欢作乐。曼努埃尔是他的朋友,还欠着他的人情呢。这可是个关键人物。

他付了钱,走出去。"刨子"已经不在。悄悄溜走了还是停止跟踪了?他心中涌起感激之情和令人兴奋的希望。

十四

　　下午五点，大恩人迈进了华金·巴拉格尔博士的办公室。这是自从九个月以前，一九六〇年八月三十日起，为避免美洲国家组织的制裁，元首命令其弟埃克托尔·特鲁希略（"黑人"）辞职，把总统宝座让位给这个勤奋而又和蔼可亲的诗人和法学家以来，从星期一到星期五必须做的事情。巴拉格尔早已起身迎候元首的到来。

　　"陛下，下午好！"

　　与吉特尔曼夫妇共进午餐之后，元首休息了半小时，然后更衣，换上一身精美的白丝衣裳，与四个秘书一起处理公务，直到五点钟。他满脸怒容，毫不掩饰心中的怒火，直截了当地发问："是您两个星期以前批准阿古斯丁·卡布拉尔女儿的出国手续的吗？"

　　矮小的巴拉格尔博士的小眼睛近视度数极深，它们在厚厚的眼镜片后面不停地眨动。

　　"是的，陛下。对，她名叫乌拉尼娅·卡布拉尔。修女会给了她一份奖学金，地点在密歇根一所学院。为了参加考试，她必须尽快动身。校长给我做了解释，里卡多·比迪尼大主教也在关注这件事情。我当时想，这个小小的表示可能可以为高层接触搭个桥梁。陛下，我在一份备忘录里都做了详细说明。"

这个矮小的博士用往常温和的口气说着，圆脸上露出一丝微笑，发音吐字如同广播剧中的演员或者语音老师一样完美和清晰。特鲁希略用探究的目光紧盯着他，极力想从他的表情、口形和转动的眼珠上找出蛛丝马迹或影射的内容来。但是，不管他如何没完没了地猜疑，终究什么也没有发现。当然，这个傀儡总统在政治上实在太老练了，他的表情不可能露出马脚。

"那份备忘录，你是什么时候送给我的？"

"陛下，两个星期以前。是在比迪尼大主教过问这件事情之后。我对您说过，因为那孩子走得急，如果您不反对的话，我就批准她出国了。由于没有收到您的批复，我就把手续办了。她那时也拿到了美国的签证。"

大恩人在巴拉格尔的写字台对面坐下，挥挥手也让巴拉格尔坐下。他在这间位于国家宫第二层的办公室里感觉很好：宽敞、通风、朴素，到处都是图书，地面和墙壁都闪闪发亮，写字台也总是一尘不染。不能说这位傀儡总统是个潇洒的人（这副肥胖的模样，如此矮小的身材，几乎是个侏儒，怎么能潇洒得起来呢？），但是，他的穿着如同他说话一样非常标准，讲究礼仪，工作起来不知疲倦，对他来说，没有假日和钟点。他露出了惊慌的神色，大概意识到批准"智囊"女儿出国是犯了严重错误。

"半小时前，我才看到这份备忘录，"元首说道，口气是告诫性的，"可能被丢在什么地方了。但果真如此，我会奇怪的。我的文件一向是井井有条的，这之前，没有一个秘书看到过这份备忘录。因此，一定是卡布拉尔的哪个朋友担心我不肯批准这个手续，就把文件故意放错了地方。"

巴拉格尔博士摆出一副惊愕的样子。他身体前倾，嘴巴微张；就是这张嘴巴，在演说时发出柔和的琶音和优美的颤音，而在政治性的慷慨陈词时，可以装腔作势，甚至可以说出义愤填膺的话来。

"我一定仔细调查，看看是谁把备忘录送到您办公室的，交给了什么人。当然，我是太着急了。我本应该当面跟您谈一谈。请求您原谅我这一疏忽。"他的两只手，指甲剪得很短，时而张开，时而合拢，做出十分后悔的样子。"说实话，我当时想：这事没有什么要紧的。您在部长会议上指示我们：'智囊'的处境不牵连他的家庭。"

元首点点头，不让他说下去。

"有人竟敢把这份备忘录藏了两个星期，这事很重要，"他冷冰冰地说道，"秘书处有叛徒或者不称职的人。我希望是个叛徒，因为不称职的人危害更大。"

元首叹了一口气，感觉有些疲倦；他想起了恩里克·利特戈尔·赛阿拉医生：他真的想下手害自己吗？还是一时失手？从办公室的两扇窗户望出去，他看到了大海；大朵大朵的白云挡住了阳光；灰色的下午，海面上波涛汹涌。巨浪滚滚而来，拍打着坍塌的堤岸。他出生在圣克里斯托瓦尔一个远离大海的地方，这浪花飞溅和水天一色的情景让他特别高兴。

"修女们给这个女孩奖学金是因为她们知道卡布拉尔已经倒霉了，"元首不快地嘟哝道，"因为她们以为卡布拉尔现在可以为敌人服务了。"

"陛下，我敢肯定：不是这样的。"大元帅看到巴拉格尔博士选择字眼时犹豫不决。"玛丽嬷嬷和圣多明各学校的校长对阿古斯丁的看法很糟。看来，父女俩相处得不好。那孩子在家里很痛苦。修女们要帮助她，而不是她父亲。她们纷纷保证说：这是个学习天赋特别好的女孩。很遗憾，我就匆匆忙忙地签字批准了。我这样做首先考虑的是要缓和与教会的紧张关系。陛下，我觉得这个冲突是危险的。您知道我的看法。"

元首用一个几乎难以察觉的手势又一次打断了他的话。"智囊"会不会已经叛变了？无依无靠、没有职务、没有经济来源、心中无数的这种情况会不会把"智囊"推到敌人那边去呢？但愿不会！他是老部下了，过去做过许多好事，可能将来还会出大力气。

"最近见过'智囊'吗？"

"陛下，我没有见过。我一直按照您的指示办事：不见他，不回他的信。他给我写过两封信，这您是知道的，通过他的妹夫，那个在烟草公司工作的阿尼巴尔，我知道他情绪很坏。阿尼巴尔说：'他都想自杀了。'"

在这个政权处于困难的时刻，如此考验一个像卡布拉尔这样办事得力的同志，是不是有些轻率呢？可能是的。

"好了，不要在阿古斯丁·卡布拉尔身上耽误时间了，"元首说道，"教会问题，美国问题。从这里开始吧。怎么对付赖利主教？他在圣多明各学校的修女中间还要待多长时间？他还要继续扮演殉道者的角色吗？"

"我已经同大主教和教皇使节分别长谈过了。我坚持赖利主教必须离开圣多明各学校，他在那里是令人无法容忍的。我想我已经说服了他俩。他们要求保证主教的人身安全，要求《国家报》《加勒比日报》和'多米尼加之声'停止对主教的攻击，要求让他回到圣胡安教区去。"

"他们没有要求您把总统的位置也让出来吗？"大恩人问道。只要一听到赖利和巴纳尔的名字，他就怒火中烧。这样看来，军情局局长的意见是不是有道理呢？要不要干脆挤破这个脓包呢？"乔尼·阿贝斯建议我把赖利和巴纳尔装上一架飞机，送他俩回国。宣布他俩为不受欢迎的人，驱逐出境！现在菲德尔·卡斯特罗在古巴对付西班牙教士和修女时就是这样干的。"

总统一言不发，一点表示没有。他一动不动，静静地等待着。

"要不然，就让人民惩罚这两个叛徒，"停顿片刻，元首继续说下去，"人民迫不及待地要动手了。我在近来人民的活动中已经看到这一点了。在圣胡安，在维加，人民已经忍耐不住了。"

巴拉格尔博士承认：老百姓如果有可能，会把这两个人绞死的。人民对这些教士充满了怨恨，这些教士对大恩人实在太忘恩负义了，大恩人为天主教会做的事情比一八四四年以来历届政府做的都要多。可是，大元帅实在太有智慧、太讲实际了，因此不会听从军情局局长那失去理智、不懂政治的建议；如果采纳了那些建议，会给国家带来灾难性的后果。巴拉格尔不慌不忙地说着，带着节奏感，加上用词得体，给人以滔滔不绝的感觉。

元首打断了他的话："在政府里，您是最讨厌阿贝斯·加西亚的人。这是为什么？"

答案就在巴拉格尔博士的嘴边。

他回答说："上校是安全问题方面的技术人员，他为国家服务得很好。但是，通常情况下，他的政治见解是很冒失的。凭着我对陛下的尊敬和钦佩，我斗胆奉劝陛下：不要采纳那些主意。不搞驱逐出境；更不要杀死赖利和巴纳尔，否则的话，会招致又一次军事入侵。那样一来，特鲁希略时代就要结束了。"

由于华金·巴拉格尔博士的口气是如此柔和、亲切，话语的音乐感是如此悦耳动人，以至于他说的这番话显不出有多么坚决和严厉，而此时这个侏儒是在跟元首讲话啊。他是不是太过分了？他是不是也像"智囊"一样冒傻气，一样过于自信，因此也需要让现实给他洗个澡？巴拉格尔是个奇怪的人物。从一九三〇年开始，他就来到了特鲁希略身边，那时特鲁希略派两个卫兵去他下榻的小旅馆，请他到家里住一个月，以便帮助特鲁希略搞竞选活动。希马尼的地方领袖埃斯特莱亚·乌雷尼亚曾经做过特鲁希略短暂的盟友，而年轻的巴拉格尔一度狂热地支持过埃斯特莱亚。特鲁希略的一次邀请和半个小时的谈话就足以让这个出生在纳瓦莱特小村庄的二十四岁的诗人、教师和律师变成一个无条件的特鲁希略分子，变成一个可以完成种种外交、行政和政治任务的得力又谨慎的官员。这个不显眼的人物——特鲁希略曾经一度给他起了个"影子"的外号——尽管他在元首身边工作了三十一年，可是仍然让元首觉得深不可测，虽然元首经常吹牛说，识别各色人等，他比优良警犬的嗅觉还要灵敏。元首对华金·巴拉格尔拿不准的地方之一就是此人究竟有没有野心。与核心层里的其他人不同，那些人的表现、积极性和阿谀奉承如同一本打开的书，元首可以看出他们的欲望。巴拉格尔给元首的印象是：让干什么就干什么。在与西班牙、法国、哥伦比亚、洪都拉斯、墨西哥等国产生联系的外交岗位上，或者在教育部、总统府和外交部，巴拉格尔觉得被工作和任务压得喘不过气来，这远远超过了他的理想和才干，因此他拼了命也要把任务完成得出色。但是，元首突然想到，正是由于这一谦卑的态度，这个矮小的诗人和法学家才一直留在最高领导层，也正是由于他的无足轻重，他才没有像其他人那样经历倒霉的时期。因此，他才当上了傀儡总统。一九五七年,正当要安排一个副总统的时候,元首的弟弟"黑人"排在名单的首位,但是,多米尼加党遵照元首的指示,选中了驻西班牙大使拉斐尔·波奈利。忽然间,大元帅决定不要这个贵族人物,而代之以不起眼的巴拉格尔,其理由不容讨论:"这个人没有野心。"但是,如今,这个没有野心的人物,这个举止优雅、善于演说的大知识分子,当上了共和国的总统,也敢随便骂军情局局长了。是不是也应该给他降降温呢!

巴拉格尔沉默地坐着,一动不动,不敢打断元首的思路,等着元首讲话。特鲁希略终于开口了,但是,不再谈教会的话题。

"我一直用'您'跟您谈话,对吧?您是我合作伙伴中唯一我不用'你'来称呼的人。您没有注意到吗?"

巴拉格尔圆圆的小脸红了。

"是的,陛下,"他低声道,感到不好意思,"我总是在想:不用'你'来称呼我,是不是不大信任我?"

"到这个时候我才发觉:您从来不像别人那样叫我'元首',"特鲁希略补充道,露出吃惊的神色,"虽然咱们在一起多年,可我还是觉得您相当神秘。巴拉格尔博士,我一直没能发现您有什么人类的弱点。"

"陛下,我浑身是弱点。"总统微微一笑。"不过,这不是表扬,您好像是在批评我。"

大元帅不是在开玩笑。他双腿交叉后又分开来,不眨眼地盯着巴拉格尔。他摸摸小刷子胡和干燥的嘴唇,始终固执地注视着他。

特鲁希略自言自语地说着,仿佛评论的对象并不在现场似的:"您身上有某种非人性的东西。您没有男人身上那些自然属性性质的欲望。据我所知,您不近女色,也不喜欢娈童。您的生活比您的邻居、居住在马克西莫·戈麦斯大道的教皇使节还要俭朴。乔尼·阿贝斯没有发现您有过情人、未婚妻或者偶尔找个女人消遣一下。因此,您对床上的事情不感兴趣。您也不爱钱。您几乎没有储蓄;除去那座小住宅之外,您没有地产,没有股票,没有投资,至少国内没有。您从来不介入我部下的钩心斗角和血腥的战争,哪怕是所有的人一起策划反对您的阴谋。我任命您当过部长、大使、副总统,甚至今天的总统。假如现在我让您下台,把您派遣到山区的一个无名小村里去,您同样会高高兴兴地去上任。您吃喝嫖赌一样不沾,您不追求金钱、美女和权力。您是这种人吗?或者这是一种有秘密计划的韬光养晦?"

巴拉格尔博士光洁的面孔又变红了。他那柔和的声音毫不犹豫地肯定道:

"自从一九三〇年四月那天上午认识陛下以来,我唯一的嗜好就是为陛下出力。从那时起,我就知道了:为特鲁希略效力就是为国效力。这让我的生活非常充实,远远超过金钱、美女和权力能够给予我的一切。陛下能让我在您身边工作,我实在不知道说什么话感谢您才好。"

得了,老一套的恭维话!就算一个没有文化的特鲁希略分子也说得出这番话。刹那间,特鲁希略想到:这个矮小、无害的人物会向他敞开心扉的,如同在忏悔室里一样;他也会向他吐露心中的罪恶、恐惧、仇恨、梦想……也许,他没有任何隐私,他的生活是众所周知的:一个廉洁奉公、克勤克俭、不胡思乱想的高级官员,他会为元首起草漂亮的演说辞、纲领、书信、协议、口号、外交谈判提纲并总结"大元帅思想";他是诗人,会写赞美多米尼加美人和基斯克亚风光的诗歌,会歌颂国家大事、选美比赛和国庆节。他是个没有自己光芒的小人物，如同月亮一样，需要特鲁希略这个太阳的照耀。

大恩人断言："我知道了：您一向都是好同志。从一九三〇年那个早晨起，您就是如此。派人去请您，是我那时的妻子本贝尼达提议的。她是您的亲戚吧？"

"陛下，她是我表姐。那顿午饭决定了我的一生。是您邀请我陪同您搞巡回竞选的。您让我在圣佩德罗·德·马克里斯、首都和罗马纳的群众大会上为陛下做介绍。那是我初次登台做政治演说。从那以后，我的命运走上了另外的道路。在那之前，我的爱好是文学、教学和讲座。多亏了您的帮助，我把政治放到了第一位。"

一个秘书敲敲门，要求进来。巴拉格尔用目光征求元首的同意，大元帅点点头。秘书穿着合身的衣裳，留着小胡子，抹着发蜡，拿着一份备忘录，那上面有圣胡安市五百七十六户上层家庭的签名，要求"阻止那个背信弃义的赖利主教再担任高级职务"。由圣胡安市长和多米尼加党地方官员组成的代表团希望把备忘录亲手交给总统。要不要接见这个代表团呢？巴拉格尔再次请示元首，大恩人再次点点头。

巴拉格尔指示："请他们等一等。我和元首处理完公务以后就去接见那些先生。"

巴拉格尔真的像人们说的那样是个虔诚的天主教徒吗？不计其数的流言蜚语在议论他的独身生活和他在做弥撒、唱感恩诗、参加宗教游行时所采取的热心且专注的态度。特鲁希略曾经看到过他双手合拢、眼睛低垂地去领圣餐的样子。当巴拉格尔决定在马克西莫·戈麦斯大道教皇使节驻地的旁边造房子与妹妹们住在一起的时候，特鲁希略命"活垃圾"给"公众论坛"写信嘲笑他们的邻里关系。信中问道：巴拉格尔是教皇使节的什么干亲？由于巴拉格尔以信仰虔诚闻名以及他同教士之间的良好关系，元首便委托他制定政府对天主教会的政策。他做得很好。直到一九六〇年一月二十五日那一天——宣读《主教书》的那个星期天之前，教会一向是政府可靠的盟友。多米尼加共和国与梵蒂冈之间的协约（巴拉格尔谈判，特鲁希略一九五四年签字）是对政府和元首在天主教世界形象的最佳认可。这位诗人兼法学家肯定对持续了一年半的政府与教会的对抗局势感到痛心。他还会笃信天主教吗？过去，他总是维护政府应该保持与主教、教士和梵蒂冈良好关系的方针，他援引的理由是实用和政治的，而不是宗教的：天主教的赞同可以让政府在多米尼加人民面前的行动合法化。特鲁希略肯定没有想过阿根廷前总统庇隆发生的事情：教会一瞄准庇隆，他的政府就开始垮台。这有道理吗？教士们的敌视难道能把特鲁希略推翻？果真如此，那就先把赖利和巴纳尔送到大海里喂鲨鱼。

　　特鲁希略突然说道："总统，我说点让您高兴的事情。我没有时间阅读知识分子写的那些废话。什么诗歌啊小说之类的玩意儿。国家大事实在太消耗精力了。玛莱罗·阿里斯迪是个大作家，虽然跟我一起工作了好多年，可是我没有看过他的任何作品。无论是那本《超越》，还是他那些关于我的文章，或者那部《多米尼加史》，我都没有看过。几百部诗人、戏剧家和小说家献给我的作品，我一本也没看。甚至我老婆写的那些愚蠢东西，我也没有看过。我没有时间看书，也没有时间看电影，听音乐，去芭蕾舞剧院或者斗鸡场。此外，我从来都不相信艺术家的话。他们都是些没有骨头的东西，缺乏荣誉感，容易叛变，个个奴性十足。您的诗歌和散文，我也没有读过。您那部关于杜阿尔特的《自由的基督》，我只是翻阅了一下，上面有您给我的热情献词。但是，有个例外。就是七年前的一篇演说。就是您当选为语言学院院士时在美术馆的那篇演说。您还记得吗？"

矮小人物的脸色变得更红了。他满面红光，浑身充满了难以形容的快乐。

他低垂着眼帘，嗫嚅道："题目是《上帝和特鲁希略在一起：现实主义的阐释》。"

"我反反复复读了许多遍，"大恩人甜蜜的尖嗓子响了起来，"我可以像朗诵诗歌一样一段段地背诵下来。"

为什么要对这个傀儡总统披露这一心事？这是特鲁希略的一点偏爱，过去从来没有流露过。巴拉格尔有可能炫耀此事，会觉得自己了不起。情况还没有发展到在如此短暂的时间里要抛出二号人物的地步。一想到这个矮子的最大优点可能就是不仅知道什么是合适的事情，尤其知道不去探听不合适的事情，元首就放下心来了。这种话，他以后不会再说了，免得其他部下争风吃醋、互相敌视。巴拉格尔的那次演说让他感到震动，让他多次自问，那篇演说难道不是说出了一个深刻的真理、一个标志着民族命运的神的决定吗？那天晚上，身材矮小的新院士穿着大礼服在美术馆的大舞台上宣读演说的第一部分时，大恩人并没有特别上心。（元首也穿着大礼服，男性与会者都是如此；女宾身穿长裙，四处闪烁着珠光宝气。）那篇演说好像是多米尼加史的概述，从哥伦布到达伊斯帕尼奥拉岛开始讲起。当演说者用他那讲究的辞藻和优美的行文逐渐展示一种看法、一种观点时，元首开始感兴趣了。按照上帝的安排，多米尼加共和国在多灾多难中——海盗袭击、海地人入侵、兼并主义者的野心、白人的大量被屠杀和逃亡（从海地统治下解放时白人只剩下六万人)——侥幸生存了四个多世纪即四百三十八年。这是造物主完成的任务。从一九三〇年起,拉斐尔·莱昂尼达斯·特鲁希略·莫里纳代替上帝,担负起拯救祖国的艰巨使命。

特鲁希略微闭双眼,背诵道:"在共和国向着自己命运发展的强盛时期前进的过程中,一种久经磨练的钢铁意志支持着那超自然力量维护祖国利益和造福人民的行动。这就是上帝与特鲁希略同在。总之,这说明:一是祖国的生存,二是现在多米尼加人民生活的富裕。"

元首睁开眼睛,叹息一声,感到有些惆怅。巴拉格尔一直入神地听他背诵,出于感激之情觉得自己非常渺小。

"您仍然认为上帝还在让我替他看守岗位吗?是不是还让我来担负拯救国家的责任?"元首问道,口气里混杂着难以确定的嘲讽和不安。

"陛下,您的责任比那时更重,"巴拉格尔那优美动听的声音回答道,"没有神的支持,特鲁希略不可能完成这超人的使命。对于这个国家来说,您就是上帝的工具。"

"遗憾的是这些混蛋主教不明白这一点。"特鲁希略微微一笑。"如果您的理论正确,我希望上帝命令他们为自己的糊涂付出代价。"

巴拉格尔并非第一个把上帝和特鲁希略的事业联系在一起的人。元首还记得从前法律教授、律师和政治家哈辛托·B.贝伊纳多(一九三八年当过傀儡总统,因为屠杀海地人,国际社会纷纷抗议其第三次连任)曾经在住宅大门上挂了一块金光闪闪的牌子,上面写着:"上帝与特鲁希略同在。"从那时起,这类标志就在首都和内地许多地方风行起来。不,不是这句话让特鲁希略震动,而是那些说明上帝和特鲁希略之间联系的道理让他感到意外,仿佛那就是绝对真理一样。感到有一只超自然的手放在肩上是不容易的。特鲁希略研究会每年都要重印巴拉格尔的这篇演说，它是各类学校的必读课本，是《公民手册》的中心内容，目的就是教育学生掌握特鲁希略理论。这个理论是由元首选定的三人小组起草的，他们是：巴拉格尔、"智囊"卡布拉尔和"活垃圾"。

"巴拉格尔博士，我多次思考您那套理论，"元首坦率地说，"那是神的决定吗？为什么是我？为什么选中了我？"

巴拉格尔博士在回答之前用舌尖舔舔嘴唇。

"神的决定是不可抗拒的，"他神情专注地说道，"神考虑到了您所处的领袖地位、工作能力，尤其是对祖国的热爱等等特殊的条件。"

干吗要在这些胡说八道里浪费时间呢？有许多急事要处理啊。但是，奇怪极了，元首觉得需要延长这次无用、费神和主观的谈话。为什么要和巴拉格尔谈这个话题？在高层领导中，他同巴拉格尔很少说贴心话。他从来不请巴拉格尔去圣克里斯托瓦尔的卡奥瓦之家共进晚餐和寻欢作乐。可能是因为在整个知识分子和文化人的群体中，只有巴拉格尔到现在为止还没有让他感到失望。还因为他聪明过人，有些名气（虽然据阿贝斯·加西亚说，总统周围也有个肮脏的小圈子）。

"关于知识分子和文化人，我一向认为他们很糟糕，"元首继续说道，"在功劳簿上，按照顺序排列，第一位属于军人，他们坚决执行命令，不搞阴谋，不浪费时间。第二是农民，他们生活在农场里和茅屋中，或者是蔗糖厂里，他们健康，勤劳，有为国争光的荣誉感。其次是公务员、企业家、商人。最后是知识分子和文化人。他们甚至应该排在教士后面。巴拉格尔博士，您是个例外。其他文人是一群臭流氓！政府给他们吃，给他们穿，给他们荣誉，他们得到的好处最多，可是给政府造成的伤害最大。比如，那几个西班牙知识分子，何塞·阿尔莫依纳或者赫苏斯·德·卡林德斯，我们让他们在这里避难，给他们提供工作机会。他们先是好话说尽又吹又拍，然后一转脸就造谣诬蔑，写起攻击我们的文章来。还有那个奥索里奥·利扎拉佐吧？就是您带来的那个哥伦比亚瘸子。他要为我作传，把我捧上了天，在这里过的日子像国王，腰包鼓鼓地回到哥伦比亚，可是摇身一变成了反特鲁希略分子。"

巴拉格尔另外一个优点就是知道什么时候不要说话，什么时候变成一座狮身人面像，尤其是在元首宣泄心中不快的时候。特鲁希略停下不说了。他在倾听，努力要捕捉一排排浪花起伏的、泛着金属光泽的水面传来的声音。通过窗户他可以远眺大海，但是听不到涛声，因为涛声被汽车的马达轰鸣声掩盖了。

元首突然转向谈话对手的平静面孔，发问道："您认为拉蒙·玛莱罗·阿里斯迪叛变了吗？他给《纽约时报》的美国佬提供情报是为了让媒体攻击我们吗？"

巴拉格尔博士从来没有被特鲁希略这种可能招来麻烦和危险的突然问题吓住，而别人常常不知如何应对。面对这类场合，他总是有捷径可走：

"陛下，他发誓永不叛变。那时他就坐在您这个位置上，眼泪汪汪地以他母亲和所有使徒的名义发誓：他不是塔德·肖尔茨的情报人员。"

特鲁希略表情愤怒地反驳说：

"玛莱罗会来这里对您坦白说他已经叛变了？我现在问您的看法：他叛变没有？"

巴拉格尔也知道在什么时候只能下水：这是大恩人承认他的又

一个优点。

"我万分痛苦，因为我一直很看重玛莱罗的才气和人品。现在我认为，是他把情报卖给了塔德·肖尔茨。"他的声音很低，几乎难以察觉。"陛下，铁证如山嘛！"

元首早就得出了同样的结论。虽然在他执政的三十一年里，甚至在此之前他当警察的时候，或者更早在糖厂当工头的时候，他早已经习惯不在回顾往事上浪费时间，不在已经做出的决定上后悔或者沾沾自喜上浪费时间，但是玛莱罗事件有时却回到他的脑海中来，给他留下苦涩的味道。多米尼加著名文学史家玛科斯·恩里克斯·乌莱尼亚称玛莱罗是"天才的无知者"，作为作家和历史学家的玛莱罗却非常欣赏乌莱尼亚。玛莱罗名利双收，身兼专栏作家、《国家报》社长和劳工部长，他的三卷本《多米尼加史》是特鲁希略掏钱出版的。

过去，如果要让特鲁希略为什么人担风险的话，他可以为这位作家说话，因为他创作的多米尼加长篇小说——关于罗马纳一家发电站的故事，题目是《超越》——在国内外享有盛誉，甚至译成了英语。玛莱罗曾经是个坚定的特鲁希略主义者。作为《国家报》的社长，他证明他是坚决捍卫特鲁希略和这个政权的，他思想鲜明，文风犀利。他是个出色的劳工部长，与工会领导和雇主双方都处得很好。因此，当《纽约时报》的记者塔德·肖尔茨宣布要来多米尼加采访报道时，元首推荐玛莱罗·阿里斯迪去陪同肖尔茨活动。他俩走遍了全国各地，玛莱罗为肖尔茨办成了需要的各种会见，包括对特鲁希略的一次采访。肖尔茨回美国时，玛莱罗·阿里斯迪一直护送他到迈阿密。大元帅从来没有指望《纽约时报》会刊登赞扬其政权的文章，但也不希望发表揭露特鲁希略家族腐败的消息，他更没有想到肖尔茨会拿出准确无误的资料披露特鲁希略家族财产的名称、进账日期和数额，以及特鲁希略的亲朋好友和部下从政府计划的项目中受贿的情况。只有玛莱罗有可能提供这些情报。元首肯定他的这位劳工部长再也不会迈进特鲁希略城的大门了。但让元首吃惊的是，玛莱罗在迈阿密写信给《纽约时报》，揭露肖尔茨的谎言。更让元首惊讶的是，玛莱罗居然敢回到多米尼加共和国来。他迈进了国家宫的大门。他哭着说他是无辜的。那美国佬躲开了他的监视，偷偷地跟持不同政见者见了面。特鲁希略很少大发雷霆，但是那一次他实在控制不住了。他对这种哭哭啼啼的样子感到恶心，便一记耳光扇过去，把玛莱罗打得一个趔趄，再也不敢吭声。玛莱罗连连后退，一脸的恐惧。元首破口大骂，说玛莱罗是"叛徒"。侍卫队长开枪打死玛莱罗以后，元首命令乔尼·阿贝斯解决尸体问题。一九五九年七月十七日，劳工部长和他的司机在前往康斯坦萨的途中，在中央山脉某处堕下悬崖致死。政府为劳工部长举行了国葬；追悼会上，参议员亨利·奇里诺斯在演说中强调了死者的政治业绩，巴拉格尔博士颂扬了死者的文学成就。

"虽然他叛变了，可他的死还是让我感到难过，"特鲁希略说道，口气是真挚的，"他还年轻，刚刚四十六岁，本来还可以做许多事情。"

"神的决定是不可抗拒的。"总统重复道，没有丝毫的讽刺意味。

"咱们离题了，"特鲁希略不想谈下去了，"您看还有可能解决教会的问题吗？"

"眼下没有，陛下。双方的分歧太深了。坦率地说，如果您不下令阿贝斯上校停止攻击主教，情况会越来越糟。就在今天，我收到了教皇使节和比迪尼大主教的正式抗议，因为《国家报》和加勒比电台昨天侮辱了巴纳尔主教。您看到了吗?"

写字台上有一份剪报,巴拉格尔口气虔敬地念给元首听。经过《国家报》转载的加勒比电台的社论称:维加地区的主教巴纳尔阁下"原名莱奥波尔多·德·乌布里克",是西班牙逃犯,受到国际警察的通缉。社论指控他"从事恐怖主义的空想之前,把教区里塞满了修女";如今,"他因为害怕群众的正义审判,躲藏在修女和一些病态女人的身后,显而易见的是他与这些妇女有着放荡的性交易"。

大元帅开心地笑起来。亏阿贝斯·加西亚想得出来!这个年事已高的西班牙人最后一次阴茎勃起的时间大概是在二十或者三十年之前了,指控他与维加教区的修女性交这实在太夸张了;最多说他猥亵娈童还差不多,好色和有女人气的教士不都是这样干的吗。

"上校有时候爱夸张。"元首笑着说道。

"我还收到了另外一份教皇使节和教会的正式抗议,"巴拉格尔非常严肃地继续说道,"陛下,是关于五月十七日报纸和电台对圣卡洛斯·包洛梅奥地区修士发动的攻击。"

他举起蓝色的剪报本,其中有些醒目的标题。"搞恐怖活动的方济各会修士"在教堂里制造和隐藏手工炸弹。邻居们是在一次偶然听到的爆炸声中发现的。《国家报》和"加勒比之声"要求公安部门搜查这个恐怖活动的巢穴。

特鲁希略不耐烦地瞥了一眼剪报。

"那些教士可没他妈胆子造炸弹。最多在布道时攻击几句罢了。"

"陛下,我认识那里的修道院院长。阿隆索·德·帕尔米拉是个圣人,一心扑在传道的使命上,对政府很尊重。他绝对不会搞颠覆活动。"

他停顿了片刻,用刚才饭后闲聊的亲切口气,讲出一番道理来,而这些道理大元帅早就从阿古斯丁·卡布拉尔那里听到过多次了。为了重新与教会上层、梵蒂冈和教士们建立联系——他们中的大多数由于害怕无神论的共产主义而喜欢现政权，必须停止或者至少降低每天谩骂和攻击的程度，因为这会让敌人说我们的政权是反天主教的。巴拉格尔博士用他那始终彬彬有礼的态度给大元帅看美国国务院的抗议照会，因为这里有人骚扰圣多明各学校的修女。他在答复中已经说明：警察是保护修女不受敌视活动伤害的。但实际上，骚扰修女的事情时有发生。比如，阿贝斯·加西亚上校手下的人每天晚上用高音大喇叭对准学校，播送时髦的特鲁希略主义进行曲，让修女们无法入睡。此前，他们在圣胡安教区赖利主教的住所门前也这样干过；现在继续在巴纳尔主教的住所前这样干。同教会的和解还是有可能的，可是目前这样的骚扰活动会把危机推向全面升级的地步。

"您跟那个信红玫瑰十字教的家伙谈一谈。您去说服他吧！"特鲁希略耸耸肩膀说道，"他是教士的克星。他肯定会说，现在安抚教会为时已晚。他还会说，教士们希望我流亡国外、被捕入狱或者让人杀掉。"

"陛下，我敢担保不是这样的。"

大恩人没有理他，他一言不发，用那令人慌乱和恐惧的探究目光死死地注视着傀儡总统。矮小的博士比一般人抵抗元首锥子般的目光的时间要长得多；但是，现在，经过两分钟直勾勾目光的审视，他开始流露出不舒服的感觉：厚厚的眼镜片后面，小眼睛惊慌地一睁一闭。

"您信神吗？"特鲁希略问道，口气有些焦虑，那冷冰冰的目光要钻进巴拉格尔的心里，要他坦率地回答，"人死之后，还会有来世吗？好人上天堂，坏人下地狱，对吗？您相信这一套吗？"

元首觉得华金·巴拉格尔矮小的身躯更瘦小了，那些问题吓得他目瞪口呆。他还觉得他身后那镜框里的大照片变大了许多，他身穿礼服，头戴羽毛三角帽，胸前斜披着总统绶带，旁边是让他感到自豪的西班牙卡洛斯三世大十字勋章。傀儡总统在说话的时候双手搓来搓去，好像要传达什么秘密一样：

"陛下，有时我有怀疑。不过，多年以前我就得出了这样的结论：这是别无选择的事情。必须有信仰。不可能当无神论者。在我们这样的世界里更不可能。如果有为公众服务的才能并且搞政治的话，不可能没有信仰。"

"您的虔诚是出了名的，"特鲁希略坚持道，一面在座位上摇晃着身体，"我早就听说，您不结婚，没有情人，也不喝酒，不做生意，因为您早就秘密许过愿。就是说您是居家修士。"

矮小的总统摇摇头：这都不是真的。他过去不曾、将来也不会许什么愿；他与师范学校的一些同学不同，他们痛苦地考虑自己要不要被基督选中去做天主教的神甫，他则始终明白自己不具备做神甫的才能，而是从事政治思想工作。宗教信仰给他提供了精神支柱，提供了面对生活的道德规范。有时他怀疑先验论，怀疑上帝的存在，但是从来不怀疑天主教不可替代的社会功能：它是抑制人类兽性中破坏社会秩序的狂热和欲望的工具。在多米尼加共和国，天主教如同西班牙语一样，是民族的凝聚力量。如果没有天主教，国家就可能解体，就会倒退到野蛮时期。至于如何信仰，他按照圣伊格纳西奥·德洛约拉①在《新修会》中的规定行事：怎么信仰就怎么维持

---

① San Ignacio de Loyola（1491—1556），西班牙神学家。

操守，尊崇宗教典礼、仪式去做弥撒、祈祷、忏悔、领圣餐。宗教形式的系统重复会逐渐创造内容，用上帝的存在来填补真空——在某些时候。

巴拉格尔低下头不讲了，好像因为向大元帅吐露了心中的隐私和对上帝的迎合而感到羞愧似的。

"我要是优柔寡断的话，那绝对振兴不了这个死气沉沉的国家，"特鲁希略说道，"如果在行动之前我总是等待上帝的指示，那就会一事无成。面对生死抉择，我只能相信自己。我当然也会犯错误。"

大恩人通过巴拉格尔的表情察觉出来：这个矮子一定在想元首是在说什么或者说谁。元首没有告诉他，他脑海里浮现出恩里克·利特戈尔·赛阿拉大夫的面孔。这是元首求治的第一位泌尿科医生——是"智囊"卡布拉尔推荐的优秀专家，因为他发现自己排尿困难。五十年代初，马里翁博士给他做过一次尿道手术，向他担保说：永远不会有麻烦了。可是不久排尿困难的老毛病又犯了。利特戈尔·赛阿拉大夫经过多次化验分析和一次令人不愉快的直肠触摸，摆出一副婊子样或者可谓浑身油腻的教堂司事的嘴脸，吐出一些打击他情绪的含糊词语："会阴尿道硬化""尿道管手术""前列腺炎"，最后做出了这样的诊断（后来为此付出了沉重的代价）：

"陛下，请求上帝保佑吧。您这是前列腺癌。"

他的第六感觉告诉他：医生在夸大其辞，或者是在说谎。当这位泌尿专家提出应该马上动手术的时候，元首确信了自己的判断。医生说：如果不做前列腺手术，可能发生癌细胞转移，那就太危险了；假如切上一刀，再加上化学治疗，那还可能延长寿命。他在夸大其辞，在撒谎，因为他是个蹩脚医生，要么就是敌人。有人从巴塞罗那请专家的时候，元首就知道有人打算提前结束新祖国之父的性命。安东尼奥·布伊戈威特否定元首有癌症；那个讨厌的前列腺肥大是年龄造成的，可以用药物缓解，这不会危及大元帅的生命。用不着做前列腺切除手术。当天早晨特鲁希略就下了命令，让侍卫副官何塞·奥里瓦中尉负责让那个骄横的利特戈尔·赛阿拉医生带着他那有害的思想和糟糕的科学技术从圣多明各的码头上消失。啊，对了，傀儡总统还没有签署贝尼亚·里韦拉晋升为上尉的命令呢。元首从神的存在下降到了庸俗地犒赏阿贝斯·加西亚招募来的最机警的小流氓之一。

"我忘了一件事。"元首不高兴地摇摇头。"您还没在贝尼亚·里韦拉中尉由于特殊功劳而晋升为上尉的决定上签字呢。一星期前，我就把卷宗给您送过来了，上面有我的批示。"

巴拉格尔总统的小圆脸变得很难看，嘴巴收缩，双手痉挛。但是，他克制住了，又恢复了往日的平静神态。

"我没签字是因为要跟陛下谈谈晋升这件事。"

"没有什么好谈的嘛！"大元帅粗暴地打断了他的话，"您已经拿到我的指示了。难道有什么不清楚的吗？"

"陛下，当然清楚。恳求您听我讲完。如果我的道理不能说服您，我马上在贝尼亚·里韦拉中尉晋升的命令上签字。文件就在这里，随时可以签字。因为事情难办，我觉得还是当面跟您说一说更好。"

元首完全知道巴拉格尔要陈述什么道理，他开始有些生气了。这个侏儒，他是不是以为元首太衰老了或者累了，就敢不服从命令了？他不再插话，掩饰着心中的不快听总统怎么说。巴拉格尔使出浑身解数调动辞令，让他说出的事情通过讲究的话语和极有教养的声调不显得那么冒失。他用极恭敬的口气奉劝元首重新考虑，像维克托·阿利希尼奥·贝尼亚·里韦拉中尉这样的人,虽然有特殊功劳,也别让他轻易晋升。此人档案中的问题太多,因为从事受谴责的活动而沾满了污点——也许不该受谴责——所以敌人会利用这一晋升命令,特别是美国,认为这是对他杀害米拉瓦尔三姐妹米内尔瓦、巴特里亚和玛丽亚·特蕾莎的犒赏。尽管司法机关确认三姐妹和司机是死于交通事故,但是在国外被说成是政治谋杀,是由贝尼亚·里韦拉中尉执行的,惨案发生时他就在圣地亚哥担任军情局站长。总统还大胆提醒元首,今年二月七日元首令下达后敌人那边制造的轩然大波。根据元首令,贝尼亚·里韦拉中尉被授予占地四公顷的一座庄园和一处住宅。这所房子是国家从巴特里亚·米拉瓦尔和她丈夫手中没收的,因为他俩从事颠覆政府的活动。敌人的叫嚣至今还没有停止。在美国成立的那些委员会还在掀起大风大浪,证明把米拉瓦尔的土地和住宅送给贝尼亚·里韦拉中尉是对后者杀人的奖赏。华金·巴拉格尔博士劝告元首:不要再给敌人提供新的借口,不要让敌人反复说元首豢养着一群杀手和暴徒。虽然元首一定还记得那件事,但是他还是想提醒一下:阿贝斯·加西亚上校手下这个干将不仅与米拉瓦尔三姐妹之死有牵连——这是流亡国外的人们大肆攻击的一点,而且他还与玛莱罗·阿里斯迪的事故和所谓失踪有关系。在这种情况下,如此公开奖励中尉是不够谨慎的。为什么不采取隐蔽方式奖励呢?比如给些经济补助,或者派遣到远东什么国家去当个外交官。

总统说完后,再次搓搓手。他眨眨眼睛,凭着直觉知道,他这番小心论证是没有用处的,因此很担心受到严厉训斥。但是,特鲁希略还是努力克制住了心中升腾的怒火。

"巴拉格尔总统,您很走运,仅仅负责政治中的好事,"他冷冰冰地说道,"出台法律,推动改革,参加外交会谈,从事改造社会的工作。您是这样度过三十一年的。您管的是治理国家中令人欢喜快乐的一面。我真羡慕您啊!我也愿意只管国务活动,只当个改革家。但是,治理国家还有肮脏的一面,如果没有这一面,您干的事情就不可能成功。谁来管治安?谁负责社会稳定?谁干安全工作?我一直设法不让您管这些讨厌的事情。但是,您不会说您不知道和平是怎么来的吧!那是用牺牲和鲜血换来的!就在我、阿贝斯、贝尼亚·里韦拉中尉等人设法让国家处于稳定状态时,您才有可能看到好的一面,才能做些好事,因此您得谢谢我们才行。因为稳定是压倒一切的,只有稳定了,您才能作诗和发表演说。我可以肯定,凭着您的聪明才智,理解我的话绰绰有余。"

华金·巴拉格尔点点头,脸色惨白。

大元帅最后说:"不谈这些不愉快的事了。在贝尼亚·里韦拉中尉晋升的命令上签字吧!明天要发表在《官方公报》上。您还要亲笔写一封祝贺信。"

"陛下,我照办。"

特鲁希略伸手摸摸脸,总统以为他要打个呵欠呢。这是个假警报。今天晚上,他要通过卡奥瓦之家敞开的窗户呼吸花草的芳香,要眺望漆黑天空上的群星,与此同时,抚摸一个热情但有些胆怯的姑娘的裸体,他要像《你往何处去》的主人公阿尔比特洛那样潇洒地行事。然后,他要吮吸她性器官分泌出来的温暖液汁,一面感受自己两腿间产生的亢奋状态。他会有个长时间坚挺的勃起,如同从前的阴茎一样。他会让那个姑娘快乐地呻吟,同时自己也享受一番,这样就可以抹掉这个愚蠢侏儒不愉快的提醒了。

元首用比较中性的口气说道:"我已经审查过政府准备释放的被

捕者名单了。除去那个蒙特克里斯蒂市的教授温贝托·梅林德斯之外，没有需要驳回的。办手续吧。通知家属星期四下午到国家宫来，他们就可以看到获释的人了。"

"陛下，我马上办手续。"

大元帅站了起来。傀儡总统也跟着要站起来。特鲁希略打了个手势，请他坐着别动。他还不走呢。他想活动活动麻木的双腿。背对着写字台，他走了几步。

"再次释放囚犯能够安抚美国佬吗？"他自言自语道，"我怀疑。亨利·迪尔伯恩继续在给搞阴谋的人打气呢。据阿贝斯说，又有人在搞新的阴谋，甚至连胡安·托马斯·迪亚斯也参与了。"

背后没有声音——他感觉身后有个蔫乎乎的沉重的人存在，吓了他一跳。他立刻转身看那个傀儡总统，巴拉格尔坐在那里一动不动，表情恬静地注视着元首。特鲁希略感到不放心。他的直觉从来没有欺骗过他。难道这个小人、这个侏儒知道什么情况？

"这个新的阴谋，您听说过什么吗？"

他看到巴拉格尔摇摇头，动作坚决有力。

"陛下，假如我知道，我会立刻告诉阿贝斯·加西亚上校的。我一向都是这么做的：只要听到颠覆政府的消息，我马上汇报。"

元首向着写字台走了两三步，一句话没有说。如果说这个政权里有一个人不能介入阴谋的话，那这个人就是小心谨慎的总统。巴拉格尔知道，没有特鲁希略，他就不可能存在；他还知道大恩人是他生命的元气，没有元首，他就将永远从政治舞台上消失。

元首走到一扇宽敞的窗户面前。寂静中，他长时间地眺望大海。乌云已经遮住了阳光，天空是灰蒙蒙的，布满了银色的云彩；深蓝色的海水一块块地反射着阳光。一条木船正航行在海湾里，驶向奥萨玛河口。那大概是条渔船，已经干完一天的工作，正要回去靠岸。船儿留下一条浪花形成的尾波。由于距离遥远，元首看不清那里有一群海鸥在飞翔，但是他能想象它们在尖叫、在不停地扑扇翅膀的样子。他很高兴可以提前去散步，当然先去看母亲，然后沿着马克西莫·戈麦斯大道和中央大道走上一个半小时，一路上闻着海浪送来的咸味空气。他没有忘记要为空军基地门前下水道泛滥的事情去训斥军队司令。要让布博·罗曼去闻那坑臭水，看看以后是不是还会看到军营门口如此恶心的情景。

元首没有告辞就离开了华金·巴拉格尔总统的办公室。

十五

"咱俩在这里还互相有个陪伴,菲菲·巴斯托里萨可是一个人啊!"瓦斯卡尔·特哈达倚靠在四开门的沉重的黑色奥兹莫比尔汽车的方向盘上说道。他们的这辆车停在距圣克里斯托瓦尔七公里处。

"咱们在这里干什么鬼玩意儿!"佩德罗·里韦奥·塞德尼奥生气地骂道,"差一刻十点了。'公羊'不会来了!"

佩德罗·里韦奥紧紧握着放在腿上的M-1半自动步枪,仿佛要把它捏碎似的。这个人脾气暴躁,爱发火;坏脾气影响了他的军人生涯,他被开除军籍时是上尉。开除军籍之前他就意识到了:由于他这个让人反感的脾气,他永远也不会得到晋升的。他痛苦地离开了军队。他毕业于美国军事学院,成绩优秀。可是,只要有人叫他"黑鬼",他立马就火冒三丈,同时挥拳相向。这脾气和行动妨碍了他在军中升级的道路,尽管他服役的成绩卓著。他被开除军籍的原因是,拿枪对准一个训斥他的将军。这位将军指责他作为军官不应该与士兵称兄道弟。但是,凡是认识他的人,比如这个和他一起等候"公羊"到来的工程兵瓦斯卡尔·特哈达，都知道在他暴躁脾气的背后有一颗善良的心——瓦斯卡尔亲眼看到佩德罗因为米拉瓦尔三姐妹的牺牲而痛哭过，虽然这个人根本不认识她们。

"'黑鬼'，急躁也会杀人的。"瓦斯卡尔·特哈达想开个玩笑。

"你妈才是'黑鬼'。"

特哈达想笑，但是同伴的粗暴态度让他伤心。这个佩德罗实在不可救药。

"对不起，"过了片刻，他听到佩德罗在道歉，"这倒霉的等人要让我神经崩溃了。"

"咱俩一个样，'黑鬼'。糟糕！我又说'黑鬼'了。你是不是又要骂我妈了？"

"这一回不骂你了。"佩德罗·里韦奥最后笑了起来。

"为什么人家一叫你'黑鬼'你就发火？我们是因为亲热才这么叫你的。"

"瓦斯卡尔，这我知道。在美国军事学院里，士官或者军官叫我'黑鬼'时不是出于亲热，而是种族歧视。我当然得让他们尊敬我了。"

高速公路上来来往往过去了几辆汽车，有的向西边的圣克里斯托瓦尔，有的向东边的特鲁希略城；但是，既没有特鲁希略那辆蓝色雪佛兰-贝尔艾尔，也没有跟踪而来的安东尼奥·德·拉·玛萨的雪佛兰-比斯坎湾。他俩的任务很简单：一看到这两辆汽车出现——通过托尼·英贝特发出的车灯亮三次为信号，就立即开动这辆沉重的黑色奥兹莫比尔汽车，去截断"公羊"的去路。然后，佩德罗用M-1半自动步枪（安东尼奥给了他一些特制的子弹），瓦斯卡尔用三九式九毫米口径的史密斯-威森牌手枪迎面射击；与此同时，英贝特、阿玛迪多、安东尼奥和"突厥"从后面开火。"公羊"是跑不掉的。但是，如果跑掉，往西两公里的地方，还有菲菲·巴斯托里萨驾驶着埃斯特莱亚·萨德哈拉的水星牌汽车，他会扑上去再次挡住"公羊"的去路。

"佩德罗·里韦奥，你太太知道今天晚上的事情吗？"瓦斯卡尔·特哈达问道。

"她以为我在胡安·托马斯·迪亚斯那里看电影呢。她怀孕了……"

佩德罗看到有辆汽车飞速地开过去，十米之后，另外一辆紧追不舍。他觉得后面那辆好像是安东尼奥·德·拉·玛萨的雪佛兰-比斯坎湾。

"瓦斯卡尔，那是不是他们？"他极力透过黑暗向远方看去。

"看没看到车灯亮三次？"特哈达·比门代尔激动地大喊，"你看到他们了？"

"没有发出信号。可那是他们！"

"怎么办，'黑鬼'！"

"快开车！开车！"

佩德罗·里韦奥的心脏早已处于交战状态，他激动得几乎说不出话来。瓦斯卡尔把奥兹莫比尔来了个大调头。那两辆汽车的小红灯越跑越远，很快要离开他俩的视线了。

"瓦斯卡尔，是他们！肯定是他们！他妈的，怎么不给信号呢！"

小红灯已经消失，他俩前面只有奥兹莫比尔大灯的光柱和黢黑的夜空——乌云刚刚遮住了月亮。佩德罗·里韦奥把半自动步枪靠在车窗上，心里想到了妻子奥尔加。她要是听说丈夫是杀害特鲁希略的凶手之一的话，会做出什么反应呢？奥尔加·德斯普拉德尔是他第二任妻子，两人相处得如胶似漆。与前妻不同（他和前妻的家庭生活简直就是地狱），她极有耐心地对待他的坏脾气，在他发作的时候，不顶撞他，不和他争论；她把家里整理得干净利落，让他心里特别痛快。她可能会大吃一惊。她一向以为丈夫不关心政治，虽然他近来和安东尼奥·德·拉·玛萨、胡安·托马斯·迪亚斯将军以及工程兵瓦斯卡尔·特哈达往来甚密，而这些人又都是众所周知的反特鲁希略分子。直到最近几个月前，每当朋友们说政府坏话时，他都还一言不发，从他那里听不到任何意见。他不愿意丢掉多米尼加电池厂厂长的职位，而这家工厂是特鲁希略家族的产业。工厂的情况一度很好，后来由于国际经济制裁的影响，生意一落千丈。

奥尔加当然知道佩德罗·里韦奥仇恨这个政府，因为他的前妻是个狂热的特鲁希略分子和大元帅本人的密友，元首任命她当上了圣克里斯托瓦尔的行政长官。她运用权势让法院判决佩德罗·里韦奥不准看望女儿阿达乃拉，而由她实行对女儿的监护权。明天，奥尔加可能会想，他参加暗杀行动是为了复仇。不，不是由于这个原因他才手持 M-1 半自动步枪拼命追赶特鲁希略的。他是为了替米拉瓦尔三姐妹报仇——奥尔加很可能不理解。

"佩德罗·里韦奥，是不是枪声？"

"是的，是枪声，是枪声！他妈的，是他们！加快！加快！瓦斯卡尔！"

佩德罗善于区别枪声。他听到的这几声枪响是划破夜空传到耳边的，是安东尼奥和阿玛迪多的自动步枪射击的，还有"突厥"手枪射击的，或者是英贝特的，这让他由于等待而急躁的心情变得激动起来。这时，奥兹莫比尔在公路上飞也似的前进着。佩德罗·里韦奥探头到车窗外,但是看不到"公羊"的雪佛兰,也看不到追踪的人。可是,在公路的转弯处,他认出了埃斯特莱亚·萨德哈拉那辆水星牌汽车。片刻之后,在奥兹莫比尔大灯的照耀下,他看到了菲菲·巴斯托里萨那张瘦脸。

"他们也过了菲菲这一关,"瓦斯卡尔·特哈达说道,"又一次忘了发信号!真是笨蛋!"

在距离不到一百米的地方,特鲁希略的雪佛兰露面了:它停在前方,车灯亮着,向公路右侧倾斜。佩德罗·里韦奥和瓦斯卡尔喊叫起来:"在那里!""是他!是他!"与此同时,手枪、步枪和冲锋枪再度响起。瓦斯卡尔熄灭车灯,在距离雪佛兰不到十米的地方紧急刹车。佩德罗·里韦奥在打开车门的时候,一下子被弹出了车外。他还没有来得及开枪,就感觉到整个身体摔倒在地,什么地方挫伤了,同时听到安东尼奥·德·拉·玛萨狂喜地喊道:"老鹰再也吃不了小鸡了!"他还听到"突厥"、托尼·英贝特和阿玛迪多的喊叫声,于是他刚一爬起来,就朝他们跑去。他刚向前跑了两三步,又听到了枪声,这一次距离很近,一阵灼热感突然袭来,他捂住腹部,轰然倒在地上。

瓦斯卡尔·特哈达大声喊道:"别开枪!他妈的,是我们!"

"我受伤了!"他的同伴痛苦地说道。但是,紧接着他着急地扯着嗓门叫道:"'公羊'死了没有?"

"'黑鬼',你看,他死透了!"瓦斯卡尔·特哈达在他身边说道。

佩德罗·里韦奥觉得身上越来越没有力气了。他坐在沥青路面上,四周都是玻璃碎片。他听到瓦斯卡尔·特哈达说了一句他去找菲菲·巴斯托里萨,然后听到奥兹莫比尔开走的声音。他还能听到朋友们狂喜的叫喊声,但是他感觉头昏脑涨,不能参加大家的对话。

他勉强能明白大家在说什么，因为他的注意力都在腹部的灼热感上。他胳膊上也热辣辣地疼。难道中了两枪？奥兹莫比尔回来了。他听出菲菲·巴斯托里萨激动的喊叫声："他妈的，他妈的，上帝真伟大！"

安东尼奥·德·拉·玛萨下令说："把'公羊'装进后备厢！"他的口气非常镇定。"要把尸体运到布博那里去！让计划行动起来！"

佩德罗觉得两手湿漉漉的。这种黏糊糊的东西只能是血。是自己的，还是"公羊"的？沥青路面是湿的。因为没有下雨，大概地上也是血。有人用手搂住他的肩膀，问他感觉怎么样。那声音显得很难过。他听出那是萨尔瓦多·埃斯特莱亚·萨德哈拉在问话。

"我想，子弹打进了胃里。"他说话不清楚，吐出来的是含混不清的喉音。

他察觉到朋友们晃动的身影：他们把一具尸体装进了安东尼奥的雪佛兰的后备厢里。他妈的，那是特鲁希略！事情成功了。佩德罗感觉不是高兴，而是轻松。

"'公羊'的司机呢？谁也没看见萨卡里亚斯吗？"

"也死透了。他就躺在那边。黑得看不见，"托尼·英贝特说道，"阿玛迪多，别找他了！白浪费时间。应该回去了。要紧的是把特鲁希略的尸体运到布博·罗曼那里。"

"佩德罗·里韦奥受伤了。"萨尔瓦多·埃斯特莱亚·萨德哈拉大喊道。

特鲁希略的尸体已经被塞进雪佛兰的后备厢里了。看不清面孔的一个个黑影包围着佩德罗·里韦奥，有人拍拍他的肩膀，有人在问他："你感觉怎么样？"会不会给他来个慈悲枪？这是事先大家一致同意的。绝对不能让受伤的伙伴落入特工手中，免得受乔尼·阿贝斯的酷刑拷打和侮辱。他还记得那次谈话，地点是在胡安·托马斯·迪亚斯将军和他妻子恰娜家的花园里，周围种满了芒果、菠萝和面包树；参加谈话的还有路易斯·阿米阿玛·迪约。大家的看法不谋而合：绝对不忍受慢性折磨。假如事情失败，有人受伤，那别人就帮忙补上慈悲的一枪。佩德罗，你会死吗？别人会不会给你补上一枪？

安东尼奥·德·拉·玛萨下令说："把佩德罗抬到车上去！到了胡安·托马斯家里，咱们给他找医生。"

佩德罗的朋友们七手八脚地把"公羊"的雪佛兰拉离公路。他听到伙伴们气喘吁吁的声音。菲菲·巴斯托里萨吹了一声口哨，说："妈的，都被打烂了。"

朋友们把佩德罗抬进玛萨的雪佛兰时，强烈的疼痛使他失去了知觉。但是时间只有几秒钟，因为他苏醒过来时，车子还没有启动。他被安排在后排座上，萨尔瓦多把他搂在怀里，让他枕着胸膛。他认出掌握方向盘的是托尼·英贝特，旁边是安东尼奥·德·拉·玛萨。"佩德罗·里韦奥，你觉得怎么样？"他很想告诉大家："知道那家伙死了，我感觉好多了！"可是发出的只是含混不清的声音。

"'黑鬼'的情况很严重。"英贝特焦急地说。

这就是说他不在场的时候朋友们都叫他"黑鬼"。这有什么关系！他们都是他的朋友嘛。谁也没有想过要给他来一下慈悲枪。大家自然而然地把他抬进汽车，现在要送他去胡安·托马斯·迪亚斯和恰娜家里。腹部和胳膊上的疼痛减轻了。他浑身无力，不想说话，但头脑非常清楚，完全明白大家在说什么。托尼、安东尼奥和"突厥"显然也受了伤，但是并不严重。子弹擦伤了安东尼奥的前额，划破了萨尔瓦多的头皮。两人用手帕擦着伤口。托尼的伤口在左边乳头上,是弹壳擦伤的;他说血流到了衬衣和裤子上。

佩德罗辨认出那是全国彩票中心大楼。是不是为了从路况好的地方回城才走这条桑切斯老路的?不。不是因为这个。英贝特是要路过他朋友胡里托·塞尼尔的家——它位于安赫丽塔大街,然后从那里打电话给迪亚斯将军,通知他:特鲁希略的尸体正运往布博·罗曼那里。约定好的暗号是:"胡安·托马斯,雏鸽准备进炉。"汽车在一处黑乎乎的住宅门前停下。托尼下了车。附近没有人影。佩德罗·里韦奥听到安东尼奥在说:可怜的雪佛兰挨了十几枪,一只轮胎给打瘪了。佩德罗·里韦奥早就感觉到了,轮胎时时发出可怕的尖叫声和隆隆的晃动声,这些都在不断刺激着他的腹部。

英贝特回来了:胡里托·塞尼尔家里没人。最好直接去胡安·托马斯家。重新发动车子,速度很慢;汽车倾斜着发出尖叫,尽量避开车辆和行人较多的街道。

萨尔瓦多低头问他:"佩德罗·里韦奥,你觉得怎么样?"

"好,'突厥',好。"他握握萨尔瓦多的手臂。

"快到了!到了胡安·托马斯家会有医生来的。"

真遗憾,他没有力气告诉朋友们,不要担心,他很高兴,因为"公羊"死了。大家终于给米拉瓦尔姐妹报了仇,给为她们开车的鲁菲诺·德·拉·克鲁斯神甫报了仇。是他拉着三姐妹前往银港要塞去探视她们被囚禁的丈夫的。特鲁希略派人暗杀了这四个人,制造了又一起事故假象。这一事件震动了佩德罗·里韦奥的心弦,从一九六〇年十一月二十五日起,他便加入了安东尼奥·德·拉·玛萨领导的暗杀小组。米拉瓦尔姐妹的事迹,他只是耳闻。但是,同许多多米尼加人一样,三姐妹的惨剧让佩德罗感到震惊和惶惑。现在竟然杀害手无寸铁的妇女了!可是没有人有任何表示!难道我们的多米尼加共和国竟然无耻到了这等地步吗?他妈的,这个国家一个有种的汉子都没有了!佩德罗一听完安东尼奥·英贝特激动地讲述米拉瓦尔姐妹的事迹,就当着朋友们的面失声痛哭起来。他一向寡言少语,感情不外露,这是他成年后唯一的一次哭泣。不!多米尼加共和国还是有有种的男子汉的!证据就在这里:那具在车厢里摇摇晃晃的"公羊"尸体。

"我要死了!"他喊道,"别让我死!"

"'黑鬼',马上就到了,"安东尼奥·德·拉·玛萨安慰他说,"我们会给你治好的。"

佩德罗努力保持意识清醒。不久,他认出那是马克西莫·戈麦斯大道和玻利瓦尔大道的交叉路口。

"你们看到那辆公家汽车了吗?"英贝特问道,"那是不是罗曼将军的汽车?"

"布博在家里等着咱们呢,"安东尼奥·德·拉·玛萨回答说,"他告诉阿米阿玛和胡安·托马斯今天晚上他不出门。"

佩德罗觉得时间漫长得有一百年之久。汽车终于停下来了。他从朋友们的对话中明白了:他们停在迪亚斯将军住宅的后门。有人拉开了门闩。他们开进了院落,在车库前停了下来。借助微弱的路灯和窗户里发出的光线,他认出那是恰娜精心照料的长满花草树木的花园。在许多个星期天,他单独或者伴着奥尔加来到这里享受将军为朋友们准备的丰盛午餐。这时,他觉得他不是他,而是一个置身于那忙碌之外的参观者。今天下午,当他知道晚上要动手,便对妻子撒谎说是去迪亚斯将军家看电影。奥尔加在他口袋里塞了一个比索,让他买些巧克力杏仁冰激凌。可怜的奥尔加!怀孕让她特别嗜食。强烈刺激会不会造成流产?上帝呀,千万不要!这一个可能是女儿，将来可以给两岁的儿子路易斯·马里亚诺做伴。"突厥"、英贝特和安东尼奥已经下车。他在半明半暗中躺在雪佛兰的座位上。他心想，无论谁或者什么都不可能把他从死神那里救回来了。他还想到，可能不知道今晚的比赛结果他就死了——今晚他们大力神电池厂球队将与多米尼加航空公司球队在全国啤酒公司的垒球场上展开较量。

　　院子里突然发生了一场激烈的争论。埃斯特莱亚·萨德哈拉在训斥菲菲、瓦斯卡尔和阿玛迪多。这三个人刚刚乘着奥兹莫比尔进来，可是他们把"突厥"的水星牌汽车给丢在公路上了。"你们这三个傻瓜，笨蛋！你们就不明白吗？这样一来就把我给出卖了！你们马上回去找我的水星牌！"佩德罗觉得自己的处境很奇怪：感觉在那里又不在那里。菲菲、瓦斯卡尔和阿玛迪多安慰"突厥"：因为着急慌乱，谁也没有想起水星牌来。没什么关系啊！今天晚上罗曼将军就上台了。没有什么可担心的。全国老百姓会上街游行庆祝暴君的灭亡，为英雄们的伟大功绩欢呼。

　　他们是不是把他忘在一边？安东尼奥·德·拉·玛萨颇有权威的声音发话了：谁也不要再回到公路上去！那里可能已经布满了特工。现在最主要的任务是找到布博·罗曼，给他看特鲁希略的尸体，这是将军事先要求的。有个问题：胡安·托马斯·迪亚斯和路易斯·阿米阿玛刚刚到过罗曼将军的家——佩德罗·里韦奥认识那里，位置就在另外那个街口——将军的妻子米莱雅告诉胡安和路易斯：布博和埃斯白亚特将军一起走了，"因为元首好像出事了"。安东尼奥·德·拉·玛萨安慰众人说："大家不要慌张！路易斯·阿米阿玛、胡安·托马斯和莫代斯托·迪亚斯已经去找布博的弟弟彼宾去了。彼宾会帮助我们找到他哥哥的。"

是的，大家把他给忘了。他就要死在这辆布满弹洞的汽车里了，旁边就是特鲁希略的尸体。他愤怒地冲动起来，可是冲动曾经造成了他一生的不幸，因此又立刻平静下来。蠢货，这个时间你发脾气又有什么用？

他眯缝起眼睛，因为有个聚光灯或者是大手电照在他脸上。他认出好几张拥挤在一起的面孔：胡安·托马斯·迪亚斯的女婿牙科医生比恩韦尼多·加西亚、阿玛迪多，还有马塞利诺·韦莱斯·桑塔纳医生。他们俯身对着他，摸他，掀起衬衫来看。接着，他们问了他一些他不明白的话。他想说疼痛已经减轻，他想查一查身上挨了几枪，但是发不出声音。他极力睁大眼睛，为的是让人们知道他还活着。

"应该送他去医院，"韦莱斯·桑塔纳医生口气肯定地说，"他失血过多。"

医生打着牙颤说道，仿佛冷得要死一样。他和佩德罗还没有好到这种程度：为朋友的重伤吓得发抖。他发抖的原因可能是刚刚听说元首被害了。

"还有内脏出血，"他声音颤抖地说道，"至少有一颗子弹进了心前区。应该立刻做手术。"

大家讨论起来。对于死亡，佩德罗觉得无所谓。不管怎么说，他感到高兴。可以肯定，上帝会饶恕他的。饶恕他扔下了身怀六甲的奥尔加，饶恕他扔下了儿子小路易斯·马里亚诺。上帝知道，他佩德罗不会从特鲁希略之死中捞什么好处。恰恰相反，他为特鲁希略管理着一家企业，因此属于既得利益阶层。由于他参与了此事，他的工作和家庭安全都将处于危险之中。上帝会理解并饶恕他的。

他感到胃里一阵激烈的收缩,便大喊起来。瓦斯卡尔·特哈达安慰他说:"'黑鬼',静一静!"他真想回答他说:"你妈是'黑鬼'!"可是发不出声音。大家把他抬出雪佛兰。离他最近的面孔是比恩韦尼多——胡安·托马斯的女婿,将军之女名叫玛丽亚内拉——还有马塞利诺医生,他的牙颤还没有停止。他认出了将军的司机米里托和一瘸一拐地走在旁边的阿玛迪多。大家小心翼翼地把他安置在胡安·托马斯的欧宝汽车里,它就停在雪佛兰旁边。佩德罗·里韦奥看到了月亮,他透过芒果和三色堇看到,晴朗无云的天空上,一轮圆月照耀人间。

韦莱斯·桑塔纳医生说:"佩德罗·里韦奥,咱们去国际医院。忍一忍,稍稍忍一忍!"

佩德罗越来越不在意身边发生的事情。他坐在欧宝汽车里,米里托开车,比恩韦尼多坐在前排,韦莱斯·桑塔纳医生坐在他旁边。医生身上发出强烈的乙醚气味。佩德罗觉得这是狂欢节的气味。两个医生都在鼓励他:"佩德罗·里韦奥,咱们马上就到了。"他不在意他俩说什么,好像这对他们来说也是无所谓的。"罗曼将军钻到哪里去了?""将军如果不露面,事情就糟了。"奥尔加将来得到的将不是冰激凌,而是这样一个消息:惩罚了杀害米拉瓦尔三姐妹的凶手之后,她丈夫正在距离国家宫三个街区的国际医院接受手术治疗。从胡安·托马斯家到国际医院并没有几个街区。为什么走了这么长时间?

欧宝终于停住了。比恩韦尼多和韦莱斯·桑塔纳两名医生下了车。佩德罗看到他们在敲门。门上有荧光灯,光芒四射地写着"急救"两个大字。一个头戴白帽的护士出现了,接着是一辆担架推车。比恩韦尼多·加西亚和韦莱斯·桑塔纳把他从车里抬出来的时候,他感到疼痛至极:"妈的,你们简直要宰了我!"一段雪白的走廊刺得他睁不开眼睛。接着,他们进了电梯。最后,他来到一个非常清洁的房间,床头上方有幅圣母像。比恩韦尼多和韦莱斯·桑塔纳已经走了。两个护士给他脱光了衣裳。一个留着小胡子的年轻人凑到他脸前,说道:

"我是何塞·华金·布埃约医生。你感觉怎么样?"

"好,好!"他嘟囔道,很高兴自己发出了声音,"严重吗?"

"我给您一些止痛药,"布埃约大夫说,"我们做手术准备。必须把里面的子弹取出来。"

从年轻医生的一侧露出一张熟悉的面孔:饱满的天庭、目光深邃的大眼睛,这是国际医院院长兼外科手术室主任阿尔杜罗·达米隆·里卡特。但是,院长现在的表情可不像往常那样满面笑容、和蔼可亲,而是充满了焦虑。莫非比恩韦尼多和里尼托已经把一切都告诉他了?

"佩德罗·里韦奥,这一针注射下去是让你有个准备,"院长预先告诉他说,"别担心。你会好起来的。要打电话告诉家里吗?"

"不要告诉奥尔加,她正怀孕。我不想吓着她。告诉我的小姨子更好。她叫玛蕊。"

他说话更有力气了。他把玛蕊的电话给了护士。他刚刚服下的药片、护士刚刚的注射和在他胳膊及腹部伤口上的消毒,让他感到很舒服。他已经没有要失去知觉的感觉了。达米隆·里卡特大夫把电话听筒放到他手里。"喂,喂?"

"玛蕊,我是佩德罗·里韦奥。我在国际医院。是个事故。不要告诉奥尔加。别吓着她。我要做手术了。"

"我的上帝,我的上帝!佩德罗·里韦奥,我马上过来。"

几个医生在给他做检查，在翻动他的身体，可他感觉不到他们手的动作。一种非常平静的感觉传遍了他全身。他很清醒地意识到，无论达米隆·里卡特与他多么要好，都不可能不向军情局报告：有个带枪伤的男人进了国际医院急诊部。这是所有医院和诊所应尽的义务，否则医生和护士都要进监狱。因此，军情局的人很快就会来这里调查。可也许不会这样。胡安·托马斯、安东尼奥、萨尔瓦多等人这时应该已经让罗曼看到了特鲁希略的尸体。布博应该已经动员起部队宣布军民联合执政委员会成立。说不定此时此刻忠于布博的军人已经逮捕甚至消灭了阿贝斯·加西亚及其杀人团伙，说不定特鲁希略的弟弟和亲戚已经被关进了牢房，说不定老百姓已经在电台的号召下上街庆祝暴君之死。整个老城、独立公园、伯爵公园和国家宫周围大概已经处于真正的狂欢之中了，人们在庆祝自由的到来。"佩德罗·里韦奥，多遗憾！本来应该在跳舞，你却躺在手术台上。"

就在这个时候，他看到了妻子眼泪汪汪的惊恐的脸。"亲爱的，怎么回事？他们把你怎么了？"他极力安慰妻子，拥抱她，亲吻她，对她说："亲爱的，一次事故，别害怕。要给我做个手术。"他还认出了玛蕊和她的丈夫路易斯·德斯普拉德尔·布拉切。后者是医生，他在问达米隆·里卡特大夫关于手术的问题。"佩德罗·里韦奥，你为什么要干这种事？""亲爱的，为了让我们的孩子可以自由地生活。"她没完没了地问这问那，一面不停地哭泣。"我的天啊，你浑身是血！"他打开了激情的闸门，把妻子搂在怀里，目不转睛地望着她的眼睛，喊道：

"奥尔加，他死了！死了！死了！"

仿佛演电影一样，画面定格，游离于时间之外。看到奥尔加、玛蕊夫妇、护士和医生怀疑地望着他的神情，他很想哈哈大笑。

"佩德罗·里韦奥，别说了！"达米隆·里卡特大夫低声道。

大家都一起转身看着房门，因为走廊里响起一阵杂乱的脚步声，那是些用后跟踏在地面上完全不理睬墙壁上写有"安静"字眼的人们。门开了。佩德罗·里韦奥立刻在这群穿军装的人中间认出乔尼·阿贝斯·加西亚上校那张胖脸、那个双下巴、那短下颏和浮肿的眼袋。

"晚上好！"乔尼说道，眼睛望着佩德罗·里韦奥，话却是说给其他人听的，"劳驾，请出去！达米隆·里卡特医生吗？您留下。"

"他是我丈夫，"奥尔加搂着佩德罗·里韦奥说道，"我要跟他在一起。"

"把她拉出去！"阿贝斯·加西亚命令道，根本不看她。

房间里又进来几个人，是腰上挎手枪的特工和扛着冲锋枪的军人。佩德罗半闭着眼睛看到有人把哭泣的奥尔加带走了。他大喊一声："别碰她！她怀孕了！"他们还带走了玛蕊。她丈夫不用人推，也跟在后面走了。特工和军人都或好奇或厌恶地望着佩德罗。他还认出那些人里有费利克斯·埃尔米达将军和菲盖罗阿·加里翁上校。后者是他在当兵时就认识的。据说，菲盖罗阿是阿贝斯·加西亚军情局里的副手。

"他怎么样？"阿贝斯一字一顿地问医生。

"上校，很严重，"达米隆·里卡特医生回答说，"子弹可能在心脏附近，是从上腹部进去的。我们已经给他服了止血药，打算动手术。"

很多人在抽烟，房间里乌烟瘴气。佩德罗很想来一支，吸一支萨林牌薄荷香烟，瓦斯卡尔·特哈达经常抽这种烟，恰娜·迪亚斯家里也常常用薄荷烟来招待客人。

在他眼前，距离很近的地方，是阿贝斯·加西亚那肥胖的面孔、肿胀的眼袋、乌龟样的脸。

佩德罗听到他温和地问："您出什么事了？"

"不知道。"说完他就后悔了。这样的回答再愚蠢不过了。但是，他想不出该说什么。

"谁向您开的枪？"阿贝斯·加西亚固执地问道，脸色不变。

佩德罗·里韦奥·塞德尼奥沉默不语。真是不可思议，在他们为暗杀特鲁希略做准备的几个月里，竟然从来没有想到会有他今天这种处境。如何编造不在现场的谎言，支吾搪塞地接受审讯？"真是愚蠢！"

"一次事故。"编造如此愚蠢的谎话让他又一次感到后悔。

阿贝斯·加西亚没有急躁。寂静得令人毛骨悚然。佩德罗·里韦奥感觉到了围着他的人们的沉重和充满敌意的目光。他们抽烟时烟头一红一红地在他眼前发亮。

"给我讲讲这次事故！"军情局局长仍然用老调子说话。

"我离开酒吧时有人从汽车里朝我开枪。不知道是什么人干的。"

"哪个酒吧？"

"独立公园附近，巴罗·印卡多大街的鲁比奥酒吧。"

几分钟以后特工们就可以发现他是在撒谎。他的朋友们没有给受伤者补上慈悲的一枪会不会给他帮倒忙呢？

"元首在什么地方？"乔尼·阿贝斯问道。审讯的口气中已经流露出激动的成分。

"不知道。"他觉得喉咙又开始梗塞了，又一次浑身无力。

"元首活着吗？"军情局局长问道。紧接着他又重复问道："他在什么地方？"

佩德罗·里韦奥虽然又一次感到眩晕和要失去知觉，却发觉军情局局长平静的外表掩饰着激动不安的心情，他拿着香烟的那只手笨拙地寻找着嘴唇。

"我希望他在地狱里，如果有地狱的话，"他听见自己在说，"我们把他送到那个世界去了。"

阿贝斯·加西亚的面孔被香烟遮住了一部分，他听了佩德罗的话仍然没有变色，但是张开了嘴巴，好像肺里缺少空气似的。寂静的四周变得更加紧张。佩德罗浑身无力，一阵眩晕。

"是谁？"乔尼问道，声音很轻，"哪些人把元首送进了地狱？"

佩德罗·里韦奥没有回答。乔尼盯着他的眼睛；佩德罗不示弱地抵抗着他的目光，这让他回忆起童年时在学校玩的游戏：看谁先眨眼睛。上校举手从嘴唇上拿下点燃的香烟，脸色不变，把烟头按在他的左眼下方。佩德罗·里韦奥没有叫喊，没有呻吟。他紧闭着眼睛。灼热引起剧痛，发出烧焦的肉味。睁开眼睛时，他看到阿贝斯·加西亚还在那里。苦难刚刚开始。

"这种事情如果干不好，那就最好别干。"佩德罗听到乔尼在下断语。"你知道谁是萨卡里亚斯·德·拉·克鲁斯吗？那是元首的司机。他住在马里翁医院，我刚刚跟他谈过话。他比你还糟，从头到脚挨了好几枪。可是还活着。你看，你们没有得手。你是完蛋了。你也死不了。你会活下去的。但是，得把发生的一切都告诉我。公路上还有谁跟你在一起？"

佩德罗·里韦奥感到自己沉了下去，又浮了上来，随时都会呕吐。托尼·英贝特和安东尼奥不是说萨卡里亚斯·德·拉·克鲁斯已经死透了吗？阿贝斯·加西亚是不是在撒谎以便套出人名来？他们可真愚蠢！他们应该确认一下"公羊"的司机也死了。

"英贝特说，萨卡里亚斯已经死透了。"他抗议道。奇怪的是自己同时有两个声音。

军情局局长的面孔凑到了他眼前。他能感觉到他的呼吸，里面有烟草味。小眼睛是黑色的，眼睛里有一丝丝黄色的东西。如果有力气，他真想咬烂这张胖脸，至少啐他一脸唾沫。

"他弄错了。司机只是受了伤，"阿贝斯·加西亚问道，"哪个英贝特？"

"安东尼奥·英贝特，"他解释说，焦虑吞噬着他的心，"这么说，他骗了我？他妈的，他妈的！"

他觉察到脚步声和身体挪动的嗦嗦声。在场的人在他床边挤来挤去。烟雾毁坏了一张张面孔。他感到窒息，好像他们在践踏他的胸脯一样。

"安东尼奥·英贝特和什么人？"阿贝斯·加西亚上校在他耳旁问道。佩德罗一想到这一次乔尼会把烟头按在他眼睛上，让他变成独眼龙，就不由得毛骨悚然。"是英贝特指挥的吗？这件事是他组织的吗？"

"不是，没有指挥，"他嘟嘟囔囔地说道，担心力气不足说不完这句话，"如果说有指挥的话，那应该是安东尼奥。"

"安东尼奥什么？"

"安东尼奥·德·拉·玛萨，"他解释道，"如果有指挥的话，当然应该是他。可是没有指挥。"

又一次漫长的沉默。是不是给他注射喷妥撒钠了，所以他才说这么多话？可是，通常注射了这种药以后是想睡觉，而他现在是清醒的、亢奋的，很想说话，想把埋藏在心中的秘密都掏出来。他妈的，如果他们继续提问的话，他还会回答问题。周围有窃窃私语的声音，有在瓷砖地上滑动的脚步声。他们是不是走了？有开门和关门的声音。

"英贝特和安东尼奥·德·拉·玛萨在什么地方？"军情局局长吐出一口浓烟。佩德罗·里韦奥觉得烟气从鼻子和喉咙进入了脏腑。

"他们去找布博了！还能在他妈什么地方！"他有力气说完这句话吗？阿贝斯·加西亚、费利克斯·埃尔米达将军和菲盖罗阿·加里翁上校听了他这句话惊讶得目瞪口呆，因此他不得不使出九牛二虎之力来解释他们不明白的意思。"他要是看不到'公羊'的尸体是不会动手的。"

他们一个个早已经睁圆了眼睛，现在人人恐惧地、不相信地死盯着佩德罗。

"是布博·罗曼？"阿贝斯·加西亚这时总算又恢复了平静。

"是罗曼·费尔南德斯将军吗？"菲盖罗阿·加里翁又重复问道。

"是武装部队总司令？"费利克斯·埃尔米达将军尖叫道，脸色完全变了。

佩德罗·里韦奥并不奇怪的是：那只手又落下来了，燃烧的烟头按在了他的嘴巴上。舌头上感觉到了烟草和烟灰的苦味。他没有力气吐出这灼热和臭烘烘的烟草，它扎破了牙床和舌头。

"上校，他昏过去了。"他听到达米隆·里卡特医生的低语声。"如果不动手术，他会死的。"

"您要是不把他弄醒，那要死的就是您！"阿贝斯·加西亚愤怒地回答说，"给他输血，或者再加点什么，但是一定要让他恢复知觉。这个家伙必须说话。把他弄醒过来！不然我就把这支手枪里的子弹都打进您的身体里去！"

既然他们这样说话，那他佩德罗就是还没死。他们是不是已经找到了布博·罗曼？是不是给他看了"公羊"的尸体？如果革命已经开始，那阿贝斯·加西亚、费利克斯·埃尔米达和菲盖罗阿·加里翁就不应该围在他的床边。他们应该像特鲁希略的弟弟和亲戚一样被关进监狱或者被打死。他的腹部不疼了，眼皮和嘴巴疼痛，那是灼伤的结果。护士又给他注射了一针，让他闻一个带薄荷味的棉花球，好像薄荷香烟的气味。他发现床边有个装生理盐水的瓶子。他听见他们在说话，可是他们却以为他听不见。

"这能是真的吗？"菲盖罗阿·加里翁似乎恐惧多于吃惊。"国防部长也卷进来了？乔尼，这不可能！"

阿贝斯·加西亚纠正道："令人惊讶，让人感到荒唐，原因不好解释，但是却有可能。"

"为了什么呢？目的是什么呢？"费利克斯·埃尔米达将军提高嗓门问道，"他能捞到什么好处？他今天的一切都是元首给的。这个混蛋在胡说八道，想把咱们搞糊涂。"

佩德罗·里韦奥挪动一下身体，打算坐起来，他要让他们知道：他没有昏迷，也没有死去，他说的都是真话。

"费利克斯，你别以为这是元首为了考验谁忠诚谁不忠诚而导演的一出戏。"菲盖罗阿·加里翁说道。

"我没有这么想，"埃尔米达将军沉重地说道，"如果这些混蛋真的害了元首，那这里会发生什么事情呢？"

阿贝斯·加西亚上校拍拍前额，恍然大悟似的说：

"现在我明白了为什么罗曼约我去军队总部。毫无疑问，他卷进去了！他企图在发动政变之前逮捕元首的亲信。我要是去了的话，那早就死定了。"

"他妈的,真难以置信!"费利克斯·埃尔米达将军反复说道。

阿贝斯·加西亚下令道:"派军情局的巡逻队封锁拉德哈麦斯大桥!政府的人,特别是特鲁希略的亲戚不要过奥萨玛河,不要靠近一二·一八要塞。"

"国防部长何塞·雷内·罗曼将军和他妻子米莱雅·特鲁希略会发动政变!"埃尔米达将军像个白痴似的自言自语道,"我他妈的什么也不明白!"

"在没有证明这小子是无辜的之前,还是相信他的话吧!"阿贝斯·加西亚说道,"你快去通知元首的弟弟们:马上到国家宫集合。先不要提布博的事情。告诉他们有谋杀元首的传闻。快去吧!这家伙怎么样?我可以问他了吗?"

"上校,他快死了,"达米隆·里卡特医生肯定地说,"作为医生,我的职责……"

"你的职责是闭上嘴巴,如果你不愿意被当成同谋犯的话。"佩德罗·里韦奥再次看到军情局局长的面孔离他很近。他想:我不会死的。大夫在撒谎,为的是不让他再在我脸上烫烟头。

"是罗曼将军指挥杀害元首的吗?"他又一次感觉到上校从鼻子和嘴巴里发出的臭气,"是不是真的?"

"他们在找罗曼,要让他看特鲁希略的尸体,"他听见自己这样喊道,"罗曼就是这种人:眼见为实,耳听为虚。他还要看手提箱。"

这样费力让佩德罗感到了疲惫。他担心特工们此时在用烟头烫奥尔加的脸。可怜的人,真让人心疼!她会流产的,会抱怨不该跟这个前上尉佩德罗·里韦奥·塞德尼奥结婚。

"什么手提箱?"军情局局长问道。

"特鲁希略的手提箱,"他立刻回答道,吐字清晰,"箱子外面都是血,里面都是比索和美元。"

"上面有他的姓名首字母吗?"上校坚持问道,"用金属贴上去的RLTM?"

他无法回答,他的记忆背叛了他。是托尼和安东尼奥在汽车里发现的。他们打开以后说,里面装满了比索和美元。有成千上万。他察觉到了军情局局长的焦虑。啊,你这个混蛋,手提箱说服了你:"公羊"让人给宰了!这是真的!

"还有谁参加这个行动?"阿贝斯·加西亚问道,"告诉我名字!我让你去手术室,给你把子弹取出来,还有谁?"

"他们找到布博了吗?"他问道,口气激动,显得急切,"他们让他看尸体了吗?巴拉格尔看了没有?"

阿贝斯·加西亚上校几乎又一次吃惊得下巴脱臼。他的确由于惊讶和担心而目瞪口呆。他用无声无息的方式在争取主动权。

"让巴拉格尔看尸体?"他一字一顿咬牙切齿地问道,"让共和国总统看尸体?"

"他将来也是军民联合执政委员会的成员,"佩德罗·里韦奥解释道,一面极力克制着胃痉挛的冲击,"我表示反对。大家说有必要让他参加,为了让美洲国家组织放心。"

这一次胃痉挛来势凶猛,他来不及扭头到床外,就呕吐起来。某种温暖且黏糊糊的东西蹿出喉咙喷到胸前。他看到军情局局长连忙后退,脸上一副恶心的样子。他感到肠绞痛和彻骨的寒冷。他已经不能说话了。过了片刻,上校的面孔又一次来到他眼前,这面孔由于不耐烦而变了模样。乔尼看着他的那副眼神,仿佛要用锯子锯开他的大脑,以便挖出全部秘密。

"华金·巴拉格尔也是你们的人?"

那目光，他仅仅抗拒了几秒钟。他合上眼睛，打算睡觉。或者死去也行。没有关系。他听到两三次问同一个问题："巴拉格尔？巴拉格尔也是你们的人？"他不回答，也不睁开眼睛。当强烈的灼热造成的疼痛落在他的右耳垂上并且疼得他蜷缩起来的时候，他仍然不说话，也不睁开眼睛。上校用烟头烫过他耳垂之后，又用烟头在他耳轮里揉来揉去。他不喊叫，也不扭动身体。佩德罗·里韦奥，你最后变成了军情局局长的烟灰缸啦。呸，他妈的！"公羊"已经死了。睡觉。死亡。他在堕入的黑洞里继续听到阿贝斯·加西亚在说："像他这样虔诚的信徒一定会和教士们共同搞阴谋。这是一次主教们策划的阴谋，美国佬在一起配合。"长长的寂静，间或有人低声交谈；不时地可以听到达米隆·里卡特医生胆怯的恳求：再不做手术，伤者就要死了。佩德罗·里韦奥心想："我正想死呢！"

跑步声，急促的脚步声，摔门的声音。房间里再次挤满了人。在刚进来的人中，菲盖罗阿·加里翁上校又出现了。

"我们在公路上元首的雪佛兰附近发现了假牙托。元首的牙医费尔南多·卡米诺·塞尔特罗博士在做检查。我亲自叫醒了大夫。半小时后，他把检查报告交来。初步看上去，像是元首的。"

他说得好难计。在场的人静静地听他讲完，充满了悲伤的气氛。

"没有找到别的东西吗？"阿贝斯·加西亚咬牙切齿地说。

"找到一支点四五口径的自动手枪，"菲盖罗阿·加里翁说道，"要用一两个小时查枪支登记簿。还有一辆被人扔掉的汽车，距离案发现场两百米的地方。是水星牌的。"

佩德罗·里韦奥想起来，萨尔瓦多对菲菲·巴斯托里萨发火是有道理的，因为他把他的水星牌扔到公路上了。特工们很快会查出汽车的主人，烟头很快会烫在"突厥"的脸上。

316

"他又供出点什么？"

"居然说到巴拉格尔头上了。"阿贝斯·加西亚吹了一声口哨。"你明白没有？总司令加上共和国总统。他说要成立一个什么军民联合执政委员会，为了安抚美洲国家组织，把巴拉格尔放了进去。"

菲盖罗阿·加里翁上校又骂了一句"他妈的"。

"有人命令他这么说，为了搅乱咱们的注意力。拉上重要人物，把大家都牵连进去。"

"有这种可能性。咱们走着瞧吧，"阿贝斯·加西亚上校说道，"有些事是肯定的了。参加的人很多，高层里有叛徒。当然，还有教士。应该把赖利主教从圣多明各学校里揪出来。管他好坏呢！"

"把他关进四十一号监狱？"

"他们一旦知道下落，会去那里找他的。最好还是把他送到圣伊希德罗去。但是，等一等。有点麻烦。应该请求一下元首的弟弟们。如果说有谁不会参加阴谋的话，那就是威尔希里奥·加西亚·特鲁希略将军。去吧，你亲自向他报告。"

佩德罗·里韦奥听到了菲盖罗阿·加里翁上校渐渐远去的脚步声。是不是他眼前只有军情局局长一个人了？这个特工头子是不是还要继续在他脸上熄灭烟头？但是，现在折磨着他的已经不是这一切了——他意识到：虽然他们已经杀了元首，可是事情并没有按照事先设计的方向发展。为什么布博没有率领部下夺取政权？阿贝斯·加西亚还在发号施令，让特工逮捕赖利主教。他在干什么？这个残忍的坏蛋怎么还能调动人马？他就在他眼前，虽然看不见，但是他的鼻子和嘴巴闻到了那股臭气。

他听见乔尼在说："再告诉我几个人的名字，我就让你休息。"

达米隆·里卡特医生哀求道："上校，他听不见，也看不见。他休克了。"

"那就给他做手术!"阿贝斯·加西亚说,"你听明白了:我要活的。我用这家伙的命抵你的命。"

"我只有一条命。您不可能一次次来抵押!"佩德罗·里韦奥听见医生如此叹息道。

十六

"曼努埃尔·阿方索?"阿德利娜姑姑把手放在耳朵旁边助听,好像听不见似的。但是,乌拉尼娅知道这老人听力很好,知道她是在恢复镇静的同时伪装成重听的样子。卢辛达和玛诺拉也是睁大眼睛看着她。只有玛丽亚内拉似乎没有受到影响。

"对,就是他!曼努埃尔·阿方索,"乌拉尼娅重复道,"是个西班牙征服者的名字。姑姑,您认识他吗?"

"我见过他一次。"老人点点头,既好奇又有些生气。"他和你说的那些关于你爸爸的荒唐事情有什么关系?"

"他是花花公子,专门给特鲁希略找女人的。"玛诺拉回想起来了。"是吧,妈妈?"

鹦鹉参孙尖叫着:"花花公子,花花公子!"只有瘦高的表外甥女玛丽亚内拉笑了起来。

乌拉尼娅说:"他在得癌症之前,是个美男子、帅哥!"

曼努埃尔·阿方索曾经是多米尼加一代人中最漂亮的小伙子。

可是，有几个星期或者几个月，参议员阿古斯丁·卡布拉尔没有看到这个美男子。随后，这个优雅、潇洒、让姑娘们不断回首张望的英俊小伙子，竟然变成了可怕的鬼影般的人。卡布拉尔简直不敢相信自己的眼睛。这小伙子大概减少了十至十五公斤体重，变得干瘦、憔悴；从前得意洋洋和总是微笑的眼睛现在围着深黑色的眼圈，善于享受生活者的目光和胜利者的笑容已经没有了活力。卡布拉尔听说阿方索舌根处有个小小的肿瘤，那是被牙医偶然发现的。曼努埃尔在华盛顿当大使，每年都要去牙医那里清洗一次牙垢。据说，这个消息让特鲁希略非常难过，仿佛是他自己的儿子得了癌症一样；据说，他在美国五月医院做手术时，特鲁希略守在电话旁了解情况。

"曼努埃尔，非常非常对不起，你刚回来我就打搅你。"卡布拉尔一看见他走进小客厅便连忙站了起来。

"亲爱的阿古斯丁，看到你真高兴！"曼努埃尔·阿方索拥抱着卡布拉尔。"你能听懂我的话吗？我的舌头给切除了一块。不过，再治疗一下，我还能正常说话。能明白我的意思吗？"

"曼努埃尔，我完全明白。我敢肯定，没有觉得你的声音有什么奇怪的地方。"

这不是真话。大使说起话来好像含着小石子，好像舌系带过长，或者像个结巴。从面部表情上可以看出每句话让他费力的样子。

"请坐，阿古斯丁。来杯咖啡还是酒？"

"谢谢，什么都不要。我不会耽误你很多时间的。再次请求你原谅，不该在你刚刚做了手术的时候来打搅你。曼努埃尔，我的处境非常困难。"

他不说了，感到难堪。曼努埃尔·阿方索友好地拍拍他的膝盖。

"'智囊'，这我能想象得出来。民族小，地狱大。我在美国都听到了来自国内的传闻，说你的参议院议长职务给罢免了，还说在调查你在部里工作时的情况。"

疾病和痛苦让这个多米尼加美男子苍老了许多，原来他那漂亮的面孔、整齐雪白的牙齿曾经让大元帅感到惊奇。那是特鲁希略首次对美国的正式访问，正是由于这次访问，曼努埃尔·阿方索的命运经历了类似白雪公主被魔棍敲打之后发生的突变。现在他依然漂亮，穿得如同他年轻时移民到纽约做时装模特的样子：脚蹬岩羚羊皮鞋，下身是奶油色灯芯绒长裤，上身是意大利丝绸衬衫和一条漂亮的围巾，小手指上闪烁着一枚金戒指。他修过面，洒了香水，头发梳理得一丝不苟。

"曼努埃尔，你能接见我真是感激不尽。"阿古斯丁·卡布拉尔已经镇定下来，他一向看不起那些要求别人怜悯自己的人。"你是唯一肯见我的人，现在我像瘟疫，谁也不理我了。"

"阿古斯丁，我这个人是不会忘记别人对我的帮助的。你一向对人慷慨大方，在国会历次对我的任命中都表示支持，这帮了我很大的忙。凡是我能办的我都会去办的。对你都有些什么指控？"

"曼努埃尔，我不知道。要是我知道了，那也可以辩护一下啊！至今没有人告诉我犯了什么错误。"

阿德利娜姑姑不耐烦地承认道："是的，那时曼努埃尔在我们身边时，我们的确激动得要命。可是他跟你说的关于阿古斯丁的事情又有什么关系呢？"

乌拉尼娅感到喉咙发干，便喝了一口水。你干吗非要说这些事情不可？为什么要说这事呢？

"因为在父亲的朋友中，曼努埃尔·阿方索是唯一肯帮助爸爸的人。因为您不知道。表妹们，你们也不知道。"

母女三人望着乌拉尼娅，好像认为她还没有适应环境。

阿德利娜姑姑低声道："对，对，我不知道。你爸爸倒霉了，他还努力帮助他？你敢肯定吗？"

"非常肯定。因为我爸爸没有把曼努埃尔·阿方索为帮助他摆脱困境进行的活动告诉你和阿尼巴尔姑父。"

她停下不说了，因为那个海地女佣进来了。女佣用不地道但是有节奏的西班牙语问是不是还需要她，要不然她就睡觉去了。卢辛达挥挥手，把她打发走了：去吧，去吧！

"乌拉尼娅姨妈，曼努埃尔·阿方索这个人怎么样？"玛丽亚内拉细细的声音询问道。

"亲爱的，这是个人物。长得漂亮，出身名门。年轻时去纽约谋生，在豪华商店里当时装模特，他还出现在街道的广告上，张着嘴巴给高露洁做宣传：这是可以让您的牙齿感到清新、干净和坚固的牙膏。特鲁希略在访美之行中获悉：这个广告上的美男子是一只多米尼加虎。他派人召来阿方索，把他收为部下，使之成为重要人物。元首让阿方索当高级翻译，因为这小伙子的英语呱呱叫。元首还让他当礼仪方面的老师，因为穿着讲究是他的专业。礼宾工作非常重要，他要为元首挑选衣裳、领带、鞋子、袜子和专门为元首做衣服的纽约裁缝。他为元首提供男装的最新款式。他还帮助元首设计各类制服，这是元首的业余爱好。"

玛诺拉打断乌拉尼娅的话说："特别是他还为元首挑选女人。是不是，妈妈？"

"这一切跟我哥哥有什么关系！"老人挥舞着愤怒的小拳头威胁乌拉尼娅。

"女人是其次的，"乌拉尼娅继续给表外甥女介绍说，"特鲁希略不在乎女人，因为他可以占有任何女人。而衣裳和打扮对他来说非常重要。曼努埃尔·阿方索可以让他感到高雅、讲究和优美。如同他经常引用的《你往何处去》中的佩德罗尼奥一样。"

"阿古斯丁，我还没有见到元首呢。下午，他召见我，地点在他拉德哈麦斯别墅的家中。我保证替你打听消息。"

曼努埃尔让参议员把话说完，一直没有打断他的话，只是点点头，参议员感到沮丧或者由于痛苦和焦虑而说不出话时，他就耐心等待。卡布拉尔把十天前"公众论坛"上出现第一封信后发生的一切、他的言行和想法都讲了出来。他做到了倾诉衷肠，因为看重曼努埃尔的人品，这是他倒霉以来第一个同情他的人。他把一生中的许多隐私细节都说了出来，二十年前他就把青春献给了多米尼加历史上这个最重要的人物了。拒绝倾听一个为之服务了二三十年的人讲话，这难道公平吗？如果他犯了错误，他准备认账，他愿意反省。如果有错，他准备付出代价。可是，元首至少得给他五分钟说话的时间吧！

曼努埃尔·阿方索又一次拍拍参议员的膝盖。这所住宅位于名叫深河的新居民区，房子很大，外面是个大公园，里面装修得趣味高雅。元首有种本领：识人善任，他能准确地发觉别人身上的潜能——这让阿古斯丁·卡布拉尔总是惊讶不已。元首早就看准了这个男模特的能力。曼努埃尔·阿方索有能力在外交界自如地斡旋一切，因为他让人感到可亲又善于交际，能够为多米尼加政府捞到好处。果然，他的每次外交任务都达到了目的，尤其是最近这一次在华盛顿，这正是特鲁希略政府处于最困难的时期：多米尼加这个美国历届政府宠爱的孩子，已经成为四处捣乱的绊脚石，因而受到了美国报界和国会议员的攻击。大使突然捂住了嘴巴，露出痛苦的表情。

"一阵阵像鞭子抽打一样的疼痛,"大使抱歉地说,"然后就好了。我希望医生告诉我实话。他们总是说发现得很及时,有百分之九十成功的保证。干吗要对我撒谎呢?美国人是非常坦率的啊,他们不像我们这样一肚子心眼,不会把坏事说得好一些。"

他停了下来,因为又一次的痛苦扭曲着他受难的面孔。片刻后,他有了反应,脸色沉重起来。他颇有哲理地说道:

"'智囊',我知道你的感觉,知道你现在的处境。在我和元首友好交往的二十年里,我也发生过一两次这样的事情。没有严重到你这种程度,但是,也有过对我的疏远,有过我不能解释的冷淡态度。至今我还记得当时感到的不安和孤独,以及丢了魂一样的感觉。但是,一切都澄清了,元首又恢复了对我的信任。阿古斯丁,一定是哪个嫉妒你才能的家伙搞的鬼。不过,你是知道的,元首是个讲公道的人。我说话算数,今天下午我跟他谈谈。"

卡布拉尔站了起来,非常激动。多米尼加共和国毕竟还有正直的人。

"曼努埃尔,我全天都在家里,"卡布拉尔用力握着曼努埃尔的手说道,"别忘了告诉元首:为了重新赢得他的信任,我准备做任何事情。"

乌拉尼娅说道:"我一直把他想象成好莱坞演员,比如,蒂隆·鲍华①或者埃罗尔·弗林②。可是那天晚上我看到他的时候,真是大失所望。简直判若两人。据说切除了半个喉咙。结果什么都像,就是不像花花公子。"

阿德利娜姑姑、两个表妹和表外甥女都在静静地听她诉说,不

---

① Tyrone Power (1914—1958),美国电影演员。
② Errol Flynn (1905—1959),美国电影演员。

时地交换一下眼色。甚至连鹦鹉参孙似乎也发生了兴趣，因为它好久没有吵闹了。

"你是乌拉尼娅？阿古斯丁的女儿？姑娘，你长这么大了！真漂亮啊！你还吃奶的时候我就认识你了。过来！亲亲我！"

"他说话好像含着东西一样，看上去像个弱智者。他对我特别亲热。我简直不能相信这个人渣就是曼努埃尔·阿方索。"

"我得和你爸爸谈谈，"曼努埃尔说着向室内迈进一步，"你长得可真美！你会让多少颗心为你憔悴啊！阿古斯丁在家吗？去叫他出来。"

"他已经跟特鲁希略谈过了。他是直接从拉德哈麦斯别墅到家里来报告情况的。爸爸简直没法相信。他反复地说，这是唯一没有不理睬他的人，这是唯一给他帮助的人。"

"你难道不希望曼努埃尔·阿方索出面活动一下吗？"阿德利娜姑姑困惑地高声问道，"再说，阿古斯丁也应该来跟我和阿尼巴尔讲一讲啊！"

玛诺拉截住了妈妈的问话："妈妈，别打断我表姐的话。你讲，你讲！"

"那天晚上我向圣母许了愿：如果圣母帮助我爸爸摆脱了困境，那我就……你们猜猜我会怎么样？"

卢辛达笑着说："你就进修道院。"

"我就一辈子守身如玉！"乌拉尼娅笑着说。

她的表妹和表外甥女也情不自禁地笑起来，但是无法掩饰她们心中的困惑。阿德利娜姑姑则表情严肃，不眨眼地盯着她看，毫不掩饰不耐烦的情绪：乌拉尼娅，还有呢？还有呢？

"这孩子真是长大了！她太漂亮了！"曼努埃尔·阿方索不断地

重复道，一面在阿古斯丁·卡布拉尔对面的椅子上坐下来，"'智囊'，她让我想起了她妈妈。一样的眼睛，也带些忧伤；一样苗条而优美的身材。"

阿古斯丁用微笑表示感谢。他请大使进了书房，而不是小客厅，为的是不让女儿和用人听到谈话。他再次感谢大使特地不嫌麻烦来一趟，而不是打个电话说说。参议员急急忙忙地说着，觉得心脏会随着每句话跳出来。他会和元首谈到他的事情吗？

"阿古斯丁，我当然和元首谈了。我说到就做到。关于你的问题，我和元首谈了近一个小时。问题不好解决。但是，你不要失去信心，这是主要的。"

大使穿了一套深色西装，剪裁得无可挑剔，里面是一件白色浆领衬衫，系着一条白点蓝领带，上面别着镶珍珠的别针。西服上衣口袋露出一角白丝手帕。由于他坐下时提了一下裤子以让裤线笔直，所以看得见那一点皱褶都没有的蓝色丝袜。

"'智囊'，元首为你非常伤心。"好像喉咙里的刀口总是在捣乱，所以他不时地扭动着嘴唇；阿古斯丁·卡布拉尔也不时地听到他牙齿咯咯作响。"不是为一件具体的事情，而是为了许多事，最近这几个月来逐渐积累成堆了。元首是明察秋毫的，什么事情也逃不过他的眼睛，他能察觉人身上最细小的变化。元首说，从这场危机一开始，从《主教书》一发表，从'猴子'贝坦科尔特和'耗子'穆尼奥斯·马林制造了美洲国家组织的麻烦开始，你就一天天消极起来。他说，你没有表现出他所期望的献身精神。"

参议员不断地点头：既然元首有所察觉，那可能是对的。当然，他不是预先就考虑好的，更没有减少对元首的敬佩和忠诚。是某种下意识的东西，是疲倦，是这一年来极度紧张的情绪，因为整个美洲大陆都在反对特鲁希略，共产党人、菲德尔·卡斯特罗、教会、华盛顿、美国国务院、菲盖莱斯、贝坦科尔特和穆尼奥斯·马林都在策划反对特鲁希略的阴谋，还有经济制裁，还有流亡海外的那群流氓捣乱。对，对，这是完全可能的：不知不觉中，他在国会和党内的工作效率就降低了。

"阿古斯丁，元首不允许意志消沉和软弱。他希望我们个个都能像他那样：不知疲倦地工作，坚如磐石，做钢铁好汉！这你是都知道的。"

阿古斯丁·卡布拉尔敲敲写字台，说道："元首是对的。就因为这样，他才建成了这个国家。曼努埃尔，一九四〇年战役时他说过：永远在马上，一往无前。今天他还是这样。元首有权利要求我们赛过他。没想到，我让元首失望了。是不是因为我没有做到让主教们承认元首是教会的大恩人？有可能。那封气势汹汹的《主教书》发表以后，元首希望教会方面能够赔礼道歉。我和巴拉格尔、巴伊诺·比查德组成了谈判代表团。你认为是因为我们谈判失败了？"

大使摇头否定。

"他非常谨慎。虽然他为这件事难过，可是他并没有对我说。这可能是原因之一。应该理解他。三十一年来，他帮助最多的人往往背叛了他。最好的朋友从背后捅刀子，他能不敏感吗？"

停顿片刻后，乌拉尼娅说道："我至今还记得那股香水味。从那时起，我不骗你们，一有洒了香水的男人靠近我，我就仿佛又看到了曼努埃尔·阿方索的身影，又听到了他那难懂的话，又回忆起我有幸两次得到他陪伴的情景。"

乌拉尼娅的右手在揉搓台布。她的姑姑、表妹和表外甥女被她那充满敌意和讽刺的口气弄得摸不着头脑，她们不知如何是好，感到很不自在。

玛诺拉暗示说:"表姐,如果讲这段历史让你生气,那就别说了。"

"这段历史让我讨厌,让我恶心,"乌拉尼娅回答道,"这段历史让我充满了仇恨和厌恶。我从来没有跟任何人说起过。也许干脆都讲出来反而会让我舒服些。而且和家里人讲是最好不过的。"

"曼努埃尔,你是怎么看的?元首还会给我一次机会吗?"

"'智囊',干吗不来一杯威士忌?"大使避而不答,故意大声说道。他举起双手,中断对方的责怪:"我知道不应该喝酒,医生禁止我沾带酒精的饮料。去他的吧!剥夺掉这些美好的享受,那活着还有意思吗?名牌威士忌就是美好的享受之一。"

"对不起,我一直没有给你拿饮料。好吧,我也来一杯。咱们到客厅去吧!乌拉尼娅大概已经上床了。"

可她并没有上床。她刚刚吃完晚饭,站在那里看着父亲和阿方索从楼梯上走下来。

曼努埃尔·阿方索微笑着夸奖她说:"最后那次我看到你的时候,你还是个小姑娘呢。可是现在你已经是位非常美丽的小姐了。阿古斯丁,你可能没有发觉女儿的变化。"

"爸爸,明天见!"乌拉尼娅亲了亲父亲的面颊。随后,她伸手给客人,可是阿方索伸给她的是面颊。她勉强亲了一下,满脸通红。"晚安,先生。"

"叫我曼努埃尔叔叔!"他亲了亲姑娘的前额。

卡布拉尔吩咐管家和女佣:你们可以走了。他亲自拿来威士忌、酒杯和小冰桶。他先给朋友斟上一杯,又给自己倒了一杯,也是带冰块的。

"干杯,曼努埃尔!"

"干杯,阿古斯丁!"

大使满意地品味着酒香,微闭双眼。他高声道:"真舒服啊!"可是要咽下去却有困难,因此满脸露出了苦相。

"我从来没有喝醉过,也从来没有让自己的行动失控过,"大使说,"不错,我一向会享受生活。甚至在我想明天能不能吃上饭的时候,我还善于从小事里捞到最大的好处:一杯好酒、一支好烟、一片好风景、一盘好菜、一个会扭断腰的美人。"

他笑了,有几分惆怅。卡布拉尔也笑了,但是并不情愿。怎么才能让他回到唯一重要的正题上来呢?卡布拉尔出于礼貌,克制住心中的不耐烦。他有好几天没有喝酒了,两三口酒下肚之后,精神有些恍惚。尽管如此,给曼努埃尔·阿方索重新斟酒之后,他给自己又倒了一杯。

他想奉承几句:"曼努埃尔,没人敢说你会有缺钱的难处。我记得你总是穿着华丽,潇洒大方,到处付账。"

这个老模特晃晃酒杯,点点头,得意洋洋。枝形吊灯的光芒整个照在他脸上,这时卡布拉尔才发现他那盘旋在喉咙上弯曲的刀疤。对于这样一个骄傲的美男子来说,挨上这样一刀实在有些残酷。

"'智囊',我知道挨饿是什么滋味。年轻的时候,在纽约,我落到在大街上过夜的地步,跟流浪汉一样。有许多日子,我唯一的饭食就是一盘面条或者一块面包。如果没有特鲁希略帮助我,谁知道我的命运会怎么样呢。虽然总是有许多女人喜欢我,可我从来不靠女人吃饭,比如像波尔菲里奥·鲁比诺萨那样。最可能的就是在纽约的鲍厄里①贫民区当个逛街的男妓。"

---

① Bowery,美国纽约下曼哈顿的一个街区。

他一口气喝光了杯子里的酒。参议员重新给他斟满。

"我的一切都是元首给的。我的财产、我的地位都是元首给的。"曼努埃尔低头看着杯子里的冰块。"我交往的人有世界强国的总统、部长,我应邀去白宫做客,我同杜鲁门总统玩牌,我参加洛克菲勒家族举办的晚会。这个肿瘤是在世界上最好的医院五月医院切除的,由美国最好的外科医生主刀。谁为我支付手术治疗的费用?当然是元首。阿古斯丁,你明白吗?我和咱们这个国家一样,多亏了元首才有了今天这一切。"

阿古斯丁·卡布拉尔非常后悔,过去不该在国家俱乐部、国会或者遥远的庄园里,在亲密朋友(他以为是亲密的)中拿这个从前为高露洁做广告的人开玩笑,说这个人当上外交部的大员和特鲁希略的顾问是凭借给元首采购肥皂、滑石粉、香水等物品,以及善于为元首挑选西装、领带、晨衣和鞋子的所谓本事,使得元首可以光彩照人。

"曼努埃尔,我今天的一切也多亏了元首,"他肯定地说,"我很能理解你。所以为了恢复与元首的情谊,我准备付出一切。"

曼努埃尔·阿方索伸长脖子望着他。他好久一言不发,但是一直在观察他,好像在一点点地掂量这番话的严肃性。

"'智囊',那就行动吧!"

乌拉尼娅说道:"在兰菲斯·特鲁希略之后,阿方索是第二个恭维我的男人。他说我很漂亮,说我长得像妈妈,说我眼睛很美。那时我已经参加过有男孩的晚会了,也和他们跳过舞。有五六次吧。但是,还从来没有人这样对我说话。因为,兰菲斯在节日上说我好话的时候,我还是个孩子呢。第一个把我当成大姑娘来恭维的人是这个曼努埃尔·阿方索'叔叔'。"

她怀着满腔怒火飞快地说完了这番话，亲戚们没人提出任何问题。小小的餐厅充满了仿佛暴风雨来临之前的宁静、夏天的狂风暴雨前的宁静。远方，一声汽笛划破了夜空。鹦鹉参孙紧张地在木棍上走来走去，不停地扇动着羽毛。

乌拉尼娅揉搓着双手说："我觉得他像个老人，他那矫揉造作的说话方式让我感到好笑，他脖子上的刀疤让我感到害怕。那个时候，几句恭维话又能把我怎么样呢！但是，后来，我却多次想起他扔给我这些鲜花的含意。"

她又沉默了，感到筋疲力尽。这时，卢辛达说话了："那时候你十四岁，对吗？"乌拉尼娅觉得她问得很蠢。卢辛达很清楚她俩同岁。十四岁，这是个骗人的年龄。她们不是小孩，但也不是大姑娘。

"三四个月前，我第一次来了例假，"乌拉尼娅悄悄地说，"看来我是提前了。"

"我刚刚想起来了，我一进门突然想起来了。"大使一边说，一边伸手拿起威士忌，给自己倒了一杯，也给主人斟满。"我一向如此：首先是元首，然后是我。阿古斯丁，你脸色变了。我说错了吗？我什么也没说呀。忘掉我的话吧！我已经忘记了。来，干杯，'智囊'！"

卡布拉尔参议员喝了一大口。威士忌烧嗓子，他的眼睛发红了。这个时候会有公鸡报晓吗？

"这个……这个……"他不知怎样说才好。

"忘掉吧！希望你别误解。'智囊'，忘了吧！忘了吧！"

曼努埃尔·阿方索站了起来。他在没有特色的家具中踱步。小客厅干净整齐，但是没有一个能干的主妇触摸。参议员卡布拉尔心里想——这几年来他想了多少次啊？——妻子去世后，他独守空房是错误的。他应该结婚,应该再生几个孩子,或许那样就不会发生这一灾难了。为什么不结婚呢?是像他对大家说的那样,是为了乌拉尼娅吗?不是为了女儿。而是为了把更多的时间献给元首,日日夜夜献给元首,向元首表明:在阿古斯丁·卡布拉尔的生活中,没有什么事情或者人物能比元首更重要了。

"我没有误解,"他费了好大力气才装作平静下来的样子,"曼努埃尔,因为我不知如何是好。这事我没有料到。"

"你以为她还是个小姑娘,你没意识到她已经变成大人了。"曼努埃尔把杯子里的冰块弄得叮当作响。"她是个漂亮的大姑娘。你应该为有这样一个女儿感到自豪。"

"当然,"他补充说,口气笨拙,"她在班上总是第一名。"

"有件事,你知道吗?如果要是我的话,我一秒钟都不会犹豫。这样做不是为了重新赢得他的信任,不是为了向他表白:我为他可以牺牲一切。而仅仅就是为了让元首占有我的女儿,为了让元首同我女儿一起享受情欲,这会让我心满意足,让我感到幸福无比。阿古斯丁,我没有夸张。特鲁希略是历史上非同寻常的人物之一。他和查理曼大帝、拿破仑、玻利瓦尔都属于同一类人。他们代表着大自然的威力,是上帝的工具、国家的缔造者。'智囊',元首就是这样的人物之一。我们得天独厚地有幸在他身旁看着他活动,与他一起工作。这份荣幸可是无价之宝啊!"

曼努埃尔一口气喝干了杯中酒。阿古斯丁·卡布拉尔也举起了杯子,但是仅仅沾沾嘴唇而已。虽然头晕已经过去,但是此时胃里翻腾得厉害。他随时都会呕吐出来。

他嗫嚅道:"她还是个孩子呢!"

"那就更好!"大使叫道,"元首对这一表示会更加看重。他会明白自己是错了，会发觉对你的审查是过于草率了，是他自己多心所致，或者是听了你的对手们的逸言的结果。阿古斯丁，你别只考虑自己。别那么自私自利。想想你的女儿吧！如果你被指控挪用公款、贪污盗窃而蹲了监狱，失去了一切，你的女儿可怎么办呢？"

"曼努埃尔，你以为我没有想过这些？"

大使耸耸肩膀。

"一看到她长得这么漂亮，我才突然想出这个主意的，"大使重复道，"元首很会欣赏美人。要是我告诉元首，'智囊'为了证明对您的热爱和忠诚，愿意把他美丽的女儿献给您，那姑娘还是个处女呢，元首是不会拒绝的。我了解他这个人。他是个骑士，很讲究荣誉感。他会觉得真的被打动了。他会召您进宫的，会把剥夺了您的一切还给您。乌拉尼娅的前途也有了保障。阿古斯丁，你为她想想吧！抛掉那些陈腐的偏见吧！不要自私自利只想着你自己。"

大使再次拿起威士忌，给自己的杯子里倒了一些，也给阿古斯丁的杯子斟上一些。他拿了几块冰，分别扔进两个杯子。

"我一看见她长得那么漂亮，就突然想出这个主意来了。"大使第四次还是第五次在重复那句老调。是喉咙难受，还是喉咙让他发疯？他摇摇头，用手指摸摸刀疤。"如果这主意让你讨厌，就算我什么也没说。"

阿德利娜姑姑突然发作起来："你已经说他卑鄙无耻、心地恶毒了！你父亲是个活死人，如今只等着末日了，可是你竟然这么骂他。他是我哥哥，是我最喜欢和尊敬的人！乌拉尼娅，你要是不把骂你父亲的原因说清楚，那就别想走出这个家！"

"我说他卑鄙无耻、心地恶毒，是因为没有比这些更厉害的字眼了，"乌拉尼娅不慌不忙地解释道，"如果有更厉害的字眼，我就会用更狠的话骂他。他肯定有他的道理，有他的原因，有他的说辞。不过，我过去不原谅他，将来也不会原谅他。"

"既然你这么恨他，为什么还帮助他呢？"老人气得浑身发抖，她脸色苍白，好像要昏过去似的。"你为什么给他请护士？为什么养活他？你让他死吧！"

"我宁可让他活受罪！"乌拉尼娅说得非常平静，同时眼睛看着地面，"姑姑，所以我帮助他。"

"可是，可是，他怎么你了？你这么恨他！你竟然说出这么可怕的话来！"卢辛达举起双臂，简直无法相信刚才表姐说的话，"仁慈的上帝啊！"

曼努埃尔·阿方索大声说道，带着一种戏剧性的口气："'智囊'，我要对你说的话得让你吓一大跳。每当我看到一个美人、一个真正漂亮的妞、一个让你回头留连张望的姑娘时，我不是想到我自己，而是想到元首。对，首先是元首！元首是不是喜欢把她紧紧搂在怀里？是不是愿意和她做爱呢？这话我从来没有对任何人说过。也没有对元首说过。但是，他知道。他知道我事事把他摆在第一位，包括美人。阿古斯丁，请记住：我也很喜欢女人。你别以为我是在牺牲自己，把美人首先让给元首是出于献媚，是为了获得赏赐和领取好处。卑鄙小人才会这么认为，蠢猪才会这么认为。你知道为什么吗？我这是出于热爱元首，同情元首，孝顺元首！'智囊'，你是可以理解这个意思的。你和我都知道元首过的是什么生活。他从黎明一直工作到深夜，一周七天，天天如此，一年十二个月，月月如此。他从来没有休息过啊！事无巨细，都亲自过问。每时每刻都在为三百万多米尼加人生死攸关的大事做决定。为了我们可以立足于二十世纪的民族之林啊！他得随时小心那些不满现状的人、那些庸庸碌碌的百姓、那许许多多底层人士忘恩负义的行动。一个这样的伟人难道还不应该时不时地放松一下吗？难道还不能与一个美人享受几分钟吗？阿古斯丁，就算是生活对他的一点点补偿吧！因此，对于那些毒蛇说我的坏话——'给元首拉皮条'，我感到自豪！我引以为荣，'智囊'！"

他把没有威士忌的杯子送到嘴边，吞进一小块冰。他好久没有说话，而是集中精力吸吮冰块。长时间的独白让他感到疲惫。卡布拉尔观察着他，也不说话，一面抚摸着斟满威士忌的酒杯。

卡布拉尔道歉说："瓶子里的酒喝完了。我只有这么一瓶。你喝我的吧。我不能再喝了。"

大使点点头，把空杯子递了过去。参议员卡布拉尔把自己的酒全部倒给了他。

"曼努埃尔，你说的话让我很感动，"他低声说，"我并不惊讶。你对元首的感情、你对元首的钦佩、对他的感激，也是我长期以来的感觉。所以今天的处境让我感到非常难过。"

大使把手放在他的肩膀上。

"'智囊'，问题会解决的。我再和元首谈谈。有些事情我知道该怎么对他说。我向他解释吧。我不会对他说这是我的主意，而说是你的主意。是阿古斯丁·卡布拉尔的主动建议。一个经受了种种考验的忠诚战士的建议，他甚至在身处逆境、受到屈辱时还想念着伟大领袖！你已经很了解元首了。他喜欢忠诚的表示：忠不忠看行动！他是有一把年纪了，也可能有健康不适的时候。但是，他从来也没有拒绝过爱情的挑战。我来安排一切，绝对小心谨慎。你用不着担心。你会官复原职的。那些不理睬你的人很快就会在这个大门口排长队的。好了，我得走了。谢谢你的威士忌。在我家里，他们一滴酒也不让我沾。让我这个可怜的喉咙体验一下这种微微发热、微微发苦的滋味实在是太好了！再见，'智囊'。别再着急了！让我来办吧！你应该做好乌拉尼娅的工作。用不着对她讲细节。没有必要。那由元首来办。你想象不到元首在这种情况下是多么细心、温柔、体贴。元首会让你女儿幸福的，会给她许多好处，会保证她有个好前途的。他一向如此。何况对这样一个温柔、美丽的姑娘呢！"

大使摇摇晃晃地走到门口，轻轻拉门，轻轻关门，走了。阿古斯丁·卡布拉尔坐在沙发上，手里依然举着空杯子，听到汽车发动的声音，他知道大使走了。他觉得浑身瘫软无力，完全丧失了意志。他永远也不会有力气站起来了，永远也不会有力气上楼了，不会脱衣，不会洗澡，不会刷牙，不会上床，不会熄灯。

"你是不是故意说曼努埃尔·阿方索建议你爸爸……你爸爸……"阿德利娜姑姑说不下去了，怒火堵住了她的喉咙，她找不到和缓一些、可以说出口的词语来表达心里的意思。为了把话说完，她对鹦鹉参孙挥舞着拳头："闭嘴！臭鸟！"可是鹦鹉根本就没张嘴。

乌拉尼娅开口道："我不是故意的。我对您讲的是事实。您要是不愿意听，我就不说了。我回去了。"

阿德利娜姑姑张张嘴，可是没有说出话来。

再说，乌拉尼娅也并不了解爸爸和曼努埃尔·阿方索那天晚上谈话的细节。那天晚上是参议员有生以来第一次没有上楼睡觉。他就穿着衣服在客厅里睡着了，脚下是空瓶子和空酒杯。第二天早晨，乌拉尼娅下楼来吃早餐准备上学的时候，看到这情景着实吓了一大跳。爸爸不是酒鬼，恰恰相反，他总是批评那些纵酒狂欢的人。他喝醉了是因为绝望，是因为被迫害，是因为被审查，是因为被罢官，是因为银行账号被冻结，是因为他从来就没干过的一些事情。乌拉尼娅啜泣起来，拥抱着躺在沙发上的父亲。他睁开眼时看到了女儿在身旁哭泣，便不断地亲吻着她说："宝贝，别哭！咱们会好起来的。你瞧着：咱们倒不了的！"他站起来，整理了一下衣裳，陪着女儿去吃早饭。他抚摸着女儿的头发，告诉她：到了学校什么都不要说。他注视着女儿，样子有点怪异。

乌拉尼娅想象着说："他大概犹豫不决，绞尽了脑汁，可能想到了政治避难，但他绝对不可能进任何一个使馆。自从国际制裁开始以后，就没有了拉丁美洲的外交使团。特工们在留下的使馆门前值班巡逻。他肯定度过了可怕的一天，不断地与种种顾虑斗争。那天下午，我从学校回到家里的时候，他已经迈出了关键的一步。"

阿德利娜姑姑没有抗议。她只是从深陷的眼窝里注视着乌拉尼娅，眼神里既有责备，又有恐惧，更有怀疑，尽管她做了努力，将怀疑的神气渐渐收敛。玛诺拉松开了发卷上的一缕头发。卢辛达和玛丽亚内拉都呆如塑像。

卡布拉尔已经洗过澡，如同往常一样穿戴得干净整齐，脸上没有留下一夜不安的痕迹。但实际上他一天没有吃东西，心中的犹豫不决和痛苦反映在惨白的脸色上、黑色的眼圈和闪烁不定的目光里。

"爸爸，您不舒服吗？您脸色怎么这样苍白啊？"

"乌拉尼娅，咱们得谈谈。来，到你房间去吧。我不想让用人听见谈话的内容。"

小姑娘心想："是不是要把爸爸关进监狱啊？他大概要对我说：你得去姑姑姑父家里生活了。"

父女俩进了房间。乌拉尼娅胡乱地把书本扔在写字台上，然后在床边坐下。床罩是蓝色的，绣有沃尔特·迪斯尼画的小动物。父亲斜靠在窗户前。

父亲微笑着说:"你是我在这个世界上最爱的人,是我最宝贵的一切。你母亲去世后,你是我生活里唯一最亲的人了。孩子,你明白吗?"

"爸爸,我当然明白,"她回答说,"到底发生什么可怕的事情了?是他们要把你关起来吗?"

"不是,不是。"父亲摇摇头。"恰恰相反,有可能一切都能解决了。"

他停顿下来,一时说不下去了,嘴唇和双手都在发抖。她惊讶地望着爸爸。可这是一个大好消息啊!有可能报纸、电台不对父亲攻击了?有可能让他重新当上参议院议长?既然如此,爸爸,你为什么是这样一副脸色呢?你为什么这么沮丧、这么难过呢?

"孩子,他们要我做出牺牲,"他低声说,"我要你知道一件事。你要明白,你要牢牢记在心上:我绝对不会做对你不利的事情。你发誓:永远不忘记我刚才说的这番话!"

乌拉尼娅开始生气了。爸爸在说什么呀?干吗不痛痛快快地说出来?

"爸爸,我当然不会忘记,"她终于说道,露出了疲倦的神情,"可是到底发生什么事情了?您干吗要绕弯子?"

父亲坐到她的身旁,搂住了她的肩膀,让她靠在怀里,并亲吻她的头发。

"有个晚会。大元帅邀请你参加。"他把嘴唇紧紧地贴在女儿的前额上。"地点在圣克里斯托瓦尔,在丰达雄庄园里。"

乌拉尼娅挣脱了父亲的怀抱。

"有个晚会?特鲁希略邀请咱们参加?可是,爸爸,这意思就是说一切都解决了。这是真的吗?"

参议员卡布拉尔耸耸肩膀。

"乌拉尼娅,我不知道。元首是从来不预告事情的。很难猜出他有什么企图。不是邀请咱俩。只是邀请你一个人。"

"邀请我?"

"曼努埃尔·阿方索陪你去。他也送你回来。我不知道为什么邀请你,而不邀请我。这可能是第一个表示,一种告诉我并非一切都糟了的方式。至少,曼努埃尔是这么推断的。"

"他是多么的难受啊!"乌拉尼娅说道。这时她发觉阿德利娜姑姑垂头丧气,不再用眼神责备她了,眼睛里的自信也消失不见了。"他感到茫然不知所措,说话自相矛盾。他害怕我不相信他的谎话。"

"曼努埃尔·阿方索也可能欺骗他……"阿德利娜姑姑开口了,但是没有说完。她露出悔恨的表情,晃动着双手和脑袋表示歉意。

"乌拉尼娅,如果你不愿意,那就别去。"阿古斯丁·卡布拉尔摩擦着双手,好像那个夜幕正在降临的炎热黄昏让他感到浑身发冷。"我马上给曼努埃尔·阿方索打电话,告诉他你不舒服,向元首道歉。孩子,你没有义务非去不可。"

她不知道该怎么回答才好。为什么她得做这种决定?

"爸爸,我不知道。"她犹豫不决,感到困惑。"我觉得这事太奇怪了。他为什么只邀请我一个人呢?在一群老年人的晚会上,我干什么呢?或者,是不是还邀请了另外一些和我同龄的姑娘参加晚会?"

参议员卡布拉尔小小的喉结沿着消瘦的喉咙上下滑动。他的眼睛躲避着乌拉尼娅的目光。

"既然邀请你参加,大概也会有别的姑娘,"他低声说,"可能元首已经不把你看成是小姑娘,而是大姑娘了。"

"可是，爸爸，如果他都不认识我，只是在一大群人里远远地看到过我一眼，那能记住什么啊？"

"乌拉尼娅，大概有人对他说起过你，"父亲支吾搪塞道，"我再说一遍：你没有义务非去不可。你不愿意的话，我就打电话给曼努埃尔·阿方索，说你不舒服。"

"好吧，爸爸，我不知道。您愿意让我去，我就去。您不愿意让我去，我就不去。我想做的就是帮助您。我要是让元首难堪，他会生气吗？"

玛诺拉大着胆子问表姐："到了那个时候你还没有察觉什么吗？"

乌拉尼娅，你那时什么也没有察觉。那时你还是个孩子，意思就是说，对于某些与情欲、本能和权力有关的事情，你还是无知的；对于乱七八糟的东西——在特鲁希略塑造的这个国家里，就意味着放纵和野蛮——你还是一无所知的。你很聪明，自然觉得这些来得太匆忙了。谁见过当天发出邀请当天举行晚会的事情？难道根本不给被邀请者准备的时间？但她又是个健康、正常的女孩（乌拉尼娅，那可能是你最后一次健康和正常了），也喜欢热闹和新鲜，忽然间要在圣克里斯托瓦尔、大元帅著名的庄园里举行晚会——从那个庄园里出来参加比赛的牛马总是获得冠军，这样的晚会不可能不刺激她，不可能不让她充满了好奇心。同时，她还在想：可以给学校的女友们讲些晚会上的内容呢。那会让同学们多么羡慕啊。而正是这些同学近来总是谈论报纸和电台是如何攻击卡布拉尔参议员的，这让她度过了许多难堪的时光。她为什么要怀疑父亲看好的事情呢？恰恰相反，这个邀请让她产生了幻想：正像参议员说的，那是赔礼道歉的第一个兆头，那是一种表示，告诉她父亲苦难已经结束了。

她什么也没有怀疑。如同每个成长中的姑娘一样，她关心一些无关紧要的事情：爸爸，我穿什么衣裳？爸爸，我穿哪双鞋子？遗憾的是时间太晚了，否则应该请理发师做做发型。她给圣多明各学校选美王后做侍女时，就是那个理发师给她理发和化妆的。这些就是她和父亲为了不得罪元首而决定出席晚会之后她唯一操心的事情。堂曼努埃尔·阿方索晚上八点来接她。她已经来不及做家庭作业了。

"您跟阿方索先生说没说我要待到几点钟？"

"我说过了。你待到大家开始告辞的时候，"参议员卡布拉尔揉搓着双手说道，"假如你觉得累了，或者有别的什么事情，愿意早一些离开那里，你就对曼努埃尔·阿方索说一声，他马上会带你回家的。"

十七

当韦莱斯·桑塔纳医生和比恩韦尼多·加西亚用汽车把佩德罗·里韦奥·塞德尼奥送往国际医院的时候，不分离的"三剑客"——阿玛迪多、安东尼奥·英贝特和"突厥"埃斯特莱亚·萨德哈拉——做了如下决定：继续等在那里已经没有意义，因为迪亚斯将军、路易斯·阿米阿玛和安东尼奥·德·拉·玛萨去找何塞·雷内·罗曼将军已经过了很长时间。眼下，最好先找个医生治疗伤口，换换血污的衣裳，寻觅一个藏身之处，等到情况明朗以后再说。但这深更半夜的到哪里去找可靠的医生呢？现在已近午夜时分了。

英贝特说："找我表哥曼努埃尔吧！他名叫曼努埃尔·杜兰·巴雷拉斯，就住在附近，旁边是他的小诊所。这人可靠。"

托尼神情阴郁，这让阿玛迪多感到惊讶。萨尔瓦多开车送他俩去杜兰·巴雷拉斯家。城市处在一片宁静之中，路上没有行人和车辆，因为元首的死讯还没有扩散。阿玛迪多问英贝特："你干吗哭丧着脸？"

"这事麻烦了,要倒霉!"英贝特悄悄回答说。

"突厥"和中尉都看了他一眼。

"你们觉得布博·罗曼没有露面正常吗?"他嘟嘟囔囔地又说道,"只有两种解释:一是被捕入狱,二是胆怯害怕了。无论哪种情况,咱们都得倒霉。"

"托尼,可咱们干掉了特鲁希略!"阿玛迪多给他打气道,"谁也救不活他了!"

"你别以为我是后悔了,"英贝特回答说,"说真的,我从来没对政变、军民联合执政委员会、安东尼奥·德·拉·玛萨那些美梦抱有幻想。我一直把咱们看成是敢死队!"

阿玛迪多开玩笑说:"兄弟,你要是早说该多好,我还可以写进遗嘱里去。"

"突厥"把他们送到杜兰·巴雷拉斯医生家里,就自己回家了,因为特工可能很快会发现他那辆扔在公路上的水星牌汽车;他还想给妻子和孩子们报警,自己也要拿些衣服和钱。这时杜兰·巴雷拉斯医生已经上床了,他穿着睡衣一路伸着懒腰出来。英贝特告诉他为什么他们浑身血污的原因以及对他的希望时,他惊讶得目瞪口呆。他呆呆地看着他俩好久。医生长着一张大脸,留着大胡子,惊愕让他的面孔变了形。阿玛迪多可以看到医生的喉结上下滑动着。杜兰还不时地揉眼睛,好像害怕看到幽灵一样。终于,他有了反应:

"先治伤口!到诊所去吧!"

情况最糟糕的是阿玛迪多。一颗子弹穿透了他的踝骨,进出的弹孔清晰可见,伤口处裸露着碎骨屑。瘀肿使他的脚和踝部变得不像样子。

"我不明白你踝骨碎成这个样子怎么还站得住!"医生一面消毒

一面感慨地说。

中尉回答说:"到现在我才觉得有点疼。"

阿玛迪多由于干掉了"公羊"而特别兴奋,所以几乎没有注意自己的脚。可是,现在疼起来了,还伴有一点刺痒,一直传到了膝盖。医生给他用绷带包扎好,打了一针,给了他一小瓶药片,嘱咐他每四小时吃一次。

就在医生给阿玛迪多治疗的时候,英贝特问他:"你有地方去吗?"

阿玛迪多立刻想到了梅卡姨妈。老人是他的十一位姨妈之一,他小时候就受到梅卡姨妈的特别宠爱。老人如今孤身一人居住在四周种满了鲜花的木屋里,地点在圣马丁大道,离独立公园不远。

托尼警告他说:"敌人要找咱们的首先是亲戚家,确切地说是可靠的朋友家里。"

"兄弟,我的朋友都是军人,都是铁杆特鲁希略分子。"

阿玛迪多看到英贝特这样忧心忡忡、这样悲观,简直不明白是怎么回事。布博·罗曼一定会露面的,会按计划行事的,这可以肯定。无论如何,特鲁希略一死,政权就会像骨牌一样垮掉。

"小伙子,我想我能帮助你,"杜兰·巴雷拉斯医生插话道,"给我修理汽车的机械工有间小房子要出租,地点在奥萨玛扩建区那边,我跟他谈谈,好不好?"

他很容易地谈成了。机械工名叫安东尼奥·桑切斯(东尼)。虽然已经是下半夜了,医生电话一叫他,他就跑来了。他们对他说了实话。听了以后,他叫了起来:"他妈的,今天晚上我醉了!"他说,能把房子借给你们是我的荣幸。中尉不会有危险的,那附近没有邻居。东尼会亲自用吉普车把中尉送到那里去。他还负责给中尉提供食物。

"这一切让我怎么报答你,大夫?"阿玛迪多问杜兰·巴雷拉斯。

"小伙子,多加小心吧!"医生握握他的手,一面充满同情地望着他。"如果他们抓住你,我可不愿意跟你一样入狱。"

"不会有那样的事,大夫。"

阿玛迪多早已没有子弹了。但是,英贝特还有很多,他给了中尉一大把。中尉给四五式手枪上满了子弹,挥手告别。他口气坚定地说:

"这样我心里就踏实多了。"

"阿玛迪多,希望尽快看到你,"托尼一面拥抱他,一面说道,"你的友谊是我生活里一样重要的东西。"

东尼·桑切斯的吉普车向奥萨玛扩建区行驶的时候,城里已经发生了变化。有两辆拉着特工的"刨子"开进城里。吉普车驶过拉德哈麦斯大桥时,看到有辆满载国民警卫队的卡车到达那里,队员们正在跳下车设置路障。

"特工们已经知道'公羊'死了,"阿玛迪多说道,"我很想看看他们没了自己的元首一个个是什么嘴脸!"

"人们不亲眼看见特鲁希略的尸体是不会相信他已经死了的,"机械工议论道,"嘿,这个国家没了特鲁希略可就大不一样啦!他妈的!"

小房子很简陋,周围有一些地,没有种庄稼。房子里空空荡荡,只有一张有垫子的单人床、几把破椅子、一个装蒸馏水的大瓶子。东尼·桑切斯说:"明天我给你送些吃的东西来。放心吧,这里没有人来。"

屋内没有电灯。阿玛迪多脱下鞋子,和衣躺在床上。东尼·桑切斯的吉普车声越来越小,最后听不见了。他感到疲倦,脚后跟和踝骨疼痛,但是心里非常平静。特鲁希略一死,他如释重负。自从他被迫杀死了那个可怜的人——天啊,他是路易莎·希尔的哥哥!内疚就不断地啃噬着他的心,但现在可以肯定,沉重的心情会渐渐消除。他又可以恢复到从前的样子了,可以问心无愧地照镜子,而不会感到里面那张面孔令人恶心了。他妈的,要是能把阿贝斯·加西亚和罗伯托·菲盖罗阿·加里翁少校一起消灭掉,那就一切都无所谓了,他就可以安息了。他蜷缩着身体,为了能入睡,又换了几个姿势,可是仍然睡不着。黑暗中,他听到轻微的嘈杂声和跑动声。黎明时分,亢奋和疼痛减弱了许多,他终于进入了梦乡,睡了几小时。他突然惊醒,因为做了一个噩梦,但是没记住内容。

这一整天,他都在窗户旁边守候着吉普车的出现。屋子里一点吃的东西也没有,可是他并不饿。他时不时地喝几口蒸馏水,这欺骗了胃肠的注意力。但是,孤独、无聊、得不到消息是很折磨人的。至少有台收音机也好啊!他极力克制着出门的诱惑:真想走到有人居住的地方,找份报纸看看。小伙子,忍耐一下吧!东尼一定会来的。

直到第三天,东尼才来。六月二日中午,东尼终于出现了。这一天,正是阿玛迪多三十二岁的生日,他在饿得半死又因为没有消息而绝望的处境中度过。东尼已不是送他来这里时那副慷慨、热情和自信的样子了。他脸色苍白,没有刮脸,一副惴惴不安的神情,说起话来结结巴巴。他带来一暖瓶咖啡和几块香肠加奶酪三明治。阿玛迪多一面狼吞虎咽地吃着,一面听着坏消息。所有的报纸都刊登了他的照片,电视也在不断地播报通缉令;一起出现的肖像还有:胡安·托马斯·迪亚斯将军、安东尼奥·德·拉·玛萨、埃斯特莱亚·萨德哈拉、菲菲·巴斯托里萨、佩德罗·里韦奥·塞德尼奥、安东尼奥·英贝特、瓦斯卡尔·特哈达和路易斯·阿米阿玛。佩德罗·里韦奥·塞德尼奥已经被捕,把他们都供出来了。谁能提供上述要犯的情况都会得到重赏!对一切反特鲁希略分子在进行大规模搜捕。昨天,杜兰·巴雷拉斯医生已经被捕。东尼认为,医生经受不住酷刑拷打,最后肯定会招供的。阿玛迪多继续留在这里太危险了。

"东尼,即使这里是个安全的藏身地方,我也不会留在这里的,"中尉说道,"宁可让他们杀死,我也不再孤独地待上三天了。"

"那你到什么地方去啊?"

他想起了表哥马克西莫·米耶塞斯,后者在杜阿尔特公路旁边有一片土地。可是,东尼给他泼了一瓢冷水:公路上布满了巡逻队,在盘查过往车辆。不等他走到表哥的庄园就会被警察辨认出来的。

"你还不明白眼下的情况吗!"东尼·桑切斯气得大发雷霆,"已经抓了好几百人了!敌人就像疯了一样,到处在找你们。"

"见他妈的鬼吧!"阿玛迪多满不在乎地说道,"让他们杀死我好了!'公羊'已经成了僵尸。他们再也救不活他了。兄弟,你别担心。你已经为我做得太多了。你能把我拉到公路上去吗?然后我走着回首都。"

"我害怕。不过,把你扔下我更害怕。但是,我也不想当婊子养的。"东尼镇定地说道。他拍了中尉一巴掌。"好,我送你走。如果抓住咱俩,就说是你拿枪逼着我干的,行吗?"

他把阿玛迪多藏在吉普车后排座下面,盖上帆布,上面放了一捆绳子和几个汽油罐,车子一走,它们就在缩成一团的中尉头上摇来晃去。这个姿势总是让他腿抽筋,加剧了脚上的疼痛;路上每有坑洼的时候，上面的东西就拍打着他的肩膀、脊背和脑袋。但是，他始终没有忘记四五式手枪；他右手握枪，打开了保险。不管发生什么事情，绝对不让敌人活捉。他没有感到害怕。说心里话，对于逃离此地，他不抱多大希望。即使出不去，那又有什么关系！自从他跟乔尼·阿贝斯度过那灾难性的一夜之后，他心里就没有平静过。直到杀死"公羊"之后，他才平静下来。

"现在过拉德哈麦斯大桥，"他听见东尼·桑切斯声音惊慌地说道，"别乱动！别出声！有巡逻队。"

吉普车停了下来。他听见有喊声、脚步声，片刻后，是一声友好的问候："嘿，东尼，是你啊！""你好吗，伙计！"没有检查，允许吉普车继续前进。车子走到桥中央的时候，他听到东尼·桑切斯说道：

"这个上尉是我的朋友，'瘦子'拉斯布丁。真他妈的走运！现在我还提心吊胆呢。阿玛迪多，哪里停车？"

"圣马丁大道。"

片刻之后，吉普车停下了。

"我看周围没有特工。抓住这个机会下车吧！"东尼说，"愿上帝与你同在！"

中尉推开帆布和汽油罐，跳到了人行道上。有几辆汽车开过去，但是他没有看见行人，只有一个老人拄着拐杖越走越远。

"东尼，愿上帝奖赏你！"

"愿上帝与你同在！"东尼·桑切斯重复道，说罢开车远去。

梅卡姨妈的房子——整个是木结构，只有一层，有铁栅栏，没有花园，但是所有的窗户上都摆着天竺葵花盆——在二十米外的地方，阿玛迪多急急忙忙、一瘸一拐地走了过去，手枪就露在外面。

他刚一敲门，门就开了。梅卡姨妈还来不及惊讶，中尉就跳进房间，把姨妈推开，随手关上了房门。

"梅卡姨妈，我不知道怎么办才好，也不知道应该藏在哪里。我要待上一两天，直到找到安全的地方为止。"

姨妈仍然同往常一样地吻他、拥抱他，不像阿玛迪多担心的那样害怕。

"孩子，他们大概看见你了。你怎么想起大白天跑来了！我周围的邻居都是激进的特鲁希略分子。你浑身是血啊！这绷带是怎么回事？受伤了吗？"

阿玛迪多通过窗帘监视着大街。街道上没有人。街对面的门窗是关闭的。

"消息传出来以后，我天天向圣彼得为你祈祷，圣彼得可灵验了，常常显现奇迹。"梅卡姨妈用两手捂住他的面颊。"你在电视和《加勒比日报》上露面以后，有几个邻居来打听你的消息。但愿她们别看到你。看看你这个模样！孩子，你要点什么？"

"姨妈，我要洗个澡，吃点东西。我饿坏了。"他笑起来，抚摸着姨妈的白头发。

"再说，今天是你的生日！"梅卡姨妈忽然想起来了，便再次拥抱他。

这是个身材矮小但精力充沛的老人，她性格坚毅，目光深邃，善良。她强迫阿玛迪多脱下裤子和衬衣，以便洗干净。就在他像神仙一样快乐地洗澡的同时，老人把厨房里所有现成的食物都热了一遍。中尉穿着裤衩和背心，看到餐桌上摆满了丰盛的食物：炸薯条、煎香肠、炒饭和烤鸡。他吃得很香，一面听姨妈讲发生的事情。家里听说他是暗杀特鲁希略的凶手之一，立刻大乱起来。黎明时分，特工已经出现在他的三个妹妹家中,打听他的下落。这个地方,特工们还没有来过。

"姨妈,如果你不介意的话,我想睡一会儿。我有好几天没有合眼了。因为烦躁得厉害。在你这里我很快活。"

姨妈领他到卧室,让他睡在自己的床上,墙壁上挂着使徒彼得的像,那是老人的保护神。为了让房间暗一些,她关上了百叶窗。她说:"阿玛迪多,你好好睡个觉,我把你的制服洗一洗、熨一熨。咱们会想出你藏身的地方。"她多次亲吻他的前额和头顶。"孩子,我一直以为你是个铁杆特鲁希略分子呢!"他很快进入了梦乡。他梦见"突厥"萨德哈拉和安东尼奥·英贝特固执地叫个不停:"阿玛迪多!阿玛迪多!"他俩想要告诉他一些重要的事情,可他就是不明白他俩的表情和话语。他感到有人用力摇晃他的时候,以为不过刚刚闭上眼睛几分钟。他看到姨妈的脸色是那样惨白和恐慌,心里非常难过,后悔不应该把老人卷进来。

"他们来了!他们来了!"老人急得喘不过气来,一面画着十字一面说道,"孩子,有十一二辆'刨子',一大堆特工。"

这时他已经完全清醒,明白应该怎么办。他强迫老人躺到床后面的地上,贴着墙壁,让头上的圣彼得保佑她。

"你别动!无论世界上发生什么事情,你都别站起来!"他命令姨妈道,"梅卡姨妈,我非常爱你!"

他握着四五式手枪,赤脚,只穿着背心和草绿色制服裤衩。他贴着墙壁溜到大门旁边。他从窗帘向外窥视,小心着不让敌人发现。这是个乌云密布的下午,远处什么人弹奏着一首博莱罗舞曲。几辆军情局的黑色大众车截断了公路。至少有二十几个特工携带冲锋枪和手枪包围了姨妈的住宅。有三个家伙在房子的正面,其中一个用

拳头擂门,震动得门板摇晃不已,同时扯着嗓子喊道:

"加西亚·盖莱罗,我们知道你在里面。举着手出来!要是你不想当死狗的话。"

"绝对不当死狗!"他低声道,说着用左手一开门,右手就扣动了扳机。他把一梭子子弹都打了出去,看到那个命令他投降的家伙大吼一声倒在地上:子弹正中心窝。但是,与此同时,数不清的冲锋枪和手枪密集扫射过来,他倒下了,没有看见自己除去打死一个之外,还打伤了两个特工。他没有看到自己的尸体是如何被捆在大众车的车顶上——仿佛猎人们在中央山脉围捕鹿群,把死鹿捆在车上那样;他的手腕和脚踝由乔尼·阿贝斯手下从"刨子"内拉住,让在独立公园附近看热闹的人们"欣赏";杀人凶手们沿着独立公园绕场一周,以示胜利。与此同时,其他特工冲进房子,发现老人已经吓得半死,但是他们仍然把老人连踢带打地带到军情局去了。这时,一群贪心的人面对特工或嘲笑或冷漠的目光,冲进房子里大肆抢劫,把特工们没有偷走的一切洗劫一空。随后,他们就开始破坏木屋:拆木板,拆屋顶,最后干脆放火焚烧。夜幕降临时,那里只剩下一堆木炭和灰烬了。

十八

一名侍卫副官把曼努埃尔·阿方索的司机路易斯·罗德里戈斯让进办公室的时候,大元帅起身迎接他,此举就是对待最重要的人物也是没有过的。

"大使怎么样?"元首问他,口气是焦虑的。

"一般,陛下。"司机装作遗憾的样子,一面摸摸喉咙。"嗓子又疼起来了。今天早晨又让我去请医生,因为要打针。"

可怜的曼努埃尔!他妈的,这不公平!让一个一生很会注意身体健康、漂亮、潇洒、能抵抗可恶的自然衰老规律的人,竟然受到如此的惩罚:在令人最感到屈辱的地方——充满活力、温文尔雅、容光焕发的面庞上动手术。那还不如干脆永远留在手术台上呢!阿方索在美国五月医院做完手术回国以后,元首一看到他,热泪就溢出了眼眶。漂亮的小伙子变得形容枯槁了!由于切除了半个舌头,几乎听不懂他在说什么了!

"替我问候他吧!"元首审视着司机:深色西装、白衬衫、蓝领带、皮鞋锃亮。这是多米尼加最会打扮的黑人。"有什么消息吗？"

"大好消息，陛下，"路易斯·罗德里戈斯眉飞色舞地说道，"我找到了那个姑娘，没有任何问题，只要您说话就行。"

"你肯定是她本人吗？"

"绝对肯定。就是星期一圣克里斯托瓦尔青年节献花的姑娘。她名叫尤兰达·埃斯特雷尔，十七岁，这里有她的照片。"

这是一张学生证上的相片。但是，特鲁希略立刻认出了那双忧郁的眼睛、红润的嘴唇和浓密的披肩发。那姑娘起初走在学校队伍的前头，高举着大元帅的巨幅肖像，从设在圣克里斯托瓦尔市中心的主席台前走过；后来，她上台给元首献上一束裹着玻璃纸的玫瑰花和绣球花。他还记得那苗条的身材、发育良好的胸脯、圆圆的胯部那惹人遐想的暗示。睾丸那里一阵发痒，让元首感到精神振作了许多。

"十点钟左右，你把她送到卡奥瓦之家去吧！"元首说道，一面克制着让他白白浪费时间的欲念，"告诉曼努埃尔，我挂念着他。让他多加小心吧！"

"好的，陛下。十点前，我把姑娘送过去。"

司机敬礼后走了。新漆的写字台上有六部电话，元首拿起一个话筒，给卡奥瓦之家的管理处打电话，命令贝妮塔·赛布尔韦达用茴香把房间熏一熏，再摆满鲜花。（这是个不必要的提醒，因为女管家知道元首随时会来这里，便总是把卡奥瓦之家打扫得干干净净。尽管如此，元首也照样事先打招呼。）他吩咐侍卫副官准备好雪佛兰，通知司机兼侍从兼保镖萨卡里亚斯·德·拉·克鲁斯：今天晚上散步之后去圣克里斯托瓦尔。

今晚诱人的前景令元首兴奋不已。那姑娘会不会是圣克里斯托瓦尔市学校女校长的女儿？十年前，元首在视察故乡城市的时候，

858

女校长还是个大姑娘,她为元首朗诵了一首萨罗梅·乌莱尼亚的诗歌。她举手表演时露出的腋下让元首激动得难以自制,他不顾为欢迎他而举行的招待会刚刚开始,便把这个圣克里斯托瓦尔姑娘带到卡奥瓦之家去了。她是不是叫特伦西娅·埃斯特雷尔?应该是的。一想到尤兰达会是那个青年女教师的女儿或者妹妹,元首就感到又一阵激情升腾而起。他快步穿过国家宫和拉德哈麦斯别墅之间的花园,勉强听着一名侍卫副官的说明:国防部长罗曼·费尔南德斯将军反复打来电话,说如果元首在散步之前召见他,他随时听候吩咐。啊,今天上午的电话让将军害怕了。等到让他看看那一坑臭水、尝尝那里的臭泥,他会吓得浑身发抖。

元首一阵疾风似的冲进拉德哈麦斯别墅的房间。他每天要穿的那身橄榄绿军服已经在床上了。勤务员辛弗罗索能掐会算。元首事先并没有告诉他去圣克里斯托瓦尔,但是这个老勤务员已经给元首准备好了平时去庄园要穿的衣裳。去卡奥瓦之家,为什么非要穿这身日常的军服呢?不知道。从年轻时他就有这份对习惯、对重复的表情和动作的偏爱。这样的现象让人感到乐观:无论内裤上还是长裤上都没有尿痕。巴拉格尔胆敢反对晋升维克托·阿利希尼奥·贝尼亚·里韦拉中尉的军衔,让他大为光火,但是此时他的怒气已经消散。他感到喜气洋洋,睾丸处美妙的蚁走感焕发了他的青春活力,因为他期待着那个留下美好回忆的特伦西娅的女儿或者妹妹会依偎在他的怀抱里。这女孩是不是处女?这一次再也不会有跟那个骨瘦如柴的女孩发生的不快经验了。

下面这一个小时能在呼吸有益于健康的空气、迎接和风的抚摸和观赏海浪拍打着防波堤大墙的情景中度过,这让他感到快乐。锻炼身体可以帮助他抹去今天下午大部分时间里的苦涩感,这是不常见的现象：他一向不消沉、不胆怯。

走出房门时，一个女佣前来报告：堂娜·玛丽亚想转达长子兰菲斯从巴黎打电话来留下的口信。元首说："以后吧，以后吧，现在我没有时间。"与那个吝啬的老太婆谈话会破坏他的好兴致。

元首又一次快步穿过拉德哈麦斯别墅的花园，迫不及待地向海边走去。但是在去海边之前，如同往日一样，他要经过位于马克西莫·戈麦斯大道上的母亲住宅。在胡里娅夫人玫瑰色宽大住宅的门口，有二十个即将陪伴元首散步的人在等候，他们都是特权阶层的人物，专门挑选出来护驾的，那些没有获得如此殊荣的人非常嫉妒和仇恨这些人物。拥挤在"伟大母亲"花园里的党政军要员排成两行，夹道欢迎元首的到来。大元帅在一片"下午好，陛下！"的问候声里，辨认出纳瓦希塔·埃斯白亚特将军、何塞·雷内·罗曼将军（这个可怜的傻瓜，眼睛里流露出担心的目光）、乔尼·阿贝斯·加西亚上校、亨利·奇里诺斯参议员、元首的女婿莱昂·埃斯特威斯上校、亲近的朋友莫代斯托·迪亚斯、刚刚代替了阿古斯丁·卡布拉尔登上议长位置的参议员赫雷米亚斯·金塔纳、《加勒比日报》总编堂潘丘，还有被这群人淹没的矮小总统巴拉格尔。元首没有和任何人握手。他登上一楼。母亲胡里娅黄昏时总是坐在躺椅里。老人家深陷在躺椅里。瘦小、枯干的她，目不转睛地望着太阳在落到地平线以下之前在火烧云的包围下放射的美丽焰火。原来围绕在老人家身边的夫人和女佣们都纷纷回避了。元首弯腰，亲吻老母亲干瘪的面颊，充满柔情地抚摸老人家稀疏的头发。

"妈妈，您特别喜欢黄昏的景色，是吗？"

老人家点点头，深陷但是灵活的小眼睛微笑地望着他，铁钩般的小手轻轻擦过他的脸蛋。她是不是还认得儿子？胡里娅今年九十六岁,她的记忆力如同肥皂水一样,往事已经溶解在水中了。但是,本能告诉她:这个每天下午准时前来看望她的男人是个亲人。她是个私生女,父母是迁居到圣克里斯托瓦尔的海地移民;她从小心地善良。特鲁希略和他的弟弟们继承了母亲的面部特征,这让他感到难堪,尽管他很爱母亲。虽然有时他在赛马场、国家俱乐部或者美术馆看到多米尼加贵族阶层的人们向他鞠躬致意,可是心里嘲笑地想:"你们是在给一个奴隶的后代磕头啊!"他的血管里流动着黑人的血液,胡里娅妈妈又有什么过错呢?胡里娅一辈子就是为丈夫和孩子生活的。她丈夫名叫何塞·特鲁希略,好酒,好色,但是为人很好;她经常忘了自己,无论吃喝,她总是最后一个。让元首钦佩不已的是老人家从来不向他要钱、衣裳、旅行经费或者其他财物。什么都不要,从来都不要。给她东西时总要强迫她收下。胡里娅早已养成勤俭持家的习惯,如果按照她的意愿,她会永远生活在圣克里斯托瓦尔那简陋的房屋里,即大元帅出生和度过童年的地方,或者居住在饿死的海地祖先的茅屋里。胡里娅妈妈这一生唯一要求元首的就是善待那几个笨拙且调皮的弟弟——贝坦、"黑人"、比比、阿尼巴尔,因为他们常常干坏事;或者不要鞭打女儿和两个儿子——安赫丽塔、兰菲斯和拉德哈麦斯,这三个孩子经常拿奶奶当盾牌,来抵挡父亲的怒火。顾及妈妈的面子,特鲁希略不得不饶恕他们。老人家是不是知道多米尼加共和国有成百上千条街道、公园和学校是用她的名字命名的?尽管成天有人恭维她、歌颂她,老人家永远是那个特鲁希略从小就记得的谦虚、谨慎、不出头露面的女性。

有时,元首要在妈妈身边待上好久,讲一讲白天发生的事情,即使老人家听不明白。今天他只说了几句亲热的话,便回到了马克西莫·戈麦斯大道,因为他急于去呼吸海水的宜人气息。

元首刚一回到大道上——党政军要员们再次分成两排——便向前走去。走过八个街区，他望见了加勒比海，在金色晚霞的照耀下，海水仿佛在燃烧。又一阵愉快的情绪袭上他的心头。他走在路的右边，身后是分成扇形的随员与占据着公路和人行道的群众。这时，马克西莫·戈麦斯大道和防波堤的交通都中断了；虽然他一再下令，乔尼·阿贝斯还是早就秘密地恢复了对两侧街道的监视，尽管那些布满了警察和特工的街口终于还是让元首产生了幽闭恐惧症。距离元首一米，侍卫副官们组成一道人墙。没有人越过这道障碍。大家都等待着元首的召唤：请你过来谈谈。元首走过半个街区以后，闻到了花园里的芳香。他转身寻找莫代斯托·迪亚斯那半秃的脑袋，发现之后，他打了一个手势。这时发生了一个小小的误会：走在莫代斯托·迪亚斯身旁的胖子奇里诺斯参议员以为自己是被召见者，便赶忙向元首那里冲去。警卫挡住了他的去路，请他回到人群里去。莫代斯托·迪亚斯由于发胖，按照特鲁希略的速度散步，让他感到极为吃力。他走得大汗淋漓。他拿着手帕，时不时地擦着前额、脖子和肥胖的面颊。

"下午好，陛下。"

特鲁希略劝告他说："你应该节食啊。你刚刚五十岁嘛！努力就行了。向我学习！我已经过了七十个春秋，体形仍然很好。"

莫代斯托滚圆的身躯勉强支撑着。他和他弟弟胡安·托马斯·迪亚斯将军长着同样的扁平鼻子、厚嘴唇、种族遗传的黑皮肤，但是，他比弟弟聪明，比特鲁希略认识的大部分多米尼加人都聪明。他担任过多米尼加党主席、国会代表和部长，但是元首不让他在政府里工作得太久，因为他阐述、分析和解决问题时太聪明、太清醒了，这会导致他目空一切并背叛元首。

"胡安·托马斯在搞什么阴谋?"元首脱口而出,一面回头望着莫代斯托,"我估计,你大概也了解一些你弟弟兼女婿的活动情况。"

莫代斯托微微一笑,好像说笑话似的回答道:

"您说胡安·托马斯?他整天不是生意就是农场,不是威士忌就是在花园里放电影,我怀疑他还能有多少剩余时间去搞阴谋。"

特鲁希略仿佛没有听见他的话,口气肯定地说:"他跟那个美国外交官亨利·迪尔伯恩在策划什么。告诉他不要干蠢事!因为他已经倒霉一次了,可能会更倒霉!"

"元首,我弟弟还没愚蠢到反对您的程度。不过,我一定对他说就是了。"

真惬意啊!清新的海风给肺部送进氧气,耳边传来波浪拍打岩石和防波堤大墙的轰鸣声。莫代斯托·迪亚斯做了一个准备离开的动作,但是元首拦住了他:

"等一等。我还没说完呢。还是你坚持不住了?"

"为了您,我可以冒着心肌梗塞的危险。"

特鲁希略微微一笑,算是对他的奖励。他一向对莫代斯托有好感,因为除去聪明,此人办事有分寸、公道、和蔼、不虚伪。可是他的聪明才智不能控制,不能利用,不像"智囊""宪法专家兼酒鬼"或者巴拉格尔那样。他身上有一道桀骜不驯的利刃和一种独立思考的品格;如果他手中权力过大,他的聪明才智就会变成叛乱的动力。他和胡安·托马斯也是圣克里斯托瓦尔人,年轻时,特鲁希略与这两兄弟交往甚多。元首除去封官之外,还常常请莫代斯托在重要时刻出主意。元首对他多次进行严格的考验,他都一一成功地通过。第一次考验是在五十年代末,元首刚刚参观过由莫代斯托在梅亚镇组织的种牛和奶牛畜牧交易会。那真令人吃惊:农场并不大,但是其干净整齐、现代化的程度和繁荣的景象可以与元首的丰达雄庄园媲美。比起无可挑剔的马厩和肥壮的奶牛来,莫代斯托向元首和客人们展示家畜饲养场时那种得意洋洋的神情更加刺激各位来宾的感情。第二天,元首派"活垃圾"拿上一张一万比索的支票,去莫代斯托那里办理买卖合同手续。莫代斯托二话没说就把这样一座比眼珠还宝贵的农场以荒唐的价格(仅仅一头奶牛就价值一万多比索)卖给了元首。他在合同上签字之后,又写了一张便条感谢元首:"谢谢陛下看重我这个小小的畜牧企业并且由您经验丰富的手加以开发。"元首反复掂量了这句话里是否有应该受到惩罚的嘲讽意味,最后认定没有此意。五年过后,莫代斯托·迪亚斯在埃斯特亚的偏僻地区又兴办起一处面积更大、更漂亮的畜牧场。他以为在偏僻地区就不会被察觉了吗?特鲁希略笑得要死,立刻派"智囊"卡布拉尔拿上一万比索的支票前往办理买卖手续,并且捎话说:元首非常相信你办农牧业的才能,他不用看,闭着眼睛也要买下你的农场。莫代斯托在合同上签了字,接受了那象征性的一点钱,又写了一张便条,向元首表示感谢。为了表扬他的顺从,过了一段时间之后,特鲁希略送给他一份厚礼:独家进口洗衣机和家用搅拌器的许可证,以此补偿胡安·托马斯·迪亚斯将军的哥哥失去两处农场的损失。

特鲁希略生气地问道:"跟那些混蛋教士的麻烦有没有解决办法?"

"陛下,当然有办法。"莫代斯托气喘吁吁地说道。他不仅前额和脖子流汗,秃顶上也有汗水。"但是,让我说的话,跟教会的问题算不了什么大事。如果把美国佬这个重要问题解决了,其他的则可以迎刃而解。一切都取决于美国佬的态度。"

"如果是这样,那就没有办法了。肯尼迪想要我的脑袋。可是我又不打算给他,那就得打仗了。"

"陛下,美国佬担心的不是您,而是卡斯特罗。尤其是雇佣军在猪湾战斗失败以后。现在,美国佬比任何时候都更害怕共产主义会在拉丁美洲蔓延。这个时候正好告诉美国:在拉丁美洲抵抗共产党进攻的最佳人选是您,而不是贝坦科尔特或者菲盖莱斯。"

"莫代斯托,他们一直有足够的时间可以明白这个道理啊。"

"陛下,应该让他们睁开眼睛。美国佬有时是非常迟钝的。攻击贝坦科尔特、菲盖莱斯、穆尼奥斯·马林是不够的。更见效的恐怕是秘密援助委内瑞拉和哥斯达黎加的共产党人,援助波多黎各的独立派人士。等到肯尼迪发现游击队把这些国家闹得天翻地覆的时候,他一比较我们这里平安无事,就会明白我们的作用了。"

"将来再谈吧。"大元帅突然打断了他的话。

元首听他谈起往事感到很不舒服。不要任何消沉的思想。他希望保持散步开始时的好心情。他极力去想那个举着肖像献花的姑娘。"上帝啊,让我快乐一下吧!今天晚上我需要恰如其分地跟尤兰达·埃斯特雷尔做爱。为的是证明我还没有死。我还不老!我还可以继续代替你完成带领这个魔鬼混蛋国家前进的任务。我不在乎教士们、美国佬、流亡者和反对派策划的阴谋诡计。我一个人就足以扫掉这群臭狗屎。但是,要和这个姑娘做爱,我需要你的帮助。上帝啊,别小气!别吝啬!帮帮我!帮帮我!"他叹了一口气,不愉快地怀疑他所祈求的上帝如果存在,会不会开心地从已经显露第一批星星的深色天空背后望着他。

沿着马克西莫·戈麦斯大道散步可以不断地产生联想。他一一走过的住宅就是他执政三十一年来重大事件和人物的象征。那是兰菲斯的住宅,后院曾经住过安塞尔莫·巴乌利诺,此人给元首当了十年助手，到一九五五年为止。之后，没收他的全部财产，并且将他在监狱里囚禁了一段时间，最后打发他到瑞士去，给了他一张七百万美元的支票，因为他毕竟效力多年。面对安赫丽塔和莱昂夫妇的住宅，他想起这里曾经居住过卢多维诺·费尔南德斯将军，这是一匹"好马"，为夺取和保卫政权多次流血，但是元首不得不把他杀了，因为他在政治交易中反复无常。与拉德哈麦斯别墅为邻的是美国大使馆的花园，它二十八年以来一直是好邻居，但是如今变成了毒蛇窝。那边是元首命人修建的网球场，为的是让兰菲斯和拉德哈麦斯打球娱乐。再过去，仿佛一对孪生姐妹一样，是巴拉格尔和教皇使节的住宅。这个使节是又一个变成凶狠、忘恩负义的卑鄙敌人的家伙。再过去，那是埃斯白亚特将军宏伟的府第，这位将军担任过情报局局长。往前走，对面是罗德里戈斯·门德斯将军的住宅，这位将军是兰菲斯的酒肉朋友。再过去是墨西哥和阿根廷大使馆，如今无人居住。然后就是元首弟弟"黑人"的宅院。最后是威希尼家族的领地，他们是甘蔗业的亿万富翁，住宅周围有大面积草地和精心打理的花圃。此时这片绿地成为元首的侧翼保护屏障。

刚刚穿过宽敞的大道，走上通往方尖纪念碑的防波堤大道，元首便感觉到了浪花飞溅的水沫。他靠在道边的石头上停留片刻，合上眼睛，倾听海鸥的尖叫声和翅膀的拍打声。海风涌入了心头。这是净化心肺的淋浴，让他恢复了力气。但是，他还不能走神，因为还有工作要说。

"叫乔尼·阿贝斯！"

军情局局长那不大潇洒的温顺身影离开了军政要员的队伍，来到了元首身边。这时，大元帅正在快步向前走去，目标是仿造自华盛顿的方尖纪念碑。乔尼·阿贝斯·加西亚虽然肥胖，却可以不慌不忙地跟上元首的步伐。

元首没看他，问道："胡安·托马斯那里有什么事？"

"陛下，没有什么要紧的，"军情局局长回答说，"今天他在莫卡老家的农场里，跟安东尼奥·德·拉·玛萨在一起。他们拉来一头牛犊。将军和夫人恰娜为家务吵了一架，因为夫人说宰牛犊烤肉太费事了。"

"巴拉格尔和胡安·托马斯这些日子见过面吗？"特鲁希略打断了他的话。

由于阿贝斯·加西亚回答得慢了一些，元首回头看了他一眼。上校摇摇头。

"没有，陛下。据我所知，他们有一段时间没见面了。有什么问题吗？"

"没有什么具体的事情。"大元帅耸耸肩膀。"可是今天在办公室里，在说到胡安·托马斯搞阴谋的时候，我发现一点奇怪的事。我感觉到一点奇怪的东西。不知道是什么，有那么一点。在关于总统的报告里没有什么可疑的内容吗？"

"没有，陛下。您知道每天二十四小时他都在我的监视之下。他不出门，不接见任何人。他打的电话，我们都知道内容。"

特鲁希略点点头。没有道理怀疑这个傀儡总统，感觉有时也会出错。那个阴谋看来不像是真的。安东尼奥·德·拉·玛萨会是策划阴谋的人之一？那是又一个借酒浇愁、心怀嫉恨的家伙。今晚他们要吃下一头烤牛犊。如果闯入胡安·托马斯的家会怎么样？"晚安，先生们！我也来分享一块烤肉，行吗？真香啊！香气传到国家宫了，我就顺着香味跑来了。"他们会是一副怎样的嘴脸？害怕？还是高兴？他们会以为我的突然造访意味着可以官复原职了？不，今天晚上还是去圣克里斯托瓦尔吧！还是去让尤兰达·埃斯特雷尔快乐地尖叫和呻吟吧！这样明天会感到健康和年轻。

"为什么两个星期以前你把卡布拉尔的女儿给放走了？她已经到了美国。"

嘿，这一次可是突然抓住了阿贝斯·加西亚上校的把柄。元首看到他用手摸摸肥胖的面颊，不知如何回答才好。

"参议员阿古斯丁·卡布拉尔的女儿？"他低声问道，实际上是在争取时间。

"乌拉尼娅·卡布拉尔，'智囊'的女儿。圣多明各学校的修女给她争取到了美国一份奖学金。为什么不跟我商量就放她出国了？"

他觉得上校一下子憔悴了许多。阿贝斯的嘴巴张开又合拢，不知说什么才好。

"对不起，陛下，"他高声道，低下头来，"您的指示是跟踪参议员，如果他企图政治避难，那就把他抓起来。我没有想到那姑娘前一天晚上到过卡奥瓦之家，又有巴拉格尔总统签发的出国许可，竟然……说实话，我都没想到要说这件事，我没觉得这件事有什么重要的。"

"这样的事情你应该想到，"特鲁希略责备他说，"你要调查一下我秘书处的工作人员。有人把巴拉格尔那份关于那姑娘出国问题的备忘录偷偷藏起来了。我想知道是谁干的，为什么要这样干。"

"马上就办，陛下！请求您原谅我这次的疏忽。以后不会再发生了。"

"希望如此。"特鲁希略让他走了。

上校给他敬了一个军礼（样子非常好笑），便回到侍从队伍中去了。元首向前又走了两个街区，没有叫任何人过来，他在思考。阿贝斯·加西亚只是部分地执行了他撤掉警察和特工的命令。街口上，他没有看到铁丝路障，也没有小型大众车，更没有穿制服、携带冲锋枪的警察。但是，他时不时地看到大道口里面远远地有辆"刨子"，从车窗露出特工们的脑袋，或者看到流氓模样的便衣腋下挎着手枪倚靠在路灯杆下面。乔治·华盛顿大道的交通并没有中断。从卡车和汽车里有许多人探出头来打招呼："元首万岁！"尽管专心地在走路——腿上有点累，浑身愉快地微微发热——他还是向群众招手致意。大道上没有成年人散步，只有光屁股小孩、擦鞋的、卖巧克力和香烟的小贩目瞪口呆地望着他走过。元首走到他们身边时或者亲热地抚摸他们，或者扔给他们几个小钱（他口袋里总是带些零钱）。片刻之后，他把"活垃圾"叫到了身边。

参议员奇里诺斯像只猎犬似的喘着气来到元首身边。他比莫代斯托·迪亚斯出汗还要厉害。元首感到自己精力充沛。"宪法专家兼酒鬼"比元首年轻，可是走上这么一小段路，"垃圾"就真是废物了。元首没有回答他的"下午好，陛下！"直接问他：

"你给兰菲斯打电话了吗？他向伦敦劳埃德公司解释了没有？"

"我跟他谈了两次。"参议员奇里诺斯费力地拖着双腿，变了形的鞋后跟和包头不断地磕碰在棕榈和扁桃树根掀起的细砖上。"我向他说明了问题的性质，反复强调了您的命令。这您是可以想象得出来的。最后他接受了我的理由。他答应给劳埃德写信，以澄清误会并且确认那笔钱应该转到中央银行来。"

"事情他办了没有？"特鲁希略粗暴地打断了他的话。

"陛下，所以我又第二次给他打电话。他要翻译再核对一下他的电报，因为他的英语有毛病，他不希望信里有错误。他一定会把电报发出去的。他说为发生了这样的事情致歉。"

兰菲斯，你是不是以为我老了就可以不听话了？从前你敢用这么微不足道的借口拖延时间而不执行我的命令吗？

"再给他打电话！"元首的口气很凶。"假如他今天不把劳埃德的麻烦处理好，我要让他好看！"

"陛下，我立刻去办。您不必担心。兰菲斯明白目前的形势。"

奇里诺斯告辞走了。元首心甘情愿地独自一人走完余下的路程，不想打搅其他人，尽管他们都渴望和元首说上几句话。他等着后面的队伍走上来，随后便插入到威尔希里奥·阿尔瓦莱斯和内政文化国务秘书巴伊诺·比查德两人中间。人群中还有纳瓦希塔·埃斯白亚特、警察局局长、《加勒比日报》社长、新上任的参议院议长赫雷米亚斯·金塔纳。元首向金塔纳表示祝贺，希望他成功。这个新上任的议长高兴得满脸发光，连连表示感谢。元首仍然保持原来的快速步伐，一直沿着海边向东走去，他大声要求道：

"先生们，来啊！给我讲讲反特鲁希略分子的最新笑话！"

一片笑声庆祝这个主意。片刻之后，大家像鹦鹉一样叽叽喳喳地说起话来。元首装作听他们讲话的样子，点点头，笑一笑。他不时地偷看一眼垂头丧气的何塞·雷内·罗曼将军。这位国防部长无法掩饰心中的不安：元首会为什么事情训斥他呢？傻瓜，你马上就会知道了。元首不断地和这群或者那群人交换着位置，目的是不让任何人感到被冷落。他穿过哈拉瓜大饭店精心打理的花园。从饭店里传来一阵酒会上令人愉快的乐队演奏声。他又走了一个街区，从多米尼加党总部的阳台下通过。党部的工作人员和去办事的人都出来欢迎元首。走到方尖纪念碑时，他看看手表：用了一小时三分钟。夜幕开始降临了。海鸥已经不再喧闹，纷纷回到海滩边上的藏身之处。有星星在闪光，但是，一团团大朵的乌云遮住了月亮。走到纪念碑脚下时，一辆上周刚刚开始使用的新式凯迪拉克在等候他。"晚安，先生们，谢谢你们的陪伴。再见！"他用这种方式与大家告别。随后，他看也不看何塞·雷内·罗曼将军，用专横的口气指着穿制服的司机已经打开的车门说道：

"你！跟我来！"

罗曼将军——用力一碰后跟，举手敬礼——赶忙服从命令。他钻进轿车，在一端坐下，军帽放在膝盖上，上身笔直。

"去圣伊希德罗！去空军基地！"

司机驾驶凯迪拉克向市中心前进，为了从拉德哈麦斯大桥穿过奥萨玛河。元首开始欣赏外面的风景，好像车里只有他一人似的。罗曼将军不敢跟元首讲话，只好等待着暴风雨的到来。从纪念碑到空军基地有十六公里，车子跑了五公里时，暴风雨来临了。

"你今年多大岁数了？"特鲁希略没有回头看他，问道。

"陛下，我刚满五十六岁。"

罗曼——大家叫他布博——身材高大，健壮有力，头发很短。由于坚持体育锻炼，他体形保持得很好，没有发胖。他回答的声音很低，口气谦恭，企图平息元首的火气。

"你在军队里多少年了？"特鲁希略继续问道，眼睛望着外面，仿佛询问一个不在场的人。

"元首，三十一年了，从我毕业后开始。"

元首有几分钟没有说话。终于，他转过身来看着国防部长，眼神里充满了无限的轻蔑。夜幕迅速地降临，黑暗中，他看不到将军的眼睛，但是他确信：布博·罗曼在不停地眨眼睛，或者半闭着眼睛，好像孩子半夜醒来恐惧地望着黑暗一样。

"这么多年难道你就没有学会上级要为下级承担责任吗？就没有

学会为部下的错误负责吗？"

"这我很清楚。如果您告诉这具体指的是什么，或许我可以解释一下。"

"你马上可以看到我说的是什么。"特鲁希略的口气表面上平静，实际上部下们觉得比叫喊更可怕。"你每天洗脸和洗澡吗？"

"当然，陛下。"将军本想一笑，但是由于元首仍然很严肃，他就闭上了嘴巴。

"为了你老婆，我想也会如此。你能每天洗澡、洗脸，穿着干净整齐，皮鞋锃亮，我觉得很好。作为武装部队总司令，你应该给多米尼加的军官和士兵做清洁、整齐的表率。你说对不对？"

"当然，陛下，"将军口气谦卑地说，"我恳求您告诉我在什么地方做错了，为的是让我改正错误。我不愿意让您失望。"

"外表是心灵的镜子，"特鲁希略用讲哲理的口气说道，"假如一个人臭烘烘，鼻涕邋遢，那讲究公共卫生的人就会躲开他。你不这么认为吗？"

"当然，陛下。"

"国家机关团体也是如此。如果机关连自己的外表都不在意，那人家会尊重你吗？"

罗曼将军决定沉默为好。大元帅越说越生气，在到达圣伊希德罗空军基地的十五分钟里，不停地训斥着将军。元首提醒布博：他特鲁希略的妹妹玛丽娜的女儿发疯似的要和他这样平庸的军人结婚，元首表示非常遗憾；虽然通过政治联姻，大恩人逐渐把他提升到了最高领导层的位置，可他依然平庸如故。大权在握非但没有鼓励他奋发努力，反而让他躺在桂冠上睡大觉，上千次地辜负特鲁希略的信任。作为军人，他是无能之辈，这还不够，他还去当牧场主，好像种地和养牛不需要头脑似的。结果又怎么样呢？欠了一身债，让家里人难堪。就在十八天前，元首拿出自己的钱替罗曼还了欠农业银行的四十万比索的债务，从而避免了杜阿尔特高速公路十四公里处的那座农场被拍卖。尽管如此，他丝毫不努力摆脱这种愚昧状态。

何塞·雷内·罗曼·费尔南德斯将军一声不吭，纹丝不动，听凭责骂。特鲁希略说话不慌不忙，怒火让他字斟句酌，好像不如此，每个字词便没有更强烈的火药味。司机的车开得很快，丝毫不离开没有行人和车辆的公路中央。

"停车！"特鲁希略命令道。车子在距离辽阔但是封闭起来的空军基地第一个岗哨不远处停了下来。

元首跳下了车。天虽然黑，但他立刻就找到了那个臭水坑。脏水还在不停地从破裂的管道里溢出；周围除去污泥和臭气，空中飞舞着成群蚊蝇，而且立刻向他们袭来。

"这就是共和国第一座军营！"特鲁希略缓缓地说道，勉强克制住又一轮怒火的冲击，"就在加勒比地区最重要的空军基地的大门口，让这堆垃圾、污泥、臭气和蚊蝇迎接客人，你觉得好吗？"

罗曼弯下腰，仔细察看起来。他站起来，又蹲下去，毫不犹豫地把手伸进脏水，去摸管道里破裂的地方。一发现元首生气的原因，他似乎松了一口气。这个傻瓜还会担心什么更严重的事情吗？

"当然，这是耻辱。"罗曼极力表现得更加愤怒些。"我立即采取措施修复下水道。陛下，我会从上到下惩罚一切有关人员。"

"先从空军基地司令威尔希里奥·加里亚·特鲁希略开始，虽然他是我的外甥，"元首咆哮道，"你是第一个要负责的。第二个就是他！我希望你敢于处分他，不要管他是我的外甥和你的内兄。你要是不敢处分他，那就由我来处分你们俩。无论是你，还是我的外甥，或者什么狗屁将军,都不能破坏我的事业。是我把军队变成了全国学习的样板单位,那军队就要永远成为榜样,哪怕我不得不把你、我的外甥、甚至任何穿军装的废物统统送进监狱,让你们在那里度过余生!"

罗曼将军立正,给元首敬礼。

"是,陛下。我发誓:今后再也不会发生类似事件了。"

可是特鲁希略早已转过身去,弯腰钻进了车里。

"如果我回来的时候眼前的这些臭东西还没有弄干净,那你要倒霉了!臭大兵!"

元首看着司机下令道:"走吧!"轿车开走了,把国防部长留在了污泥旁边。

特鲁希略刚一把罗曼扔下,望着那个踩着泥巴的可怜身影,他的怒火就烟消云散了。他嘿嘿笑了一下。有一件事是可以肯定的:布博即使翻天覆地、骂不绝口,他也会把下水道修好的。如果他健在时还发生这种事情,等到他个人无法阻止这种蠢事、傻事、纪律松弛的事情遍地发生的时候,那什么样的坏事不会有啊?他是费了九牛二虎之力方才清除了这些弊病的。一九三〇年的那种无政府和贫困状态、落后和孤立状态还会重来吗?咳,这个兰菲斯,如果这个他寄予厚望的长子能够继承事业,那该有多好啊!可是这个孩子对政治和国家没有半点兴趣,他就喜欢吃喝玩乐。真他妈的混蛋!兰菲斯将军、多米尼加共和国的总参谋长,在巴黎玩马球、玩夜总会的舞女,而他的父亲却在这里孤军奋战,在与教会、美国、阴谋家以及布博·罗曼这样的傻瓜做斗争。元首摇摇头,试图摆脱这些痛苦的思想。一个半小时后,他就要到圣克里斯托瓦尔了,到达他丰达雄庄园平静的爱巢了:四周是田野和整洁的马厩,到处是美丽的树林，还有那条宽宽的尼瓜河缓缓流过谷地，从那里可以看到桃花心木树丛上方的大王椰子树和小山上住宅旁边高大的漆树。明天早晨醒来时，他会觉得浑身愉快，因为他可以一面抚摸着尤兰达·埃斯特雷尔苗条的身体，一面欣赏那宁静且清洁的景色。这就是所罗门王的秘方：青春少女的阴户可以让一个度过了七十个春秋的沙场斗士返老还童！

在拉德哈麦斯别墅，萨卡里亚斯·德·拉·克鲁斯已经把蓝色的一九五七式雪佛兰-贝尔艾尔开出了车库，元首总是坐这辆四开门的轿车前往圣克里斯托瓦尔。一名侍卫副官拿着明天上午元首要在卡奥瓦之家审阅的文件和装着十一万比索的箱子，箱子里是给庄园额外开支用的现金。二十年来，每次到庄园来，虽然距离很近，他都要携带这个手提箱：咖啡色，刻有元首名字的缩写，里面装有美元和比索现金，用于馈赠和额外开支。元首吩咐副官把手提箱放在车子的前排座位上，然后对那个高大强壮的司机萨卡里亚斯——他三十一年前就跟着他，在军队里给他当勤务兵——说：我马上下楼。已经九点了。天已经晚了。

他回到自己房间梳洗打扮。刚一迈进卫生间，他就发觉了尿痕。恰恰是在裤门襟到两腿间。他觉得浑身都在发抖：他妈的，恰恰是在这个时候！他要辛弗罗索再拿一套橄榄绿军服。他还得再换一次内裤。他在浴盆里和盥洗池前浪费了十五分钟：清洗睾丸、阴茎、腋下和面颊；换衣服之前，抹上润肤膏再洒上香水。这都怪布博那个混蛋，生气的结果造成了小便失禁。他再次陷入心情阴郁的状态。他觉得这是去圣克里斯托瓦尔前的不祥之兆。他正在穿军服的时候，辛弗罗索送来一份电报。上面写着："劳埃德的问题已经解决。我已经同负责人谈过。货款直寄中央银行。兰菲斯向您致以亲切的问候。"儿子感到羞愧，因此不敢打电话，而是发来电报。

他对司机说："萨卡里亚斯，天晚了。你得快一点了。"

"明白，陛下。"

他倚靠在软垫上，闭上眼睛，准备休息一小时十分钟，这是去圣克里斯托瓦尔路上需要的时间。他们顺着乔治·华盛顿大道向西南驶去。元首半睁着眼睛问道：

"你还记得莫妮的家吗，萨卡里亚斯？"

"记得，在温塞斯劳·阿尔瓦莱斯大街，那里住着玛莱罗·阿里斯迪。"

"去那里！"

心里一亮，如同一片焰火绽放。他突然看到了莫妮那张桂皮色的圆脸、拳曲的披肩发、杏眼里的调皮神色、健美的身材、高耸的乳房、山丘般的臀部、性感的双胯，他立刻又一次感到睾丸在愉快地发痒。阴茎正在勃起，开始顶在裤子上。去找莫妮？为什么不呢？那时她是一个美丽、热情的姑娘，自从她父亲亲自把女儿带到元首面前那天起，她就没有让元首失望过。那是在基尼瓜，在尤盖拉农场美国人举办的晚会上，她父亲说："陛下，您看，我给您送来一份惊喜。"在墨西哥大道尽头的新城住宅区里，她住的房子是元首馈赠的，是作为她与一个出身好人家的小伙子的结婚礼物。当元首需要她的时候——经常发生——就带她去曼努埃尔·阿方索为元首幽会准备的哈拉瓜大饭店的总统套间里做爱。把莫妮搂在怀里，就在她自己的家里性交，这个想法让元首激动不已。让她丈夫去波尼角喝啤酒，特鲁希略付钱，或者让小伙子跟萨卡里亚斯·德·拉·克鲁斯聊天。元首笑了。

那条街上一片漆黑，空无一人；但是莫妮住宅的一层楼有灯光。

"你去叫她!"他看到司机跳过入口的栅栏去按门铃。过了好久,还没有人出来开门。终于,出来一个女佣,萨卡里亚斯悄悄地说了几句什么。女佣让他在门口等候。漂亮的莫妮!她父亲是西堡地区多米尼加党的好领导,是他亲自把女儿带到晚会上献给元首的,这可是友好表示。此事已经过去多年,说真的,每次与这个漂亮女人性交,他都感到非常愉快。门又开了,借助室内灯光的照耀,元首看到了莫妮的身影。他又一次感到冲动袭上心头。她和司机说了几句之后,向轿车走来。天黑,元首看不清她穿的是什么衣裳。他打开车门,让莫妮进来,亲吻她的手表示迎接:

"美人,你没有料到我会来看你吧!"

"嘿,陛下,太荣幸了。您好吗!您好吗!"

特鲁希略用双手握住她的手。美人就在身旁,可以触摸,可以闻到她身上的芳香,元首感到浑身充满了力量。

"本来我要去圣克里斯托瓦尔,但是突然间想起了你。"

"陛下,我太荣幸了,"她反复地说,显得十分慌乱,"要是知道您来,我事先做好迎接您的准备。"

"不管你穿什么,你永远是个美人。"元首把她拉进怀里,双手抚摸着她的乳房和大腿,一面不停地吻她。他感到阴茎开始勃起,他和世界与生活又言归于好了。莫妮听凭元首温存,也回吻他老人家,但是克制而拘谨。萨卡里亚斯站在雪佛兰外面一米远的地方,同往常一样,手持冲锋枪警戒。这是怎么回事?莫妮有着不寻常的紧张情绪。

"你丈夫在家吗?"

"在家,"她回答说,声音很低,"我们正准备吃晚饭。"

"让他去喝啤酒!"特鲁希略说道,"我到这个街区转一圈。五分钟后回来。"

"可是……可是……"她嘟嘟囔囔地说着。元首发觉她变得生硬起来。她犹豫不决,最后终于小声说了出来:"陛下,我来例假了。"他几乎听不清她的话。

几秒钟内,他的激情烟消云散。

"例假?"他叫起来,非常沮丧。

"陛下,非常、非常对不起!"她嗫嚅道,"后天我就干净了。"

他放开了她,深深地叹息一声,很不高兴。

"好吧,改天我来看你。再见!"莫妮下了车。他探出头:"萨卡里亚斯,走吧!"

上路后不久,他问德·拉·克鲁斯有没有与来例假的女人性交的经验。

"从来没有,陛下,"司机惊愕地说,脸上露出恶心的表情,"据说,会传染梅毒。"

"尤其是太脏。"特鲁希略遗憾地说道。如果恰巧尤兰达·埃斯特雷尔今天也来例假,那可怎么办?

他们已经上了通往圣克里斯托瓦尔的公路,元首看到右边两家饭馆灯火辉煌,人们在里面又吃又喝。莫妮的表现是不是有些奇怪?言不尽意、畏畏缩缩。以往她活泼、热情,总是非常听话。是不是因为丈夫在家的缘故?她会不会是编造例假的谎话来摆脱他的纠缠?朦胧中,他发觉有辆车对着他们按喇叭。那辆车开着大灯前进。

"这些醉鬼……"萨卡里亚斯·德·拉·克鲁斯骂道。

就在这时,特鲁希略忽然想起可能不是醉鬼,便马上转身寻找座位上的手枪。但是,他还没有来得及摸到武器,就听到一声枪响,与此同时,子弹打碎后车窗的玻璃,撕掉了他左肩膀一块肌肉。

十九

安东尼奥·德·拉·玛萨一看到胡安·托马斯·迪亚斯将军的哥哥莫代斯托和路易斯·阿米阿玛回来后的脸色,不等他们开口就知道寻找罗曼将军是白费力气了。

"我真难以相信他会这样,"路易斯·阿米阿玛咬着嘴唇嘟囔道,"看来布博是躲开咱们溜走了,无影无踪了。"

凡是罗曼可能停留的地方,他们都找过了,甚至包括位于一二·一八要塞的参谋部;但是,他们被警卫态度恶劣地轰了出来:将军不能见你们,或者根本不愿意见你们。

"我最后的希望就是他自己在执行计划,"莫代斯托·迪亚斯没有多少信心地想象道,"他正在说服将官和动员士兵。不管怎么样,眼下咱们的处境很麻烦。"

他们站在胡安·托马斯·迪亚斯将军的客厅里谈话。将军的妻子恰娜给他们送来了冰镇柠檬水。

胡安·托马斯·迪亚斯将军说:"应该躲起来,等到咱们了解了布博的可信程度再说。"

安东尼奥·德·拉·玛萨一直没有说话,他感到有股怒火从心头燃起。

"你说躲起来?"他愤怒地叫起来,"胆小鬼才躲躲藏藏呢。胡安·托马斯,咱们要把活干完!穿上你的将军服,再借给我们几件军装,大家都去国家宫!从那里咱们号召人民起义。"

"你说咱们四个人去占领国家宫?"路易斯·阿米阿玛试图让他理智一些。"安东尼奥,你疯了吗?"

安东尼奥坚持说:"那里已经没人了,只有几个警卫。必须抢在特鲁希略派反应过来之前动手。利用国家广播系统,咱们号召人民起义,号召群众示威游行。军队最后一定会支持我们的。"

胡安·托马斯、阿米阿玛和莫代斯托·迪亚斯三人的怀疑表情更加激怒了安东尼奥。过了一会儿,萨尔瓦多·埃斯特莱亚·萨德哈拉来了。他刚刚把安东尼奥·英贝特和阿玛迪多留在了诊所,又送韦莱斯·桑塔纳医生陪同佩德罗·里韦奥·塞德尼奥进了国际医院。大家对布博·罗曼的失踪感到非常沮丧。对于安东尼奥化装成军人潜入国家宫的想法,他们觉得也是无用的鲁莽行为,是自杀。他们还坚决反对安东尼奥的又一个新建议:把特鲁希略的尸体拉到独立公园去,把"公羊"挂在碉堡上,让首都人民看看暴君是如何完蛋的。同志们的反对激起了德·拉·玛萨近来积蓄的无名怒火:你们都是胆小鬼!你们都是叛徒!你们根本就没有干这种事情的水平!这是从暴君的统治下解放祖国啊!当他看到恰娜·迪亚斯带着惊慌的眼神走进客厅,便明白自己太过分了。他低声向朋友们道歉,不再说话了。但是,内心里,他感到痛苦使得他一阵阵胃痉挛。

"安东尼奥,大家心里都很乱。"路易斯·阿米阿玛拍拍他的肩膀。"现在重要的是找个安全的地方。等到布博出现后再说。再看看老百姓知道特鲁希略死后的反应。"

安东尼奥·德·拉·玛萨脸色苍白，点点头。对，无论如何，阿米阿玛是有道理的，他毕竟为让军政要员参加策划暗杀"公羊"的计划做了大量工作。

路易斯·阿米阿玛和莫代斯托·迪亚斯决定各走各的路，他俩认为分开走可能不大容易被发现。安东尼奥说服了胡安·托马斯和"突厥"萨德哈拉一起留下。他们分析了藏身在亲戚朋友家的种种可能性，又一一推翻——警察一定会搜查所有这些住宅的。最后，说出一个可以接受的名字的人是跟随萨尔瓦多一起前来的医生韦莱斯·桑塔纳。

"罗伯特·莱德·卡布拉尔。他是我的朋友，完全不问政治，一心扑在医学上。他不会拒绝收留我们的。"

医生开车送他们去那里。无论迪亚斯将军还是"突厥"都不认识这位罗伯特。但是，安东尼奥·德·拉·玛萨是罗伯特大哥的朋友。他大哥名叫唐纳德·莱德·卡布拉尔，他在华盛顿和纽约为策划这一暗杀计划做了许多工作。半夜时分，他们叫醒了年轻的医生。罗伯特大吃一惊。对于暗杀计划，他一无所知，也丝毫不知道大哥唐纳德在与美国人合作。但是，他刚一镇定下来，便急忙让他们走进狭窄得如同女巫故事中的小房屋般的阿拉伯式的两层小楼。这是个还没有长出胡须的小青年，眨着一对善良的大眼睛，极力抑制心中的不安。他把客人介绍给妻子丽西雅。这个怀孕几个月的主妇亲切友好地对待这些陌生人的入侵，并不十分惊慌。她让客人看她两岁的儿子。孩子的小床被安置在餐厅的一角。

这对年轻夫妻把参与暗杀计划的同志们领到了二楼。那里既是顶楼又是储藏室。由于几乎没有通风设备，加上屋顶太低，里面热得令人无法忍受。他们只能坐着，双腿盘起；如果要站起来，必须弯腰，免得撞在房梁上。第一夜，他们感到不舒服和炎热，大家低声交谈着，极力猜测布博那里发生的事情：当一切都要取决于他的行动时，为什么他消失不见了？胡安·托马斯·迪亚斯回忆起五月二十四日同布博·罗曼的谈话。那天是布博的生日，地点在十四公里处的农场里。布博向胡安·托马斯·迪亚斯将军和路易斯·阿米阿玛保证：万事俱备，只要他一看到"公羊"的尸体就立刻发动军队起义。

马塞利诺·韦莱斯·桑塔纳医生为支持他们，也自动留下来与他们在一起，尽管他没有理由非躲藏起来不可。第二天，医生出去打探消息。中午前他回来了，脸色非常难看。军队根本没有起义。恰恰相反，可以看到军情局的"刨子"、吉普车和军用卡车在疯狂调动。巡逻队搜查了每个城区。据说，有男女老少数百人被从家中抓走，关进维多利亚监狱或者九号监狱和四十一号监狱。内陆地区也有大搜捕行动，追踪反特鲁希略政权的嫌疑犯。维加地区一个同事告诉韦莱斯·桑塔纳医生：整个德·拉·玛萨家族，从老父亲维森特先生开始，所有的兄弟姐妹、侄子、外甥、堂兄弟……都在莫卡被捕。莫卡这座城市到处是警察和特工。胡安·托马斯、他哥哥莫代斯托、英贝特和萨尔瓦多的家全都围着铁丝网，布满岗哨。

安东尼奥未发任何议论。没有什么可大惊小怪的。他早就知道，如果计划不成功，政府的反扑将是空前凶狠的。一想到老父亲维森特、兄弟们会受到阿贝斯·加西亚的侮辱和折磨，他就心疼起来。大约下午两点钟，大街上出现了坐满特工的黑色大众车。莱德·卡布拉尔为了不引起邻居的怀疑去了诊所，他的妻子丽西雅上来告诉大家：携带冲锋枪的便衣在搜查隔壁的住宅。安东尼奥破口大骂起来，尽管声音不大：

"一群混蛋。本来应该听我的话，在国家宫战死不比在这个老鼠洞被捕更好吗？"

这一整天大家都在争吵，互相埋怨。有一次争论白热化了，韦莱斯·桑塔纳发作起来，他一下子抓住了胡安·托马斯·迪亚斯将军的衣裳，责备将军不该把他卷入这样一场荒唐、胡闹的阴谋中来，他们甚至连逃跑的后路都没有事先想到。他责问将军是否明白眼前要发生的事情。"突厥"埃斯特莱亚·萨德哈拉劝阻了他们，免得他们动手打起来。安东尼奥极力忍耐着不呕吐出来。

第二天夜里，他们争吵、责骂得筋疲力尽了，就互相当枕头睡着了，虽然浑身流淌着汗水，被炎热的空气窒息得半死。

第三天，韦莱斯·桑塔纳医生从外面带回《加勒比日报》。他们看到了自己的照片，下方写着："通缉杀害特鲁希略的凶手"；再下方，有罗曼·费尔南德斯将军的照片——他在大元帅的葬礼上拥抱兰菲斯。这时他们知道自己被出卖了。根本就没有什么军民联合执政委员会。兰菲斯和拉德哈麦斯已经回国。举国上下在为独裁者之死哭泣。

"布博背叛了我们！"胡安·托马斯·迪亚斯将军好像已经筋疲力尽了。他早已脱掉了鞋子，因为双脚肿得厉害。他不停地喘着粗气。

"应该离开这里，"安东尼奥·德·拉·玛萨说道，"咱们不能再给这家人添乱了。如果敌人发现了咱们，这家人也会被杀害。"

"你说得对，""突厥"表示支持，"牵连这家人是不公平的。咱们走吧！"

到哪里去好呢？六月二日这一整天，他们都在讨论种种逃跑计划。中午前，两辆特工的"刨子"停在街对面的住宅前，六七个携带武器的便衣冲上去砸门。丽西雅上来提醒他们有敌人。他们连忙掏出手枪做好准备。但是，特工们拖出一个已经被戴上手铐的小伙子，押上车就走了。在所有的建议中，看来最好的是安东尼奥的方案：弄一辆汽车或者卡车，设法前往莱斯塔乌拉雄，因为安东尼奥在那里有松树和咖啡农场，又管理着特鲁希略的锯木厂，所以认识很多人。那里距离边境很近，如果到海地去也不大困难。但是，弄什么样的汽车呢？又找谁去借呢？这一夜他们也没能合眼，因为焦虑、疲惫、失望、怀疑在折磨着他们。到了半夜，房子的主人上楼来，含着热泪。

"这条街已经搜查了三家了，"他用哀求的口气说道，"随时都会轮到我家。我自己不怕死。可是我还有妻子和儿子，还有即将出生的孩子。"

大家对他发誓说：无论怎样，明天一定离开。六月四日黄昏时分，他们走了。萨尔瓦多·埃斯特莱亚·萨德哈拉决定自己想办法。他并不知道到哪里去好，但是他想，一个人逃走的可能性总比同胡安·托马斯和安东尼奥一起要大得多，他俩的名字和面孔在电视和报纸上出现的次数太多了。"突厥"是第一个动身的，时间是六点差十分。这时天开始黑了。安东尼奥·德·拉·玛萨从莱德·卡布拉尔家寝室的百叶窗望出去，看到萨尔瓦多招手拦了一辆出租汽车。他感到难过："突厥"曾经是他推心置腹的好友，自从那次该死的争吵以后他俩就没有真正和好过。以后可能不会有机会了。

马塞利诺·韦莱斯·桑塔纳医生决定与他的同行兼朋友莱德·卡布拉尔医生再待一会儿，因为莱德感到喘不过气来。安东尼奥刮掉了胡子,他把在储藏室找到的一项旧帽子戴到头上,帽檐压得很低。胡安·托马斯·迪亚斯则相反,一点也不化装。两人都拥抱了韦莱斯·桑塔纳医生。

"不会恨我吧?"

"不会的。祝你好运!"

丽西雅·莱德·卡布拉尔听到他们说感谢的话,便放声哭起来。随后,她为他们一面画十字,一面说:"上帝保佑你们!"

胡安·托马斯·迪亚斯和安东尼奥·德·拉·玛萨走过了八个街区,一路上没有行人,他俩手插在衣袋里,握着手枪,最后来到了安东尼奥一个内弟的住宅前。内弟名叫多尼托·莫塔。他有一辆福特牌小货车。但是,多尼托不在家,小货车也不在车库里。出来开门的管家立刻认出了德·拉·玛萨:"安东尼奥,是您!来这里!"管家吓得惊恐万状。安东尼奥和将军都明白:只要他俩一走开,管家就会报警。因此他俩赶忙大步流星地离开了。他俩不知怎么办才好。

"愿意听我说句话吗,胡安·托马斯?"

"什么话,安东尼奥?"

"离开那个老鼠窝,我很高兴。离开那股闷热、那往鼻子里钻、不让你呼吸的尘土,真是太好了。还有那股难受劲。来到户外呼吸新鲜空气,真是棒极了!"

"就差你对我说:'咱们喝杯冷饮庆祝生活多美好吧!'您真够有种!浪漫革命家!"

两人笑起来,笑声强烈而短暂。走到巴斯特大道,他俩打算拦出租车。可是没有空车。

"遗憾的是没有跟你们在一起动手。"迪亚斯将军仿佛回忆起什么重要的事情来。"遗憾的是我没有亲手开枪杀掉'公羊'。他妈的，真他妈的遗憾！"

"胡安·托马斯，你等于跟我们在一起一样。不信你问问乔尼·阿贝斯、'黑人'、贝坦、兰菲斯等人，你就明白了。对他们来说，你就是在公路上跟我们一起让元首饮弹而亡的人。别忧心忡忡了。那里面有一枪是我替你打的。"

终于拦住了一辆出租车。两人上了车。司机看到他俩一时说不出要去的地点，便回头看他们。这是个满头白发的肥胖黑人，穿着短袖衬衫。安东尼奥·德·拉·玛萨从这个黑人的眼睛看出：他俩已经被认出来了。

"去圣马丁大街！"安东尼奥命令道。

黑人点点头，没有开口。片刻后，他低声说："汽车没油了，必须去加油。"司机穿过三月三十日大街，那里车辆多些。来到圣马丁大街和蒂拉登特斯大街交叉的地方，汽车停在一处得克萨斯石油公司的加油站。司机下车去打开油箱。安东尼奥和胡安·托马斯这时把枪拿在手上。德·拉·玛萨脱下右脚上的鞋子，扭动了后跟，掏出一个小玻璃纸包，放到衣袋里。因为胡安·托马斯·迪亚斯好奇地望着他这些动作，他便解释说：

"这是马钱子碱。我在莫卡弄到的，借口要杀死得狂犬病的狗。"

强壮的将军耸耸肩膀，颇不以为然，他晃晃手枪说：

"兄弟，马钱子不如这个！这种毒药可以毒死狗和女人。别用这种蠢玩意儿捣乱了！再说，自杀要用氰化物，不用马钱子。笨蛋！"

两人又笑起来，笑声中包含着凶狠和凄凉的成分。

"你看到那个在收款台前的家伙了吗？"安东尼奥·德·拉·玛萨指指那个小窗口。"你说他在给谁打电话呢？"

"可能是给他老婆吧！问问她的小穴是不是痒痒！"

安东尼奥·德·拉·玛萨又笑了起来，这一回是真正的哈哈大笑，笑声很长而且爽朗。

"你傻笑什么呀？"

安东尼奥已经平静下来。他说：

"咱俩坐在这辆出租车里，你不觉得好笑吗？在这个地方干什么蠢玩意儿？咱们甚至往哪里去都不知道！"

两人吩咐司机回到老城去。安东尼奥想出一个主意。一开进老城中心，他俩就命令司机从比伊尼大街拐进埃斯白亚特胡同。那里住着赫内罗索·费尔南德斯律师，是他俩的熟人。安东尼奥记得律师说过特鲁希略造成的灾难，他可能会提供一辆交通工具。然而律师堵在大门口，不让他俩进去。他眨动眼睛惊慌地望着他俩，稍后从强烈刺激中刚一镇定下来，便一味地责备他俩，他愤怒地说：

"你们疯了？干吗要把我牵连进来？你们知道一分钟前谁走进对面的住宅了吗？是'宪法专家兼酒鬼'！来我这里之前你们就不能稍微考虑一下吗？快走！快走！我有家小。不管你们想干什么，都快走吧！我不是一般人！"

律师说完就当着他俩的面关上了门。两人又回到了出租车上。老黑人仍然听话地坐在方向盘后面，并不看着他俩。片刻之后，他含糊地问道：

"现在上哪儿去？"

"去独立公园！"安东尼奥指示方向，因为总得说个地方。

启动后几秒钟，路灯亮了，人们纷纷出来乘凉。司机警告他俩：

"咱们身后有'刨子'。先生们，我真的感到遗憾。"

安东尼奥松了一口气。这一无目的的兜圈子活动终于结束了。

干脆开枪打一仗，比当傻瓜强。两人回头看去：十米外的地方有两辆大众牌汽车在跟踪他们。

"先生们，我还不想死呢！"出租车司机画着十字哀求他俩，"先生们，看在圣母的分上，请下车吧！"

"好，想办法送我们到公园，把我们放在五金店拐角的地方！"安东尼奥说。

车辆很多。司机巧妙地在一辆公共汽车和一辆卡车之间开路前进。他在距离莱德五金店玻璃大橱窗几米处突然刹车。安东尼奥跳下出租车的时候，手里拿着枪，发现公园的电灯刚好都亮了起来，好像在欢迎他俩的到来。那里有擦鞋的、流动商贩、玩牌的、闲汉和贴墙而立的乞丐。安东尼奥闻到了水果和油炸食品的气味。他回身催促胡安·托马斯加快步伐。肥胖又疲倦的将军实在赶不上他的速度。就在这时，他们身后响起了枪声。一片震耳欲聋的喊叫声在附近响起；人们在车辆之间乱窜，汽车驶上了人行道。安东尼奥听到有人在喊："投降吧！混蛋！""你们被包围了！傻瓜！"他看到胡安·托马斯由于筋疲力尽而停下了脚步，便来到将军身边，开始射击。他是在乱开枪，因为特工和警察都躲到大众牌汽车后面去了。那两辆大众车成了路障横停在马路上，交通因此中断。他看到胡安·托马斯跪在地上，把手枪插入口中。可是将军没有来得及扣动扳机，因为几颗子弹射中了他。也有好几颗子弹打中了安东尼奥，但是他没有死。"他妈的，我没有死，我没有死！"可是他的子弹已经打光。他躺在地上，试图去掏衣袋里的马钱子。可是笨拙的手不听话。安东尼奥，用不着了！他看到了夜幕降临后天上闪烁的星星，看到了弟弟达威托的笑脸，感到自己又一次年轻起来。

二十

　　元首的豪华轿车走了，把何塞·雷内·罗曼将军孤零零地扔在臭泥坑旁边。这时罗曼浑身抖个不停，就如同他从前在达哈翁地区看到士兵患上疟疾以后的样子。那是他刚刚踏上军旅生涯，驻守在海地-多米尼加边境上的事情。从好多年以前开始，特鲁希略就总是对他横加指责，随随便便骂他"傻瓜"，让他感到无论在家人还是在外人面前都不受尊敬。但是，从来还没有像今天晚上蔑视和羞辱他到如此极端的地步！

　　他等待着颤抖慢慢减退，然后再去空军基地。值班军官看到总司令本人深更半夜孤身一人浑身泥巴步行来到军营门前，着实吓了一大跳。空军基地司令、罗曼的内兄——与罗曼的妻子米莱雅是孪生兄妹——威尔希里奥·加西亚·特鲁希略不在基地，但是，这位国防部长仍然召集全体基地军官开会，责令他们：让元首大发雷霆的那段下水道必须立即修复，否则严惩不贷！元首还要回来检查，大家都知道，在整洁方面，元首是不能通融的。罗曼吩咐派一辆吉普送他回家，因为动身前，他没有换衣裳，也没有洗手、洗脸。

在回特鲁希略城的路上，罗曼坐在吉普里想，说实话，他浑身发抖不是因为元首的责骂，而是因为紧张，自从他在电话里听到大元帅发火之后就紧张起来了。这一整天，他翻来覆去地想了几千遍：特鲁希略绝对不可能知道他和亲家路易斯·阿米阿玛以及亲密朋友胡安·托马斯·迪亚斯将军秘密策划的暗杀计划。如果元首获悉了这一计划，那绝对不会给他打电话，而是把他抓起来关到九号或者四十一号监狱去了。虽说如此，提心吊胆还是让他吃不下饭。最后，尽管不愉快，元首的责骂是因为下水道而不是暗杀计划这一点，还是让他松了一口气。仅仅这样一个念头——特鲁希略可能知道他是阴谋策划者之一，就让他感到浑身发冷。

他有许多事情可以受到责备，但不能骂他是胆小鬼。从当士官生开始，无论在哪个服役地点，面对危险，他总是表现得勇敢无畏，也因此赢得了战友们和部下的称赞与钦佩。他一向是打架好手，无论拿器械还是徒手。他绝对不允许别人的不敬。但是，如同许多军官和多米尼加男子汉一样，在特鲁希略面前，他的勇敢和荣誉感都土崩瓦解了；他的理智和肌肉都陷入了瘫痪，取而代之的是奴性十足的顺从和崇敬。他多次扪心自问：为什么元首一出现，那尖嗓门和锥子般的目光从精神上就把自己打垮了？

因为罗曼将军了解特鲁希略具有控制他性格的力量，五个半月以前，当路易斯·阿米阿玛第一次对他谈起结束这种独裁政权的计划时，他立即回答说：

"你想绑架他？太愚蠢了！只要他活着，什么也不会改变！必须干掉他！"

那是在路易斯·阿米阿玛位于蒙特克里斯蒂地区的瓜尤宾的香

蕉农场里，两人看着亚盖河浑浊的泥水流过炎热的土地。阿米阿玛向罗曼解释说：胡安·托马斯和他一起在组织这次行动，为的是避免政权垮台后导致又一次古巴式的共产主义革命。这是个严肃的计划，背后有美国支持。外交使团中的亨利·迪尔伯恩、约翰·班菲尔德和鲍勃·欧文已经正式表示支持并委托中央情报局在特鲁希略城的负责人洛伦佐·德·贝利（"是温比超市的老板？""对，就是他。"）提供金钱、武器和炸药。美国对特鲁希略自从密谋杀害委内瑞拉总统罗慕洛·贝坦科尔特以来的许多过火行为表示不安，他们想把元首拉下马，同时又要确保不出现第二个菲德尔·卡斯特罗来代替特鲁希略。因此，美国愿意支持一个严肃认真的小组：确实是反共的，一定会成立军民联合执政委员会，保证六个月后举行全国选举。阿米阿玛、胡安·托马斯·迪亚斯与美国人达成了协议：一定由布博·罗曼领导这个执政委员会。有谁能比罗曼更好地团结起军队并保证有秩序地向民主过渡呢？

"你说绑架他，要他辞职？"布博惊慌地叫起来，"亲家，你们搞错了国家和人物。好像你不了解他这个人似的。他绝对不会被活捉的。永远别想让他辞职。必须干掉他！"

驾驶吉普车的司机是个中士，他一声不响地开车。罗曼狠狠地抽着好运牌香烟，这是他喜欢的牌子。为什么同意参加造反？他与胡安·托马斯不同，后者失宠以后离开了军队，而他如果造反，就会失去一切。一个军人所渴望的最高职务，他已经得到了；生意方面的事情虽然不大顺手，可是农场还一直在手里。因为已经给了农业银行四十万比索，查封农场的危险是没有的。元首不是因为喜欢他这个人才替他还债的，而是出于这样一种骄傲的心态：特鲁希略家族永远不能给人坏印象，特鲁希略和亲戚们的形象永远清白。促使他同意参加暗杀计划的也不是对权力的欲望,不是有可能当上多米尼加共和国的临时总统——随后很有可能成为民选总统——而是怨恨,是他与米莱雅结婚后所受的来自特鲁希略的无数伤害,虽然婚后他变成了不可侵犯的最高权贵阶层的一员。婚后,元首给他连升几级,比他的战友快得多,把他委派到重要岗位工作,经常给他现金或者奖金,从而让他过上奢华生活。但是,在接受高官厚禄的同时,他也得忍受元首的粗暴无礼和虐待。罗曼想:"最重要的原因是这个。"

在这五个半月的时间里,每当元首侮辱罗曼将军的时候,他心里想的就如同现在吉普车经过拉德哈麦斯大桥时一样:我很快就可以做个正直的人了,可以有自己的思想,而不是特鲁希略不遗余力地要我感到自己是个废人那样。虽然路易斯·阿米阿玛和胡安·托马斯并不怀疑他的诚意,他参加这个计划也是要证明给元首看:我不是你认为的废物!

罗曼的条件非常具体:不亲眼看到特鲁希略的尸体,绝对不动手。确信元首果真完蛋了,他就发动军队,逮捕特鲁希略的几个弟弟以及和政府关系最密切的军政要员,首先从军情局局长乔尼·阿贝斯·加西亚抓起。无论路易斯·阿米阿玛还是迪亚斯将军都用不着再提暗杀小组的其他成员——连行动小组组长安东尼奥·德·拉·玛萨也不用提。今后不用写条子,不用打电话,一切都面谈。罗曼将小心谨慎地把可靠的军官安插到关键岗位上去,以便时候一到军队只服从他一人的命令。

罗曼果真这样做了:他安排同班好友塞萨尔·阿·奥立瓦将军指挥全国第二大要塞即圣地亚哥兵营的部队;他设法让他的忠实盟友加西亚·乌尔巴埃斯将军担任了第四旅旅长的职务,指挥部在达哈翁；此外，他也得到了瓜里奥内斯·埃斯特莱亚将军的支持，这位将军是驻扎在维加地区的第二旅旅长。罗曼与这位旅长的关系并不十分亲密，虽然旅长是铁杆特鲁希略分子，但他是"突厥"埃斯特莱亚·萨德哈拉的弟弟，而"突厥"又是行动组成员，可以预测他会站在哥哥一边。罗曼没有把这些秘密告诉任何一位将军；他是非常小心的，绝对不会冒被告密的风险。但是，他确信：一旦事情发生，这几位将军二话不说就会服从他的指挥。

事情什么时候发生？快了。这是毫无疑问的。五月二十四日是罗曼生日，刚刚过了七天，他邀请路易斯·阿米阿玛和胡安·托马斯·迪亚斯来他的乡间别墅，他俩告诉他：万事齐备。胡安·托马斯口气坚定地说："布博，事情随时都会发生！"他们说，华金·巴拉格尔总统会同意加入罗曼领导的军民联合执政委员会。总统要求了解细节。但是，他们不能奉告。去总统那里活动的人就是总统的私人医生拉斐尔·巴特耶·威尼亚斯，他的妻子是安东尼奥·德·拉·玛萨的表妹印地阿娜。这位医生到傀儡总统面前进行试探：假如特鲁希略突然消失了，"您是否会和爱国者合作"？总统的回答非常隐晦："根据宪法的要求，如果特鲁希略消失，国家可以指望我来领导。"这是个好消息吗？对于布博·罗曼来说，这个温和而狡猾的小老头总是让他感到不可信任，将军对官僚和知识分子总有这种感觉。你不可能猜出他在想什么；在他那和蔼可亲的风度以及流畅的话语后面，总是有让你猜不透的东西。不过，朋友们说的话还是对的：有巴拉格尔参与，可以让美国佬放心。

罗曼回到位于卡斯圭大街的住宅时，是晚上九点半。他打发吉普车回圣伊希德罗空军基地去。妻子米莱雅和儿子阿尔瓦罗——年轻的中尉，放假回家探亲——看到罗曼这副模样都惊叫起来。他一面脱下脏衣服,一面对母子俩说明原委。他请米莱雅给她的孪生哥哥打电话。然后,他将元首发脾气的事告诉威尔希里奥·加西亚·特鲁希略。

罗曼说:"很遗憾,哥哥。我不得不责备你。明天十点前你来我办公室吧!"

威尔希里奥开心地笑道:"他妈的,就为了这么一个下水道!真没法忍受他的脾气。"

罗曼从头到脚洗了淋浴。他一从洗澡间出来,米莱雅就给他递过来一套干净的睡衣裤和一件丝绸晨衣。在擦干身体、洒香水和穿衣服的全过程中,妻子一直站在他身旁。很多人,从元首开始,都以为罗曼与米莱雅结婚是受利益的驱动。实际情况恰恰相反。罗曼不顾特鲁希略的反对,冒着生命危险去追求这个健康但是胆怯的姑娘,是因为他真心实意地爱上了她。这是幸福的一对,结婚二十多年来,没有吵架,没有红过脸。他在餐桌上同母子俩谈话的同时——他不饿,只喝一杯加冰甜酒——心里在想:如果把暗杀计划告诉妻子,她会有什么反应?她站在丈夫一边,还是站在特鲁希略家族一边?这个问题折磨着他。他多次看到米莱雅因为元首轻蔑的态度而生气。或许这表明妻子会站在他这一边。况且,有哪个多米尼加妇女不愿意成为国家的第一夫人呢?

晚饭后,阿尔瓦罗找朋友喝啤酒去了。罗曼和米莱雅上二楼寝室,打开收音机,找到了多米尼加之声广播电台。里面在播送音乐节目:流行歌手演唱、乐队伴奏的舞曲。在国际制裁之前,电台可以请到拉丁美洲最好的艺术家表演,但是从去年开始,由于经济危机,贝坦·特鲁希略手下的几乎全部节目都由本地演员来做了。夫妻俩听着由路易斯·阿尔贝迪大师指挥的大元帅乐队演奏的默朗格舞曲，米莱雅难过地说："但愿快点结束与教会的纠纷。"有一种不好的气氛，她的女友们在玩牌的时候都说到有暴动的传闻，还说肯尼迪可能会派遣海军陆战队登陆。布博安慰她说："元首这一回也会摆脱困境的，国家会再次安定下来重新繁荣的。"他觉得自己的声音太虚假了，便干咳一声沉默下来。

不一会儿，传来一阵汽车刹车的尖叫声，随后又爆发出一阵疯狂的喇叭声。将军跳下床，从窗户里向外看。他看见从刚刚到达的汽车里走出一个短粗的人影，好像是前军情局局长阿尔杜罗·埃斯白亚特将军。罗曼一看到将军那张路灯下发黄的面孔，心里就咯噔一下：事情发生了！

罗曼探出头去，喊道："阿尔杜罗，出什么事情了？"

"非常严重！"埃斯白亚特将军走到窗下说道，"刚才我和老婆在波尼酒吧吃饭，看到元首的雪佛兰过去。不久就听到一阵枪声。我出去一看，就撞上了在公路上枪战的场面。"

"我下去！我下去！"布博·罗曼喊道。米莱雅一面穿衣一面画十字："我的上帝啊！我的舅父啊！上帝别让他出事啊！耶稣基督啊！"

从这一刻起，从决定罗曼自己命运、家庭命运、参与暗杀计划者的命运，总而言之，从决定多米尼加共和国的命运时刻起，何塞·雷内·罗曼将军完全清醒地知道自己应该做什么。可是他做的事情为什么恰恰相反呢？在后来的几个月里，他曾经多次扪心自问，可是总也找不到答案。下楼的同时，他心里明白：在那种情况下，如果他还想活下去并且也不希望暗杀计划失败，那唯一理智的事情就是给这个前军情局局长开门，这个军人与现政权犯下的罪恶勾当牵连最多，是遵照特鲁希略的命令进行无数起绑架、讹诈、酷刑拷打和谋杀的执行人；开门之后，应该向这个前局长开枪，射出枪中的全部子弹。罪恶的档案使得这个前军情局局长别无选择，只能给特鲁希略和这个政权做忠实的走狗，否则就会入狱或者被杀害。

虽然罗曼非常了解上述情况，可他还是开了门，让前军情局局长埃斯白亚特将军和他的妻子丽西亚·费尔南德斯进屋。罗曼吻了丽西亚的面颊，并且安慰了她一番，因为丽西亚已经神经错乱，不停地胡言乱语。阿尔杜罗对罗曼讲述了详细而准确的情况：这位前局长开车前去观看，恰巧撞上一场枪战，手枪、卡宾枪和冲锋枪发出震耳的枪声；火光中，前局长认出了元首那辆雪佛兰，还看到公路上有个人影在射击，可能是特鲁希略；他无法上去帮忙，因为身穿便衣，又没有携带武器，加上担心子弹会打中丽西亚，便跑到这里来了；事情发生在十五分钟以前，最多二十分钟。

"等我一下。我去穿衣服。"罗曼连蹦带跳地上了楼梯，后面紧跟着米莱雅。她像个疯子一样又摆手又摇头。

"应该通知'黑人'舅舅！"罗曼一面穿上日常的军装一面喊道。他看到妻子向电话跑去，看到她在拨号，来不及开口说话。虽然他知道不该打这个电话，但是他没有拦阻，反而接过电话，一面系纽扣一面通知埃克托尔·比恩韦尼多·特鲁希略将军：

"刚才有人报告，可能有人刺杀元首，地点在通往圣克里斯托瓦尔的公路上。我马上去那里。我随后向您报告。"

罗曼穿好军服，手里提着一支 M-1 卡宾枪，子弹已经上膛。他非但没有向那位前军情局局长开枪结果其性命，反而又一次保全了他一条命。当埃斯白亚特由于不安而滚动着老鼠眼建议他向参谋部报警并下达不得撤换任何军官职务的命令时，他表示同意。罗曼将军打电话给一二·一八要塞，通知全体官兵集结待命，派遣部队封锁城市的出口；他还预告内地的几位司令：他很快会通过电话或者无线电与他们联系，因为有最最紧急的事情要向他们通报。他正在失去一段不可挽回的时间，可是他又不能不这样做。他想，这样可以消除前军情局局长对他的一切猜疑。

"走吧！"他对前军情局局长说道。

"我要把老婆送回家，"阿尔杜罗回答说，"我马上到公路上去找你。大约在七公里处吧。"

罗曼开上自己的汽车上路以后，知道应该立刻去胡安·托马斯·迪亚斯将军家，那里距离他家只有几米远，去证实一下暗杀计划是否完成——可以肯定是完成了——然后发动军事政变。他已经无路可逃，无论特鲁希略是死是伤，他都是同谋犯。可是他没有去胡安·托马斯或者阿米阿玛家里，而是驾车向乔治·华盛顿大道驶去。到了农业展览馆附近，罗曼看到一辆汽车上有人向他打手势，他认出那是特鲁希略贴身卫队队长马科斯·安东尼奥·豪尔赫·莫雷诺上校，同车的还有坡将军。

"我们在担心，"莫雷诺探出头来喊道，"元首还没有到达圣克里斯托瓦尔呢！"

罗曼告诉他们："有人搞暗杀！跟我来吧！"

在七公里处，借助莫雷诺和坡的手电筒灯光，罗曼认出了那辆被击中的雪佛兰，车玻璃全部破碎。柏油路上，在碎片和乱石中，有大片血迹。罗曼知道：暗杀已经成功。在如此密集的火力射击之下，"公羊"肯定死掉了。为此，他应该命令莫雷诺和坡投降、归顺或者把他俩干掉，因为这两个人是坚定的特鲁希略分子；他还应该不等前军情局局长和其他军人来到这里，就飞到一二·一八要塞，那里才是安全的地方。可他也没这样做，而是像莫雷诺和坡一样表现出痛心疾首的样子；他还同他们一起搜查了附近的地方；上校在草丛里发现一把手枪的时候，罗曼还很高兴。过了一会儿，前军情局局长来了。不久，大批巡逻警察和国民警卫队也赶到了。罗曼命令他们继续搜查。他在参谋部等候。

等到他的司机摩洛内斯中士开车把他接走、驶向一二·一八要塞的时候，他已经抽了好几支好运牌香烟了。路易斯·阿米阿玛和胡安·托马斯·迪亚斯这时肯定拉着元首的尸体急切地四处寻找他。他本应该给这两人发个信号。可是他没有这样做，相反地，一到参谋部，他就命令警卫室：不论什么原因都不能放任何老百姓进来，不管是什么人。

罗曼发现要塞里有种躁动不安的情绪，这是平时这个时候不会有的情况。他一面大步流星地上楼走向自己的指挥岗位，一面回应着军官们的敬礼和问候。他听到有人在问："将军，农业展览馆对面的海上，是有人要登陆吗？"他没有停下来回答问题。

罗曼激动地走进办公室，感到心脏猛地一跳。一看到有二十几个高级军官聚集在他的办公室，他就明白了：尽管他已经失去几次机会，可是眼前仍然还有一个机会去实施预定的计划。这些一看到他就立正敬礼的将官，是司令部的核心小组成员，绝大部分是朋友，他们现在都等待着他的命令。他们已经知道或者凭借直觉猜到：一个可怕的权力真空出现了；他们是受过一切都要服从元首和遵守纪律的教育的，因此希望罗曼掌权，意图非常明确。在费尔南多·阿·桑切斯将军、拉德哈麦斯·翁戈里亚将军、福斯托·卡玛尼奥和费利克斯·埃尔米达将军的脸上，在里韦拉·古埃斯塔上校、克鲁撒多·比尼亚上校的脸上，在韦辛·依·韦辛少校、巴甘·蒙塔斯少校、萨尔达尼亚少校、桑切斯·佩雷斯少校、费尔南德斯·多明盖斯中校和埃尔南多·拉米雷斯中校的脸上，都有着担心和希望。他们都希望罗曼把大家从这一不稳定状态中解救出来，因为他们不知如何是好。在他这个位置上，一个有勇气并且知道应该做什么的首领，应该发表演说，明确告诉大家：目前情况非常严重，特鲁希略已经死了，原因以后再查，元首的消失给共和国提供了变化的天赐良机。首先，应该避免大乱、无政府状态、共产党暴动以及美国占领的必然结果。由于职业和使命决定了他们的爱国者立场，他们有责任采取行动。一个政权的倒行逆施长达近四十年之久，它已经走到尽头，虽然过去也有过不容抹杀的功绩，但是在独裁统治中已经腐化变质，引起了国内外的普遍鄙弃。应该高瞻远瞩，去迎接重大事件的发生。他应该号召大家跟他走，赴汤蹈火，努力避免灾难的发生。作为总司令，他完全可以领导由杰出人士组成的军民联合执政委员会；这个委员会将负责保证向民主过渡，从而使得美国解除对多米尼加的制裁，然后在美洲国家组织的监督下举行大选。军民联合执政委员会可以得到华盛顿的承认，华盛顿可以得到该委员会——最具权威性国家机关——的合作。罗曼知道：如果这番话说出来，肯定会受到热烈欢迎；假如有谁不感兴趣，其他人的信心一定会说服他。于是，他就可以很容易地命令有实权的军官，比如福斯托·卡玛尼奥和费利克斯·埃尔米达将军，去逮捕特鲁希略的弟弟，去囚禁阿贝斯·加西亚、菲盖罗阿·加里翁上校、甘迪托·托雷斯上尉、克洛多维奥·奥尔迪斯、阿梅里哥·旦丁·米内尔维诺、塞萨尔·罗德里戈斯·韦耶塔和阿利希尼奥·贝尼亚·里韦拉，如此一来，军情局这部机器就瘫痪了。

但是，尽管他清楚地知道自己应该如何说话和行动，他又一次没有这样做。他犹豫沉默了片刻后，仅仅用一种模糊的、省略的、结结巴巴的语言告诉在场军官：鉴于有人谋杀大元帅，三军武装部队应该捏紧拳头，准备行动。罗曼可以感觉得到、可以触摸得到部下们的失望情绪；他不但没有增强军官们的信心，反而把他自己动摇不定、犹豫不决的态度传染给了大家。这是大家没有料到的。罗曼对圣地亚哥军区的塞萨尔·阿·奥立瓦将军、达哈翁军区的加西亚·乌尔巴埃斯将军、维加军区的瓜里奥内斯·埃斯特莱亚将军也用同样犹豫不决的口气——仿佛喝醉后舌头不听话——在电话中重复说道：由于可能有人谋杀元首，请他们按兵不动，没有他的许可，不准有任何行动。

打完一圈电话之后，罗曼挣脱了一直钳住他身体的拘束，朝着良好的方向迈出了积极的一步。

他站起来宣布道："大家不要走！我马上要召开一个最高级会议。"

他命人打电话给共和国总统、军情局局长和前总统埃克托尔·比恩韦尼多·特鲁希略。他要派人去请这三人过来，就在这里将他们拘捕。如果巴拉格尔参与了暗杀计划，那可以在以下几步里助他一臂之力。他感觉到军官们有些困惑：他们在交换眼色，窃窃私语。有人把电话递给罗曼。华金·巴拉格尔博士是从床上被叫醒的。

罗曼说："总统先生，很抱歉吵醒了您。元首在前往圣克里斯托瓦尔的公路上被人谋杀。我作为国防部长要在一二·一八要塞召开紧急会议。请求您不要耽搁时间，马上过来开会。"

巴拉格尔总统好久没有回答，以至于罗曼以为电话中断了。他至于沉默得令人吃惊吗？他是不是很高兴计划开始实施了？是不是对这突如其来的电话产生了怀疑？终于，罗曼听到了回答，总统的口气丝毫没有激动的成分：

"既然发生了如此严重的事情,我作为共和国总统,是不应该去军营的,而应该去国家宫。我马上去那里。我建议会议在我的办公室举行。晚安!"

巴拉格尔没有给他反驳的时间就挂上了电话。

乔尼·阿贝斯·加西亚很注意听罗曼的讲话。随后,军情局局长说:"好吧,我去开会,但是要等到听见元首司机萨卡里亚斯·德·拉·克鲁斯的证词之后再说;该司机身受重伤,刚刚进了马里医院。"只有"黑人"特鲁希略似乎同意召开这次会议。"我马上过去。"他发觉事情有点离谱。但是,何塞·雷内·罗曼将军等了半个小时,"黑人"并没有露面,这时他知道自己这最后一分钟的计划已不可能实施了。这三个人谁也不会落入陷阱的。而罗曼按照自己的行为方式,一头钻进流沙之中;可是不久后他再想逃出来已经困难了。除非他有一架军用飞机,命人飞往海地、特立尼达、波多黎各、法属安的列斯群岛或者委内瑞拉,这些地方可能会欢迎他。

从此刻起,罗曼进入了梦游状态。时间一分分一秒秒地消失了,而他没有前进,还在原地踏步,偏执地重复那些让他感到压抑和愤怒的话。在之后四个半月里,他始终没有脱离这种状态,如果那段时间还可以称之为"生活"而不是地狱或者噩梦的话。直到一九六一年十月十二日之前,他没有过明确的时间概念,但是想到了那神秘的永恒,而这恰恰是他不感兴趣的问题。那时时袭上心头的清醒而恐惧的时刻,似乎在提醒他:你还活着,那件事还没有结束。每当这时,那个老问题又出来折磨他了:既然你知道"这个结果"在等着你,那为什么不按照应该行动的方式动手呢?这个问题比后来他面对的酷刑拷打更加折磨人,他可以非常勇敢地面对刑讯,可能是为了证明自己不是由于胆怯才在一九六一年五月三十一日那漫长的夜晚举棋不定的。

罗曼由于不能调协自己的行为，便落入重重矛盾之中，并且采取了错误的措施。他命令内兄威尔希里奥·加西亚·特鲁希略将军从圣伊希德罗兵营——那里有装甲师——派遣四辆坦克和三个步兵连来加强一二·一八要塞的警卫。但是，他立刻又决定离开要塞，搬到国家宫去住。他指示参谋长、年轻的董丁·桑切斯将军随时向他报告搜查情况。动身前，他打电话给维多利亚监狱的负责人阿梅里哥·旦丁·米内尔维诺。他口气坚决地下令马上秘密处死两个犯人：塞贡多·英贝特·巴雷拉斯少校和拉斐尔·奥古斯托·桑切斯·萨乌伊，而且要毁尸灭迹，因为他担心暗杀小组中的安东尼奥·英贝特早已经把他参与计划的事情告诉其弟塞贡多·英贝特了。阿梅里哥·旦丁·米内尔维诺对执行这类任务早就习以为常，他并不提问，只说："将军，我明白您的命令。"让董丁·桑切斯将军困惑不解的是，罗曼告诉他，好好叮嘱军情局、陆军和空军派出的巡逻队，在搜查中，只要遇到他交给他们的黑名单上的"敌人"和"不满分子"，就立即拘捕，格杀勿论。（"我们不要俘虏，因为他们会引起国际社会发动敌视我国的运动。"）董丁将军没有提意见："将军，我会原原本本地传达您的命令的。"

罗曼在离开要塞准备前往国家宫时，值班中尉报告说：有两个老百姓开着汽车来到兵营门口，其中一个自称是将军的弟弟，名叫拉蒙（彼宾），要求见罗曼将军。中尉根据将军的命令强迫他们离去。罗曼听了一言不发，只是点点头。因为这个弟弟也参加了暗杀计划，所以后来彼宾也为哥哥的优柔寡断付出了代价。罗曼沉湎于这种被催眠状态中，心想，自己这一冷淡态度大概要归咎于：虽然元首的肉体死了，可是他的灵魂、精神这类东西仍然奴役着他。

到了国家宫,罗曼发现人们处于混乱和悲伤的状态。几乎整个特鲁希略家族都聚集在那里。贝坦刚从他的波纳奥封地赶来,他穿着马靴,挎着冲锋枪,不停地走来走去,仿佛漫画上的骑手。埃克托尔("黑人")坐在沙发上,不停地摩擦双臂,好像发冷似的。米莱雅和玛丽娜在安慰元首的妻子堂娜·玛丽亚·马丁内斯。后者的脸色像死人一样惨白,眼睛好像在冒火。而美丽的安赫丽塔则哭个不停,一面揉搓着双手。她身边站着她的丈夫何塞·莱昂·埃斯特威斯(贝奇多)上校,他身穿军服,垂头丧气地在安慰妻子。罗曼立刻感觉到大家的目光盯在自己的脸上:有什么消息吗?他一一拥抱了他们,一面解释说全城在大搜捕,挨家挨户,很快会有……这时,他发现他们比他这个总司令知道的还多。参与暗杀计划的一个家伙落网了,他名叫佩德罗·里韦奥·塞德尼奥,以前当过兵。阿贝斯·加西亚正在国际医院对他进行审问。何塞·莱昂·埃斯特威斯上校已经通知了兰菲斯和拉德哈麦斯,兄弟俩正在设法租赁一架法国航空公司的飞机,从巴黎飞回来。从这时起,罗曼也知道了:他职权范围内的权力正在失去,而他在最近的几小时里糟蹋了这些权力;种种号令已经不能从他的办公室发出了。现在发号施令的是军情局局长乔尼·阿贝斯·加西亚和菲盖罗阿·加里翁上校,或者特鲁希略的亲戚和亲信,比如,贝奇多,或者特鲁希略的外甥威尔希里奥。一股无形的压力迫使他在离开权力中心。对于"黑人"没有出席他召集的会议而又不做任何解释,罗曼并不感到奇怪。

罗曼离开人群,跑到一个房间里给一二·一八要塞打电话。他命令参谋长立刻派部队包围国际医院,把佩德罗·里韦奥·塞德尼奥监控起来,绝对不许军情局把犯人带走,必要时可以使用武力。罗曼说:"必须把犯人押送到一二·一八要塞去,我要亲自审问。"

参谋长董丁·桑切斯好长时间不说话,这是个不祥之兆,他只是最后说了一句:"晚安,将军。"罗曼烦恼至极,心想,大概这是今天晚上最大的错误。

此时,在特鲁希略家族聚集的客厅里,来的人更多了。人们在充满悲痛的寂静中倾听乔尼·阿贝斯·加西亚上校的讲话。他口气悲伤地说:

"公路上找到的假牙是元首的。费尔南多·卡米诺医生已经证实了这一点。因此可以推测:他即使没有去世,情况也很严重。"

"那些凶手怎么样了?"罗曼打断了乔尼的话,口气是挑衅性的,"那家伙说话了没有?是不是供出了他的同伙?"

军情局局长胖胖的面孔转过来冲着罗曼,那对青蛙眼扫来扫去。由于罗曼处于极度的敏感状态,因此他觉得那眼神是在嘲笑他。

"他供出了三个人,"乔尼·阿贝斯目不转睛地盯着他说道,"有安东尼奥·英贝特、路易斯·阿米阿玛和胡安·托马斯·迪亚斯将军。他说,将军是首领。"

"抓住这些人没有?"

"我的人正在全城搜捕他们,"乔尼·阿贝斯·加西亚口气肯定地说,"还有一个情况。美国在背后支持他们。"

罗曼低声说了一句祝贺阿贝斯上校的话,便离开人群去了电话间。他又一次打电话给董丁·桑切斯将军,要求巡逻队马上出发逮捕胡安·托马斯·迪亚斯将军、路易斯·阿米阿玛和安东尼奥·英贝特及其家属,"死活都行,无关紧要,可能死的更好,因为美国中央情报局企图把这些人弄到国外去"。放下电话后,他相信有一点是确定无疑的:如果事情这样发展下去,他连流亡都做不到了,最后他只有举枪自杀。

在客厅里，阿贝斯·加西亚还在讲话。这时已经不说凶手了，他在分析目前国内的局势。

"此时此刻，必须有特鲁希略家族的人出来担任共和国的最高领导，"他声称，"巴拉格尔博士应该辞职，把总统的位置让给埃克多尔·比恩韦尼多将军或者何塞·阿里斯门迪将军。这样，人民就可以知道元首的精神、思想和方针没有任何改变，还将继续指导多米尼加人民的生活。"

出现了令人不适的冷场。在场的人们互相交换着眼色。这时，贝坦·特鲁希略粗野并带有威胁性的声音震动了大厅：

"乔尼说得有道理。巴拉格尔应该辞职。由'黑人'或者我来担任共和国总统。这样人民就可以知道特鲁希略没有死去。"

罗曼循着众人的目光看去，发现那个傀儡总统就在那里坐着。巴拉格尔同往常一样谦和、恭顺，坐在屋角的一把椅子上静静地听着乔尼讲话，那态度好像是尽量不打搅他人的样子。他穿戴得也如同往常一样整洁，表现得非常镇定安详，仿佛这一切不过是个小小的手续而已。他微微一笑，用一种立刻就缓和了气氛的平静口气说道：

"众所周知，根据大元帅的决定，我担任了共和国总统一职。而元首总是遵守宪法程序的。我担任这个职务是为了把事情办好，而不是办糟。如果我的辞职可以缓和局势，那你们现在就可以换人。不过，请允许我提个建议。在做出重大决定之前，假如这个决定意味着可能导致合法地位的中断，那么等到兰菲斯·特鲁希略将军回来再做决定，是不是更慎重一些呢？他是元首的长子，是政治、军事、精神的继承人，难道不应该跟他好好商量一下吗？"

巴拉格尔看了元首的妻子一眼。根据特鲁希略规定的严格礼仪程序，新闻媒体必须称呼堂娜·玛丽亚·马丁内斯为"杰出夫人"。这时，她做出了反应，口气是命令式的：

"巴拉格尔博士说得对！兰菲斯不回国，什么也不能改变。"她那张圆脸已经恢复了正常颜色。

看到共和国总统胆怯地低下头来，罗曼将军片刻间摆脱了心理上的迷茫状态，不由得暗暗思量："巴拉格尔与自己不同，这个只会写诗、在这个由携带手枪和冲锋枪组成的男子汉的天地里似乎无足轻重的手无缚鸡之力的矮子，非常清楚自己想要干的和正在干的事情，因此一直可以保持镇定。"罗曼将军在这一夜、在这一生五十年来最漫长的一夜里，发现元首失踪所造成的混乱和空白中，那个次要人物、那个大家都以为是政府记录员、一个摆摆样子的角色，开始赢得了令人吃惊的权威性。

罗曼仿佛在梦里，在以后的几个小时里，他看到这个特鲁希略集团的亲戚、朋友和领导的圈子，随着事情的变化忽聚忽散，而这些事情如同七巧板上的碎片一样，逐渐填满空白，直到成形为止。午夜前，有报告说：作案现场找到的手枪是胡安·托马斯·迪亚斯将军的。当罗曼命令搜查胡安·托马斯·迪亚斯和他兄弟的住宅时，部下告诉他：军情局的人已经在那里搜查了，指挥者是菲盖罗阿·加里翁上校；此外，胡安·托马斯之兄莫代斯托·迪亚斯被朋友出卖了。那个朋友名叫丘丘·玛拉彭达，是个养鸡的农场主，莫代斯托就是躲藏在他家中的。现在莫代斯托被关押在四十一号监狱。十五分钟后，布博打电话给儿子阿尔瓦罗。他要儿子给他送来一些M-1卡宾枪备用子弹（这支枪他一直挎在身上），因为他确信：随时有可能用枪自卫，或者结束自己的生命。罗曼在办公室跟阿贝斯·加西亚和路易斯·何塞·莱昂·埃斯特威斯上校（贝奇多）讨论关于赖利主教的问题。罗曼主动建议由他负责把赖利主教用武力从圣多明各学校拉出来。他还支持处决赖利的想法，因为毫无疑问，教会肯定参与了罪恶的阴谋。安赫丽塔·特鲁希略的丈夫拍一拍手枪说，执行这样的命令是他的荣耀。不到一个小时，上校回来了，脸上怒气冲冲。整个行动都完成得不错，没有什么大纰漏，只是打了几下修女和两个赎世主会的教士，还殴打了几个美国人，因为他们要保护赖利主教。唯一被打死的是一个德国神甫、学校的管事，他咬了特工一口，结果挨了一枪。赖利主教现关押在空军基地的拘留中心，该中心位于距离圣伊希德罗九公里处，中心主任罗德里戈斯·门德斯拒绝执行处决赖利主教的命令，也阻止贝奇多·莱昂·埃斯特威斯动手，同时搬出共和国总统的命令来。

罗曼惊愕不已，问他那是不是指巴拉格尔的命令。安赫丽塔·特鲁希略的丈夫也很困惑地点点头：

"显然人们还相信总统的存在。难以置信的不是这个不可信任的家伙在干涉主教这件事，而是他的命令有人执行。兰菲斯应该把他赶下台。"

"用不着等兰菲斯。我现在就去跟他算账。"布博·罗曼发作了。

罗曼快步向总统办公室走去。但是，到了走廊里，他感到一阵头昏眼花。他一步步试着走到一张沙发前，躺下后便失去了知觉。他立刻昏昏沉沉地睡着了。大约两个小时后，他醒了过来，记得做了一个寒冷的噩梦：在白茫茫的雪原上，他冻得瑟瑟发抖，看到一群饿狼向他扑来。他一下子跳起来，几乎是跑向巴拉格尔总统的办公室。他看到几扇门都半开着。他走进去，决定让这个爱管闲事的矮子感受一下自己的权威。但是让他大吃一惊的是，就在总统办公室里迎面撞上了赖利主教本人！主教脸色铁青，圣袍撕得半碎，脸上带着被拷打过的痕迹，可是高大的身材仍然保持着神圣不可侵犯的尊严。共和国总统在与主教道别。

"主教阁下，您看谁来了？国防部长何塞·雷内·罗曼·费尔南德斯将军。"他为主教做了介绍。"他是来代表军方为这一令人遗憾的误会向您表示歉意的。您可以相信我的话，也可以相信部长的话，对吗，罗曼将军？无论您还是哪位主教，或者圣多明各教会学校的修女都不会再受骚扰了。我本人会亲自向玛丽嬷嬷和海伦·克莱尔嬷嬷解释的。我们正处在一个困难时期。您是一个有经验的人，一定能理解的。有些下级单位失去了控制，干了一些出格的事，譬如今天晚上的事情。不会再发生类似事件了。我已经安排了警卫部队护送您回学校。我恳求您：即使是小问题，也请您亲自和我联系。"

赖利主教望着这一切，仿佛自己被外星人包围了。他轻轻一点头，表示告辞。罗曼怒气冲冲地盯着巴拉格尔博士，拍着卡宾枪吼道：

"巴拉格尔先生，请你解释一下：你是谁？有什么权力下达与我相反的命令？你为什么不通过我就直接打电话给军事中心、给我的下级？你他妈的以为你是谁？"

矮子望着罗曼的样子好像是在倾听雨声。观察罗曼片刻后，他友好地微微一笑。他指着写字台对面的座位，邀请布博·罗曼坐下说话。罗曼一动不动，他浑身的血液在沸腾，好像锅炉要爆炸一样。

"他妈的，回答我的问题！"

巴拉格尔博士仍然没有变脸。他用朗诵诗歌或者发表演说的温和语调，如同父亲般地责备他说：

"将军，您气糊涂了，犯不着这样！不过，您需要勇气。咱们处在共和国最艰难的时刻。您比任何人都更应该给全国做出处惊不乱的榜样。"

巴拉格尔抵抗住了罗曼那愤怒的目光；布博很想动手打人，但好奇心制止住了他的双手。巴拉格尔在写字台后面坐下，继续用同样的口气说道：

"将军，您应该感谢我！是我阻止您没有犯下严重错误。再说，即使您杀了一个主教，也解决不了您的问题。反而有可能使您的问题更加严重。如果这话对您有用的话，请记住：您跑来大骂的这个总统，准备给您提供帮助。尽管我担心，可能能为您做的事情不多。"

罗曼没有察觉到总统话语中的嘲笑成分。难道话里暗藏着威胁？但看巴拉格尔看着他的那种亲切的眼神，应该是没有威胁。怒气消散了。现在，他心里害怕了。他嫉妒这个温和的侏儒的镇定态度。

"你要知道，我已经下令维多利亚监狱处决塞贡多·英贝特和巴比托·桑切斯，"罗曼咆哮道，口气是放肆的，没有考虑自己在说什么，"这两个人也参加了暗杀计划。凡是参与暗杀元首的人，我一律枪毙！"

巴拉格尔博士微微点头，面色丝毫不改。

"乱世当用重典！"总统用说悄悄话的方式低声道。随后起身向门口走去，没有告别就离开了办公室。

罗曼留在原地不动，不知如何是好。最后，他决定还是去自己的办公室。深夜两点半，他把米莱雅——她已经吃了一片镇静药——送回卡斯圭大街的家。在家里，他遇到了弟弟彼宾，彼宾正在挥舞着啤酒瓶，让值班的士兵猛喝，那样子仿佛挥动战旗似的。彼宾平时喜欢浪荡逍遥、吃喝嫖赌，如今几乎站立不住，样子令人同情。罗曼不得不把他架到楼上洗手间，借口帮助他呕吐和洗脸。刚一到楼上，彼宾就放声哭了起来。罗曼眼泪汪汪地看着弟弟，流露出无限的凄凉。一丝口水挂在彼宾的唇边，好像蜘蛛吐丝一样。彼宾声音哽咽着，低声说道，他、路易斯·阿米阿玛和胡安·托马斯整整一夜在城里四处找他哥哥，所到之处，被吵醒的人们纷纷骂他们三个。"布博，到底怎么回事？为什么你毫无动作？你为什么躲起来？难道不是有计划的吗？行动小组完成了自己的任务。按照你的要求，他们把'公羊'的尸体弄来了。"

"布博，你为什么不履行诺言？"彼宾的声声叹息震动着罗曼的胸膛，"现在咱们会发生什么事情？"

"彼宾，遇到了麻烦。前军情局局长突然出现了，他一切都看见了。那时不能行动。现在……"

"现在，咱们倒霉了，"彼宾咆哮道，抹掉了鼻涕，"路易斯·阿米阿玛、胡安·托马斯、安东尼奥·德·拉·玛萨、托尼·英贝特，大家都完蛋了。可特别是你，是你，是你，还有我，你的弟弟，也完蛋了。罗曼，如果你还喜欢我，那现在就给我一枪好了。趁我现在酒醉，你就用这支卡宾枪给我来一枪吧！反正特工们也会这么干的。罗曼，不管你怎么打算，结果一样。"

正在这时，阿尔瓦罗来敲洗手间的门。他报告说：大元帅的尸体刚刚被发现，是在胡安·托马斯·迪亚斯将军家里的一辆汽车的后备厢里。

罗曼那一夜没有合眼，第二天、第三天……可能后来的四个半月里，他再也没有体会到过去睡觉的滋味，那是休息的滋味、忘记自己和别人的滋味，是融化在一种超然物外的感觉中、然后恢复过来、充满更多活力的滋味。虽然他的确多次失去知觉，虽然他长时间、几天几夜在愚蠢的麻木状态中度过：没有意象，没有意念，一味地巴望着死神前来解放自己。一切都混杂、搅和在一起,仿佛时间已经变成了一种酣睡的东西,变成了一团乱麻。在这团乱麻里,过去、现在和将来没有了逻辑顺序,过去、现在和将来变成了某种可以求助的手段。罗曼清晰地记得,他走进国家宫时听到堂娜·玛丽亚·马丁内斯·德·特鲁希略站在元首的遗体面前咆哮:"一定要让凶手流尽最后一滴血!"事情好像有连续性似的,但是只可能发生在次日:面色苍白、眼睛红肿的兰菲斯,依然衣冠楚楚、风度潇洒,他低头望着雕花棺材里面——元首已经化过妆——低声道:"爸爸,我绝对不会像您那样宽宏大量地对待您的敌人!"罗曼觉得这话不是对元首说的,而是说给他听的。罗曼用力拥抱兰菲斯,呜咽着说:"兰菲斯,这是不可挽回的巨大损失!幸亏还有你在!"

罗曼还记得,他很快穿上检阅时的军装,手提一刻也不离身的M-1卡宾枪,参加了在圣克里斯托瓦尔教堂举行的元首追悼会。他还记得,显得高大了许多的巴拉格尔总统演说词的某些段落:"先生们,三十年来勇敢地向任何暴风雨挑战并且战胜了种种惊涛骇浪的这棵参天大树,现在被一些罪恶的子弹击中了。"那时他的眼眶湿润了。听总统演说时,罗曼旁边站着石头般的兰菲斯和警卫士兵。罗曼还记得自己如何在追悼会前(一天?两天?三天?)望着成千上万的多米尼加人——男女老少、各个民族、各个社会阶层的人们——怎样在炎炎烈日下几个小时、几个小时地排队等候登上国家宫的台阶,然后在歇斯底里的痛苦喊叫声中,在有人昏厥、有人尖叫、有人献花圈的过程中,向元首、伟人、大救星、大恩人、大元帅和祖国之父表达最后的敬意。也就是在这期间,罗曼陆续听到了副官们的一系列报告:工程兵瓦斯卡尔·特哈达和萨尔瓦多被捕;安东尼奥·德·拉·玛萨和胡安·托马斯·迪亚斯将军在独立公园和玻利瓦尔大街的拐角处自卫中弹身亡的最后结局；几乎是与此同时，在距离那里不远的地方，阿玛迪多中尉杀死敌人之后也被击毙；掩护阿玛迪多的姨妈的住宅也被抢掠和烧毁。罗曼也还记得这样的传闻：他的亲家阿米阿玛和安东尼奥·英贝特神秘地失踪，为此，兰菲斯悬赏五十万比索，欲将两人捉拿归案；在特鲁希略城、圣地亚哥、维加、圣彼得以及其他六七个地方，逮捕了与暗杀特鲁希略事件有牵连的军政人员两百多人。

那一切都混杂在一起了，但至少是可以理解的。罗曼脑海里保留下来的最新而且有连贯性的回忆也是可以理解的：在圣克里斯托瓦尔教堂为元首的遗体举行仪式之后，贝坦·特鲁希略抓住他的胳膊说道："罗曼，来！坐我的车！"在贝坦的凯迪拉克上，罗曼方才知道——这是他完全准确地知道的最后一件事——这是他可以阻止后来发生的一切事件的最后机会：开枪射杀元首的弟弟，然后自杀，因为车子的终点不是他的家。汽车开到了圣伊希德罗军事基地。贝坦毫不掩饰地欺骗他说："要开一个军事会议。"在空军基地的大门口，有两位将军在等着他：他的内兄威尔希里奥·加西亚·特鲁希略和参谋长董丁·桑切斯。两人告诉他：由于他参与暗杀祖国的大恩人和新多米尼加之父而被逮捕。两位将军脸色十分苍白，他们不看罗曼的眼睛，要求他交出武器。罗曼老老实实地交出了 M-1 卡宾枪——他一连四天不离身的武器。

罗曼被带进一个房间，那里有一张桌子、一架老式打字机、一摞白纸和一把椅子。有人要他解下腰带，脱掉鞋子，把这些东西交给一名中士带出去。罗曼一一照办，什么也没问。随后，房间里只剩下他一个人。几分钟后，兰菲斯的两个挚友，何塞·莱昂·埃斯特威斯上校和比路罗·桑切斯·鲁比罗萨，没有打招呼就走了进来，要求罗曼把有关阴谋策划的一切细节都写出来,并交代参与者的姓名。兰菲斯将军——根据最高总统令,兰菲斯被任命为共和国海陆空三军总司令,今晚国会就要通过——完全掌握了阴谋的内容,因为被捕的人都一一招供了。

罗曼在打字机前坐下,按照要求写交代。他是个蹩脚的"打字员",只会用两个指头打字,总是出错,不停地改正。他把一切都供出来了:从六个月前第一次同亲家路易斯·阿米阿玛谈话开始,交代出二十几个卷入阴谋的人,但是没有说出他的弟弟彼宾。他解释说,他认为决定性的因素是,美国支持这一阴谋;他只是通过胡安·托马斯获悉,无论亨利·迪尔伯恩领事、杰克·贝内特领事还是中央情报局在特鲁希略城的站长洛伦佐·德·贝利(温比)都希望他出来领头的时候,他才同意主持军民联合执政委员会的。他只是撒了一个小谎说,作为参加这一阴谋的条件,他要求无论如何不要杀害元首,而是绑架元首,迫使他辞职即可。那些阴谋分子没有履行这一诺言,背叛了他。他把几页纸反复读了几遍,一一签上名字。

他长时间独自一人等待着,心情非常平静,这是自从五月三十日晚以来所没有体验过的。有人再来看他时,天已经黑了。这是一群他不认识的军官。他被戴上手铐,一直光着脚,然后被拉到基地的庭院里,那里有一辆轻型载重汽车。上车后,罗曼看到车窗都涂了颜色,车上有"泛美教育研究所"的字样。他想,大概是要把他拉到四十一号监狱去。他非常了解四十一号那阴森的牢房,旁边就是多米尼加水泥厂。那里原本是胡安·托马斯·迪亚斯将军的住宅,他把房子卖给了政府,为的是让乔尼·阿贝斯把它变成一座舞台,用他那无微不至的方法迫使囚犯吐露真相。罗曼甚至目击了这样的场面:在六月十四日古巴入侵失败后,被审问的特哈达·伏罗伦迪诺博士被捆绑在一把样子怪诞的"宝座"上。这是从吉普车上拆下来的座位，上面有管子、电棍、牛鞭、带木棍的绳索（施行电击的同时可以把人绞死）。结果，由于军情局技术人员的失误，放出了高压电，把那个博士烧焦了。但是，罗曼没有被带往四十一号，而是带到了九号，地点在通往梅亚的公路旁，是比路罗·桑切斯·鲁比罗萨的老宅。那里也藏着一把"宝座"，它比较小，但是更现代化。

　　罗曼不害怕。现在不怕了。从特鲁希略被杀的那个夜晚，他就感受到的那种小鹿般的惊慌——好像伏都教举行仪式时说出心里话后幽灵附体的感觉——已经完全消失。在九号监狱，他被脱光衣裳，坐上那把黑乎乎的椅子。椅子在房子中央，房间没有窗户，勉强有一丝光线。强烈的大小便气味让他感到恶心。椅子上由于有许多附加物而显得怪诞。这把电椅埋入地下，有皮带和铁环可以捆绑脚腕、手腕、胸膛和头部。罗曼的胳膊被戴上了铜片，以方便电流的通过。一捆电线从电椅直通一间办公室或是观察室，由那里控制电压。在微弱的光线下，就在几个人捆绑他的同时，他认出贝奇多·莱昂·埃斯特威斯和桑切斯·鲁比罗萨两人中间还有兰菲斯那张贫血的面孔。兰菲斯已经刮掉了胡须，没戴那副永不离身的雷朋牌太阳镜。他看罗曼的眼神依然与他指挥刑讯拷打和屠杀一九五九年六月入侵多米尼加的俘虏时的迷茫神情一样。他目不转睛地盯着罗曼，与此同时，一个特工给罗曼剃头，一个给罗曼的踝部上铁环，一个在电椅周围洒香水。罗曼·费尔南德斯将军抵抗着兰菲斯的目光。

　　"布博，你是最坏的一个！"他听到兰菲斯痛苦地说道，"你的高官厚禄都是我爸爸给你的。你为什么要干这种事？"

　　"因为我爱国！"他说。

　　停顿片刻后，兰菲斯又一次开口道：

"巴拉格尔是不是有牵连？"

"我不知道。路易斯·阿米阿玛告诉我，通过他的私人医生曾经试探过。看来他不能肯定。我认为他没有牵连。"

兰菲斯点点头。布博立刻感到被飓风般的力量抛了出去。猛烈的晃动似乎要摧毁他的全部神经系统。皮带和铁环勒断了块块肌肉，他看到眼前有一个个火球爆发，锋利的小针刺激着每个毛细孔。他忍受着，不喊出声来，只是喉咙里在咆哮。虽然每电击一次——中间有间歇，特工用一大桶水把他浇醒——他都昏迷过去，两眼发黑，但随后又恢复了知觉。这时，他的鼻孔里充满了女佣们使用的香水的味道。他努力保持着某种姿态，绝对不低声下气，绝对不求饶。在这场没完没了的噩梦里，有两件事是肯定的：在审讯他的人里，乔尼·阿贝斯·加西亚从来没有露面；不知道是贝奇多·莱昂·埃斯特威斯上校还是董丁·桑切斯将军告诉他，他的弟弟彼宾的反应要好得多，因为军情局的人到他家搜查的时候，他立刻开枪自杀了。罗曼多次在想，两个儿子，阿尔瓦罗和何塞·雷内会不会也自杀了呢，他可从来没有跟他俩谈起暗杀计划啊！

每坐一次电椅之后，罗曼就被光着身子拉到一间潮湿的牢房里去，在那里，特工们用一桶臭水把他浇醒。为了不让他睡觉，特工们用橡皮膏把他的眼皮翻过来贴到眉毛上去。他虽然睁着眼睛，可是仍然进入半睡眠状态，这时特工们就用垒球棒把他打醒。有好几次特工们把不能吃的东西硬塞入他口中；有一次他发觉是大便，就呕吐起来。随后，落入这种非人的残酷状态时，他的胃可以暂时接受特工给的东西了。最初几次坐电椅时，由兰菲斯审问他。有好多次兰菲斯总是重复那个老问题："巴拉格尔总统是不是有牵连？"看看罗曼的回答会不会自相矛盾。罗曼做出了空前的努力，让舌头服从大脑的命令。直到他终于听到兰菲斯的笑声和那无精打采、略带女性的声音:"行了,布博,闭上嘴吧!你什么都不用说了。我一切都知道了。你现在得为背叛我父亲付出代价。"这个声音与六月十四日之后那次血腥大屠杀时刺耳的声音一模一样,那时兰菲斯失去理智,被元首送到了比利时一家精神病医院。

这是与兰菲斯的最后一次谈话,罗曼后来就再也看不到他了。特工把他眼睛上的橡皮膏拿掉,顺便撕掉了他的眉毛。一个醉醺醺的快活声音宣布:"为了让你睡个好觉,现在你就一片黑暗了。"他立刻感觉到针扎入眼皮的疼痛。特工给他缝眼皮,他一动也没动。让他感到吃惊的是:缝上眼皮带来的痛苦远不如坐电椅。到那时为止,他曾经有两次试图自杀,但都失败了。第一次是他竭尽全力向牢房的墙壁撞去。结果,他失去了知觉,仅仅落得满头是血。第二次是爬上铁栅栏——特工拿掉了手铐,准备再一次让他坐电椅——打碎了牢房的照明灯。他趴在地上,吞下所有的玻璃渣子,盼望内脏大出血可以结束生命。可是军情局安排了两名长驻医生和拥有必要设备的救护小组,以防受刑者自尽。罗曼立刻被送进医护室,他们强迫他吞下一种可以引起呕吐的液体,然后又插入一根导管给他洗肠胃。医护小组救活了罗曼,为的是让兰菲斯和他的朋友们可以慢慢地将他折磨至死。

等到给罗曼阉割掉睾丸时,他的末日是真的临近了。特工们不是用刀子切除,而是用剪刀剪掉了他的睾丸,地点就在电椅上。罗曼听到一连串亢奋的嬉笑声和下流的议论,那些人身上散发出刺鼻的腋下汗臭和廉价的烟草气味。他们把那睾丸硬塞入罗曼的口中,他一下子就吞了下去,渴望着这一切可以加速死亡的到来,这是他一开始就确信无疑的,如今渴望已极。

有一瞬间，他听出有胡安·托马斯·迪亚斯将军的哥哥莫代斯托·迪亚斯的声音。人们都说，莫代斯托是多米尼加的聪明人物，如同"智囊"卡布拉尔或者"宪法专家兼酒鬼"一样。难道他也进了同一牢房？也同样被拷打、折磨了一番？莫代斯托的声音是痛苦的，有责备的意味：

"布博，因为你的过错，大家进了监狱。你为什么要背叛我们？你不知道会发生这样的事情吗？你应该为背叛祖国和朋友而后悔！"

他已经没有力气发音和吐字了。从这次听莫代斯托说话以后又经过了不知多少时间，可能是几小时、几天、几星期，他辨别出军情局一位医生和兰菲斯之间的对话：

"将军，不可能再延长他的生命了。"

"他还剩下多少时间？"毫无疑问，这是兰菲斯的声音。

"如果我给他加上多一倍的生理盐水，可能再活几个小时，或者一天的时间。但是，目前他这种情况，一颗子弹也用不了了。将军，让人难以置信的是，他居然忍受了四个月。"

"那你躲开一点。我不能让他自然地死去。站到我身后去！免得弹壳飞到你身上！"

于是，何塞·雷内·罗曼将军幸福地听到了那最后的枪声。

二十一

萨尔瓦多、安东尼奥·德·拉·玛萨和胡安·托马斯·迪亚斯将军在罗伯特·莱德·卡布拉尔医生家那阿拉伯式住宅顶楼令人窒息的空间里已经过了两天。出去打探消息的马塞利诺·韦莱斯·桑塔纳医生回来后拍着萨尔瓦多的肩膀,安慰他说:他那位于马哈马·甘迪大街的住宅已被搜查,特工们带走了他的妻子和两个孩子。萨尔瓦多·埃斯特莱亚·萨德哈拉决定出去自首。他浑身是汗,热得喘不过气来。除去自首,还能有别的办法吗?难道能让那群野蛮人杀害他的妻子和孩子吗?估计母子三人已经受到酷刑折磨了。焦虑不安使得萨尔瓦多不停地为家人祷告。这时,他把自己的打算告诉了躲藏在一起的伙伴。

安东尼奥·德·拉·玛萨听罢责备他说:"'突厥',你知道这意味着什么。在你自杀之前,敌人要用最野蛮的方式侮辱你,折磨你。"

"他们仍然会当着你的面拷打你的家属,让你把所有的人都供出来。"胡安·托马斯·迪亚斯将军劝告他说。

"就是他们把我活活烧死,也别想让我开口!"萨尔瓦多眼含热泪发誓道,"我只揭发那个流氓布博·罗曼。"

大家求他不要提前一天走,萨尔瓦多答应再过一夜。想到妻子和两个孩子——十四岁的路易斯和刚刚四岁的卡门·艾丽——在军情局那些人渣手中,被那些惯于虐待人的家伙所包围,萨尔瓦多整夜不能入睡,喘息不已,既没有祈祷,也没有考虑别的事情。内疚啃噬着他的心:你怎么能让家人冒这么大风险呢?让他良心受到责备的第二件事情是开枪误伤了佩德罗·里韦奥·塞德尼奥。可怜的佩德罗·里韦奥!此时此刻,你在什么地方啊?他们会不会折磨你呀?

六月四日黄昏时分,萨尔瓦多第一个离开了大家的藏身之处——莱德·卡布拉尔医生的住宅。他在街口拦了一辆出租车,告诉司机要去的地址在圣地亚哥大街。那里住着他妻子的表兄菲里西亚诺·索萨·米耶塞斯工程师,过去他俩一直相处得很好。萨尔瓦多只想打听一下妻子和孩子们以及其他家人的情况。但是,结果不行。菲里西亚诺本人开的门,一看是萨尔瓦多,马上就做了个"滚开"的手势,仿佛见了鬼一样。

"'突厥',你来这里干什么?"他愤怒地吼叫起来,"你不知道我有家小吗?难道你想让人把我们杀死?快走!不管你要干什么,快走!"

他关门时的表情既恐惧又厌恶,弄得萨尔瓦多一时不知如何是好。他又回到了出租车旁,心情非常沮丧,感到骨头架子都散了。天气很热,可是他心里冷得发抖。

"你已经认出我了,对不对?"上车后,他问司机。

司机头上戴了一顶垒球帽，帽檐压到了眉毛上，他并没有回身看他。

"您一上车，我就认出您了，"他说，口气非常平静，"您别担心，跟我在一起是安全的。我也是反特鲁希略的。如果要跑，咱俩一块跑。您想上哪儿？"

"找个教堂吧。随便哪个都行。"萨尔瓦多对他说。

他请求上帝保佑，如果可能的话，他还打算忏悔。良心得到解脱以后，他会请神甫把警察叫来。可是汽车刚刚沿着夜色越来越浓重的街道向市中心前进的时候，司机就有所发现了，他说："先生，您那个亲戚把您给检举了。前面有特工！"

"停车！别把你也给害了。"萨尔瓦多命令道。

他画了个十字，下了车，双手高举，这是告诉那些坐在大众车上拿着冲锋枪和手枪的人：他不想抵抗。特工们给他戴上了手铐，把他塞进一辆"刨子"的后座上；两个特工用臀部把他挤在座位中间，因此他闻到的是汗味和脚臭味。汽车启动了。因为他们走的是通向圣彼得市的公路，所以他猜测是把他带到九号监狱去。一路上，他沉默不语，打算祈祷，结果很难受，因为无法祷告。他的脑海里这时像个混乱、翻腾、哗哗作响的水泉，不得安宁，既没有思想也没有形象，一切都爆炸开来，好像肥皂泡一样。

前面就是有名的九号监狱，位置的确在九公里处，四周是钢筋水泥筑成的大墙。汽车穿过一片花园。他看到一幢漂亮的别墅，古老的木屋周围种植着树木，两侧有些农舍。特工们连推带搡地把萨尔瓦多从"刨子"上拉下来。他走过一条昏暗的走廊，两边是牢房，里面关押着一群裸体男人。特工们让萨尔瓦多走下一条长长的台阶。一股由粪便、呕吐物和焦肉混合而成的刺鼻臭味让他感到头晕。他想到了地狱。走到台阶尽头,那里只有一线光亮,但是半暗中他察觉那里也有一排牢房。牢房铁门紧锁,小窗户上装着铁条,窗户上挤满了人头,人们争相往外面看。走完整个地下室,特工们脱光了他的衬衣、长裤、短裤、鞋子和袜子。最后是赤身裸体,只留下了手铐。他的双脚感觉到地上有股黏糊糊的东西,使得本来不光滑的石板地面变得油腻起来。特工们总是推推搡搡地对待他,把他关到一间几乎完全黑暗的牢房里。随后,他们把他捆到一把脱了榫子的椅子上——那上面包裹着的铁皮让他打了个寒战——用皮带和铁环捆住了他的手脚。

有好长一段时间,什么也没发生。他想祈祷。一个穿着裤衩给他捆绑皮带的家伙开始喷洒香水,这时萨尔瓦多的眼睛已经习惯了牢房内的昏暗,他辨别出这是法国尼斯生产的廉价香水,电台里经常为它做广告。他感觉到铁皮给大腿、臀部和脊背造成的冰凉;可是与此同时,炎热的空气又让他不停地出汗,感到喘不过气来。到了这个时候,他已经可以一一看出周围这些人的嘴脸了,可以看出他们的身影、面孔和闻到他们的气味了。他认出了那张有双下巴的温和面孔和大肚皮造成的畸形身材。大肚皮坐在一条长板凳上,左右还有两个人。三人距离萨尔瓦多很近。

"他妈的,可耻!比罗·埃斯特莱亚将军的儿子竟然卷到这种勾当里来了!"乔尼·阿贝斯骂道,"他妈的,你的血管里就没有感恩的成分?!"

他正要回答说他的家人跟他干的事情毫无关系,无论他父亲、兄弟、妻子还是儿子路易斯和女儿卡门·艾丽都不知道他干的这件事,这时电击一下子把他掀了起来,皮带和铁环也一下子把他勒紧了。他感到毛细孔针刺般的疼痛,脑袋仿佛炸成了一个个小小的热球，大小便失禁，把肠胃里的东西都吐了出来。一大桶水又浇醒了他。他立刻认出阿贝斯·加西亚右边那个人是兰菲斯·特鲁希略。他想唾骂他们，又想恳求他们放了他的妻子、路易斯和卡门，可是喉咙里一点声音也发不出来。

"布博·罗曼参加了这起阴谋是真的吗？"兰菲斯尖声问道。

又一桶水让他恢复了说话的能力。

"是的，是的，"他说了出来，可是听不出是自己的声音，"那是个胆小鬼，是个叛徒，他参加了。他把我们给骗了。特鲁希略将军，杀了我吧！可是放了我的妻子和孩子！他们是无辜的。"

"傻瓜，没有这么简单，"兰菲斯回答说，"下地狱之前，你得经过涤罪所！你这个婊子养的！"

又一次电击把他和捆绑物一起弹射起来，他觉得眼睛离开了眼眶，像青蛙一样突出在外面，随后又失去了知觉。再次苏醒以后，他发觉躺在一间牢房的地上，赤身裸体，戴着手铐，周围是泥水。他的骨骼和肌肉疼痛，睾丸和肛门有难以忍受的灼热感，好像受了伤一样。但是，更让他难过的是焦渴，喉咙、口腔和舌头火烧火燎得像干沙一样。他闭上眼睛，开始祈祷。他的心可以集中到祷告词上了，虽然中间有空白而中断片刻，但是两秒后还能集中到祷告上来。他一面求告圣母，一面回忆年轻时曾经满腔热情地朝拜过圣山，跪在圣殿脚下向圣母祷告的情景。他谦恭地恳求圣母保佑他的妻子、路易斯和卡门·艾丽，不要让他们受到野兽的伤害。在这个恐怖的环境里，他觉得有了上帝的眷顾，他可以又一次祈祷了。

他睁开眼时，发觉青紫的裸体上到处都是伤口和瘀肿，还发现身边躺着他的弟弟瓜里奥内斯。我的上帝呀！他们把可怜的瓜里奥内斯怎么弄成这副模样了！瓜里奥内斯将军睁着眼睛，借助走廊上电灯射进小窗户的一点光线望着哥哥。他是不是认出了哥哥？

萨尔瓦多向弟弟那里爬过去，说道："我是'突厥'，是你哥哥，我是萨尔瓦多。你能听见我说话吗？你能看见我吗？瓜里奥内斯！"

萨尔瓦多没完没了地想要跟弟弟说话，但是办不到。瓜里奥内斯还活着，还在动弹，还在呻吟，时而睁开又闭上眼睛。有时，他突然说出几句古怪的话，好像在对部下发号施令："军士长，把那头骡子拉开！"暗杀小组没有把计划告诉瓜里奥内斯·埃斯特莱亚·萨德哈拉将军，因为都觉得他是铁杆特鲁希略分子。这位将军对于自己被捕、受审和刑讯一定会大吃一惊的，因为他完全不知道发生了什么事。萨尔瓦多在又一次被带进刑讯室坐上电椅的时候，极力说明弟弟是无辜的；在一次又一次电击造成的昏迷中，在一次又一次殴打之后，萨尔瓦多只要一清醒过来，就反复解释瓜里奥内斯与暗杀无关。但是，兰菲斯和乔尼·阿贝斯似乎对真相并不感兴趣。萨尔瓦多以上帝的名义发誓：无论瓜里奥内斯还是他哪个兄弟，更不要说他的父亲，都没有参与暗杀计划。他大声喊道：他们如此酷刑拷打瓜里奥内斯是天大的不公，他们要为这事负责任。他们根本不听他说什么，折磨他的兴趣比审问他更大。又过了无尽无休的许多时光——从他被捕算起，是几小时？几天？几星期？他发觉看守们有规律地给他送来木薯粥、一片面包和几罐水。那些看守递进食物和水的时候，经常顺便吐口唾沫。萨尔瓦多都无所谓。他可以祈祷。只要是清醒和自由的时候，他就向上帝祷告，有时甚至到入睡或者昏迷的程度。但是，给他上刑的时候，他就不能集中精神祈祷了。电椅、疼痛和恐惧让他精神瘫痪了。时不时地总有个军情局的医生来给他检查心脏和注射一种可以让他恢复力气的药物。

一天，不知黑夜还是白天，因为牢房里不可能知道时间，萨尔瓦多赤身裸体、戴着手铐被拉出牢房，被迫上了台阶，走进一个有阳光的小房间。白色的光线让他睁不开眼睛。终于，他认出兰菲斯·特鲁希略那张苍白但是年轻漂亮的面孔；兰菲斯旁边是萨尔瓦多那虽然年事已高却仍然身材挺拔的父亲——比罗·埃斯特莱亚将军。萨尔瓦多一认出老父亲，眼睛立刻蒙上了泪水。

但是，老将军看到儿子遍体鳞伤的模样非但不伤心，反而愤怒地咆哮起来：

"我不认你这个儿子！你不是我儿子！凶手！叛徒！"老人挥舞着双手，气得说不下去。"难道你不知道你、我和我们全家都欠特鲁希略的恩情吗？你竟然杀害这样的伟人？你会后悔的，卑鄙的东西！"

萨尔瓦多不得不倚靠在一张桌子上，因为他站立不稳。他低下头来。老人是在假装吗？是不是想用这种方式赢得兰菲斯的信任，然后来恳求兰菲斯饶儿子一命？或者是父亲对特鲁希略思想的狂热崇拜比父子亲情还要强烈？除去酷刑拷打的时候，这些问题总是在撕扯着他的心。他们照样每天或者每两天就给他上一次刑，现在是上刑伴着漫长而疯狂的审问了：总是上千次地重复那些问题，要他说出暗杀的细节，要他揭发新的参加暗杀活动的人员。除去他们已经掌握的名单以外，他们不相信萨尔瓦多不知道别人的情况；他们更不相信萨尔瓦多家族的其他成员没有参与阴谋，尤其不相信瓜里奥内斯将军不是同谋。无论乔尼·阿贝斯还是兰菲斯都没有在后来的审讯中露面，是几个萨尔瓦多已经熟悉了的下级军官在指挥刑讯拷打。这些人有：克洛多维奥·奥尔迪斯中尉、埃拉迪奥·拉米莱斯·苏埃罗律师、拉斐尔·特鲁希略·雷伊诺索上校和佩雷斯·梅尔卡多警官。有些人似乎喜欢用电棍在他身上电来电去，有些人则用橡皮棍殴打他的头部和脊背；有些人用烟头烫他，而有些人则一脸不高兴或厌烦地拷打他。每次刑讯开始，总有一个负责电击的打手半裸着上身喷洒尼斯香水，为的是压住粪便和焦肉的臭气。

一天，能是哪一天呢？看守们把菲菲·巴斯托里萨、瓦斯卡尔·特哈达、莫代斯托·迪亚斯、佩德罗·里韦奥·塞德尼奥和安东尼奥·德·拉·玛萨的外甥童迪·卡塞雷斯送到萨尔瓦多的牢房里来。童迪在最初的计划里是准备驾驶后来由安东尼奥·英贝特驾驶的那辆汽车的。这几个人都像萨尔瓦多一样赤身裸体，戴着手铐。他们一直就在九号监狱，在别的牢房里，同样受到了电击、鞭打、火烫、针刺耳朵和指甲的刑罚，也同样经受了无数次的审讯。

通过他们，萨尔瓦多知道英贝特和路易斯·阿米阿玛失踪了，但是兰菲斯疯狂地要找到这两个人，悬赏五十万比索缉拿。通过他们，萨尔瓦多还知道，安东尼奥·德·拉·玛萨、胡安·托马斯·迪亚斯将军和阿玛迪多已经牺牲。他们不像萨尔瓦多，没有与世隔绝，还可以同看守说话，可以了解外面发生的事情。瓦斯卡尔·特哈达跟一个看守交上了朋友，通过这个看守了解到兰菲斯·特鲁希略同安东尼奥·德·拉·玛萨父亲对话的情况。大元帅的儿子到监狱来告诉维森特·德·拉·玛萨老先生：你的儿子已经死了。这位莫卡地区的老首领声音坚定地问道："他是抗争而死的吗？"兰菲斯点点头。维森特·德·拉·玛萨老先生画了个十字说："感谢您，上帝。"

萨尔瓦多看到佩德罗·里韦奥·塞德尼奥的伤口已经痊愈，感到非常高兴。"黑鬼"丝毫没有记恨萨尔瓦多那天晚上在不知所措的情况下开枪打中他。佩德罗开玩笑说："我不能原谅你们大家，因为你们没有给我补上一枪。你们干吗要救我的命？就为了今天这一套？

真是笨蛋!"所有的人都非常痛恨布博·罗曼。可是,当莫代斯托·迪亚斯告诉大家,他从上一层牢房里看到布博光着身子、戴着手铐、眼皮缝着,由四个看守架着走向刑讯室时,谁也没有表示高兴。莫代斯托·迪亚斯不是那副一辈子都是聪明、高雅的政治家风度了;除去体重减轻了许多之外,他浑身都是烂疮,还有一副无限忧伤的表情。萨尔瓦多心想:"我也是这副模样吧。"自从关进监狱,他就没有照过镜子。

萨尔瓦多多次要求审讯人员让他见忏悔神甫。终于,给他们送饭的看守来问他们有谁愿意见神甫。大家都举手说要见。于是,看守让他们穿上裤子,命令他们顺着陡峭的台阶上到木屋里去,那是"突厥"被父亲责骂的地方。他一看到太阳,感受到阳光的温暖,便又恢复了活力。加上他还要忏悔,还要领圣餐——这样的事情以后恐怕不会有了。当兵营里的神甫罗德里戈斯·卡内拉邀请他们一起为纪念特鲁希略而祈祷的时候,只有萨尔瓦多跪下同神甫一起做了祷告。他的同志们仍然站在那里,露出不快的神色。

通过这位罗德里戈斯·卡内拉神甫,萨尔瓦多知道了日期:一九六一年八月三十一日。才过去三个月呀!萨尔瓦多觉得这场噩梦已经持续了几百年!他们几个由于精神压抑、身体虚弱、失去了信心,所以说话不多;谈话总是围绕着在九号监狱里目睹、耳闻和体验的事情。在所有难友的证词中,在萨尔瓦多心中刻下永远难以忘怀的烙印的是莫代斯托·迪亚斯在啜泣中讲述的故事。莫代斯托最初几个星期的难友是米盖尔·安赫尔·巴埃斯·迪亚斯。萨尔瓦多回想起五月三十日在通往圣克里斯托瓦尔公路上让他吃惊的情景:出现在大众车里的人告诉他,他刚才同特鲁希略一起在大道上散步,元首肯定会过来的。于是萨尔瓦多才知道,这个特鲁希略核心中的大人物也参加了策划暗杀活动。阿贝斯·加西亚和兰菲斯非常残暴地对待他，因为他是特鲁希略身边的人物。他们现场指挥特工给米盖尔坐电椅、殴打和火烧，命令军情局的医生们让米盖尔恢复知觉，然后继续刑讯。两三个星期过去了，看守给米盖尔·安赫尔·巴埃斯和莫代斯托送来的不再是往常的臭玉米粥，而是一锅肉块。两人双手拿着大嚼起来，直到吃饱为止。不久，看守又回来了。他当面告诉巴埃斯·迪亚斯：兰菲斯·特鲁希略将军想知道他吃自己儿子的肉会不会感到恶心？米盖尔·安赫尔躺在地上骂道："你告诉那个下流的龟儿子，让他嚼了舌头咽下去，中毒死掉！"那看守笑了起来。他走了，片刻后又回来了，站在门口，手里揪着一颗年轻人的头颅给米盖尔看。几小时后，米盖尔·安赫尔·巴埃斯·迪亚斯由于突发心脏病而死在莫代斯托怀中。

米盖尔·安赫尔认出自己长子头颅的情景总是在萨尔瓦多脑海里浮现，挥之不去；他还总是在梦里看到自己的儿子路易斯和女儿卡门·艾丽被砍下了脑袋。他在噩梦里发出的喊叫声，使得难友们无法入眠。

萨尔瓦多与朋友们不同，他们中有几个曾经试图结束生命，他却决心坚持到最后一刻。他已经重新皈依上帝了——坚持日夜祈祷，教会禁止自杀。而自杀也非易事。瓦斯卡尔·特哈达曾经试过，用的是从看守那里偷来的领带（那看守放在了后裤袋里）。他打算上吊，可是没有成功，想死的结果是遭到了更加严厉的惩罚。佩德罗·里韦奥·塞德尼奥在刑讯室里故意大骂兰菲斯，企图激怒对方开枪："你这个婊子养的！""野种！""龟孙子！""你妈埃斯帕尼奥拉给特鲁希略当情妇以前是妓院里的脏货。"他甚至朝兰菲斯吐口水。兰菲斯没有按照他的愿望开枪射击，而是对他说："还不到时候。你再难过几天吧！枪毙的事，最后再说！你还得先偿还血债！"

萨尔瓦多·埃斯特莱亚·萨德哈拉第二次知道日期是在一九六一年十月九日。那天，看守让他穿上长裤，再次登上那陡峭的台阶，向那个阳光曾经让他睁不开眼睛、让皮肤感到温暖的房间走去。四星将军兰菲斯脸色苍白、军装一尘不染地坐在那里，手中拿着当天的《加勒比日报》：一九六一年十月九日。萨尔瓦多看到了通栏大标题："佩德罗·阿·埃斯特莱亚将军致拉斐尔·莱昂尼达斯·特鲁希略将军之子的信"。

兰菲斯把日报递给萨尔瓦多说："看看这封信吧！这是你父亲寄给我的。里面谈到了你。"

萨尔瓦多用由于戴手铐而肿胀的双手接过那张《加勒比日报》。他虽然感到眩晕、难以形容的恶心，内心充满复杂的悲伤感情，但还是坚持读完了全文。比罗·埃斯特莱亚将军称颂"公羊"是"所有多米尼加人中最伟大的人"；他吹嘘自己是元首的朋友、保镖和被保护者；说到萨尔瓦多时，他用了一些下流的称呼，还谈到"这是一个走上歧途之子的背叛行为"，"我儿子的背叛是对他保护人的背叛，也是对家庭的背叛"。比谩骂更丑恶的是最后一段，他父亲用特别夸张的谦卑口气感谢兰菲斯的金钱馈赠——由于儿子参加谋杀元首行动而被没收了全部家产，家里在度日如年的时候，得到了兰菲斯的慷慨帮助。

萨尔瓦多回到了牢房，由于愤怒和羞愧而感到头晕目眩。虽然面对难友他极力掩饰自己的低落情绪，可是仍然抬不起头来。他想："杀害我的不是兰菲斯，而是我父亲。"他还羡慕安东尼奥·德·拉·玛萨有个好父亲。给维森特先生这样的人当儿子真是走运！

从那个残酷的十月九日之后又过了几天，萨尔瓦多和同一牢房里的五位难友被转移到了维多利亚监狱——在那里，看守用消火栓冲洗他们，还给了他们被捕时的衣裳。这时"突厥"的心已经死了。甚至连每星期四半个小时亲人的探视，还有拥抱和亲吻妻子、路易斯、卡门·艾丽，也不能去掉自从读过比罗·埃斯特莱亚将军给兰菲斯·特鲁希略的公开信以来压在心上的寒冰。

在维多利亚监狱，停止了对他们的刑讯拷打。他们仍然睡在地上，但是不再赤身裸体，而是穿着家里送来的衣裳。手铐也去掉了。家属可以给他们送来食物、饮料和少量金钱，他们用这些钱收买看守，请看守买报纸，提供其他犯人的情况，带口信到外面去。巴拉格尔总统在联合国的演说，谴责了特鲁希略的独裁统治，答应实行"有秩序"的民主化。这在监狱里重新点燃了他们的希望之火。随着"全国公民团结组织"和"六·一四"的公开活动，似乎难以置信，但是的确开始显露出一个政治反对派的存在。尤其让难友们感到鼓舞的是：在美国、委内瑞拉等国纷纷成立了委员会，要求在国际观察员在场的情况下，由非军事法庭对这些囚犯进行审判。萨尔瓦多努力与难友们一道分享幻想之果。他在祷告时祈求上帝给他希望，因为他已经完全绝望了。他早已看到了兰菲斯那严厉的表情。他会让这些人自由？绝对不可能！他一定会把复仇进行到底的。

当大家知道特鲁希略的弟弟贝坦和"黑人"已经出国的时候，维多利亚监狱里爆发了一片欢呼声。现在该轮到兰菲斯上路了。下一步，巴拉格尔一定不得不宣布大赦。但是，莫代斯托·迪亚斯凭借严密的逻辑推理和冷静分析问题的方法说服大家：现在比任何时候都更重要的是家属和律师要采取行动保护大家的生命安全。兰菲斯不结果了杀害他父亲的人们是不会上路的。萨尔瓦多一面倾听莫代斯托讲话，一面望着这位朋友被摧垮了的身体：体重继续下降，满脸都是老人才有的大量皱纹。他的体重下降了多少？妻子给他送来的裤子和衬衣穿在身上都在晃荡，每个星期都不得不在皮带上扎新洞。

萨尔瓦多的情绪一直很忧伤，尽管他没有和任何人谈起父亲的公开信，可它总是像一把匕首一样插在他的脊背上。虽然推翻独裁政权的计划没有像大家预期的那样完成，有许多人牺牲，有许多人吃了苦头，但是他们的行动为事情的变化做出了贡献。从外面流传到维多利亚监狱的消息说，街上出现了群众集会，有年轻人砸掉了特鲁希略的头像，拿掉了写有特鲁希略及其家族名字的铜牌，有些流亡人士已经回国。难道这不是特鲁希略时代结束的开端吗？如果不是他们几个把这个野兽暴君干掉，今天这一切是办不成的。

对于关押在维多利亚监狱的人们来说，特鲁希略弟弟的再度回国是一盆冷水。十一月十七日，典狱长阿梅里哥·旦丁·米内尔维诺少校丝毫不掩饰快活的神情，前来告诉萨尔瓦多、莫代斯托·迪亚斯、瓦斯卡尔·特哈达、佩德罗·里韦奥、菲菲·巴斯托里萨和年轻的童迪·卡塞雷斯：天黑以后，他们将转移到司法部大楼的看守所去，因为次日将在通往圣克里斯托瓦尔的公路上重新核对案情。他们六人把身边剩下的钱集中起来，请一个看守立刻捎个紧急口信给各自的家属，说明这个可疑的情况。毫无疑问，所谓核对案情是演戏，因为兰菲斯已经决定要杀害他们了。

黄昏时分，看守给他们六人戴上手铐，装进一辆首都人称之为"打狗车"的运货卡车，里面的车窗都是深黑色的，有三个武警押车。萨尔瓦多闭上眼睛祈求上帝眷顾他的妻子和儿女。与六人担心的相反，汽车没有去防波堤悬崖，即政府秘密处决犯人的宝地。汽车向市中心农业展览馆附近的司法大楼看守所驶去。那一夜的大部分时间，他们是站着度过的，因为地方狭小得不允许全体同时坐在地上。他们只好两人一组轮流坐。佩德罗·里韦奥和菲菲·巴斯托里萨精神兴奋：既然把他们带到这里来，那核对案情的事就是真的。他俩的乐观情绪感染了童迪·卡塞雷斯和瓦斯卡尔·特哈达。对，对，为什么不是真的呢？可能会把他们交给司法部门，由非军事法官来审理他们的案件。萨尔瓦多和莫代斯托·迪亚斯沉默不语，为的是掩饰他们心中的怀疑。

"突厥"声音很低地在莫代斯托耳旁说道："就要结束了，对吧，莫代斯托？"律师点点头，什么也没说，只是捏捏朋友的胳膊。

太阳还没有出来的时候，看守们就把他们拉出牢房，送上了"打狗车"。司法大楼周围岗哨林立，这让他们吃了一惊。在并不十分清晰的光线下，萨尔瓦多发现所有的士兵都佩戴着空军标志。他们是圣伊希德罗基地的人，而这个基地的部队是兰菲斯和威尔希里奥·加西亚·特鲁希略的嫡系武装。他没有说话，不想惊动难友。在狭窄的汽车里，他努力与上帝谈话，如同夜里部分时间的祈祷那样。他祈求上帝帮助他有尊严地迎接死亡，不要因为胆怯而败坏了自己的名誉。可是这一次他无法聚精会神地祷告。这一失败让他感到焦虑不安。

汽车跑了不长一段路就刹车了。他们已经来到通往圣克里斯托瓦尔的公路上。这里一定是作案的现场了。太阳把天空抹上了一片金黄，阳光照耀着公路一侧的椰子树，隆隆作响的海水拍打着陡峭的海岸。四周有很多警察，他们一字排开，切断了公路，两头的交通都中断了。

萨尔瓦多听到莫代斯托·迪亚斯在说："干吗要演戏呢！儿子像老子一样地爱出洋相。"

"为什么会是演戏呢?"菲菲·巴斯托里萨不同意这个说法,"别悲观!这是核对案情。法官们来了。看见没有?"

"他老子也喜欢这种闹剧。"莫代斯托坚持自己的看法,一面不高兴地摇摇头。

无论是不是演戏,总之他们又等待了好几个小时。直到太阳已经爬到中天,阳光开始晒得他们头疼了,才被一个个带到临时搭建的帐篷里,站到一张小小的桌子面前。那里有两个穿便衣的人提出一些与在九号监狱和维多利亚监狱提出的同样问题。几个速记员记录了他们的回答。周围只有一些下级军官在走动。整个讨厌的仪式进行过程中,没有一个高级领导露面,无论兰菲斯、阿贝斯·加西亚、贝奇多·莱昂·埃斯特威斯还是桑切斯·鲁比罗萨。便衣没有给他们六人食物,仅仅在中午时分让他们喝了几杯汽水。下午,六人看到了粗壮的典狱长阿梅里哥·旦丁·米内尔维诺少校。他有些紧张地咬着小胡须,那张面孔比平时要阴沉得多。跟他一起来的还有一个高大的黑人,长着扁平的鼻子,如同拳击手一样,肩上挎着冲锋枪,皮带上插了一把手枪。六人又被送上了"打狗车"。

"这是去哪儿?"佩德罗·里韦奥问典狱长。

"回维多利亚,"他说,"我自己送你们回去,免得迷路。"

"真是荣幸!"佩德罗·里韦奥嘲讽道。

少校开车,黑人拳击手坐在他身旁。"打狗车"里还有三个武警看押他们,三个兵实在太年轻了,好像刚刚入伍的新兵蛋子。三人紧张得喘不过气来,可能因为看押如此重要的犯人而感到责任重大。除了上了手铐之外,还给他们六个在脚踝捆了绳子,但是捆得不紧,为的是让他们可以迈碎步。

童迪·卡塞雷斯抗议说:"这绳子是什么意思?"

一个武警指指少校,用一个指头放在嘴上:"闭嘴!"

车子走了好长时间,萨尔瓦多明白这不是返回维多利亚。从难友们的表情上看,他们也都猜出来了。大家都没有说话,有人闭上了眼睛,有人把眼睛睁得很大,燃烧着怒火,仿佛要烧穿那汽车的钢板,看一看究竟在什么地方。萨尔瓦多没有打算祈祷。他是如此的不安,就是祷告也没有用处。上帝会理解的。

"打狗车"停下来的时候,他们听到了大海的涛声,海水在拍打着陡峭悬崖的底部。武警打开汽车的小门。四周荒无人烟,脚下是一片红土地,长着零星几棵树,看上去这里是个海角。太阳依然照耀着大地,但是已经开始下山。萨尔瓦多心想:死亡可能是一种休息的方式。眼下的感觉是非常、非常的疲倦。

旦丁·米内尔维诺和黑人拳击手命令三个年轻的武警战士下车。可是六个囚犯也要跟着下来的时候,两人拦住说:"你们别动!"话音未落,枪声响了。不是打囚犯,而是射向三个小兵。三个年轻人还来不及惊讶、理解和喊叫就饮弹身亡了。

萨尔瓦多怒吼起来:"刽子手!干什么!干什么!你们干吗要杀害这些可怜的武警!"

"不是我们杀了他们,是你们害了他们!"旦丁·米内尔维诺少校严肃地回答他说,一面重新装上子弹。黑人拳击手用哈哈大笑表示赞成。"好了,现在下车吧!"

六人跌跌撞撞地下了车,由于惊讶而困惑、而茫然。脚上的绳索迫使他们可笑地跳跃前进,他们因而不时地撞在三个武警的尸体上。他们被带到停在几米之外另一辆型号相同的"打狗车"上。那里只有一个便衣在看车。把六人关进车厢以后,他们三人挤坐在前面。驾驶汽车的仍然是旦丁·米内尔维诺。

萨尔瓦多想：现在可以祷告了。他听到有个同志在啜泣，但是这并没有让他分心。他毫无困难地祈祷起来，如同过好日子的时候一样，为自己、为家属、为三个刚刚被杀害的武警、为汽车里的五个难友祷告。其中一个难友精神失控，不停地用脑袋撞击与驾驶舱隔离的钢板，还一面骂不绝口。

萨尔瓦多不知道路上走了多少时间，因为他一直在祷告。他感觉平和、宁静，一想到妻子和儿女，心里就充满了无限的柔情。等到车子停住、车门打开的时候，他看到了大海，看到了晚霞，看到了太阳正在沉向一片墨蓝色的天际。

六人被推推搡搡地赶下了车。他们来到一处豪宅的花园，旁边是一座游泳池，周围长着一圈树冠挺拔的棕榈。二十米外的地方，有个露台，上面有些人影，手里端着酒杯。萨尔瓦多认出那里面有兰菲斯、贝奇多·莱昂·埃斯特威斯、莱昂的弟弟阿方索、比路罗·桑切斯·鲁比罗萨以及两三个陌生人。阿方索端着威士忌酒杯向他们跑过来，他帮助阿梅里哥·旦丁·米内尔维诺和黑人拳击手把六人推向几棵椰子树。

"一个一个来，贝奇多！"兰菲斯命令道。萨尔瓦多心想："这个家伙又喝醉了。"这个"公羊"的儿子为了庆祝这最后的节日，一定要喝得酩酊大醉。

第一个被子弹打成蜂窝状的是佩德罗·里韦奥，在手枪和冲锋枪的密集火力下，他应声倒地而死。随后被拉到椰子树前的是童迪·卡塞雷斯，他在倒下之前大骂兰菲斯："坏蛋！胆小鬼！龟孙子！"接着是莫代斯托·迪亚斯，他高呼："共和国万岁！"咽气前还在地上扭动不停。

现在轮到萨尔瓦多了。他不用别人拖拉，一路跳到椰子树前，站在倒下的朋友们中间，感谢上帝在这最后的时刻与他同在，一面心里有些忧伤地想到：他永远也见不到那个名叫巴斯金塔的黎巴嫩小村庄了；萨德哈拉家族的祖先是为了坚持自己的信仰，才来到这块基督赐福的宝地寻找幸福的。

二十二

华金·巴拉格尔总统还没有完全脱离梦境就听到了电话铃声，他预感到发生了某种严重的事情。他一手拿起听筒，一手揉眼睛。他听出是何塞·雷内·罗曼将军的声音，将军要求在参谋部召开高级会议。总统想："元首被害了。"暗杀计划已经成功实现。他完全清醒了。他不能在怜悯或者愤怒中浪费时间，当前得先解决这个军队总司令的问题。他清清嗓子，慢悠悠地说道："既然发生了如此严重的事情，我作为共和国总统，是不应该去军营的，而应该去国家宫。我马上去那里。我建议会议在我的办公室举行。晚安！"不等国防部长答话，他就挂上了听筒。

他起床，无声无息地穿好衣裳，为的是不吵醒妹妹们。可以肯定，他们已经干掉了特鲁希略。罗曼带头发动的军事政变已经启动。干吗要把他叫到一二·一八要塞去呢？为的是强迫他辞职，为的是逮捕他或者要求他支持政变。罗曼表现得太拙劣，打错了算盘。他不该打电话，应该派巡逻队来。罗曼虽然是国防部总司令，可是缺乏威信，不能驾驭军队。他那一套肯定失败。

总统走出卧室，请侍卫长叫醒司机。就在汽车行驶在马克西莫·戈麦斯大道空旷无人的黑暗马路上时，他已经抢在可能发生的下列事件前头了：政变部队和忠于政府的部队之间发生冲突，美国可能派遣军队干涉。如果华盛顿派兵，那得需要一个代表宪法的形象。而此时此刻，共和国总统就代表着这一合法地位。不错，总统这个职务是装点门面的。但是，特鲁希略一死，他就得对现状负责了。能否从装点门面转变到真正承当起多米尼加共和国元首的责任来，取决于他现在的表现。或许他自己不知道，自从他一九〇六年出生以来，他就等待着这一天。他再次重复生活的座右铭：无论何时何地，无论什么原因，都不要乱了方寸。

一走进国家宫，看到那里的混乱状况，总统的决心就更大了。已经加强了警卫安排，走廊里和楼梯上都站满了持枪的大兵，他们警惕地望着四周。有些军官看到总统不慌不忙地向办公室走去，似乎松了一口气：大概总统知道应该怎么办。他没能走到自己的办公室。在大元帅办公室隔壁的会客室里，他看到了特鲁希略家族的人：元首的妻子、女儿、弟弟们、侄子们、外甥们。总统向他们走去，表情沉重，符合那种场合的要求。安赫丽塔眼泪汪汪、脸色苍白，而堂娜·玛丽亚的长脸上只有狂怒、无比的愤怒。

"巴拉格尔博士，我们会出什么事吗？"安赫丽塔抓住他的胳膊问道。

"不会的，不会的，不会发生任何事情。"他安慰元首的女儿道。接着，他又拥抱了元首的妻子："重要的是保持镇静。要鼓起勇气来。上帝不会让元首离开这个世界的。"

只要一瞥就足以知道这群可怜虫已经失去了主心骨。贝坦挥舞着冲锋枪在那里转圈子，好像狗要咬自己的尾巴一样，他一面出汗一面对着他的私人卫队大发雷霆；与此同时，埃克托尔·比恩韦尼多（"黑人"）好像患了紧张痴呆症，他望着空中发愣，嘴巴上挂着口水，仿佛极力在回忆他是谁，在什么地方。甚至元首最不幸的弟弟阿玛布莱·罗米欧（比比）也在那里。他穿得像乞丐，蜷缩在椅子上，半张着嘴巴。大沙发上，坐着特鲁希略的几个妹妹：涅韦斯·路易莎、玛丽娜、胡里耶塔、奥菲里亚·哈保内萨。她们有的擦眼泪，有的望着总统，恳求他帮助。总统对所有这些人都是一一低声说几句宽慰和鼓励的话。出现了权力真空，必须尽快填补上。

巴拉格尔向办公室走去。他打电话，请军队总监察官桑托斯·梅利多·玛尔特过来。此人是军队高级将官之一，总统早就同他有友好关系。这位将军没有听到任何消息，知道元首被害的消息以后，吓得目瞪口呆，半天说不出话来，后来只会说"我的天啊！我的天啊"。总统要求他给全国各大军区司令员和各地驻军最高长官打电话，肯定地告诉他们，元首虽然被害，但是宪法秩序没有改变，共和国总统依然信任各位，依然承认他们职务的合法性。将军告别总统时说："总统先生，我马上照办。"

有人前来报告：教皇特使、美国领事和英国商务参赞来到国家宫门口，被警卫阻拦，无法入内。总统命人请他们进来。他们不是为元首被害一事而来，而是为了赖利主教突然被捕前来告状：一些武装人员闯入圣多明各教会学校，强行抓走了主教；他们还朝天开枪，殴打修女和陪同主教的赎世主会教士，还打死了一条看门狗；他们推推搡搡地带走了主教。

"总统先生，我请您对赖利主教的生命负责！"教皇特使用威胁的口气说道。

"我国政府绝不允许杀害主教的事情发生,"美国外交官警告说,"我无需提醒阁下华盛顿对赖利主教的关心,因为他是美国公民!"

"先生们,请坐!"总统指指写字台周围的几把椅子。他拿起电话,命令接通圣伊希德罗空军基地司令部,要威尔希里奥·加西亚·特鲁希略将军听电话。他回转身对几位外交官说:"我比你们各位还要感到遗憾。请相信我!我会不遗余力地制止这一野蛮行为。"

片刻后,总统听到了大元帅亲外甥的声音。总统眼望三位客人,一字一顿地说道:

"将军,我以共和国总统的身份同您说话。您是圣伊希德罗基地的司令,又是元首特别喜爱的外甥。鉴于形势的严峻性,开场白我就省略了。在一次极不负责任的行动中,某个下级军官,可能是阿贝斯·加西亚上校,派人抓走了赖利主教,强行把主教带离了圣多明各教会学校。现在我面前坐着美国、英国和梵蒂冈的外交代表。如果赖利主教发生什么不测,鉴于他是美国公民,那有可能给我国造成灾难。甚至美国海军陆战队有可能登陆。我用不着跟您说这对咱们国家意味着什么。我以您舅父的名义、以大元帅的名义,劝告您避免发生历史性的灾难。"

总统等待着威尔希里奥·加西亚·特鲁希略将军的答复。那一端传来的紧张喘气声暴露了对方的犹豫不决。

终于,总统听到了对方的低语声:"博士,这不是我的主意。这事根本没有向我报告。"

"特鲁希略将军,这我很明白,"巴拉格尔鼓励他说下去,"我知道您是个有理智、敢负责任的将官。您是绝对不会干这种疯狂勾当的。赖利主教在圣伊希德罗基地吗?还是已经被带到四十一号监狱去了?"

那一端长时间的沉默,让人感到毛骨悚然。总统担心最坏的情况已然发生。

"赖利主教还活着吗?"巴拉格尔坚持问个明白。

"博士,他在圣伊希德罗基地下属的一个单位里,距离这里两公里。中心一位司令罗德里戈斯·门德斯不允许他们杀害主教。他刚刚向我报告的。"

总统的声音柔和下来:

"我恳求您作为我的特使亲自去营救主教。请您以我国政府的名义向主教赔礼道歉。然后,您亲自陪同主教到我的办公室来。一定平安、健康地来到我这里。这既是向一位朋友的求助,也是共和国总统的一项命令。我对您是完全信任的。"

三位客人迷惑不解地望着总统。巴拉格尔起身来到他们面前,把他们一直送到办公室门口。在跟他们一一握手的时候,他低声说:

"先生们,我不敢肯定他们会服从命令。但是,各位看到了,为了让理智占上风,我在尽力而为。"

"总统先生,会发生什么事情呢?"美国领事问道,"特鲁希略分子能承认您的权威性吗?"

"朋友,这将取决于美国。坦率地说,现在我还不知道。好啦,先生们,请原谅吧!"

巴拉格尔又一次来到特鲁希略家族逗留的客厅。这时人更多了。阿贝斯·加西亚上校正在说明情况:凶手之一现关押在国际医院,他已经供出三个同伙,有退休将军胡安·托马斯·迪亚斯、安东尼奥·英贝特和路易斯·阿米阿玛。毫无疑问,还有许多别的同谋犯。在全神贯注的听众里,巴拉格尔发现了罗曼将军:他那柿子色的衬衫上满是汗污,脸上流着汗水,双手紧握冲锋枪。罗曼的眼睛里沸腾着动物知道自己要完蛋前的疯狂神色。显而易见,事情的进展对罗曼不利。肥胖的军情局局长用他那走了调的细嗓门肯定地说,根据佩德罗·里韦奥·塞德尼奥的招供,阴谋活动在军队里没有分支小组。巴拉格尔边听边想,已经到了要对付阿贝斯·加西亚的时候了,因为这个家伙跟他有仇。而巴拉格尔只是瞧不起他而已。不幸的是,这种时候吃香的不是思想,而是手枪。他求上帝站在他这一边,虽然他只是偶尔相信上帝。

阿贝斯·加西亚上校发动了第一次进攻。他说,鉴于元首被害而留下了权力真空,巴拉格尔应该辞职,把总统的位子让给特鲁希略家族的某个成员。贝坦的脾气是不讲节制的,为人粗鲁,所以他立刻支持阿贝斯·加西亚:"对,让他辞职!"巴拉格尔静静地听着,双手交叉放在腹部,好像一个温和的教区神甫。当大家的目光都转向他时,他胆怯地点点头,仿佛在为不得不发言而道歉。他谦虚地提醒大家:是大元帅决定让他来担任总统一职的。当然,如果他的辞职对国家有利,他马上辞职。但是,他想提个建议:在打破宪法秩序之前,是不是等一等兰菲斯将军再说。如此重大的事情,难道可以把元首的长子排除在外吗?元首的妻子立刻支持这一建议:她的长子不在场,她不接受任何决定。根据路易斯·何塞·莱昂·埃斯特威斯(贝奇多)上校的报告,兰菲斯和拉德哈麦斯正在巴黎准备租一架法国航空公司的飞机回国。于是,这个问题就等以后再议了。

巴拉格尔一边回办公室,一边想,真正的战斗不是打击特鲁希略之弟,因为他们是混蛋白痴,而是阿贝斯·加西亚。不错,军情局局长是个虐待狂,但是他比魔鬼还要机灵、狡猾。这小子刚才犯了一个错误:把兰菲斯给忘在脑后了。元首之妻结果变成了自己的同盟军。巴拉格尔知道如何巩固这一联盟：在目前的情况下，可以利用第一夫人咨嵩的毛病。但是，当务之急是阻止政变。刚在写字台前坐下，梅利多·玛尔特将军就打来了电话。将军已经与所有军区司令谈过，司令员们保证忠于宪法政府。但是，无论圣地亚哥地区的塞萨尔·阿·奥立瓦将军、达哈翁的加西亚·乌尔巴埃斯将军，还是维加地区的瓜里奥内斯·埃斯特莱亚将军，都感到不安，因为国防部秘书长来的通知相互矛盾。总统先生知道什么情况吗？

"具体情况我不知道。但是，我猜得出您在想什么，将军，"巴拉格尔对梅利多·玛尔特将军说道，"为了让各位司令放心，我会一一给他们打电话的。为了确保对军队的领导，兰菲斯·特鲁希略已经在回国途中。"

巴拉格尔丝毫不耽搁时间，立即打电话给三个军区司令，反复强调他们是值得信任的。他要求各位司令担起军政重任，确保地方治安稳定，等待兰菲斯将军回来一起处理军务，并注意只服从兰菲斯将军一人的命令。当他在电话里跟维加军区司令员瓜里奥内斯·埃斯特莱亚·萨德哈拉将军道别时，侍卫副官前来报告说，威尔希里奥·加西亚·特鲁希略将军陪同赖利主教在前庭等候。总统请特鲁希略的外甥先进来。

"您拯救了祖国！"巴拉格尔拥抱了将军，而此举是从未有过的。"假如根据阿贝斯·加西亚的命令，局面可能就无法收拾了，美国海军陆战队有可能已经进了特鲁希略城。"

"不仅仅是阿贝斯·加西亚在下命令。"圣伊希德罗空军基地司令回答道。他发现总统显得迷惑不解。"命令基地中心罗德里戈斯·门德斯枪毙赖利主教的是贝奇多·莱昂·埃斯特威斯。他说，这是我妹夫布博的命令。对，是布博亲自下达的。他们谁也不和我商量。

罗德里戈斯·门德斯在没有告诉我之前就拒绝执行命令，这真是奇迹。"

加西亚·特鲁希略将军平时非常注意锻炼身体和讲究衣着打扮，他留着墨西哥人式的胡须，头发抹发蜡，军装剪裁得体、熨得平展，仿佛要去参加检阅一样；口袋里总是装着雷朋太阳镜，修饰得如同他的表兄兰菲斯——两人过从甚密。但是，现在他衣裳不整，头发凌乱，眼神里流露出恐惧和怀疑。

"我不明白为什么布博和贝奇多会做出这样的决定，而且事先不和我商量。博士，他们是想把空军基地牵连进去。"

"罗曼将军可能因为大元帅的事情受了刺激，控制不住自己的神经了，"总统为罗曼开脱道，"幸亏兰菲斯·特鲁希略已经在回国途中。现在必须有他坐镇。他是四星将军，又是元首的长子，可以确保大恩人政策的连续性。"

"可兰菲斯不是政治家，他讨厌政治。巴拉格尔博士，这您是知道的。"

"兰菲斯是个非常聪明的人，一向热爱父亲。他不会拒绝担任祖国希望他扮演的角色。我们会说服他的。"

加西亚·特鲁希略将军感激地望着总统。

"总统先生，凡是需要我的地方，您尽管吩咐。"

"多米尼加人民将来会知道今天晚上是您拯救了共和国，"巴拉格尔一面送客到门口，一面重复说道，"将军，您的责任重大。圣伊希德罗是国内最重要的军事基地，因此，是不是能保持秩序稳定就取决于您了。无论发生什么事情，请打电话给我。我已经吩咐下去了：优先听您的电话。"

赖利主教大概在特工们手中度过了可怕的几小时。他的法衣撕破了，沾上了许多泥巴；憔悴的脸上留下了几道深深的皱纹，充满了恐惧的表情。他站得笔直，保持沉默，很有尊严地倾听着共和国总统的道歉和说明；他甚至在感谢总统为营救他所做的努力时，还费力地一笑："总统先生，原谅他们吧！因为他们不知道自己在干什么。"就在这个时候，门开了，罗曼将军手持冲锋枪，浑身是汗，由于恐惧和愤怒，眼睛里流露出兽性的目光，闯入了总统的办公室。总统就在一秒钟的时间里判断出如果不采取主动，这个军队要人就有可能开枪。"啊，主教，您看！谁来了？"巴拉格尔立刻非常热情地感谢国防部长前来以军队的名义向主教道歉：实在是由于误会才让主教吃苦了。罗曼将军石头般地站在办公室中央，愚蠢地眨动着眼睛。他有眼眵，好像刚刚起床的样子。他一言不发，犹豫了几秒钟之后，把手伸给了主教。后者也跟将军一样对眼前的事情迷惑不解。总统在办公室门口送别了赖利主教。

　　巴拉格尔回到写字台前时，布博·罗曼咆哮起来："巴拉格尔，你得给我说清楚了！你以为你他妈的是谁？"他边说边打手势，冲锋枪在总统眼前晃来晃去。总统镇定自若，盯着罗曼的眼睛。这位将军的唾沫星子四处飞溅，也喷到了总统脸上。这个狂怒的家伙是不敢射击的。罗曼不连贯地发出一串串野蛮的咒骂后，闭上了嘴巴。他站在原地不动，喘着粗气。总统温和而彬彬有礼地劝告他要尽量控制自己的情绪。此时此刻，总司令应该做处事慎重的表率。"虽然你又谩骂又威胁，但是如果你需要的话，我还是准备帮助你。"罗曼将军再次发出热昏的独白，他告诉巴拉格尔，他已下令处决塞贡多·英贝特少校和巴比托·桑切斯，这两个关押在维多利亚监狱中的囚犯是杀害元首一案的同谋犯。巴拉格尔不想听这种非常危险的绝密消息。他二话没说就离开了办公室。他已经明白：罗曼与元首之死有关系，否则无法解释他这一不理智的行动。

巴拉格尔回到了客厅。特鲁希略的尸体已经在胡安·托马斯·迪亚斯将军车库里一辆汽车的后备厢中发现。国家宫餐厅光滑的大餐桌上陈列着特鲁希略那被密集的子弹打得血迹斑斑的尸体，子弹打烂了下巴，面孔血肉模糊。而几个小时前，曾经用这张餐桌招待过西蒙·吉特尔曼夫妇。接着，开始脱尸体上的衣服，进行清洗，让一批医生检查遗体。为守灵做准备工作的时候，巴拉格尔看到了永生难忘的情景，看到了军政要员那一张张激动得茫然、愤怒的面孔上满眼的泪水和失去依靠后无助、迷茫、绝望的表情。现场所有人的反应中，巴拉格尔印象最深的是元首的遗孀。堂娜·玛丽亚·马丁内斯望着遗体的模样，仿佛进入了催眠状态，她直挺挺地站立着，厚底鞋支撑着她那仿佛永远高高在上的身躯。她睁大发红的眼睛，但是没有哭泣。突然，她拍着巴掌咆哮起来："报仇！报仇！要把他们都杀掉！"巴拉格尔赶忙上前搂住她的肩膀。她没有挣脱。他感到她在深呼吸，在叹息。她痉挛似的阵阵发抖，口中不停地重复："要他们付出代价！要他们付出代价！"巴拉格尔在她耳旁轻声说："堂娜·玛丽亚，我们哪怕上天入地也要让您如愿以偿。"这时，巴拉格尔有个预感：此时此刻，应该巩固住借助第一夫人取得的成果，否则就晚了。

巴拉格尔亲热地拉住第一夫人的胳膊——好像要让她离开那痛苦的场面——请她到餐厅旁边的一间小客厅里去。他看到里面没人，便关上了门。

"堂娜·玛丽亚，您是位特别坚强的女性，"他充满感情地说道，"因此，我才敢在这非常悲痛的时刻用一件您可能觉得不合时宜的事情扰乱您的感情。但这并非如此。我是出于对您的钦佩和热爱才这样做的。请您坐下听我说。"

第一夫人用不信任的目光望着他。巴拉格尔微微一笑,但是有些凄凉的成分。用这些很实际的事情打搅她,当然是不合时宜的,因为现在她的心已经被这难以忍受的巨大悲痛所控制。可是,将来呢?堂娜·玛丽亚前面不是还有漫长的生活吗?这场大难之后,谁知道会发生什么事情呢?考虑到今后的日子,那就必须采取一些预防措施。犹大背叛了基督,证明有人常常是忘恩负义的。现在,老百姓会为元首哭泣,会为他的被害而愤怒;可是,明天还会怀念伟大领袖吗?假如那民族劣根性中的怨恨占了上风呢?他不想让夫人再浪费时间了。因此,他要说具体问题了。堂娜·玛丽亚应该确保特鲁希略家族合法获得的财产不受任何意外损失;再说,这些财产早已给了多米尼加人民许多好处。如果发生政权更迭,那以后老百姓就不会受益了。巴拉格尔博士建议她与参议员亨利·奇里诺斯讨论一下,因为亨利负责监管特鲁希略家族的生意,并研究哪些财产可以立即转移到国外去,又不造成什么损失。这是在目前需要绝对谨慎的情况下还可以做的事情。共和国总统有权批准这类交易,比如,通过中央银行把多米尼加比索兑换成美元。但是怎么能知道将来是不是还有可能照办呢?大元帅出于高尚的考虑一向是反对转移财产的。如果在目前情况下仍然坚持这一政策,说句不恭敬的话,那可是不明智的。这是友好的忠告,出于崇敬和友谊。

第一夫人静静地听巴拉格尔说话,目不转睛地注视着他的眼睛。终于,她点点头,感激地说:"我早就知道您是一位真诚的朋友,巴拉格尔博士。"她非常自信地说道。

"堂娜·玛丽亚,我希望能证明是这样。我相信您不会错误理解我的劝告。"

"这是善意的忠告,这个国家很难猜出会发生什么事情,"她咬牙切齿地抱怨道,"明天我就跟奇里诺斯博士谈话。一切都要非常小心谨慎地进行吗?"

"是的,我以自己的名誉起誓,堂娜·玛丽亚。"总统口气肯定地说,一面拍着胸脯。

他看到对方脸上有一丝疑虑的表情,这说明元首遗孀心中的慌乱。他已经猜到了她要说什么。

"我恳求您不要跟我的孩子们谈起这件小事。"她声音很低,好像害怕孩子们会听见似的。"原因嘛,说起来话就长了。"

"堂娜·玛丽亚,我不会和他们说的,也不会跟任何人讲,"总统安慰她道,"这是肯定的。请允许我重申对您性格的钦佩,堂娜·玛丽亚。没有您,大恩人绝对不可能完成他的全部事业。"

在与乔尼·阿贝斯·加西亚争夺的阵地战中,他又得了一分。堂娜·玛丽亚·马丁内斯的答话结果是可以预见的,因为她的贪婪比任何激情都更强烈。当然,第一夫人也的确令巴拉格尔博士感到某种敬意。这个女人为了能够长期留在特鲁希略身边——从情人到妻子,不得不逐渐舍弃种种情感,尤其是慈悲心肠,变得终日工于心计,工于冷冰冰的算计,另外可能还怀有仇恨。

相反,兰菲斯的反应让巴拉格尔感到迷惑不解。在他和拉德哈麦斯、"花花公子"波尔菲里奥·鲁比罗萨以及一群朋友乘坐从法国航空公司租来的一架飞机抵达圣伊希德罗空军基地——巴拉格尔第一个在舷梯下拥抱兰菲斯——之后两小时,他已经梳洗完毕,穿上四星将军服,来到国家宫瞻仰父亲的遗容。他没有哭泣,也没有喊叫。他脸色铁青,悲伤但漂亮的面庞上,有种种奇怪的表情:惊愕、迷惑、排斥,仿佛那个躺在那里的人物——盛装,胸前挂满勋章,静卧在华丽的灵柩里，周围布满了烛台，房间里都是花圈——不应该也不可能躺在那里，好像他躺在那里是为了揭示宇宙秩序出了毛病。他长时间地望着父亲的遗体，流露出种种无法克制的表情，似乎他的面部肌肉极力要弹掉粘在脸上的一张看不见的蜘蛛网。"我绝对不会像您那样宽宏大量地对待您的敌人！"巴拉格尔终于听到兰菲斯说出这样一句话。这时，站在兰菲斯身旁、身穿丧服的巴拉格尔博士对元首长子耳语道："将军，咱俩必须谈几分钟！我知道此时此刻对您非常艰难。可是有些事情是不能耽误的。"兰菲斯克制住悲痛，点点头。他俩单独向总统办公室走去。路上，他们从窗户看到外面庞大的人群，那不断增加的人群是陆续从特鲁希略城郊区和农村赶来的男女老少。四五行长长的队伍绵延数公里。武警几乎无法维持秩序。这些人需要等待好几个小时才能瞻仰元首遗容。在进入国家宫并感受到大元帅的灵堂就在眼前的人群里，有的号啕大哭，有的捶胸顿足，有的歇斯底里地大喊大叫——国家宫充满撕心裂肺的场面。

华金·巴拉格尔博士很清楚，他的前途和多米尼加共和国的前途都取决于这次谈话。因此，他才决定做只有在极端情况下才做的事情，因为在不合章法的时候孤注一掷是违反他天生谨慎的性格的。他等候元首的长子在他写字台对面落座。从窗口看去，庞大的人群如同涨潮一样地拥挤在一起，等待着走到元首的遗体旁边。他把心中早已仔细准备好的台词用一贯平静的口气，丝毫不焦躁地娓娓道来：

"特鲁希略的大业延续下去，延续很久，或者不能延续，都取决于您，也仅仅取决于您。假如元首的遗产丢失了，那多米尼加共和国就会重新陷入野蛮状态。咱们就得像一九三〇年以前那样重新跟海地竞争，看看谁是西半球最贫穷和充满暴力的国家。"

在他说这番话的时候，兰菲斯一次也没有打断他的话。元首的长子是不是在听呢？他既不肯定，也不否定，他的眼睛时而注视着巴拉格尔，时而迷茫地望着别处。巴拉格尔博士心想，这样的眼神可能就是精神错乱和极端消沉的危险开端，过去他就是因为这个毛病才被送到法国和比利时的精神病院住院治疗的。但是，如果兰菲斯在听他的话，那他就可能是在权衡利弊。因为尽管他是个酒鬼，堕落，没有政治才能，也不关心国家大事，他的感情似乎完全消耗在女人、骏马、飞机和美酒之中，也可能像他父亲一样冷酷无情，但确定无疑的是：他很聪明。很可能他是这个家族中唯一能动脑筋注意吃喝玩乐之外事情的人。他反应快速、敏锐，如果接受培养，本来是可以结出累累硕果的。巴拉格尔这番大胆、坦率的表达就是针对兰菲斯的聪明本性的。总统确信，这是自己最后的一张王牌，如果他不被带枪的老爷当成废物除掉。

巴拉格尔打住了话头。兰菲斯将军仍然像看父亲遗体时那样脸色惨白。

"巴拉格尔博士，您会因为对我说了这么多事情而丢掉性命的。只要一半的事情就会没命！"

"将军，这我知道。目前的形势迫使我必须与您开诚布公。我刚刚讲了我认为唯一可行的策略。如果您认为还有别的出路，那再好不过了。抽屉里有我已经写好的辞职书。要不要我提交国会讨论？"

兰菲斯摇摇头。他吸了一口气，片刻之后，他用广播剧演员的悦耳声音解释道："通过别的渠道，我早已得出了类似的结论。"他耸耸肩膀，表示无可奈何。"不错，我认为没有别的策略可行。为了避免美国入侵和共产党的捣乱，为了让美洲国家组织和华盛顿解除对我们的制裁，我赞成您的计划。每个步骤、每个措施、每个协定都要跟我商量并且等我批准。对，就是这样。指挥军队和国家安全是我的事。不允许别人干涉，无论您、非军事官员还是美国佬都不行。任何一个与杀害我父亲有关的人，都要受到惩罚。"

巴拉格尔博士站起身来。

"我知道您热爱元首，"他庄严地说道，"关于父子亲情，您说得好。要声讨这一滔天罪行。任何人，我更不在话下，都不得阻止您去报仇雪恨。这也是我的强烈愿望。"

送出特鲁希略长子之后，巴拉格尔慢慢地喝下一杯水。心跳恢复了正常的频率。他是孤注一掷了，但是这一把赌赢了。现在要实施达成的协议了。他从元首的葬礼开始行动，地点在圣克里斯托瓦尔教堂。他的悼词充满了对大元帅的动人赞美，但是赞扬的程度由于有了预见性的批评和影射而降低了不少。这一演说让一些没有思想准备的高官流泪，让另外一些官员感到不知所措，让有些人皱眉头，让许多人困惑，但是让外交使团纷纷称道。刚刚上任的美国领事赞许道："总统先生，事情开始起变化了。"第二天，巴拉格尔博士紧急召见阿贝斯·加西亚上校。总统一看见那张由于烦恼揪心而浮肿的脸——他在用那块必定随身携带的红手帕擦去汗水——就想到了：军情局局长非常清楚要谈的事情。

"您叫我来就是通知我被免职了，对吗？"他不给总统敬礼，开门见山地问道。他穿着军装，裤子裁掉了半截，帽子滑稽地歪戴着；除去腰里别着手枪，肩上还挎着一支冲锋枪。巴拉格尔看到他身后不远处有四五个保镖的丑恶嘴脸，但是他们没有迈进办公室。

"为的是请您接受一项外交职务的任命，"总统和蔼可亲地说道，一面用小手指着椅子，请局长坐下，"一个有才干的爱国者可以在各种不同的领域为祖国效力。"

"这个幸福的流亡国度在什么地方?"阿贝斯·加西亚并不掩饰他的失望和愤怒。

"日本!"总统说道,"我刚刚签署了您的任命书,您去当领事。工资和外交开销是大使级的。"

"不能把我派到更远的地方去吗?"

"没有地方,"巴拉格尔博士有些抱歉地说道,没有嘲讽的意思,"唯一遥远的国家是新西兰,可是没有外交关系。"

胖子在椅子上摇晃了一下,喘了一口粗气。一圈黄色线条令人不快地环绕着那青蛙眼的虹膜。红手帕在他的嘴巴上停留了片刻,他好像在吐痰。

"巴拉格尔博士,您大概以为已经胜利了,"他用辱骂的口气说道,"那您可就错了。对于这个政权来说,您的身份跟我一样。您也是一身肮脏。将来谁也忍受不了您这套向民主过渡的奸诈把戏。"

"我有可能失败,"巴拉格尔说道,口气里没有敌意,"但是,我应该试一试。为此,有人应该做出牺牲。很遗憾您是第一个,可是也没有办法:您代表着政府里最坏的一张面孔。我知道需要这样一张脸,一张英勇、悲壮的面孔。大元帅本人曾坐在您现在这个座位上提醒过我。但是,此时此刻您已经变得不可救药了。您是个聪明人,用不着我多说。请不要给政府添乱。到国外去吧!小心谨慎!您最好走远一点,让人看不见,直到忘记为止。您树敌太多。有几个国家愿意帮助您呢?美国、委内瑞拉、国际刑警、联邦调查局、墨西哥、整个中美洲都想抓您!情况您比我了解得多。日本是个安全的地方,再说还有外交规定呢。我知道您一向对唯灵论感兴趣。是红玫瑰十字教派,对吧?趁这个机会深入研究一下嘛。另外,如果您愿意在别的地方安家落户，用不着告诉我在什么地方，您仍然可以拿到薪水。作为安家费，我已经签署了一笔特别开支。一共二十万比索，您可以去财务处领取。希望您走运！"

总统没有伸手，因为他猜出这位前军人（前一天，巴拉格尔已经签署命令请他脱离军队）是不会跟他握手的。阿贝斯·加西亚有好久一动不动，用充血的瞳人望着总统。但是，总统早就知道这是个讲究实际的人，他不会做出愚蠢的威胁行动，而是会接受这小小的伤害。巴拉格尔看到他起身走了，没有说"再见"。他立刻口授秘书拟了一个公告：前上校阿贝斯·加西亚已经辞去军情局局长的职务，将赴国外工作。两天后，《加勒比日报》用五行字报道了杀害元首的凶手们的伤亡、被捕情况，并在下面刊登了一张照片。巴拉格尔博士看到照片上是阿贝斯·加西亚身穿条纹大衣，头戴狄更斯笔下人物的圆顶礼帽，正在登上飞机的舷梯。

此前，总统已经决定议会的新领袖由参议员亨利·奇里诺斯担任，而不是阿古斯丁·卡布拉尔。议长负责让国会转变的工作：转向美国和西方社会可以接受的立场。巴拉格尔很想让"智囊"来当议长，因为他一贯的俭朴作风与巴拉格尔的生活方式是一致的，而奇里诺斯这个"宪法专家兼酒鬼"使他感到厌恶。可他还是选择了"活垃圾"，因为如果让一个被元首刚刚罢官的人突然恢复工作，有可能激怒特鲁希略集团的人们，而目前他还需要这些人出力呢。暂时不要惹他们生气。奇里诺斯无论外表还是品德都令人讨厌，但是，他出主意和舞文弄墨的本领是无与伦比的。国会里的种种计策，他比任何人都熟悉。总统和"宪法专家兼酒鬼"从来都不是朋友，因为巴拉格尔讨厌酗酒的人。但是，总统刚一请"酒鬼"进国家宫、告诉他要担任的工作，这位参议员立刻狂喜得跳了起来；同样，总统要他以快速和最隐蔽的方式为第一夫人把资金转移到国外去提供方便时，他也非常兴奋。（"总统先生，这是您至高无上的关心：让一位处于不幸之中的杰出夫人安度晚年。"）那个时候，参议员奇里诺斯对于正在酝酿发生的变化还处于全然不知的状态，他坦白地告诉巴拉格尔：他有幸向军情局报告安东尼奥·德·拉·玛萨和胡安·托马斯·迪亚斯将军正在老城里转悠（他是坐在一辆停靠在朋友埃斯白亚特家对面的汽车里看到的）；他请求巴拉格尔帮忙去找兰菲斯要捉拿凶手的情报奖金。巴拉格尔博士劝告他放弃领奖的要求，并且也不要张扬这一爱国检举行动，因为这有可能无可挽回地损害他未来的仕途。这个特鲁希略在亲密朋友中称之为"活垃圾"的奇里诺斯，立刻明白了总统的意思：

"总统先生，请允许我向您表示祝贺，"他大声说道，一边打着手势，仿佛已经爬到主席台上了，"我过去一向认为，政府应该向新时代敞开大门。现在元首不在了，您是领导全国渡过难关的最好人选，您可以引导多米尼加这条航船驶向民主的港湾。我愿意当您最忠诚和最投入的合作伙伴。"

奇里诺斯的确是好伙伴。他在国会提议授予兰菲斯·特鲁希略将军拥有多米尼加军事和政治事务最高权威的地位并拥有三军指挥权。他开导参、众议员要掌握新政策：这是巴拉格尔总统推行的，目的不是否定过去，不是否定特鲁希略时代，而是辩证地超越那个时代，吸收那个时代的精华为新时期服务，以便多米尼加这个岛国在完善民主的同时并不倒退，可以重新为美洲国家组织的兄弟们所接纳，从而解除国际制裁，重新加入到国际大家庭中去。参议员奇里诺斯在一次与巴拉格尔总统的工作例会中，有些不安地问到总统阁下对前参议员阿古斯丁·卡布拉尔有何安排。

"我已经下令银行解除对他存款的冻结;承认他对国家所做的工作,因此他可以领退休金了,"巴拉格尔告诉奇里诺斯,"眼下他回到政治活动中来还不合适。"

"我完全同意您的看法,"参议员表示赞成,"我跟'智囊'早就有工作联系,他是个有争议的人物,容易引起敌人反对。"

"只要他不太出头露面,国家可以让他发挥他的才干,"总统补充说,"我已经建议他担任政府法律顾问了。"

"英明的决定,"奇里诺斯再次表示赞成,"阿古斯丁一向很有法律头脑。"

从大元帅死去算起,仅仅过了五周的时间,可是变化已经很可观了。华金·巴拉格尔没有什么可抱怨的,在如此短暂的时间里,他从一个傀儡总统、一个无足轻重的角色变成了真正的国家元首,这个职务连冤家对头也承认,尤其是得到美国的承认。虽然起初他在给美国新领事解释未来计划时言不及义,但是现在美国已比较认真对待巴拉格尔的许诺了:他要慢慢地把国家过渡到有秩序的完全民主中,而不能让共产党人占了便宜。他每隔两三天就和无所顾忌的约翰·卡尔文·希尔——一位身材如同美国西部牛仔的外交官,说起话来直截了当——会晤一次。最后,巴拉格尔终于说服了希尔:目前这个时期,还应该把兰菲斯当盟友。兰菲斯已经同意巴拉格尔提出的逐渐实行改革开放的方针。军队现在还控制在兰菲斯手中。因此,特鲁希略的两个弟弟——贝坦和埃克托尔——以及同特鲁希略一起起家的土匪亲信们,才没有兽性发作,仍然在合法的范围内活动。兰菲斯可能认为,通过他对巴拉格尔的一系列让步,即,同意某些流亡者回国,允许在报刊和广播中对特鲁希略政权的小心批评(火药味最浓的是一家八月份上市的新报纸,名叫《公民团结报》），批准反对派力量开始集会和上街游行——右翼力量叫"全国公民团结组织"，领导人是维里亚托·菲亚约和安赫尔·塞维罗·卡布拉尔；左派力量叫"六·一四革命运动组织"。他可能认为他将来还会有政治前途，好像某个姓特鲁希略的人还可以重新登上国家的政治舞台！眼下还用不着让他摆脱这一错误认识。兰菲斯还掌握着大炮，拥有军队的支持。拆散武装力量，清洗特鲁希略主义，还需要时间。政府同教会的关系重新友好起来了，有时，总统与教皇使节及比迪尼大主教一道喝茶。

巴拉格尔无法用让国际舆论接受的方式解决的问题是"人权"问题。每天都有大量的抗议活动：为在维多利亚监狱、九号监狱、四十一号监狱、内地兵营和监狱里的政治犯，为刑讯拷打，为有人失踪，为有人被害而抗议！抗议！抗议的宣言、公告、书信、电报和外交照会像雪片一样地飞来。巴拉格尔无法做许多事，确切地说，是无法做事；他只能含糊其辞地答应并视而不见。他说过让兰菲斯自由行动，那就得兑现。即使想有所作为，他也不可能说话不算数。大元帅的长子已经把堂娜·玛丽亚和安赫丽塔送往欧洲；他仍然不知疲倦地寻找暗杀元首的同谋，仿佛杀害特鲁希略的阴谋活动是群众性的。一天，这位年轻的将军开门见山地问总统：

"您知道佩德罗·里韦奥·塞德尼奥想把您牵连到杀害我父亲的阴谋里吗？"

"这不奇怪，"总统微笑着说道，脸色丝毫没有变化，"凶手最好的辩护方法就是把大家都牵连进来。尤其是元首身边的人。法国人把这称为'毒害他人'。"

"假如又有一个人证明您参与阴谋，那您的命运可就跟布博·罗曼一样了。"兰菲斯虽然出着粗气，可是显得有节制。"如今罗曼骂自己生不逢时。"

"将军，我不想知道他的事情。"巴拉格尔拦住了他的话头，向将军伸出手去。"在道义上，您完全有权利为父亲报仇。请求您不要给我讲细节。如果我不知道外界谴责的过火行为属实的话，那就比较容易对付来自全世界的批评。"

"如果我们抓住了安东尼奥·英贝特和路易斯·阿米阿玛，会向您报告的。"巴拉格尔看到这个漂亮小伙子的脸上露出迷茫的神色，如同往常每回提到最后这两个既没有被捕又没有被害的阴谋参与者时一样。

"您认为他俩还在国内吗？"

"我想是的，"巴拉格尔语气肯定地说，"假如他俩逃到了国外，肯定会举行新闻发布会，可能会得到奖赏，会出现在所有电视节目里，会享受他们那所谓的英雄身份。他们肯定还藏在国内。"

"既然这样，那迟早会落入法网，"兰菲斯低声道，"我手下有成百上千的人在挨家挨户、一点点地搜查。如果他俩还在多米尼加共和国，那就一定会落网。如果不在国内，世界上也没有他俩可以逃避惩罚的地方，他们要为我父亲的死付出代价。为了抓到他俩，我可以把最后一分钱花掉。"

"将军，我祝愿您心想事成，"善解人意的巴拉格尔说道，"请允许我提个要求。请您尽量注意方式方法。如果出了乱子，那向世界证明我国正在走向民主化的小心运作就会失败。比如说，卡林德斯事件，或者贝坦科尔特险些被刺的事件。"

只要一涉及暗杀元首的阴谋问题，大元帅之子就变得无法商量。巴拉格尔没有在为这些被捕者的释放上说情浪费时间，是因为被捕者的命运已经决定；如果英贝特和阿米阿玛被捕，那也在劫难逃；

再说，有些事情还不能肯定会有利于巴拉格尔计划的实施。时代确实在变化。老百姓的感情是反复无常的。在一九六一年五月三十日之前，多米尼加人民可以为特鲁希略主义肝脑涂地，那时如果让老百姓抓住胡安·托马斯·迪亚斯、安东尼奥·德·拉·玛萨、埃斯特莱亚·萨德哈拉、路易斯·阿米阿玛、瓦斯卡尔·特哈达、佩德罗·里韦奥·塞德尼奥、菲菲·巴斯托里萨、安东尼奥·英贝特和他们的同伙，肯定会挖出他们的眼睛，扒了他们的皮，掏出他们的心。但是，多米尼加人民体验了三十一年的"没有党和元首就没有新国家"的神圣共存论现在已经进了历史博物馆。由大学生、"全国公民团结组织"和"六·一四"发起的街头群众集会，起初参加者寥寥无几，与会者胆战心惊；但是一个月后，两三个月后，参加的人数就成倍地增加了。不仅在圣多明各（巴拉格尔准备了一个提案：让特鲁希略城恢复它原来的名字圣多明各；奇里诺斯参议员在一个合适的时机用鼓掌的方式在国会通过了这一提案）独立公园里有时挤满了人，就是在圣地亚哥、罗马纳、圣弗朗西斯科等其他城市也是如此。恐惧在消失，否定特鲁希略的声音在提高。巴拉格尔博士敏锐的历史嗅觉在提醒自己：老百姓的这一全新的思想感情还要继续变化，这是任何人都阻挡不住的。只要老百姓反对特鲁希略主义的气候一到，暗杀特鲁希略的凶手就会变成强有力的政治人物。这种情况会对谁有好处呢？为此，他"枪毙"了奇里诺斯的小心试探。这位巴拉格尔派新改革运动的国会领袖来请示总统：对五月三十日暗杀元首的参与者由国会提出实行大赦的建议，会不会说服美洲国家组织和美国解除对多米尼加的国际制裁？

"参议员，意图是好的。但是，后果呢？大赦有可能伤害兰菲斯的感情，他会立刻杀掉全部应该被赦免的囚犯。我们的努力就会泡汤。"

"您敏锐的思想总是让我吃惊。"奇里诺斯参议员喊道,险些鼓起掌来。

除去元首被暗杀这个话题,兰菲斯·特鲁希略——他在圣伊希德罗空军基地整天喝得酩酊大醉,或者去博卡·奇卡的海边别墅,因为那里住着他在巴黎最近搞上并且带回国的情人(连同其母)、夜总会的一个舞女,而他把自己怀孕的合法妻子、年轻的女演员丽塔·米兰留在了巴黎——总是表现得比巴拉格尔预期的好得多。他无奈地接受了特鲁希略城又改回原来的名字圣多明各的事实;同意重新命名那些叫作"大元帅""兰菲斯""拉德哈麦斯""安赫丽塔""堂娜·胡里娅"和"堂娜·玛丽亚"的城镇、街道、广场、高山大川和桥梁;他并不坚持过分惩罚那些捣毁位于大街小巷、公园和公路上特鲁希略及其家属的雕像、铜牌、照片和图片的大学生、不法分子以及流浪汉。他没有讨价还价就同意了巴拉格尔这样的建议:"出于慷慨的爱国主义行动",把属于大元帅及其子女的土地、庄园和农场转让给国家,也就是说分给人民。兰菲斯用公开信的方式做了这一决定。这样一来,国家就成了全国百分之四十可耕地的主人,即在古巴政府之后,多米尼加是在拉丁美洲拥有国有企业最多的国家。兰菲斯将军还抚慰元首的弟弟们、那些粗鲁的酒色之徒的情绪,因为特鲁希略主义的装饰和象征的逐渐消失,让他们感到困惑不解。

一天晚上,巴拉格尔与妹妹们共进晚餐(每天的食谱很简单:鸡汤、米饭、凉拌菜和牛奶、点心)之后,起身要去上床的时候,跌倒在地,失去了知觉。他昏迷的时间只有几秒钟,可是费利克斯·高伊科大夫提醒他,如果还是继续节奏紧张的工作,那到年底之前，心脏或者大脑就会像炸弹一样爆炸。他应该多休息——自从特鲁希略死后，他每天只睡三四个小时。他应该锻炼身体，周末放松一下。他强迫自己每晚在床上躺五个小时；午饭后散步，尽管为了避免麻烦的社交联系，要远离乔治·华盛顿大道。他常去老兰菲斯公园，如今那里重新命名为埃乌海尼奥·玛丽亚。星期天，做完弥撒之后，为了放松情绪，他就读上两个小时的浪漫主义和现代主义诗歌，或者是西班牙黄金世纪时期的经典作品。有时在大街上会遇到某个易怒的家伙骂他："巴拉格尔，你是个纸娃娃！"但是，更多的情况下是人们友好的问候："总统先生，您好！"他摘下帽子（他习惯戴得很低，唯恐风把帽子吹跑），彬彬有礼地答谢。

一九六一年十月二日，巴拉格尔在纽约联合国总部大会上宣布：在多米尼加共和国，真正的民主和新面貌正在诞生。当着一百多个国家代表的面，他承认：特鲁希略的独裁统治犯了时代错误，它不合乎世界潮流，是对自由和人权的野蛮践踏。他还呼吁自由世界的国家帮助他把法律和自由交还给多米尼加人民。几天后，巴拉格尔收到了堂娜·玛丽亚·马丁内斯寄自巴黎的一封充满了痛苦言词的信。这位前第一夫人埋怨他："总统对特鲁希略时代的描述是不公平的；您忘记了我丈夫还做了许多好事，您本人在长达三十一年的时间里就不停地高度赞美元首。"但是，让总统感到不安的是特鲁希略的弟弟们，而不是玛丽亚·马丁内斯。他获悉：贝坦和"黑人"曾经与兰菲斯有过一次暴风雨般的会晤。这两人质问兰菲斯：是你允许这个不可信任的好事之徒去联合国侮辱你父亲的吗？他们愤然道：早该把这家伙从国家宫轰出去了；应该按照人民的要求，重新让特鲁希略家族的人掌握大权！兰菲斯辩解说，如果发动政变，美国海军陆战队的入侵就不可避免。因为美国领事约翰·卡尔文·希尔亲自警告过他。要保住老本的唯一可能性在于：在总统这个脆弱的合法代表身后，我们团结一致。巴拉格尔在巧妙地活动，争取让美洲国家组织和美国解除制裁。为此，他就不得不在联合国发表违心的演说。

但是，在巴拉格尔从纽约回来后不久的一次会晤中，特鲁希略的长子表现得很不宽容。他的敌意是如此强烈，决裂似乎是不可避免的了。

"您还要继续攻击我父亲吗？"兰菲斯坐在元首被害前几小时坐过的座位上，目光盯着大海，向总统发问。

"将军，我别无选择！"总统点点头，口气是痛苦的。"如果我要他们相信这里的一切都在变化，国家在实行民主开放，那就应该对过去进行反省。我知道，这对您来说是痛苦的。对我来说，也不轻松。政治有时就要求撕破脸皮！"

兰菲斯好久不说话。他是不是又喝醉了？难道吸毒了？导致疯癫状态的精神危机又逼近了？他眼圈青紫，两眼发红，闪烁着不安的神色，脸上有奇怪的表情。

巴拉格尔补充道："我早就对您说明白了。我是严格遵守咱俩的协定的。您也赞成我的计划。当然，我那时对您说的话现在仍然有效。如果您愿意掌权，那用不着把坦克从兵营里开出来。现在我就可以交上辞职书。"

兰菲斯久久盯着巴拉格尔，带着厌烦的神情。

"大家都要我来掌权，"他低声说，一副无精打采的样子，"我的叔叔、各个军区司令员、各总部的军官、我的堂兄弟和父亲的生前好友，都提出这个要求。但是，我不想坐在您这个位子上。巴拉格尔博士，我不喜欢这种令人讨厌的事情。干吗要做这种事？难道就为了以后有人像报答父亲那样对待我?"

他不说了,一副深深沮丧的神情。

"将军,既然您不愿意掌权,那就帮助我行使权力。"

"还要帮助您?"兰菲斯反问道,口气是嘲讽的,"要不是我出面,我的叔叔们早就用枪把您赶出去了。"

"帮得还不够,"巴拉格尔回答说,"您看到了大街上人们的激动情绪。'公民团结'和'六·一四'的群众大会,调子越来越激烈。如果咱们不抢在他们前头,情况会更糟糕。"

大元帅之子的脸色又恢复了正常。他抬头向前,好像在思量:总统敢提出那个他预料中的要求吗?

"您的叔叔们应该出国,"巴拉格尔博士温和地说道,"只要他们在国内,无论国际社会还是公众舆论都不会相信这里的变化。只有您才能说服他们。"

要不要骂他一通?兰菲斯吃惊地望着总统,仿佛不相信自己的耳朵。又是长长的沉默。

"将来您是不是也会这样要我离开这个我父亲缔造的国家?理由就是为了让人们吞下这个新时期的苦果?"

巴拉格尔稍稍等了一会儿。

"是的,也要您离开。"他低声说。真是提心吊胆。"您也要走。但不是现在。等到您让叔叔们走了以后。等到您帮助我巩固了政权,等到您让军队明白了特鲁希略的势力已经不存在了。将军,这对您来说不是什么新闻。您早就知道这个道理了。推行这个计划对于您、您的家族和朋友是最佳方案了。如果让'公民团结'或者'六·一四'上台,那就糟多了。"

兰菲斯没有掏枪,没有唾骂。他的脸色又变白了,又出现了精神错乱才有的面部表情。他点燃一支烟,猛吸几口,然后望着喷出的烟雾消散。

"我早就想离开这个充满混蛋和忘恩负义家伙的国家了,"他嘟嘟囔囔地说道,"如果抓住阿米阿玛和英贝特,我就不在这里待着了。就差他们俩了。一旦实现了我对父亲许下的诺言,我就上路。"

总统告诉他,已经批准胡安·博什和他的多米尼加革命党的同志从流亡地返回。总统觉得兰菲斯没有听他的解释:胡安·博什和多米尼加革命党为争夺反对特鲁希略运动的领导权,将会投身到与"公民团结"和"六·一四"的激烈斗争中来。巴拉格尔说,这样一来,他们就可能为政府好好出力。因为真正的危险来自"全国公民团结组织"的先生们,该组织有许多有钱人和在美国有影响的保守党人士,例如,塞维罗·卡布拉尔。胡安·博什对此很清楚,他会调动一切有利因素,或许还有不利因素,来阻止如此强大的竞争者进入政府。

维多利亚监狱关押着两百多名与谋杀元首有牵连的真假同谋犯,只要特鲁希略家族的人一出国,就应该实行大赦。但是,巴拉格尔知道,兰菲斯绝对不会让这些人活着出来的。他肯定要残酷折磨他们,就像折磨罗曼将军一样。他折磨罗曼长达四个月之久,最后宣布:罗曼因为背叛元首而感到内疚,结果自杀身亡,但是一直未能找到他的尸体。如果莫代斯托·迪亚斯还活着,肯定也会受到酷刑拷打。问题在于,囚犯们——反对派称之为"伸张正义者"——在给巴拉格尔的政权抹黑,而总统打算给自己的政府一张新面孔。总有外国使团、代表团、政治家和记者来关心这些囚犯,总统不得不拐弯抹角地解释为什么还没有审判;他还得信誓旦旦地说,要重视他们的生命,审判时会是严格守法的,将邀请国际观察员出席。为什么兰菲斯一直没有结果这些人的性命？他不是杀掉了安东尼奥·德·拉·玛萨所有的兄弟、堂兄弟、表兄弟、叔叔、伯伯、舅舅了吗？不是在抓住他们的当天就将其枪毙或者乱棍打死了吗？为什么兰菲斯还关押着这些人？难道是因为反对派抗议的呼声？巴拉格尔明白，伸张正义者的鲜血也会飞溅到自己身上：他是最后一头待宰的公牛。

同兰菲斯的那次谈话过了两三天之后，巴拉格尔接到了元首长子的一个重要电话、一个大好消息：他已经说服了两位叔叔出国。贝坦和"黑人"出去度长假。十月二十五日，埃克托尔·比恩韦尼多带着美国籍妻子飞往牙买加。贝坦登上了"特鲁希略元首"号巡洋舰去加勒比海进行所谓的游弋。美国领事约翰·卡尔文·希尔坦率地告诉巴拉格尔，现在到了可以考虑解除对多米尼加国际制裁的时候了。

"领事先生，希望不要拖得太久！"总统催促他快办，"我们越来越感到窒息！"

国有企业由于政策不稳定和限制进口原材料，几乎完全瘫痪；贸易由于收入减少而一无所获。兰菲斯低价卖出没有用特鲁希略家族名义注册登记的公司和手中的股票，中央银行不得不把这些钱用根本不存在的官方汇率一比一兑换成美元后给他转存到加拿大和欧洲的银行去。特鲁希略家族没有像巴拉格尔担心的那样将巨额外汇转移到国外去而是总共转移了六千四百万美元：堂娜·玛丽亚一千二百万美元；安赫丽塔，一千三百万美元；拉德哈麦斯，一千七百万美元；兰菲斯到目前为止是两千两百万美元。本来会更糟的。但是，国库外汇储备很快要用光了，到那时就无法发放军饷和教师及公务员的工资了。

十一月十五日，内政部长惊恐万状地打电话报告：贝坦和埃克托尔·特鲁希略两位将军突然回国。部长要求政治避难。因为军事政变随时都会发生。军队是支持这两位将军的。巴拉格尔紧急约见美国领事卡尔文·希尔。他向希尔说明了当前形势。除非兰菲斯出面阻止贝坦和"黑人"的行动，否则会有许多部队支持这两位将军发动政变。这样就会爆发内战，其后果难以预料，会对反特鲁希略主义人士进行大屠杀。领事对这些情况完全清楚。他向巴拉格尔通报说，肯尼迪总统亲自下令，命一支舰队从波多黎各起航，目标直指多米尼加海岸。这支舰队由"福吉谷"号航空母舰、"小石城"号巡洋舰（第二舰队的旗舰）以及"海曼"号、"布里斯托尔"号、"贝蒂"号三艘驱逐舰组成。如果发生政变，将有两千名海军陆战队员上岛作战。

总统用了四个小时才与兰菲斯联系上，他在电话里同兰菲斯简单谈了几句。元首之子告诉总统一个坏消息：他和叔叔们大吵了一架，叔叔们不肯出国。兰菲斯警告他们，既然如此，他就离开多米尼加。

"将军，现在会出什么事情？"

"总统先生，从现在起，您就一个人留在这个野兽笼子里吧！"兰菲斯哈哈大笑着说，"祝您好运！"

巴拉格尔博士闭上眼睛沉思。即将到来的几小时、几天是关键时刻。特鲁希略长子打算干什么？出国？自杀？他可能去巴黎，去与妻子、母亲、弟弟妹妹会合，去开晚会、打马球、在购买的豪宅里玩女人，借此安慰自己。兰菲斯已经把能提走的钱都弄到国外去了。他留下了一些不动产，那迟早是要被查封的。总之，这不是问题。成问题的是特鲁希略的两个弟弟，因为他们是不讲道理的野兽。

这两人很快就会动枪的,这是他俩唯一的拿手好戏。根据民间传说,贝坦早已列出了一份要消灭的敌人名单,为首的就是巴拉格尔!如此一来,正如巴拉格尔经常喜欢引用的一句谚语所说,应该"摸着石头过河"。总统并不害怕,只是伤心,因为他刚刚经营起来的一家高雅、名贵的珠宝店要毁在一个恃强凌弱的坏蛋的枪弹之下了。

次日黎明时分,内政部长吵醒了总统,他报告说:一群军人把特鲁希略的尸体从圣克里斯托瓦尔的教堂墓穴中挖了出来,他们把尸体抬到了博卡·奇卡海湾,那里有个兰菲斯将军的私人码头,"安赫丽塔"号游艇就停泊在港口。

"部长先生,我什么也没听见,"巴拉格尔打断了对方的话,"您什么也没对我说。我劝您再休息几个小时。这一天还长着呢!"

与劝告部长的话相反,巴拉格尔没有休息。兰菲斯不消灭杀害他父亲的凶手是不会离开多米尼加的。如果兰菲斯杀害了这些人,那巴拉格尔这几个月的努力就会付诸东流,因为他努力说服西方世界:由他来当总统后,多米尼加共和国正在走向民主,没有发生内战,也没有美国和多米尼加统治阶级担心的动乱。可是,他又能怎么办呢?只要他提出关于这些囚犯的命令与兰菲斯发生冲突,后者就会不服从,就会暴露总统在军队里缺乏权威性的事实。

尽管如此,颇为神秘的是,除去传播军队就要暴动和屠杀平民的消息之外,十一月十六日和十七日都未发生任何事情。巴拉格尔照常处理公务,仿佛全国一片平静似的。十七日黄昏,有人报告说,兰菲斯已经离开了海边别墅。接着,人们看到兰菲斯醉醺醺地从一辆汽车里下来,骂了一句什么,对着大使饭店正面扔了一颗手榴弹,但手榴弹没有爆炸。此后,就无人知道兰菲斯的下落了。第二天,由安赫尔·塞维罗·卡布拉尔率领的"全国公民团结组织"的一个代表团要求总统紧急接见，说是生死攸关的大事。巴拉格尔接见了他们。塞维罗·卡布拉尔急得失去了理智。他挥舞着瓦斯卡尔在维多利亚监狱写的一张纸条，纸条是瓦斯卡尔·特哈达托人秘密交给他的妻子林婷的。纸条上说：杀害特鲁希略的六名犯人，包括莫代斯托·迪亚斯和童迪·卡塞雷斯，已被转移到另外一座监狱。信上最后说："亲爱的，有人要把我们杀掉！""全国公民团结组织"的领袖要求将这些犯人交给司法部看押，或者请总统签发命令将他们释放。这些犯人的亲属和律师一起正在国家宫门口请愿。国际新闻界在关注此事，美国和西方国家的大使馆也在注意着事态的发展。

惊慌不安的巴拉格尔博士向大家保证说，他要亲自过问此事。他绝对不允许犯罪事件发生。据他得到的报告说，转移这六名犯人恰恰是为了加快对这一案件的审理。具体的做法就是纯粹履行一个手续：重新核对案情，然后就会立刻开庭审判。当然，要有海牙国际法庭的观察员在场，总统将亲自邀请这些观察员来访。

"全国公民团结组织"的领导人刚一离去，总统就立即给共和国总检察长何塞·曼努埃尔·马查多博士打电话："您知道为什么国家警察局局长马尔科斯·阿·豪尔赫·莫雷诺下令把埃斯特莱亚·萨德哈拉、瓦斯卡尔·特哈达、菲菲·巴斯托里萨、佩德罗·里韦奥·塞德尼奥、童迪·卡塞雷斯和莫代斯托·迪亚斯六人转移到司法部看守所去吗？"总检察长一无所知。他气愤得跳了起来："有人在滥用司法部的名义，根本就没有什么法官下令重新核对案情。"总统表示非常不安，他坚定地说，这是绝对不容许的。他将立即命令司法部长深入调查是何人所为，追究其责任并给予惩处。为了留下可以证明处理此事的文字，总统口授了一份备忘录，让秘书记录下来，并且马上抄送司法部长。随后，他又打电话给司法部长。他发现部长慌乱得不知如何是好。

"总统先生,我不知道怎么办才好。我门前有犯人家属在请愿。压力来自四面八方。让我报告情况,可是我什么也不知道。您知道为什么他们要把这几个人转移到司法部看守所吗?没人给我解释。现在,他们把犯人带到公路上去了,说是核对案情,可是并没有人下这个命令啊。没有办法靠近那里,因为圣伊希德罗空军基地的士兵封锁了那个地区。我该怎么办?"

"您亲自跑一趟,要求他们说明白!"总统指示说,"必须有目击者证明:政府为了阻止有人犯法已经竭尽全力做了一切。要拉上美国和英国的外交代表一同前往。"

巴拉格尔博士亲自打电话给美国领事约翰·卡尔文·希尔,请他支持司法部长的这一行动。同时,他又告诉领事,如果看上去兰菲斯是在忙于出走,那么特鲁希略的两个弟弟可能会开始行动。

他继续办公,表面上是被金融的艰难形势所吸引。午饭时,他没有离开办公室,继续与财政部长和中央银行行长一道工作,拒绝接电话和接见访客。黄昏时分,秘书给他送来司法部长写的一封短信,信上说:他和美国领事被空军士兵阻拦在外,他们不能靠近核对案情的地方。他已查明,无论司法部、法院还是检察院都没有派人核对案情,也没有任何单位向他们报告要办这个手续。这是军方单独一家所为。八点半,总统刚刚回到家里,就接到了现任警察局局长马尔科斯·阿·豪尔赫·莫雷诺上校的电话。由三个武警战士押解囚犯的卡车,完成重新核对案情的手续之后,在返回维多利亚监狱的途中失踪。

"上校,要不惜一切力量,一定要把他们找到!动员全部需要的警员进行搜查!"总统命令道,"请随时与我联系!"

总统的妹妹们由于传闻而感到不安,她们说,今天下午特鲁希略家族的人杀害了暗杀大元帅的凶手。巴拉格尔说,他一无所知。有可能是极端分子造谣,他们想加剧目前局势的动荡不安。他一面撒谎安慰妹妹们,一面推测:即使事情不是兰菲斯干的,今天晚上他也一定会离开多米尼加。那么,黎明时分,总统就有可能与特鲁希略之弟发生冲突。他们会把他抓起来吗?会把他杀掉吗?他相信:虽然他们杀掉他可以阻止一部历史机器的运转,但是,历史会很快把他们从多米尼加的政治舞台上铲除掉。他没有感到不安,只有好奇。

他正要穿睡衣,豪尔赫·莫雷诺上校又打来了电话。那辆运囚犯的卡车已经找到,三个武警战士被害,六个犯人已经逃跑。

"上天入地也要把逃犯抓回来,"总统用朗诵的声调不慌不忙地说道,"您要对这六个犯人的性命负责!他们必须上法庭,为这一新罪行依法接受审判!"

入睡前,突然一股怜悯之情涌上他的心头。不是为那六个囚犯,毫无疑问,他们在下午已经被兰菲斯亲自杀害;而是为了那三个年轻的武警,元首之子为了制造犯人逃跑的假象,竟然派人杀了三个无辜的青年。三个可怜的武警战士为了别人要把谎言涂上真实的外表而被无情地杀害了。可是有谁会相信这一套呢!无谓的牺牲啊!

第二天,总统在去国家宫的路上看到《加勒比日报》刊登的消息:"杀害特鲁希略的凶手们背信弃义地结果了三名押送他们的武警战士之后逃逸。"但是,他担心的闹剧没有发生,倒是另外一些大事使他忧伤。上午十点,哐当一脚,有人踹开了他办公室的房门。贝坦·特鲁希略将军手提冲锋枪,腰上插着手榴弹和手枪,闯进总统办公室。后面是他的弟弟埃克托尔,他也穿着将军服。一起冲进来的还有私人卫队的二十七个打手,他们一个个武装到了牙齿。这些人醉醺醺的,一副流氓相。这种野蛮行径让总统产生的不快情绪,远远超过了恐惧。

"我不能请你们都坐下。我没有那么多椅子。很抱歉。"矮小的总统站起来说道。看上去他很平静,圆圆的脸上礼貌地浮出一丝笑容。

"巴拉格尔,动真格的时候到了。"贝坦野兽般地咆哮着,唾沫飞溅。他挥舞着冲锋枪威胁,在总统眼前晃来晃去。巴拉格尔没有后退。"别装蒜了!就像昨天兰菲斯干掉那些婊子养的一样,今天我们要消灭胡闹的人!先从犹大开始!你这个臭侏儒!叛徒!"

这个废物也有些喝醉了。巴拉格尔掩饰着自己的愤怒和种种感觉,完全克制住自己的情绪。他镇定地用手指着窗外,说道:

"贝坦将军,请您跟我到这里看看!"他转身对埃克托尔说,"劳驾,您也来一下!"

他走在前面,来到窗户旁边,用手指向大海。这是一个阳光明媚的上午。在海岸的正前方,可以非常清晰地看到远方的海面上闪烁着三艘美国军舰的影子。名字看不清楚,但是可以分辨出装备着导弹的"小石城"号巡洋舰和"福吉谷"号以及"富兰克林·罗斯福博士"号两艘航空母舰长长的大炮是瞄准了多米尼加首都的。

"他们等你们一上台掌权就开炮!"总统慢慢地说道,"他们盼着你们提供借口,好再次入侵我国。作为多米尼加人,你们愿意让美国佬像历史上发生过的那样再一次占领我们的国家吗?如果你们愿意,那就开枪吧!我也就成为英雄了。接替我这个位子的人连一个小时也坐不成!"

巴拉格尔心想:"既然他俩让我说完了这番话,那就不大可能开枪了。"贝坦和"黑人"交头接耳说了起来，由于两人同时在说话，因此听不清楚。这时，打手和保镖们面面相觑，感到迷惑不解。终于，贝坦命令手下人离开办公室。等到巴拉格尔单独与两兄弟留在办公室里的时候，他推测这一局已经赢了。两人坐到了他的对面。这两个可怜虫！可以感到他俩极其尴尬。他们不知从何说起。应该帮助他俩开口。

"国家希望你们有所表示，"巴拉格尔说，口气是亲切的，"希望你们像兰菲斯将军那样做出慷慨、爱国的行动。为了和平，你们的侄子已经出国了。"

贝坦打断了他的话，怒气冲冲又直截了当地说道：

"要是有兰菲斯在国外那几千万美元的财产，那爱国是非常容易的。可是我和'黑人'在国外既没有房产、股票，也没有存款。我们的家产全都在国内。元首禁止把钱弄到国外去，我们是唯一听话的傻瓜。这公平吗？巴拉格尔先生，我们不是白痴！我们在这里的全部土地和财产都会被没收的。"

总统松了一口气。

"先生们，这有办法解决，"他安慰两人说，"用不着担心。你们按照国家的要求做了慷慨的表示，那就应该得到补偿。"

从这一刻起，一切都围绕着讨价还价展开。这证明总统对那些贪财者的蔑视是有道理的。巴拉格尔从不贪财。最后终于成交了，他觉得这笔钱还算合理，因为国家可以换来和平和安全。他下令中央银行给兄弟两人各两百万美元；把他俩手中的一千一百万比索兑换成美元，一部分换成现金，余下的存入首都的银行。为了保证遵守协议，贝坦和埃克托尔要求美国领事也在协议书上签字。卡尔文·希尔立即来到国家宫，他很高兴事情能够和平解决，而无需流血牺牲了。他向总统表示祝贺，并且精辟地说："危急时刻方显出真正国务活动家的本色。"巴拉格尔谦虚地低下头来，一面想到，随着特鲁希略家族的出走，可能会爆发一片欢呼声，也会有些混乱。他还想到，没有几个人会再想起六人被杀事件了，他们的尸体永远也不会出现了，这难道还有疑问吗？

在内阁会议上，总统要求全体一致通过全面政治大赦：释放所有政治犯，撤消对所有政治动乱的立案侦查，已经立案的宣布作废；下令解散多米尼加党！部长们起立热烈鼓掌。这时脸色微微发红的卫生部长达巴雷·阿尔瓦莱斯·贝莱伊拉告诉总统：六个月以来，他家里一直藏着逃犯路易斯·阿米阿玛·蒂奥。阿米阿玛大部分时间躲在一间狭窄的密室里，躲在挂着的晨衣和睡衣的后面。

巴拉格尔博士表扬了卫生部长的人道主义精神，还说：请部长陪同阿米阿玛博士来国家宫做客；无论阿米阿玛博士还是安东尼奥·英贝特先生肯定会很快露面的，他们都将受到共和国总统的亲自接见；对他们的敬意和感谢，他们是受之无愧的，因为他们为祖国立下了汗马功劳。

二十三

阿玛迪多走后,安东尼奥·英贝特在表兄家又逗留了好长时间。表兄名叫曼努埃尔·杜兰·巴雷拉斯,是个医生。英贝特对于胡安·托马斯·迪亚斯和安东尼奥·德·拉·玛萨找到罗曼将军已经不抱希望。可能成立军民联合执政委员会的计划已经被人发现;布博可能被害或者被捕,也可能胆怯,临阵脱逃。英贝特别无选择,只好躲藏起来。他和表兄曼努埃尔讨论了好几种藏身方案,最后选中杜兰的一门远亲:曼努埃尔的大姨子、桑托斯家族的格莱迪兹女博士。她就住在附近。

黎明即将来临,但是天空依然笼罩着黑暗。曼努埃尔·杜兰和英贝特急忙跑过六个街区,一路上没有遇到车辆和行人。女博士没有马上来开门。她穿着睡衣,恼怒地揉着眼睛。与此同时,两人向她说明情况。她并不十分害怕。她的反应是出乎意料的镇静。这是个已经开始发福的妇女,但是动作灵活,年龄在四十至五十岁之间;她表现得沉着且冷静。

"我尽量安排你住下,"她对英贝特说道,"但这里并不保险。我也被捕过一次。军情局有我的档案。"

为了避免女佣发现英贝特,女主人把他安排在车库旁边的一个小储藏室里。室内没有窗户,她在地上铺了一张可折叠的床垫。房间矮小,没有通风设备。安东尼奥一宿没有合眼。他把柯尔特点四五口径手枪放在身旁。头上方是块搁板,摆满了罐头。由于紧张,他时刻警惕地听着外面可疑的动静。不时地,他脑海里浮现出弟弟塞贡多的身影,一想到在维多利亚监狱里特工们会酷刑拷打弟弟或者杀死弟弟,他就浑身起鸡皮疙瘩。

女主人给储藏室上了锁,到了上午九时,开门放他出来。

"我给女佣放了假,让她回老家探亲去了。"她让英贝特放心。"你可以在房子里转转。但是千万不要让邻居们发现。这一宿你在这个小洞里可是怎么过的哟!"

两人一面在厨房里吃早饭——芒果、奶酪、面包、牛奶和咖啡——一面打开了收音机。没有一家广播电台播送元首被杀的消息。饭后不久,女博士上班去了。英贝特洗了一个淋浴,来到小客厅里,躺在长沙发上睡着了——腿上放着柯尔特点四五口径手枪。有人摇晃他的时候,他着实吓了一大跳,还不由得叫了一声。

"就在你离开那里不久,黎明时分特工们抓走了曼努埃尔,"桑托斯家的格莱迪兹焦急地说道,"他们迟早会逼他招供的,说出你藏身的地方。你得赶快离开这里。"

是的,可是到哪里去呢?格莱迪兹已经去过英贝特家门前,那里到处是特工和警察;他的妻子和女儿肯定被捕了。英贝特觉得一双无形的大手开始勒紧了他的脖子。他没有露出心中的不安,他不愿意增加女主人的恐惧程度。女博士已经变了模样:由于精神紧张,她不停地眨动着眼睛。

"到处都是特工们开的'刨子'和拉着警察的卡车,"她说,"他们检查车辆,向每个行人要证件,还入户搜查。"

广播、电视和报纸还什么都没说,但是小道消息是谁也挡不住的。全城都在传说:特鲁希略被杀害了。人们惊慌不已,对可能发生的事情感到惶恐不安。在将近一个多小时里,英贝特挖空心思在想:去哪里好呢?很快,他决定离开。谢过女博士以后,他来到了大街上,右手摸着裤袋里的枪。他在街上漫无方向地转悠了好久,直到他想起牙科医生卡米罗·苏埃罗,医生住在军队医院附近。卡米罗和他的妻子阿尔丰西娜让英贝特进了家门。但是,他们不能让他在家里藏身,不过愿意帮助他考虑有哪些地方可以躲藏。这时,英贝特忽然想起弗朗西斯科·拉伊涅里。这是个老朋友,其父是意大利人,他本人则是意大利特命全权大使,弗朗西斯科的妻子韦内西娅和英贝特的妻子瓜里娜经常一起喝茶玩牌。也许这个外交官可以为他提供在某个使馆避难的方便。他特别小心谨慎,把电话打到拉伊涅里家中,然后把话筒交给阿尔丰西娜,让她装成瓜里娜·特森的声音。瓜里娜是英贝特妻子的小名。阿尔丰西娜要求与弗朗西斯科讲话。这位意大利朋友立刻接过电话,那极为亲切热情的问候让阿尔丰西娜吃了一惊:

"最亲爱的瓜里娜,你好吗?很高兴能问候你。你打电话是为了今天晚上的约会吧?你别担心。我派车去接你。七点整,你觉得合适吗?劳驾,你把地址再给我说一遍,好吗?"

"要么他能掐会算,要么他是个疯子,要么就是我不明白!"阿尔丰西娜挂上电话说。

"阿尔丰西娜,七点以前这段时间怎么办?"

"向圣母祷告吧！"她画了一个十字，"如果特工提前来到，你就开枪吧！"

七点整，一辆漂亮的蓝色别克轿车来到门前，车上挂着外交使团的牌照。弗朗西斯科·拉伊涅里本人亲自开车。安东尼奥·英贝特刚一坐到他身旁，车子就启动了。

"我早就知道这是你的电话，因为瓜里娜和你女儿已经在我家了，"拉伊涅里开口道，代替了问候，"特鲁希略城不会有两个瓜里娜·特森。电话只能是你的。"

拉伊涅里非常从容，甚至带着笑容，薄布短衫熨得平平整整，散发着薰衣草的气味。他要把英贝特送到一处偏僻的住宅去，故意兜一个大圈，走僻静的街道，因为主干道上有拦阻车辆检查的路障。一个小时前，官方公布了特鲁希略被杀的消息。到处充满了警惕的气氛，仿佛大家都等待着炸弹爆炸似的。这位像平时一样潇洒的大使对特鲁希略之死未提任何问题，也不打听参与谋杀者的下落。他仿佛在说下次在国家俱乐部举行的网球赛一样，自自然然地谈起来：

"事情已经到了这个地步，你就别指望有哪个使馆会让你政治避难。就是避难也没有用。如果说还有政府，这个政府也不尊重你的避难权。不管你藏在什么地方，政府都会派人用暴力把你揪出来。眼下，唯一的出路就是我把你藏起来。意大利领事馆里，我有一些朋友，可是那里来往的职员和客人太多。不过，我已经找了一个绝对可靠的人。以前，他就藏过一个人，那人名叫尤尤·达莱桑德罗，那时正被追捕。他提出唯一的条件就是：谁也不能知道你的下落。你妻子瓜里娜也不能知道。这首先是为了她的安全着想。"

"当然。"托尼·英贝特低声说。他暗暗惊奇：这个交情并不深的男子汉，心甘情愿地冒险营救他。他对大使的慷慨行为和勇敢精神感到不知所措，竟然忘记了感谢。

到了拉伊涅里家里，英贝特终于可以拥抱妻子和女儿了。由于环境所迫，大家都尽量保持安静。可是当把女儿莱斯丽搂在怀里的时候，英贝特感到那娇小的身躯在发抖。英贝特同母女俩及拉伊涅里一家人待了将近两个小时。英贝特的妻子事先就给他带来了一只手提箱，里面装好了干净衣裳和刮脸用具。大家都没有提特鲁希略的事。瓜里娜给他讲述了从邻居那里打听来的消息。黎明时分，警察和特工闯入英贝特家中，他们用两辆卡车把家里的东西席卷一空，并毁坏了带不走的东西。

那位外交官指指手表，打了个手势：该走了。英贝特拥抱和亲吻了瓜里娜和莱斯丽，然后，跟随弗朗西斯科·拉伊涅里从后门上了大街。几秒钟后，一辆小汽车开着小灯在他们面前停下。

"再见！祝好运！"拉伊涅里和他握手道别，"不用替家里操心。她们什么也不会缺的。"

英贝特进了汽车，在司机旁边坐下。司机是个年轻人，穿衬衫，打着领带，但是没有穿西装。他说一口纯正的西班牙语，但有意大利语的调子。他自我介绍说：

"我叫卡瓦列里，是意大利使馆的官员。我和我妻子会尽量让您在我家过得愉快。您别担心。我家没有可疑的外人。只有我和我妻子。我们没有厨娘，也没有雇用女佣。我妻子乐意做家务。我俩都喜欢烹饪。"

他笑了。安东尼奥·英贝特心想：这笑声是出于礼貌。外交官夫妇居住在距马哈马·甘迪大街不远的一幢新建大楼的顶层，离萨尔瓦多·埃斯特莱亚·萨德哈拉家也不远。卡瓦列里先生的妻子比丈夫年轻；她身材消瘦，长着一对杏眼和乌黑的头发。她很有礼貌地微微一笑，迎接英贝特的到来，仿佛是接待家里的老朋友来共度周末。她丝毫没有因为要在家里接待一个陌生人而有嫌弃的表示，而且这个人还是杀害国家元首的凶犯，是被无数特工和警察怀着贪婪和仇恨的情绪在追捕的人。英贝特同这对夫妇一起生活了六个月零三天，男女主人从来没有让他感到丝毫的不舒服——敏感的人在他这种处境下，很容易疑神疑鬼。夫妇俩知道这是在玩命吗？当然知道！他和她通过电视看到杀害元首的凶犯们在多米尼加人心中引起强烈恐惧。他们知道许多人不仅不肯给逃犯提供藏身之处，还要去检举揭发。他们看到第一个落网的是工程兵瓦斯卡尔·特哈达，他被吓破了胆的神甫从圣古拉教堂里卑鄙地驱赶出来，扔给了军情局的特工们。他们对胡安·托马斯·迪亚斯将军和安东尼奥·德·拉·玛萨的英勇事迹了解得很详细，知道两人被亲朋告发后坐着出租车满城乱跑。他们还知道特工如何抓走掩护阿玛迪多·加西亚·盖莱罗的姨妈，知道警察杀死阿玛迪多之后，混乱的人群是怎样拆毁老人的房子并且将其抢劫一空的。但是，无论怎样恐怖的场景和叙述都没有吓住卡瓦列里夫妻，也丝毫没有降低他们招待他的热情。

自从兰菲斯一回国，英贝特和这对夫妻就知道，隐居的时间还将延长。特鲁希略之子和何塞·雷内·罗曼将军的公开拥抱就很说明问题：罗曼已经叛变，不会有什么军事暴动了。英贝特站在卡瓦列里家的阁楼上，看到大量的人群一连几小时排队去瞻仰特鲁希略的遗体。他从电视里看到自己和路易斯·阿米阿玛（他并不认识此人）的照片下方悬赏捉拿的奖金起初是十万比索，接着是二十万比索，最后是五十万比索。

"算了吧！多米尼加比索贬值得这么厉害，这笔交易并不吸引人！"卡瓦列里评论道。英贝特很快就进入了严格的常规生活。他有个专门的小房间，一张床、一只床头柜、一盏台灯。他很早起床，原地跑步、做俯卧撑和仰卧起坐。随后，同男女主人共进早餐。三人争论好久之后，英贝特终于争取到帮助打扫房间的权利。扫地、吸尘、擦家具和器物，变成了娱乐和职责，他天天自觉、认真和高兴地去完成。卡瓦列里太太绝对不让英贝特进厨房。她很会做饭，尤其是面条，一天做两次。英贝特从小就喜欢吃面条。可是隐居六个月之后，他再也不想吃通心粉、炒面、炸酱面这类意大利面食了。

完成家务劳动之后，英贝特就大量阅读。过去，他从未好好看过书；这六个月让他发现了阅读的乐趣。书籍和杂志是用来抵抗由于隐居、常规生活以及焦虑而产生的消沉情绪的最好武器。

直到电视里报道，美洲国家组织的一个代表团已经与政治犯会见，英贝特才知道妻子瓜里娜在监狱里蹲了好几个星期，如同其他几名参与暗杀的朋友的妻子一样。这对夫妻一直没有告诉他瓜里娜被捕的消息。相反，两周后，他和她兴高采烈地告诉他：瓜里娜已经自由了！

无论擦地板、扫地还是吸尘，他都随身携带上了子弹的柯尔特点四五口径手枪。关键时刻要自杀的决心，他是不会动摇的。他要向阿玛迪多、胡安·托马斯·迪亚斯和安东尼奥·德·拉·玛萨学习。宁肯战死，绝不活着投降！自杀要比让兰菲斯及其帮凶用扭曲心态设计出来的手段折磨和侮辱而死更有尊严！

下午和晚上，英贝特阅读过男女主人带回的报纸后，同他们一起看电视新闻。他抱着怀疑的态度注视着这个政权目前混乱的对立共存现象：一个由巴拉格尔领导的文人政府一再表示和声明，保证国家实行民主；一个由兰菲斯操纵的军警政权继续像元首生前那样肆无忌惮地抓人、打人、杀人。但是，无论如何，使英贝特感到鼓舞的是，流亡者纷纷回国了，反对派——"公民团结组织"和"六·一四"——的机关刊物上街了，大学生不断举行反政府的群众集会。官方传媒尽管有时也报道这些集会，但都是为了指责此乃共产党所为。

华金·巴拉格尔在联合国的演说中批评了特鲁希略的独裁统治，许诺要在国内实行民主化，这让英贝特吃了一惊。这个小矮子和那个三十一年来忠心耿耿为伟大领袖服务的傀儡难道是同一个人？卡瓦列里夫妇在家里吃晚饭的时候——他们经常在外面吃饭，卡瓦列里太太于是就在火炉上给英贝特做好面条——三人总要在饭后的长谈里交换看法。夫妇俩提供消息，其中有许多街谈巷议，比如现在这个城市又恢复了原来的名字圣多明各，全城充满了小道新闻和政治笑话。虽然人人都害怕特鲁希略之弟发动政变，担心野蛮、残暴的专政会卷土重来，但显而易见的是，人们逐渐不再恐惧，或者更确切地说，是逐渐破除了对大救星的迷信：成千上万的多米尼加人一度心甘情愿地忠于特鲁希略。反对特鲁希略主义的声音、宣言和行动越来越多；支持"公民团结""六·一四"或者多米尼加革命党的人也越来越多，这些团体的领导人已经在市中心设立了联络站。

英贝特避难中最伤心、但又是最幸福的一天来到了。十一月十八日，电视里宣布：兰菲斯去国离乡。与此同时，又报道说：六名杀害元首的因犯（四人是凶手，两人是帮凶）在核对案情之后返回维多利亚监狱的途中杀死三名年轻的武警逃之夭夭。英贝特看着电视屏幕控制不住自己，号啕大哭起来。原来，他的朋友们——其中有最要好的"突厥"——就这样被害了，而且还有三名可怜的武警战士充当假戏的道具！这六人的尸体肯定下落不明。卡瓦列里先生递给英贝特一杯白兰地：

"请节哀。英贝特先生,想一想您很快就要见到妻子和女儿了。苦日子结束了。"

不久,政府宣布:特鲁希略的弟弟们携带家眷即将出走。现在真的要结束这隐居的生活了。至少眼下英贝特已脱离了被追捕的危险。实际上,除去路易斯·阿米阿玛——很快英贝特就得知阿米阿玛六个月来每天要关在密室里好几个小时——之外,参与暗杀计划的主要人员,加上几百个无辜者,其中包括英贝特的弟弟塞贡多,都已经被捕、被害、被拷打,或者至今还被囚禁在监狱中。

特鲁希略家族出国后第二天,政府宣布实行政治大赦。监狱的大门纷纷打开了。巴拉格尔任命了一个调查委员会,要查明"铲除暴君的义士们"的真实情况。从那一天起,广播、电视和报纸不再说他们是"凶手"了。很快,他们又从"义士"这个新称呼变成了"英雄"。又过了不久,全国的大街小巷开始用他们的名字来命名。

第三天,英贝特谨慎地——男女主人不让他说感谢的话,只要求他别说出他和她的真实身份,免得引起外交纠纷——于黄昏时分溜出藏身之地,一个人出现在家中。他和瓜里娜、莱斯丽长时间地拥抱在一起,激动得说不出话来。随后,三人互相打量,英贝特发现瓜里娜和莱斯丽消瘦了许多,而他自己长胖了五公斤之多。他告诉母女俩:在他的藏身处——他不能说出具体地点来——大家经常吃面条。

三人未能说多少话。英贝特乱糟糟的家开始堆满了鲜花,挤满了亲朋好友,还有许多陌生人前来拥抱和祝贺,有的人还激动得热泪盈眶,大家称他为"英雄",感谢他为人民所做的一切。突然,客人中来了一名军人。他是共和国总统的侍卫副官。毕恭毕敬地行了军礼之后,德奥伏罗尼奥·卡塞达少校通知英贝特:明天中午总统在国家宫接见他和路易斯·阿米阿玛先生，阿米阿玛也刚刚从藏身之处露面，而隐居的地点恰恰是现任卫生部长的住宅。少校还诡秘地一笑，报告说：参议员亨利·奇里诺斯刚刚在国会（"是的，先生，就在那个特鲁希略开创的国会。"）提议通过一项法令：任命安东尼奥·英贝特和路易斯·阿米阿玛为多米尼加人民军三星级将军，因为他俩为祖国做出了杰出贡献。

次日，安东尼奥在瓜里娜和莱斯丽的陪同下——三人穿上了最漂亮的衣裳，虽然他的西装有些紧身——去国家宫见总统。蜂拥而来的记者和摄影师包围了他们，一队身穿检阅制服的警卫战士向他们举枪敬礼。在会客厅里，英贝特认识了路易斯·阿米阿玛——一个消瘦而严肃的人，不擅辞令。从此，他俩结为密友。两人握手，约定在总统接见以后再见面，一起去看望死难烈士的遗孀，并讲述烈士们的英勇事迹。这时，总统办公室的房门打开了。

在摄影师和记者的一片闪光灯下，华金·巴拉格尔博士满面笑容、神采奕奕地向他俩走来，一面张开了双臂。

二十四

"曼努埃尔·阿方索非常准时地来接我。"乌拉尼娅说道,眼睛望着空中。座钟打八点,上面的布谷鸟叫起来。阿德利娜姑姑、卢辛达和玛诺拉两位表妹以及表外甥女玛丽亚内拉为了不增强紧张气氛,互不张望;大家都焦急又害怕地看着乌拉尼娅。鹦鹉参孙已经入睡,把弯弯的喙埋在绿色的羽毛里。

"我爸爸借口要洗澡,跑回自己房间去了,"冷冰冰的乌拉尼娅继续说道,口气像个公证律师,"他不敢和我再见,不敢看我的眼睛,只是喊了一声'Bye-bye!玩得开心'。"

"这些细节你还记得?"阿德利娜姑姑摇晃着皱巴巴的小拳头,有气无力地说道。

乌拉尼娅急切地说:"好多事情我都忘记了。可那天晚上的事情,我全都记得。你们就听着吧!"

比如,她还记得,曼努埃尔·阿方索那天穿便装——她心里纳闷:参加大元帅的晚会还敢穿便装?上身是蓝色衬衫和奶油色薄夹克,脚上是皮便鞋,脖子上为了掩盖伤疤围了一条丝巾。他发音困难地说道:"乌拉尼娅,你穿上这身玫瑰色的蝉翼纱非常漂亮。这双高跟鞋让你显得成熟了许多。"他吻了吻乌拉尼娅的面颊。"美人,天晚了,咱们得快走。"他给她拉开车门,让她先进去,随后在姑娘身边坐下。前面身穿制服、戴着制帽的司机开动了汽车。她至今还记得司机的名字:路易斯·罗德里戈斯。

"汽车没有走乔治·华盛顿大道,而是荒唐地兜了几个圈子。随后,从独立大道向旧城前进,接着不慌不忙地穿城而过。他说'天晚了'是在撒谎。要去圣克里斯托瓦尔,时间还早着呢。"

玛丽亚内拉伸出双手,身体显得非常丰满。

"可是你既然觉得奇怪,怎么就什么也不问曼努埃尔·阿方索呢?一点也不问?"

起初,她什么也没问,一点也没问。事情当然非常奇怪:他们三人穿过旧城不正常,如同曼努埃尔·阿方索穿这身衣裳去参加大元帅的晚会一样不正常,怎么好像是去国家俱乐部的跑马场呢!可是乌拉尼娅什么也没有问这位大使。她是不是开始怀疑父亲阿古斯丁·卡布拉尔和这位大使给她编的是故事呢?她始终保持沉默,一面心不在焉地听着曼努埃尔·阿方索令人毛骨悚然的声音。他正在给她讲述英国女王伊丽莎白二世为加冕登基而举行的晚会。他和安赫丽塔·特鲁希略("那时她像你一样漂亮,也还是个小姑娘。")代表多米尼加元首去伦敦参加典礼。确切地说,她的注意力集中在那些完全敞开的住宅大门里,那些故意显露家什,以及一个个搬到大街上的家庭小圈子——男女老少、猫儿、狗儿,甚至鹦鹉和金丝雀,这些家庭经过了炎热的白天之后,纷纷出来乘凉、聊天,人们坐在躺椅上、木椅上、板凳上,或者门槛上、人行道的石凳上,把古老的首都街道变成了一个巨大的露天茶话会、群众俱乐部或者晚会，其中有一群群由三四人组成的斗牌小圈子，他们紧紧围绕着有油灯或者酒精灯的桌子，全然不顾周围的嘈杂谈话声，一心一意地玩多米诺骨牌。这是城里一景。那又一景则是：拥挤在柜台或者雪白木板前的人，在那里买果汁罐头、啤酒、百慕大香橼。后来，这个场景在乌拉尼娅的脑海里留下鲜明的记忆。可是，如今这个场景已经消失或者正在消失中，即使存在，那也是在那种四四方方的街区里，在几百年前一群来自欧洲的冒险家在新大陆创建的第一座信仰基督教的城市、用圣多明各这悦耳的发音来命名的城区里。乌拉尼娅啊，没想到那会是你最后一次看到的城市夜景。

生气的乌拉尼娅由于声音变调而中断了讲述："我们上了公路不久，大概就是两星期后杀死特鲁希略的地方，汽车刚刚经过那里，曼努埃尔·阿方索就开始……"

"开始什么？什么意思？"卢辛达等了一下后，问道。

"开始让我做准备工作。"乌拉尼娅又镇定下来。"要我变得温柔些，迷人些，小心些。如同献给摩洛①神灵的女孩一样，在通过魔鬼的嘴巴扔进火堆之前，先要把她们打扮成公主，好好地爱抚她们一番。"

"这么说，你从前不认识特鲁希略，你从来没有跟他说过话。"曼努埃尔·阿方索高兴得叫了起来。"姑娘，这回可是你人生里的一次重大体验！"

可能是吧。这时，汽车在向圣克里斯托瓦尔驶去。椰子树和棕榈树之间露出一片布满星星的天空，公路的一侧就是加勒比海，波

---

① Moloch，古代近东各地所崇奉的神灵，信徒以儿童为牺牲向他献祭。

浪喧闹地拍打着礁石。

"可他对你说了些什么？"由于乌拉尼娅沉默不语，玛诺拉鼓励她说下去。

曼努埃尔·阿方索向她描述元首时说，他对女士彬彬有礼，是个无可挑剔的真君子。他处理国家大事非常严肃，可是对待美人却坚持这样的信条："要像爱护玫瑰花瓣一样地爱护美人。"他一向是这样对待美丽姑娘的。

"姑娘，你可真走运！"曼努埃尔·阿方索极力用热情感染乌拉尼娅，尽管越是激动，他说话越是费力。"这可是特鲁希略亲自邀请你去卡奥瓦之家做客啊！这可是特权啊！享受过这份殊荣的人可是屈指可数啊！姑娘，我敢保证，相信我好啦！"

这时，乌拉尼娅提出了那天夜里第一个、也是最后一个问题。

"我问他，今晚的舞会还邀请了别的什么人。"乌拉尼娅看了一眼阿德利娜姑姑、卢辛达和玛诺拉。"我看他怎么回答。其实，我已经猜到我们根本不是参加什么晚会。"

曼努埃尔·阿方索坦然自若地转脸看着乌拉尼娅。这时，她隐约看到大使的眼睛在炯炯发亮。

"没有别人。这个晚会就为你一个人准备的。仅仅你一个人啊！你想到了吗？明白不明白？我不是对你说过吗，唯一的啊！特鲁希略为你一个人开晚会！乌拉尼娅，这等于是中了彩票大奖啊！"

"那你呢？你呢？你在想什么？"玛丽亚内拉尖细的嗓门在发问。

"我在想司机，那个名叫路易斯·罗德里戈斯的司机。一心只想着那个司机。"

你感到非常害羞！因为那个司机就是证人，他听到了大使那一套假话。司机早已打开了收音机，里面正在播送两首意大利流行歌曲。但是，乌拉尼娅确信：那个司机一字不落地听到了曼努埃尔·阿方索奉承她、让她觉得幸福和走运的花言巧语。特鲁希略仅仅为她一个人准备的晚会！哼！

玛诺拉不小心问了一个问题："想没想你爸爸？想没想阿古斯丁舅舅对你……"

她不晓得应该如何提问，就住口了。阿德利娜姑姑责备地看了女儿一眼；老人的面颊深陷下去，她的表情暴露出心中深深的沮丧。

"心里想着我父亲的人是曼努埃尔·阿方索，"乌拉尼娅说道，"我是个好女儿吗？我愿意帮助阿古斯丁·卡布拉尔参议员吗？"

曼努埃尔·阿方索运用他在外交生涯中完成困难任务时学会的精明手段来完成眼下这一使命。再说，这不是乌拉尼娅帮助父亲、他的朋友"智囊"摆脱那些嫉贤妒能的家伙设置的陷阱的大好机会吗？大元帅在处理与国家利益有关的问题时可能是个铁面无私的人。但是，就其本质而言，他是个非常浪漫的人，只要一看到漂亮姑娘，他的铁面无私就融化了，如同冰块遇见了阳光。如果乌拉尼娅愿意用自己的聪明智慧使得元首肯帮助阿古斯丁，恢复阿古斯丁的地位、特权和职务，她是可以成功的。她只要博得特鲁希略的欢心就足矣，因为他那颗心是不会拒绝美人的恳求的。

乌拉尼娅说："他还给了我许多忠告。告诉我什么事情我不能做，因为元首不喜欢。元首喜欢温柔的姑娘，但是不要夸张对元首的钦佩和热爱。我那时很纳闷：'他干吗要对我说这些事情啊？'"

汽车已经开进了圣克里斯托瓦尔，这里因为是元首的出生地而闻名遐迩。后来元首在他出生的简朴住宅的旁边修建了一座教堂。卡布拉尔参议员曾经带女儿乌拉尼娅参观过这座教堂，给女儿详细介绍了教堂里的壁画，那是由西班牙著名画家维拉·萨内迪①画的《圣经》故事，是元首慷慨地把这位流亡艺术家请到了多米尼加共和国。那次参观圣克里斯托瓦尔，卡布拉尔参议员让女儿看了玻璃瓶厂和兵工厂，还陪她走遍了整个尼瓜河谷。可是今天，她父亲派她来圣克里斯托瓦尔是来恳求元首原谅父亲，解除对她家存款的冻结，恢复她父亲在参议院的议长职务的。

"从卡奥瓦之家可以看到一片美妙无比的风景：谷地、尼瓜河、丰达雄庄园的马群和各种牲口。"曼努埃尔·阿方索在详细描绘那里的风光。

汽车经过第一道警卫岗哨之后，开始向山上爬去，山顶上就矗立着元首的住宅，那是用贵重桃花心木建造起来的，这种树在岛上已经绝迹。大元帅每周总要来这里一两天赴秘密幽会，来干肮脏的勾当或者大胆的交易，因为这里绝对安全和保密。

"有好长时间，关于卡奥瓦之家，我只记得那块大地毯。它覆盖了整个房间的地面，图案是用各种颜色绣出的多米尼加国徽。后来，我才回想起许多别的事情。卧室里有个玻璃衣柜，里面装满了制服，各种样式的制服，上方挂着各种帽子。甚至有一顶拿破仑式的三角帽。"

她没有笑，表情是严肃的，眼睛和声音里有某种深沉的东西。阿德利娜姑姑、卢辛达表妹、玛诺拉表妹和玛丽亚内拉表外甥女都没有笑。表外甥女刚刚从盥洗室回来，她去呕吐了，因为感到恶心。鹦鹉参孙还在睡觉。寂静笼罩着圣多明各全城：没有汽车喇叭声，没有马达的轰鸣，没有广播声，没有人笑，没有醉鬼的胡说，没有

---

① Vela Zaneti（1913—1999），西班牙画家。

野狗的狂吠。

"我叫贝妮塔·赛布尔韦达。您请进。"一个中年妇女站在木结构楼梯下迎接乌拉尼娅。这妇女虽然态度冷漠,但是在表情和手势里却有着某种母爱的东西。她身穿制服,头上戴着围巾。"请走这里。"

"她是女管家,"乌拉尼娅说道,"她负责每天给所有的房间摆满鲜花。曼努埃尔·阿方索留在门外跟一名军官说话。后来,我就再也没有看到他。"

贝妮塔·赛布尔韦达用胖胖的手指着安有铁条的窗户外面黑乎乎的一片东西说:"那是栎木丛。花园里还有大量的芒果树和雪松。但是,这里最漂亮的是住宅周围的杏树和桃花心木,它们枝叶散发的芳香充满了房间的每个角落。您闻到了吗?您闻到了吗?早晨太阳出来的时候,您还能看到这里的风景:河流、谷地、大糖厂、庄园里的马厩等等。您吃多米尼加式的早餐吗?有香蕉甜食、煎蛋、煎香肠或者火腿和果汁。或者您跟大元帅一样,只喝咖啡?"

"从贝妮塔·赛布尔韦达口中,我才知道:我要在那里过夜,要和元首睡觉!真是荣幸啊!"

女管家以长期实践练成的灵活动作把乌拉尼娅拦在第一个楼梯平台上,然后请她走进一个大房间,那里的灯光半明半暗。那是个大酒吧。紧贴墙壁四周有木制座位,中间留有宽敞的舞池;有一架电唱机和一个吧台,吧台上有一个摆满了酒瓶和玻璃杯的木架。但是,乌拉尼娅的目光只是一味盯在大地毯的国徽上,它从房间的一端一直伸展到另一端。她几乎没有看到挂在墙壁上的大元帅的肖像和照片——走路的、骑马的、穿军装的、着便服的、坐在写字台前的、伫立在主席台上的、佩戴元首绶带的;也几乎没有看到这座丰达雄庄园里的奶牛和种牛比赛赢来的奖杯和奖状,它们同一个个塑料烟灰缸和廉价装饰品混杂在一起,那些东西上还带着纽约梅西百货商店的标签,它们是用来装饰那个 kitsch① 陈列室里的小桌子、餐具柜和搁板的。贝妮塔·赛布尔韦达问过乌拉尼娅是否喝饮料之后,便离开了酒吧,留下乌拉尼娅一人在那里。

"我想那时还没有 kitsch 这个英语单词呢,"她说道,好像她姑姑或者表妹发表了什么议论似的,"多年以后,当我听到或者看到这个单词时,方才知道它表示了什么程度的庸俗和虚荣,我立刻就想起了卡奥瓦之家。那真是一座 kitsch 陈列室。"

再说,在那个五月炎热的夜晚,她也是 kitsch 的一部分:身穿社交活动用的玫瑰色蝉翼纱连衣裙,佩戴有一颗祖母绿宝石的银项链和镀金耳环,这些都是妈妈留下的首饰,为了出席特鲁希略的这次晚会,父亲破例允许她佩戴的。她的怀疑态度使得眼前正在发生的事情变得不可能实现。她觉得站在国徽中央的那个姑娘不是她本人,她不可能待在那个古怪离奇的房间里。难道参议员阿古斯丁·卡布拉尔能把她当成活祭品献给伟大领袖、祖国的大救星和大恩人?是的!这是毫无疑问的:她父亲和曼努埃尔·阿方索早就策划多时了。可是她还要表示怀疑。

"酒吧以外的什么地方有人在放鲁丘·卡迪卡的唱片。歌词里说:'吻吻我!好好吻吻我!好像今晚是最后一次了。'"

"我还记得那时在广播里和舞会上总是放这首《吻吻我》。"玛诺拉不好意思地噘噘嘴,为打断表姐的话表示歉意。

乌拉尼娅站在窗户旁,热风从外面吹进来,伴随着田野和花草

---

① 英文,指庸俗作品。

树木的芳香。她听到有人在说话。一个声音很难听,大概是曼努埃尔·阿方索的;另外一个尖嗓门,时高时低,那只能是特鲁希略的。她觉得后颈和手腕发痒。以后只要医生一给她检查身体、摸脉搏,甚至今天在纽约做出这样重大的决定之前,她都会产生这种发痒的感觉。

"那时我想要从窗户跳出去。我想到了给他下跪,恳求他,哭上一通。我想到了为了活下去,要咬紧牙关,让他干他要干的事情。我想到了总有一天我要向爸爸报仇。就在他俩在下面低声说话的时候,我想了一大堆事情。"

阿德利娜姑姑在躺椅上突然坐了起来,张大了嘴巴。但是,她什么也没有说。老人脸色如同一张白纸,深陷的眼窝里流出了泪水。

下面的谈话声止息了。出现了片刻寂静,接着是脚步声,有人上了楼梯。她的心跳是不是停了一下?在酒吧微弱的灯光下,出现了特鲁希略的身影:穿着橄榄绿军裤,但是没有打领带,没有穿制服上装。他手里端着一杯白兰地,微笑着向她走来。

"晚上好,美人。"他低声道,一面点点头。说着,他伸出了右手。可是当乌拉尼娅不由自主地也伸出右手时,特鲁希略不是握手,而是拿到嘴边,亲吻她的小手。"美人,欢迎你来卡奥瓦之家。"

"关于特鲁希略的眼睛和他的目光,在这之前,我早就听说过多次了。我爸爸和爸爸的朋友们都说过。那时我才知道他们说的都是实话。那是一种要钻透什么的目光,它一直能钻进你的心灵深处。他在微笑,非常优雅,可是他的目光挖空了我的心思,剥光了我的一切。我已经不是我了。"

"贝妮塔没有给你送上什么饮料吗?"特鲁希略没有松开乌拉尼娅的手,一直把她领到最明亮的地方,那里有一只荧光灯发出蓝色的光。他请她在一张双人沙发上坐下。他的目光慢慢地审视着她:从上到下,从头到脚,反反复复,不加掩饰,仿佛在检查庄园里刚刚弄到手的牛马。在他那棕褐色的眼睛里,总是目不转睛地发出询问的目光,但是看不出有欲望、激情,而是有对她身体的测量和算计。

"他有些失望。如今我知道原因了,可是那天晚上我并不明白。我那时长得苗条,很瘦,可他喜欢丰满的、乳房隆起的、两胯突出的肥硕的妇女。这是典型的热带人的趣味。他甚至可能想要把这个干瘦如柴的姑娘派人送回特鲁希略城去。你们知道他为什么没有这样做吗?因为给处女开苞的想法是很刺激男人的。"

阿德利娜姑姑啜泣起来。她高举着干瘦的拳头,由于害怕和谴责而半张着嘴巴,露出恳求乌拉尼娅的表情,可是没有说出话来。

"姑姑,请原谅我的直率。这话就是他后来说的。我发誓,我可以一字不差地引用出来:'给处女开苞的想法是很刺激男人的。对贝坦来说,就是那个兽性十足的贝坦,让他更刺激的是用手抠破处女膜。'"

那是元首在不克制自己,满嘴吐着不连贯的词语、呻吟、粗话,内心燃起宣泄痛苦的野火时,方才说出来的一番话。起初,他还是刻意地正襟危坐,表现得规规矩矩。他没有给她斟上他在喝的白酒,因为对一个年轻姑娘来说,烈酒是伤胃的。他可以给她一小杯甜雪利酒。他亲自倒酒,然后与她碰杯,喝干。尽管乌拉尼娅只是抿了一口,却觉得喉咙里热辣辣的。她是否应该笑一笑?还是保持着严肃的神情,流露出恐惧的心理?

"我不知道。"乌拉尼娅耸耸肩膀。"我和他坐在双人沙发上,挨得很近。雪利酒杯在我手里颤抖得很厉害。"

"我不会吃了小姑娘,"特鲁希略微笑道,一面拿过她的酒杯,把杯子放在茶几上,"美人,你是一向不爱说话呢,还是现在不愿意说?"

"他叫我'美人',曼努埃尔·阿方索以前也这么叫过。他不说'乌拉尼娅''乌拉尼塔''姑娘',而是'美人'。这是他俩的游戏。"

"你喜欢跳舞吗?肯定喜欢,你这个年龄的姑娘都喜欢跳舞,"特鲁希略说道,"我非常喜欢跳舞。我是个很不错的跳舞老手,尽管没有跳舞的时间。来,咱们跳舞吧!"

他站起身来。乌拉尼娅也模仿他站了起来。她感觉到了他那强壮身体的接触,感觉到了他微微突起的腹部,闻到了他那白兰地的酒气,觉察到了他那只搂紧她腰部的手。她以为自己会昏厥过去。这时,鲁丘·卡迪卡已经不再唱《吻吻我》了,而是《我的心肝》。

"他的确跳得很好。听力不错,动作像年轻人一样灵活。步子错了的是我。我们跳了两支博莱罗舞、一支多尼娅伴唱的瓜拉恰舞。我们也跳了默朗格舞。他说,由于他的努力,默朗格舞才在俱乐部和上等人家跳起来。他说,从前有偏见,有钱人说默朗格是黑人和印第安人的音乐。我不知道是谁负责换唱片。跳完最后一曲默朗格时,他在我脖子上吻了一下。那是温柔的一吻,可是让我浑身起鸡皮疙瘩。"

他拉着她的手,十指交叉,回到沙发那里,紧挨着她坐下来。他开心地审视着她,一面喝着白兰地。看上去他很平静,也很高兴。

"你一向这么不爱说话吗?不会,不会!一定是因为对我太尊敬了。"特鲁希略微微一笑。"我喜欢谨慎的美人,她们让人敬佩。冷艳仙女嘛!我给你背诵一首诗,是为你写的。"

"他在我耳旁,用他的嘴唇和小胡子摩擦着我的耳朵和头发,朗诵起来:'你沉默时让我喜欢,因为你仿佛不在我身边;好像你的眼睛早已飞去,好像一个吻封住你的樱唇。'他说到'樱唇'时,把我的头搂过去,在我的嘴唇上吻了一下。那天晚上,我做了一大堆事情,都是第一次:喝雪利酒、佩戴妈妈的首饰、和一个七十岁的老人跳舞、第一次接吻。"

以前,她出席过晚会,和男孩跳过舞,但是只有一次,一个男孩亲吻了她的面颊,那是在威希尼家族大宅院的生日舞会上,地点在马克西莫·戈麦斯大道与乔治·华盛顿大道的交叉处。那男孩名叫卡西米罗·萨恩斯,是个外交官的孩子。他邀请她跳舞,结束时她感到他的嘴唇贴在她的面颊上。她满脸通红,好像一直热到了发根上。在学校星期五的教堂忏悔中,说到这一罪孽时,她羞愧得说不出话来。可是那男孩的亲吻与元首的不同:元首的小胡子在刷她的鼻子;接着,他的舌头、热而黏的舌尖极力要撬开她的嘴唇。她抵挡了一阵,随后张开了嘴巴。一条湿润、热烈的小蛇狂怒地钻进了她的口腔,急切地在里面搅动着。她觉得喉咙堵住,被噎得喘不过气来。

"美人,你不会亲嘴呀!"特鲁希略笑了,又一次吻她的手,并惊喜地问道,"是处女,对吗?"

"他已经激动起来了,"乌拉尼娅说道,眼睛望着空中,"他的阴茎已经勃起了。"

玛诺拉发出神经质的一笑,很短暂,但是无论她的母亲、姐姐还是女儿都没有跟着笑。玛诺拉慌乱地低下了头。

"很抱歉,我不得不说到'勃起',"乌拉尼娅说道,"男子如果动情产生欲望,那就会阴茎勃起并变硬。元首把舌头伸进我嘴里时,他就激动起来了。"

"美人,咱们上楼去吧!"他温柔地说道,"那里更舒服些。你会发现妙不可言的事。爱情。快感。你会得到享受。我来教你。用不着怕我。我不是贝坦那种野兽,不会用粗暴对待女孩的办法让自己享受。我愿意姑娘也一道快乐起来。美人,我会让你愉快的。"

"他那时七十岁。我刚刚十四岁,"乌拉尼娅第五次还是第十次点明这一点,"我们这一对差别太大了。沿着由金属扶手和木头搭成的楼梯,我们上了楼。两人手拉手,好像新郎和新娘,又好像爷爷和孙女,向洞房走去。"

"美人,你先别脱衣服,"特鲁希略低声道,"我来帮你。等一下,我马上回来。"

"玛诺拉,你还记得咱俩是多么紧张地谈过失去贞操的事吗?"乌拉尼娅转脸问表妹,"可我绝对没有想到会在卡奥瓦之家、在大元帅手里失去贞操!我那时想:'如果我从阳台上跳下去,爸爸可能会后悔得要命。'"

片刻后,元首回来了。他已经脱了外衣,只穿一件白点蓝绸睡衣和一双石榴红的缎子拖鞋。他喝了一口白兰地,然后把杯子放在书柜上,那里摆着许多他和孙子们在一起的照片。他搂住乌拉尼娅的细腰,让她坐在床沿上。帷幔拉开后留下的空间里,他和她的头上是薄纱卷成的蝴蝶翅膀。他不慌不忙地给她脱衣裳。先从身后开始,一个一个地解开纽扣,抽掉系衣裙的腰带。他在脱光她之前,跪倒在地上,有些困难地弯腰去给她脱鞋子和袜子。他小心翼翼地给她脱下尼龙长袜,同时轻轻抚摸她的双腿,好像动作如果粗鲁,姑娘就会破碎了似的。

"美人,你双脚冰凉,"他充满柔情地低声道,"你觉得冷吗?过来！让我给你暖暖脚丫子。"

他一直跪在地上，用双手摩擦她的双脚。他不时地抬起她的脚，亲吻一下，先从脚面开始，接着是脚趾，最后是脚跟，一面调皮地笑着问她，是不是觉得痒痒。实际上感到快活和痒痒的好像是他本人。

"就这样，他按摩我的双脚用了很长时间。可能你们想知道我的感觉，我一点也没有感到慌张。"

"表姐，你后来是不是害怕了？"卢辛达催问道。

"那时我还不怕。可是后来却害怕极了！"

元首费力地站起来，重新坐到床沿上。他给她脱去了连衣裙和玫瑰色的乳罩——露出了微微隆起的乳房，最后脱去了三角裤。她没有任何反抗，听凭他摆弄那如同僵死了的身体。当特鲁希略从她的双脚拉下那玫瑰色的裤衩时，她发现元首的手指动作加快了速度，那汗津津的双手烧炙着经过的皮肤。他让她躺下。他起身脱掉了睡衣，裸体躺在她身边。然后，他小心地用手指缠绕着姑娘那稀疏的阴毛。

"我想，他仍然感到很兴奋。他开始抚摸我、揉搓我、亲吻我，一面总是强迫我张嘴接受他的舌头。接着，他又亲吻我的乳房、脖子、后背、大腿……"

她没有反抗，任凭元首抚摸、揉搓和亲吻。她的身体服从元首双手指挥的动作和姿势。但是，她不回应元首的爱抚。在她没有闭上眼睛之前，她的目光一直紧盯着电扇缓慢转动的风翼。就在这时，她听到他在自言自语："给处女开苞的想法是很刺激男人的。"

"这是那天晚上他的第一句粗话，也是他的第一个庸俗野蛮的表现，"乌拉尼娅明确地指出，"后来，他又说了许多更恶心的话。于是，我明白了，他出了点问题。他开始发火了。是不是因为我一动不动，如同死人一样？是不是因为我一直不肯吻他？"

不是为此。现在她明白了，她参与不参与这破身活动，对于元首来说不是什么了不起的大事。为了欲望得到满足，他只要这姑娘有个完整的处女膜，而由他来破身就可以了。与此同时，他要用他青紫、快乐的龟头弄得姑娘疼痛得呻吟、喊叫、吼叫，而龟头则被遭破坏的阴道裹得紧紧的就可以了。这不是爱情，也不是指望从乌拉尼娅那里得到快感。他同意阿古斯丁·卡布拉尔参议员的女儿来卡奥瓦之家，仅仅是为了证明：虽然七十岁了，虽然有前列腺毛病，虽然有教会、美国、委内瑞拉和阴谋颠覆政府的家伙们制造的种种麻烦，他拉斐尔·莱昂尼达斯·特鲁希略·莫里纳还是个完完全全的男子汉，是头性欲很强的"公羊"，他还有能力用勃起的阴茎破坏任何一个他眼前的处女膜。

"虽然缺乏经验，可是我意识到他出了问题。"乌拉尼娅的姑姑、表妹、表外甥女极力挺身向前倾听她的低语。"他出了毛病。我说的是他下身。他干不成了。马上他就要发火，就要不顾彬彬有礼的风度了。"

"美人，够了，别装死了！"她听到元首在下命令，好像他完全变了一个人。"跪到我两腿中间来！对，就这样。用你的小手和嘴巴叼住它！嘬吧！！就像刚才我给你嘬阴唇一样。要把它嘬起来！美人，它要是不起来，我要你的小命！"

"我努力啊，努力啊！尽管我觉得害怕，尽管我觉得恶心，我一切都做了。我跪在他两腿之间，用嘴巴叼住他的阴茎，亲吻它，嘬它，直到我胃痉挛发作为止。可它还是疲软的，软得一塌糊涂。我恳求上帝：让它硬起来吧！"

"够了！够了！乌拉尼娅！"阿德利娜姑姑没有哭泣，她恐惧地望着乌拉尼娅，没有同情的表示。她睁大眼睛，巩膜上的眼白放大；她惊异得浑身抽搐。"孩子，干吗呀？够了，我的上帝啊！"

"可是我失败了，"乌拉尼娅坚持要说下去，"他用一只胳膊挡住了眼睛，一句话也不说。他移开胳膊的时候，非常恨我。"

特鲁希略眼睛发红，瞳人里由于愤怒和羞愧而放出狂热的黄色目光。他盯着她看，没有半点礼貌，充满了好战的敌意，仿佛她严重而又无法弥补地伤害了他。

"如果你以为可以保持处女状态离开，然后回家和你父亲一起嘲笑我，那可就错了。"他怀着愤怒，一字一顿地尖叫道。

他抓住她的胳膊，把她推倒在床上。他借助双腿和腰部的动作，骑到了她身上。他全身的体重把她给压扁了，压到褥子里面去了；白兰地的气味和他愤怒的火气使她感到头昏脑涨。她觉得自己的肌肉和骨骼都被压碎了，被压成了粉末。但是，这种窒息感并没有影响她察觉那只粗暴的手、那几根野蛮的手指在用暴力探索和挖掘她的阴道并且极力要深入进去。她觉得自己什么地方被撕破了，被匕首扎破了；一道闪电从头到脚击中了她整个身体。她发出了呻吟声，感觉自己要死了。

"叫喊吧！小母狗。看看是不是学会点什么！"元首狂怒、刺人的尖嗓音直冲她的脸。"现在，分开双腿！我来看看是不是真的破了。不要装模作样地瞎喊！"

"处女膜真的破了。我的腿上有血，他手上有血，被褥上也有血！"

"够了！够了！孩子。干吗还要讲啊？"姑姑在咆哮。"过来！咱们跪下祷告吧！不管怎么样，孩子，你还相信上帝吧？你还相信保护我们多米尼加人的圣母吧？你母亲可是个非常虔诚的信徒，乌拉尼娅。我至今还记得你母亲，每年一月二十一日，她都准备去巴西利卡朝圣。现在，你充满了愤怒和仇恨。这很不好。虽然你发生了这样的事情，可是还得相信上帝。来！孩子，咱们祷告吧！"

乌拉尼娅没有理睬姑姑，继续说道："于是，元首又仰面朝天躺了下来，又蒙住了眼睛。他安静了，完全安静下来。他没有入睡。突然，他发出啜泣声，接着，就哭了起来。"

"哭了起来？"卢辛达问道。

一声突然的尖叫做了回答。五个人都转头去看，原来是鹦鹉参孙醒了，它叫了起来。

"他不是因为我哭，"乌拉尼娅断言，"他是因为那肿胀的前列腺，因为那疲软的阴茎，因为不得不像贝坦喜欢的那样，用手破坏处女的贞操！"

"我的上帝啊！孩子，无论如何，别再说了！"阿德利娜姑姑一面画十字，一面哀求她。

乌拉尼娅抚摸着老人长着老人斑的干瘦小拳头。

"姑姑，我知道这些话很可怕，这些事情不应该说出来。"她的声音温柔起来。"我发誓：以后再也不讲了。您不是一直想要弄明白我为什么那样说爸爸吗？为什么我去美国以后就再也不愿意知道家里的事情了？现在您明白原因了吧。"

元首不时地抽泣几声，叹息使得他的胸膛起伏不定。他的胸前以及深黑色的肚脐稀稀拉拉长着几根白毛。他一直用胳膊盖住眼睛。是不是把她给忘记了？占据着他心头的痛苦和折磨，会不会抹去了她的存在？她比刚才被爱抚和强奸时更感到害怕。她忘记了自己下身的灼热感、两腿间的伤口、肌肉和床单上的血污带来的恐惧。她一动不动。她想变得无影无踪,不在这个世界里存在。如果这个正在哭泣、腿上汗毛稀少的男人看到了她在身旁,肯定饶不了她,肯定会把他因性无能产生的怒火,把哭泣产生的羞愧,发泄到她身上;肯定会把她杀掉灭口。

乌拉尼娅说道:"他反复唠叨着:这个世界没有公道可言。他为了这个忘恩负义的国家,为了这些不讲廉耻的人奋斗了一辈子,可是为什么还在他身上发生这种事情?他是在和上帝说话。是在向使徒们诉苦。是在向圣母抱怨。或者也许是在和魔鬼谈判。他在咆哮,在恳求。为什么上帝和魔鬼要给他安排如此之多的考验?他得为儿子们背十字架;他得对付阴谋杀害他的人。这些人是要毁坏他一生奋斗和开创的事业啊!但是,他抱怨的不是敌人的破坏,因为他善于与有血有肉的敌人作战。他从年轻时起就是这样杀出来的。他不能容忍暗算,因为他无法防备。看来他有些半疯癫了,是绝望得发疯。如今我知道他为什么会这个样子了。因为他那个破坏了许多年轻姑娘处女膜的阴茎再也不能勃起了!性无能让巨人哭鼻子了!这很可笑,对吗?"

可是乌拉尼娅那时没有笑。她一动不动地听他唠叨,几乎不敢大声喘气,为的是让元首别想起她在身旁。元首的内心独白是不连贯的,断断续续,零零散散,经常被长时间的沉默打断。他时而提高声音喊叫,时而压低声音,几乎让人难以听见。这是一种受了伤的声音。乌拉尼娅被那个起起伏伏的胸膛吸引住了。她极力不去看他的身体,可是有时她的目光还是会迅速扫过他那有些发胖的肚子、发白的阴毛、死气沉沉的小小阳物和汗毛稀少的大腿。这就是伟大领袖!这就是人民的大救星!这就是新多米尼加的缔造者!这就是大元帅!就是他让我们恢复了金融的独立自主!他就是父亲忠心耿耿、一心一意为之效力了三十年的元首！父亲把自己十四岁的女儿作为最宝贵的礼物献给了他！可是事情并没有按照卡布拉尔参议员所盼望的那样发生。如此一来——乌拉尼娅心里变得快活起来，元首就不会让爸爸官复原职了，他说不定会把爸爸关进监狱，也许还会让人杀了爸爸。

"突然，元首挪开了遮在眼睛上的那只胳膊，用那发红、肿胀的眼睛看着我。今年我四十九岁了，可是一想起来，还会浑身发抖。从那时起，我整整发抖了三十五年！"

乌拉尼娅把双手伸给大家。姑姑、表妹和表外甥女证实了她真的在发抖。

特鲁希略用惊讶和仇恨的目光注视着她，仿佛在看一个恶魔。他那发红、专注的眼睛把她给凝固了。她一动也不能动。他的目光扫遍了她的全身，落到她的大腿上，接着又转到带有血点的床单上，然后又怒视着她。由于恶心，他感到窒息，便命令她：

"去吧！洗一洗！你没看见把床单弄成什么样子了吗？滚吧！"

"他会让我离开，这真是奇迹，"乌拉尼娅沉思道，"他在我看到他绝望得发疯、哭哭啼啼、怨天尤人的种种表现之后还把我给放出来，姑姑，这是圣母在显灵吧！"

她起身，跳下床，捡起散乱在地上的衣服，躲进卫生间时踢到了一只木盆。卫生间里有个白瓷浴缸，充满了泡沫香皂水。室内有股刺鼻的香水味，让她感到眩晕。用勉强可以对付的双手，她开始洗大腿，擦干身体，用一块手帕敷在大腿根处止血，最后穿好了衣裳。她费了好大力气系上了纽扣和腰带。她没有穿袜子，只是穿上了鞋子。在照镜子的时候，她看到里面有一张被口红和睫毛膏弄脏了的面孔。她不敢耽搁时间去洗脸，元首随时会改变主意。快跑！

快点离开卡奥瓦之家！赶快逃走！等她回到房间时，特鲁希略已经穿上了那件蓝绸睡衣。这时，他手里端着一杯白兰地，用另外一只手指着楼梯说：

"滚吧！滚吧！"停了一下，他又说，"告诉贝妮塔带干净床单、褥单上来！换掉这些垃圾！"

"到了第一格台阶，我绊了一跤，一只鞋的后跟断了。我几乎是滚下三层楼的。后来，踝骨肿得很高。贝妮塔·赛布尔韦达在一楼。她非常平静地对我微笑。我想跟她说元首命令的事情，可是一句话也说不出来。我只能指指楼上。她拉住我，把我带到门口警卫站岗的地方。她指给我一把椅子，说道：'这是给元首擦鞋的地方。'曼努埃尔·阿方索和汽车都不在那里。贝妮塔·赛布尔韦达让我坐到那把椅子上，周围站着几个警卫。她走了，等到她回来的时候便把我拉到了一辆吉普车前。司机是个军人。他送我到特鲁希略城里的时候，问我：'你家在哪里？'我回答说：'我去圣多明各学校。我住在那里。'天还很黑。大约三点钟。谁知道呢，也许是四点钟。等了好久才有人来开大门。看门人出现的时候，我仍然说不出话。直到那个非常喜欢我的玛丽嬷嬷来到时，我才能说话。她把我带到饭厅，让我喝了一杯水，又给我擦脸。"

参孙沉默了好长时间以后，又开始表达它的高兴和不高兴了，它一面扇动翅膀，一面尖叫。谁也没有说话。乌拉尼娅端起杯子，可里面是空的。玛丽亚内拉拿来水罐，由于心情紧张，倒水时洒到外面去了。乌拉尼娅喝了几口凉水。

"我希望给你们讲了这段可怕的历史以后能让我舒服一些。好了，现在你们就忘掉它吧！事情已经过去了。这也是没有法子的事。如果换成另外一个人，或许可以走出阴影。而我不想，也不能。"

"表姐，你在说什么呀！"玛诺拉抗议道，"你怎么会无能为力呢？看看你的成绩吧！看看你现在的一切！每个多米尼加妇女都会羡慕你现在的生活。"

玛诺拉起身走到乌拉尼娅身边。她拥抱表姐，吻表姐的面颊。

"乌拉尼娅，你让我好伤心啊，"卢辛达亲热地嗔怪道，"可是，你现在怎么还抱怨呢，姑娘？现在，你可没有权利抱怨什么了。你真的应了那句话：大难不死，必有后福。这是祸福相依啊！你在世界一流大学读了书。然后，事业上又有了成绩。现在还有一个让你幸福又不影响你工作的男人……"

乌拉尼娅拍拍表妹的肩膀，摇摇头。鹦鹉安静下来，准备倾听。

"表妹，我撒了谎。我没有什么情人，"她勉强一笑，声音还是嘶哑的，"过去没有，将来也不会有的。卢辛达，你全都想知道，对吗？从那天晚上以后，再也没有男人碰过我一指头。唯一碰过我的男人就是特鲁希略。经过你已经听到了。每当有男人走近我、把我当成女人欣赏的时候，我就感到恶心，感到恐惧。遇到这种情况，我甚至想死，甚至想要杀人！这种心情很难说清楚。我读书，工作，现在日子过得很好，这都是真的。可是我感到空虚，仍然害怕。我就像纽约那些整天在公园里度日的老人一样，指着天空发呆。工作、工作、工作，直到累得筋疲力尽地躺下来。可以肯定，这不是为了让别人羡慕我。恰恰相反，是我羡慕你们。对，对，我知道，你们有你们的问题、麻烦和让人感到沮丧的事情。可是你们还有家庭、夫妻、孩子、亲戚朋友，还有祖国。这些东西可以让生活充实起来。而我父亲和元首把我的生活变成了一片荒原。"

参孙在鸟笼的木棍上走来走去，表现得很紧张。它摇摆着身子，时而停下来，在爪子上磨它的尖喙。

"亲爱的乌拉尼娅，那个时代已经过去了，"阿德利娜姑姑含糊地说道，一面吞下眼泪，"你应该原谅你父亲。他已经吃了很多苦，现在还在受折磨。孩子，过去是太可怕了。可那是过去的时代。阿古斯丁那时也是绝望极了。他有可能坐牢，别人也会杀了他。他并不想害你。他想，或许这是唯一可以救你的办法。虽然现在的人不能理解，可那种事情过去常常发生。那时，生活就是那个样子。乌拉尼娅，阿古斯丁爱你超过爱世界上的任何人。"

老人揉搓着双手，心里惴惴不安，不停地在躺椅上晃动身体，难以自制。卢辛达走到妈妈身边，给老人梳理头发，让她喝下几滴缬草汁，一面说道："妈妈，你静一静！别这么激动！"

从面向花园的小窗户望出去，多米尼加宁静的夜空上闪烁着群星。那是另外的时代了吗？一阵阵和风吹进餐厅，拂动着窗帘和花架上的花朵，那里摆放着圣像和家庭照片。乌拉尼娅想："那是不是另外一个时代呢？那个时代的某些东西今天仍然在这里横行！"

"那件事情的确非常可怕。可是它让我有机会了解了玛丽嬷嬷慷慨热情、周到细致和待人接物的深厚感情，"乌拉尼娅说道，一面叹了一口气，"没有她，我就疯了或者死了。"

玛丽嬷嬷能给任何问题找到解决的办法，并且绝对守口如瓶。从一开始在学校的医护室帮助她止血镇痛，到在两天多的时间里说服修道院院长，都证明了这一点。嬷嬷告诉院长，乌拉尼娅·卡布拉尔是个模范生，现在遇到了危险，请他批准给她一份奖学金，让她可以在美国密歇根州阿德里安教会学校继续深造，并请他快点给她办手续。玛丽嬷嬷与参议员阿古斯丁·卡布拉尔在院长办公室谈了话，房间里只有他们三人。她催促卡布拉尔尽快让他女儿去美国读书。她还劝阻这位参议员不要和女儿见面，因为在圣克里斯托瓦尔发生那件事之后，他女儿处于情绪波动、错乱的状态。面对玛丽嬷嬷，阿古斯丁·卡布拉尔会摆出一副什么嘴脸呢？乌拉尼娅多次想过这个问题，他会虚伪地表示惊讶？烦恼？慌乱？内疚？羞愧？她从来没有问过。玛丽嬷嬷也没跟她说过。两位修女去美国领事馆办理签证手续，去见巴拉格尔总统，请求总统加快办理乌拉尼娅的出国审批手续，而通常多米尼加人为申请出国的批准手续，需要等待好几个星期。鉴于卡布拉尔参议员没有支付能力，是这所教会学校给乌拉尼娅买的飞机票。玛丽嬷嬷和海伦·克莱尔嬷嬷送乌拉尼娅去机场。飞机起飞以后，乌拉尼娅最感激两位嬷嬷的就是她俩履行了诺言：不让卡布拉尔最后见女儿一面，远远地看一眼也不行！如今，她还要感谢的是，修女们帮助她摆脱了特鲁希略后来的震怒，因为人民的大救星完全有可能把她囚禁起来，或者干脆扔到海里喂鲨鱼。

"太晚了，"她看看手表道，"差不多半夜两点了。我还没有整理箱子呢。飞机起飞的时间很早。"

"你明天就回纽约？"卢辛达难过地问道，"我还以为你能多待几天呢！"

"我还得工作，"乌拉尼娅说道，"办公室里有一大堆文件等着我，看了都会让人头晕的。"

"乌拉尼娅，今后再也不会像以前那样了，对吗？"玛诺拉拥抱她说，"我们会给你写信。你一定要回信。放假的时候，一定回来看看，好吗，姑娘？"

"尽量吧。"乌拉尼娅点点头。她也拥抱了玛诺拉。可她心里不敢保证。说不定只要一离开这个家庭，一离开这个国家，就想再次忘记这个家庭、这些亲戚和那可怕的过去，可能会后悔回这一趟家，后悔说了这么一晚上的话。也许不会的？也许她愿意用某种方式与这几位家族的幸存者重建联系？"这个时间还能叫到出租车吗？"

"我们开车送你回去。"卢辛达起身说道。

当乌拉尼娅弯腰去拥抱阿德利娜姑姑的时候，老人用那钩子般干瘦的手指紧紧抓住了她。看上去老人已经平静下来了，可是现在她又重新激动起来，在那布满皱纹的眼窝和深陷的小眼睛里流露出痛苦的惊恐神情。

"也许阿古斯丁什么也不知道，"她结结巴巴地说道，好像假牙要脱落下来似的，"曼努埃尔·阿方索可能骗了我哥哥，阿古斯丁从本质上说是很老实的。孩子，别那么记恨他了！他活得很孤单，吃了好多苦头。上帝教导我们要饶恕别人。孩子，看在你母亲的分上吧！她可是个虔诚的信徒。"

乌拉尼娅极力安慰姑姑："对，对，姑姑，我听您的。我求您了，别这么着急！"两个女儿围在老人身边，努力劝她平静下来。终于，她点点头，蜷缩在躺椅里，改变了表情。

乌拉尼娅吻了吻姑姑的前额，说道："原谅我讲了那些事情。都是胡说八道。不过，多年来这些事弄得我心里难受。"

"她会安静下来的，"玛诺拉说道，"我留下来照顾她。你做得对，应该把事情告诉我们。一定要写信，有时间给我们打电话！表姐，别再失去联系了！"

"我保证。"乌拉尼娅说道。

玛诺拉送表姐到门口道别，那里有辆卢辛达的旧车，是丰田牌二手货，停在大门外。玛诺拉再次拥抱表姐时，两眼泪汪汪的。

在前往哈拉瓜大饭店的途中，车子行驶在卡斯圭区一条条僻静的街道时，乌拉尼娅心里感到烦恼。你为什么要这样做？你会感觉有所不同？感觉摆脱了那使你灵魂枯竭的噩梦？当然不是的。这样做是一种软弱的表现,是那种多愁善感毛病的发作,是自哀自怜,而那是你所反感的别人身上的毛病。你是不是巴望大家同情你、怜悯你?是不是想要别人给你赔礼道歉?

这时,她回想起——有时,回想是治疗她心情压抑的良药——乔尼·阿贝斯·加西亚的结局。这是几年前,一个在世界银行的女同事告诉她的。这个女同事曾经被派遣到太子港工作,她的名字叫博丽戈特。阿贝斯·加西亚在巴拉格尔强迫他携款流亡期间兜了一大圈——他去了加拿大、法国和瑞士,就是没有去日本——之后偷偷地潜入了太子港。结果博丽戈特和阿贝斯·加西亚一家成了邻居。乔尼去海地是给杜瓦利埃总统当顾问的。但是,过了一段时间之后,他开始策划反对新主子的阴谋,支持这个海地独裁者的女婿托米尼克上校搞颠覆活动。杜瓦利埃总统用十分钟就解决了问题。博丽戈特一天上午看到从两辆卡车上下来二十几个董东斯·玛高德斯的部下,他们冲进邻居的家就开枪。十分钟,一切结束。他们杀了乔尼·阿贝斯,杀了他的妻子和两个孩子,还杀了乔尼·阿贝斯的两个女佣,以及他家养的母鸡、兔子和狗,然后,放火烧了房子,扬长而去。博丽戈特回到华盛顿时需要接受精神病治疗。难道你希望爸爸也这样死去?你真的像阿德利娜姑姑说的那样充满了愤怒和怨恨吗?她觉得心里又一次空空荡荡的。

"卢辛达,我很抱歉晚上演了那么一出戏,一出情节戏。"站在哈拉瓜大饭店门口,她说道。她不得不提高声音,因为一楼赌场的音乐压倒了她的嗓音。"这一晚上我让阿德利娜姑姑吃苦了。"

"你在说什么呀,姑娘!现在我理解你身上发生的事情了,也明白你为什么长期沉默。你不说话让我们很长时间都感到痛苦。乌拉尼娅,求求你:回来看我们!我们是你的亲人。这里是你的祖国。"

当乌拉尼娅与玛丽亚内拉告别的时候，这小姑娘紧紧地抱住她，仿佛要和她焊接在一起、融为一体似的。姑娘小小的身躯如同空中的纸片一样簌簌发抖。

"乌拉尼娅姨妈，我会非常非常喜欢你的，"她听到小姑娘在耳边说道，并且感到这孩子难过极了，"姨妈，我会每个月都给你写信的。你不回信也没关系。"

小姑娘用那柔嫩的嘴唇在乌拉尼娅的面颊上连连亲吻了几下，仿佛小鸟啄米一样。乌拉尼娅没有马上走进饭店，她等候着表妹那辆丰田牌老爷车消失在乔治·华盛顿大道的防波堤上。远处的背景是一排排喧嚣、雪白的惊涛骇浪。她走进哈拉瓜大饭店。左边，迎面而来的是赌场和相邻的舞厅那一番火爆的景象：舞蹈的节拍、人声的喧闹、音乐的旋律、老虎角子机疯狂的吞吐声和轮盘赌周围的呐喊……

当她向电梯走去时，一个男子拦住了她的去路。这是个四十多岁的旅游者，长着一头红发，穿着花格衬衫、牛仔裤和皮便鞋，有些微醉。

"May I buy you a drink, dear lady?"① 他说着，礼貌地一鞠躬。

"Get out of my way, you dirty drunk!"② 乌拉尼娅回答道。她并没有停下脚步，但是看得到那个冒失鬼困惑和惊吓的表情。

进房间以后，她开始收拾行李。但是，片刻之后，她走到窗前坐下，望着满天闪烁的星斗和远方的海浪。她知道她不会入睡的，因此也就有足够的时间整理手提箱。

"如果玛丽亚内拉来信，一定要每信必回。"这是她的决心。

---

① 英语："亲爱的小姐，我可以请您喝一杯吗？"
② 英语："滚开，你这个臭酒鬼！"